Nur der Tod kann dich retten

JOY
FIELDING

Nur der Tod kann dich retten

Roman

Aus dem Amerikanischen von Kristian Lutze

Weltbild

Die amerikanische Originalausgabe erschien 2007
unter dem Titel *Heartstopper* bei Atria Books, New York.

Besuchen Sie uns im Internet:
www.weltbild.de

Genehmigte Lizenzausgabe
für Verlagsgruppe Weltbild GmbH,
Steinerne Furt, 86167 Augsburg

Übersetzung: Kristian Lutze
Umschlaggestaltung: ZERO Werbeagentur, München
Umschlagmotiv: Getty Images, München (© Hannes Hepp)
Gesamtherstellung: Bagel Roto-Offset GmbH & Co.KG, Schleinitz
Printed in the EU
ISBN 978-3-8289-9171-2

2011 2010 2009 2008
Die letzte Jahreszahl gibt die aktuelle Lizenzausgabe an.

Für Shannon Micol,
deren Musik mich inspiriert

1
TOTENBUCH

Das Mädchen wacht auf.

Sie rührt sich, die mascaraverklebten Lider flattern verführerisch, bevor sie die großen blauen Augen aufschlägt, wieder schließt und erneut öffnet, länger diesmal, um beiläufig die unvertraute Umgebung zu registrieren. Dass sie an einem fremden Ort ist, ohne sich daran zu erinnern, wie sie hierhergekommen ist, wird ihr erst in einigen Sekunden dämmern. Dass ihr Leben in Gefahr ist, wird sie unvermittelt mit der Wucht einer riesigen Sturzwelle treffen und sie wieder auf die schmale Pritsche zurückwerfen, die ich vorausschauend bereitgestellt habe.

Das ist das Beste, beinahe noch besser als alles, was später kommt.

Ich war nie ein großer Fan von Blut und Eingeweiden. Diese neuen Fernsehserien, die jetzt so beliebt sind, mit Top-Pathologen in hautengen Hosen und Push-up-BHs, lassen mich mehr oder weniger kalt. All die Leichen bringen es einfach nicht – all die Pechvögel, die mit einer exotischen Vielfalt immer blutrünstigerer Methoden ins Jenseits befördert worden sind und die nun in ultramodernen Pathologiesälen auf kalten Stahlplatten liegen, um von behandschuhten Fingern leidenschaftslos geöffnet und begrapscht zu werden. Selbst wenn die Leichen nicht so offensichtlich künstlich wären, würden sie mich nicht anmachen – wobei die künstlichsten Gummileiber immer noch echter aussehen als die allgegenwärtigen Brustimplantate, die von den tapferen Push-up-BHs im Zaum gehalten werden. Gewalt an sich war nie mein Ding. Ich fand den Spannungsaufbau vor der Tat immer interessanter als die Tat selbst.

Genauso wie mir die nie ganz perfekte, natürliche Form echter Brüste immer lieber war als die künstlich aufgeblasenen – und absolut schrecklichen – Ungetüme, die heutzutage allseits so beliebt sind. Und das nicht nur im Fernsehen. Man sieht sie überall. Selbst hier an der Alligator Alley, mitten in Florida.

Am Arsch der Welt.

Ich glaube, es war Alfred Hitchcock, der den Unterschied zwischen Schock und Thrill definiert hat. Ein Schock war seiner Ansicht nach eine stoßartige Attacke auf alle Sinne, die kaum eine Sekunde dauert, während Thrill eher ein langsames Reizen ist. Ungefähr so wie der Unterschied zwischen einem ausgedehnten Vorspiel und einem verfrühten Samenerguss, möchte ich hinzufügen und stelle mir vor, dass der alte Alfred schmunzelnd zustimmen würde. Er hat den Thrill dem Schock immer vorgezogen, weil es aufregender und letztendlich befriedigender war. Da bin ich ganz seiner Meinung, obwohl ich wie Hitch auch einem gelegentlichen Schock nicht abgeneigt bin. Es soll schließlich spannend bleiben.

Wie dieses Mädchen bald herausfinden wird.

Sie sitzt jetzt aufrecht auf ihrer Pritsche, die Hände ängstlich zu Fäusten geballt, während sie ihre schwach beleuchtete Umgebung mustert. Der verwirrte Ausdruck in ihrem hübschen Gesicht – zum Sterben schön, wie mein Großvater immer sagte – verrät mir, dass sie sich anstrengt, ruhig zu bleiben, nachzudenken und zu begreifen, was geschehen ist, während sie sich weiter an die Hoffnung klammert, dass das Ganze vielleicht doch nur ein böser Traum ist. Denn eigentlich kann das alles doch nicht wahr sein. Sie kann nicht tatsächlich auf der Kante einer winzigen Pritsche in einem Raum sitzen, der aussieht wie ein Keller, wenn Häuser in Florida denn Keller *hätten*, was jedoch in der Regel nicht der Fall ist, weil der Staat Florida fast ausschließlich auf Sumpfland gebaut ist.

Gleich wird die Panik einsetzen. Sobald ihr klar wird, dass sie nicht träumt, dass ihre Lage vielmehr real und ziemlich verzweifelt ist, dass sie in einem verschlossenen Raum eingesperrt ist, dessen einzige Lichtquelle eine Lampe auf einem Sims weit jenseits ihrer Reichweite ist, selbst wenn es ihr gelänge, die Pritsche aufzurichten und hochzuklettern. Das hatte das letzte Mädchen versucht und war dabei auf den Lehmboden gestürzt. Dort saß sie, hielt ihr gebrochenes Handgelenk und weinte. Und dann fing sie an zu schreien.

Das war ganz spaßig – eine Zeit lang.

Gerade hat sie die Tür entdeckt, aber im Gegensatz zu dem letzten Mädchen geht sie nicht direkt darauf zu. Stattdessen sitzt sie einfach da, beißt sich auf die Unterlippe und blickt sich ängstlich um. Sie atmet laut und sichtbar, ihr pochendes Herz droht ihre Brust zu sprengen, ihre großen hängenden Brüste – die wenigstens echt sind – beben wie die einer hyperventilierenden Kandidatin bei *Der Preis ist heiß*. Soll sie sich für Tür Nummer eins, zwei oder drei entscheiden? Nur dass es hier bloß eine Tür gibt, und wer weiß, was sich dahinter verbirgt. Die Dame oder der Tiger? Rettung oder Vernichtung? Meine Lippen kräuseln sich zu einem Lächeln. Sie wird gar nichts finden. Zumindest noch nicht. Nicht, bevor ich so weit bin.

Sie hat sich von der Pritsche erhoben, ihre Neugier treibt sie an, die Füße voreinander zu setzen und zur Tür zu gehen, selbst wenn eine bohrende Stimme ihr warnend ins Ohr wispert, dass Neugier der Katze Tod ist. Verlässt sie sich auf das alte Ammenmärchen, dass eine Katze neun Leben hat? Glaubt sie, ein paar nutzlose alte Weiberweisheiten könnten sie retten?

Mit zitternder Hand greift sie nach dem Türknauf. »Hallo?«, ruft sie, leise zunächst, die Stimme ebenso zittrig wie ihre Finger. »Hallo?«, wiederholt sie kräftiger. »Ist da jemand?«

Ich bin versucht, ihr zu antworten, aber ich weiß, dass das keine gute Idee ist. Zunächst einmal würde es ihr verraten, dass ich sie beobachte. Im Augenblick ist ihr der Gedanke, dass sie observiert werden könnte, noch nicht gekommen, und wenn das geschieht, vielleicht in ein oder zwei Minuten, wird sie panisch die Augen aufreißen und den Raum absuchen. Vergeblich. Sie kann mich nicht sehen. Das Guckloch, das ich in die Wand gebohrt habe, ist zu klein und viel zu weit oben, als dass sie es entdecken könnte, vor allem in dem schwachen Licht. Außerdem würde der Klang meiner Stimme ihr nicht nur eine Ahnung von meiner Anwesenheit und meinem Aufenthaltsort geben, er könnte ihr auch helfen, mich zu identifizieren, was ihr einen unnötigen Vorsprung in der anstehenden Psycho-Schlacht verschaffen würde. Nein, ich werde mich schon früh genug zu erkennen geben. Es hat keinen Sinn, dem Spiel vorauszueilen. Das Timing wäre einfach nicht richtig. Und Timing ist, wie man so sagt, alles.

»Hallo? Irgendjemand da?«

Ihre Stimme klingt jetzt drängender, verliert ihr mädchenhaftes Timbre und wird schrill, beinahe feindselig. Das ist eines der interessanten Phänomene, die ich über weibliche Stimmen herausgefunden habe – wie schnell sie von herzlich in herrisch umschlagen, von tröstend in enervierend, wie schamlos sie alles enthüllen wollen, wie kühn sie ihre angstvollen Worte in die ahnungslose Luft schleudern. Die sanfte Flöte wird von einem wilden Dudelsack übertönt, das Kammerorchester von einer Marschkapelle niedergetrampelt.

»Hallo?« Das Mädchen packt den Türknauf und versucht, die Tür in ihre Richtung aufzuziehen. Aber die Tür gibt nicht nach. Schnell verkommen ihre Bewegungen zu einer Folge unbeholfener Posen, die immer unüberlegter und hektischer werden. Sie zieht an der Tür, drückt und rammt ihre Schulter dagegen, was sie mehrmals wiederholt, bevor sie aufgibt und in Tränen ausbricht. Das ist das Andere, was ich an Frauen beobachtet habe – sie heulen ständig. Es ist der einzige Punkt, an dem sie einen nie enttäuschen, das Einzige, worauf man sich verlassen kann.

»Wo bin ich? Was geht hier vor?« Zunehmend frustriert hämmert das Mädchen mit den Fäusten gegen die Tür. Sie ist jetzt nicht mehr nur verängstigt, sondern auch wütend. Sie weiß vielleicht nicht, wo sie ist, aber sie weiß, dass sie nicht freiwillig hierhergekommen ist. In ihrem Kopf beginnt es von immer grausameren Bildern zu wimmeln – Zeitungsschlagzeilen aus jüngerer Zeit über vermisste Mädchen, Fernsehberichte über Leichen, die man notdürftig in der Erde verscharrt gefunden hatte, Bilder von Messern und anderen Folterinstrumenten aus Versandhauskatalogen, Filmausschnitte von hilflosen Frauen, die vergewaltigt und erwürgt werden, bevor man ihre Leichen in schleimbedeckten Sümpfen versenkt. »Hilfe!«, fängt sie an zu schreien. »Bitte helft mir!« Aber auch ihre Klagerufe treffen nur auf die abgestandene Luft, und ich nehme an, dass sie weiß, dass sie völlig nutzlos sind, weil kein Mensch sie hören kann.

Kein Mensch außer mir.

Ihr Kopf schnellt hoch, ihre Augen richten sich wie Suchscheinwerfer auf mich, sodass ich von der Wand zurückzucke und im Rückwärtstaumeln beinahe über meine eigenen Füße stolpere. Als ich mich wieder gesammelt habe und zu Atem gekommen bin, geht sie in dem kleinen Raum im Kreis und blickt sich hektisch in alle Richtungen um, während sie mit flachen Händen die blanken Betonmauern nach einer weichen Stelle abtastet. »Wo bin ich? Ist da draußen jemand? Warum hat man mich hierhergebracht?«, ruft sie, als ob sie auf die richtige Frage eine beruhigende Antwort bekommen würde. Schließlich gibt sie auf, sinkt auf der Pritsche in sich zusammen und weint noch eine Runde. Als sie den Kopf wieder hebt und mich zum zweiten Mal direkt ansieht, sind ihre großen blauen Augen tränenverquollen und unvorteilhaft rot gerändert. Aber vielleicht bilde ich mir das auch nur ein, und mein Wunsch ist Vater des Gedanken.

Sie richtet sich wieder auf und atmet mehrmals tief durch. Sie versucht offenkundig, sich zu beruhigen, während sie ihre Lage analysiert. Sie betrachtet ihre Kleidung – ein blassgelbes T-Shirt mit dem knallgrünen Schriftzug MOVE, BITCH auf der Brust, tief und eng auf ihren schmalen Hüften sitzende Jeans. Dieselbe Garderobe, die sie … wann noch gleich getragen hat? Gestern tagsüber? Gestern Abend? Heute Morgen?

Wie lange ist sie schon hier?

Sie streicht sich durch ihr langes, rotblondes Haar und kratzt sich am rechten Knöchel, bevor sie sich an die Wand lehnt. Irgendein Verrückter hat sie entführt und hält sie als Geisel, denkt sie und überlegt vielleicht schon, wie sie diese Geschichte nach ihrer Flucht möglichst effektvoll erzählen kann. Vielleicht meldet sich das *People*-Magazin. Vielleicht sogar Hollywood. Wer wird ihren Part spielen? Das Mädchen aus *Spider-Man* oder vielleicht doch besser die andere, die dieser Tage ständig auf den Titelseiten der Boulevardpresse zu sehen ist. Lindsay Lohan? Heißt sie so? Oder war es Tara Reid? Cameron Diaz wäre gut, obwohl Cameron mehr als zehn Jahre älter ist als sie. Es ist im Grunde egal. Sie sind alle mehr oder weniger austauschbar. Alle zum Sterben schön.

Und da komme ich ins Spiel. Dabei kann ich helfen.

Die Miene des Mädchens verdüstert sich. Ein weiteres Mal dringt die Realität in ihre Gedanken ein. Was mache ich hier, fragt sie sich. Wie bin ich hierhergekommen? Warum kann ich mich nicht daran erinnern?

Vermutlich kann sie sich daran erinnern, in der Schule gewesen zu sein, obwohl ich bezweifle, dass ihr viel von dem Unterrichtsstoff im Gedächtnis geblieben ist, wenn überhaupt etwas. Sie war mit anderen Dingen beschäftigt- starrte aus dem Fenster, flirtete mit den Neandertalern in der letzten Reihe und machte den Lehrern das Leben schwer. Immer hatte sie einen schlauen Spruch drauf, eine sarkastische Bemerkung parat oder eine ungefragte Meinung beizusteuern. An die Schulglocke zum Ende des Unterrichts, die sie aus dem Gefängnis ihrer zwölften Klasse befreit hat, wird sie sich garantiert erinnern, wahrscheinlich auch noch daran, auf den Schulhof gerannt und von irgendwem in der Nähe eine Zigarette geschnorrt zu haben. Vielleicht weiß sie noch, wie sie einer Klassenkameradin eine Dose Cola aus der Hand gerissen und sie ohne ein Dankeschön oder eine Entschuldigung heruntergestürzt hatte. Vielleicht erinnert sie sich sogar daran, sich auf den Heimweg gemacht zu haben – etliche Zigaretten und schnippische Kommentare später. Ich beobachte sie, während sie ihren eigenen Weg zurückverfolgt, bis zu der Ecke der ruhigen Nebenstraße, in der sie wohnt. Ich sehe, wie sie den Kopf hebt, als sie hört wie der Wind leise ihren Namen flüstert.

Irgendjemand ruft sie.

Das Mädchen beugt sich auf der Pritsche vor und öffnet den Mund. Die Erinnerung ist da, sie muss nur darauf zugreifen. Ihre Sinne spielen verrückt, die Erinnerung foppt sie wie die unterste Zeile einer augenärztlichen Tafel, in der die Buchstaben einem direkt vor Augen stehen, jedoch, egal wie sehr man sich anstrengt, verschwommen bleiben, sodass man sie nicht erkennen kann. Die Erinnerung liegt ihr auf der Zungenspitze wie ein exotisches Gewürz, das sie schmecken, aber nicht benennen kann. Sie weht ihr mit einem schwachen Hauch quälender Düfte um die Nase und schwappt durch ihren Mund wie ein Schluck teurer Rotwein. Wenn sie sie nur greifen und in Worte fassen könnte.

Sie erinnert sich daran, sich umgedreht und gelauscht zu haben, ob sie im warmen Wind ein weiteres Mal ihren Namen hörte, bevor sie auf eine Reihe überwucherter Büsche in einem ungepflegten Vorgarten in der Nachbarschaft zugegangen ist. Die Büsche locken sie, die Blätter rascheln, als wollten sie sie willkommen heißen.

Und dann nichts mehr.

Resigniert lässt das Mädchen die Schultern sinken. Sie hat keine Erinnerung daran, was als Nächstes geschehen ist. Die

Büsche versperren ihr die Sicht, verwehren ihr den Eintritt. Sie muss das Bewusstsein verloren haben. Vielleicht wurde sie betäubt, vielleicht hat sie einen Schlag auf den Kopf bekommen. Welchen Unterschied macht das? Entscheidend ist nicht, was vorher geschehen ist, sondern was als Nächstes geschieht. Ich spüre, wie sie zu dem Schluss kommt, dass es unwichtig ist, wie sie hierhergekommen ist. Wichtig ist, wie sie wieder herauskommt.

Ich unterdrücke ein Lachen. Soll sie sich an die Illusion klammern, sie hätte eine Chance zu fliehen, so brüchig und unbegründet sie auch sein mag. Soll sie tapfer Pläne schmieden. Das ist schließlich auch Teil des Spaßes.

Ich kriege Hunger. Sie wahrscheinlich auch, obwohl sie im Augenblick noch zu viel Angst hat, um es zu merken. In ein oder zwei Stunden wird es sie treffen. Der menschliche Appetit ist wirklich erstaunlich. Er ist ungeachtet der Umstände ziemlich hartnäckig. Ich kann mich noch an den Tod meines Onkels Al erinnern. Es ist schon lange her, und meine Erinnerung ist wie die des Mädchens ein wenig verschwommen. Ich weiß ehrlich gesagt nicht einmal mehr genau, woran er gestorben ist. An Krebs oder einem Herzinfarkt. Ein ziemlich gewöhnlicher Tod, was immer es war. Wir standen uns nie besonders nahe, sodass ich nicht behaupten kann, schwer erschüttert gewesen zu sein. Aber ich erinnere mich, dass meine Tante geweint und geklagt hat, während ihre Freundinnen ihr Beileid und Trost bekundeten und erklärten, was für ein großartiger Mann mein Onkel gewesen sei, dessen Tod sie zutiefst bedauerten, um im nächsten Atemzug den wundervollen Kuchen zu loben, den meine Tante gebacken hatte. »Können wir das Rezept haben?«, fragten sie und ermahnten sie: »Du musst etwas essen. Es ist wichtig, bei Kräften zu bleiben. Al hätte das auch gewollt.« Und schon bald aß sie und lachte wenig später auch wieder. So viel zur Macht von Gebäck.

Ich habe keinen Kuchen für das Mädchen, obwohl ich ihr

in ein paar Stunden vielleicht ein Sandwich mitbringe, nachdem ich selber gegessen habe. Ich weiß es noch nicht. Ein guter Gastgeber würde für seine Gäste sorgen. Andererseits hat niemand gesagt, dass ich ein guter Gastgeber bin. Keine fünf Sterne für mich.

Trotzdem ist die Unterkunft alles in allem nicht übel. Ich habe das Mädchen nicht in einem Sarg unter der Erde vergraben oder es in ein von Schlangen und Ratten verpestetes Dreckloch geworfen. Sie ist nicht in irgendeinen Schrank gesperrt ohne Luft zum Atmen oder über einem Nest von Feuerameisen angekettet. Ihre Arme sind nicht hinter dem Rücken gefesselt, sie ist nicht geknebelt und kann sich frei im Raum bewegen. Wenn es ein bisschen wärmer ist, als ihr behagt, kann sie sich damit trösten, dass wir April und nicht Juli haben, es für die Jahreszeit eher ein wenig zu kühl und außerdem Abend und nicht heller Nachmittag ist. Hätte ich die Wahl, auch ich würde für eine Klimaanlage plädieren wie jeder halbwegs vernünftige Mensch, aber man muss nehmen, was man kriegen kann, und in diesem Fall war das ein verfallenes altes Haus am Rand eines seit langem brachliegenden Feldes an der Alligator Alley, mitten in Florida.

Am Arsch der Welt.

Manchmal kann es auch ein verkannter Segen sein, am Arsch der Welt festzusitzen, obwohl ich mindestens zwei Mädchen kenne, die widersprechen würden.

Entdeckt habe ich das Haus vor fünf Jahren. Die Leute, die es gebaut haben, wohnten schon seit langem nicht mehr dort, und es war mehr oder weniger den Termiten und dem Verfall preisgegeben. Soweit ich weiß, hat nie jemand Anspruch auf das Grundstück erhoben oder vorgehabt, die Bruchbude abzureißen. Schließlich kostet es Geld, etwas abzureißen, und noch mehr Geld, etwas Neues an seiner Stelle zu errichten, und ich bezweifle ernsthaft, dass hier irgendetwas wächst, was den Anbau lohnt. Wozu also? Wie dem auch sei, ich bin eher zufällig darauf gestoßen, als ich eines Morgens herumgelaufen bin, um einen klaren Kopf zu kriegen. Ich hatte zu Hause ein paar Probleme und das Gefühl, alles würde gleichzeitig auf mich einstürzen, deshalb hatte ich beschlossen, dass es das Beste wäre, mich für eine Weile einfach ganz aus der Schusslinie zu nehmen. So war ich schon immer – eher ein Einzelgänger. Auseinandersetzungen sind mir unangenehm, und ich mag es auch nicht besonders, über meine Gefühle zu reden. Nicht, dass sich irgendjemand je besonders für meine Gefühle interessiert hätte.

Aber das ist der sprichwörtliche Schnee von gestern. Zwecklos, sich damit aufzuhalten und in der Vergangenheit zu leben. Lebe für den Tag – das ist mein Motto. Oder sterbe dafür. Je nachdem.

Sterben für heute.

Das klingt gut.

Okay, das ist jetzt also fünf Jahre her, und ich laufe draußen herum. Es ist heiß, Sommer, glaube ich, also sehr schwül. Die Mücken summen um meinen Kopf und fangen an, mir auf die Nerven zu gehen, als ich auf dieses alte hässliche Feld stoße. Eigentlich mehr ein Sumpf. In dem hohen Gras verbergen sich wahrscheinlich zahlreiche Schlangen und Alligatoren, aber vor Reptilien habe ich mich nie gefürchtet. Eigentlich finde ich sie sogar ziemlich toll, und ich habe festgestellt, dass sie einen für gewöhnlich in Ruhe lassen, wenn man sie auch in Ruhe lässt. Trotzdem bin ich vorsichtig, wenn ich herkomme. Ich habe einen Pfad platt getrampelt, an den ich mich zu halten versuche, vor allem im Dunkeln. Natürlich habe ich immer meine Pistole und ein paar scharfe Messer dabei für den Fall, dass etwas Unerwartetes passiert.

Man sollte immer gegen das Unerwartete gewappnet sein.

Das hätte auch irgendjemand diesem Mädchen erklären sollen.

Der Hauptteil des Hauses macht nicht viel her – ein paar kleine Zimmer, leer natürlich. Ich musste die Pritsche selbst herschaffen, was ziemlich kompliziert war, aber ich will jetzt nicht in die Details gehen. Am Ende habe ich es jedenfalls ganz alleine geschafft, so wie immer. Es gibt eine winzige Küche ohne Geräte oder fließendes Wasser. Gleiches gilt für das Bad mit seiner verdreckten Toilette, deren vormals weißer Sitz in der Mitte zerbrochen ist. Sitzen will man darauf jedenfalls bestimmt nicht.

Dem Mädchen habe ich aufmerksamerweise einen Plastikeimer hingestellt, falls sie sich erleichtern muss. Er steht in der Ecke links neben der Tür. Sie hat vorhin dagegengetreten, als sie wütend um sich geschlagen hat, sodass er jetzt auf der anderen Seite des Raumes liegt. Vielleicht hat sie noch nicht begriffen, wozu er da ist.

Das erste Mädchen hat ihn komplett ignoriert. Sie hat einfach den Rock gehoben und sich gleich auf den Boden gehockt. Nicht, dass sie den Rock weit hätte heben müssen. Er war so lächerlich kurz, dass er als Gürtel durchgegangen wäre, was vermutlich genau die Sorte Nutten-Look war, die sie beabsichtigt hatte. Und natürlich trug sie kein Höschen, was ziemlich widerlich war. Manche sagen jetzt vielleicht, sie war nicht besser als ein Tier, aber ich nicht. Das würde ich nie sagen. Warum nicht? Weil es mangelnden Respekt gegenüber Tieren ausdrücken würde. Zu behaupten, das Mädchen war ein Schwein, wäre eine Beleidigung für Schweine. Natürlich habe ich sie deshalb ausgewählt. Ich wusste, dass keiner um sie trauern würde. Ich wusste, dass niemand sie suchen würde.

Sie war erst achtzehn, hatte aber bereits diesen wissenden Blick, der sie viel älter wirken ließ. Ihre Lippen waren zu einem zynischen Schmollen erstarrt, eher ein Grinsen als ein Lächeln, selbst wenn sie lachte, und die Venen auf der Innenseite ihrer dürren Arme waren mit alten Einstichen übersät. Die Frisur war ein krauser Abklatsch von blonden Locken mit schwarzen Haarwurzeln, und wenn sie den Mund aufmachte, um etwas zu sagen, konnte man die Zigaretten in ihrem Atem förmlich schmecken.

Sie hieß Candy – sie trug sogar ein Armkettchen mit Bon-

bon-Anhängern –, und man könnte wohl sagen, dass sie mein Pilotprojekt war. Ich mache nicht gern halbe Sachen, es muss schon perfekt sein, deshalb war mir klar, dass ich alles sorgfältig planen musste. Im Gegensatz zu vielen Tätern, über die man in der Zeitung liest, habe ich nämlich keine Lust, geschnappt zu werden. Wenn dieses Projekt erledigt ist, plane ich, mich zur Ruhe zu setzen und wenn schon nicht immer glücklich so doch friedlich bis ans Ende meiner Tage zu leben. Daher ist es wichtig, dass ich alles richtig mache.

Deshalb Candy.

Ich habe sie in einem Burger King kennen gelernt. Sie hing vor dem Eingang herum und ließ sich von mir bereitwillig zu einem Hamburger einladen. Wir haben geredet, obwohl sie nicht viel zu sagen hatte und komplett dichtgemacht hat, als meine Fragen zu persönlich wurden. Das ist okay. Ich verstehe das. Ich bin selbst auch kein großer Fan von persönlichen Fragen.

Aber ein paar Dinge fand ich trotzdem heraus: Sie war mit vierzehn von zu Hause weggelaufen und lebte seitdem auf der Straße. Sie hatte einen Typen kennen gelernt, der sie auf Drogen gebracht hatte, wodurch sie wiederum auf dem Strich gelandet war. Nach einer Weile hatte er sich verpisst, und sie war wieder allein. Im vergangenen Jahr war sie von einer Stadt zur nächsten gezogen und war hin und wieder in einem fremden Krankenhauszimmer oder einer Arrestzelle aufgewacht. Eins sah aus wie das andere, meinte sie.

Ich frage mich, ob sie das auch gedacht hat, als sie in dem unterirdischen Zimmer dieses alten verlassenen Hauses aufgewacht ist.

Habe ich vergessen zu erwähnen, dass der Raum unter der Erde liegt? Wie konnte ich … – es ist das, was dieses Haus so speziell macht, gewissermaßen sein Prunkstück.

Wie bereits gesagt haben die meisten Häuser in Florida keinen Keller. Das liegt daran, dass sie im Grunde auf Treibsand gebaut sind. Es kann sehr wohl passieren, dass man eines

Morgens aufwacht und unversehens bis zu den Augen in Schlick steckt. Komplette Häuser sind schon verschluckt worden, und nicht nur ältere, weniger stabile. Ganz in der Nähe wurde eine neue Siedlung hochgezogen, die fast vollständig auf einer zugeschütteten Müllkippe errichtet wurde, was meiner bescheidenen und ungefragten Meinung nach eine unkluge Entscheidung war. Eines Tages war eines der Häuser einfach verschwunden. Die Bauunternehmer mussten natürlich nicht lange danach suchen. Sie standen darauf. Geschieht ihnen recht. Die Natur lässt sich eben nur begrenzt herausfordern.

Wenn ich vorhätte, ein Haus zu bauen, würde ich den Architekten nehmen, der dieses geplant hat. Zugegeben, das Haus hat bessere Tage gesehen, aber wer immer es entworfen hat, war ein Genie. Unter dem Hauptgeschoss hat er ein ganzes Labyrinth kleiner Räume angelegt, vermutlich zu Lagerzwecken.

Mir schwebt allerdings etwas ganz anderes vor.

Candy war ziemlich unbeeindruckt, nachdem sie festgestellt hatte, dass es sich nicht um die Art Arrestzelle handelte, die sie gewöhnt war. Nachdem ich mich schließlich blicken ließ und ihr der Ernst ihrer Lage bewusst wurde, probierte sie alle Tricks, die sie in petto hatte. Sie sagte, wenn es um Sex ginge, würde sie keinesfalls irgendwas auf dieser dreckigen alten Pritsche machen. Sie würde all meine perversen Gelüste befriedigen, aber nicht hier. Die Vorstellung, mit dieser Person Sex zu haben, war so widerwärtig, dass ich versucht war, sie auf der Stelle umzubringen, aber das Spiel war noch lange nicht vorbei.

Am Ende habe ich sie mit einem einzigen Schuss in den Kopf erledigt. Anschließend habe ich ihre Leiche in einem ein paar Meilen entfernten Sumpf versenkt. Wenn irgendjemand sie findet – was ich bezweifle –, wird nichts mehr auf meine Person hinweisen. Man wird den genauen Todeszeitpunkt nicht mehr bestimmen, nicht mehr feststellen können, wann genau ihr Herz aufgehört hat zu schlagen. Und selbst wenn man sie sofort und intakt gefunden hätte, wusste ich dank all der gelifteten Pathologinnen aus dem Fernsehen genug über DNA und dergleichen, um garantiert keine Spuren zu hinterlassen.

So wie Candy keine Trauernden hinterlassen hatte.

Aber das wird bei diesem Mädchen – zum Sterben schön mit ihren riesigen blauen Augen und den großen natürlichen Brüsten – anders sein.

Nicht nur, dass mehr Menschen nach ihr suchen werden – oder vielleicht schon in diesem Moment nach ihr suchen –, sie stellt ganz allgemein eine größere Herausforderung dar. Candy war ein bisschen zu beschränkt, um wirklich Spaß mit ihr zu haben. Dieses Mädchen ist stärker, sowohl mental als auch körperlich, also muss ich einen Gang hochschalten, wie man so sagt – mich schneller bewegen, fixer denken und härter zuschlagen.

Sie schaut wieder in meine Richtung, als wüsste sie, dass ich hier bin, als könnte sie das Kratzen meines Stiftes hören. Also mache ich jetzt erst mal Schluss und hole mir etwas zum Essen. Ich komme später zurück, um mit dem zweiten Teil meines Planes zu beginnen.

Vielleicht lasse ich das Mädchen bis zum Morgen am Leben. Vielleicht auch nicht. Alles eine Frage des kalkulierten Risikos. Und es zahlt sich nie aus, zu verwegen zu sein.

Bleiben Sie dran, wie es immer heißt. Ich bin bald zurück.

2

»Okay, Leute, Hefte raus!«

Sandy Crosbie lehnte sich an ihr Pult im Klassenraum der 12. Klasse und beobachtete, wie ihre dreiundzwanzig Schüler – es hätten fünfundzwanzig sein sollen, aber sowohl Peter Arlington als auch Liana Martin fehlten – widerwillig ihre Hefte zwischen den Schulbüchern hervorzogen und sie in unterschiedlichem Maße gelangweilt oder entsetzt auf die Tische knallten. Desinteressierte, glasige Blicke wandten sich langsam wieder in ihre Richtung. Teilnahmslos lungerten träge Leiber auf ihren Stühlen, die langen Beine in Jeans faul von sich gestreckt. Bleistiftspitzen tippten abwesend die sich überlappenden Rhythmen nicht zu erkennender Melodien mit. Offensichtlich wünschten sich alle einschließlich Sandy Crosbie, irgendwo anders zu sein.

Und warum auch nicht? Welcher halbwegs normale Mensch wollte in einem stickigen Container hocken, wenn man stattdessen draußen in der Sonne herumtollen könnte? (Würde irgendeiner ihrer Schüler überhaupt wissen, was »herumtollen« bedeutete? Und fehlten die beiden angeblich verliebten Peter Arlington und Liana Martin vielleicht, um genau das zu tun?) Sandy ließ den Blick über die fünf Reihen widerwilliger Schüler hinweg zu der breiten Fensterfront des Containers schweifen. Es war ein wunderschöner Apriltag, wenngleich viel kühler als in dieser Jahreszeit üblich. Zumindest erklärten ihr das alle ständig. »Da hätten Sie im letzten April hier sein müssen«, sagten sie immer wieder. »Im Moment ist es zehn

Grad kälter als sonst.« Aber Sandy hatte nichts gegen die kühlen Temperaturen, sie waren ihr eigentlich sogar lieber. Die Kühle erinnerte sie an Rochester im Staat New York, wo sie geboren und aufgewachsen war. Jeder – vor allem Ian – hatte ständig über den brutalen Winter geklagt, aber Sandy war eines der raren Geschöpfe, das den Schnee und die oft eisigen Temperaturen tatsächlich genoss. Sie mochte es, sich einzumummeln. Dann fühlte sie sich sicher.

Was zum Teufel machte sie in Torrance, wo die Durchschnittstemperatur feuchtheiße 29,5 Grad betrug?

Der Umzug im vergangenen Sommer war Ians Idee gewesen. Zwei Jahre lang hatte er dafür geworben, aus der Großstadt im Norden in die Kleinstadt im Süden zu ziehen. »Es ist bestimmt gut für meine Praxis, für unsere Kinder und für unsere Ehe«, hatte er versprochen, gebettelt und zuletzt gedrängelt. »Ich habe mich erkundigt, du findest problemlos eine Anstellung als Lehrerin. Los, komm. Wo bleibt deine Abenteuerlust? Wir können es doch wenigstens probieren. Maximal zwei Jahre. Ich schwöre, wenn du nicht glücklich bist, bleiben wir nicht.«

Das hatte er zumindest gesagt. Was er meinte, war: Ich habe mich Hals über Kopf in eine Frau verliebt, die ich in einem Internet-Chat kennen gelernt habe, deshalb bin ich wild entschlossen, meine Praxis zu verkaufen, dich und die Kinder zu entwurzeln und nach Florida in diese kleine Stadt zu ziehen, um die Affäre persönlich fortzusetzen. Wenn es nicht klappt, können wir wieder gehen.

Und er war gegangen. Auf den Tag genau vor sieben Wochen, wie Sandy stumm nachrechnete, während sie den Blick auf das Plakat einer Alphabetisierungskampagne an der Rückwand des Klassenzimmers richtete, um nicht in Tränen auszubrechen. Auch wenn sie bezweifelte, dass dies seine erste Affäre war –Verdacht hatte sie im Laufe der Jahre mehrfach geschöpft –, kam die Nachricht, dass er sie verlassen wollte, trotzdem völlig überraschend. Sie hatte sogar vermutet, dass er so dringend aus Rochester fortwollte, um einer schal gewordenen Romanze zu entkommen. Der Gedanke, dass er sich hier in eine neue stürzen wollte, war ihr indes nie gekommen.

Deshalb hatte sie schockiert und schweigend zugesehen, wie er seinen alten Koffer und die neue Arzttasche gepackt hatte, die sie ihm zur Eröffnung seiner hiesigen Praxis geschenkt hatte, und in ein geräumiges Ein-Zimmer-Apartment auf der anderen Seite der Stadt gezogen war. Zufälligerweise lag es gleich um die Ecke von Kerri Franklin – ihres Zeichens Barbie-Klon und Internet-Geliebte par excellence. Das Einzige, was ihn davon abgehalten hatte, direkt bei der geschiedenen Blondine mit den üppigen Lippen und der noch üppigeren Frisur einzuziehen, war die Tatsache, dass ihre Mutter ihm zuvorgekommen war und es sich nach dem Scheitern von Kerris dritter Ehe bei ihrer Tochter bequem gemacht hatte, ohne die geringste Neigung zu zeigen, wieder auszuziehen. Da der hiesige Klatsch wissen wollte, dass die jüngste – und, wie einige meinten, höchst besorgniserregende – Vergrößerung von Kerris Busen mit Rose Cruikshanks Geld bezahlt worden war, zögerte Kerri natürlich, ihre Mutter an die frische Luft zu setzen. Zumal es in diesem Jahr zehn Grad frischer war als sonst im April.

Außerdem war da noch Kerris Tochter Delilah. Sandy warf einen Blick zu dem ersten Platz in der dritten Reihe, wo das Mädchen mit dem unglücklich gewählten Namen nervös an seinem schwarzen Kugelschreiber kaute und zu Boden starrte, offensichtlich in der Hoffnung, nicht aufgerufen zu werden.

Weil Torrance nur knapp viertausend Einwohner hatte – laut einem Schild am Ortseingang lag die offizielle Zahl bei 4160 –, gab es auch nur eine Highschool in der Stadt. Die meisten Leute lebten weiter draußen – in den »Vororten«, wie es die Einheimischen nannten, wenngleich Sandy die Bezeichnung »Sümpfe« weitaus zutreffender fand. Die Torrance High hatte fast vierhundert Schüler, und die Fluktuation innerhalb des Lehrkörpers war beinahe so hoch wie die tägliche Fehlquote der Schüler, weshalb Sandy auch keine Schwierigkeiten gehabt hatte, eine Anstellung zu finden. Die Schule selbst bestand aus einem weiträumigen eingeschossigen Gebäude, das in einer nicht unhässlichen, wenngleich fantasielosen Mischung aus modernen und traditionellen Elementen aus Holz und Stein errichtet worden war. Ausgelegt war es für maximal dreihundert Schüler. Da aber viel mehr Jungen und Mädchen unterrichtet werden mussten, waren unlängst vier weitere Klassenräume in Containern auf der Rückseite des Parkplatzes eingerichtet worden. Weil sie die Neue war, hatte Sandy das letzte dieser Mini-Gefängnisse zugeteilt bekommen, um dort die Söhne und Töchter der rechtschaffenen Bürger von Torrance in Englischer Literatur und schriftlichem Ausdruck zu unterrichten. Darunter auch Kerri Franklins Tochter Delilah.

Der Name Delilah war insofern unglücklich gewählt, als Kerri Franklins achtzehnjährige Tochter im Gegensatz zu der berüchtigten biblischen Sirene zwar durchaus hübsch, aber auch recht stämmig war. In nachsichtigeren Momenten dachte Sandy, dass Delilah vermutlich ihrem Vater ähnelte, Kerris erstem Mann, der aus dem Leben seiner Tochter verschwunden war, als das Kind zwei Jahre alt war. Wenn sie sich weniger großmütig fühlte, vermutete sie, dass Delilah ihrer Mutter bestimmt bis aufs Haar geähnelt hatte, bevor diese sich mit Hilfe der kosmetischen Chirurgie in eine Kleinstadt-Version von Pamela Anderson verwandelt hatte. Wenn Sandy richtig schlecht gelaunt war, stellte sie sich gern vor, wie Kerri Franklins zahlreiche plastische Verschönerungen gleichzeitig in sich zusammensackten – die winzige Knopfnase fiel ihr einfach aus dem Gesicht, Wangen- und Brustimplantate leckten, bevor sie implodierten, die vollen Lippen fielen in sich zusammen, die faltenfreie Stirn verschrumpelte, und die Unmengen von Botox in ihrem Körper setzten ihre bösartigen Gifte frei, sodass Kerris Haut sich verfärbte, abblätterte und schuppig wurde.

Sandy seufzte lauter als beabsichtigt. Ihr verirrter Seufzer ließ Greg Watt aufhorchen, einen muskelbepackten Unruhestifter, den sie aus der letzten in die erste Reihe versetzt hatte, um zumindest einen Anschein von Kontrolle über die rastlose Horde zu wahren. Greg war groß und auf eine nichtssagende Art gutaussehend mit kurzen blonden Haaren und kleinen dunklen Augen. Er starrte sie an, als wollte er sich jeden Moment auf sie stürzen. Wenn er ein Tier wäre, wäre er ein Pitbull, dachte Sandy.

Und sie wäre ein kleiner Spielzeugpudel, dem er jedes Bein einzeln ausreißen würde, dachte sie weiter, strich ihr lockiges, kinnlanges, braunes Haar hinter ihr rechtes Ohr und fühlte sich verwundbar, ohne recht zu wissen, warum.

»Irgendwas nicht in Ordnung, Mrs. Crosbie?«, fragte er.

»Alles bestens, Greg«, sagte sie.

»Freut mich zu hören, Mrs. Crosbie.«

Bildete sie sich das nur ein oder hatte er das Mrs. übertrieben betont? Es war ganz bestimmt kein Geheimnis in Torrance, dass ihr Mann sie nach fast zwanzig Jahren Ehe kürzlich verlassen hatte. Genauso wenig wie die Tatsache, für wen er sie verlassen hatte. Sandy hatte vielmehr rasch erfahren müssen, dass es in einer Kleinstadt wie Torrance nur wenige Geheimnisse gibt. Und es hatte nicht viel länger gedauert, bis sie begriffen hatte, dass trotzdem jeder eins zu haben schien.

»Okay. Wer möchte seinen letzten Eintrag vorlesen?«, fragte Sandy und wappnete sich gegen das nachfolgende Schweigen. »Irgendwelche Freiwilligen?« Warum überrascht mich das bloß nicht, dachte sie, als sich keine begierige Hand reckte. Sie ließ ihren Blick über die vorderen Reihen schweifen und entschied sich für Victor Drummond auf dem vorletzten Platz in der zweiten Reihe. Der Junge war komplett schwarz gekleidet, sein gebräuntes Gesicht von einer Schicht weißem Puder bedeckt. Seine blassblauen Augen waren schwarz umrandet, sein natürlicher Schmollmund wurde von einem Marilyn-Manson-roten Lippenstift betont. »Victor«, sagte sie so aufmunternd, wie sie konnte. »Wie wär's mit dir?«

»Sind Sie sicher, dass Sie das vertragen?«, fragte Victor grinsend. Er warf einen Blick zu der ähnlich gekleideten Diva auf dem Platz neben ihm. Das Mädchen hieß Nancy und trug drei Sicherheitsnadeln in der fein gezupften linken Augenbraue. Sie streckte die Zunge heraus.

Sandy zuckte zusammen. Sie konnte den Anblick des Metallknopfes, der aus Nancys Zunge ragte, nur mit Mühe ertragen. Es sah einfach zu schmerzhaft aus. Machte sich das Mädchen denn keine Sorgen wegen einer Entzündung? Oder ihre Eltern? Sandy unterdrückte einen weiteren Seufzer. Glücklicherweise war keines ihrer Kinder auf die Idee verfallen, sich mit Piercings oder Tattoos zu verunstalten. Zumindest bisher nicht.

»Ich riskiere es einfach mal«, erklärte sie Victor. »Du hast bestimmt einiges Interessantes zu erzählen.« Wenn er vorhatte, in der Schule Amok zu laufen, würde sie so zumindest vorher gewarnt. Sie ging um das Lehrerpult, ließ sich auf ihren Stuhl sinken und fragte sich, wann diese ganze Goth-Mode sich endlich erledigt hatte. Gab es die nicht schon ewig lange? In Rochester hatte sie auf jeden Fall mehr als genug davon gesehen, und auch wenn sie erkannte, dass diese Art, sich zu kleiden, vor allem eine Rebellion des Stils gegen den Inhalt darstellte, beunruhigte es sie trotzdem. Aber Victor war ihr ungeachtet seiner makabren Aufmachung durchaus sympathisch. Im Gegensatz zu den meisten ihrer Schüler verfügte er über eine rege Einbildungskraft, und man konnte sich in der Regel darauf verlassen, dass seine häufig von bizarren und exotischen Bildern wimmelnden Aufsätze einigermaßen interessant waren, wenngleich auch nicht so provokant, wie er gern gewollt hätte.

»Soll ich aufstehen?« Victor hatte sich schon ein paar Zentimeter von seinem Stuhl erhoben.

»Nicht nötig.«

Sofort ließ er seinen knochigen Hintern wieder auf den Sitz sinken, räusperte sich und hielt kurz inne. »Es ist Vollmond«, begann er dann ausdruckslos seinen Text vorzulesen. »Ich liege in meinem Bett und lausche dem Heulen der Wölfe.«

»In Florida gibt es keine Wölfe, du Hirni«, rief Joey Balfour aus der hinteren Reihe. Joey war neunzehn, Kapitän des Football-Teams und wiederholte das letzte Schuljahr. Er war ein selbstgefälliger Angeber – groß, kräftig und hirnlos – und alles in allem auch noch stolz darauf.

Der Rest der Klasse lachte. Ein Papierflugzeug segelte durch den Raum.

»Hirni«, wiederholte Victor leise, aber verächtlich genug, um die Aufmerksamkeit wieder auf sich zu lenken. »Das war metaphorisch gemeint.«

Joey lachte und hielt sich die Hände vors Gesicht, als wollte er sich vor etwas schützen. »Boah – ey. Das hatte ich nicht kapiert. Das war me-ta-pho-risch.«

»Das ist aber ein ziemlich großes Wort für einen Pimpf wie dich«, sagte Greg Watt mit einem gerinnenden Lächeln und einem finsteren Unterton.

»Möchte vielleicht irgendjemand erklären, was es bedeutet?«, ging Sandy dazwischen, um eine Konfrontation zu vermeiden. Sie hatte zu Beginn des Jahres eine komplette Unterrichtsstunde auf Metaphern verwendet, und es wäre schön, wenn irgendjemand tatsächlich etwas mitbekommen hätte.

Delilah hob die Hand.

Hätte man es sich nicht denken können, sinnierte Sandy. Nicht nur, dass diese übergewichtige Erinnerung an die Untreue ihres Mannes ihr jeden Morgen direkt ins Gesicht starrte, nun drängte es die junge Frau auch noch, etwas zu ihrem Unterricht beizutragen. Wusste sie nicht, dass es Sandy jedes Mal wie ein Stich ins Herz traf, wenn sie auch nur den Mund aufmachte? Womit wir wieder bei Metaphern wären, dachte sie kopfschüttelnd, wodurch sich die Strähne, die sie eben hinter ihr Ohr gestrichen hatte, wieder löste. Oder streng genommen bei einem Vergleich. »Ja, bitte, Dee«, sagte sie.

»*Dee*?«, wiederholte Greg ungläubig. »*Dee*?! Wenn Sie ihr schon einen Spitznamen geben wollen, wie wär's dann mit Deli? Ja, das ist passender. Sie könnte auf jeden Fall eins leer fressen.«

Wieder brach die ganze Klasse in lautes Gelächter aus. Aber im Gegensatz zu Victor hatte Delilah keine flinke Erwiderung, keinen cleveren Konter parat.

»Das reicht«, warnte Sandy ihre Schüler.

»Sagen Sie das Deli«, rief Joey Balfour aus der letzten Reihe, was eine weitere Lachsalve auslöste.

»Oder wie wär's mit Big D.?«, fuhr Greg fort. »Wie in dem Song, wissen Sie –«

»Ich sagte, das reicht.«

Delilah senkte den Kopf, was ihr Doppelkinn noch betonte. Sandy fühlte sich sofort schuldig. Das arme Mädchen hatte schon genug Probleme. Sie musste nicht noch irgendwelche Spitznamen angehängt bekommen, die weitaus schlimmer waren als ihr richtiger Name. Was hatte sie getan? Es war schließlich nicht die Schuld dieses Teenagers, dass ihre Mutter Sandys Mann in einem intimen Internet-Chat verführt hatte. Es war nicht ihre Schuld, dass Ian nicht mehr damit zufrieden gewesen war, der sprichwörtliche kleine Fisch in dem großen Teich zu sein, und sich danach gesehnt hatte, ein größerer Fisch in einem kleineren Teich zu werden.

Der dickste Fisch, korrigierte Sandy sich. Im kleinsten Teich.

Oder besser noch ein Frosch, dachte sie. In einem Sumpf.

»Okay, Schluss jetzt. Es sei denn, ihr wollt alle nachsitzen.« Sofort verstummte die Klasse. Wenn man Macht besaß, brauchte man keine cleveren Erwiderungen.

»Also gut ... Dee. Sag uns, was eine Metapher ist.«

»Es ist ein Symbol«, begann Delilah. »Ein Vergleich. Wenn man ein Wort oder einen Satz, der normalerweise etwas Bestimmtes bedeutet, so benutzt, dass er etwas anderes bedeutet.«

»Wovon zum Teufel redet sie?«, fragte Greg.

»Das bedeutet, das Victor nicht wirklich im Bett gelegen und dem Heulen der Wölfe gelauscht hat«, antwortete Brian Hensen, ohne von seinem Pult aufzublicken. Brian war der kränkliche Sohn der Schulkrankenschwester und von Natur aus so blass wie Victor nach einem halben Tiegel Puder.

»Was meint er dann damit, Schlaumeier?«

»Er horcht auf die Geräusche der Nacht«, antwortete Brian nüchtern. »Die Gefahr.« Er hob den Blick und sah Sandy an. »Den Tod.«

»Wow«, sagte Victor.

»Cool«, meinte Greg.

Dann sagte ein paar Sekunden niemand etwas. »Danke, Brian«, brachte Sandy schließlich flüsternd hervor und unterdrückte den Impuls, Victor und Brian herzlich zu umarmen. Vielleicht leistete sie doch einen kleinen Beitrag. Vielleicht waren die Monate hier doch nicht völlig vergeudet gewesen, wie sie mehr als einmal geklagt hatte. Vielleicht lernte ja irgendjemand tatsächlich etwas.

Victor räusperte sich erneut und legte eine dramatische Pause ein. »Ich weiß natürlich, dass es in Florida keine Wölfe gibt«, las er höhnisch grinsend mit einem Seitenblick zu Joey. »Aber das hält mich nicht davon ab, mir vorzustellen, wie sie sich vor meinem Zimmer versammeln. Werden sie später immer noch da sein, frage ich mich. Warten sie auf mich, wenn ich aus meinem warmen Bett in die kühle Dunkelheit hinausgehe? Werden sie mir in den Wald folgen, wo ich mich häute wie die schmale Schlange, die im Mondlicht über meine nackten Füße gleitet?«

»Welcher Wald denn, du Penner?«

»Joey ...«, warnte Sandy.

»Nein, sagen Sie es nicht. Das ist wieder eine Metapher.«

»Ich finde ein ruhiges Fleckchen feuchter Erde«, fährt Victor unaufgefordert fort, »zücke das Küchenmesser aus meinem Gürtel, ziehe die gezackte Klinge über die Innenseite meines Armes und beobachte, wie das Blut an die Oberfläche blubbert wie Lava aus einem Vulkan. Ich senke den Kopf, schmecke meine Sünden und trinke mein unreines Verlangen.«

»Du bist ein Vollspinner«, erklärte Joey.

Dieses Mal war Sandy ungeachtet der literarischen Qualität des eben Gehörten durchaus geneigt, Joey zuzustimmen. »Okay, Victor. Ich denke, wir haben genug gehört. So sehr ich die Wortgewandtheit zu schätzen weiß, mit der du deine Fantasien ausdrückst, ging es bei dieser Hausaufgabe doch eher darum festzuhalten, was du gestern Nacht tatsächlich gemacht hast.«

Statt zu antworten, streckte Victor den linken Arm aus, krempelte den Ärmel seines schwarzen Hemds auf und entblößte eine lange gezackte Linie auf seinem Unterarm.

»Cool«, sagte Nancy.

»Verdammte Scheiße«, sagte Greg.

»Ich denke, das solltest du besser der Krankenschwester zeigen«, sagte Sandy und verschloss die Augen vor dem Anblick.

Victor lachte. »Wozu? Mir geht es gut.«

»Da bin ich mir nicht so sicher«, entgegnete Sandy. »Bitte geh zu Mrs. Hensen. Auf der Stelle.« Sie nahm sich vor, nach der Schule Victors Eltern anzurufen, um sie auf die nächtlichen Aktivitäten ihres Sohnes aufmerksam zu machen. War es vorstellbar, dass sie ihnen etwas erzählte, was sie nicht längst wussten?

Kümmer dich um deinen Kram, hörte sie Ian tadeln. Er hatte immer gesagt, dass sie sich zu sehr auf ihre Schüler einließ. *Sorge dich um dein eigenes Leben*, hatte er gesagt.

Nur dass sie, als er das gesagt hatte, keine Ahnung hatte, dass sie sich um irgendwas sorgen musste.

»Verrückte Schwuchtel«, murmelte Greg, als Victor die Tür des Containers öffnete und die drei Stufen hinuntereilte.

»Okay, Greg«, sagte Sandy und sprang so unvermittelt auf, dass sie um ein Haar ihren Stuhl umgeworfen hätte. »Das reicht jetzt wirklich.« Sie hockte sich wieder auf die Tischkante. »Und da du offenbar so viel zu sagen hast, würden wir jetzt gern hören, was du geschrieben hast.«

»Das ist, ähm, ziemlich persönlich, Mrs. Crosbie. Ich möchte Sie nicht in Verlegenheit bringen.«

»Das ist schon in Ordnung. So leicht bringt man mich nicht in Verlegenheit.«

Greg blickte verschlagen in Delilahs Richtung. »Wohl nicht.«

Joey lachte, und der Rest der Klasse mit Ausnahme von Delilah stimmte ein, obwohl einige der Mädchen zunächst erschrocken nach Luft schnappten. »Kann ich bitte mal dein Heft sehen, Greg?«, fragte Sandy in einem Ton, der deutlich machte, dass es sich keineswegs um eine Bitte handelte.

Zögernd gab Greg ihr das Heft. Sandy schlug es auf und überflog die zumeist leeren linierten Seiten. Sie blätterte bis zur letzten Seite, die zu ihrer Überraschung mit einer Reihe erstaunlich guter, Comic-artiger Porträts übersät war. Die Personen waren sofort erkennbar: Da war Lenny Fromm, der Direktor der Torrance High, lässig bis zur Nachlässigkeit, entspannt bis zur Lethargie, mit seinem Glatzenscheitel, der seine schläfrigen Gesichtszüge fast völlig verdeckte; Avery Peterson, der Physiklehrer, der mit achtunddreißig Jahren genauso alt war wie Sandy, aber wegen seiner Vollglatze doppelt so alt aussah, und in den Zeichnungen als riesige Bowlingkugel auf winzigen, spinnenartigen Beinen dargestellt war; Gordon Lipsman, der Theaterlehrer, der als eckiger kastenartiger Kopf mit einer Knollennase und leicht schielenden Augen karikiert war.

Sandy war gleichermaßen entsetzt und geschmeichelt, auch sich in der Galerie wiederzufinden. Sie erkannte sich sofort an den widerspenstigen Locken ihrer Karikatur, dem übertrieben spitzen Kinn und dem ausgeprägten Muttermal über der vollen Oberlippe. Der strichmännchenhaft dargestellte Körper war von einem langen formlosen Kleid bedeckt und wedelte mit dünnen Armen und knochigen Fingern in der Luft. Ist das ihr Bild von mir, fragte sie sich und musterte die neugierigen Gesichter ihrer Schüler. Eine hagere zerzauste Vettel?

Und sieht Ian mich auch so?

Ihr Blick wanderte auf die nächste Seite, wo die zerzauste Vettel mit einer Amazone kämpfte, deren riesige Brüste, wehendes Blondhaar und hochhackige Schuhe sie unverkennbar als Kerri Franklin identifizierten. Im Hintergrund stand ein Mädchen von monströsen Ausmaßen, aus deren hervortretenden Augen Tränen quollen, während sie versuchte, sich ein ganzes Hühnchen in den offenen Mund zu stopfen. Eine zweite Zeichnung zeigte die triumphierende Amazone, die einen Mann mit einer gewaltigen Erektion über ihre blonde Mähne reckte, während ihre hohen Absätze sich in die formlosen Umrisse der erlegten Vettel bohrten und das unförmige Mädchen nach einem weiteren noch lebenden und gackernden Hühnchen griff.

Sandy klappte das Heft zu und gab es Greg kommentarlos zurück. Ihr Herz pochte wie wild. Aber sie durfte sich auf keinen Fall etwas anmerken lassen, dachte sie, obwohl in ihrer Kehle ein Schrei aufstieg. »Tanya«, sagte sie, sowohl den Schrei als auch die Tränen unterdrückend, und wandte sich einem der hübschesten Mädchen der Torrance High zu. »Könnten wir bitte hören, was du geschrieben hast?« Sandy zwang sich zu einem Lächeln und stellte dankbar fest, dass sie ziemlich unbeeindruckt klang.

Tanya McGovern stand auf. Sie, Ginger Perchak, zwei Reihen links hinter ihr, und die fehlende Liana Martin, die normalerweise direkt hinter ihr saß, bildeten die beliebteste Clique der Schule. Die Jungen buhlten um ihre Aufmerksamkeit, die anderen Mädchen kopierten ihre Frisuren, ihre Kleidung und ihre Posen. Sogar Sandys ansonsten durchaus vernünftige Tochter Megan war ihrem Bann seit kurzem verfallen. Zu

Hause hieß es ständig, Tanya dies und Ginger das. Sandy schauderte innerlich bei dem Gedanken, wie lange es dauern würde, bevor auch Megan ein MOVE, BITCH-T-Shirt haben wollte, wie es Liana gestern angehabt hatte. Wo waren eigentlich ihre Eltern, fragte sie sich wieder.

»Ich fürchte, ich hab es nicht richtig geschafft, etwas in mein Tagebuch zu schreiben, Mrs. Crosbie.«

Nickend resignierte Sandy. »Okay, Tanya. Du kannst dich setzen.«

Das Mädchen gehorchte eilig.

»Also gut. Sieht so aus, als hättet ihr alle einen anstrengenden Abend vor euch«, erklärte Sandy. »Zusätzlich zu den beiden Tagebucheinträgen, die morgen vor Unterrichtsbeginn schriftlich eingereicht werden müssen, schreiben wir einen Test über das erste Kapitel von *Cry, the Beloved Country*. Wer seine Hausaufgabe nicht abgibt oder den Test versäumt, bekommt eine Sechs.«

Sandy schlug ein allgemeines Stöhnen entgegen. »Und was ist, wenn wir krank sind?«, fragte irgendjemand von hinten.

»Werdet eben nicht krank.«

»Und wenn wir ein Attest von Dr. Crosbie bekommen?«, fragte Joey Balfour. Wieder klang das folgende Gelächter ein wenig erschrocken.

Zum Glück klingelte es in diesem Moment, und die Schüler sprangen unverzüglich auf und drängten zur Tür. Sandy blieb, wo sie war, und hoffte, dass ihre Füße sie tragen würden, bis alle den Raum verlassen hatten. »Tanya«, stieß sie hervor, als das Mädchen an ihr vorbeihastete.

»Ja, Mrs. Crosbie?«

»Kannst du vielleicht Liana wegen der Hausaufgabe für morgen Bescheid sagen?«

»Klar doch, Mrs. Crosbie.«

»Und Greg«, fügte Sandy hinzu, bevor er aus der Tür geschlüpft war. »Könnte ich dich bitte einen Moment sprechen?«

Greg wandte sich von der Tür ab und kam langsam zurück.

»Bis später, Alter«, sagte Joey Balfour auf dem Weg nach draußen und zwinkerte Sandy zu. »Seien Sie nicht zu streng mit ihm.«

»Das mit den Zeichnungen tut mir leid«, begann Greg. »Ich wollte ganz bestimmt nicht, dass Sie sie zu sehen bekommen.«

»Dann lässt du sie vielleicht einfach zu Hause, wenn du das nächste Mal zur Schule kommst.«

»Jawohl, Ma'am.«

»Außerdem solltest du darüber nachdenken, dich an einem Kunst-College zu bewerben«, fuhr sie fort, und spürte, wie Greg sie anstarrte. »Du hast Talent. Echtes Talent. Das solltest du weiterentwickeln.«

»Wir sind eine Familie von Gemüsebauern, Mrs. Crosbie«, sagte Greg, der rot geworden war und seine Verlegenheit jetzt zu überspielen suchte. »Ich glaube nicht, dass mein Vater besonders begeistert wäre, wenn sein Sohn seinen Lebensunterhalt mit Comics zeichnen verdienen will.«

»Nun ... du solltest trotzdem mal drüber nachdenken.«

»Wir sind auch nicht gerade große Denker«, sagte Greg zwinkernd und wandte sich zur Tür.

»Greg ...?«

Er blieb erneut stehen und machte auf den abgetretenen Absätzen seiner Lederstiefel kehrt.

»Sei nicht so gemein zu Delilah, ja?«

Ein spitzbübisches Grinsen breitete sich über sein von Natur aus attraktives Gesicht, als Greg Watt die Tür des Containers öffnete und im grellen Morgenlicht verschwand.

3

Deputy Sheriff John Weber saß hinter dem massiven Eichenschreibtisch in seinem kleinen Büro und lehnte sich auf seinem unbequemen jagdgrünen Lederstuhl zurück. Der Stuhl war aus zwei Gründen unbequem: Erstens war das zarte italienische Design, das seine Frau womöglich nach einem Glas Wein zu viel ausgesucht hatte, inkompatibel mit seinem massigen amerikanischen Körperbau. (Er war 1,92 Meter groß und wog weit über 90 Kilo, und auch wenn er früher gern behauptet hatte, dass es 90 Kilo purer Muskeln waren, lag das inzwischen auch schon drei Jahre und gut zwanzig Pfund zurück.) Zweitens klebte das Leder immer irgendwie an seinem Rücken, trotz der brandneuen Klimaanlage, die die Temperatur in seinem Büro knapp über dem Gefrierpunkt hielt. Jedes Mal, wenn er seine Position veränderte, riss das Leder von seinem Hemd wie ein hartnäckig klebendes Pflaster und hinterließ Falten in dem vormals glatten beigefarbenen Stoff. Deshalb sah John Weber immer leicht ungepflegt aus, weshalb seine Frau Pauline sich beschwerte, dass die Leute seine schlampige Erscheinung bestimmt ihrer mangelnden Bügelkunst zuschreiben würden. »Sie denken garantiert, dass ich den ganzen Tag vor dem Fernseher liegen und trinken würde«, hatte sie einmal geklagt, was möglicherweise witzig hätte sein können, wenn es der Wahrheit nicht gefährlich nahegekommen wäre. Denn soweit John Weber das beurteilen konnte, verbrachte seine Frau ihre Tage in der Tat genau so: Sic lag im Bett, trank und sah fern.

John starrte aus dem breiten Fenster in der Westwand seines Büros und fragte sich, wie lange er es noch aufschieben konnte, nach Hause zu gehen. Fast alle anderen waren schon gegangen. Nur eine Notbesetzung blieb zurück, weil in Torrance nach Einbruch der Dunkelheit kaum mehr passierte als ein gelegentlicher Autounfall oder eine Kneipenschlägerei. Es war fast sechs, und wenn er noch ungefähr eine Stunde blieb, bestand eine gute Chance, dass die Enttäuschungen des Tages von einem herrlichen Sonnenuntergang wettgemacht wurden. John liebte den Sonnenuntergang. Nicht nur, weil die Palette strahlender Orange-, Rosa- und Gelbtöne vor dem türkisfarbenen Himmel von so atemberaubender Schönheit waren, dass sein Herz jubeln wollte, sondern auch weil der gesamte Vorgang so wunderbar ordentlich vonstattenging. Und nachdem er einen Gutteil der letzten zwanzig Jahre damit zugebracht hatte, das Chaos anderer Leute zu beseitigen, hatte John Weber eine tiefe Wertschätzung für alles Ordentliche entwickelt.

Wenn er bis nach Sonnenuntergang im Büro blieb, würde er sich natürlich Paulines altvertraute Tirade anhören müssen, dass er nie zu Hause sei und immer nur arbeite, und ob er nicht mit ihr zusammen sein und keine Zeit mit seiner Tochter verbringen wolle.

Die Antwort auf die erste Frage war leicht: Nein, er wollte nicht mit ihr zusammen sein. Die Antwort auf die zweite Frage lautete ebenfalls nein, wenngleich nicht ganz so einfach. Aber so ungern John Weber es zugab, waren ihm sowohl seine Frau als auch sein einziges Kind seltsam gleichgültig. Und während es noch einigermaßen akzeptabel war, die Frau nicht zu mögen, die man geheiratet hatte, weil man zu betrunken oder zu unvorsichtig gewesen war, darüber nachzudenken, welche Konsequenzen es haben könnte, kein Kondom zu benutzen, war es eine vollkommen andere Sache, sein eigen Fleisch und Blut nicht zu mögen. Ihre Tochter Amber, benannt nach der Farbe des Weins, den sie in der Nacht ihrer Empfängnis getrunken hatten, war jetzt sechzehn und schon knapp 1,80 Meter groß. Sie hätte eine imposante Erscheinung sein können, wenn sie nicht so verdammt dünn gewesen wäre, und zwar nicht nur normal und alltäglich dünn, sondern so hager und knochig, dass einen schon ihr bloßer Anblick nervös machte. Deswegen versuchte er auch, sie nicht anzusehen. In letzter Zeit hatte er selbst flüchtigen Blickkontakt gemieden und sie nur angeguckt, wenn es absolut unumgänglich war, wobei er sich alle Mühe gegeben hatte, nicht zusammenzuzucken. Einmal hatte er sich allerdings nicht beherrschen können, und sie hatte seinen entsetzten Blick gesehen und war weinend aus dem Zimmer gerannt. Das war schon Monate her, aber er hatte noch immer ein schlechtes Gewissen.

Schließlich war das Ganze seine Schuld.

Er hatte mit Pauline gestritten, weil sie vergessen hatte, wegen des leckenden Wasserhahns im Bad den Klempner anzurufen, obwohl das verdammte Tropfen ihn die halbe Nacht wach gehalten hatte. Sie hatte versprochen, es am Morgen gleich als Erstes zu tun, und natürlich nicht mehr drangedacht. Also musste er die chinesische Wasserfolter eine weitere Nacht ertragen und am Morgen selbst auf den Klempner warten. Er war noch immer wütend – verdammt, er war auch heute, fast acht Monate später, noch wütend –, als er Amber das letzte Stück Pfirsichkuchen aus dem Kühlschrank holen sah, das er sich aufgespart hatte. Er hatte eine blöde Bemerkung gemacht, dass sie aufpassen müsse, wenn sie nicht irgendwann aussehen wollte wie Kerri Franklins Tochter – ein klassischer Fall von Glashaus und Steinen –, und ehe er sich versah, war der Rest Pfirsichkuchen im Müll gelandet, Amber hatte Pfunde verloren wie nichts und wog jetzt vielleicht noch gut 55 Kilo. 1,80 Meter groß und 55 Kilo! Und alles war seine Schuld. Er war ein schrecklicher Ehemann und ein noch schlechterer Vater. Wie sollte er nach Hause gehen, wenn er jedes Mal, wenn er den unaufgeräumten Bungalow betrat, von seinem eigenen Versagen begrüßt und rasch in die ausgebreiteten Arme der Verzweiflung getrieben wurde?

Er hatte versucht, mit Pauline über ihre Tochter zu reden, aber sie hatte seine Sorgen beiseitegewischt. »*Pas de problème*«, hatte sie in ihrer ärgerlichen Angewohnheit, französische Sätze in ihre Unterhaltung zu streuen, genäselt. Heutzutage wäre es modisch, superschlank zu sein. Sie zählte eine Reihe Fernsehschauspielerinnen auf, von denen er nie gehört hatte, und wies auf das Cover von einem Dutzend Modezeitschriften, die wie Flicken eines Überwurfs auf dem Bett verstreut lagen. Auf allen posierten junge Frauen ohne Figur mit riesigen Köpfen auf einem Strichkörper. Was war aus Arsch und Titten geworden, hatte er sich gefragt.

Wobei man sich, wenn man nach Arsch und Titten suchte, natürlich immer an Terri Franklin halten konnte.

John schüttelte den Kopf und versuchte, das Bild der üppigen Blondine zu verdrängen, die sich unter ihm wand und mit ihren obszön vollen Lippen seinen Namen rief. Ihre Affäre, eingeschoben zwischen Ehemann Nummer zwei und drei, hatte nur ein paar Monate gedauert, obwohl sie nach dem Abgang von Ehemann Nummer drei kurz wieder aufgelebt war. Das war nach ihrer Augenoperation, aber noch vor der jüngsten Runde von Implantaten und auf jeden Fall, bevor Ian Crosbie auf der Bildfläche erschienen war. John fragte sich, ob es eine weitere leidenschaftliche Wiedervereinigung geben würde, wenn der gute Doktor zur Vernunft kommen und zu seiner Frau zurückkehren würde. Er fragte sich, wie es sich anfühlte, Silikon-Brüste und aufgespritzte Lippen zu haben. Er fragte sich, warum Frauen sich solche schrecklichen Dinge antaten, warum sie bereit, ja beinahe erpicht darauf waren, sich in lebende Karikaturen zu verwandeln.

Skelette und Karikaturen, dachte John, als das Telefon klingelte. »Weber«, sagte er ohne ein Hallo.

»Gut, dass du noch da bist«, sagte seine Frau.

John lächelte. Endlich, dachte er, etwas, worin sie sich einig waren. »Was gibt's?«

»Ich wollte fragen, was du zu Abend essen möchtest.«

John hatte sofort Schuldgefühle – weil er schlecht über seine Frau gedacht hatte, wegen seiner Affäre mit Kerri Franklin und der Vorwände, die er sich ausdachte, um nicht nach Hause zu kommen. »Ich weiß nicht. Vielleicht –«

»Ich dachte, du könntest vielleicht was von McDonald's mitbringen. Sie haben den ganzen Nachmittag die Werbung für die McChicken-Sandwiches gezeigt, und das hat mir richtig Lust darauf gemacht.«

John rieb sich die Nase, kratzte seinen lichter werdenden Haaransatz und atmete tief aus. »Ich weiß noch nicht genau, wann ich nach Hause komme«, begann er und beobachtete dankbar, wie ein weißer Cadillac, neueres Modell, auf den Parkplatz fuhr. Heraus stiegen mit einem Ausdruck grimmiger Entschlossenheit Howard und Judy Martin. Irgendwas war offensichtlich nicht in Ordnung. Deshalb würde er ebenso offensichtlich noch bleiben und herausfinden müssen, worum es sich handelte. »Sieht so aus, als könnte ich hier noch eine Zeit lang aufgehalten werden –«

Die Verbindung war beendet worden.

»Vielen Dank für dein Verständnis«, fuhr John fort und winkte die Martins in sein Büro. »Howard ... Judy«, sagte er, stand auf und wies auf die beiden braunen Stühle mit den hohen Lehnen vor seinem Schreibtisch. »Gibt es ein Problem?« Er erkannte, dass das ein dumme Frage war, nahm wieder Platz und bemerkte Howards steife Pose, das nervöse Rascheln des Taschentuchs in Judy Martins manikürten Fingern und die Angst in ihren blauen Augen. Sie waren das attraktive Traumpaar der Highschool gewesen und zwei Mal zum König und zur Königin des Schulballs gewählt worden, eine bis heute einmalige Ehre. Judy hatte anschließend noch eine Reihe lokaler Schönheitswettbewerbe gewonnen – Miss Broward County, Miss Zitrusfrucht, Dritte bei der Wahl zur Miss Florida –, bevor sie Howard geheiratet hatte. Ihr hochgestecktes braunes Haar hatte immer ausgesehen, als warte es auf ein Diadem. Aber auch mit zu viel Make-up – John versuchte sich zu erinnern, ob er sie je ohne gesehen hatte – war sie eine schöne Frau.

Howard, groß, schlank und immer noch auf eine jungenhafte Art attraktiv, ergriff die Hand seiner Frau und umklammerte ihre zitternden Finger. »Es geht um Liana. Sie ist verschwunden.«

»Verschwunden. Seit wann?«

»Seit gestern.«

»Seit gestern?«

»Offenbar ist sie nach der Schule nicht heimgekommen.«

»Offenbar?«, wiederholte John in der Annahme, dass es sich um ein Missverständnis handelte. Howard und Judy Martin waren engagierte und treu sorgende Eltern. Warum hatten sie bis jetzt gewartet, wenn eins ihrer Kinder tags zuvor nicht aus der Schule nach Hause gekommen war?

»Wir waren in Tampa«, erklärte Judy leise, als könnte sie seine Gedanken lesen. »Howard hatte geschäftlich dort zu tun, und Meredith hat an einem Junioren-Schönheitswettbewerb teilgenommen. Wir dachten, wir könnten es miteinander verbinden …« Ihre Stimme verlor sich. Sie starrte aus dem Fenster hinter Johns Kopf.

»Wir haben gestern Abend zu Hause angerufen«, fuhr Howard fort, »aber die Jungs haben kein Wort davon gesagt, dass Liana nicht da war. Sie haben offenbar angenommen, dass sie bei ihrem Freund war, und wollten nicht, dass sie Ärger bekommt.«

»Wir sind heute Nachmittag gegen zwei zurückgekommen«, sagte Judy. »Wir haben natürlich angenommen, dass alle in der Schule sind. Aber als Liana um fünf immer noch nicht zurück war, habe ich angefangen, mir Sorgen zu machen. Ich habe die Jungen gefragt, ob ihre Schwester irgendwas davon gesagt hätte, dass sie später kommen würde, und dann haben sie gestanden, dass sie gestern gar nicht nach Hause gekommen ist. Ich habe sofort Peter angerufen, aber er sagte, er hätte sie auch nicht gesehen.«

»Peter?« John nahm einen Stift und fing an, sich auf einem weißen Schreibblock Notizen zu machen. Das Ganze klang doch ernster, als er zunächst gedacht hatte, obwohl er nach wie vor davon überzeugt war, dass sich relativ bald alles wohlgefällig aufklären würde.

»Peter Arlington. Er ist seit etwa einem halben Jahr ihr Freund.«

»Sie streiten sich ständig«, fügte Howard kopfschüttelnd hinzu. »Sie trennen sich andauernd, versöhnen sich und trennen sich dann wieder.«

»Du weißt ja, wie das mit der jungen Liebe ist«, fügte Judy zögernd hinzu, als ob ihr die Worte im Hals stecken blieben.

John nickte, obwohl er in Wirklichkeit keine Ahnung hatte. Er war nie wirklich verliebt gewesen.

»Peter sagt, er hätte Liana gestern in der Schule zum letzten Mal gesehen. Sie hatten offenbar irgendeinen Streit und haben nicht miteinander geredet, darum hat er sie gestern Abend nicht angerufen. Und heute hat er sich nicht wohl gefühlt und ist deshalb zu Hause geblieben.«

John kniff die Augen zusammen und versuchte, sich ein Bild von Peter Arlington vor Augen zu rufen. Der Name klang nicht unmittelbar vertraut. »Glaubt ihr ihm?«

»Was soll das heißen?«

John stellte neidisch fest, dass Howards Haaransatz keinen Zentimeter zurückgewichen war, obwohl sein Haar an den Schläfen grau wurde. Er würde mit Eleganz und Würde altern, dachte John, beugte sich vor und spürte, wie die überschüssigen Pfunde um seine Hüfte gegen die Schreibtischkante drückten. »Dieser Peter – glaubt ihr ihm?«

»Darüber habe ich noch nicht nachgedacht«, gab Howard zu. »Ich bin einfach davon ausgegangen, dass er die Wahrheit gesagt hat.«

»Warum?«, fragte Judy. »Meinst du, er lügt?«

»Ich habe keine Ahnung.« John gab Peter Arlingtons Namen in den Computer auf seinem Schreibtisch ein und stellte erleichtert fest, dass es keine Einträge gab. »Er ist nicht in unserem System, das ist gut.«

»Was bedeutet das?«

»Er ist noch nie festgenommen worden und hat noch nie gesessen.«

»Oh nein. Mit so jemandem würde sich Liana nie einlassen«, versicherte Judy dem Sheriff.

»Also gut. Lasst uns noch mal rekapitulieren«, sagte John. »Habt ihr sonst noch irgendjemanden angerufen, nachdem ihr mit Peter gesprochen habt?«

»Natürlich. Ich habe sämtliche Freundinnen von Liana angerufen.«

»Und das wären …?«

»Tanya McGovern und Ginger Perchak. Sie sind ihre besten Freundinnen. Die habe ich zuerst angerufen.«

John notierte die vertrauten Namen. Tanya hatte in der *Anatevka*-Aufführung an der Torrance High im vergangenen Jahr eine von Ambers Schwestern gespielt, Liana Martin die andere.

»Danach habe ich Maggie Mackenzie und Ellen Smythe angerufen. Und sogar Victor Drummond.«

»Victor Drummond?«, fragte ihr Mann. »Wozu um Himmels willen hast du denn diesen Spinner angerufen?«

»Na ja, in *Anatevka* haben er und Liana ein Liebespaar gespielt, und dann hat sie Anfang des Jahres das Physik-Projekt für Mr. Petersen mit ihm zusammen gemacht, und sie meinte, er wäre wirklich nett und gar nicht sonderbar, wenn man ihn besser kennen würde, und ich hatte das Gefühl, dass sie ihn immer irgendwie mochte –«

»Ihn *mochte*? Wovon redest du?«

»– deshalb dachte ich, ich probier's mal –«

»Sie war nicht bei ihm«, stellte John leise fest.

Judy schüttelte den Kopf, ohne dass ihr Haar sich bewegte. »Niemand hat sie seit gestern Nachmittag gesehen. Tanya hat gesagt, sie hätte Liana ein paar Mal auf ihrem Handy angerufen und eine Flut von Nachrichten hinterlassen, aber Liana hätte nicht zurückgerufen.«

»Habt ihr es auch noch mal auf ihrem Handy probiert?«, fragte John, obwohl er die Antwort schon wusste. Natürlich hatten sie es probiert.

»Das letzte Mal auf der Fahrt hierher«, bestätigte Howard. »Sie geht nicht dran.«

»Als ob sie vom Erdboden verschluckt worden wäre.« Judy biss sich auf ihre zitternde Unterlippe. In ihren Augen standen Tränen, die gefährlich an ihrem unteren Lid zerrten.

»Hat sie so etwas schon mal gemacht?«

»Nie«, sagte Judy nachdrücklich.

»Wir behaupten nicht, dass sie ein Engel ist«, korrigierte Howard. »Sie ist störrisch und dickköpfig, und wenn sie wütend ist, hat sie ein ganz schön loses Mundwerk, aber alles in allem ist sie ein gutes Mädchen.«

»Fällt euch ein Grund ein, warum sie weggelaufen sein könnte?«

»Weggelaufen?«, fragte ihre Mutter. »Wovor?«

»Gab es zu Hause irgendwelche Probleme?«

»Was für Probleme denn?«

John hasste es, wenn die Leute seine Fragen mit Gegenfragen beantworteten. »War sie gekränkt? Oder wütend? Hattet ihr vielleicht Hausarrest verhängt …«, fuhr er fort, bevor sie weitere Erklärungen verlangten.

»Sie hatte keinen Hausarrest. Sie war nicht aufgewühlt oder wütend. Es gab keine Probleme.«

»War sie in letzter Zeit nervös, vielleicht ein wenig depressiv?«

»Nervös? Depressiv?«, wiederholte Judy.

»Du hast gesagt, dass sie einen Streit mit ihrem Freund hatte …«

»Sie haben ständig gestritten«, meinte Howard abschätzig. »Das ist für sie eine Art Vorspiel.«

»Worauf willst du hinaus?«, fragte Judy John, und eine

Sorgenfalte legte sich auf ihre ansonsten glatte Stirn. »Glaubst du, sie hätte sich etwas angetan?«

»Kinder in dem Alter sind sehr verletzlich«, sagte John und dachte an Amber. »Wenn sie wegen irgendwas gekränkt war …«

»Das war sie nicht«, erklärte Howard.

»Würde sie es euch erzählen, wenn es so ist?«

»Mir würde sie es erzählen«, sagte Judy und fügte ein wenig zögerlicher hinzu: »Ich glaube, sie würde es mir erzählen.«

»Besteht die Möglichkeit, dass sie schwanger ist?«, fragte John leise in der Hoffnung, dass sein zurückhaltender Tonfall eine potenzielle Explosion auf der anderen Seite des Schreibtischs im Keim erstickte. Seiner Erfahrung nach war es Eltern, ganz egal, für wie tolerant sie sich hielten, unangenehm, sich das Sexleben ihrer Kinder vorzustellen.

Howard Martin schlug sich die Hand vor den Mund und fluchte leise. Trotzdem konnte man deutlich das Wort »Mistkerl« verstehen.

»Sie nimmt die Pille«, sagte Judy und erklärte dann mit Nachdruck: »Liana war nicht nervös. Sie war nicht depressiv. Sie war nicht schwanger. Und sie hat sich ganz bestimmt nichts angetan.«

»Und sie würde auch nicht einfach abhauen, ohne uns Bescheid zu sagen.«

»Habt ihr ihren Computer schon überprüft?«, fragte John.

»Ihren Computer?«

»Die Kids hängen doch bekanntlich dauernd im Internet rum. Vielleicht hat sie in einem Chatroom irgendjemanden getroffen.« Dabei ertappte sich John schon zum zweiten Mal bei dem Gedanken an Kerri Franklin. Hatte sie Dr. Crosbie nicht genau so kennen gelernt? Das erzählte man sich zumindest in der Stadt. Amber war eines Tages aus der Schule nach Hause gekommen und hatte atemlos berichtet, dass der Mann ihrer Englischlehrerin sie für Delilah Franklins Mutter verlassen hätte. Und ratet mal, wie sie sich kennen gelernt haben!

»An ihren Computer habe ich nicht gedacht«, sagte Howard. »Ich kenne nicht einmal ihr Passwort. Du?«, fragte er seine Frau.

Sie schüttelte den Kopf. »Vielleicht die Jungen.«

Sofort zog Howard ein Handy aus der Tasche seiner sandfarbenen Windjacke, tippte eine Nummer und wartete. »Noah, kennst du das Passwort deiner Schwester?«, fragte er ohne Vorrede. »Ja, natürlich für den Computer«, sagte er ungeduldig. »Sie wird dich nicht umbringen«, versicherte Howard ihm. »Aber *ich* vielleicht, wenn du es mir nicht sofort sagst … Okay. Danke. Sie hat vermutlich nicht angerufen?« Er klappte das winzige Handy zu und verstaute es wieder in seiner Tasche. »Ihr Passwort ist *Jell-O*, und niemand hat etwas von ihr gehört.«

»Ich brauche noch ihre E-Mail-Adresse.«

Wieder sah Howard seine Frau an. Sie nannte die Adresse mit tonloser Stimme, die aus einem völlig anderen Raum zu kommen schien.

»Ich lasse das gleich morgen Früh von einem unserer Leute überprüfen.«

»Gibt es etwas, was wir heute Abend noch tun können?«

»Nun, es wird bald dunkel, aber ich schicke einen Streifenwagen zu einer Kontrollrunde los.« John sah die Enttäuschung in Judys Blick aufflackern. »Außerdem hör ich mich selbst noch ein bisschen um«, fügte er rasch hinzu und versuchte, sich nicht den Sonnenuntergang vorzustellen, auf den er sich so gefreut hatte. Er verstand es, dass die meisten Leute vor allem in einer Kleinstadt wie Torrance gern das Gefühl hatten, direkt mit dem Verantwortlichen zu tun zu haben. Aber verantwortlich wofür, fragte er sich und rieb sich die Oberlippe. Wann hatte er zum letzten Mal das Gefühl gehabt, etwas unter Kontrolle zu haben? »Hat sie irgendwelche Lieblingsplätze? Läden, in die sie gern geht?«

»Die Merchant Mall«, sagte Judy. »Aber die wird jetzt geschlossen sein.«

»Und das Chester's«, fügte Howard den Namen eines Hamburger-Restaurants mit Billardzimmer hinzu, in dem die Teenager des Ortes gern herumhingen.

»Ich schau mal vorbei.« John hatte das Chester's nie gemocht. Der Geschäftsführer war Cal Hamilton, ein ehemaliger Rausschmeißer aus South Beach, dessen Frau immer mit Blutergüssen übersät war. »Fehlen irgendwelche von ihren Sachen?«

»Ihre Kleider sind alle im Schrank«, sagte Judy. »Ihre CDs, ihr Make-up, alles an seinem gewohnten Platz. Bis auf ihr Portemonnaie und ihre Schulsachen, die sie wahrscheinlich bei sich hat. Du glaubst doch nicht, dass ihr irgendwas Schreckliches zugestoßen ist, oder?«, fuhr sie im selben Atemzug fort, weil sie die Frage nicht länger unterdrücken konnte, die über ihren Köpfen kreiste wie eine drohende Krähe, die darauf lauerte, auf sie herabzustoßen.

Was antwortet man auf eine solche Frage, überlegte John. »Ich weiß es nicht«, entschied er sich für die ehrliche Variante. »Ich hoffe nicht, und bisher gibt es auf gar keinen Fall irgendwelche Hinweise in diese Richtung.« Abgesehen davon natürlich, dass sie seit vierundzwanzig Stunden vermisst wurde, dachte er, ohne es laut zu sagen. Ihre aschfahlen Gesichter verrieten ihm, dass sie das Gleiche gedacht hatten.

Trotzdem war es eine Tatsache, dass die meisten vermissten Teenager von zu Hause ausgerissen waren. Irgendwann tauchten sie wieder auf, meistens nicht übermäßig schuldbewusst, manchmal sogar empört oder wütend über das Aufsehen, das ihr Verschwinden verursacht hatte. Aber allem Anschein nach lag dieser Fall anders. Nach dem, was die Martins ihm gerade erzählt hatten, gab es keinen Grund zu der Annahme, dass Liana weggelaufen war. Sie war ein beliebter, gut integrierter Teenager mit vielen Freunden und wenig Sorgen. Natürlich erfuhren die Eltern oft als Letzte davon, wenn es wirklich Probleme gab, deshalb wollte er ein paar Beamte losschicken, die Lianas Freundinnen unter vier Augen befragen sollten, während er selbst auf dem Heimweg noch einmal im Chester's vorbeischauen würde. Pauline würde bestimmt nicht begeistert sein. Aber mit ein bisschen Glück schlief sie schon, wenn er ins Bett schlüpfte. »Habt ihr ein aktuelles Foto von eurer Tochter?«, fragte er.

Judy griff in ihre rote Lederhandtasche. »Ich habe das hier. Es hat ihr nie gefallen. Sie meint, darauf würde ihre Nase zu groß aussehen, aber es ist eins meiner Lieblingsbilder, weil sie so glücklich aussieht.« Sie nahm das kleine Farbfoto aus seinem Lederrahmen und reichte es über den Schreibtisch.

Beim Anblick des hübschen Mädchens mit dem langen rotblonden Haar musste John unwillkürlich lächeln. Mutter und Tochter hatten beide Recht. Auf dem Foto sah Lianas Nase tatsächlich größer aus als in Wirklichkeit, aber sie lächelte ein breites und ehrliches Lächeln. Sie wirkte aufrichtig glücklich. Er hoffte, dass sie in diesem Moment auch irgendwo lächelte, obwohl er das nicht glaubte, wie ihm düster bewusst wurde, als er das Foto einsteckte. »Ich nehme es mit ins Chester's und vielleicht noch in ein paar andere Läden und hör mich mal um, ob jemand sie gesehen hat. Wenn sie bis morgen Früh nicht zurück ist, machen wir Flugblätter, die wir in der ganzen Stadt aufhängen.«

»Sollten wir nicht die Medien alarmieren?«

»Das ist zum jetzigen Zeitpunkt noch nicht nötig.« John hätte beinahe gelächelt. In Torrance gab es keine anderen Medien außer einem zweiwöchentlich erscheinenden Blättchen, in dem hauptsächlich Werbung und Todesanzeigen abgedruckt wurden. Die meisten Leute in der Gegend hatten entweder den *Sun-Sentinel* aus Fort Lauderdale oder den *Miami Herald* abonniert. Wenn Liana bis zum Wochenende nicht wieder aufgetaucht war, würde er die beiden Zeitungen sowie das Sheriff Department beider Städte davon in Kenntnis setzen. Wenn nötig, würde er auch das FBI einschalten.

»Glaubst du, sie könnte entführt worden sein?«, fragte Judy, ein weiteres Mal seine Gedanken lesend.

»Nun, sie ist jetzt seit vierundzwanzig Stunden verschwunden, und ihr habt noch keine Lösegeldforderung erhalten«, sagte John. »Ich denke, Entführer hätten sich inzwischen gemeldet.«

»Und wenn es ihnen nicht um Geld geht«, fuhr sie mehr an sich selbst als an den Sheriff gewandt fort. »Was, wenn ein Verrückter unsere Tochter gekidnappt hat. Was, wenn er –«

»Judy, Herrgott noch mal«, unterbrach ihr Mann sie.

»Wir sollten versuchen, positiv zu denken«, riet John ihnen, obwohl positive Gedanken Liana Martin nicht helfen würden, wenn sie wirklich von einem Irren verschleppt worden war. Er nahm sich vor, bei seinen Erkundigungen heute Abend auch zu fragen, ob irgendjemand in den letzten Wochen Fremde in der Gegend bemerkt hatte. Und seine Beamten sollten das Gleiche tun. »In der Zwischenzeit«, sagte er und kam um seinen Schreibtisch, »geht ihr am besten nach Hause und versucht, Ruhe zu bewahren. Ich rufe euch an, nachdem ich mich ein bisschen umgehört habe. Hier ist meine Handynummer. Meldet euch sofort, wenn euch noch irgendwas einfällt. Egal zu welcher Uhrzeit.«

»Was, wenn sie verletzt ist? Was, wenn sie irgendwo am Straßenrand liegt?«

»Morgen stellen wir eine Suchmannschaft zusammen«, erklärte John Judy Martin. Wenn ihre Tochter tatsächlich irgendwo am Straßenrand herumlag, dachte er, würde sie dort womöglich nicht lange liegen bleiben. Die Gegend hieß schließlich nicht ohne Grund Alligator Alley.

Er komplimentierte Howard und Judy Martin aus seinem Büro und versprach ihnen, sie anzurufen, sobald er seine Runde gemacht hatte. »Wir werden sie finden«, versprach er, während ihn ein weiteres beunruhigendes Bild bedrängte. Er erinnerte sich an eine Frau, die vor ungefähr einem Monat in seinem Büro gesessen, die Hände gerungen und mit Tränen in den Augen im Wesentlichen die gleiche Geschichte erzählt hatte. Er hatte ihre Besorgnis abgetan – die Frau wohnte im

Nachbarbezirk Hendry County und war deshalb offiziell nicht sein Problem, außerdem hatte sie zugegeben, dass ihre Tochter schon häufiger von zu Hause weggelaufen und zudem auf den Strich gegangen war, um ihre Drogensucht zu finanzieren. Er hatte dem Verschwinden des Mädchens keine weitere Beachtung geschenkt, aber als er beobachtete, wie Liana Martins verzweifelte Eltern in ihren Wagen stiegen und davonfuhren, fragte er sich unwillkürlich, ob die beiden verschwundenen Mädchen etwas miteinander zu tun hatten. »Du guckst zu viel Fernsehen«, brummte er, aber vor seinem inneren Auge sah er den schlanken Körper seiner Tochter Amber in einem Straßengraben liegen, den Hals gebrochen von den Händen eines brutalen Irren.

Er schüttelte das Bild ab und verließ entschlossen sein Büro.

4

Torrance war weniger eine Stadt als vielmehr eine Reihe von einsamen Straßen, die sich im Laufe der Jahre vervielfacht und verbunden hatten, eine lockere Ansammlung von Farmen, Obstplantagen und Sumpfland, deren viertausend überwiegend weiße Bewohner die ganze Bandbreite von obszön reich bis bettelarm abdeckten. Der Ort lag etwa eine Autostunde westlich von Fort Lauderdale, direkt hinter dem Autobahnkreuz des Highway 27 mit dem Abschnitt der Interstate 75, der als Alligator Alley bekannt war. Die winzige Innenstadt bestand aus mehreren Banken, einem Postamt, einer Apotheke, ein paar Restaurants, einem Laden für Jagd- und Anglerbedarf, einem Pfandleiher, einem Geschäft für Damenbekleidung, einer Versicherungsagentur und einer Anwaltskanzlei, deren Firmenmotto in matten silbernen Lettern auf die Schaufensterscheibe gemalt war. Es versprach, dass das juristische Team für alle Fälle – Vater, Sohn und ihre heftig ausgenutzte Anwaltsgehilfin – KUNDENFREUNDLICH, KLAGEWILLIG, KOMPROMISSBEREIT war. Der Rest der Stadt erstreckte sich in Kreisen um diese Hauptstraße wie eine Reihe sich ausbreitender Wellen. Ganz in der Nähe lag die Merchant Mall mit dem Supermarkt, dem Kino, einem Tätowierungsstudio und Boutiquen voller Jeansklamotten. Ein Stück weiter gab es ein McDonald's, ein Arby's, ein KFC. Und das Chester's.

Das Chester's war einer dieser Läden, wie es sie in jeder amerikanischen Kleinstadt gibt. Es lag eine halbe Meile von der Hauptgeschäftsstraße entfernt und wirkte von außen ziemlich unscheinbar, die schlichte Holzfassade war in einem matten Grau mit weißen Rändern gehalten. Drinnen war es geräumig, dunkel und laut, was durch die hohe Holzdecke mit den freistehenden Balken, die nachgedunkelten glatten Böden und den Dauerlärm von den Billardtischen im Hinterzimmer noch verstärkt wurde. Kellnerinnen in knappen pinkfarbenen Shorts und aufreizenden weißen T-Shirts mit der knallrosa Aufschrift CHESTER'S auf der Brust bahnten sich mit Tabletts voller Biergläser und einem eingefrorenen Lächeln einen Weg von der langen, neonbeleuchteten Bar im Vorderteil zu den Nischen mit Bänken aus poliertem Holz, den Tischen in der Mitte des Raumes und dem Billardzimmer. Benannt war das Chester's nach seinem Gründer, einem drahtigen, weißhaarigen Mann über siebzig, der die besten Hamburger der Stadt briet, und der Laden war immer gerappelt voll. Man hatte den Eindruck, dass jeder in der Stadt ins Chester's ging, obwohl Chester selbst sich im Laufe der Jahre immer mehr zurückgezogen hatte und es inzwischen vorzog, sich ganz in seiner Küche zu verschanzen, nachdem er die alltägliche Leitung des Lokals an Cal Hamilton übertragen hatte. Das Urteil der Einwohnerschaft über Cal fiel durchaus zwiespältig aus. Einige – vor allem Männer – hielten ihn für einen langweiligen Angeber; andere – vor allem Frauen – fanden ihn selbstbewusst und sexy. Letztere hatten die Blutergüsse, die Arme und Gesicht seiner hübschen Ehefrau bedeckten, vermutlich noch nicht gesehen, obwohl es immer genug Frauen gab, die sich zu den so genannten bösen Jungs hingezogen fühlten. Sie erkannten nicht, dass jene Männer häufig nichts als brutale Schläger waren, oder redeten sich ein, dass sie bessere Menschen aus ihnen machen konnten.

John Weber stieß die schwere doppelte Außentür auf und spähte in der Dunkelheit nach einem vertrauten Gesicht. Torrance wimmelte von allen möglichen Sorten von Menschen. Wo sich der eine im Paradies wähnte, fühlte sich ein anderer wie in der Hölle, womit Torrance nicht anders war als jede andere – große oder kleine – Stadt in Amerika. Oder auf der ganzen Welt.

Die Hölle, das sind die anderen, hatte seine Frau ihm einmal erklärt, obwohl er sich nicht mehr an den Anlass erinnern konnte. Er hatte den Fehler gemacht, diesen Gedanken bei einem Elternsprechtag im vergangenen Herbst in einem eher zähen Gespräch mit Ambers Theaterlehrer Gordon Lipsman zu wiederholen, worauf der Mann seinen großen Kopf hin und her gewiegt und mit einem herablassenden Nicken gesagt hatte, er sei über die Maßen beeindruckt, dass der hiesige Sheriff Jean-Paul Sartre zitieren könne. Anschließend hatte der Mann sich in einen gut halbstündigen Vortrag über die »existenzialistische Philosophie« gestürzt. Zum Glück hatten ihn irgendwelche anderen Eltern unterbrochen, als John gerade überlegte, welche Konsequenzen es hätte, wenn er seine Dienstwaffe ziehen und dem aufgeblasenen Blödmann eine Kugel zwischen seine schielenden Augen verpassen würde.

»Suchen Sie jemanden oder darf ich Ihnen einen Tisch anbieten, Sheriff?«

John drehte sich in Richtung der vertrauten Stimme um und ballte die Fäuste, als er in Cal Hamiltons unverschämt attraktives Gesicht blickte. Dessen dunkle, grüblerische Augen, hart wie Kiesel, passten so gar nicht zu den weichen, welligen, blonden Haaren, der kleinen Boxernase, den vollen runden Wangen, den bereitwillig zu einem Grinsen gebleckten Lippen und den auffällig kleinen Zähnen, die wie Maiskörner an einem Kolben aussahen. Es war die Sorte Gesicht, in die John Weber immer schlagen wollte, obwohl die Muskeln, die sich unter Cals schwarzem, kurzärmeligem T-Shirt abzeichneten, es ratsam erscheinen ließen, alles hübsch nett und freundlich angehen zu lassen. In seinen Jahren als Rausschmeißer hatte Cal angeblich mehr als einen Mann krankenhausreif geschlagen, obwohl es keine Einträge über frühere Festnahmen oder ausstehende Haftbefehle gab. Jedenfalls keine, die John hatte finden können. »Ich wollte fragen, ob Sie Liana Martin in den letzten beiden Tagen gesehen haben«, fragte John.

»Liana Martin?« Bei der Erwähnung des Namens verengten sich Cals Augen.

John zog das Foto aus seiner Hemdtasche. Er fand es interessant, dass man manchen Menschen die Anstrengung zu denken wirklich ansehen konnte. Einige kniffen wie Cal die Augen zusammen, andere legten die Brauen in Falten und schoben die Lippen vor, als wollten sie eine Zitrone auslutschen. Wieder andere tippten sich auf die Nasenspitze. Manchmal machten sie auch all diese Dinge hintereinander oder gleichzeitig. »Das Chester's ist offenbar eines ihrer Lieblingslokale.«

»Wirklich? Nun, mal sehen.« Cal nahm das Foto mit an den Tresen und betrachtete es im Schein der roten und goldenen Neonlampen. »Ja klar, die kenne ich. Sie kommt dauernd mit ihren Freundinnen her.«

»Wann haben Sie sie zum letzten Mal gesehen?«

Cal schüttelte den Kopf, sodass eine wellige blonde Strähne in seine Stirn fiel. »Wird am Wochenende gewesen sein.«

»Könnten Sie das vielleicht ein wenig genauer angeben?«

»Wahrscheinlich am Samstag«, sagte Cal, nachdem er erneut die Augen zusammengekniffen hatte. »Warum? Hat sie irgendwelchen Ärger?«

John meinte einen Unterton hoffnungsvoller Erwartung in seiner Stimme gehört zu haben, als ob die Vorstellung eines jungen Mädchens mit Problemen an seine niederen Instinkte appellierte. Aber der Sheriff beschloss, sich an die Unschuldsvermutung zu halten, und sagte: »Seit gestern Nachmittag hat sie kein Mensch mehr gesehen.«

Cal zuckte die Schultern. »Sie kennen doch die Kids«, höhnte er und drückte John das Foto in die aufgehaltene Hand. »Wahrscheinlich bumst sie mit ihrem Freund.«

»Ihr Freund weiß auch nicht, wo sie ist.«

Cal senkte das Kinn und verdrehte die Augen nach oben, was John als einen Ausdruck von Skepsis deutete. »Also, ich würde mir nicht allzu viele Sorgen um sie machen. Ich schätze, in ein paar Tagen ist sie wieder da. Bingo!«

John hätte beinahe gelacht. Sagten die Leute tatsächlich noch Sachen wie *bingo*? »Hoffentlich haben Sie Recht.«

»Haben Sie ihre Freundinnen schon ausgefragt?«

John seufzte unwillkürlich. Zusammen mit mehreren Deputies hatte er die letzten zwei Stunden damit zugebracht, die meisten von Liana Martins Freundinnen zu befragen. Die Antworten waren überall die gleichen gewesen. Niemand hatte das Mädchen seit gestern Nachmittag gesehen. Niemand hatte eine Ahnung, wo sie sein könnte. Alle machten sich Sorgen. Jedes Mädchen meinte, dass es Liana gar nicht ähnlich sehe, einfach so zu verschwinden – ohne jemandem Bescheid zu sagen.

»Darf ich Sie zu einem Bier einladen, Sheriff?«, sagte Cal neben ihm. »Sie sehen aus, als könnten Sie eins gebrauchen.«

John wollte das Angebot zunächst ablehnen, besann sich jedoch eines Besseren. Cal hatte Recht. Ein schönes kaltes Bier war genau das, was er brauchte, und streng genommen war er auch nicht mehr im Dienst. Sein Arbeitstag hatte offiziell geendet, als er das Büro verlassen hatte, und alles, was er seither gemacht hatte, die Fahrt durch die weit verstreuten Wohngegenden und Nebenstraßen von Torrance, die Befragung von Lianas Freundinnen und Nachbarn, war in seiner Freizeit geschehen. Er hatte einmal versucht, zu Hause anzurufen, aber Pauline hatte nicht abgenommen – bestimmt hatte sie seine Rufnummer auf dem Display erkannt –, und als er schließlich Amber auf ihrem Handy erreicht hatte, hatte sie ihm erklärt, dass ihre Mutter sich einen Film im Fernsehen ansah und auf keinen Fall gestört werden wollte. Er fragte seine Tochter, ob sie schon gegessen hatte, und sie erklärte ihm, dass sie keinen Hunger hätte. John beschloss, zwei Hamburger mit nach Hause zu bringen für den Fall, dass er Amber doch überreden konnte, einen Happen mit zu essen, obwohl er im Grunde seines Herzens wusste, dass es für die Katz war. Deswegen hatte er wahrscheinlich in den letzten paar Jahren so zugenommen. Je weniger seine Tochter aß, desto mehr fühlte er sich gedrängt, Nahrung in sich hineinzustopfen, als würde er für zwei essen. Je mehr die Wangen seiner Tochter einfielen, desto voller wurden seine, je flacher ihr Bauch wurde, desto runder wurde seiner. Wenn sie nicht bald wieder anfing zu essen, würde es ihn noch zerreißen. »Ich nehme ein Bud Light«, erklärte er Cal. »Und machen Sie mir zwei Hamburger zum Mitnehmen fertig. Ober besser Cheeseburger mit Bacon«, korrigierte er.

»Nehmen Sie Platz.« Cal wies auf eine eben frei gewordene Nische links neben der Bar. »Ein Bud Light für den Sheriff«, wies er eine rothaarige Kellnerin an, die gerade vorbeitrippelte. »Ich geb Chester Ihre Bestellung durch.«

John schob Lianas Foto wieder in seine Hemdtasche und sah Cal nach, der, die Daumen in die Taschen seiner Jeans gehakt, in die Küche stolzierte. Etwas an dem routinierten Schwung seiner Hüften – als wüsste er, dass er beobachtet wurde –, ging John gegen den Strich. Cal und seine Frau waren vor zwei Jahren nach Torrance gezogen, was gelinde gesagt ungewöhnlich war, zumal beide keine Verwandten und anfangs auch keinen Job hatten. Warum sollte ein junges Paar in ein Kaff wie Torrance ziehen, wenn es nicht vor irgendwas auf der Flucht war oder sich versteckte? John hatte kurz die Möglichkeit in Betracht gezogen, dass sie in einem Zeugenschutzprogramm waren, die Idee jedoch als unwahrscheinlich verworfen. Personen in Zeugenschutzprogrammen gaben sich in der Regel alle Mühe, möglichst unauffällig zu bleiben. Cals Frau Fiona wurde zwar nur selten in der Öffentlichkeit gesehen, und dann auch nur an der Seite ihres Mannes, doch Cal selbst war alles andere als schüchtern und zurückhaltend. Genau genommen konnte man alle Gerüchte über Cal Hamiltons wilde Vergangenheit meistens zu ein und derselben Quelle zurückverfolgen: zu Cal Hamilton selbst.

Es sei denn, er log.

»Hallo, Sheriff«, gurrte eine Stimme, während eine zarte Hand mit langen, knallrot lackierten Fingernägeln ein Glas kaltes Bier vor ihm auf den Tisch stellte. »Ich habe gehört, Sie hatten einen schweren Tag.«

Sofort zog John das Foto von Liana Martin aus der Brusttasche und gab es der Kellnerin mit den unnatürlich roten Haaren. »Haben Sie dieses Mädchen in letzter Zeit hier gesehen?«

Die Kellnerin beugte sich vor, um das Bild genauer zu betrachten. Dabei streiften ihre Brüste in dem sorgfältig arrangierten Ausschnitt seine Wange. Er spürte eine unerwartete Regung unter der Gürtellinie und hätte beinahe sein Bier umgekippt. »Vorsicht mit dem Bier, Schätzchen«, sagte die Kellnerin, und die lockere Vertrautheit eines Mädchens, das seine Tochter sein könnte, ließ ihn zusammenzucken. »Ja, ich habe sie gesehen. Zuletzt vor ein paar Tagen. Warum? Ist ihr irgendwas zugestoßen?«

»Sie wird vermisst«, erklärte John. »Können Sie mir einen Gefallen tun? Können Sie das Bild den anderen Kellnerinnen zeigen und fragen, ob irgendwer sie gesehen hat?«

»Klar.« Die Kellnerin nahm das Foto und verschwand im allgemeinen Gedränge.

Ein paar Minuten später sah er, wie sie es dem Barkeeper zeigte, aber der junge Mann schüttelte den Kopf. »Das wird nicht leicht«, murmelte er in sein Bier, das wie versprochen schön kalt war. Ein Mann, der sein Wort hielt, dachte John und beobachtete, wie Cal mit einer hübschen jungen Frau an der Bar flirtete. Seine Hand lag frech auf dem imposanten Hinterteil der Dame, die trotz ihres Eherings keinerlei Anstalten machte, sie wegzuschieben. Auch wenn John sich nie für prüde gehalten hatte und bestimmt kein Abbild ehelicher Treue war, missfiel ihm die lässige Art, mit der Cal Hamilton mit seinem Erfolg bei Frauen protzte. Fremdzugehen war eine Sache. Aber es war etwas ganz anderes, seine Seitensprünge in die Welt hinauszuposaunen und mit seiner Untreue vor der Nase anderer Leute herumzuwedeln.

John trank einen großen Schluck Bier. Er hatte die Frauen nie verstanden. Schon seine Mutter war der Inbegriff der Widersprüchlichkeit gewesen, in einer Minute still und zurückgezogen, in der nächsten laut und ausgelassen. Bipolar, wie das heute hieß, obwohl man es, als er jung war, schlicht verrückt genannt hatte. Sein Vater hatte auf jeden Fall schnell die Geduld mit ihren sprunghaften Launen und ihrem unberechenbaren Verhalten verloren. Er hatte sich in seiner Arbeit vergraben, und als sie mit Anfang vierzig an Brustkrebs gestorben war, hatten alle gesagt, dass es im Grunde ein Segen sei. Trotzdem vermisste John den wundervollen Humor und den scharfen Witz seiner Mutter noch immer. Seine Mutter war noch kein Jahr unter der Erde gewesen, da hatte sein Vater wieder geheiratet, diesmal eine Frau ohne jeden Sinn für Humor, zumindest ohne einen, den John hatte erkennen können. Aber sie schien seinen Vater glücklich zu machen. Ein weiteres Rätsel des Lebens. Mit einem weiteren großen Schluck trank John das halbe Glas leer. Offenbar verstand er die Männer auch nicht. Vielleicht hatte er den falschen Beruf.

»Niemand hat sie gesehen«, sagte die Kellnerin, als sie etwa zehn Minuten später an Johns Tisch zurückkam. »Ich hab sogar ein paar von den Gästen gefragt«, fügte sie mit einem Kopfschütteln hinzu, das ihm sagte, dass sie auch dort kein Glück gehabt hatte.

»Danke«, sagte John und setzte das leere Glas auf das Tablett der Kellnerin, die ihm sofort ein frisches Bier hinstellte.

»Geht auf's Haus«, sagte sie, bevor er protestieren konnte.

Was soll's, dachte er. Warum nicht? Zwei Bier bedeuteten bloß, dass er noch ein wenig länger hier sitzen musste, bevor er wieder ans Steuer seines Streifenwagens konnte. Er sah auf die Uhr. Es war schon nach neun. Auf dem Heimweg könnte er noch einmal bei den Martins vorbeischauen. Er war nach der Befragung von Lindas Freundinnen schon einmal kurz bei ihnen gewesen, um sie auf den neuesten Stand zu bringen. Wenn er nach Hause kam, würde Pauline mit ein bisschen Glück schon schlafen. Der Gedanke, eine nichtssagende Unterhaltung mit seiner Frau führen oder schlimmer noch mit ihr schlafen zu müssen, war einfach zu deprimierend.

Er führte das zweite Bier zum Mund. Wann war die Vorstellung, mit seiner Frau zu schlafen, deprimierend geworden? Wann hatte Sex aufgehört, eine Befreiung zu sein, und war zu einer weiteren beschwerlichen Pflicht geworden? Es war nicht immer so gewesen. Es gab eine Zeit, die noch gar nicht so lange zurücklag, in dem allein der Gedanke an Sex ihn durch den Tag getragen hatte. Dass er seine Frau nicht liebte, sie *nie* geliebt hatte, eigentlich nie irgendjemanden geliebt hatte, spielte keine Rolle. Er neigte nicht dazu, Sex und Liebe zu verwechseln. Und lange Zeit hatte ihm der Sex mit Pauline auch genügt. Wann hatte es aufgehört, genug zu sein?

Er war noch relativ jung. Die Kellnerin hatte ihm eben bewiesen, dass er sich noch relativ leicht, ja sogar wahllos erregen ließ. Was also war sein Problem? Warum fand er es so schwierig, eine Erektion zu bekommen, geschweige denn zu behalten, sobald es um seine Frau ging?

Er wusste, dass er Pauline nicht allein die Schuld geben konnte. Als sie gespürt hatte, dass seine Blicke schweiften und sein Interesse erlahmte, hatte sie sich alle Mühe gegeben, ihr Sexleben aufzupeppen. Sie hatte Reizwäsche und Duftkerzen um ihr Bett und im Bad aufgestellt, neue Positionen vorgeschlagen und sogar einmal angedeutet, dass er seine Handschellen mit ins Schlafzimmer bringen sollte. Das hatte eine Zeit lang funktioniert und dann nicht mehr.

Er bezweifelte, dass es Pauline anders erging als ihm, aber sie konnte wenigstens so tun als ob. Er wünschte sich manchmal, dass auch er Erregung und einen Orgasmus vortäuschen könnte, aber für einen Mann war das viel schwieriger als für eine Frau. Mit Fantasien kam man auch nur begrenzt weiter, und einen schlaffen Schwanz konnte man nicht zur Aktion zwingen. Da hatte Pauline es viel leichter. Sie musste eigentlich bloß daliegen.

»Verzeihung, Sheriff Weber?«

Um ein Haar wäre John das Glas entglitten.

»Tut mir leid. Ich wollte Sie nicht erschrecken.«

John drehte sich zu der Klein-Mädchen-Stimme um und sah Kerri Franklins Tochter Delilah, die ihn mit ernsten braunen Augen groß wie Untertassen ansah. Er drehte sich um, um zu sehen, ob ihre Mutter hinter ihr stand, was jedoch nicht der Fall war. »Delilah«, sagte er und stand mühsam auf. »Wie geht es dir?«

»Okay.« Sie stellte sich auf die Zehenspitzen und spähte in den dunklen Raum. »Sie haben nicht zufällig meine Mutter gesehen, oder?«

»Deine Mutter? Nein. Warum? Ist sie hier?« John zog den Bauch ein und drehte sich zum Hinterzimmer um.

»Nein. Das ist ja das Problem. Ich weiß nicht, wo sie ist. Sie ist heute Nachmittag ein neues Rezept für Grandma Roses Herzmedikament holen gegangen und immer noch nicht zurück. Grandma Rose wird langsam ein bisschen kribbelig, also hab ich gesagt, ich würde sie suchen gehen. Sie haben sie nicht gesehen?« In Johns Kopf begannen Alarmglocken zu schrillen. Erst die Ausreißerin aus Hendry County, dann Liana Martin und jetzt Kerri Franklin?

Nein, sagte er sich und lächelte Delilah so aufmunternd an, wie er konnte. Die Ausreißerin aus Hendry County war genau das – eine Ausreißerin. Wie aller Wahrscheinlichkeit nach auch Liana Martin. Was Kerri Franklin betraf, hatte sie selbst an guten Tagen eine eher zänkische Beziehung zu ihrer Mutter, deren Herz zwar schwach, aber seit Jahren stabil war. Wahrscheinlich hatte Kerri in der Apotheke eine Freundin getroffen und war mit ihr Kaffee trinken gegangen, weil sie es nicht eilig hatte, nach Hause zu kommen. Aus dem Kaffee war ein Abendessen geworden, vielleicht sogar ein Kinobesuch. Sie würde schon wieder auftauchen. Genau wie Liana Martin und das andere Mädchen. Wie hieß sie noch gleich?

Candy, erinnerte ihn die Stimme der Mutter in seinem Kopf, während sie ihm das Bild einer zarten jungen Frau mit dunklen Augen und einem gehetzten Blick hinhielt. *Eigentlich heißt sie Harlan. Harlan Abbot. Aber sie hat diesen Namen immer gehasst. Sie hat sich selbst Candy genannt. Sie meinte, dass es besser zu ihr passen würde als Harlan. Und ja, ich weiß natürlich, dass es nicht das erste Mal ist, dass sie abgehauen ist, und ich weiß auch von den Drogen und den Männern, aber diesmal ist es anders, Sheriff Weber. Ganz bestimmt.*

Warum ist es diesmal anders?

Weil sie mich, egal wohin sie geht oder wie lange sie wegbleibt, immer an meinem Geburtstag anruft. Und das hat sie diesmal nicht getan. Mein Geburtstag ist der 1. März, und ich bin den ganzen Tag zu Hause geblieben und habe gewartet, aber sie hat nicht angerufen.

Mrs. Abbot…

Ihr ist irgendwas zugestoßen, Sheriff Weber. Und niemand will mir helfen…

»Sheriff Weber?«

»Was? Tut mir leid?« John Weber riss sich in die Gegenwart zurück. Delilah Franklin sah ihn erwartungsvoll an.

»Ich habe gehört, dass sie sich nach Liana Martin erkundigen.«

»Hast du sie gesehen?«

Delilah schüttelte den Kopf. »Seit gestern nicht mehr. Glauben Sie, dass ihr etwas zugestoßen ist?«

»Ich hoffe nicht. Wie gut kennst du sie?«

»Nun, wir sind von klein an immer in dieselbe Klasse gegangen, aber wir sind nicht direkt befreundet. Sie wissen ja, wie das ist. Liana ist echt beliebt. Und wirklich nett. Nicht wie manche andere. Sie war auch immer sehr nett zu mir. Ich mag sie«, schloss Delilah mit einem energischen Nicken.

»Hat sie je irgendwas von Problemen zu Hause oder mit ihrem Freund erzählt?«

»Oh, so was würde sie mir nicht erzählen. Da müssten sie Ginger oder Tanya fragen.«

Das habe ich schon, dachte er und entschied, dass es unbedingt Zeit wurde, nach Hause zu fahren.

»Sheriff Weber?«, fragte Delilah wieder mit ihrer unpassenden Piepsstimme, und ihr ängstlicher Blick verriet, dass sie den Zusammenhang hergestellt hatte. »Sie glauben doch nicht, dass meiner Mutter etwas zugestoßen ist, oder?«

»Ich glaube, deine Mutter ist wahrscheinlich längst wieder zu Hause und sorgt sich deinetwegen zu Tode«, erklärte John ihr, leerte sein Bier und ließ ein Trinkgeld für die Kellnerin auf dem Tisch liegen. »Komm. Ich fahr dich nach Hause.«

»Das wäre toll. Danke. Es ist ziemlich weit. Vor allem im Dunkeln.« Delilah lächelte schüchtern.

John Weber fasste ihren Ellenbogen und führte sie zur Tür.

»Oh«, sagte sie, blieb stehen, wurde selbst im Dunkeln erkennbar rot und wandte sich ab.

»Was ist los?«

»Das ist Mr. Peterson.«

»Mr. Peterson?«

»Mein Physiklehrer.« Sie wies mit dem Kinn auf einen Mann, der vorgebeugt in einer Nische in der Ecke saß. Er hatte seinen Arm besitzergreifend um die Schultern eines Mädchens gelegt, das mehrere Jahrzehnte jünger aussah als er und sichtlich bestürzt wirkte.

»Mit wem ist er zusammen?«

Delilah schüttelte den Kopf. »Ich habe sie noch nie gesehen, aber es gibt alle möglichen Gerüchte.«

»Was für Gerüchte denn?«

»Dass er jüngere Frauen mag«, flüsterte sie verschwörerisch, als sie in die Dunkelheit hinaustraten.

Sie waren schon fast bei Delilahs Haus, als John einfiel,

dass er seine Hamburger vergessen hatte. Sein Magen knurrte missmutig, während er beobachtete, wie Delilah die Haustür des bescheidenen zweistöckigen Hauses öffnete, sich noch einmal umdrehte und mit einem Kopfschütteln andeutete, dass ihre Mutter immer noch nicht zurück war. »Kein gutes Zeichen«, murmelte John, als er sich auf den Heimweg machte.

5

Mit einer Mischung aus Dankbarkeit und Bedauern sah Delilah den Wagen des Sheriffs wegfahren. Dankbarkeit, weil sie die fünfzehn Blocks von Chester's bis nach Hause nicht hatte zu Fuß gehen müssen – sie war ja noch erschöpft vom Hinweg –, und Bedauern, weil sie den Sheriff nur ungern wegfahren sah. Sie hatte den Sheriff immer gemocht. Im Gegensatz zu vielen anderen Leuten in Torrance war er stets nett zu ihr gewesen, und sie unterhielt sich jedes Mal gerne mit ihm. Er sah ihr direkt in die Augen, wenn er eine Frage stellte, hörte respektvoll zu, wenn sie antwortete, und erklärte ihr nie, dass sie ein so hübsches Mädchen wäre, wenn sie nur ein paar Pfund abnehmen würde. Wahrscheinlich hatte er selbst mehr als ein paar Pfund zugelegt, seit er ihre Mutter nicht mehr traf, dachte sie, zog die Haustür hinter sich zu und fragte sich, wo ihre Mutter sein könnte.

Offiziell sollte sie gar nichts von der Affäre wissen. Kerri, wie ihre Mutter von Delilah genannt werden wollte – weil sie sich dann jünger fühlte, wie sie sagte, obwohl Delilah immer geargwöhnt hatte, dass es eher daran lag, dass es ihr peinlich war, einen derart unansehnlichen Sprössling in die Welt gesetzt zu haben –, Kerri also hatte die Beziehung zu dem verheirateten Polizisten nie zugegeben, obwohl die Affäre in Torrance ein offenes Geheimnis gewesen war. Kerri hatte ein paar unsubtile Andeutungen fallen lassen – dass sie Männer in Uniform mochte und sich keine Sorgen mehr um Strafzettel wegen Falschparkens machen müsse –, mehr aber auch nicht.

Wenn Sheriff Weber zu ihnen gekommen war, hatte ihre Mutter stets einen offiziellen Grund erfunden. Delilah hatte sie nie zur Rede gestellt, selbst nachdem die Kids in der Schule begannen, kaum verschleierte Anspielungen zu machen, und ihre Großmutter spitz die Frage stellte, warum sie erst das ganze Geld für die Schönheitsoperationen ihrer Tochter hatte aufbringen müssen, wenn die dumme Gans sich nun einem verheirateten Mann an den Hals warf. Da für Kerri jedoch gutes Aussehen wichtiger als Glück in der Liebe war, war ihre Affäre mit John Weber auch zu einem schnellen Ende gekommen. Kurz darauf war sie nach Miami aufgebrochen, um sich ihre bereits vergrößerten Lippen erneut »aufspritzen« zu lassen.

Delilah hatte längst den Überblick über all die Operationen verloren, die ihre Mutter im Laufe der Jahre über sich hatte ergehen lassen. Wenn sie nicht einschlafen konnte, versuchte sie manchmal, sie aufzulisten – ihre eigene moderne Version von Schäfchenzählen. Neben der regelmäßigen Faltenbehandlung mit Botox und Restylan fielen Delilah noch die Nasenkorrektur ein, die Stirnstraffung, die Bauchstraffung, das Fettabsaugen an den Hüften, die Entfernung der Tränensäcke, die Lidplastik, die zweifache Brustvergrößerung – nach dem ersten Mal war Kerri ihr Busen noch nicht groß genug gewesen – und das Facelifting. Das Facelifting war das Schlimmste von allen, weil ihre Mutter bei der Rückkehr aus der Klinik ausgesehen hatte, als wäre sie von einem Laster überfahren worden. Ihr Gesicht war mit Blutergüssen übersät, die jedoch nach einiger Zeit wieder abgeschwollen waren, sodass Kerri anschließend einigermaßen normal aussah. Was immer das bedeutete, da die Wörter *normal* und *Kerri Franklin* in einem Satz gewissermaßen ein Oxymoron bildeten. Wenn das der richtige Fachbegriff war. Delilah nahm sich vor, Mrs. Crosbie danach zu fragen.

Delilah mochte Mrs. Crosbie. Sie war nicht nur eine gute Lehrerin und ein gütiger Mensch, sie sah auch so aus, wie

Mütter aussehen sollten. Es war traurig, aber wahr: Delilah konnte sich kaum noch daran erinnern, wie ihre Mutter ursprünglich ausgesehen hatte. Die von Natur aus schöne junge Blondine, die auf alten Familienfotos stolz ihr neues Baby präsentierte, war ihr vollkommen fremd.

Delilah liebte es, durch alte Fotoalben zu blättern, so sehr wie ihr Mutter und ihre Großmutter es hassten. Sie fand es lustig, wie ihre Großmutter am Strand gebieterisch auf ihrem Liegestuhl saß wie auf einem Thron, die fleischigen Knie fast bis ans Kinn gezogen. Sie lachte über die Kaspereien ihres Großvaters mit dem großen Strohhut ihrer Großmutter und betrachtete wehmütig Kerri und ihre beiden Schwestern, die fröhlich in den Wellen planschten.

Jetzt war ihr Großvater tot, genau wie Lorraine, die älteste Schwester ihrer Mutter. Die zweite ältere Schwester Ruthie war nach Kalifornien gezogen und meldete sich nur höchst sporadisch. Womit nur noch sie drei übrig waren – Delilah, ihre Mutter und ihre Großmutter. Die unheilige Dreifaltigkeit, wie ihre Mutter sie scherzhaft nannte. Wo war ihre Mutter überhaupt?

»Kerri, bist du das?«, rief ihre Großmutter aus dem Wohnzimmer.

»Nein, Grandma Rose. Ich bin's.«

»Oh.«

Die Enttäuschung in der Stimme ihrer Großmutter ließ sich nicht überhören, und im Grunde genommen hatte sie ohnehin nie versucht, ihr Missvergnügen über ihre einzige Enkelin zu kaschieren. Delilah betrat das vollgestopfte Wohnzimmer. Es war schwer zu sagen, womit es im Einzelnen vollgestopft war. Es lagen keine Bücher oder alte Zeitungen herum – weder ihre Mutter noch ihre Großmutter lasen je irgendetwas anderes als Modezeitschriften –, und der Raum war auch gewiss sauber und aufgeräumt. Er war bloß voller *Krimskrams*. Überall lagen Spitzendeckchen – auf dem braunen Sofa, dem braunen Ledersessel, dem Fernseher und den

Beistelltischchen auf beiden Seiten des Sofas. Auf dem gläsernen Couchtisch in der Mitte des Zimmers lag die jüngste Ausgabe der *Vogue* auf einem Stapel von *In Shape*-Heften. In einer Ecke des Raumes stand ein Mahagonischrank mit Glastüren neben einer alten Standuhr, die seit Jahren nicht mehr ging. In dem Schrank wurden ein grün- und pinkfarbenes Geschirr aus Pressglas sowie Grandma Roses Sammlung von Porzellanfiguren aufbewahrt, die ihre Großmutter als Antiquitäten, ihre Mutter hingegen als Müll bezeichnete. Kerri hatte Delilah anvertraut, dass sie »den ganzen Plunder« wegwerfen wollte – sobald Grandma Rose von ihnen gegangen war.

Kerri sagte immer »von uns gehen« anstatt »sterben«. Manchmal sagte sie auch Sachen wie »den Löffel abgeben« oder »ins Gras beißen«, allerdings nie in Gegenwart von Grandma Rose, die solche respektlosen Sprüche für gotteslästerlich hielt. Delilah wusste, dass Kerri die Übellaunigkeit und das herrische Wesen ihrer Mutter vor allem deshalb ertrug, weil sie hoffte, ihr ganzes Vermögen zu erben, wenn Grandma Rose starb. Uups, dachte Delilah, ich korrigiere: »von ihnen ging«. Sie hätte beinahe laut gelacht, wenn Grandma Rose nicht dagesessen und ausgesehen hätte, als wäre sie versehentlich in ein Nest schlafender Schlangen gestolpert.

War das eine Metapher? Eine Alliteration? Vielleicht beides? Noch etwas, was sie Mrs. Crosbie fragen musste.

»Wie geht es dir, Grandma Rose?«, erkundigte sich Delilah jetzt und trat vorsichtig näher. Ihre Großmutter saß auf der Sofakante, ihre geschwollenen Füße in den schmuddeligen pinkfarbenen Pantoffeln berührten kaum den Boden, und sie hatte ihre großen männlichen Hände im Schoß gefaltet. Ihr Haar war dunkelrotbraun getönt, aber der sichtbare graue Haaransatz ließ eine Nachfärbung dringend geraten erscheinen. Sie hatte ein rundes Gesicht mit groben Zügen, und ihre braunen Augen waren kalt und unbarmherzig. Sollten Großmütter nicht sanft und gütig sein? Sollten sie einen nicht mit offenen Armen und frisch gebackenen Keksen zu Hause empfangen?

»Was glaubst du wohl, wie es mir geht«, kam Grandma Roses Antwort. »Ich bin ganz krank vor Sorge.«

»Mom kommt bestimmt jede Minute nach Hause «, sagte Delilah, obwohl sie sich dessen keineswegs sicher war. Was machte ihre Mutter überhaupt? »Sie hat nicht angerufen?«

»Wenn sie angerufen hätte, würde ich mir wohl nicht solche Sorgen machen.«

»Wohl nicht.« Delilah seufzte tief und versuchte, sich ihren Ärger nicht anmerken zu lassen. Sie redete sich ein, dass ihre Großmutter sie nur anblaffte, weil sie sich um ihre Tochter sorgte, aber in Wahrheit war das Blaffen ihr normaler Umgangston. Kein Wunder, dass Kerri jede Gelegenheit nutzte, sich zu verdrücken. Kein Wunder, dass sie es nicht eilig hatte, nach Hause zu kommen. Kein Wunder, dass sie so viel Zeit vor ihrem Computer verbrachte, wenn sie denn zu Hause war, und die Stille eines Internet-Chatrooms dem Radau realer Menschen vorzog. Wenn einen jemand online anblaffte, konnte man ihn einfach wegknipsen.

»Als ich den Wagen gehört habe, dachte ich, dass sie es wäre.«

»Das war Sheriff Weber. Er hat mich vom Chester's nach Hause gefahren.«

»So ein Pech«, meinte Rose. »Die Bewegung hätte dir gutgetan.«

Delilah zwang sich zu einem Lächeln, als sie in die Küche ging. »Kann ich dir irgendetwas mitbringen, Grandma? Eine Cola oder Saft?«

Rose schüttelte den Kopf. »Nein. Und du solltest auch nichts trinken. Hast du eine Ahnung, wie viel Zucker in einem Glas Cola ist? Und Orangensaft ist angeblich genauso schlimm. Wusstest du das?«

»Ich glaube, das hast du mir schon mal erzählt, ja.« Mindestens fünfhundertmal, fügte Delilah stumm hinzu, ging in die kleine Küche, machte den Kühlschrank auf und griff nach einer Dose Cola.

»Halt dich an Wasser«, riet ihre Großmutter ihr, als stünde sie direkt hinter ihr. »Angeblich soll man mindestens acht Gläser Wasser am Tag trinken. Wusstest du das?«

»Das ist aber eine Menge Wasser«, sagte Delilah und zog die Metalllasche der Dose auf. Die Kohlensäure entwich mit einem lauten Zischen und kitzelte ihr in der Nase. Sie führte die Dose an die Lippen und trank einen großen, befriedigenden Schluck.

»Dummes Mädchen«, murmelte Rose so laut, dass Delilah sie hören konnte.

»Bist du sicher, dass du nichts willst? Ich glaube, es ist noch ein bisschen Eis übrig.«

»Himmel, nein. Angeblich soll man nach sieben Uhr gar nichts mehr essen.«

»Wer sagt das?« Die Dose Cola grimmig entschlossen gepackt, kehrte Delilah ins Wohnzimmer zurück und ließ sich auf den braunen Ledersessel fallen, der laut quietschte, als würde er unter ihrem Gewicht aufstöhnen.

»Das sagen alle«, erwiderte Rose, als ob das als Antwort reichte. »Es ist Allgemeinwissen. Und sei vorsichtig mit der Cola. Wenn du sie verschüttest –«

»Ich verschütte sie schon nicht.«

»– kannst du hinterher sauber machen«, fuhr ihre Großmutter unbeirrt fort.

Eine Weile sagte niemand etwas.

»Und wie geht es Sheriff Weber?«

»Gut.«

»Was hat er im Chester's gemacht?«

»Ein Bier getrunken.«

»Ich nehme an, seine Frau war nicht dabei.«

Delilah schüttelte den Kopf. »Er war dienstlich dort.«

»Dienstlich?« Ihre Großmutter zog eine Braue hoch.

»Liana Martin wird vermisst.«

»Was?«

»Liana Martin. Ein Mädchen aus meiner Klasse. Sie wird vermisst.«

»Judy Martins Tochter?«

»Glaub schon.«

»Sehr hübsche Frau. Sie war mal Zweite bei der Wahl zur Miss America, wusstest du das?«

»Ich glaube, es war nicht die Miss America, sondern –«

»Was soll das heißen, ihre Tochter wird vermisst?«, unterbrach ihre Großmutter sie.

»Sie ist wohl gestern nach der Schule nicht nach Hause gekommen, und seitdem hat sie niemand mehr gesehen.«

Es dauerte einen Moment, bis ihrer Großmutter die volle Tragweite dieser Information aufging. »Was glaubt der Sheriff, was mit ihr passiert ist?«

»Er weiß es nicht.«

»Wahrscheinlich ist sie abgehauen«, sagte Rose abschätzig, obwohl sie keineswegs überzeugt klang. »Warum hast du mir das erzählt?«, wollte sie Sekunden später wissen. »Siehst du nicht, dass ich mir auch so schon genug Sorgen mache?«

»Mach dir keine Sorgen, Grandma. Liana taucht bestimmt wieder auf.«

»Um *sie* mache ich mir auch keine Sorgen, Herrgott noch mal. Ich mache mir Sorgen um deine Mutter. Was, wenn da draußen ein Irrer –«

»Hey, stopp! Wer hat denn was von einem Irren gesagt?«

»Ich habe ein ungutes Gefühl.«

»Du machst mir richtig Angst.«

»Wovor solltest du denn Angst haben? Nicht einmal ein Irrer würde sich mit dir einlassen.«

Tränen schossen in Delilahs Augen. Jetzt war sie also schon so abstoßend, dass nicht einmal ein Irrer sie anrühren würde. Sie führte die Dose Cola zum Mund und setzte sie erst wieder ab, als sie leer war. In der Zwischenzeit waren auch ihre Tränen verschwunden. Sie stand auf. »Soll ich den Fernseher anmachen, Grandma Rose?«

»Nein. In der verdammten Kiste kommt doch eh nie was. Vielleicht solltest du noch mal nach deiner Mutter suchen.«

»Ich bin müde, Grandma. Außerdem ist Mom wahrscheinlich bei Dr. Crosbie.«

»Nein. Der hat heute Abend seine Kinder. Du glaubst doch nicht, dass sie einen Unfall hatte, oder? Deine Mutter ist nicht die sicherste Fahrerin.«

»Dann hätte bestimmt jemand angerufen.« Wo *steckte* ihre Mutter? Wieso hatte sie *nicht* angerufen? »Warum machst du dich nicht bettfertig, Grandma. Es ist schon spät und –«

»– und deine Mutter ist noch nicht zu Hause. Und ein junges Mädchen wird vermisst. Wie soll ich da einschlafen?«

»Du steigerst dich in die Sache hinein. Das ist nicht gut für dich«, sagte Delilah, obwohl eigentlich nicht zu befürchten war, dass ihre Großmutter dabei Schaden litt. Sie war eine Naturgewalt, absolut unzerstörbar. Sie würde noch das Armageddon überleben. Grandma Rose und die Kakerlaken. Klang wie ein guter Name für eine Band.

»Aber du kannst ruhig schon raufgehen, wenn du willst«, sagte ihre Großmutter. »Du musst mir keine Gesellschaft leisten.«

»Ich möchte dich nicht alleinelassen.«

»Das ist schon in Ordnung. Daran bin ich gewöhnt.«

Delilah verdrehte die Augen und gab ihrer Großmutter einen Kuss auf die trockene, schuppige Stirn. Hatte sie sich das nur eingebildet, oder war sie vor ihrer Berührung zurückgezuckt? »Sheriff Weber hat gesagt, ich soll ihn anrufen, wenn Mom bis Mitternacht nicht zurück ist«, sagte Delilah auf dem Weg aus dem Zimmer.

»Mitternacht«, wiederholte Rose, als hätte sie ein unflätiges Wort benutzt. »*Mitternacht*?«

Wie ein wütender Fluch hallte das Wort hinter Delilah die Treppe hinauf und prallte von den rosafarbenen Wänden ihres Zimmers ab. Sie ließ sich auf ihr schmales Einzelbett sinken, und die Daunendecke mit dem rosa-weißen Blümchenbezug bauschte sich um ihre breiten Hüften. Ein rosafarbener Läufer lag auf dem Boden, rosa-weiß karierte Vorhänge rahmten das Fenster zur Straße; ein rosafarbener Lampenschirm krönte eine weiße Lampe auf einer weißen Kommode, die mit handgemalten rosafarbenen Blumen verziert war. Es war das perfekte Mädchenzimmer. Kein Klischee war ausgelassen worden. Und die Tatsache, dass seine Bewohnerin ihrem Puppenbett längst entwachsen und jedes Interesse an den Plüschtieren auf dem Bücherregal verloren hatte, spielte keine Rolle. Entscheidend war ein Traum von weiblicher Vollkommenheit. Entscheidend war das Ideal.

Nur dass Delilah dem Ideal weiblicher Vollkommenheit so wenig entsprach, wie ein Mädchen es nur konnte. Schon als Kind hatte sie die Erwartungen dieses Zimmers enttäuscht. Bei ihrer Geburt hatte sie nur kümmerliche 2700 Gramm gewogen, sich fortan aber ganz normal entwickelt. Erst nach der zweiten Scheidung ihrer Mutter hatte sie stetig an Gewicht zugelegt und in den Weihnachtsferien sogar 70 Kilo auf die Waage gebracht. Das war bei einer Größe von 1,63 Meter ausreichend, um sie als dicklich zu bezeichnen, rechtfertigte jedoch keineswegs die Beschreibung fettleibig.

Sie sah zum Fenster, und ihr Blick streifte den Computer auf ihrem Schreibtisch. Die Leute aus ihrer Klasse veröffentlichten auf ihren Websites regelmäßig die gemeinsten Dinge über sie. Sie belegten sie mit Schimpfnamen und machten schmutzige Bemerkungen über sie. Joey Balfour war der Schlimmste. Und Greg Watt. Und dabei hatte sie Greg einst ganz süß gefunden. Als sie in der Schule einmal eine neue Bluse anhatte, hatte er ihr tatsächlich erklärt, sie sähe hübsch aus. Diese schlichte Bemerkung hatte sie wochenlang regelrecht schweben lassen. Endlos hatte sie das Kompliment in ihrem Kopf wiederholt – *Du siehst hübsch aus. Du siehst hübsch aus. Du siehst hübsch aus* –, bis die Worte irgendwann undeutlich und verzerrt klangen wie auf einer zu oft abgespielten CD. Und außerdem waren sie längst von anderen abgelöst worden.

Du hast ein so hübsches Gesicht, sagte ihre Mutter immer, und sie hatte Recht, entschied Delilah, als sie sich von ihrem Bett erhob und in dem freistehenden Spiegel neben dem Kleiderschrank ihre feinen Gesichtszüge betrachtete, die eigentlich gar nicht zu ihr passten. »Du müsstest nur zehn, zwölf Kilo abnehmen«, hörte sie ihre Mutter flüstern. »Zwölf Kilo. *Zwölf Kilo*«, wiederholte Delilah in dem ungläubigen Ton ihrer Großmutter.

Aber sie wusste, dass auch zwölf Kilo nicht genug wären, um Grandma Rose zufrieden zu stellen. Sie könnte der Coca-Cola abschwören, nach sieben Bissen mit Essen aufhören und vielleicht sogar fünfzehn Kilo abnehmen, für ihre Großmutter würde das immer noch nicht reichen. Sie dachte an die Modezeitschriften, die ihre Mutter mit demselben Eifer studierte, mit dem andere in der Bibel lasen, an die Hochglanzbilder von dürren Mädchen mit tief liegenden Augen und aufgespritzten Lippen. Sie sahen alle gleich aus. Man konnte sie nicht auseinanderhalten. War es das, was ihre Großmutter wollte?

Es war das, was *sie* selbst wollte, gestand Delilah sich traurig ein. Auszusehen wie alle anderen. Zu *sein* wie alle anderen. Unsichtbar zu sein. Sie hätte beinahe gelacht. Genau das war sie in gewisser Weise. Denn bei all ihrer Masse nahm niemand sie wirklich wahr.

Wenn sie nur einen Menschen gehabt hätte, mit dem sie über all das hätte reden können. Eine beste Freundin. Oder eine Schwester. Sie hatte sich immer eine Schwester gewünscht, trotz der Geschichten, die ihre Mutter aus ihrer eigenen Kindheit erzählte, von dem permanenten Konkurrenzkampf der Geschwister um das Lob der Mutter und deren meisterliches Geschick, die Mädchen gegeneinander auszuspielen. »Sei dankbar, dass du ein Einzelkind bist«, sagte ihre Mutter immer.

Wo *steckte* ihre Mutter? Sie war gegen halb fünf zur Apotheke gegangen, und nun war es schon beinahe zehn. Vielleicht hatte Grandma Rose Recht. Vielleicht hatte Kerri wirklich einen Unfall gehabt. Vielleicht sollte sie die Krankenhäuser in der Umgebung abtelefonieren. Vielleicht sollte sie noch einmal losgehen und sie suchen.

Das Telefon klingelte.

»Kannst du rangehen?«, rief ihre Großmutter von unten.

Delilah rannte die Treppe hinunter und erreichte das Telefon in der Küche nach dem vierten Klingeln. Sie hoffte, dass der Anrufer noch nicht aufgelegt hatte. Grandma Rose saß im Nebenzimmer und war schließlich nicht gelähmt. Delilah nahm den Hörer ab und betete, dass ihre Mutter dran war. »Hallo?«

»Delilah«, sagte die Stimme am anderen Ende tonlos.

Delilah wusste sofort, wer es war. Seine Stimme war so einschüchternd wie alles an ihm. »Mr. Hamilton«, erwiderte sie. War ihre Mutter ins Chester's gekommen, nachdem sie gegangen war? War sie jetzt noch dort? Gab es irgendein Problem?

»Ich habe dich heute Abend gesehen«, sagte Cal Hamilton, »aber bevor ich mit dir reden konnte, warst du schon wieder weg.«

»Wer ist dran, Delilah?« Ihre Großmutter war in der Tür aufgetaucht. »Ist es deine Mutter?«

Delilah schüttelte den Kopf. »Es ist Mr. Hamilton«, flüsterte sie. »Ist alles in Ordnung, Mr. Hamilton? Ist meine Mutter –«

»Ich hatte gehofft, du könntest am Samstagnachmittag vorbeikommen und meiner Frau ein paar Stunden Gesellschaft leisten«, unterbrach er sie, ohne ihre Frage zu beachten. »Ich muss weg, und du weißt ja, wie ungern Fiona alleine bleibt.«

»Natürlich«, sagte Delilah, obwohl sie nichts dergleichen wusste. Bei ihren vorherigen Besuchen im Haus der Hamiltons hatte Fiona kaum zwei Worte mit ihr gewechselt. Es war, als ob man ein Kleinkind hüten würde, und mehr als nur ein bisschen unheimlich. Sie hätte bestimmt abgelehnt, wenn Mr. Hamilton ihr nicht zwanzig Dollar die Stunde bezahlen würde. »Er will, dass ich am Samstag komme«, sagte sie, als sie aufgelegt hatte, aber ihre Großmutter hatte ihr bereits den Rücken gekehrt.

Sie hörten einen Wagen in die Auffahrt biegen. Delilah schloss die Augen und sprach ein stummes Gebet.

»Hallo zusammen«, rief Kerri, noch während sie die Haustür öffnete. »Irgendjemand zu Hause?«

Delilah seufzte tief vor Erleichterung. Ihre Mutter war zu Hause. Sie war in Sicherheit. Sie hatte keinen Unfall gehabt. Kein Irrer hatte sie geschnappt. Und es war egal, dass sie fast sechs Stunden weg gewesen war, niemandem gesagt hatte, wo sie war, und auch nicht angerufen hatte, um Bescheid zu sagen, dass sie nicht zum Abendessen kommen würde. Wichtig war nur, dass sie wieder zu Hause war.

»Wo zum Teufel bist du gewesen?«, blaffte Rose sie an und marschierte zurück ins Wohnzimmer. »Wir waren schon fürchterlich in Sorge.«

»Sei doch nicht albern«, beschied Kerri ihre Mutter und wedelte ungeduldig mit blutroten Fingernägeln. Sie trug eine enge, rot-weiß karierte Caprihose und einen rückenfreien weißen Pulli, unter dessen feiner Wolle sich ihre Brustwarzen deutlich abzeichneten. Ihr langes, platinblondes Haar fiel in losen Locken auf ihre Schultern. Rot lackierte Fußnägel lugten unter den Riemen ihrer roten Sandalen hervor. »Ich hab dir doch gesagt, dass ich etwas länger weg sein würde.« In ihrer anderen Hand baumelte eine große braune Einkaufstüte. »Nun sei nicht böse. Ich habe euch etwas mitgebracht.«

»Wo bist du gewesen?«, fragte Delilah.

»Bei Bloomingdale's«, schnurrte Kerri verführerisch und griff in die braune Tasche.

Bei Bloomingdale's, wiederholte Delilah stumm. Das nächste

Bloomingdale's war in Fort Lauderdale. »Du bist nach Fort Lauderdale gefahren?«

»Ich wollte meinem Mädchen etwas Neues zum Anziehen kaufen.« Sie zog einen blauen Baumwollpulli aus der Tüte und drückte ihn an ihre gewaltige Brust.

Delilah glaubte, nie etwas Schöneres gesehen zu haben. »Er ist hinreißend.« Begierig griff sie nach dem Kleidungsstück und studierte das Designer-Label.

»Ich nehme an, an mein Herzmedikament hast du nicht gedacht«, sagte Rose.

»Natürlich habe ich daran gedacht.« Kerri kramte in ihrer roten Lederhandtasche nach den Tabletten und warf ihrer Mutter das kleine Plastikfläschchen zu.

»Gut, dass ich sie nicht dringend gebraucht habe.«

»Gern geschehen«, sagte Kerri.

Delilah überprüfte die Größe des Pullis und spürte einen Stich der Enttäuschung. »Ich fürchte, der könnte ein bisschen zu klein sein«, flüsterte sie und hasste ihre eigene Stimme.

»Das ist Größe M.«

»Ich habe L.«

Ihre Mutter lächelte. »Nun, das wird dir ein kleiner Ansporn sein, ein paar Pfunde abzuspecken.« Sie griff nach dem Pulli. »Ich schätze, in der Zwischenzeit könnte ich ihn tragen. Und, was ist passiert? Habe ich irgendwas verpasst?«

»Liana Martin ist verschwunden«, sagte Delilah und beobachtete, wie ihre Mutter den Pulli wieder in der Einkaufstasche verschwinden ließ.

»Was soll das heißen, sie ist verschwunden?«

»Laut Sheriff Weber hat sie seit gestern Nachmittag kein Mensch mehr gesehen.«

»Wann hast du denn mit Sheriff Weber gesprochen?«

»Heute Abend. Grandma Rose hat sich Sorgen gemacht und mich losgeschickt. Ich sollte dich suchen.«

»Also, ehrlich, Mutter«, sagte Kerri. »Ich hab doch gesagt, dass ich eine Weile weg bin.«

»Du hast mir nicht erzählt, dass du nach Fort Lauderdale fährst.«

»Es war eine spontane Idee. Außerdem bin ich ein großes Mädchen. Ich muss dir nicht jede Kleinigkeit erzählen.«

»Ich finde, diese Hose steht dir nicht«, gab Rose zurück.

»Ich könnte Sheriff Weber anrufen«, ging Delilah dazwischen, »und ihm sagen, dass du wieder zu Hause bist.«

»Was gefällt dir denn an der Hose nicht?«

»Sie macht deine Hüften breit«, sagte Rose.

»Wirklich?«

»Ich finde, sie sieht gut aus«, verteidigte Delilah ihre Mutter.

»Du musst reden«, sagte Rose.

»Und wie geht es Sheriff Weber?«, fragte Kerri. »Hat er sich Sorgen um mich gemacht?«

»Jedenfalls hätte ich ihn anrufen sollen, wenn du bis Mitternacht nicht nach Hause gekommen wärst. Ich glaube, er hat sich Sorgen um Liana gemacht.«

»Liana?«

»Liana Martin«, erinnerte Delilah sie.

»Judy Martins Tochter«, fügte Rose hinzu. »*Das* ist mal eine hübsche Frau.«

»Findest du?«, fragte Kerri. »Auf mich hat sie immer ein bisschen gewöhnlich gewirkt. Was meinst du, Schätzchen?«

»Ich finde dich hübscher«, sagte Delilah.

»Danke, mein Engel. Siehst du, Mom? Delilah findet mich hübscher als Judy Martin.«

»Ist das ein Pickel an deinem Kinn?«, fragte Rose.

»Was? Wo?« Kerri stürzte zu dem Spiegel im Flur. »Wovon redest du? Ich sehe nichts.«

Delilah schüttelte den Kopf und ging in die Küche. So würden die beiden noch den ganzen Abend weitermachen, dachte sie, rief Sheriff Weber an, meldete, dass ihre Mutter wieder zuhause war, und entschuldigte sich dafür, ihn unnötig alarmiert zu haben. »Gibt es was Neues von Liana?«, fragte sie.

»Nichts«, antwortete er.

»Nichts«, wiederholte sie, während sie ihre Mutter und ihre Großmutter im Wohnzimmer zanken hörte. Einen Moment lauschte sie dem Gekeife, bevor sie einen Löffel aus einer Schublade nahm, sich den weißen Korbstuhl vor den Gefrierschrank zog und direkt aus dem Plastikcontainer den letzten Rest Eiscreme verputzte.

6
TOTENBUCH

Die Erinnerung ist ein erstaunliches Phänomen. Sie prägt uns und unseren Alltag, bildet den Kontext für unsere Handlungen und die logische Grundlage unserer bisweilen zweifelhaften Entscheidungen. Wer wir heute sind, ist untrennbar verbunden mit der Erinnerung daran, wer wir gestern und vorgestern waren – Fäden in dem großen verschlungenen Gobelin unseres Lebens, auf dem besondere Ereignisse herausstechen, unsere erste Liebe oder unsere letzte Enttäuschung. Oder auch unser Hass. Wenn man an einem Faden zieht, kann man zusehen, wie sich das Ganze aufribbelt. Wer wem was getan hat, welches Essen wir mögen, die zahlreichen Fertigkeiten, die wir beherrschen oder auch nicht, die Filme, die wir gemocht haben, die Musik, zu der wir getanzt haben, die Filmstars, die wir bewundern, die Politiker, die wir verachten – wenn wir uns an all diese vermeintlich alltäglichen Details nicht erinnern können, wer sind wir dann?

Wir sind definiert durch unsere Erinnerungen. Ohne sie haben wir keine Identität. Wir haben gar nichts.

Diese erbärmlichen alten Kreaturen, die ihre Erinnerung überlebt haben und jetzt schreiend in einsamen Krankenhausfluren sitzen, nicht vor Schmerz, weil ihre Organe verfallen, sondern vor Kummer darüber, dass sie nicht mehr wissen, wer sie sind, während sie in den eigenen Schreien nach dem Klang einer vertrauten Stimme suchen. Sie leben in einer immerwährenden Gegenwart, und das ist die Hölle auf Erden.

So will ich nie werden. Wenn ich je Alzheimer oder etwas ähnlich Schreckliches kriege, hoffe ich, dass jemand mir einfach eine Pistole an den Kopf drückt und mich erschießt. Ich bin sicher, Liana Martin würde mir den Gefallen liebend gern tun. Aber sie wird die Gelegenheit leider nicht mehr bekommen.

Es heißt ja immer, dass man im Heute leben soll, und ich glaube, dass ist ein guter Rat. Erinnere dich an gestern, aber lebe heute. Jawohl, das ist mein Motto. Das hätte ich Liana Martin sagen sollen. Lebe heute, Liana. Denn was geschehen ist, ist geschehen, und man weiß nie, was als Nächstes passiert.

Nun ja. Das stimmt nicht ganz. Denn ich weiß es. Ich weiß, was als Nächstes passiert.

Es heißt auch, man soll jeden Tag so leben, als wenn es der letzte wäre. Ein weiterer guter Rat, obwohl ich glaube, dass Liana Martin ihn nicht gerne gehört hätte.

Ich frage mich, was für Erinnerungen sie in der vergangenen Nacht heraufbeschworen hat, glückliche oder traurige. Und ob sie ihr ein Trost waren.

Ich persönlich habe eine Menge eher unangenehme Erinnerungen. Zum Beispiel daran, wie ich mit fünf Jahren beinahe im Swimmingpool eines Nachbarn ertrunken wäre. Es war Robby Warrens Geburtstag, und meine Mutter war beschäftigt und konnte nicht mitkommen, also hat meine Tante mich begleitet, die ohnehin nur herumsaß. Ich sehe es noch vor mir, wie sie mit Robby Warrens Vater geflirtet und sich dabei am Beckenrand mit Sandwiches vollgestopft hat. Die guten Party-Sandwiches. Mit dick Butter. Deshalb sind sie ja so lecker.

Jedenfalls war es sehr heiß, und ein Haufen Kinder planschte im Pool rum und machte einen Riesenradau. Und die Erwachsenen quatschten und tranken, und zwar nicht nur Limonade, glaube ich, obwohl meine Tante das immer bestritten hat. Genau so wie sie meine Erinnerung an das Folgende in Zweifel gezogen hat. Sie bestand darauf, dass ich mich keinesfalls an die Ereignisse jenes Nachmittags erinnern könne, weil ich noch viel zu klein gewesen sei. Sie meinte, Kinder in diesem Alter könnten sich noch nicht an bestimmte Dinge erinnern, schon gar nicht so detailliert wie ich. Ich habe aufgehört, sie vom Gegenteil überzeugen zu wollen. Sie hatte ihre Wahrheit. Ich hatte meine. Und sie musste schließlich damit leben.

Aber sie war eine solche Lügnerin. Sie hat unbeirrt behauptet, dass sie mich die ganze Zeit im Auge hatte, als ich im Wasser war. Sie behauptete, sie hätte sich nur für eine halbe Sekunde abgewandt, und als sie wieder hingesehen hätte, wäre ich verschwunden gewesen, weshalb sie angenommen hätte, dass ich aus dem Pool geklettert wäre, um die Örtlichkeit zu benutzen. So hat sie die Toilette immer genannt – die Örtlichkeit. Sie dachte, das klänge vornehmer. Ich konnte sie zum Wahnsinn treiben, wenn ich gesagt habe: »Ich gehe zur Toilette.« Ich sehe sie bis heute zusammenzucken. Und deshalb habe ich es natürlich gesagt.

Jedenfalls hat sie erzählt, sie hätte im Haus nach mir gesucht, obwohl ich glaube, dass sie dort Warrens Vater treffen wollte. Aber sie behauptete natürlich, sie wäre ihm auf der Suche nach mir zufällig begegnet, als ob es meine Schuld gewesen wäre, und ja, vielleicht wäre sie ein paar Sekunden abgelenkt gewesen, aber auf keinen Fall länger, obwohl andere sagten, dass ich mindestens eine Minute lang unter Wasser gewesen wäre. Ich weiß es nicht. Ehrlich gesagt erinnere ich mich nicht mehr daran, wie lange ich unter Wasser war. Ich weiß nur noch, wie ich mit einem der Kinder gerungen habe, ausgerutscht und untergetaucht bin. Ich erinnere mich an den Geschmack von Chlor im Mund, und wie schleimig sich das lauwarme Wasser anfühlte, als es in meine Nasenlöcher drang. Ich erinnere mich, wie meine Haare um meinen Kopf schwebten wie Seegras. Und dann an nichts mehr.

Dann waren da plötzlich Stimmen, ein Kreischen und

Schreien. Fäuste, die auf meine Brust trommelten, während jemand meinen Kopf nach hinten neigte, meine Lippen öffnete, mir die Nase zuhielt und Luft in den Mund blies. Ich weiß noch, wie ich gewürgt und irgendjemandem Wasser in den Schoß gespuckt habe. Und ich erinnere mich, dass meine Tante geheult hat und sich dermaßen hysterisch aufgeführt hat, dass überlegt wurde, *sie* ins Krankenhaus zu bringen. Erst von Robby Warrens Vater – der sie dafür zehn Minuten ins Haus begleiten musste – ließ sie sich schließlich so weit beruhigen, dass sie gefasst genug war, mich nach Hause zu bringen. Dort erklärte sie meiner Mutter, dass es *meine* Schuld gewesen sei, dass ich beinahe ertrunken wäre, und meine Mutter schlug sich auf *ihre* Seite und schimpfte mit *mir*. Sie schüttelte mich, bis mir schwindelig wurde, und schrie, dass ich besser aufpassen müsste, nicht weil ich fast gestorben wäre, sondern weil ich Robby Warrens Geburtstagsfeier ruiniert hatte und wir nun wahrscheinlich nie wieder eingeladen würden. Und was wir jetzt im Sommer machen sollten, wenn es wirklich heiß würde und wir uns nirgendwo mehr abkühlen könnten?

Die Familie Warren zog dann in jenem Sommer aus – und ein altes Ehepaar ein. Sie schwammen nicht und ließen deshalb den Pool, den Rasen und alles herausreißen, um den Garten zuzupflastern, weil der alte Mr. Jackes nicht mehr die Kraft hatte, ständig Unkraut zu jäten, wie er sagte. Ich sagte, ich würde es freiwillig machen – das heißt, genau genommen sagte es meine Mutter –, aber Mr. Jackes meinte, seine Frau wäre sowieso allergisch gegen Gräser, deshalb wäre es besser so. Ich mochte Mr. Jackes. Er war groß und barsch und meistens auf irgendwas wütend. Aber bei ihm wusste man wenigstens immer, woran man war. Bei ihm gab es kein Getue. Kein leeres Gequatsche. Und von welchem Menschen kann man das schon sagen?

Nach seinem Tod sprachen wir Mrs. Jackes unser Beileid aus. Meine Mutter brachte einen Erdnussbutter-Kuchen mit, den sie aus dem Supermarkt hatte, jedoch als selbstgebacken verkaufen wollte. Das war egal, weil Mrs. Jackes, wie sich herausstellte, auch gegen Erdnüsse allergisch war und den Kuchen deshalb nicht verzehren, ja nicht einmal im Haus behalten konnte. Also haben wir das verdammte Ding wieder mitgenommen und ganz alleine aufgegessen. Meine Mutter sagte, es könne gar nicht sein, dass Mrs. Jackes gegen so vieles allergisch sei, sie wäre bloß hochnäsig und würde sich für etwas Besseres halten. Wir haben nie wieder mit ihr gesprochen. Ein paar Monate später brachten ihre Kinder sie in ein Altersheim in Hallendale, und eine neue Familie kaufte das Haus, grub den Garten um und ließ einen Pool einbauen. Aber sie haben uns nie eingeladen.

Schwimmen habe ich nicht mehr gelernt. Jedenfalls nicht gut. Wasser macht mir Angst. Bis heute. Wie es sich anschleicht.

In dieser Hinsicht bin ich wohl auch ein wenig wie Wasser.

Eine weitere unangenehme Erinnerung: Die Sommerferien in Pompano Beach mit meiner Mutter, meinen Großeltern und natürlich meiner Tante. Diese Urlaube waren immer eine Tortur für mich, vor allem wegen meiner Tante, die sich offenbar alle nur erdenkliche Mühe gab, mir das Leben zur Hölle zu machen. Kein Wunder, dass ihr Mann noch vor seinem vierzigsten Geburtstag gestorben ist. Wahrscheinlich war er dankbar für das, was ihn dahingerafft hat. Der Tod war die einzige Rettung vor der Hexe.

Nachdem ich als Kind beinahe ertrunken wäre, hatte meine Tante entschieden, dass ich unbedingt schwimmen lernen müsste. Sie wollte mich nicht irgendwann im Pool des Motels treiben sehen, erzählte sie jedem, der zuhörte – und sie liebte Publikum –, und sie mochte sich auch nicht ständig Sorgen machen, dass ich von einer tödlichen Unterwasserströmung aufs Meer hinausgezogen würde. Sie wollte sich einfach entspannen und ihren Urlaub genießen, wiederholte sie bis zum

Erbrechen. Deshalb engagierte sie sofort nach unserer Ankunft einen Rettungsschwimmer, der mir schwimmen beibringen sollte. Er hat es versucht, das will ich ihm zugutehalten. Und am Ende ist es ihm sogar gelungen, mich länger als drei Sekunden ohne Unterbrechung über Wasser zu halten, obwohl ich nie mehr geschafft habe, als mit allen vieren zu strampeln wie ein Hund. Er erklärte mir, dass ich nur richtig schwimmen lernen würde, wenn ich den Kopf unter Wasser tauchte, worauf ich ihm erklärte, dass ich das gar nicht wollte und mich schlichtweg weigerte.

Davon ließ sich meine Tante, die nie gelernt hat, wann man es gut sein lassen sollte, keineswegs bremsen. Sie konnte mich einfach nicht in Ruhe lassen. Sie konnte es sich beispielsweise nicht vorstellen, dass irgendjemand tatsächlich gerne ein Buch las. Oder ein Bild malte. Nein, wie jemand, der ständig an einer Kruste knibbeln muss, bevor die Wunde darunter verheilen kann, saß sie mir unentwegt im Nacken, organisierte Bootsfahrten und Hochseeangeltouren, auf denen mir jedes Mal speiübel wurde. Für jemanden, der angeblich in ständiger Angst lebte, mich ertrinken zu sehen, sorgte sie jedenfalls dafür, dass ich verdammt viel Zeit auf oder am Wasser verbrachte.

In einem Jahr bestand sie darauf, dass wir alle Wasserski laufen lernten, und versprach mir, dass es leichter sei als Fahrrad fahren, womit ich auch meine Probleme hatte. Ich weiß nicht, welch unseliges Fehlurteil dazu führte, dass ich ihr Glauben schenkte, oder ob ich bloß mitmachte, damit sie endlich die Klappe hielt. Vielleicht lag es auch daran, dass es bei den anderen Kindern so leicht und mühelos aussah, wie sie, den Kopf lachend nach hinten geworfen, übers Wasser glitten und gelegentlich eine Hand vom Seil nahmen, um den neidischen Zuschauern am Ufer zuzuwinken. Jedenfalls beschloss ich, es zu versuchen. Mit einer sorgfältig angelegten Schwimmweste stieg ich auf die Skier und wartete auf den Start des Bootes. »Festhalten!«, höre ich meine Tante bis heute rufen, während ich mich bemühte, mich aufzurichten. Nun, ich kam kaum aus der Hocke, bevor das beschleunigende Motorboot mir das Seil schmerzhaft aus der Hand riss und ich mich in dem salzigen Wasser wiederfand, wild mit den Armen rudernd, die Schwimmweste schmerzhaft ans Kinn gepresst, während die Skier von meinen Füßen an die Oberfläche schossen. »Du Riesenbaby«, sagte meine Tante und zog mich an Deck. Sie lachte, bis wir zurück im Motel waren.

Es war jedes Jahr mehr oder weniger das Gleiche. Sie gab nie auf. »Wo steckst du, Angsthase?«, rief sie, wenn sie mich unter den breiten, rot-weißen Sonnenschirmen suchte, die am Strand verteilt standen. »Komm schon, Hasenfuß. Du bist dran. Zeig uns, was in dir steckt.« Es ging so weit, dass mir vor dem Urlaub noch mehr grauste als vor einem Termin beim Zahnarzt.

Diese Familienausflüge hörten auf, als meine Tante starb.

Buuhuu.

Mir fehlt die Muße, näher darauf einzugehen. Ich habe schon zu viel Zeit mit Erinnerungen vergeudet und noch so viel zu tun. Mein ganzer Zeitplan ist durcheinandergeraten, und ich muss überlegen, was ich machen kann, bevor es zu hell ist. Schon jetzt bleibt mir nur noch ein schmales Zeitfenster. Ich darf nicht riskieren, dass irgendjemand merkt, dass ich weg bin. Mit der Geschwindigkeit einer durchs Gras huschenden Schlange hat sich die Neuigkeit von Liana Martins Verschwinden in Torrance verbreitet, und alle sind sehr erschrocken.

Wenn sie erst ihre Leiche finden, wird es noch viel schlimmer werden.

Hatte ich erwähnt, dass Liana tot ist?

Hatte ich erwähnt, dass mein Zeitplan aus dem Ruder gelaufen ist?

Aus dem Ruder gelaufen – ist das nicht eine großartige Redewendung?

Ich wollte gestern Abend zurückkommen, meinen Spaß haben, sie erledigen und sie ein paar Meilen entfernt im Sumpf vergraben. Aber was sagt man immer über die besten Pläne … Ein Idiot namens Ray Sutter, der ein paar Bier zu viel getrunken hatte, hatte seinen Wagen unweit der Stelle, wo ich Candy verbuddelt habe, in den Straßengraben gesetzt und musste, bestaunt von einer Menge Schaulustiger, von einem Abschleppwagen herausgezogen werden. (So etwas gilt in einer Stadt wie Torrance als Unterhaltung.) Gut, dass mich niemand bemerkt hat. Aber das tun die Leute nie. Gut auch, dass ich Candy so gründlich verscharrt habe – »Wenn du etwas machst, mach es richtig«, wie meine Tante immer sagte –, obwohl die Leute ohnehin nur Augen für den alten, ramponierten, roten Chevy hatten, der tief im Schlamm steckte. Ich bin gegangen und später wiedergekommen, nachdem der Abschleppwagen seinen Job erledigt hatte und alle verschwunden waren. Ich hörte noch das Echo der Stimme von Ray Sutters Frau durch die Dunkelheit hallen, die in einem fort kreischte: »Ich hab es dir doch gesagt«. Ich bin da ganz ihrer Meinung. Ich finde Leute, die betrunken Auto fahren, sind eine Schande und Gefahr für die Allgemeinheit. Ich finde, sie sollten erschossen werden.

Candys Grab blieb jedenfalls ungestört. Sie ruht weiter sanft. Wiewohl kaum noch ganz. Ich bin sicher, die Würmer und diverses anderes Getier haben sich inzwischen an ihr gütlich getan.

Wie dem auch sei, ich konnte erst gegen vier Uhr früh zu dem Haus zurückkehren. Liana hatte geschlafen und war zu dem Zeitpunkt schon halb im Delirium, was den Spaß ein wenig getrübt hatte. Aber zunächst war sie ehrlich erleichtert, mich zu sehen. Sie riss die Augen auf und verzog die Lippen zu der zarten Andeutung eines Lächelns. Ich war kein missgebildetes, sabberndes Monster in schmutziger, blutbefleckter Kleidung. (Haben Liana Martins Eltern ihr nie die Fabel von dem Wolf im Schafspelz vorgelesen? Wenn ich mich recht erinnere, ist sie für die Schafe nicht besonders gut ausgegangen.) Nein, ich war adrett und präsentabel, habe leise gesprochen, damit sie sich beruhigen konnte, und ihr versichert, dass wir, wenn sie mit mir kooperieren würde, vielleicht einen Weg aus dieser unkomfortablen Situation finden könnten.

Man darf natürlich nicht vergessen, dass sie seit mehr als sechsunddreißig Stunden nichts gegessen oder getrunken hatte – Notiz an mich selbst: Nicht vergessen, mehrere Flaschen Wasser im Raum vorrätig zu halten für den Fall, dass es noch einmal zu unerwarteten Verzögerungen kommt –, sie war schwach und wirklich ziemlich verzweifelt und deshalb bereit, auf jeden meiner Vorschläge einzugehen, solange sie glaubte, es würde ihr Leben retten. Das hielt sie nach wie vor für möglich, weil das menschliche Gehirn über die scheinbar unerschöpfliche Gabe der Selbsttäuschung verfügt. Wir glauben, was wir glauben wollen, ungeachtet der Beweise vor unseren Augen, und Liana Martin wollte verzweifelt glauben, dass sie mit dem Leben davonkommen würde.

Also gab ich ihr Wasser und ein halbes Sandwich, das ich im Kühlschrank aufbewahrt hatte und das sie im Handumdrehen verputzte – ganz im Sinne dessen, was ich beim letzten Mal über die Wunder geschrieben habe, die der menschliche Appetit bewirken kann. Wir haben zusammengesessen und geredet. Über alles Mögliche. Sie hat mir von ihren Eltern erzählt, ihrem Vater, der ein hohes Tier bei der Bank of America ist, und ihrer Mutter, einer ehemaligen Schönheitskönigin, die sozusagen mit ihrer Hochzeit abgedankt hatte. Und von ihren beiden jüngeren Brüdern und ihrer kleinen Schwester Meredith, die erst sechs, aber schon eine gewaltige Nervensäge war, weil ihr alle ständig erklärten, wie hübsch sie sei, und ihre Mutter gondelte durch ganz Florida mit ihr, damit sie an irgendwelchen Miss-Wahlen teilnahm. Auch jetzt wären ihre Eltern mit ihr zu einem Schönheitswettbewerb nach Tampa gefahren und wüssten vielleicht noch nicht einmal, dass ihre älteste Tochter verschwunden war.

Und dann fing sie an zu weinen.

Wie gesagt – Mädchen weinen immer.

Ihre Tränensäcke waren so geschwollen, dass man ihre Augen kaum erkennen konnte, und vom vielen Reiben ganz rot. Was schade war, weil ihre Augen wahrscheinlich das Attraktivste an Liana Martin waren. Die Mascara-Spuren auf ihren Wangen waren ebenfalls sehr unvorteilhaft. Sie sah geschlagen und verquollen aus. Dabei hatte ich sie noch gar nicht angerührt. Ich fragte sie, warum sie keine wasserfeste Wimperntusche benutzte, aber sie sah mich bloß an, als ob ich verrückt wäre.

Welchen Tag haben wir heute, wollte sie wissen. Wie lang war sie schon hier?

Ich erklärte ihr, dass es sehr früher Mittwochmorgen und sie seit Montagnachmittag hier war. Ich erklärte ihr, dass ich lediglich mit ihr allein sein wollte und sie freilassen würde, wenn wir ein wenig »Qualitätszeit« miteinander verbracht hätten. So heißt das doch bei den Familientherapeuten – Qualitätszeit. Erzähl mir etwas von dir, drängte ich sie und setzte mich neben sie auf die Pritsche, Dinge, die du nie zuvor einem Menschen erzählt hast. Sie zögerte zunächst, aber dann begann sie, sich zu öffnen. Sie sagte, sie würde unter denselben Unsicherheiten leiden wie alle anderen auch. Sie würde sich nicht so hübsch finden wie ihre Mutter oder ihre kleine Schwester, ihre Nase wäre zu groß und ihre Hüften wären zu breit, und sie hätte immer Angst, den Ansprüchen nicht zu genügen. Welchen Ansprüchen, fragte ich, und sie zuckte mit den Achseln, als wüsste sie nicht einmal, welchen Ansprüchen sie genügen musste. Sie redete auch von ihrem Freund Peter. Alle meinten, dass sie so süß zusammen aussähen, aber sie wäre sich nicht mehr sicher, ob sie ihn wirklich mochte, weil er nicht besonders nett zu ihr war. Dann weinte sie noch ein bisschen.

Ich fragte sie, ob sie und Peter Sex hätten. Sie sagte, das ginge mich nichts an. Das gefiel mir gar nicht, und mein Ärger muss in meinem Gesicht zu lesen gewesen sein, denn sie überlegte es sich augenblicklich anders und erzählte mir, dass sie natürlich Sex hätten. Ich fragte sie, was sie machten und ob sie ihren Mund benutzen würde. Sie sagte, dass sie es schon mehrmals mit dem Mund gemacht hätte, Peter aber noch nie. Das sei schade, erklärte ich ihr. Ein echter Mann würde seinen Mund benutzen, sagte ich.

Ich fragte sie, ob Peter der erste Junge war, mit dem sie geschlafen hatte. Sie schüttelte den Kopf. Ich fragte sie, wie und mit wem sie ihre Unschuld verloren hätte. Ob es wehgetan hätte und ob sie es bereuen würde.

Dann wurde sie richtig aufgeregt. Ich erkannte es in ihren Blicken, die hin und her zuckten, als ob sie, nachdem sie nun etwas gegessen und getrunken und ein wenig Kräfte gesammelt hatte, darüber nachdachte, die Flucht zu ergreifen, obwohl es mir schleierhaft war, wohin. Aber sie antwortete mir trotzdem. Ich glaube, sie hatte Angst davor, was passieren würde, wenn wir zu reden aufhörten, also tat sie mir den Gefallen. Sie erzählte mir, dass sie ihre Unschuld mit dreizehn verloren hatte, und ja, es hatte wehgetan, aber nur kurz, und nein, sie würde es nicht bereuen. Der Junge war der Nachbarssohn, er hieß Eric Weir. Er war sechzehn und ging direkt nach seinem Highschool-Abschluss zur Armee. Er wurde prompt nach Afghanistan geschickt, wo er eine Woche vor seiner geplanten Heimkehr von einem Heckenschützen erschossen wurde. Ich fragte sie, ob sie oft an ihn dachte. Sie sagte nein, aber es täte ihr leid, dass er tot war. Ich fragte sie, mit wie vielen Typen sie schon geschlafen hatte. Sie sagte, mit vieren. Dann versuchte sie, mich etwas zu fragen, aber ich wollte nicht antworten und erklärte ihr, dass ich die Fragen stellen würde.

Daraufhin wurde sie wütend und fing an, mich zu beschimpfen – ich weiß nicht mehr genau, was sie im Einzelnen gesagt hat, denn ich habe die Angewohnheit, die unangenehmeren Äußerungen meiner Mitmenschen zu überhören.

Jedenfalls beschloss ich in dem Moment, dass für mich keinerlei Gewinn darin lag, sie noch länger am Leben zu lassen. Ich zog meine Pistole, und dann ist sie wirklich ausgerastet. Man konnte kaum verstehen, was sie gesagt hat, so schnell hat sie geredet. Und plötzlich wurde sie wie diese Candy, bot an zu tun, was ich verlangte. »Willst du, dass ich es mit dem Mund mache?«, fragte sie mich neben anderen Obszönitäten, die ich hier nicht erwähnen werde. Da habe ich sie mit dem Lauf der Waffe ins Gesicht geschlagen. Der Schlag warf sie auf den Rücken und ließ ihre Wange anschwellen wie ein Luftballon. Es war wirklich erstaunlich, wie schnell sie sich aufblähte. Jetzt kann man es nicht mehr richtig erkennen, weil die Kugel ihr den halben Kopf weggerissen hat, aber ich schwöre, es war beeindruckend.

Es mag im Licht der Geschehnisse seltsam klingen, aber ich glaube, Liana fing an, mich wirklich zu mögen, zumindest ein wenig. Aber was sagte ich eben über die unerschöpfliche Gabe des Verstandes zur Selbsttäuschung? Vielleicht hat sie also auch nur mitgespielt, um mich zu beruhigen; vielleicht wollte sie nur, dass ich sie als ein menschliches Wesen betrachtete und nicht als lebloses Objekt , damit ich Mitleid mit ihr hatte und sie laufen ließ. Ich habe irgendwo gelesen, dass man als Geisel genau das versuchen sollte, und vielleicht kannte Liana den Artikel auch. Offenbar ist es schwerer, Leute zu töten, wenn man ihnen menschlich nähergekommen ist.

Komisch, wie wenig Leute es in die Kategorie »menschlich« schaffen.

Aber das ist Schnee von gestern. Sagt man nicht so? Ist das eine Metapher? Es wäre zumindest eine, die einen Sinn ergibt. Es bedeutet, was geschehen ist, ist geschehen. Und Liana ist tot und weg. Nun, weg ist sie eigentlich noch nicht, und genau das ist das Problem, das ich relativ kurzfristig lösen muss. Ich muss zurück sein, bevor die anderen aufwachen. Ich bin um diese Tageszeit für gewöhnlich nicht auf, und die Leute erinnern sich an kleine Verhaltensunregelmäßigkeiten. Ich will nicht, dass ein kleinerer Fehler in der Zeitplanung mir später zum Verhängnis wird.

Deshalb ist es wichtig, dass ich Lianas Leiche unverzüglich unter die Erde bringe. Selbst bei den kühleren Temperaturen wird es nicht lange dauern, bis die Verwesung einsetzt. Schon jetzt laben sich unsichtbare Maden an ihrem zerfetzten Fleisch, und ich will gar nicht über den Zustand spekulieren, in dem sie sich am Ende des Tages befinden wird. Ich werde sie also einfach verpacken, in den Kofferraum meines Wagens schaffen und einen geeigneten Ort finden, um sie zu entsorgen. MOVE, BITCH, in der Tat.

Ich bin sicher, dass die hiesigen Autoritäten in ein paar Stunden einen Suchtrupp auf die Beine stellen werden. Vielleicht tue ich meine Bürgerpflicht und melde mich freiwillig. Vielleicht werde ich Liana sogar persönlich »finden«. Heureka! Hier drüben. Ich glaube, ich habe etwas entdeckt.

Natürlich darf ich sie die Leiche nicht zu schnell finden lassen. Wo bliebe sonst der Spaß? Aber vielleicht in ein paar Tagen. Rechtzeitig, um allen das Wochenende zu verderben.

Das ist doch mal was, worauf man sich freuen kann.

7

»Harten Tag gehabt?«

Sandy stand in der Tür von Rita Hensens winzigem Büro und sah zu, wie die Schulkrankenschwester den blutenden Finger eines Mädchens aus der neunten Klasse verband, das am Nachmittag aus Versehen oder absichtlich gegen einen Spind geschubst worden war. Schon jetzt überragte die Vierzehnjährige die dreiundvierzigjährige Krankenschwester, die auf Absätzen kaum 1,50 Meter maß. Aber mit ihrem offenen Gesicht und ihrem bereitwilligen Lächeln war sie eine Frau, die einem selbst dann ein Lächeln entlockte, wenn einem gar nicht danach zumute war. »Eine harte Woche«, sagte Sandy, während das Mädchen vom Behandlungstisch stieg und den Raum mit einem kaum hörbaren »Danke« verließ.

»Jetzt ist erst mal Wochenende.« Rita Hensen winkte Sandy in ihr Zimmer, das kaum größer war als ein Kleiderschrank. »Hast du Lust, später etwas trinken zu gehen?«

»Ich kann nicht.«

»Wirklich nicht? Du siehst aus, als könntest du eine Transfusion gebrauchen.«

»Apropos: Ist Victor Drummond zu dir gekommen?«

»Graf Dracula? Nein. Sollte er?«

Sandy schüttelte entmutigt den Kopf. Seit sie Victor am Dienstag wegen der Schnittwunde am Arm zu Rita geschickt hatte, war er nicht mehr in der Schule gewesen. Greg Watt hatte die letzten drei Tage ebenfalls gefehlt, während Peter

Arlington wieder gesund war. Liana Martin wurde noch immer vermisst, und das war gar kein gutes Zeichen. Nach allem, was Sandy über Liana wusste, was zugegebenermaßen nicht viel war, weil das Mädchen nur selten etwas Konstruktives zum Unterricht beitrug, war ihr Liana nie kühn oder abenteuerlustig genug vorgekommen. Sie würde sich bestimmt nicht klammheimlich aus dem Staub machen. Bei aller zur Schau gestellten Großspurigkeit – MOVE, BITCH – kam sie Sandy immer wie ein typisches Kleinstadtmädchen vor. Sie würde sich ein paar Jahre lang wild und unabhängig gebärden, bevor sie sich brav in ihre Mutter verwandelte, jung heiratete und in beunruhigend schneller Folge zukünftige Schönheitsköniginnen gebar. Wenn sie Träume von einem Leben jenseits von Torrance hatte, erwartete sie nicht, dass sie in Erfüllung gingen. Es waren schließlich Träume, und Träume hatten die Angewohnheit, in der heißen Morgensonne zu platzen und spurlos zu verschwinden wie Seifenblasen.

Wie Liana Martin.

Wo war sie? Was war mit ihr geschehen?

Sheriff Weber hatte einen Suchtrupp organisiert, und seit Mittwochmorgen hatte praktisch die gesamte Stadt nach ihr gesucht, ohne Erfolg. Sandy überlegte, ob sie sich am Wochenende selbst melden sollte, wenn Liana bis dahin nicht wieder aufgetaucht war. War es möglich, dass irgendein Verrückter sie entführt hatte? Sandy dachte an die Gerüchte, die in der Stadt kursierten, und schüttelte den Kopf. Liana war höchstwahrscheinlich von irgendeinem Internet-Verehrer verführt worden, was ihr jetzt so peinlich war, dass sie sich nicht traute, nach Hause zu kommen. Es waren schon seltsamere Dinge passiert, dachte Sandy und stellte sich voller Abscheu ihren Mann mit Kerri Franklin vor.

»Was ist?«, fragte Rita.

»Ich hab nur gerade an Liana Martin gedacht«, sagte Sandy, was nicht direkt gelogen, aber auch nicht die ganze Wahrheit war.

»Ich hoffe, es geht ihr gut.« Rita starrte abwesend auf die Buchstabentafel an der gegenüberliegenden Wand.

Sandy fragte sich, wie Lianas Mutter das durchhielt, und malte sich aus, was sie machen würde, wenn ihre Tochter vermisst würde. Mit einer heftigen Kopfbewegung suchte sie den Gedanken abzuschütteln, weil die Vorstellung einfach zu schrecklich war.

»Wie macht sich Brian im Unterricht?«, erkundigte sich Rita unvermittelt nach ihrem Sohn. »Hast du den Eindruck, er kommt zurecht?«

Bei aller bemühten Beiläufigkeit hörte Sandy die Sorge in Ritas Stimme. »Sehr gut. Wir haben neulich über Metaphern gesprochen, und er hat einen sehr intelligenten Beitrag geleistet.«

»Mein Sohn hat einen intelligenten Beitrag geleistet?«

Sandy nickte. »Ich glaube, er macht sich durchaus tiefsinnige Gedanken.«

»Oh Gott.«

»Hast du Probleme mit tiefsinnigen Gedanken?«

»Willst du wissen, was er neulich zu mir gesagt hat?«, gab Rita zurück.

Sandy war sich nicht sicher, ob sie das wissen wollte, fragte aber trotzdem: »Was denn?«

»Er schläft in letzter Zeit schlecht. Er wacht mitten in der Nacht auf, schleicht durchs Haus und raucht draußen eine Zigarette. Ich habe versucht, ihn davon abzubringen, aber ...« Rita zuckte die Achseln. »Jedenfalls habe ich ihn neulich nachts angefleht, mir zu erzählen, was ihn so beschäftigt, und er hat gesagt ...« Sie seufzte tief. »Er hat gesagt, er glaubt, es wäre nicht genug Sauerstoff in der Luft.«

Hätte sie nicht die Tränen in Ritas großen braunen Augen gesehen, hätte Sandy laut losgelacht. »Nicht genug Sauerstoff in der Luft?«

»Über solche Sachen macht er sich Sorgen«, erklärte Rita und warf hilflos die Hände in die Luft, während ihr Blick wieder zu der Buchstabentafel an der Wand schweifte. »Das macht mir einfach eine Riesenangst. Wegen seinem Dad. Weißt du.«

Sandy wusste, dass Ritas Mann, der ebenfalls Brian hieß, jahrelang unter Depressionen gelitten hatte, bevor er sich vor drei Jahren das Leben genommen hatte. Angeblich war sein Sohn von der Schule nach Hause gekommen und hatte dort den leblosen Körper des Vaters gefunden, erhängt in der Duschkabine, obwohl Rita das nie so bestätigt hatte.

»Mit Jungen in diesem Alter muss man sehr vorsichtig sein«, fuhr Rita fort.

Sandy dachte nickend an ihren eigenen Sohn. Tim war mit sechzehn nach wie vor der quälend schüchterne Junge, der er schon immer gewesen war. Er lächelte nicht oft, lachte noch seltener und fand nur wenig Freunde. Er war der klassische Außenseiter: sensibel, introvertiert, künstlerisch veranlagt. Er hörte lieber Klassik als Pop, ging lieber ins Theater als ins Kino und fand Bücher interessanter als Basketball. Das machte ihn zu einem natürlichen Opfer von Jungen wie Greg Watt und Joey Balfour. Weil seine Mutter Lehrerin und seine Schwester ebenso hübsch und beliebt wie intelligent und kontaktfreudig war, hatten die Rabauken ihn glücklicherweise bisher in Ruhe gelassen.

Bisher.

»Es heißt, wenn man sie bis zu ihrem 30. Geburtstag durchbringt, haben sie eine Überlebenschance«, sagte Rita.

»Er wird sich bestimmt prima machen«, versicherte Sandy ihrer Freundin ebenso wie sich selbst. Sie zog ein Papiertaschentuch aus einer Schachtel und tupfte Ritas Tränen ab.

»Genug davon. Ich finde, du solltest heute Abend wirklich mitkommen. Ich habe eine Verabredung, und ich bin ein bisschen nervös.«

»Du hast eine Verabredung?«

»Ein Blind Date. Hast du so was schon mal gemacht?«

»Nur einmal. Mit fünfzehn, und es war eine Katastrophe.«

»Dann verstehst du ja, warum ich so nervös bin. Komm doch bitte mit«, sagte Rita.

»Ich kann nicht.«

»Warum nicht?«

»Weil es *deine* Verabredung ist. Das wäre wirklich zu seltsam.«

»Und wenn ich ihn anrufe und frage, ob er einen Freund hat ...«

»Nein.«

»Ach, komm schon –«

»Darf ich dich daran erinnern, dass ich verheiratet bin.«

»Nur noch auf dem Papier.«

»Ian ist erst vor ein paar Wochen ausgezogen.«

»Vor sieben Wochen«, präzisierte Rita.

»Sieben, ja.« Sandy begann, ihren kleinen Besuch bei Rita zu bereuen. »Jedenfalls war von Scheidung bisher nicht die Rede. Wir sind noch nicht einmal offiziell getrennt.«

»Was soll das heißen? Warst du etwa immer noch nicht beim Anwalt?«

»Noch nicht, nein.«

»Worauf wartest du? Ich hab dir doch den Namen von dem Typen in Miami gegeben, der die Scheidung meiner Cousine geregelt hat. Sie sagt, er wäre ausgezeichnet.«

»Wann hab ich schon Zeit, nach Miami zu fahren?«

»Dann nimm dir die Zeit.«

»Das mache ich bestimmt.«

»Wann?«

»Wenn ich Zeit habe«, fauchte Sandy.

»Tut mir leid«, entschuldigte Rita sich. »Das geht mich wirklich nichts an.«

»Ich finde es ja sehr nett, dass du dir Gedanken machst ...«

»Aber ich sollte mich deiner Ansicht nach lieber um meinen Kram kümmern.«

Sandy zuckte die Achseln. »Ian holt die Kinder heute Abend zum Essen ab.«

»Ein Grund mehr, nicht zu Hause zu bleiben.«

»Ich kann nicht.« Es war schließlich immerhin möglich, dass Ian eigentlich gar nicht wegen der Kinder kam. Es war doch denkbar, dass er auch sie sehen wollte, weil er nach Liana Martins Verschwinden erkannt hatte, was für ein Vollidiot er in den letzten Monaten gewesen war und was ihm seine Familie wirklich bedeutete. Er konnte doch unmöglich glücklich sein mit dieser aufblasbaren Menschenpuppe. Er hatte eine Midlifecrisis, über die er bei anderen immer gespottet hatte. Er hatte vorübergehend den Verstand verloren. Ja, das war vermutlich eine ziemlich treffende Beschreibung, entschied Sandy. Aber nachdem er nun wieder zu Sinnen gekommen war, erkannte er, dass man eine zwanzigjährige Ehe nicht einfach hinter sich ließ. Man verließ nicht die Frau, die man mit neunzehn geheiratet hatte, die Frau, die einem zwei Kinder geboren hatte, als sie selbst fast noch ein Kind war, während sie gleichzeitig ihr Lehrerexamen gemacht und einem das Medizinstudium finanziert hatte. So eine Frau verließ man nicht. Man gab nicht Substanz für Silikon auf.

Allerdings hatte er genau das getan.

»Und wer hat dieses Blind Date arrangiert?«, fragte Sandy in dem Bemühen, das Thema zu wechseln.

»Das möchte ich lieber nicht sagen.«

»Wieso denn nicht?«

»Du würdest bloß sauer werden.«

»Warum sollte ich sauer werden?«

»Weil ich deine Geduld für heute schon genug strapaziert habe.«

»Sag es mir.«

»Ich hab ihn im Internet kennen gelernt.«

»Komm mir nicht damit.«

»Ich hab ja gesagt, dass du wütend wirst.«

»Ich bin nicht wütend, ich bin perplex. Ich bin sprachlos.«

»Schön wär's.«

»Wie kannst du dich nur mit einem Mann verabreden, den

du in einem Chatroom kennen gelernt hast? Vor allem jetzt, wo ein junges Mädchen vermisst wird.«

»Es war kein Chatroom. Ich schwöre. Es war eine Online-Partnervermittlung. Ich habe mich vor ein paar Wochen dort angemeldet.«

»Was? Warum?«

»Weil Brians Tod jetzt drei Jahre zurückliegt. Ich fühle mich einsam. Ich bin dreiundvierzig, 1,50 Meter groß und wiege fast fünfundfünfzig Kilo. Ich lebe in Torrance, wo ich schon mit allen infrage kommenden Männern geschlafen habe sowie mit ein paar, die nicht infrage kamen, und ich dachte, es wäre nett, jemanden kennen zu lernen, der über etwas anderes als Traktoren und Grapefruits reden kann. Und du solltest mal sehen: Seit meiner Anmeldung habe ich E-Mails von Männern aus dem ganzen Land bekommen, und ein paar hören sich ziemlich toll an.«

»Warum suchen sie online Frauenbekanntschaften, wenn sie so toll sind? Vergiss die Frage«, fügte Sandy sofort hinzu, als sie sich daran erinnerte, wie attraktiv Ian an dem Morgen ausgesehen hatte, als er ihr erklärt hatte, dass er sie wegen Kerri Franklin verließ. »Okay. Und dieser Typ, mit dem du dich heute Abend triffst…«

»Er heißt Jack Whittacker, ist fünfundfünfzig, seine Frau ist im letzten Jahr an Leukämie gestorben, und er hat eine kleine Firma, die irgendwelche Geräte produziert. Jedenfalls wohnt er in Palm Beach, kommt auf dem Weg zu Freunden in Naples durch Torrance und hat vorgeschlagen, dass wir was trinken gehen und uns gegenseitig besser kennen lernen.«

»Und warum soll ich dabei sein, wenn ihr euch besser kennen lernt?«

»Na ja, wegen Liana Martin.« Rita lächelte ihr nettestes Lächeln, das mit den Grübchen. »Falls der Kerl sich als Psychokiller oder so was entpuppt.«

Sandy lachte. Als sie sich zu Beginn des Schuljahres im Lehrerzimmer begegnet waren, hatten sie sich instinktiv gut verstanden, und Rita war schnell ihre beste Freundin in Torrance geworden, das einzig Gute, was ihr seit ihrem Wegzug aus Rochester passiert war.

»Ich dachte, dass wir vielleicht schon bei einem Glas zusammensitzen, wenn er kommt. Und wenn er mir gefällt, könnte ich dir irgendein Zeichen geben, zwinkern oder den Kopf in den Nacken werfen –« Rita machte es vor und hielt sich mit schmerzverzerrtem Gesicht den Hals. »Nein, das geht nicht. Verdammt, ich glaub, ich hab einen Krampf. Egal«, fuhr sie fort, ohne Sandys Lachen zu beachten, »wie wär's damit: Wenn ich mir die Nasenspitze kratze, kratzt du die Kurve.«

»Ich kann nicht.«

»Doch, du kannst.«

»Vielleicht ein andermal.«

»Wie wär's nächste Woche? Da treffe ich einen Typen in Fort Lauderdale.«

»Das ist nicht dein Ernst.«

»Ich hab dir doch gesagt, die Online-Agentur ist toll. Was meinst du? Wenn er einen Freund hat …«

»Vielleicht.«

»Super.«

»Vielleicht habe ich gesagt.« Sandy schüttelte halb staunend, halb bewundernd den Kopf. »Habe ich mich nicht deutlich ausgedrückt?«

»Wir leben in einer anderen Zeit, einer ganz anderen Zeit, Goldie«, sagte Rita.

»Was?«

»Das ist eine Zeile aus *Anatevka*.«

»Du zitierst *Anatevka*?«

»Die Theater-AG hat es im letzten Jahr aufgeführt. Es war phänomenal. Du würdest nicht glauben, wie gut ein paar von den Kids singen können. Graf Dracula zum Beispiel. Er hat den Schneider gespielt und war fantastisch.«

Sandy versuchte, sich Victor Drummond als armen russischen Schneider vorzustellen, was ihr erstaunlicherweise gar nicht so schwerfiel. »Kann ich mal dein Telefon benutzen?«

Rita schob das altmodische schwarze Telefon über den langen Tresen und hätte dabei um ein Haar mehrere Gläser mit Watte und Zungenspateln umgestoßen. »Ich kann nicht glauben, dass du kein Handy hast.«

»Ich hasse die verdammten Dinger.«

»Du brauchst eins. Was machst du zum Beispiel in einem Notfall?«

»Irgendwie erreicht man mich immer.«

»Und was, wenn *du* dringend Hilfe brauchst?«

Sandy ignorierte die Frage. »Hast du die Privatnummer der Drummonds?«

Rita ging zu dem kleinen Schreibtisch in der Ecke. Wenn man aus dem Fenster blickte, sah man direkt auf den Seiteneingang. Sie zog die Telefonliste aller Schüler und Lehrer aus der obersten Schublade und suchte schnell die Nummer der Drummonds. »Was willst du von ihnen?«

»Zunächst einmal werde ich sie fragen, ob sie wissen, dass ihr Sohn seit Dienstag nicht in der Schule war«, sagte Sandy beim Wählen, »und dass er eine ziemlich üble Schnittwunde am Arm hat. Und ihnen mitteilen, dass meiner Meinung nach jemand sich des Jungen annehmen sollte.«

»Ein Psychologe?«

»Das wäre meine Empfehlung.«

»Die wird bestimmt auf ungeteilte Begeisterung stoßen«, sagte Rita.

Das Telefon klingelte fünfmal, bevor die Mailbox der Drummonds ansprang. Sandy hinterließ eine kurze Nachricht und bat um baldigen Rückruf. »Niemand ist je für diese Kinder zu Hause. Kein Wunder, dass sie so verloren wirken.«

»Willst du damit sagen, wir sollten alle unsere Jobs aufgeben und Vollzeitmütter werden?«

Sandy zuckte die Schultern. »Ich weiß nicht, was ich sagen will.«

»Kerri Franklin ist Vollzeit-Mutter.«

Sandy verdrehte die Augen zur Decke. »So einfach ist es offensichtlich auch nicht.«

»Und du bist ganz sicher, dass ich dich nicht doch noch überreden kann mitzukommen?«

»Das ist das Stichwort für meinen Abgang.« Sandy stand auf, öffnete die Tür und trat in den Flur. »Sei vorsichtig heute Abend.«

»Okay.«

»Das ist mein Ernst. Wenn du auch nur so eine Ahnung hast, dass mit dem Typen irgendwas nicht stimmt, musst du sofort abhauen.«

»Ja, Mama.« Rita hielt sich mit den Daumen die Ohren zu und winkte mit den Fingern.

Sandy lachte und zog die Tür hinter sich zu. Kurz darauf marschierte sie den breiten Flur des Hauptgebäudes hinunter Richtung Ausgang. Es roch wie in allen Highschool-Fluren, eine Mischung aus Schweiß, schmutzigen Socken, zu viel Parfüm, Mundwasser und Desinfektionsmittel. Die Betonwände waren in einem matten Gelb gestrichen und mit gerahmten Fotos von Schülern aus der erst zwölfjährigen Schulgeschichte dekoriert. Es gab Bilder von Football-, Baseball- und Basketballmannschaften nebst einer Vitrine mit von ihnen errungenen Pokalen. Des Weiteren gab es Fotos des kurzlebigen Schach-Clubs, des noch kurzlebigeren Debattier-Clubs sowie eine Abteilung, die den diversen Produktionen der Theater-AG gewidmet war. Sandy suchte nach einem Bild von Victor Drummond, aber die einzigen *Anatevka*-Fotos zeigten Tanya McGovern, Amber Weber und Liana Martin als heiratswillige Töchter des Milchmanns und Greg Watt als ihren geplagten Vater Tewje. Fürwahr ein Fiedler aus der Hölle, dachte Sandy, während ihr Blick zu Liana Martin zurückkehrte.

Wo steckte sie bloß? Was war mit ihr passiert?

»Und was meinen Sie dazu?«, fragte eine Stimme hinter ihr,

die Sandy zusammenzucken ließ. »Verzeihung, ich wollte Sie nicht erschrecken.«

Sandy fuhr herum und sah sich Gordon Lipsman, dem Theaterlehrer der Schule, gegenüber. Er hatte ein breites Grinsen aufgelegt, das von einer Seite seines großen eckigen Kopfes zur anderen reichte, und fixierte sie mit seinen irritierenden Schielaugen. »Gordon. Ich habe Sie gar nicht gehört.«

»Sneakers.« Er zeigte auf seine Schuhe, ohne den Blick zu senken. »Heimlich, still und leise.«

Sandy lächelte gezwungen. Gordon Lipsman war einer der Menschen, deren unbedingtes Bedürfnis, gemocht zu werden, es einem beinahe unmöglich machte, ihnen diesen Gefallen zu tun, ein wandelndes Klischee. Er sprach mit einem pseudoenglischen Akzent, der ebenso unecht wie enervierend war, weil Gordon, wie jeder wusste, in Torrance geboren war. Mittlerweile war er vierzig, unverheiratet und hatte bis vor kurzem mit seiner verwitweten Mutter und mehr als einem Dutzend Katzen in einem Haus am Stadtrand gewohnt. Seine Mutter war im Februar gestorben, was einen kleineren emotionalen Zusammenbruch und die Verschiebung der diesjährigen Musical-Inszenierung nach sich gezogen hatte, angeblich hatte *Kiss Me, Kate* auf dem Programm gestanden.

»Wie ich sehe, bewundern Sie die Ruhmeshalle der Theater-AG.«

»Sehr beeindruckend.« Sandy begann stumm, die Katzenhaare auf Gordon Lipsmans blau-weiß gestreiftem Seersucker-Jackett zu zählen. Und war das Ketchup an dem einen Ärmel? »Ich hatte keine Ahnung, dass Greg Watt singen kann.«

»Oh, der Bursche steckt voller Überraschungen. Er war ein wirklich formidabler Tewje, obwohl sein Vater nicht allzu begeistert darüber war, dass sein Sohn wertvolle Zeit auf der Bühne vergeudete. Nach Ansicht seines alten Herrn hätte er lieber auf dem Feld mitanpacken sollen. Er hat ziemlich unmissverständlich klar gemacht, dass dies Gregs letzter Ausflug in derlei fantastische Gefilde war. Obwohl er sich, glaube ich, etwas anders ausgedrückt hat.«

»Bestimmt.«

»Ich hatte gehofft, ihn umstimmen zu können. Er wäre ein wundervoller Petruchio, finden Sie nicht?«

»Ich wusste gar nicht, dass die Theater-AG dieses Jahr eine Aufführung plant.«

»Oh ja. Meine Mutter, sie ruhe in Frieden, hätte es so gewollt. Und *Kiss Me, Kate* war eins ihrer Lieblingsmusicals.« In seinen Augen schimmerten plötzlich Tränen, die im nächsten Atemzug wieder verschwunden waren. »Für die weibliche Hauptrolle habe ich an Ihre Tochter gedacht. Sie ist ein so hübsches Mädchen. Meinen Sie, dass sie Interesse hätte?«

»Da müssen Sie sie wohl selber fragen«, erwiderte Sandy. »Und was ist mit Tim?« Ein Engagement bei der Theater-AG wäre vielleicht genau das, was Tim aus seinem Schneckenhaus locken könnte. Er mochte das Theater, und eine Rolle in einer Schulaufführung könnte sein Selbstvertrauen stärken. Warum war sie nicht schon vorher darauf gekommen?

»Tim?«

»Mein Sohn.«

»Ach ja. Tim. Ruhiger Vertreter. Sagt nicht viel. Nun, ich fürchte, als Petruchio ist er natürlich völlig ungeeignet, vor allem wenn Megan die Rolle der Kate übernimmt. Es wäre schließlich unangemessen, wenn Bruder und Schwester ein Liebespaar spielen. Aber es gibt jede Menge kleinerer Rollen. Er ist auf jeden Fall herzlich eingeladen, zum Vorsingen am Montag zu kommen.« Gordon machte eine flatternde Bewegung mit seinen überraschend kräftigen Händen und fasste sich an die Spitze seiner Knollennase.

Sandy musste an Gregs Karikatur des Mannes denken. Er hatte sein Wesen mit ein paar einfachen Strichen erfasst. »Ist das Blut?«, fragte sie plötzlich.

Der Theaterlehrer wurde mit einem Schlag aschfahl. »Blut? Wo?«

»An Ihrem Ärmel?«

Gordon starrte auf den Fleck an seinem Ärmel und roch dann an dem anstößigen Flecken wie an einem fremdartigen Tier. »Spaghettisauce«, verkündete er nach einer kurzen Pause und streckte den Arm aus, als wollte er ihr Gelegenheit bieten, seine Einschätzung zu bestätigen.

»Ich muss los.« Sandy wich zurück, stolperte bei dem Versuch, Gordon Lipsmans ausgestreckter Hand auszuweichen, über ihre eigenen Füße und prallte ungewollt gegen ihn. Gemeinsam taumelten sie in einem frei schwebenden, spastischen Tango auf die Wand zu. »Verzeihung«, sagte sie, als sie sich schließlich aus seinem linkischen Griff befreien konnte. Verstohlen strich sie mehrere Katzenhaare von ihrer rosafarbenen Baumwollbluse. Etwa zwanzig Meter entfernt stand Joey Balfour und hielt ihr mit ausgestrecktem Arm ein Handy entgegen.

Eine verrückte Sekunde lang glaubte Sandy, dass ein Anruf für sie auf seinem Apparat eingegangen war und er ihr nun höflich sein Handy anbot. Erst als er lachend den Flur hinunterrannte, begriff sie, was wirklich geschehen war.

Als sie nach Hause kam, stand das Foto von ihr in Gordon Lipsmans Armen schon im Internet.

8

»Megan, Tim. Euer Vater ist hier.«

Megan blickte langsam zu der geschlossenen Tür ihres Zimmers und wandte sich dann wieder dem beunruhigenden Bild auf ihrem Computerbildschirm zu.

Ein vertrauter Highschool-Flur, ein Mann in einem blauweiß gestreiften Seersucker-Jackett, eine Frau mit einer konservativen pinkfarbenen Baumwollbluse und einem dunkelblauen Faltenrock. Er hatte den Arm um ihre Hüfte gelegt, ihr Rücken war gewölbt, und sie hat den Kopf in den Nacken geworfen. Es sah aus, als würden sie tanzen, dachte Megan, obwohl ihre Mutter das energisch dementiert hatte. Megan grinste. Auch wenn es sehr seltsam war, ihre Mutter in den Armen eines anderen Mannes zu sehen – noch dazu in den wenig naheliegenden Armen des dämlichen Mr. Lipsman –, fand sie, dass ihre Mutter hübsch aussah. Allein die Andeutung eines Lächelns auf ihren Lippen freute sie. Es war Monate her, dass Megan im Gesicht ihrer Mutter etwas anderes als Kummer gesehen hatte, obwohl das immer noch besser war als überhaupt nichts. Oft war da nur dieser leere Blick. Wenn Megan dieses weltabgewandte Starren sah, wusste sie, dass ihre Mutter in die Vergangenheit blickte und versuchte zu verstehen, wie alles so furchtbar schieflaufen konnte.

Es war nicht deine Schuld, wollte Megan ihr dann versichern, aber das tat sie nicht, weil sie im Grunde ihres Herzens dachte, dass ihre Mutter vielleicht doch schuld gewesen war. Wenn sie sich nur ein bisschen sexyer gekleidet und einen

Versuch unternommen hätte, ihre widerspenstigen Locken zu bändigen. Wenn sie nicht immer allzu bereitwillig ihre Meinung geäußert, ihren Mann nicht so oft unterbrochen und ihm häufiger zugestimmt hätte. Vielleicht hätte er dann weniger Zeit in entlegenen Chatrooms verbracht. Vielleicht hätte er Kerri Franklin nicht kennen gelernt. Vielleicht wären sie dann noch eine Familie.

Megan ließ sich auf ihren Stuhl zurücksinken und blies ein paar imaginäre Seifenblasen in die Luft. Ihre Mutter hatte erwähnt, dass Mr. Lipsman sie für die anstehende Schulinszenierung von *Kiss Me, Kate* für die Rolle der Kate testen wollte, und vielleicht würde sie es versuchen. Vor allem wenn Greg Watt, den sie wirklich süß fand, sich überreden ließ, den Petruchio zu spielen.

Wenn ihre Mutter wüsste, dass sie irgendetwas an Greg Watt auch nur ansatzweise attraktiv fand, wäre sie vermutlich entsetzt und würde Megans gesunden Menschenverstand infrage stellen. Ein Mädchen in ihrem Alter könnte ihren Verstand auf Sinnvolleres verwenden als auf Jungen wie ihn, würde sie sagen.

Und was könnte Megan zu ihrer Verteidigung vorbringen? Dass nur sie hinter die Fassade des bösen Jungen sehen konnte, hinter seinen arroganten Mund und den großspurigen Gang. Dass sie es mochte, wie seine Schultern den berechnenden Hüftschwung imitierten und seine Jeans sich an seine schmalen Hüften und seinen knackigen Hintern schmiegte? Na klar. Das würde bestimmt super ankommen.

Seinen knackigen *Hintern*, wiederholte Megan stumm und spürte, wie sie rot wurde. Wer in ihrem Alter redete noch so? Trotzdem brachte sie es nach wie vor kaum über sich, das Wort *Arsch* auch nur zu denken, geschweige denn, laut auszusprechen. In dieser Hinsicht war sie die Tochter ihrer Mutter, dachte sie seufzend. Wenn ihre Mutter nicht so pedantisch auf tadelloses Benehmen geachtet hätte, säße ihr Vater jetzt vielleicht mit einem Sandwich vor dem Fernseher, anstatt ungeduldig darauf zu warten, sie und ihren Bruder zum Essen auszuführen. Megan wandte sich dem Computer zu, drückte auf eine Taste und sah zu, wie sich das Bild von ihrer Mutter in den Armen von Mr. Lipsman verflüchtigte. Es wäre schön, wenn man die Probleme im richtigen Leben ebenso leicht verschwinden lassen könnte, dachte sie und rief sich widerwillig das Bild Liana Martins vor Augen.

Wo war sie? Was war mit ihr geschehen? Es war jetzt vier Tage her, seit sie zum letzten Mal gesehen worden war.

Sie kehrte ins Hauptmenü zurück, klickte auf MSN, drückte mehrere weitere Tasten, sank auf ihren Stuhl zurück und versuchte, alle unangenehmen Vermutungen zu verdrängen und sich stattdessen in Gregs kräftige, muskulöse Arme zu träumen. Er würde sie beschützen, dachte sie und spürte, wie sein imaginärer warmer Atem sich mit ihrem mischte, während er sich langsam und verführerisch herabbeugte, um mit seinen Lippen über die ihren zu streifen. Der nachfolgende Kuss war gleichzeitig drängend und zärtlich, dabei hielt er ihr Gesicht behutsam mit beiden Händen gefasst wie im Kino. Megan fragte sich, ob Greg je ähnliche Fantasien über sie hatte.

Es war zumindest nicht völlig ausgeschlossen, dachte sie. Auch wenn sie jünger und eine Klasse unter ihm war und sie sich über ein »Hi, wie geht's?« hinaus eigentlich nie richtig unterhalten hatten, war ihr aufgefallen, wie er sie jedes Mal ansah, wenn sie im Flur an ihm vorbeiging. Und vor ein paar Wochen erst hatte sie ihn dabei erwischt, wie er sie in der Cafeteria anstarrte. Er hatte sich eilig und offensichtlich verlegen abgewandt, als fühlte er sich ertappt, und seinen Freund Joey Balfour mit einem Stück Kuchen beworfen, worauf dieser den Inhalt seines Colabechers Greg ins Gesicht gekippt hatte. Und ehe man sich versah, war eine große Essensschlacht ausgebrochen, weswegen Joey und Greg zwei Tage vom Essen ausgeschlossen wurden. Megan fragte sich kopfschüttelnd, warum Greg sich mit einem Idioten wie Joey Balfour abgab. Obwohl sie sich einander oberflächlich ähneln mochten, wusste sie, dass Greg in Wahrheit kein bisschen wie Joey war. Joey war grob, primitiv und einfach nur dumm, Greg hingegen war nichts dergleichen. Tief im Innern war er süß, intelligent und sensibel. Von sexy ganz zu schweigen. Megan war entschlossen, seine Nähe zu suchen. Und wenn sie dafür für eine Rolle in Mr. Lipsmans nächstem Musical-Spektakel vorsingen musste, würde sie genau das tun.

Sie blickte wieder auf den Bildschirm und runzelte die Stirn wie jedes Mal, wenn sie die Nachricht sah, die dort seit Dienstag wartete.

VORSICHT, SAMSONS! DELILAH AUF RAUBZUG!

DELILAH macht Jagd auf Kerle, und sie ist draller und dreister denn je. Nun ja, vielleicht nicht dreister. Aber auf jeden Fall **DRALLER**. Und einen neuen Titel hat sie auch – und das jetzt nicht im Schwergewicht!!! Es ist vielmehr ein neuer Spitzname, und er lautet nicht **DELI**, obwohl uns der auch sehr gefällt.
Nein, diesen neuen Titel verdanken wir **MRS. SANDRA CROSBIE**,
(der **Ginger Rogers** von Torrance!
Das Foto von ihr und **Gaga Lipsman** ist der Brüller)
der sitzen gelassenen Gattin von **Dr. Ian**, der, wie ihr aus den vorherigen E-Mails wisst, Hausbesuche bei
Torrance' amtierender **Sexbombe**
KERRI FRANKLIN macht,
die wiederum zufällig **DELILAHS** Mutter ist.
EINE VERDAMMT HEISSE MAMA!!!!
Wir würden jedenfalls liebend gern an die knappen, heißen Höschen kommen, die sie trägt.
Apropos **knapp**, **DELILAHS** neuer Spitzname ist auch echt **knapp**.
So knapp, dass er nur aus dem ersten Buchstaben besteht.
DEE.

Für dich immer noch **BIG D.**
You're from BIG D, my oh, yes!!!!
Erinnert ihr euch an den alten Song? Mein Daddy hat ihn immer gesungen, nur dass er jetzt einen neuen Text hat. Der geht so – **TROMMELWIRBEL, BITTE!!!!** – (und die Tanzschuhe ausgepackt, Mrs. Crosbie) –

Ja, ich bin in Deli, wo alle Löcher stinken
Wo alle Jungen gerne schlecken
Wenn sie erst in Big D stecken
Big D, Fotze, Doppelkinn und fetter Arsch.

»Oh Gott«, flüsterte Megan. Diese gemeine Nachricht stand nicht nur schon seit Tagen im Netz, sondern jemand hatte nun noch hinzugefügt. *Die Ginger Rogers von Torrance! Klickt hier für das Brüller-Foto von ihr und Gaga Lipsman. Die Tanzschuhe ausgepackt, Mrs. Crosbie*!

Was war überhaupt los mit ihrer Mutter? Warum musste sie sich immer überall einmischen? War es nicht schon schlimm genug, dass sie an Megans Schule unterrichtete, so dass Megan nie für sich war? Wenn sie zur Schule ging, war ihre Mutter da, und wenn sie nach Hause kam, war ihre Mutter *auch* da. Und als ob das nicht schon gereicht hätte, musste sie ihre Nase auch noch ständig in die Angelegenheiten anderer Leute stecken? War ihr nicht bewusst, dass sie ihre Familie, ihre *Tochter* jedes Mal der Lächerlichkeit preisgab, wenn sie sich irgendwo einmischte, wo sie nichts zu melden hatte? Hatte ihr Vater sie deshalb verlassen? Hatte er es nicht ertragen, dass sie immer *da* war?

Megan konnte ihre Mutter immer noch toben hören, nachdem sie heute Nachmittag bei ihrer Rückkehr aus der Schule das Bild gesehen hatte: *Es gibt keine Privatsphäre mehr! Überall lauert jemand mit einer Kamera! Irgendein Idiot stellt das Bild dann immer ins Netz! Nichts als primitive Machos!* Und von da ging es dann rasch über in ihre altbekannte

Tirade. *Wenn man sich nicht dem rigiden Diktat dessen, was angesagt war, unterwarf, war man verloren! Wenn ein Mädchen nicht in eine Jeans Größe sechsundzwanzig passte, keine langen glatten Haare, eine kleine Stupsnase und große volle Brüste hatte, war sie ein Loser, oder schlimmer noch, Hohn und Spott ausgesetzt wie Delilah Franklin. Wenn ein Junge kein Sixpack an Bauchmuskeln vorweisen konnte, sich wie Victor Drummond anders kleidete oder still und sensibel war wie Brian Henson, war er ein Spinner, oder schlimmer noch, schwul. Seit wann war das Schönheitsideal so eng begrenzt? Seit wann waren die Menschen so intolerant? Warum drängte es alle, genau gleich auszusehen? Warum wollte jeder unbedingt ein anderer sein? Waren die Menschen so unglücklich damit, wer sie wirklich waren?*

Megan strich sich eine Strähne aus ihrem perfekten ovalen Gesicht. Sie verstand den Schmerz hinter der Wut ihrer Mutter, hörte das Echo der Frage, die sie in Wahrheit stellte: *Wie konnte dein Vater mich wegen einer Frau wie Kerri Franklin verlassen?* Aber auch wenn Megan erkannte, dass ihre Mutter Recht hatte, wünschte sie sich manchmal, dass sie einfach den Mund hielt.

Trotzdem konnte Delilah einem nur leidtun. Sie hatte nie etwas getan, um den Spott zu verdienen, der regelmäßig über ihr ausgekippt wurde. Natürlich tat sie selbst nichts, um den anderen den Wind aus den Segeln zu nehmen. Sie könnte doch bestimmt eine Diät machen, versuchen, ein paar Pfund abzunehmen, und sich besser anpassen. War sie wirklich so blind, wie es schien?

Megan fragte sich unvermittelt, was passieren würde, wenn ihr Vater, Gott behüte, Kerri Franklin tatsächlich heiratete. Dann wäre Delilah ihre Stiefschwester. Ließ sich ein schrecklicheres Schicksal vorstellen? Das ganze Jahr über hatte sie sich so angestrengt, neue Freundinnen zu finden, sie stand so kurz davor, in den inneren Kreis der Torrance High vorgelassen und eine echte Vertraute von Tanya, Ginger und Liana zu werden – wo *steckte* Liana bloß? –, dass sie sich den Spott nicht vorstellen wollte, dem sie ausgesetzt sein würde, wenn sie und Delilah tatsächlich Verwandte werden sollten. Nein, der Gedanke war einfach zu furchtbar!

Genauso wie der Gedanke daran, was Liana passiert sein könnte. In der Schule brodelte es vor Gerüchten: Sie war abgehauen, weil sie schwanger war und Peter sich geweigert hatte, sie zu heiraten; sie war bei einer verunglückten Abtreibung gestorben; sie war mit einem älteren Kerl durchgebrannt, den sie im Internet kennen gelernt hatte; sie war von einem Sexualverbrecher vergewaltigt und erwürgt worden, der ihre Leichenteile überall in den Everglades verteilt hatte wie Brocken von altem, hartem Brot.

Megan schloss die Augen und scrollte abwesend weiter, während sie das Bild von Liana Martins üppigem Körper als Alligatorenfutter zu verdrängen suchte. Als sie die Augen wieder öffnete, war die anstößige E-Mail durch eine neue Nachricht ersetzt worden.

SCHWUCHTELLISTE (neuester Stand)
Victor Drummond
Perry Falco
Jason O'Malley
Brian Hensen
Tommy Butterfield
Donny Slaven
Rick Leone
Tim Crosbie

»Oh Gott«, sagte Megan, als sie den Namen ihres Bruders als letzten auf der Liste sah. Ihr wurde schlagartig übel. Ob Tim es schon gesehen hatte? Natürlich! »Die ganze Schule liest das«, flüsterte sie. Es klopfte an ihrer Tür. »Megan«, sagte ihre Mutter. »Hast du mich nicht rufen hören? Ich habe gesagt, dein Vater wartet.«

Ihre Mutter machte keine Anstalten, ins Zimmer zu treten.

»Ich bin sofort fertig.«

»Beeil dich«, kam nach kurzem Zögern die Antwort.

»Zwei Minuten.« Ihre Mutter und ihr Vater mussten doch ein paar Minuten alleine miteinander verbringen können, ohne sich zu streiten.

Wenn ihre Mutter die letzte Nachricht sah, würde sie einen Tobsuchtsanfall bekommen, dachte Megan, als sie den Computer abschaltete, ohne ihn ordnungsgemäß heruntergefahren zu haben, wogegen der Rechner mit einem leisen Stöhnen protestierte. Sie würde annehmen, dass Joey und Greg dafür verantwortlich waren, genauso wie sie für das alberne Bild von ihr und Mr. Lipsman und den gemeinen Song über Delilah verantwortlich waren. Aber stimmte das auch?

Nun, Joey offensichtlich. Aber bestimmt nicht Greg.

Megan stand auf, hob ihre Handtasche vom Boden auf, warf sie sich über die Schulter ihres grün-weiß gestreiften Baumwollkleids und trat durch die Zimmertür. Noch bevor sie ins Wohnzimmer kam, konnte sie ihre Eltern streiten hören.

»Er sieht prima aus«, sagte ihre Mutter.

»Er sieht aus wie ein Gammler«, erwiderte ihr Vater. »Ich hab dir doch gesagt, dass ich mit ihnen zum Abendessen in den Golf Club will. Und du weißt, dass das heißt: Hemd und Krawatte.«

»Woher soll ich das wissen? Ich war noch nie dort.«

Schweigen. Megan konnte den verkniffenen Gesichtsausdruck ihrer Mutter und die geballten Fäuste ihres Vaters förmlich vor sich sehen. Der Golf Club war ein heikles Thema zwischen ihnen. Ihr Vater hatte argumentiert, dass sich die Aufnahmegebühr für den teuren Club wegen all der geschäftlichen Kontakte, die er dort knüpfen könnte, lohnen würde, und ihre Mutter hatte wider besseres Wissen zugestimmt. Die Tinte auf dem Scheck für die Einlage war kaum getrocknet, als ihr Vater ausgezogen war.

Jetzt stand er in der Mitte des kleinen rechteckigen Wohnzimmers und schüttelte traurig den Kopf wie ein hilfloser Zeuge eines schrecklichen Verkehrsunfalls, der versuchte, das eben Gesehene zu begreifen.

»Hi, Daddy«, begrüßte Megan ihn, setzte widerwillig einen Fuß vor den anderen und hoffte, dass es keine weiteren Ausbrüche geben würde.

»Süße.« Ihr Vater nahm sie in beide Arme, während sie spürte, wie sie sich unwillkürlich versteifte, weil sie wusste, dass ihre Mutter sie beobachtete. Wenn sie die Umarmung ihres Vaters erwiderte, was sie liebend gern getan hätte, würde ihre Mutter das als Verrat deuten, und sie war schon genug verletzt worden. »Du siehst wie immer umwerfend aus.«

Megan lächelte dankbar. Genau wie du, dachte sie. Ihr Vater war einer jener von der Natur gesegneten Männer, die mit dem Alter noch attraktiver wurden. Er hatte volles, dunkelblondes Haar, klare blaue Augen und weiche, einladende Lippen. Frauen fühlten sich zu ihm hingezogen. Sogar ihre Freundinnen hielten ihn für »echt cool«. »Können wir gehen?«, fragte Megan. »Ich sterbe vor Hunger.« Das stimmte nicht, aber sie dachte, dass es ratsam war, so schnell wie möglich zu verschwinden.

»Nein, können wir nicht«, sagte ihr Vater. »Dein Bruder muss sich erst noch umziehen.«

Megan blickte zu ihrem Bruder Tim, der auf dem roten Samtsofa herumhing und seine in Turnschuhen steckenden Füße über die Armlehne baumeln ließ. Tim hatte den Mund ihrer Mutter und die Augen ihres Vaters, während sein Haar eine interessante Mischung aus beiden war – von demselben dunklen Blond wie Ians, jedoch mit Sandys widerspenstigen Locken. Er trug ein zerknittertes weißes Hemd und eine weite Khakihose. Er war groß, schlaksig und fühlte sich noch nicht recht wohl in seiner Gestalt. Er hatte keine Vorstellung davon, wie attraktiv er bald sein würde, und deshalb auch keine Ahnung von seiner potenziellen Macht. »Wie wär's mit deinem blauen Blazer?«, schlug Megan vor. »Und die Krawatte, die Grandma dir zu Weihnachten geschickt hat.« Sie biss sich heftig auf die Unterlippe und schloss die Augen, allerdings nicht schnell genug, um nicht noch den aufflackernden Schmerz im Gesicht ihrer Mutter zu sehen. Sie war so enttäuscht gewesen, dass sie wegen Ians »vollem Terminplan« über die Feiertage nicht zurück in den Norden hatten fahren können.

(»Von wegen ›voller Terminplan‹«, hatte sie später getobt.)

»Krawatten sind doof«, murmelte Tim.

»Sie sind ein Ausdruck des Respekts.«

Megan wusste, was ihr Bruder dachte. Ausgerechnet du willst mir etwas über Respekt erzählen? Sie wusste auch, dass er so etwas nie laut aussprechen würde. »Beeil dich«, drängte sie ihn, bevor irgendjemand etwas sagen konnte. »Ich sterbe vor Hunger.«

Übertrieben langsam hob Tim seine Beine in die Luft, bevor er seine Füße auf die kalten Bodenfliesen setzte.

Der Boden – ein weiterer wunder Punkt, dachte Megan. Ihre Mutter hatte die hässlichen weißen Fliesen herausreißen und durch wärmere Bodendielen aus hellem Holz ersetzen wollen, aber ihr Vater hatte erklärt, dass alle Renovierungsarbeiten an dem fantasielosen Vier-Zimmer-Bungalow noch ein Jahr warten müssten. Jetzt wohnte er in einer brandneuen, modernen Wohnung nahe der Innenstadt. Megan hatte ihrer Mutter lieber nichts von dem hellen Holzboden erzählt.

Tim hatte es endlich geschafft, sich von dem Sofa zu erheben, und schlurfte jetzt durch das Zimmer, als würde er durch einen Sumpf waten.

»Und kämm dich mal«, rief sein Vater ihm nach.

»Sein Haar ist in Ordnung«, sagte Sandy.

»Es ist viel zu lang«, widersprach Ian. »Er sieht aus wie ein Penner.«

Megan spürte, wie sich ihr Magen zusammenkrampfte. »Können wir bitte einfach gehen?«

»Was meinst du, Megan?«, fragte ihr Vater.

»Ich finde, seine Haare sehen gut aus«, antwortete Megan wahrheitsgemäß, ohne ihren Vater anzusehen.

»Natürlich«, sagte ihr Vater beleidigt, als hätte sie ihn enttäuscht.

Megan starrte auf das jetzt leere Sofa und dachte, dass die Möbel, die sie aus Rochester mitgebracht hatten, ausnahmslos nicht in dieses Haus passten. Alles war zu dunkel und zu schwer, sodass man regelrecht Platzangst kriegte und einfach nur raus wollte.

Sie sah ihre Mutter an, wandte den Blick rasch wieder ab und hoffte, dass man ihr ihre plötzliche Wut nicht anmerkte. Was um Himmels willen war los mit der Frau? Wollte sie nicht, dass ihr Mann zurückkam? Warum trug sie diesen albernen lilafarbenen Trainingsanzug, der ihre Hüften breiter aussehen ließ, als sie waren? Versuchte sie vorsätzlich, so unattraktiv wie möglich auszusehen? Hätte sie sich nicht schminken oder zumindest ein bisschen Lippenstift auftragen können?

»Alles in Ordnung, Schätzchen?«, fragte ihre Mutter mitten in ihre Gedanken.

»Alles bestens«, sagte Megan. »Ich hab bloß Hunger.«

»Tim«, rief ihr Vater. »Was dauert denn so verdammt lange? Beweg deinen Arsch.«

Megan zuckte zusammen und spürte, wie ihre Mutter das Gleiche tat.

»Eine Krawatte zu binden dauert seine Zeit«, erinnerte ihre Mutter ihn.

»Nicht, wenn er es öfter machen würde.«

»Dann hätten wir vermutlich in New York bleiben sollen«, kam die spitze Erwiderung.

Megan hielt den Atem an.

»Ich habe übrigens darüber nachgedacht, nach dem Schuljahr nach Rochester zurückzugehen«, fuhr ihre Mutter fort.

Wirklich? Das hatte sie bisher mit keinem Wort erwähnt.

»Wovon redest du?«, fragte ihr Vater.

»Nun, hier hält mich eigentlich nichts.«

War das ein Trick ihrer Mutter? Glaubte sie, sie könnte ihren Mann mit der Drohung, nach New York State zurückzukehren, zur Vernunft bringen?

»Wovon redest?«, wiederholte er. »Was ist mit den Kindern?«

»Die kommen mit mir.«

Wollte sie das?, fragte Megan sich. Nach Rochester zurückkehren? Jetzt, wo sie jeden Tag beliebter wurde und es nur noch eine Frage der Zeit war, bis Greg sie um eine Verabredung bat?

»Was ist mit deinem Job?«, wollte Ian wissen. »Hast du nicht einen Vertrag?«

»Ich bin sicher, dass sie unter den gegebenen Umständen Verständnis haben werden.«

»Die Umstände«, wiederholte Ian mit wissender Miene. »Es geht also darum, dich an mir zu rächen.«

»Es geht nicht um dich.«

»Findest du das nicht ein klein wenig egoistisch?«

»Wie bitte? *Ich* bin egoistisch?«

Tim kam mit halb übergestreiftem Jackett und baumelnder Krawatte ins Zimmer gestürmt, garantiert alarmiert vom lauter werdenden Streit ihrer Eltern. »Okay. Ich bin soweit.«

»Du nimmst die Kinder nirgendwohin mit«, sagte Ian, als ob Tim unsichtbar wäre.

»Ich denke, sie sind alt genug, diese Entscheidung selbst zu treffen.«

Wie würde sie sich entscheiden, fragte Megan sich. Wollte sie wirklich wieder an einer neuen Schule anfangen, alle ihre Freundinnen zurücklassen – und Greg?

Ihr Handy klingelte. Megan griff in ihre Segeltuchtasche und hielt den Apparat ans Ohr. Sie hörte die Stimme am anderen Ende und versuchte, die Worte aufzunehmen, während sie spürte, wie alles Blut aus ihrem Gesicht wich.

»Was ist?«, fragte ihre Mutter, die sofort neben ihr stand.

Megan ließ das Telefon wieder in ihre Tasche fallen und starrte ihre Mutter durch einen dichter werden Schleier aus Tränen an. »Das war Ginger Perchak«, flüsterte sie. »Sie haben Liana gefunden.«

Ihre Mutter sah sie wortlos an, als wüsste sie schon, was als Nächstes kam.

Megan sank auf den nächsten Stuhl und starrte aus dem Fenster in die Dämmerung. »Sie ist tot.«

9

Sheriff John Weber saß in seinem Streifenwagen am Rand der ruhigen Wohnstraße und kämpfte gegen die aufsteigende Galle an. In seinen fast zwanzig Jahren im Polizeidienst hatte er viele schreckliche Dinge gesehen – die zermalmten Leichen von Unfallopfern, die aufgeschlitzten Leiber betrunkener Schläger, die verschwollenen Gesichter geschlagener Ehefrauen, die zu absolut jedem Super Bowl dazugehörten. Er hatte Opfer von Jagdunfällen und sexueller Gewalt, Verwahrlosung und Missbrauch gesehen. Er hatte Teenager gesehen, die ihren Magen auskotzten, Frauen, die sich die Augen ausweinten, und Kinder, die sich die Lunge aus dem Hals schrien. Er hatte gedacht, er hätte alles gesehen.

Aber so etwas hatte er noch nie gesehen.

Ein junges Mädchen, das er persönlich ebenso gut gekannt hatte wie ihre Eltern, das sein ganzes Leben noch vor sich gehabt hatte, lag etwa eine halbe Meile von der Stelle entfernt, an der Ray Sutter vor ein paar Tagen seinen Wagen in den Graben gefahren hatte, in einem eilig gescharrten Grab, den halben Kopf von einer aus kurzer Distanz abgefeuerten Kugel weggepustet, ihr übriger Leib ein Festschmaus für Tiere und Insekten, sodass der Gerichtsmediziner Tage, wenn nicht Wochen brauchen würde, um festzustellen, welche Qualen sie vor ihrem Tod möglicherweise durchlitten hatte. Er hätte nicht einmal sicher gewusst, dass es Liana Martin war, wenn Greg Watt nicht das MOVE, BITCH-T-Shirt wiedererkannt hätte, das sie anhatte. Greg gehörte zu dem Trupp Jugendlicher, der von Cal Hamilton angeführt wurde. Cal hatte ausgesagt, dass entweder Greg oder Joey Balfour auf den verdächtigen Erdhügel gestoßen war. John nahm sich vor, die drei sowie Ray Sutter später noch einmal ausführlich von seinen Deputies befragen zu lassen. (Gab es womöglich einen finstereren Grund, warum Ray auf dieser speziellen Straße unterwegs war?) Das T-Shirt des Mädchens war natürlich schmutzig und voller Blut, und er konnte sich auch nicht vorstellen, dass eine gepflegte Frau wie Judy Martin ihre Tochter so etwas haben, geschweige denn zur Schule tragen ließ. Dabei musste er an Amber denken. Eltern hatten nur noch wenig Einfluss auf ihre Kinder, wenn diese erst einmal ein bestimmtes Alter erreicht hatten, erkannte er und kämpfte gegen die Tränen.

Es war nicht das erste Mal an diesem Abend, das er seine Gefühle nur mit Mühe zurückhalten konnte.

Denn selbst der Anblick von Lianas verwesender Leiche war nicht so schlimm gewesen wie das schmerzverzerrte, schöne Gesicht von Judy Martin, als sie vom grausamen Tod ihrer Tochter erfahren hatte. John blickte zu dem adretten weißen Bungalow mit den schwarz-weiß gestreiften Markisen und der kunstvoll geschnitzten Haustür. Er sah sich auf diese Tür zugehen, die geöffnet wurde, bevor er geklingelt hatte, sah den hoffnungsvollen Blick in Judys Augen schnell beklommen werden, bevor er in blankes Entsetzen umschlug. John bezweifelte, dass er das Bild der armen Frau je vergessen könnte, wie sie rückwärts gegen die Brust ihres Mannes taumelte, als wäre sie gestoßen worden, und einknickte wie ein Klappstuhl. Er sah ihre Knie nachgeben und sie wie einen Anker zu Boden sinken, ohne dass ihr hilfloser Mann ihren zerbrechlichen Körper auffangen konnte. Er hörte den stummen Schrei aus ihrem verzerrten Mund. Er hatte gesehen, wie sie binnen Sekunden um ein Leben gealtert war, das Leben ihrer Tochter, wie ihm jetzt mit einem traurigen Kopfschütteln klar wurde.

Lianas Leiche war knapp eine Stunde zuvor entdeckt worden. Er musste den Gerichtsmediziner für Broward County verständigen, die nötigen Vorkehrungen treffen und warten, bis die Leiche des Mädchens abtransportiert war, bevor er zu den Martins fahren konnte, fest überzeugt, dass sie die Neuigkeit bestimmt schon gehört hatten. Er hatte beobachtet, wie diverse Mitglieder des Suchtrupps ihre Handys zückten, sobald Lianas Leiche aus dem flachen Grab gezogen worden war.

Aber offensichtlich hatte niemand der Erste sein wollen, der Howard und Judy Martin die Nachricht überbrachte. Diese zweifelhafte Ehre hatte man ihm überlassen. Er hatte den Martins ebenfalls erklären müssen, dass es bis jetzt keine Verdächtigen gab, obwohl die Polizei jeden Aspekt des Falles neu aufrollen müsse, nachdem es sich nun offiziell um einen Mordfall handelte. Das bedeutete, alle Freundinnen und Bekannte sowie Mitschüler und Lehrer von Liana mussten noch einmal befragt werden – was hatte Delilah noch über ihren Physiklehrer und seine Vorliebe für junge Mädchen gesagt? –, desgleichen Randfiguren wie Cal Hamilton und Ray Sutter. John ahnte, dass er vor Ende der Woche wahrscheinlich mit der ganzen Stadt gesprochen hatte. Er ließ die Schultern sinken. Er war schon jetzt müde.

Er sah auf die Uhr und dachte, dass er am besten unverzüglich damit anfing – seit der Entdeckung von Lianas Leiche hatte der Bürgermeister schon zweimal angerufen; beim ersten Mal, um seinem Wunsch Ausdruck zu verleihen, über jede Entwicklung auf dem Laufenden gehalten zu werden; beim zweiten Mal, um zu fragen, ob man das FBI hinzuziehen sollte. John hatte den Bürgermeister daran erinnert, dass er mehr über die Bürger von Torrance wusste als irgendein FBI-Agent, und bat ihn, Geduld zu haben. »Ich regele das«, erklärte er und beschloss nach Hause zu fahren, um kurz zu duschen. Er konnte schließlich schlecht bei den Leuten in derselben verschwitzten und schmutzigen Uniform aufkreuzen, die er getragen hatte, als man Liana aus der feuchten Erde gezogen hatte.

»Das ist eine Nummer zu groß für dich«, konnte er Pauline in seinem Kopf spotten hören, als ihm einfiel, dass sie zum Abendessen mit Sarah und Frank Lawrence verabredet waren. Aber selbst Pauline würde bestimmt verstehen, dass es sich um ziemlich außergewöhnliche Umstände handelte. Außerdem hatte er sowieso keinen Appetit. Ihm wurde schon beim Gedanken an etwas Essbares übel.

John saß eine Weile schweigend da und versuchte, nicht an das vermisste Mädchen aus dem benachbarten Hendry County zu denken. Lag Candy Abbot womöglich auch irgendwo dort draußen begraben, machte vielleicht tatsächlich ein Irrer den Süden von Florida unsicher, der es auf junge Mädchen abgesehen hatte, und war das alles erst der Anfang? John vergrub sein Gesicht in den Händen und verbat sich alle weiteren Spekulationen. Für so etwas war er zu alt, dachte er, zu alt und zu schlecht ausgestattet. Gut, er hatte eine Mannschaft von intelligenten, eifrigen, jungen Deputies, die sich den Arsch aufreißen würden, um Lianas Mörder zu finden, aber sie hatten alle noch weniger Erfahrung in solchen Dingen als er. Außerdem saß ihm der ehrgeizige junge Bürgermeister im Nacken, der ihm bei jedem Schritt voraus sein wollte. Die Leiche war erst vor einer Stunde gefunden worden, und der Mann fragte bereits, warum es so lange dauerte, bis die Ermittlungen begannen.

John wusste, dass die meisten Verbrechen im wirklichen Leben anders als im Fernsehen entweder dadurch gelöst wurden, dass der Täter sich stellte, oder noch wahrscheinlicher durch einen Zufall. John schüttelte den Kopf, als wollte er vor der Heimfahrt alle ungebetenen Gedanken und Bilder loswerden.

Und zu Hause wollte er seiner Tochter als Erstes sagen, wie sehr er sie liebte.

Das Haus war dunkel.

Sobald John den Flur betrat, hörte er den Fernseher plärren. Das war soweit nichts Neues. Der Fernseher plärrte immer. »Pauline?«, rief er und drückte auf einen Schalter neben der Tür, um das so genannte »große Zimmer« zu erleuchten – ein kombiniertes Wohn-Ess-Zimmer. Bis auf die Ausmaße hatte der schlichte rechteckige Raum nichts »Großartiges«, auch wenn er teuer, aber für Johns Geschmack ein bisschen zu blumig dekoriert war. Das Esszimmer wurde praktisch nie benutzt, und John konnte sich auch nicht erinnern, wann sie zuletzt zu dritt auf der unbequemen ledernen Couchgarnitur gesessen hatten, die für gemeinsame Fernsehabende der Familie vorgesehen war.

Er blickte zu der geschlossenen Tür von Ambers Zimmer. Kein Geräusch oder Lichtschein deutete darauf hin, dass sie zu Hause war. »Amber?«, rief er, fragte sich, ob sie die Nachricht von Liana schon gehört hatte, und hoffte, dass sie nicht ausgegangen war. »Amber? Amber, bist du da?«

Als sie immer noch nicht antwortete, ging er in die Küche und stellte die große McDonald's-Tüte, die er auf dem Weg nach Hause mitgenommen hatte, auf die Arbeitsplatte aus grauem Granit. Die Tüte enthielt einen Big Mac, mehrere McChicken und drei große Portionen Pommes frites, was hoffentlich ausreichen würde, um Pauline zu besänftigen, wenn sie erfuhr, dass sie das geplante Essen absagen mussten. Obwohl er die Verkäuferin gebeten hatte, die Bestellung in eine doppelte Papiertüte zu packen, die sie dann in eine große Plastiktüte wickeln und zubinden sollte, stieg ihm der unverkennbare Geruch in die Nase. *Eau de McDonald's*, dachte er und hätte unter anderen Umständen vielleicht gelächelt.

»Pauline?«, rief er auf dem Weg ins Schlafzimmer im hinteren Teil des Hauses noch einmal lauter. Er bezweifelte, dass sie ihn bei dem Lärm aus dem Fernseher hören konnte, und fragte sich, warum er sich die Mühe machte. Pauline behauptete, dass das jahrelange Hören von lauter Musik als Teenager ihre Trommelfelle beträchtlich beschädigt hatte, sodass sie nur bei voller Lautstärke fernsehen könne. Da sie jedoch keine Probleme hatte, alles andere mitzubekommen, vermutete John insgeheim, dass sie es tat, um ihn zu ärgern.

Wenn er früh schlafen gehen wollte und sie noch eine ihrer Lieblingssendungen sah – sie hatte offenbar ausschließlich Lieblingssendungen –, musste er manchmal in das winzige Gästezimmer auf der Vorderseite des Hauses umziehen. Dagegen hatte er nichts, auch wenn das Bett kleiner und längst nicht so bequem war wie das Doppelbett im Schlafzimmer. Dafür musste er es mit niemandem teilen, und das Gästezimmer war einer der wenigen Räume im Haus, in denen kein Fernseher stand. Alle anderen waren mit TV-Geräten ausgestattet, einschließlich der Küche und dem großen Badezimmer. Das war nicht seine Idee. Er hatte nie viel ferngesehen. Pauline warf ihm manchmal vor, ein Snob zu sein, aber die Wahrheit war im Grunde viel schlichter: Es fiel ihm schwer, den meisten Sendungen zu folgen. Als Kind hatte er unter einer milden Form des Aufmerksamkeitsdefizitsyndroms gelitten und fand es bis heute schwierig, sich für längere Zeit auf eine Sache zu konzentrieren. Wahrscheinlich nicht die perfekte Voraussetzung für einen Mann in seiner Position, dachte er. Zum Glück war seine Aufmerksamkeitsspanne bisher nie wirklich auf die Probe gestellt worden.

Bis jetzt.

»Pauline?« Er betrat das Schlafzimmer, wo sein Blick von einer schönen jungen Frau mit langen blonden Haaren und vollen Brüsten, die aufreizend über den Bildschirm hüpfte, zu dem leeren, ungemachten Bett schweifte. Dass das Bett ungemacht war, überraschte ihn nicht. Dass Pauline nicht darin lag, schon. War es möglich, dass sie die Nachricht von Liana gehört und sich gedacht hatte, dass er wahrscheinlich den ganzen Abend zu tun haben würde, weshalb sie die Verabredung abgesagt hatte und mit Amber essen gegangen war, ohne vorher den Fernseher auszuschalten? »Pauline?«, rief er noch einmal und schaltete den verdammten Kasten mit der Fernbedienung aus.

»Was machst du denn?«, kam die prompte Reaktion. »Lass das.«

John wandte den Kopf in Richtung Flur. »Pauline?«

»Ich gucke das.«

Pauline trat aus dem begehbaren Kleiderschrank, der zwischen Bad und Schlafzimmer vom Flur abging, und befestigte im Gehen einen goldenen Ohrring. Ihr schulterlanges kastanienbraunes Haar war zu einem Knoten im Nacken gebunden, und sie trug ein neues Kleid, das allem Anschein nach blau war. Zumindest vermutete John das. Neben seinem ADS war er auch noch farbenblind, sodass das Kleid auch schwarz sein konnte. Für neu hielt er es, weil er sich nicht erinnern konnte, es je vorher gesehen zu haben. Pauline behauptete immer, für einen Sheriff wäre er ziemlich unaufmerksam. Er hatte es nicht übers Herz gebracht – vielleicht war es auch fehlende Traute –, ihr zu erklären, dass er ungeachtet seines ADS und der Farbenblindheit in beruflichen Dingen durchaus sehr scharfsinnig war und seine Unaufmerksamkeit sich weitgehend auf sie beschränkte.

Dabei war sie keine unattraktive Frau. Sie war groß und mit ihren dreiundvierzig immer noch einigermaßen schlank mit strahlenden Augen und einem ebenso ansteckenden wie selten gesehenen Lächeln.

»Du kommst zu spät«, sagte sie, nahm ihm die Fernbedienung ab und schaltete den Fernseher wieder an. »Du solltest zusehen, dass du aus diesen dreckigen Sachen steigst und unter die Dusche springst. Wir sind mit Sarah um halb acht verabredet, und es ist schon fast halb.«

»Hast du es noch nicht gehört?«

»Was?«

»Das von Liana.«

Pauline sagte nichts, weil sie für einen Augenblick von dem Fernseher abgelenkt wurde. »Guck dir bitte mal dieses Gesicht an«, forderte sie ihn auf und zeigte auf den Bildschirm. »Sie versuchte, den Leuten zu erzählen, dass das alles echt wäre, aber wem will sie bitte sehr etwas vormachen? Eine Frau über fünfzig ohne Falten hat sich liften lassen.«

»Pauline«, sagte John lauter als beabsichtigt und sah, wie Pauline die Schultern anspannte. »Wir haben Lianas Leiche gefunden.«

»Ja, ich weiß.« Paulines Blick fiel auf den elfenbeinfarbenen Teppich. »*Mon Dieu*, du hast deine Schuhe nicht ausgezogen.«

»Meine Schuhe?«

»Du verteilst den Dreck auf dem ganzen Teppich.«

»Du weißt das von Liana.«

Wieder versteifte sie ihre Schultern. »Sarah hat mich vor zwanzig Minuten angerufen, um es mir zu erzählen.«

»Was zum Teufel machst du dann da?«

»Was denkst du denn? Ich ziehe mich an, um auszugehen.« Sie kräuselte schnuppernd die Nase. »Rieche ich etwa McDonald's?«

John wurde noch lauter, um die Stimmen aus dem Fernseher zu übertönen. »Ich habe dir McChicken-Sandwiches mitgebracht.« Die ganze Unterhaltung wurde zunehmend absurder, als wäre er unwissentlich in eine dieser schrecklichen Doku-Soaps geraten, die seine Frau so liebte.

»Was soll ich mit einem McChicken, wenn wir mit Sarah und Frank essen gehen?«

»Wir gehen nicht mit Frank und Sarah essen«, platzte er los, auf den provozierenden Tonfall seiner Frau reagierend. »Weil ein junges Mädchen brutal ermordet –«

»Ein junges Mädchen, das wir kaum kannten –«

»Wir kannten sie.«

»Kaum.«

»Wir kennen ihre Eltern.«

»Die uns immer von oben herab betrachtet haben, das kannst du mir glauben.«

»Howard und Judy Martin sind –«

»– reizende Menschen, ich weiß. Spar mir den Schmus. Sie sind absolute Snobs, und sie melden sich nur bei dir, wenn sie irgendwas wollen.«

»Ihre Tochter ist ermordet worden.«

»Brutal, ja, ich weiß. Kann man auch noch auf eine andere Art ermordet werden?«

»Herrgott noch mal, Pauline. Weißt du eigentlich, was du da redest?«

»Nun gib nicht mir die Schuld«, fauchte sie ihn an. »Ich habe nichts Böses getan. Es tut mir leid, dass das arme Mädchen tot ist. Wirklich. Aber was kann ich daran ändern? Die Verabredung abzusagen, macht sie auch nicht wieder lebendig.«

»Ich kann nicht«, sagte John mit einem ungläubigen Kopfschütteln.

»Was soll das heißen, du kannst nicht? Warum nicht? Was glaubst du denn heute Abend noch erreichen zu können?«

»Ich weiß es nicht. Aber ich muss es versuchen.«

»Dann versuchst du es eben nach dem Abendessen. Hast du für so was nicht Untergebene?«

»Die sind schon unterwegs. Überleg doch mal, Pauline. Was für einen Eindruck würde es machen, wenn ich gemütlich in einem Restaurant sitze und esse, während alle anderen rund um die Uhr arbeiten?«

»Seit wann kümmert es dich, was für einen Eindruck du machst?«

»Darum geht es nicht.«

»Du hast damit angefangen«, erinnerte sie ihn.

»Sean Wilson sitzt mir schon im Nacken –«

»Sean Wilson ist ein Würstchen.«

»Er ist der Bürgermeister, Pauline.«

»Ja, der winzige, perfekte Bürgermeister, ich weiß. Bitte. Du könntest ihn mit bloßen Händen plattmachen.«

»Es geht darum, dass ich heute Abend nicht mit Sarah und Frank in einem Restaurant sitzen kann«, wiederholte John.

»Es geht darum, dass ich die Sache nicht an meine Deputies delegieren *will.* Ein junges Mädchen ist ermordet worden, und es ist *mein* Job, den Täter zu finden.«

»Himmel Herrgott«, höhnte Pauline. »Wahrscheinlich war es ihr Freund.«

»Ihr Freund?« Hatte Pauline irgendetwas gehört, was er noch nicht wusste? »Wie kommst du darauf?«

Pauline wies auf den Fernseher. »Weil es immer der Freund ist.« Sie hielt inne und wirkte zum ersten Mal unsicher. »Oder nicht?«

»Nun, diese Möglichkeit ziehen wir natürlich auch in Betracht, aber …«

»Aber was?«

John zögerte und überlegte, wie viel er ihr erzählen sollte. »Ich glaube, wir haben es möglicherweise mit einem Verrückten zu tun.«

»Was?«

»Das ist zu diesem Zeitpunkt reine Spekulation, die du niemandem gegenüber erwähnen darfst. Ich will jetzt unter keinen Umständen eine Panik auslösen.«

»Wovon redest du überhaupt? Was soll das heißen, ein Verrückter?«

»Es wird ein zweites Mädchen vermisst.«

»Was? Wo?«

»Ein Mädchen aus Hendry County. Niemand, den wir kennen.«

»Das heißt, wir wissen auch nicht, ob ihr Verschwinden irgendetwas mit Liana zu tun hat«, stellte Pauline fest.

»Richtig.«

»Eine Menge Mädchen verschwinden.«

»Stimmt.«

»Sie ist wahrscheinlich bloß weggelaufen.«

»Wahrscheinlich.«

»Wie kommst du darauf, dass ein Zusammenhang bestehen könnte?«, fragte Pauline mit einem verärgerten Unterton.

»Instinkt«, antwortete John ehrlich.

»Hat sich dein Instinkt nie getäuscht?«

»Doch, schon oft.«

»Aber du glaubst, dass du diesmal richtigliegst«, sagte Pauline, den Ausdruck in seinen Augen lesend.

»Ja, diesmal schon.«

»*Merde.*« Pauline sank aufs Bett und streifte ihre Sandaletten ab. »Du glaubst, wir haben es mit einem Serienkiller zu tun?«, fragte sie nach einer Pause.

»Ich weiß nicht.«

»Meinst du, es könnte jemand sein, den wir kennen?«

»Ich weiß nicht.«

»Weißt du überhaupt irgendwas?«

»Ich weiß, dass wir bis zur Ergreifung von Lianas Mörder besonders vorsichtig sein müssen, vor allem was Amber angeht. Wo ist sie eigentlich?«

»Was soll das heißen, wo ist sie? Ist sie nicht hier?«

Ohne ein weiteres Wort stürzte John aus dem Raum, rannte quer durch das Haus zu Ambers Zimmer und stieß mit der offenen Hand die Tür auf.

Eine schlanke Gestalt sprang aus dem Bett.

»Amber! Gott sei Dank!« John trat mit zwei raschen Schritten an ihr Bett und nahm das Mädchen in die Arme. »Hast du mich nicht rufen hören?«

»Nein«, sagte Amber, entwand sich seiner Umarmung und strich ihre langen braunen Haare hinter die Ohren. »Ich hab mich ein paar Minuten hingelegt. Ich bin wohl eingeschlafen.« Sie blickte von ihrem Vater zu ihrer Mutter. »Was ist denn los?«

»Wir dachten, du wärst vielleicht kurz noch weggegangen.«

»Und?«

»Wir wollen nicht, dass du irgendwo hingehst, ohne uns Bescheid zu sagen. Jedenfalls bis auf weiteres. Und auf gar keinen Fall allein.«

Amber starrte ihren Vater an, ihre Augen sahen aus wie Kreise, die jemand mit smaragdgrünem Pastellstift ausgemalt hatte. »Wegen dem, was mit Liana passiert ist?«

»Du weißt es schon?«, fragte Pauline.

»Es stand im Internet.«

Johns Blick schnellte zu dem Computer auf Ambers Schreibtisch. »Was? Wo?«

»In meiner Mailbox.«

»Wer hat dir denn dazu eine E-Mail geschrieben?«

»Na, wer nicht?«, gab Amber zurück.

»Zeig es mir«, befahl ihr Vater ihr.

Wortlos trat Amber vor den Computer auf dem Schreibtisch gegenüber dem Bett. Sie trug eine weite Khakihose und ein schlabbriges kariertes Hemd. Wenn sie wirklich fand, dass ihr dürrer Körper so verdammt toll aussah, warum versteckte sie ihn dann, fragte sich John, während Amber ihre Mailbox aufrief.

Es waren insgesamt dreizehn Mails, die alle mehr oder weniger das Gleiche sagten – Liana Martin war tot. Getötet durch eine Kugel in den Kopf. Es war eklig, EKLIG, **EKLIG**. Eine nicht unterzeichnete E-Mail deutete an, sie sei vergewaltigt und enthauptet worden. Eine weitere von Victor Drummond behauptete, der Leiche sei das Blut abgelassen worden.

»Das ist Unsinn«, erklärte John seiner Tochter, die sich wieder auf ihr Bett zurückgezogen hatte.

»Das dachte ich mir schon«, sagte Amber. »Aber sie wurde erschossen, oder? Mit einer Kugel in den Kopf?«

»Ja.«

»Wurde sie vergewaltigt?«

»Das wissen wir noch nicht.«

»Und ihr wisst auch nicht, wer es war?«

»Dein Vater glaubt, es könnte die Tat eines Serienmörders sein«, sagte Pauline.

»Pauline, Herrgott noch mal!«, rief John. »Was habe ich eben von vertraulich –«

»Ein Serienmörder?« Amber riss ihre grünen Augen noch weiter auf, sodass ihre Wangen regelrecht eingefallen wirkten.

»Es wird ein weiteres Mädchen vermisst«, fuhr Pauline fort, ohne den Protest ihres Mannes zu beachten.

»Was?«

»Okay, das bleibt unter uns«, erklärte John entschlossen. »Ihr dürft mit niemandem darüber reden. Habt ihr mich verstanden?« Aber schon als er die Worte aussprach, ahnte er, dass es hoffnungslos war. Er konnte Pauline schon am Telefon mit ihren Freundinnen tratschen hören und sah die E-Mails, die Amber bald ins Netz stellen würde.

»Selbstverständlich«, erwiderten Pauline und Amber im Chor. »*Oui*. Okay.«

»Zum jetzigen Zeitpunkt ist es lediglich eine Theorie. Es bringt nichts, die Leute verrückt zu machen«, sagte er. »Aber bis wir den Kerl schnappen, möchte ich nicht, dass du alleine irgendwo hingehst. Ist das klar?«

»Was, wenn ihr ihn nicht findet?«, fragte Amber.

John schüttelte den Kopf. Darauf hatte er keine Antwort. »Tu mir einfach den Gefallen und sei besonders vorsichtig, okay?«

Amber nickte.

»Wenn du nicht in der Schule bist, bist du zu Hause. Ich fahre dich zur Schule, und Mom holt dich ab.«

»Was?«, fragte Pauline.

»Am Montag ist Vorsingen für die Musicalaufführung«, protestierte Amber. »Dieses Jahr spielen sie *Kiss Me, Kate*, und Mr. Lipsman möchte mich vielleicht für die Rolle von Kates Schwester Bianca haben.«

»Also gut«, sagte John nach einem Nicken seiner Frau. »So lange du nicht alleine bist. Und ruf an, wenn die Probe zu Ende ist, damit dich jemand abholt.«

Amber willigte achselzuckend ein.

»Und iss was«, hörte John sich sagen. »Du wiegst ja kaum

noch etwas, Herrgott noch mal. Wenn dich jemand schnappen würde, hättest du keine Chance.«

Sie verdrehte ihre riesigen grünen Kulleraugen zur Decke.

»Dein Vater hat etwas von McDonald's mitgebracht«, sagte Pauline, und John war eigenartig dankbar für ihre Unterstützung.

Amber starrte ihre Eltern an, als hätten sich beide unvermittelt aller Kleider entledigt und ständen jetzt splitternackt vor ihr. Sie sah jedenfalls entsprechend entsetzt aus.

»Ein Big Mac, mehrere McChicken und Pommes«, fuhr John dessen ungeachtet fort.

»Willst du mich verarschen?«

»Sehe ich so aus?«

»Ich esse kein Fleisch. Das weißt du doch.«

»Dann iss die Pommes.«

»Ich esse nichts Frittiertes oder Gebratenes.«

»Was genau isst du überhaupt?«, knurrte ihr Vater wütend.

»John«, warnte Pauline.

»Alles Mögliche.«

»Was zum Beispiel? *Was?*«, wollte er wissen, obwohl er wusste, dass dies die völlig falsche Reaktion war. Rita Hensen, die Schulkrankenschwester, die er konsultiert hatte, als Ambers Gewicht auf einen gefährlichen Tiefststand gefallen war, hatte ihm erklärt, dass Essstörungen praktisch nur dann behandelbar waren, wenn das Mädchen selbst bereit war, etwas daran zu ändern, und selbst dann würde sie das Problem vermutlich ihr Leben lang begleiten. Sie anzuschreien, war sinnlos. Die Gesellschaft hatte bereits ganze Arbeit geleistet, dem Mädchen einzutrichtern, dass die Traumfrau von heute aussah wie ein Knabe kurz vor der Pubertät.

Und dann gab es die Frauen am anderen Ende der Skala, dachte John. Frauen wie Kerri Franklin, die nicht wie echte Menschen, sondern eher wie Plastikpuppen aussahen.

Obwohl er zugeben musste, dass er gern hinguckte.

Was war bloß los mit allen?

Seit wann kam auszusehen wie eine echte Frau als mögliche Alternative gar nicht mehr vor?

»Ich will diese Diskussion nicht führen«, sagte Amber, legte sich hin und zog sich die Decke über den Kopf.

»Amber …«

»John«, ermahnte seine Frau ihn. »Lass gut sein.« Behutsam schob sie ihn aus dem Zimmer.

John begriff, dass ihr Gewicht das Einzige war, was Amber glaubte kontrollieren zu können. Die Welt war ein großer und schrecklicher Ort, vor allem für Mädchen auf der Schwelle zum Frausein.

Und wie sollte er widersprechen, nach dem, was Liana Martin passiert war?

10

»Ich habe gehört, dass Sie derjenige waren, der Lianas Leiche gefunden hat«, sagte Delilah, als Cal Hamilton sie in den abgedunkelten Bungalow bat. Draußen war es ein warmer und sonniger Nachmittag – der wärmste Samstag in diesem Monat, wie der Sprecher im Autoradio auf der Fahrt erklärt hatte –, aber in dem auf eisige Temperaturen klimatisierten Haus hätte es ebenso gut tiefste Nacht sein können. Jedenfalls kam es Delilah so vor, die eine Weile brauchte, bis ihre Augen sich an den dramatischen Lichtwechsel gewöhnt hatten. Sie spürte die Speckrollen, die über den Bund ihrer tief sitzenden Jeans quollen, und zupfte verlegen am Saum ihres über der Hose hängenden, weißen T-Shirts. Sie hasste den erbarmungslosen Schnitt von Jeans, die wenig schmeichelhafte Art, in der sie sich in die Taille eingruben, den ohnehin reichlich vorhandenen Fettpolstern neue hinzufügten und das Überflüssige noch betonten. Warum konnte nicht jemand Kleidung entwerfen, die den meisten Menschen passte – nach neuesten Studien waren mehr als fünfzig Prozent der Amerikaner signifikant übergewichtig –, und die nicht nur für die Amber Webers und Megan Crosbies dieser Welt geschaffen war? Wann war die Mehrheit der Konsumenten zu einer unerwünschten demographischen Größe geworden? Welchen Sinn hatte das?

Nicht, dass dieser Tage irgendetwas viel Sinn ergeben hätte.

»Ziemlich grausiger Anblick«, sagte Cal und führte Delilah in die Küche auf der Rückseite des unordentlichen kleinen Hauses.

Delilah blickte verstohlen ins Wohnzimmer, wo die Möbel wie ängstliche Wächter auf Posten standen. Sie fragte sich, ob je irgendjemand auf dem unbequem aussehenden Sofa mit der geraden Rückenlehne und den Sesseln mit den hohen Lehnen saß, und es hatte sie auch nicht überrascht, bei einem ihrer vorherigen Besuche festzustellen, dass die Lampenschirme noch in Plastik verpackt waren. Zunächst hatte sie sich Sorgen gemacht, das Plastik könnte sich in der Nähe der Glühbirnen erhitzen, war jedoch rasch zu dem Schluss gekommen, dass die Lampen wahrscheinlich nie angemacht wurden, und deshalb war es egal. Ihre Mutter meinte, dass der Plastikbezug den Lampenschirm auf Dauer verformen würde, aber Delilah bezweifelte, dass Cal Hamilton es bemerken würde.

Wie in jedem anderen Zimmer des Hauses waren auch in der Küche die Jalousien heruntergelassen und dicht geschlossen, obwohl zwischen zwei verbogenen Lamellen trotzdem ein wenig Sonnenlicht eindrang und wie Laserstrahlen auf die senffarbenen Keramikfliesen am Boden fiel.

»Wie ist es passiert? Sind Sie sozusagen auf sie getreten?« Delilah stieg über einen Streifen Licht und erstarrte zwischen einem zweiten und einem dritten, als Cal plötzlich stehen blieb und sich umdrehte.

Cal Hamilton schüttelte seine blonde Mähne und stieß einen verächtlichen Laut aus. Seine Lippen waren wie immer zu einem höhnischen Grinsen verzogen. Er fand die Frage ganz offensichtlich bescheuert. »Ein paar von den Jungs haben einen verdächtig aussehenden Hügel entdeckt, und wir haben beschlossen, mal nachzusehen.«

»Und dann haben Sie Liana gefunden?«

»Nein. Den McDonald's-Clown«, gab er mit triefendem Sarkasmus und hörbarer Ungeduld zurück.

Tränen schossen in Delilahs Augen. Sie stellte ihren Segeltuchbeutel auf den runden Küchentisch und schlug den Blick nieder, unvermittelt dankbar für die bedrückende Dunkelheit. So sehr sie sich an den hasserfüllten Spott ihrer Mitschüler gewöhnt hatte, so wenig konnte sie mit Sarkasmus umgehen. Wie eine spitze Klinge stieß er mühelos durch die Fettfalten zwischen ihren Rippen direkt in ihr Herz, vor allem wenn er von einem Erwachsenen kam. Und auch wenn Delilah nicht viel von Cal Hamilton hielt – sie fand ihn grob und egoistisch –, wollte sie trotzdem, dass er sie mochte. Noch etwas, was nicht besonders viel Sinn ergab.

»Natürlich war es Liana«, sagte Cal sanfter. »Obwohl sie schon bessere Tage gesehen hatte.« Er machte eine Pause und legte den Kopf zur Seite. Eine Strähne seines blonden Haars fiel verführerisch in seine Stirn. »Willst du mich nicht fragen, wie sie aussah?«

Delilah schüttelte den Kopf. »Nein.«

»Gut. Denn sie sah schrecklich aus.«

Delilah schluckte und spürte, wie ihre Kehle trocken und rau wurde, sodass sie die nächsten Worte nur krächzend herausbrachte. »Jemand hat gesagt, ihr Kopf wäre weg gewesen.«

»Da hat jemand übertrieben. Wie üblich.« Cal lächelte. »Nur ihr halber Kopf.« Er klopfte sich mit der Hand auf die Schenkel. »Aber wie dem auch sei und so gerne ich diese Unterhaltung fortsetzen würde, ich muss los.«

»Ja, sicher. Ich wollte Sie nicht aufhalten.«

»Im Kühlschrank steht Bier, der Schnaps ist im Wohnzimmerschrank.« Zwinkernd gab er ihr zu verstehen, dass er einen Scherz gemacht hatte. »Und wenn das Telefon klingelt, geh nicht dran. Der Anrufbeantworter ist eingeschaltet.« Er ging zu der Hintertür am Ende des Küchentresens, die zum Carport neben dem Haus führte.

»Ist Mrs. Hamilton zu Hause?«, fragte sie und dachte sofort: Blöde Frage. Wo sollte sie sonst sein?

»Sie schläft.«

Delilah blickte verstohlen auf ihre Uhr. Es war zwei Uhr mittags, und auch wenn Erwachsene tagsüber gern ein Nickerchen machten – Grandma Rose döste jeden Nachmittag um vier für genau zwanzig Minuten ein –, war Fiona Hamilton doch nur unwesentlich älter als sie selbst – war sie schon dreißig? –, sodass es ihr merkwürdig vorkam, dass sie immer schlief. Bei den letzten beiden Malen hatte sie auch geschlafen, erinnerte Delilah sich und fragte sich, ob die Frau womöglich unter einer Krankheit litt. Hoffentlich nichts Ansteckendes, dachte sie und fühlte sich sofort egoistisch und schuldig.

»Sie hat eine ziemlich herbe Nacht hinter sich«, sagte Cal und zwinkerte dabei.

Delilah versuchte, die Andeutung dieses Zwinkerns zu übersehen, obwohl sie ein ebenso unerwartetes wie unerwünschtes Kribbeln zwischen den Beinen spürte. Was war mit ihr los? Konnte das vage Geprahle dieses Steroid-gesteuerten Vollidioten sie wirklich erregen?

»Wie dem auch sei«, fuhr er fort, »ansonsten alles wie beim letzten Mal. Mach's dir bequem. Stell den Fernseher nicht zu laut –«

»Ich habe ein Buch mitgebracht«, unterbrach Delilah ihn und hielt ihr Exemplar von *Cry, the Beloved Country* hoch. Mrs. Crosbie hatte ihnen bis zum Ende der kommenden Woche die Lektüre der ersten Hälfte aufgegeben, aber sie hatte vor, das Buch ganz zu lesen. Vorausgesetzt, sie fand eine einschaltbare Lichtquelle.

»– wenn du telefonieren willst, benutz dein Handy«, fuhr Cal fort, als hätte sie gar nichts gesagt, »und wenn meine Frau aufwacht, bevor ich nach Hause komme, sorg dafür, dass sie das Haus nicht verlässt.«

»Ist alles in Ordnung mit Ihrer Frau, Mr. Hamilton?«, fragte Delilah, bevor sie sich bremsen konnte. Sie kannte die Gerüchte, dass Cal Hamilton seine Frau schlug.

Cal Hamilton blickte nervös hin und her, als wäre er unentschlossen, ob er ihre Frage beantworten oder sie quer durch den Raum schleudern sollte. »Nein«, sagte er schließlich und fügte nach einer noch längeren Pause hinzu: »Sie ist nicht direkt krank, aber …«

Delilah hielt den Atem an. Aber …, fragte sie stumm.

»Sie ist bloß nicht ganz gesund«, fuhr er fort, als hätte er entschieden, ihr zu vertrauen. »Im Kopf, meine ich. Aber du musst dir keine Sorgen machen«, fügte er rasch hinzu. »Sie ist nicht gewalttätig oder so.«

»Gewalttätig?« Das Wort rutschte Delilah heraus und prallte von den Küchenwänden ab wie die Stahlkugel in einem Flipper.

»Ich sagte, sie ist *nicht* gewalttätig«, betonte Cal und lachte. »Himmel, sie ist ängstlich wie eine Kirchenmaus. Sie hat bloß alle mögliche Phobien, mit denen sie zurechtzukommen versucht.«

»Phobien?«

»Irrationale Ängste«, erklärte Cal. »Das sagt zumindest ihr Psychologe.«

»Sie geht zu einem Psychologen? Wo?« Delilah wusste, dass es in Torrance keinen Psychologen gab, obwohl die Stadt wahrscheinlich gut einen gebrauchen konnte.

»Na ja, jedenfalls nicht hier, so viel ist sicher«, sagte er, als hätte er ihre Gedanken gelesen. »In Miami.«

»Was für Phobien denn?«

»Ach, sie hat alles, was einem so einfällt.« Cal schüttelte den Kopf, und weitere blonde Strähnen fielen in seine Stirn. »Mal sehen. Sie hat Höhenangst, Angst vor Schlangen, Angst vor Menschenmengen. Sie ist klaustrophobisch, agorphobisch –«

»Agor*a*phobisch«, verbesserte Delilah ihn und biss sich auf die Zunge. Es war wahrscheinlich nicht besonders klug, den Mann zu korrigieren, dachte sie, als sie die locker geballten Fäuste und das gemeine Lächeln sah, das seine Lippen umspielte.

»Ja, genau. Agor*a*phobisch«, sagte er. »Sie hat Angst, das Haus zu verlassen.«

»Wörtlich heißt es, Angst, den Markplatz zu überqueren. Ich habe mal einen Artikel im *Cosmo* darüber gelesen.«

»Ach was?« Er strich sich die Haare aus dem Gesicht. »Sie gibt sich durchaus Mühe. Das ist ja Teil des Problems. Das arme Mädchen setzt es sich in den Kopf, dass sie raus muss, geht ohne mich los, gerät ziemlich schnell in Panik und rennt rum wie ein kopfloses Huhn. Die Leute greifen sie auf, müssen mich anrufen, es ist schrecklich demütigend für sie, und wir müssen wieder ganz von vorne anfangen. Deshalb fühlt sie sich in Gegenwart anderer Menschen oft ein wenig verlegen und unwohl und sagt kaum etwas. Oder *wenn* sie etwas sagt, macht es nicht viel Sinn. Wie dem auch sei«, sagte er im selben Atemzug, das letzte Wort wie ein Ausrufezeichen in der Luft, »ich muss jetzt wirklich los.« Er sah auf die Uhr. Delilah bemerkte, dass es eine Rolex war, und fragte sich, wie er sich ein derart kostbares Stück leisten konnte. Sie entschied, dass es eine Fälschung sein musste, und überlegte, wie viel von dem, was er ihr erzählt hatte, echt war. »Ich bin schon ein bisschen spät dran.« Cal öffnete die Tür zum Carport. »In ein paar Stunden bin ich zurück. Pass gut auf mein Mädchen auf.«

»Machen Sie sich keine Sorgen«, sagte Delilah und beobachtete, wie er in seine glänzend rote Corvette steigen wollte, als er plötzlich innehielt und in den Garten des Nachbarhauses starrte. »Haben Sie was vergessen?«, fragte sie ihn, aber er beachtete sie gar nicht. Im nächsten Augenblick saß er hinterm Steuer und setzte rückwärts auf die Straße. So ein Auto hatte sie sich immer gewünscht, dachte Delilah und entdeckte dann Megan, die sich in einem knappen weißen Bikini im Nachbargarten sonnte. Delilah erinnerte sich, dass die Crosbies nebenan wohnten, und konnte sich jetzt auch Cals Blicke erklären. Kopfschüttelnd schloss sie die Küchentür und fragte sich, ob je ein Mann sie so ansehen würde.

Dafür musst du erst mal ein paar Pfund abspecken, Schätzchen, hörte sie den hoffnungslos näselnden Singsang ihrer Mutter, den sie sich auch mit Sprechunterricht nicht hatte abtrainieren können. Im Gegensatz zu anderen, formbareren

Teilen des menschlichen Körpers waren Stimmbänder offenbar resistent gegen Veränderung. Ihre Mutter konnte sich die Lippen aufspritzen lassen, so viel sie wollte, die Laute, die aus ihrem Mund drangen, blieben störrisch dieselben.

Achselzuckend öffnete Delilah den Kühlschrank und musterte mit einem weiteren Achselzucken seinen Inhalt. Milch, Orangensaft, Bier, noch mehr Bier, ein paar grüne Äpfel, eine schlaffe Sellerie, ein blasses grünes Salatblatt, das an den Rändern braun wurde, und noch mehr Bier. Sie sah im Gefrierschrank nach und entdeckte drei Schachteln mit Dove-Eiscremeriegeln, alle offen. »Lieber nicht«, flüsterte sie und schloss die Tür wieder, bevor sie der Versuchung nachgeben konnte. Stattdessen wollte sie ein Glas Wasser trinken. Ihre Großmutter hatte ihr erklärt, dass sie jedes Mal, wenn sie Appetit verspürte, ein Glas Wasser trinken sollte, um so das Hungergefühl und die Gefahr zu bekämpfen, sich zu überfressen. Mit frischer Entschlossenheit trat sie ans Waschbecken, um sich ein Glas zu füllen, wobei ihr Blick unabsichtlich wieder durch die Lamellen in den Garten der Crosbies fiel. Megan hatte sich inzwischen in ihrem Liegestuhl aufgerichtet und begonnen, ihre schlanken Schenkel mit Sonnenöl einzucremen. Sie war so hübsch, dachte Delilah. Und sie musste sich bestimmt nie zwischen einem Dove-Riegel und einem Glas Wasser entscheiden. Aber sie missgönnte Megan ihre langen Beine und die schlanke Taille nicht. Megan war immer, wenn schon nicht direkt nett, so doch wenigstens nicht offen *gemein* zu ihr gewesen, obwohl sie mehr Grund dazu hatte als die anderen, wenn man überlegte, dass Delilahs Mutter schuld daran war, dass Megans Vater seine Familie verlassen hatte.

Als Megan sich fertig eingecremt hatte, blickte sie zum Haus der Hamiltons, als spürte sie, dass sie beobachtet wurde. Delilah winkte, aber ihr Gruß blieb unbeantwortet. Megan verstellte die Rückenlehne des Liegestuhls und gab sich wieder den warmen Sonnenstrahlen hin. Delilah nippte an dem

Wasser und sagte sich, dass es keine vorsätzliche Zurückweisung gewesen war, weil Megan sie hinter der geschlossenen Jalousie gar nicht gesehen haben konnte. Wieso waren die Jalousien überhaupt heruntergelassen, fragte sie sich. Warum war es in dem Haus immer so dunkel? War Fiona Hamilton vielleicht nicht nur *agorphobisch*, sondern hatte auch noch Angst vor der Sonne? Lachend wandte sie sich vom Fenster ab.

Die Frau, die plötzlich in der Küchentür stand, wirkte nicht wie ein menschliches Wesen, sondern wie eine geisterhafte Erscheinung. Ihre Arme hingen schlaff herunter, und unter ihrem weißen Nachthemd ragten nackte Füße hervor. Ihre langen sandfarbenen Haare fielen locker auf ihre Schultern und in ihr ohnehin zerbrechliches Gesicht und betonten den eindringlichen Blick ihrer großen blaugrünen Augen.

Fiona Hamiltons unerwartetes Auftauchen ließ Delilahs Atem stocken. Sie ließ das Wasserglas fallen, das in zahllosen Scherben auf den Fliesen zerbrach.

»Oh nein«, rief die Frau, ohne sich zu rühren.

»Schon gut. Ich mach es weg.« Delilah war sofort in der Pfütze verschütteten Wassers auf die Knie gesunken und sammelte die in alle Richtungen verstreuten Scherben auf. »Tut mir schrecklich leid. Ich hab Sie nicht reinkommen hören.«

»Was habe ich getan? Was habe ich getan?«

»Sie haben gar nichts getan«, versicherte Delilah ihr eilig. »Ich war bloß ein wenig überrascht, das ist alles.«

»Du blutest.«

Delilah betrachtete ihre Hand. Sie hatte tatsächlich eine kleine Schnittwunde am Zeigefinger. Hatte Fiona etwa auch Angst vor Blut? »Halb so wild.« Sie wischte den Finger an ihrer Jeans ab und hielt ihn erneut hoch. »Sehen Sie? Alles bestens.« Die Wunde fing sofort wieder an zu bluten.

»Oh Gott. Oh Gott.«

»Mrs. Hamilton, es ist wirklich nur ein kleiner Schnitt.« Delilah stand auf und warf die eingesammelten Scherben eilig in den Müll, bevor sie den Kaltwasserhahn der Spüle aufdrehte und ihren Finger unter das Wasser hielt. Es brannte, aber sie hielt den Finger trotzdem weiter in den eisigen Strom, weil sie Angst hatte, er könnte wieder anfangen zu bluten und Fiona Hamilton könnte komplett zusammenbrechen. »Sollten Sie nicht besser im Bett bleiben?«

Die Frau blickte sich um, sah dann wieder Delilah an, sagte jedoch nichts.

»Ist alles in Ordnung, Mrs. Hamilton?«

»Du hast das Glas zerbrochen.«

»Ja, tut mir leid.«

»Oh Gott. Oh Gott.«

»Das ist nicht so schlimm. Ich werde es ersetzen.«

»Das sind Cals Lieblingsgläser.«

»Welche?«

»Er wird furchtbar wütend sein.«

»Das sind ganz gewöhnliche Gläser, Mrs. Hamilton. Sie sind nicht teuer. Wir haben die gleichen zu Hause. Es gibt sie im Supermarkt.«

»Oh Gott. Oh Gott.«

»Ich mache Ihnen einen Vorschlag: Ich rufe meine Mom an und sage ihr, dass sie gleich jetzt ein neues kaufen soll«, bot Delilah an, zog ihren Finger unter dem fließenden Wasser weg und nahm ihre Tasche vom Küchentisch. Sie kramte eine Weile darin herum, bis sie ihr Handy gefunden hatte, tippte eilig die Nummer und hielt das Telefon ans Ohr.

»Oh Gott. Deine Tasche.« Fiona zeigte auf den kleinen roten Fingerabdruck auf Delilahs Tasche.

»Das macht nichts. Das ist nicht schlimm. Es ist eine alte Tasche. Keine große Sache … Hallo, Grandma Rose?« Delilah konnte sich nicht erinnern, je so froh gewesen zu sein, die Stimme ihrer Großmutter zu hören. »Ist Mom da? Kannst du sie bitte rufen?«

»Kerri«, kreischte ihre Großmutter direkt in den Hörer.

Delilah hielt ihn von ihrem Ohr weg und betrachtete die

junge Frau im Türrahmen. Sie zitterte am ganzen Leib. Hatte sie Angst vor dem Blut, den Scherben oder der Reaktion ihres Mannes? Es war bloß ein billiges Glas, Himmel noch mal. Reagierte Fiona auf alles so überempfindlich?

»Sie meldet sich nicht«, verkündete ihre Großmutter nach sieben Sekunden. »Ich weiß nicht, wo sie ist.«

»Kannst du sie noch mal rufen?«

»Warum? Gibt es ein Problem?«

»Ich bin bei den Hamiltons. Ich habe ein Glas zerbrochen.«

Fiona fing an zu wimmern.

»Was hast du getan?«

»Es war ein Missgeschick.«

»Also wirklich. Delilah. Du bist wie ein Elefant im Porzellanladen.«

Na, vielen Dank, dachte Delilah und versuchte zu entscheiden, mit welcher der beiden Frauen sie sich lieber auseinandersetzen wollte – mit der Furie am Telefon oder der Verrückten in der Tür. »Sie haben die gleichen Gläser wie unsere in der Küche. Aus dem Supermarkt. Ich möchte, dass Mom zu Publix fährt, ein Ersatzglas kauft und es vorbeibringt.«

»Warum kannst du das nicht selber machen?«

Einen Moment lang fragte Delilah sich das auch. Sie konnte doch bestimmt kurz zum Laden laufen. Fiona Hamilton war eine erwachsene Frau und kein kleines Mädchen. Allerdings eine erwachsene Frau, die zitternd und ob des Anblicks eines zerbrochenen Glases und eines blutenden Fingers sichtlich neben sich in der Tür stand und keineswegs den Eindruck machte, als ob man sie alleinelassen könnte. »Das geht nicht, Grandma Rose. Könntest du meine Mutter bitten, das für mich zu erledigen?«

Schweigen.

Erst nach einigen Sekunden merkte Delilah, dass ihre Großmutter aufgelegt hatte. »Danke, sehr nett von dir«, erklärte sie dem Freizeichen, verstaute das Handy wieder in ihrer Tasche und zwang sich zu einem Lächeln. »Meine Mom ist gleich hier.«

Fiona nickte dankbar und strich sich über die nackten Arme.

»Ist Ihnen kalt? Möchten Sie einen Kaffee? Ich könnte einen kochen. Der wird Sie aufwärmen.«

Fiona schüttelte den Kopf. »Cal hat es nicht gern, wenn ich Kaffee trinke.«

Delilah fragte sich, ob das Koffein ihre diversen Ängste schlimmer machte.

»Er mag es nicht, wenn mein Atem nach Kaffee riecht«, erklärte Fiona unaufgefordert.

Delilah nickte verständnisvoll, obwohl sie es in Wirklichkeit nicht begreifen konnte. Sie hatte die Leute schon über eine »Kaffee-Fahne« sprechen hören, den Geruch persönlich jedoch nie anstößig gefunden. Außerdem war Cal nicht zu Hause. Er würde erst in ein paar Stunden zurückkommen. Bis dahin war der Geruch in ihrem Atem doch bestimmt verflogen. »Dann vielleicht einen Tee?«

Wieder schüttelte Fiona den Kopf.

»Und wie wär's mit einem Dove-Riegel?«

Selbst in dem schwachen Licht konnte Delilah Fionas Augen aufleuchten sehen. »Ein Dove-Riegel?«

Delilah öffnete schwungvoll die Gefrierschranktür und nahm einen Riegel aus der obersten Schachtel.

»Oh nein. Das sind Cals«, warnte Fiona sie, und ihre blaugrünen Augen verdunkelten sich wieder, als hätte jemand an einem Dimmer gedreht.

»Ich bin sicher, er hat nichts dagegen –«

»Nein, das kann ich nicht machen.«

»Klar, können Sie das. Ich sag Ihnen was, wir essen beide einen.« Delilah nahm einen zweiten Riegel aus der Packung und gab den ersten Fiona. »Los. Ich erzähl ihm, dass sie so lecker waren, dass ich zwei gegessen habe.«

»Das glaubt er dir bestimmt nicht.«

Delilah hätte beinahe gelacht. »Soll das ein Witz sein?« War die Frau nicht nur mit Phobien, sondern auch mit Blindheit geschlagen? Delilah riss die Verpackung von ihrem Riegel ab und biss ein Stück üppig-cremiges, dunkles Schokoladeneis ab. »Hmmm. Köstlich. Los, kommen Sie, beißen Sie zu.«

Fiona starrte den Eisriegel in ihrer Hand an, ohne sich zu rühren.

»Warum lassen wir dazu nicht ein bisschen Licht rein?« Bevor Fiona widersprechen konnte, war Delilah ans Fenster getreten. »Draußen ist ein herrlicher Tag. Die Sonne scheint. Es ist warm.« Sie zog die Jalousie über der Spüle hoch. »So ist es doch viel besser.« Sie drehte sich um, und das Lächeln in ihrem Gesicht gefror, als sie im Licht der hellen Sonne die dunklen Blutergüsse an Fionas Armen und ihrem Hals sah. »Mein Gott. Was ist denn mit Ihnen passiert?«

Fiona ließ den Riegel fallen, der auf ihre nackten Füße fiel und unter den Tisch kullerte. »Oh Gott, ich sollte gar nicht hier sein.«

»Wovon reden Sie? Sie wohnen hier.«

»Ich sollte im Bett sein.«

»Warum, Mrs. Hamilton? Sind Sie krank?«

»Ich sollte nicht mit dir reden.«

»Warum nicht?«

»Er mag es nicht, wenn ich mit Fremden rede.«

»Ich bin ja wohl kaum eine Fremde, Mrs. Hamilton. Ich bin …« Was war sie eigentlich? Eine Nachbarin? Der Babysitter? Und wovor genau hatte diese Frau solche Angst? »Ich bin eine Freundin.«

»Er wird sehr wütend sein, wenn er erfährt, dass ich hier unten war.«

»Wie sollte er es erfahren? Ich werde es ihm nicht erzählen.«

»Er bekommt es trotzdem heraus.«

»Wie denn?« Delilah sah sich nach versteckten Kameras um.

»Ich werde es ihm sagen.«

»Was?«

»Bei der Untersuchung. Er wird mich befragen, und ich muss es ihm sagen.«

»Nein, das müssen Sie nicht. Sie müssen ihm gar nichts sagen. Und was meinen Sie überhaupt mit ›Untersuchung‹?« Wovon redete Fiona?

Fiona Hamilton starrte Delilah an, als würde sie in einer fremden Sprache sprechen.

»Mrs. Hamilton«, begann Delilah behutsam und mit einem Nicken auf die Blutergüsse der Frau. »Hat Ihr Mann Ihnen das angetan?«

»Was? Nein. Natürlich nicht.«

»Denn wenn dem so wäre, müssen Sie nicht bei ihm bleiben. Wir können den Sheriff rufen. Sie können ihn verhaften lassen.«

»Nein, das könnte ich nie tun.«

»Aber –«

Es klingelte, direkt gefolgt von einem lauten Klopfen an der Haustür.

»Oh Gott, er ist schon zurück.«

War das möglich, fragte Delilah sich. Hatte Cal Hamilton den Wagen auf der Straße geparkt und sich zurückgeschlichen? Und warum sollte er das tun?

»Er wird so wütend«, jammerte Fiona. »Ich werde die Untersuchung nie bestehen.«

»Wovon reden Sie? Welche Untersuchung?«

»Oh Gott. Oh Gott.«

»Delilah!«, rief eine Stimme vor dem Haus.

»Es ist meine Mutter«, sagte Delilah mit einem erleichterten Seufzer, tätschelte im Vorbeigehen vorsichtig Fionas geschwollene Schulter und spürte, wie die Frau vor ihrer Berührung zurückwich. Sie ging eilig durchs Wohnzimmer zur Haustür, öffnete sie und sah sich ihrer Mutter gegenüber, die ihr ein Glas entgegenstreckte.

»Ich habe eins aus der Küche genommen«, sagte Kerri zur Begrüßung. Sie trug die kürzesten weißen Shorts, die Delilah je gesehen hatte, und ihr Riesenbusen quoll aus dem V-Ausschnitt eines schwarz-weiß gestreiften T-Shirts. »Was zum Teufel ist eigentlich los?«

»Ich weiß es nicht«, flüsterte Delilah und nahm ihrer Mutter das Glas ab. »Aber was immer es ist, es ist sehr seltsam.« Sie hörte hinter sich Schritte, drehte sich um und sah Fiona den Flur hinunterhuschen und in ihrem Schlafzimmer verschwinden, bevor die Tür zufiel.

»Ja? Also, ich finde, du solltest nicht mehr herkommen«, sagte ihre Mutter. »Nicht bei dem ganzen verrückten Mist, der gerade abgeht.«

»Was für verrückter Mist?« Stimmte sonst etwas noch nicht? Bis heute war ihre Mutter nie besonders besorgt gewesen.

»Es ist wieder etwas Schlimmes passiert.«

»Was denn?«

Ihre Mutter atmete tief ein. »Ein weiteres Mädchen wird vermisst.«

11

TOTENBUCH

Das war ein aufregendes Wochenende.

Sobald die ersten Gerüchte über ein weiteres vermisstes Mädchen die Runde machten, war der Teufel los. Wahnwitzige Theorien und wilde Spekulationen wurden plötzlich angestellt. Bestand ein Zusammenhang zwischen diesem Mädchen und Liana Martin? Stimmte es, dass vor Liana noch ein drittes Mädchen, eine Ausreißerin aus Hendry County, verschwunden war? War es nur eine Frage der Zeit, bis man überall entlang der Alligator Alley die verwesenden Leichen junger Frauen finden würde wie sprießendes Unkraut? Trieb ein Irrer sein Unwesen in Südflorida? Und wenn dem so war, war der besagte Verrückte ein Fremder oder jemand, den alle kannten?

Schon bald galt jeder Mann als verdächtig, der sein Alibi nicht durch mindestens drei verlässliche Zeugen belegen konnte – die definitiv *nicht* zu seiner engeren Verwandtschaft zählen durften. Praktisch jedes männliche Wesen zwischen sieben und siebzig wurde vom Sheriff und seinen Deputies zur Befragung vorgeladen.

Ergebnislos.

Der Sheriff wirkt erschöpft. Ich habe ihn gestern Nachmittag kurz gesehen, obwohl er mich gar nicht bemerkt hat. Er kam aus dem Waffenladen – offenbar läuft das Geschäft dort im Augenblick besser denn je – und sah abgezehrt und sorgenvoll aus. Als hätte man die Scheiße aus ihm herausgeprügelt, was vielleicht gar nicht so schlecht wäre – er könnte gut ein paar Pfund abspecken –, wenn er dabei nicht so blass und teigig gewirkt hätte. Das stand ihm meiner Meinung nach überhaupt nicht, und ich hätte ihm vielleicht sogar zugewinkt, wenn er in meine Richtung geguckt hätte. Aber das hat er nicht getan. Nein, er starrte auf den rechten Hinterreifen seines Streifenwagens, der wegen eines Nagels, den irgendjemand böswillig hineingestochen hatte, Luft verlor.

Man konnte ihn förmlich denken hören: eine Leiche, ein weiteres vermisstes Mädchen und jetzt das, die ultimative Demütigung – ein Platter! Ich beobachtete, wie er das Funkgerät vom Beifahrersitz nahm, irgendetwas hineinbrummelte und dann den Kopf schüttelte, bevor er sich an seinen Wagen lehnte und auf Hilfe wartete. Die ist vermutlich auch irgendwann gekommen, aber so lange habe ich nicht ausgeharrt.

Ich hatte zu tun.

Es ist interessant, wie sich eine Kleinstadt unter dem Eindruck einer Tragödie verändert. Als Liana Martin vermisst wurde, waren die Einwohner von Torrance natürlich voller Sorge und Mitgefühl. Man hörte nur das Netteste über Liana und ihre Familie. *Liana war die reizende Tochter zweier strahlender Vertreter der Elite der Stadt. Die Martins waren aufrechte Bürger und engagierte, fürsorgliche Eltern.* Als die Leiche ihrer Tochter aus der Erde gezerrt wurde, trauerten alle mit ihnen.

Und dann begann das Getuschel: *Stimmte es, dass sie ein MOVE, BITCH-T-Shirt anhatte, als man sie fand? Das war fast so, als hätte sie es herausgefordert, oder nicht? Sie war schon immer ein spezielles Früchtchen. Ihre Mutter konnte sie nie bändigen. Ich habe gehört, dass sie sich mit einem älteren Mann aus Miami eingelassen hat. Ich habe gehört, dass sie eine Vorliebe für abartige Sexpraktiken hatte.*

Dem Opfer die Schuld geben, nennt man das, und nach allem, was ich gelesen habe, ist es eine verbreitete Reaktion auf ein Unglück. Offenbar ist es ein Abwehrmechanismus, eine Art, sich von der Katastrophe zu distanzieren. Wenn man das Opfer in irgendeiner Weise für sein Schicksal verantwortlich machen kann, müssen die anderen sich keine Sorgen machen. Sie laufen nach Mitternacht nicht alleine draußen herum und werden auch nie vergewaltigt. Sie würden nie ein MOVE, BITCH-T-Shirt tragen, als könnte ihnen das, was Liana geschehen ist, nie passieren. Ich glaube, die Leute wollen nicht vorsätzlich gemein sein. Ich glaube, sie wollen sich nur sicher fühlen.

Aber das sind sie natürlich nicht.

Nicht vor den wahren Verrückten dieser Welt.

Glaubst du wirklich, dass in Südflorida ein Irrer frei herumläuft? Glaubst du, es ist ein Fremder oder jemand, den wir kennen?

Nun, mal sehen: Wen kennen wir denn? Und wen verdächtigen wir?

Im Augenblick steht ein Name ganz oben auf jedermanns Liste: Cal Hamilton.

Und warum auch nicht? Cal ist in dieser Gegend relativ fremd, er ist groß, kräftig und hat ein verschlagenes Lächeln. Ein Mörderlächeln? Außerdem steigt er den Frauen nach und schlägt womöglich sogar seine eigene, die man kaum zu Gesicht kriegt. Und am Samstagnachmittag, als das Mädchen verschwunden ist, war er nicht zu Hause. Und hatte nicht irgendjemand seinen Wagen in der Gegend bemerkt, wo sie zuletzt gesehen worden war? Und hatte er nicht Lianas Leiche gefunden? Und ich weiß nicht – er sieht aus wie jemand, der einem Mädchen in den Kopf schießen würde, findest du nicht?

Oder Joey Balfour? Er war bei Cal Hamilton, als sie die Leiche gefunden haben. Angeblich war er es, der über den verdächtigen Erdhügel gestolpert ist. Oder Greg Watt? Eigentlich auch egal. Die beiden sind ohnehin mehr oder weniger austauschbar. Zwei große, dumme Trottel, die im Laufe der Jahre mehr als genug Dummheiten begangen hatten. Zwar stammten sie beide aus ehrlichen, hart arbeitenden Familien, aber wie war das noch, als sie mutwillig die ganzen teuren ausländischen Wagen des hiesigen Händlers beschädigt haben? Und war Joey nicht vor Jahren mal in irgendeine Vergewaltigungsgeschichte verwickelt? Am Ende konnte man ihm lediglich Unzucht mit einer Minderjährigen nachweisen, und die Vorwürfe wurde fallen gelassen, nachdem das Mädchen weggezogen war, aber trotzdem…

Oder Avery Peterson? Der Physiklehrer mit seiner Vorliebe für junges Blut. Der halbe County weiß Bescheid, aber dafür kann man einen Mann nicht hängen. Meines Erachtens ist Gordon Lipsman viel verdächtiger. Er ist unheimlich und hat jahrelang nur mit seiner Mutter und lauter Katzen zusammengelebt. Gelten Katzen nicht als die Schüler des Teufels? Nicht zu vergessen Leonard Fromm, zurzeit der allseits geschätzte Direktor der Torrance High, aber in seiner Jugend ein weltberühmter Surfer, der sich ein wenig sonderbar benimmt, seit seine Frau mit ihrem Privat-Yogalehrer durchgebrannt ist. Dieser Yogalehrer war übrigens auch sehr seltsam.

Apropos seltsam – was ist mit Brian Hensen? Seit er seinen Vater erhängt in der Duschkabine gefunden hat, ist er nicht mehr ganz richtig im Kopf. Oder Victor Drummond. Vielleicht haben ihm seine Vampirfantasien nicht mehr gereicht. Und angeblich war Lianas Leiche doch das Blut abgelassen worden.

Und was ist mit ihrem Freund Peter Arlington? Ich habe gehört, sie hätten sich gestritten. Glaubt irgendjemand, dass er an dem Tag krank war? War er beim Arzt?

Und apropos Arzt: Was ist mit Dr. Crosbie? Der Mann macht offensichtlich irgendeine Midlifecrisis durch. Ich meine, jeder, der verrückt genug ist, seine süße kleine Frau wegen einer Aufziehpuppe wie Kerri Franklin zu verlassen, muss mindestens ein paar Schrauben locker haben. Und lockere Schrauben sind auf jeden Fall ein Problem des guten Doktors. Außerdem ist er noch ziemlich neu hier – er kommt aus New York State, Herrgott noch mal. Muss ich mehr sagen? –, und er hat für den Samstag kein Alibi. Behauptet, er hätte in seiner Praxis Papierkram erledigt. Kauft ihm das einer ab?

Und was ist mit dem alten Mr. Calhoun, dem jungen Mr. Frickey, dem nicht mehr ganz jungen Mr. Rodriguez? Was ist mit dem Bäcker, dem Metzger und dem Kerzenmacher? Was mit dem Mann, der an der Ecke steht, oder dem, der die Straße überquert? Jeder von ihnen könnte es sein.

Aber wer ist es?

Offenbar kann sich keiner den Verdächtigungen oder dem Klatsch entziehen. Und es ist wirklich aufschlussreich, wie dieser Klatsch ein Eigenleben entwickelt und seine eigene Realität erschafft. Interessant, wie etwas in eine Richtung losgehen und dann völlig woanders landen kann. Wie Liana Martin. Sie war auf dem Weg nach Hause und endete unter der Erde.

Deshalb waren die ganze Panik und die Gerüchte, als ein weiteres Mädchen vermisst wurde, vermutlich nicht völlig abwegig. Aber wenn ihr mich fragt – was natürlich niemand getan hat –, war es viel Lärm um nichts. Das vermisste Mädchen heißt Brenda Vinton und kommt aus Collier County, dem County direkt westlich von Broward County. Er umfasst ein Gebiet von exakt 5195 Quadratkilometern (und damit exakt 2038 mehr als Broward) und hat die stärksten Zuwachsraten in ganz Florida. Nach der jüngsten Erhebung hat die Bevölkerung von Collier County im letzten Jahrzehnt um 65 Prozent zugenommen. (So etwas verfolge ich aufmerksam.) Collier County ist berühmt für seine Zypressen, und da der größte Teil seiner Fläche in den Everglades liegt, hat sich die Besiedlung auf das Gebiet entlang der Westküste am Golf von Mexiko konzentriert. In Collier County leben außerdem noch circa zweitausend Indianer vom Stamm der Seminolen, obwohl man die wohl kaum in einer großen Stadt wie Naples antreffen wird, aus der Brenda Vinton stammt.

Sie ist ein hübsches, sechzehnjähriges Mädchen, deren Eltern sie vermisst gemeldet haben, nachdem sie am Samstag nicht vom Klavierunterricht nach Hause gekommen war. Sie war erst eine halbe Stunde überfällig, als sämtliche Alarmglocken losgingen. Die Leute in Naples waren nämlich ohnehin schon reichlich nervös, weil irgendein Perverser sich vor Kindern entblößt hatte und ein anderer Perverser – vielleicht war es auch derselbe, da war man sich nicht so ganz sicher – vor einer Woche versucht hatte, ein zehnjähriges Mädchen in seinen Wagen zu zerren, und nur von dem lauten Schreien des Mädchens in die Flucht geschlagen worden war. Zu alldem hatten die guten Bürger von Naples gerade von Liana Martins Tod erfahren, sodass sich verständlicherweise alle Sorgen machten, als Brenda Vinton nicht zur verabredeten Zeit nach Hause kam. Sofort wurde ein Suchtrupp organisiert, irgendjemand benachrichtigte die Medien, und ehe man sich versah, war der ganze Süden von Florida in heller Panik und fest davon überzeugt, es mit einem Serienmörder zu tun zu haben.

Was vermutlich auch stimmt.

Aber ich sehe mich nicht als Serienmörder. Eigentlich nicht. Serienmörder sind für mich Menschen mit einem fehlgeleiteten Gotteskomplex, die wahllos zuschlagen und in den Straßen nach Opfern suchen, die ahnungslos ihren kranken Fantasien entsprechen. Diese Menschen sind soziale Außenseiter, deren unkontrollierbare sexuelle Bedürfnisse letztendlich nur durch Töten befriedigt werden können. Sie hören erst auf zu morden, wenn sie gefasst werden.

So bin ich nicht.

Zunächst einmal schlage ich nicht wahllos zu, auch wenn mir bewusst ist, dass es vor allem jetzt im Anfangsstadium meines Werks (denn es *ist* ein Werk) manchem so vorkommen mag. Auch sind meine Opfer keineswegs willkürlich gewählt. Nein, ich habe einen sorgfältig durchdachten Plan. Und dazu gehörte auch Candy Abbot, obwohl sie dem Muster eigentlich nicht entspricht. Sie war gewissermaßen mein Testfall, ein bedauernswertes, aber notwendiges Opfer des

Krieges (denn es *ist* ein Krieg). Ich musste sehen, ob mein Plan praktikabel war, ob das Chloroform wirken würde, ob das Haus, in dem ich meine Opfer verstecken wollte, als Gefängnis so geeignet war, wie ich es mir vorgestellt hatte. Aber natürlich lerne ich auch durch Erfahrung. Einige Dinge müssen modifiziert werden – so muss ich zum Beispiel immer ein paar Flaschen Wasser vorrätig halten –, wie ich überhaupt Vorkehrungen für Notfälle treffen und mich auf Unerwartetes einstellen muss. Aber alles in allem war Candy Abbot eine positive Erfahrung, zumindest für mich. (Ich glaube nicht, dass sie das genauso sehen würde.) Ganz zu schweigen von dem notwendigen Selbstvertrauen, das sie mir gab, um die nächste Stufe meines Planes zu zünden.

Auftritt – und Abgang – Liana Martin.

Die Zeit, bevor ihre Leiche entdeckt wurde, war ziemlich stressig. Der Sheriff hatte sämtliche Beamte im Einsatz, und obwohl zusätzlich mehrere Suchtrupps unterwegs waren, fand man zunächst nichts, sodass es Überlegungen gab, die Suche auszuweiten und vielleicht sogar das FBI hinzuzuziehen, was mich verständlicherweise beunruhigte, weil ich fürchtete, man könnte mein kleines Versteck entdecken. Nicht, dass es ein großes Geheimnis wäre. Wie auch? Das Haus steht am Rand eines großen Felds und ist von der Straße aus deutlich zu sehen, wenn man genau hinguckt. Ich habe allerdings festgestellt, dass die Leute nicht besonders genau hingucken, nicht einmal, wenn sie etwas suchen. Und dieses Feld samt dem Haus liegt schon so lange verlassen, dass die Leute es nur noch als landschaftlichen Hintergrund wahrnehmen. Wie im Kino.

Trotzdem habe ich angefangen, mir Sorgen zu machen. Wenn Lianas Leiche nicht bald entdeckt worden wäre, hätte der Sheriff den Suchradius wirklich ausdehnen müssen, wäre unweigerlich auf das Feld mit dem Haus gestoßen, und das Spiel wäre aus gewesen. Zumindest vorübergehend. Ich hätte einen völlig neuen Plan entwerfen müssen und bezweifle überdies, dass ich noch einmal eine Lokalität gefunden hätte, die so perfekt geeignet ist. Ganz zu schweigen von der Zeit, die es gekostet hätte, meine Basis zu verlegen und das ganze Unternehmen neu zu starten. Nein, das wollte ich auf gar keinen Fall.

Deshalb habe ich, als die Suchtrupps loszogen, dezent ein paar kleine Hinweise fallen gelassen. Die Leute redeten wild durcheinander. Ein jeder meinte, einen besseren Vorschlag zu haben, wo man die Suche erfolgversprechend beginnen könnte, und nach einer Weile war nicht mehr zu ermitteln, wer was vorgeschlagen hatte, sodass ich sie unauffällig zu dem Feld lotsen konnte, auf dem ich Lianas Leiche begraben hatte. Nachdem wir erst einmal dort waren, bedurfte es nur noch eines kleinen Fingerzeigs, um den Trupp zu der Stelle zu lenken, wo sie – man höre und staune – tatsächlich lag.

Okay, ich gebe zu, das hat Spaß gemacht. Der Blick ängstlicher Erwartung in den Gesichtern der anderen, als der verdächtige Erdhügel entdeckt wurde. Ihre verzerrten Grimassen, als eine schlaffe Hand ausgegraben wurde, und zuletzt das Entsetzen, als Lianas Leiche aus dem Boden gezerrt wurde. Mein Gott, sie sah furchtbar aus. Zeit und Getier hatten ihre Arbeit fürwahr gründlich erledigt, und kein Gloss der Welt hätte den einst sinnlichen Lippen noch helfen können. Natürlich gab ich mich genauso geschockt und fassungslos wie alle anderen. Ich schlug die Hand vor den Mund und tat, als müsste ich mich übergeben, was mir bei dem Geruch von Erbrochenem in der Luft auch beinahe gelungen wäre. Seltsam, wie dieser Geruch ausreicht, um Übelkeit zu erzeugen. Jedenfalls habe ich ein halbes dutzend Mal tief durchgeatmet, wie meine Mutter es mir beigebracht hat, als ich klein war, und dann ging es wieder.

Wie heißt es noch? Mutter hat immer Recht.

Was wissen die schon? Was weiß irgendjemand?

Sie haben nicht mal gemerkt, dass ich da war.

Ich weiß jedenfalls, dass ich keinen fehlgeleiteten Gotteskomplex habe. Ich habe nicht das geringste Interesse, Gott zu spielen, herzlichen Dank. Und ich ziehe ganz bestimmt keinen perversen sexuellen Kick daraus, andere Menschen zu töten oder ihnen beim Sterben zuzusehen. Wie schon gesagt, ziehe ich die Spannung, das Spiel vor. (Denn es *ist* ein Spiel.)

Und das bringt mich zurück zu Brenda Vinton.

Brenda Vinton ist eins dieser nichtssagend schönen Mädchen, die man heutzutage überall sieht. Lange Haare, spitze kleine Nase, ausdruckslose Augen. Kaum zum Sterben schön, zumindest dem Foto nach zu urteilen, das ich auf einem der Flugblätter gesehen habe, die überall auftauchten, kaum dass sie verschwunden war. Aber vielleicht ist sie einfach nicht besonders fotogen. Manche Menschen sind so – in Wirklichkeit wunderschön, aber nicht auf Fotos. Dort wirken sie verlegen und gestelzt, ohne Persönlichkeit und Charakter.

Andererseits gibt es Menschen, die auch wohlwollend betrachtet nicht annähernd hübsch sind, aber auf Fotos hinreißend aussehen. Man sieht ein Bild von ihnen und denkt: Diese Person ist umwerfend. Und dann sieht man sie in natura, und sie haben überhaupt nichts Besonderes. Im Gegenteil, oft sind sie ziemlich gewöhnlich. Das gilt auf jeden Fall für viele Topmodels, deren strahlende Gesichter man auf den Titelseiten der Modezeitschriften sieht. Oberflächlich wirken sie atemberaubend, aber eigentlich sind sie nur hoch bezahlte Schablonen für die Vision eines anderen, eine leere Leinwand, die auf die richtige Mischung aus Farbe und Licht wartet. Es bedarf der Hand eines Fremden, um sie zum Leben zu erwecken.

Manchmal bringt die Hand eines Fremden natürlich auch den Tod.

Fragen Sie Liana Martin.

Aber wir reden jetzt von Brenda Vinton, und die hat eins dieser Gesichter, das vermutlich nicht besonders gut altern wird, wenn sie nach ihrer Mutter schlägt, die ich bei einer lächerlichen Pressekonferenz gesehen habe, bei der sie sich tränenreich bei allen Freiwilligen bedankte, die ihr Wochenende geopfert haben, um ihre geliebte Tochter zu suchen. Mrs. Vinton hat ein rundes, uninteressantes Gesicht, mit wulstigen Lippen und kleinen, tief liegenden Augen, in denen immer wieder Tränen schimmerten. In diesem Gesicht spiegelte sich Erleichterung, Wut und Verlegenheit und manchmal auch alles gleichzeitig. Hin und wieder sah sich Mrs. Vinton zu ihrem Exmann und seiner neuen Frau um, die jung genug aussah, um seine Tochter zu sein – eigentlich müsste er sich schämen –, und zog eine Grimasse, obwohl ich glaube, dass ihr das gar nicht bewusst war. Ich musste lachen. Die Leute verraten sich so leicht. Die kleinste Geste gibt sie preis.

Mit einem zerfetzten Taschentuch in der Hand stand Mrs. Vinton also auf den Stufen eines öffentlichen Gebäudes (wahrscheinlich der City Hall), bedankte sich bei Polizeieinheiten und Freiwilligen, warf verstohlene Blicke zu ihrem Mann und seiner jungen Frau und erklärte, wie leid ihr die ganze Aufregung täte, die ihre Tochter verursacht hatte. Auch Brenda bedauere es, wiederholte sie mehrfach und fügte hinzu, dass sie sich um professionelle Hilfe für sie kümmern wolle. Dabei warf sie einen letzten Blick auf ihren Mann, der seinen Zorn kaum hinter seinem angespannten Lächeln verbergen konnte, bevor die Pressekonferenz beendet und sie verschwunden war.

Während all dessen war Brenda selbstredend nirgends zu sehen. Sie habe sich zu sehr geschämt, erklärte ihre Mutter.

Das kaufe ich ihr nicht ab. Ich glaube, dass die kleine Brenda sich kein bisschen schämt. Schließlich hat sie bekommen, was sie vermutlich wollte, nämlich eine Pause von ihrer Mutter, die garantiert überbehütend ist, seit ihr Mann sie verlassen hat, dazu Aufmerksamkeit von ihrem Vater, der sie in letzter Zeit bestimmt vernachlässigt hatte, weil er mit seiner neuen Frau beschäftigt war. Ganz zu schweigen von den vierundzwanzig Stunden, in denen ihr Name auf allen Lippen, ihr Bild an jedem Telefonmast und in allen Fernsehnachrichten und ein Gedanke an sie in jedem Gebet war.

Und wo war die kleine Brenda, als all das passierte?

Sie hat sich in einem billigen Hotel in der Nähe versteckt, Cola getrunken, Chips gegessen und die Berichte über ihr Verschwinden im Fernsehen verfolgt. Sie hätte sich nichts Böses dabei gedacht, erklärte sie den Polizisten, nachdem das Zimmermädchen sie am Sonntagnachmittag entdeckt hatte. Sie hätte nicht vorgehabt wegzulaufen. Sie hätte auf keinen Fall geahnt, was für ein Aufsehen ihr Verschwinden machen würde. Es war eine spontane Idee. Sie war auf dem Weg von der Klavierstunde nach Hause und sollte noch für einen Test am Montag lernen, vor dem ihr graute, weil sie keins der Bücher gelesen hatte, deren Inhalt abgefragt wurde. Sie hatte Angst, dass sie eine Fünf schreiben und ihre Mutter sie schimpfen und nicht zum Killers-Konzert in Fort Lauderdale am nächsten Wochenende gehen lassen würde, obwohl sie für die Karte fünf Stunden angestanden und das ganze Geld ausgegeben hatte, das sie zu ihrem letzten Geburtstag bekommen hatte, um einen halbwegs vernünftigen Platz zu bekommen. Das wäre wirklich ungerecht, und überhaupt hasste sie es, minderjährig zu sein, und sie hasste die Schule, und vor allem hasste sie es, samstagmorgens zum Klavierunterricht zu gehen, während alle ihre Freundinnen ausschlafen durften. Deshalb hatte sie aus heiterem Himmel entschieden, nicht nach Hause zu gehen und für diesen blöden Test zu lernen, sondern war stattdessen zu irgendeinem Hotel gegangen, um dort ein paar Stunden abzuhängen. Als sie dann den Fernseher anschaltete, sah sie ihr Bild, hörte die Nachricht von ihrem Verschwinden und wusste nicht, was sie machen sollte. Und nein, sie kam auch nicht auf die Idee, dass ihre Mutter völlig außer sich sein könnte. Wie konnte sie ahnen, dass ein paar Stunden Verspätung einen derartigen Aufruhr verursachen und die ganze Stadt nach ihr suchen würde? Ja, natürlich hatte sie von dem armen Mädchen in Torrance gehört, das umgebracht worden war, aber das war doch in einer ganz anderen Ecke Floridas passiert. Warum also sollte irgendjemand auf den Gedanken kommen, dass das eine etwas mit dem anderen zu tun hatte? Es tat ihr leid, okay?

Nein, es ist nicht okay. Und ich würde Brenda Vinton verdammt gern einen Besuch abstatten und ihr zeigen, was mit dummen kleinen Gören passiert, die grundlos falschen Alarm geben. Aber wahrscheinlich passt ihre Mutter jetzt auf wie ein Habicht, deshalb wäre es viel zu riskant. Außerdem würde ich mit der ganzen Fahrerei noch mehr Zeit vergeuden, wo mich das dumme Mädchen schon genug Zeit gekostet hat. Ihretwegen muss ich die nächste Phase meines Plans verschieben. Im Moment sind die Leute viel zu hektisch, überall Alarmstufe rot. Der Bürgermeister ist auf dem Kriegspfad. Ein paar Großstadtreporter haben angefangen herumzuschnüffeln. Allenthalben sehen die Menschen sich misstrauisch um, spähen in die Fenster von Autos, die sie nicht kennen, holen ihre Kinder von der Schule ab. Ich beobachte sie, wenn sie sich unbeobachtet wähnen, höre zu, wenn sie reden. Ich verstehe ihre Gefühle. Schließlich bin ich einer von ihnen.

Glauben sie jedenfalls.

Deshalb verstehe ich, dass es zu diesem Zeitpunkt tollkühn wäre weiterzumachen, dass es vielmehr klug ist, wenigstens ein paar Wochen zu warten, bis die Leute wieder ein bisschen nachlässiger geworden und die Reporter wieder in ihre Großstadtredaktionen zurückkehrt sind. So lange jedenfalls, bis der Bürgermeister aufgehört hat, Politik für die Kameras zu machen und der Sheriff und seine Deputies wieder zu ihrem Alltag zurückgekehrt sind und Strafzettel ausschreiben oder auf die Einhaltung der Lärmschutzbestimmungen achten.

Außerdem gibt es keinen Grund zur Eile, denn ich habe das nächste Mädchen schon ausgewählt, obwohl ich mich lieber an meinen ursprünglichen Zeitplan gehalten hätte. Aber man muss wie gesagt auf das Unerwartete vorbereitet sein, auf den Deus ex Machina, wie ungerecht das auch sein mag.

Positiv betrachtet habe ich so mehr Zeit, mich darauf zu freuen, was kommt. Und das ist mir, wie gesagt, sowieso das Liebste.

Wenn ich mit den guten Bürgern von Torrance fertig bin, mache ich vielleicht eine Spazierfahrt und statte Brenda Vinton einen kleinen Besuch ab. Mal sehen. Das zu entscheiden, bleibt noch reichlich Zeit.

12

»Okay Leute, wir haben nicht viel Zeit«, verkündete Mr. Lipsman und wedelte mit den Händen in der Luft, als wäre er in einen Schwarm aufgebrachter Bienen geraten. Er sah sich in der dreihundert Zuschauer fassenden Aula um und winkte ein Dutzend Jugendliche, die sich an der Rückwand des großen Raumes herumdrückten, nach vorn zu den etwa fünfzig Schülern, die sich in den ersten beiden Reihen versammelt hatten.

Megan betrachtete seinen Auftritt von ihrem Platz in der zweiten Reihe ganz links. Sie hatte gehört, dass Mr. Lipsman einmal Ambitionen gehabt hatte, selbst Schauspieler zu werden, seine Mutter diesen frivolen Berufswunsch jedoch abgelehnt hatte, weshalb er seinen Traum nicht weiterverfolgt hatte. Aber als Megan seine übertriebenen Gesten und theatralischen Seufzer beobachtete, fand sie, dass er seine Berufung verfehlt hatte. Es war eine Schande, dachte sie und hätte beinahe Mitleid mit ihm gehabt – nur beinahe, denn er war ein derartiger Blödmann, dass es einem schwerfiel, für längere Zeit Mitgefühl mit ihm zu haben. Aber sie stellte es sich trotzdem schrecklich vor, sein Leben mit etwas zu verbringen, was bestenfalls zweite Wahl war, während man zusehen musste, wie andere, häufig weniger Talentierte sich den Mantel überwarfen, der für einen selbst hätte bestimmt sein können, wenn man nur den Mut gehabt hätte, seiner Überzeugung zu folgen, die Entschlossenheit, seinen Traum zu leben. Und die Kraft, sich seiner Mutter entgegenzustellen, fügte sie hinzu, schüttelte ihr langes braunes Haar resolut über ihre Schultern und drehte sich auf ihrem Sitz um, als eine Gruppe von Schülern aus den höheren Klassen langsam den Mittelgang hinunter zur Bühne trödelte.

Greg Watts war nicht dabei.

Megan unterdrückte einen Seufzer der Enttäuschung. Sie hatte gehofft, dass Greg doch zu dem Vorsingen kommen würde, trotz der Gerüchte, sein Vater hätte es ihm verboten, weil sein Sohn aufhören müsste, seine Zeit mit solchem »Mädchenkram« zu vergeuden. Sie hatte gehört, wie Joey Balfour das am Morgen ein paar Jungs berichtet hatte. Was war überhaupt mit all den Eltern los? Waren sie alle so jämmerlich mit sich selbst beschäftigt? Natürlich machten sie immer ein großes Getue darum, wie sehr das Glück ihrer Kinder ihnen am Herzen lag, aber wenn das Hauen und Stechen losging – und es waren immer die Eltern, die damit anfingen, Kinder schlugen nur zurück, wenn sie in die Enge getrieben wurden –, war es einzig und allein ihr eigenes Glück, das wirklich zählte. Mrs. Lipsman hatte nicht gewollt, dass ihr Sohn Schauspieler wurde, also hatte er sein Talent und seine Ambitionen hintangestellt und sich mit der Rolle des Theaterlehrers an einer Highschool begnügt. Mr. Watt missbilligte die künstlerischen Interessen seines Sohnes und verlangte, dass Greg im Familienbetrieb mithalf. Und *ihre* Mutter hatte entschieden, dass sie nach Rochester zurückkehren wollte, und war selbstverständlich davon ausgegangen, dass ihr Sohn und ihre Tochter sich diesem Wunsch automatisch fügen würden. Nun, Megan hatte nicht vor, in diesem Punkt nachzugeben. Sie würde nicht aus Florida wegziehen, hatte sie am Wochenende entschieden. Und dabei spielte es keine Rolle, dass sie ursprünglich gar nicht hatte herkommen wollen und ihre alten Freundinnen vermisste. Auch nicht, dass Liana Martin ermordet worden war.

»Hier ist es nicht sicher«, hatte ihre Mutter argumentiert.

»Sicherer als in New York«, hatte sie zurückgegeben.

Als dann ein weiteres Mädchen vermisst wurde, war ihre Mutter regelrecht außer sich. Liana wäre noch nicht einmal beerdigt, hatte sie getobt, und schon sei ein zweites Mädchen verschwunden. Vielleicht sogar ein drittes, wenn man den Gerüchten glaubte. Aber Brenda Vinton war, wie sich herausstellte, überhaupt nicht entführt worden, und deshalb waren auch all die hysterischen Tiraden ihrer Mutter über einen Serienmörder, der jungen Mädchen auflauerte, reine Spekulation. Statistisch gesehen war es viel wahrscheinlicher, dass Liana Martin von einem Bekannten ermordet worden war als von einen umherstreifenden Psychopathen. Deshalb würde sie auf gar keinen Fall nach Rochester zurückgehen, hatte Megan erklärt. Tatsächlich ging es um etwas anderes, das hatte sie längst begriffen. Der wahre Grund, warum ihre Mutter Torrance verlassen wollte, hatte nichts mit Serienmördern, sondern einzig und allein mit untreuen Ehemännern zu tun. Konnte sie ihr das verdenken?

Megan blickte zum Ende des Ganges, wo Delilah Franklin sich in einen der weichen roten Samtsitze zwängte und darauf wartete, dass Mr. Lipsman weitermachte. Von dem Mädchen ging etwas Ödes aus, sie verdarb allen den Spaß. Warum musste sie überall sein, wo sie auch war, fragte Megan sich, obwohl sie wusste, dass das ungerecht war. Das arme Mädchen konnte selbstverständlich machen, was sie wollte, und offensichtlich wollte sie in dem Schul-Musical mitspielen. Der Abstand, den die anderen Schüler hielten – die Sitze direkt neben und hinter ihr waren beschämend leer geblieben –, zeigte, dass niemand darüber hocherfreut war. Und Megan konnte sich ehrlich gesagt auch nicht vorstellen, welche Rolle für Delilah geeignet wäre. Man konnte nur hoffen, dass Mr. Lipsman das genauso sah und ihr irgendeine undankbare Aufgabe zuteilte wie Kulissen malen oder Kostüme nähen. Hatte sie das im letzten Jahr nicht auch gemacht?

Das Ganze war sowieso eine bescheuerte Idee, dachte

Megan, als Mr. Lipsman begann, die Textbücher zu verteilen. Sie hätte nicht kommen sollen. Sie hatte überhaupt kein Interesse an der Aufführung, selbst wenn sie die Hauptrolle bekommen sollte.

Zunächst hatte alles darauf hingedeutet, dass die Produktion abgesagt werden würde. Nach dem Tod von Mr. Lipsmans Mutter war sie schon einmal verschoben worden, und nach der Entdeckung von Lianas Leiche hatte der Direktor überlegt, ganz darauf zu verzichten. Aber Mr. Lipsman hatte eine beeindruckende Rede gehalten, dass die Hoffnung über die Verzweiflung siegen müsse, und behauptet, das Musical würde die Schüler von ihrer Trauer und Furcht ablenken, und so weiter und so weiter, letztendlich nichts Anderes als der verklausulierte Appell: »Die Show muss weitergehen.«

»Lasst uns *Kiss me, Kate* zu Ehren von Liana Martin aufführen«, hatte der Direktor daraufhin über Lautsprecher verkündet und alle Schüler ermutigt, sich in irgendeiner Form an dem Musical zu beteiligen, sei es auf der Bühne oder hinter den Kulissen.

»Das ist für die Schüler viel besser als Trauerberatung«, hörte man Mr. Lipsman sagen, obwohl Letztere ebenfalls angeboten wurde.

Megan verstand nicht, wie die Aufführung von *Kiss Me, Kate* etwas zum Andenken von Liana Martin beitragen sollte, und ging trotz der Ermutigung ihrer Mutter nicht zu der Psychologin, die für persönliche Gespräche zur Trauerbewältigung bereitstand. Sie hatte kein Interesse daran, mit einer wildfremden Frau über Lianas Tod zu sprechen. Ebenso wenig mochte sie mit irgendjemandem, den sie kannte, über den Mord sprechen, vor allem nicht mit ihrer Mutter, die Megan bedrängte, bis ihr schwindelig wurde und sie schreien wollte. »Ich bin für dich da, wenn du darüber reden möchtest«, sagte ihre Mutter.

Aber mit Schweigen hatte sich Megan schon immer wohler gefühlt. Im Gegensatz zu den meisten Mädchen ihres Alters behielt sie ihre Gedanken lieber für sich. Wenn man seine Gefühle nicht laut ausposaunte, musste man sie später nicht verleugnen. Die Anonymität des Internets war ihr auf jeden Fall lieber, weil sie ihre Ängste dort mit anderen teilen konnte, ohne sich zu offenbaren. Und ganz sicher ging es vielen anderen ebenso.

Ist das nicht furchtbar, schrieb einer, *was mit Liana passiert ist?*

Das arme Mädchen, klagte ein anderer. *Das arme, arme Mädchen.*

Und eine Dritte: *Mein Herz ist gebrochen. Meine Seele blutet. Das ist wirklich das Ende der Welt.*

Es gab natürlich auch Beiträge völlig anderer Art:

Sie war ein Flittchen.

Wen schert es einen Dreck?

Sie hat bekommen, was sie verdiente.

Die Absender dieser Schmähungen würden bestimmt ermittelt werden, obwohl das wahrscheinlich auch nicht weiterhelfen würde. Megan vermutete, dass jemand, der clever genug war, am helllichten Tag einen Menschen zu entführen, zu ermorden und die Leiche zu entsorgen, ohne erwischt zu werden, nicht so blöd sein würde, derart offensichtliche Indizien zu hinterlassen. Sheriff Weber und seine Deputies hatten die ganze Stadt befragt, manche Leute sogar mehrmals, und bisher noch keine konkrete Spur gefunden. Abgesehen von Lianas Leiche natürlich, die der Gerichtsmediziner immer noch nicht freigegeben hatte. Angeblich sollte im Laufe der Woche die Beerdigung oder zumindest ein Gedenkgottesdienst stattfinden. Megan wollte nicht hingehen, aber wie konnte sie sich darum drücken?

Sie fragte sich, ob Lianas Mörder auch da sein würde. Würde er wie alle anderen Trauernden den Kopf zum Gebet senken und der verzweifelten Familie tröstende Worte zuflüstern? Würde er in der Nähe des Grabs stehen und zusehen, wie Lianas Leiche ein weiteres Mal in die Erde gelassen wurde? Würde er gar neben ihr stehen und ihre Schulter streifen?

Megan schüttelte den Kopf, um den unangenehmen Gedanken zu vertreiben. Sie drehte sich um und hoffte, dass Greg Watts sich hereingeschlichen hatte und das Geschehen aus der letzten Reihe beobachtete, die Hände locker an den Hüften und ein Grinsen auf den Lippen. Aber die drei Türen der Aula waren geschlossen, und Greg war nirgends zu sehen. Offenbar waren alle Kandidaten für das Vorsingen bereits da. Widerwillig wandte sie den Blick wieder zur Bühne.

Für die vielen Menschen hier ging es erstaunlich gedämpft zu. Alle wirkten leicht geschockt. In der ersten Reihe hockten Ginger Perchak und Tanya McGovern nebeneinander und beschäftigten sich nervös mit ihren Textbüchern. Eine Reihe dahinter saß Amber Weber und memorierte, stumm die Lippen bewegend, ihren Text. Ein Stück weiter links streckte Brian Hensen den Arm nach einem Textbuch von Mr. Lipsman aus. Dahinter saß Peter Arlington, die Arme um die Brust geschlungen, und starrte grimmig zu Boden. Victor Drummond und seine gespenstische Freundin Nancy mit den Waschbäraugen und den seltsamen Piercings waren ebenfalls da, dazu weitere Schüler, die Megan nur vom Sehen kannte. Sogar Joey Balfour machte mit, obwohl er vorher erklärt hatte, dass er nur kommen wollte, weil Schauspielerinnen bekanntlich hemmungslos und sexbesessen waren. »Und wegen Liana natürlich«, fügte er hinzu, und alle mussten unwillkürlich lachen. Doch so wie ihn einige der Mädchen aus der neunten Klasse jetzt ansahen, hatte er vielleicht sogar Recht, dachte Megan und fragte sich, ob sie Greg Watts auch so angaffte.

Plötzlich fiel ein Textbuch in ihren Schoß. »Schau dir bitte den Part der Kate an«, erklärte Mr. Lipsman salbungsvoll irgendwo über ihr, schlug das Textbuch an der entsprechenden Stelle auf und berührte dabei ihre Hand. Megan zog sie eilig zurück und rieb die Finger an ihrer Jeans ab. Mr. Lipsman blieb neben ihr stehen und zwinkerte ihr, als sie den Blick hob, neckisch zu.

»Mr. Lipsman«, rief Delilah von ihrem Platz am Ende der ersten Reihe. »Sie haben mich vergessen.«

Ohne sich zu ihr umzudrehen, machte Mr. Lipsman weiter und zwinkerte Megan noch einmal zu, als wollte er ihr sagen, dass er Delilah nicht ausstehen konnte und sie nicht zum engeren Kreis der Schauspieler rechnete.

Megan empfand eine unerwartete Welle des Mitgefühls für Delilah, als das unansehnliche Mädchen sich von ihrem Platz erhob. Aus dem Mitgefühl wurde offene Empörung, als sie beobachtete, wie Delilah über einen Fuß stolperte, der plötzlich in ihrem Weg aufgetaucht war, und auf dem Schoß mehrerer entsetzter Mitschüler landete.

»Was zum Teufel ...«

»Tut mir leid«, entschuldigte Delilah sich hastig.

»Sitzt du bequem?«

»Los, runter!«

»Tut mir wirklich leid.«

»Schwerer Fall, was?«

»*Los, runter*!«

Delilah rappelte sich hoch und strich den langen schwarzen Bauernrock über ihren Hüften glatt. An jeder anderen hätte er schick ausgesehen, an Delilah wirkte er wie ein zusammengesacktes Zelt.

»Ich sehe Schotten«, begann Joey Balfour zu knödeln, »ich sehe Franzosen, ich sehe Big D.'s Unterhosen. Aber halt, was sage ich? Sie hat ja gar keine an.«

»Igitt«, sagte irgendjemand, und alle lachten.

»Eklig«, sagte ein anderer.

Megan erwartete, dass Mr. Lipsman den Gemeinheiten Einhalt gebot, aber er verteilte weiter Textbücher, als würde er gar nichts bemerken.

»Ich habe kein Buch bekommen«, beschwerte sich Delilah einfältig mit ihrer Klein-Mädchen-Stimme.

»Nun, ich fürchte, das war das letzte. Dann musst du wohl bei irgendjemandem mit reinschauen.« Mr. Lipsman ließ seinen Blick auf der Suche nach einem Freiwilligen über die Reihen schweifen.

Niemand meldete sich.

»Sie kann bei mir mit reingucken«, sagte Megan nach einer Weile und sah, wie Delilahs Gesicht dankbar aufleuchtete.

Gleichzeitig beobachtete sie, wie sich die Mienen von Ginger Perchak und Tanya McGovern verfinsterten. Sie fragte sich, was sie eigentlich tat, während Delilah linkisch zu ihrem Platz kam. Jetzt würden sie den Platz tauschen müssen, obwohl sie sich auf ihrem absolut wohl gefühlt hatte. Und Ginger und Tanya würden nicht mehr mit ihr sprechen. Sie hätte sich gleich zu den anderen setzen sollen, anstatt sich abseits einen Platz zu suchen für den Fall, dass Greg doch auftauchen würde.

An alldem war nur ihre Mutter schuld, entschied sie, als sie für Delilah Platz machte. Ihre Mutter sagte immer, dass man nett zu anderen Leuten sein müsse. Die Goldene Regel. *Was du nicht willst, dass man dir tut, das füg auch keinem anderen zu.*

Das hätte irgendjemand Lianas Mörder sagen sollen.

»Danke«, hauchte Delilah und ließ sich nieder. Ihre Hüften quollen aus dem engen Sitz und drängten sich gegen Megans. »Welchen Part soll ich mir ansehen, Mr. Lipsman?«

»Guck dir den Chor an«, sagte der.

»Den ganzen Chor?«, fragte Joey Balfour unter weiterem Gelächter.

Megan hätte fast auch gelacht, beherrschte sich aber, als sie spürte, wie Delilah neben ihr erstarrte.

»Schon gut. Das reicht jetzt wirklich«, sagte Mr. Lipsman in einem verspäteten Versuch des Tadels. »Kennt irgendjemand das Stück?«

Megan hob die linke Hand. »Ich habe es vor ein paar Jahren am Broadway gesehen.«

»Sie hat es am Broadway gesehen«, äffte Joey sie nach, und Megan sah Ginger grinsen.

Was war mit ihr los, dachte sie. Warum konnte sie den Mund nicht halten?

»Ich hab noch nie ein Broadway-Musical gesehen«, flüsterte Delilah lächelnd, als wären sie richtige Freundinnen.

Gott, ich will hier raus, betete Megan.

»Wer von euch wusste, dass dieses Musical auf einer Komödie von Shakespeare basiert?«, fuhr Mr. Lipsman fort. »Und wer kann mir sagen, wie sie heißt? Megan?«

Megan schüttelte den Kopf, obwohl sie die Antwort wusste. *Der Widerspenstigen Zähmung*, erwiderte sie im Kopf, während Mr. Lipsman die Worte laut aussprach. Er fuhr fort, die Handlung und die Unterschiede zwischen dem Musical und dem Original zu erklären. Er erklärte, dass er zunächst jeden ein Stück lesen hören wollte, um seine Auswahl einzuschränken, bevor es zum Ende der Woche hin das eigentliche Vorsingen geben würde. »Ginger«, sagte er. »Warum fängst du nicht an. Die Rolle der Kate.« Ginger stand auf und stieg die paar Stufen zur Bühne hoch. »Und warum probierst du nicht mal den Petruchio, Brian?«

»Ich dachte, das wäre meine Rolle«, dröhnte eine Stimme aus der hintersten Reihe.

Alle wandten den Kopf in die Richtung, bis auf Megan, die ihren gesenkt hielt und den Blick auf das Textbuch in ihrem Schoß richtete. Sie musste sich nicht umdrehen, um zu wissen, dass Greg gekommen war, und wenn sie es tat, würde ihr Gesicht sie auf der Stelle verraten. Sie atmete ein paar Mal tief durch, um ihren unvermittelt wilden Herzschlag zu beruhigen.

»Alles in Ordnung?«, fragte Delilah neben ihr und klang wie Megans Mutter.

»Alles bestens«, zischte Megan. »Warum auch nicht?«

»Du bist auf einmal ganz rot im Gesicht.«

Hatte sie schon immer so laut gesprochen? »Mir geht es

gut«, versicherte Megan noch einmal, als Greg an ihr vorbeiging und in der ersten Reihe neben Tanya stehen blieb. »Ist hier besetzt?« Tanya lächelte, als Greg sich auf Gingers eben frei gewordenen Platz setzte.

Megan gab sich gleichgültig, als Greg seine langen muskulösen Beine ausstreckte. Ohne Delilah und im weiteren Sinne auch ohne ihre Mutter – denn es war ihre bescheuerte Ermahnung zur Nächstenliebe – wäre der Platz neben ihr frei gewesen, und vielleicht hätte Greg sich dann neben sie gesetzt.

Sie spürte den Atem von Delilah an ihrem Ohr wie eine Katze, die an ihren nackten Beinen entlangstrich. »Er ist so ein Arschloch«, flüsterte Delilah. »Ich hasse ihn. Du nicht?«

»Nein. Warum sollte ich ihn hassen?«, fragte Megan einen Tick zu laut zurück, sodass Greg sich zu ihr umdrehte, als wüsste er, dass sie über ihn geredet hatten. Megan spürte, wie sie rot wurde und ihr Schweiß auf die Stirn trat.

»Alles in Ordnung?«, fragte Delilah wieder.

Megan schloss die Augen. Wenn sie mich das noch mal fragt, bringe ich sie um, dachte sie und richtete ihre ganze Aufmerksamkeit auf die Bühne, wo Ginger und Brian ihren Text herunterleierten und nach ein paar Anweisungen von Mr. Lipsman noch einmal wiederholten.

»Danke«, sagte Mr. Lipsman, als sie fertig waren und bat sie, wieder Platz zu nehmen und noch zu bleiben. »Tanya und …« Sein Blick schweifte durch den Raum.

Nicht Greg, betete Megan stumm, obwohl er die logische Wahl gewesen wäre. Bitte nicht Greg.

»… Peter«, beendete Mr. Lipsman den Satz. »Ich würde euch gerne zusammen hören. Und Greg«, fuhr er unerwartet fort, sodass Megan den Atem anhielt. »In etwa zehn Minuten will ich dich und Megan sehen. Da du augenscheinlich kein Textbuch hast, könntest du vielleicht mit ihr zusammen hinten den Text durchgehen, bis ich euch aufrufe.«

Greg war sofort auf den Beinen. »Kommst du?«, fragte er Megan, als er an ihr vorbeikam, und ging weiter zur letzten Reihe der Aula, ohne sich umzusehen.

Unbeholfen stieg Megan über Delilahs Beine hinweg. »Mein Beileid«, hörte sie Delilah sagen, als sie Greg eilig den Gang hinauffolgte. »Mr. Lipsman, jetzt habe ich kein Textbuch mehr.«

Als sie sich Greg näherte, verlangsamte sie ihre Schritte. Er hatte ihr nach wie vor den Rücken zugewandt. Ihr war leicht schwummrig, und sie fühlte sich unsicher auf den Beinen, als ob der leichteste Luftzug sie ins Stolpern bringen könnte. Sei nicht albern, sagte sie sich und stützte sich auf die Lehne des nächsten Sitzes. So süß war er eigentlich gar nicht. Wenn man ihn so ansah, war er eher ein großer grober Klotz. Wahrscheinlich hat er keinen Funken Verstand. Aber es war nicht sein Verstand, der ihre Blicke anzog, sondern sein Hintern in den engen Jeans.

»Ist hier okay?«, fragte er, wies auf die letzte Reihe und ließ sich auf einen Platz sinken, bevor sie antworten konnte.

»Ja, super«, sagte sie trotzdem, setzte sich neben ihn und schlug das Textbuch auf der entsprechenden Seite auf. Bis jetzt hatte keiner den anderen angesehen.

»Könntest du das ein bisschen näher ranhalten?«, fragte er.

Megan nahm das Textbuch in die andere Hand. »Ich glaube, das ist der Teil, den wir lesen sollen.«

»Ach ja?«

»Das haben jedenfalls die anderen gelesen.«

Greg beugte sich vor und überflog den Text, bevor sein Interesse erlahmte und er sie ganz unverhohlen ansah. Genauer gesagt, anstarrte. Verdammt, dachte sie. Ich hätte mich auf die andere Seite setzen sollen. Mein linkes Profil ist so viel ansehnlicher als mein rechtes, verdammt, verdammt, verdammt.

»Du bist also, Kate, ja?«, fragte er verführerisch.

»Sieht so aus.« Megan stellte erleichtert fest, dass ihre Stimme überraschend fest klang.

»Tja, *sieht so aus*«, wiederholte er und klang genau wie David Caruso in *CSI: Miami.* »Nun, dann soll ich dich wohl zähmen.«

Megan spürte, dass sie puterrot anlief. Aber anstatt den Blick in ihrem Textbuch zu versenken, legte sie kokett den Kopf zur Seite und sah ihm direkt in die dunkelbraunen Augen. »Wirklich?«, hörte sie sich fragen. »Glaubst du, dass du das schaffst?«

Er zögerte kurz. Die braunen Augen funkelten. »Bis jetzt habe ich es noch immer geschafft.«

Was sollte sie jetzt sagen, fragte Megan sich. Sie zitierte Zeilen aus einem Drehbuch, das sie noch nicht gelesen hatte. Hatte sie ihm schon erklärt, dass das Ganze neu für sie war? Dass sie noch immer Jungfrau war, Herrgott noch mal? Dass es in Rochester zwar einen Jungen gegeben hatte, den sie süß fand, aber dass sie weggezogen war, bevor ihre Fummeleien auf dem Rücksitz seines Wagens besonders weit hatten führen können? Dass sie Greg unerträglich attraktiv fand und ihre Mutter schon einen Anfall kriegen würde, wenn sie sich ihre Tochter nur mit ihm zusammen vorstellen müsste, was ihn natürlich umso anziehender machte? Was war mit ihr los?

»Hast du Samstagabend was vor?«, fragte er.

»Was?« Hatte sie ihn richtig verstanden?

»Ein paar von uns haben sich überlegt, sich zu treffen. Zu einer Art Totenwache für Liana.«

»Eine Totenwache?«

»Sozusagen.«

Lud er sie ein? War *eine Art Totenwache* eine Verabredung? »Ich hab nichts vor.«

»Gut.« Er beugte sich vor, klappte das Textbuch zu, fasste ihre Hand und begann abwesend an ihren Fingerspitzen zu lutschen.

Megan spürte einen Stromstoß durch ihren ganzen Körper schießen und zog ihre Hand hastig weg. »Wollen wir nicht unseren Text lernen?«

»Nöö«, sagte er, lehnte den Kopf an die Lehne und schloss die Augen. »Das ist eh geritzt.«

13

»Es ist hinten durch«, sagte Rita. »An dem Budweiser-Schild hinter der Bar rechts.«

»Meinst du nicht, wir sollten einfach verschwinden?« Sandy sah auf die Uhr und zwängte sich aus der engen Nische. »Die kommen offensichtlich nicht mehr.«

»Was redest du?«

»Sie sind schon zehn Minuten zu spät. Sie kommen nicht.«

»Sie sind erst fünf Minuten zu spät. Die kommen noch. Du hast doch gesehen, was auf der I-95 los war. Es ist Samstagabend, Himmel noch mal.«

»Auf der I-95 ist immer viel los. Das hätten sie einrechnen müssen. *Wir* haben es ja auch getan.«

»Okay, sie sind also keine Pfadfinder. Und jetzt geh dir die Nase pudern, ja? Wenn du zurückkommst, sind sie garantiert hier.«

»Und wenn nicht?«

»Dann bestellen wir uns was zu trinken, warten noch eine Viertelstunde und fahren zurück nach Torrance«, schlug Rita vor.

Sandy nickte. »Bestell mir einen Green Apple Martini.« Sie ging zur Toilette im hinteren Teil des beliebten Single-Lokals am Ozean und fragte sich, warum diese Läden alle gleich aussahen. Und dabei spielte es keine Rolle, ob man in Rochester, Torrance oder in Fort Lauderdale auf einer belebten Innenstadtstraße oder umgeben von einem weißen Sandstrand war. Eine Bar war eine Bar war eine Bar, um Getrude Stein zu paraphrasieren. Es gab laute Musik, schummrige Beleuchtung, Neonreklamen und Alkohol, und es gab einen Haufen einsamer Männer und Frauen, die so taten, als wären sie es nicht. Rastlose Männer, die ihre langweiligen Ehefrauen betrogen, gelangweilte Ehefrauen, die ein wenig fremde Aufmerksamkeit suchten, Geschiedene auf der Jagd nach ihrer zukünftigen Ex, Teenager, die sich als alt genug zum Alkoholkonsum ausgaben, und Vierzigjährige, die sich wie Backfische gebärdeten. Die Männer wollten verführen, die Frauen sich verlieben. Wie ging noch die Redensart? Die Männer lockten mit Liebe, um Sex zu kriegen, und die Frauen lockten mit Sex, um Liebe zu bekommen? So ähnlich. Sandy war zu müde, um sich genau daran zu erinnern. Es war auch egal. Die schlichte Wahrheit war, dass einige Menschen heute Abend glücklich nach Hause gehen würden, und einige nicht. Und dann gab es noch die, die gar nicht hätten ausgehen sollen.

Leute wie sie selbst.

Was machte sie überhaupt hier?

Hatte sie sich nicht zunächst geweigert, Rita nach Fort Lauderdale zu begleiten? Hatte sie nicht erklärt, dass sie kein Interesse hätte, irgendeinen Mann kennen zu lernen, egal wie nett er laut Ritas Verabredung auch sein mochte, denn Ritas Verabredung war schließlich auch nur irgendein Typ, den sie über eine Kontaktbörse im Internet kennen gelernt hatte und heute zum ersten Mal traf? Wenn er ein Fiesling war, standen die Chancen gut, dass sein Freund ebenfalls ein Fiesling war, und auf einen weiteren Fiesling in ihrem Leben konnte Sandy getrost verzichten. Hatte sie Rita nicht gesagt, dass es ihrer Ansicht nach keine gute Idee war, so weit zu fahren, wenn ein Mörder frei herumlief und sie zu Hause auf ihre Kinder aufpassen sollten?

Gut, so weit war es bis Fort Lauderdale nun auch wieder nicht. Und ihre Kinder wollten zudem gar nicht, dass sie auf sie aufpassten. Ihre Kinder schoben sie förmlich aus der Tür. Wenn man zu sehr um sie herumgluckte, wurden sie noch nervöser, als sie es ohnehin schon waren, zumindest sagten sie das. Außerdem wollten sie heute Abend sowieso zu der Totenwache gehen, die einige der Jugendlichen für Liana organisiert hatten und zu der Eltern definitiv nicht eingeladen waren. Gott sei Dank, dachte Sandy. Der Gedenkgottesdienst am Mittwoch war schon anstrengend genug gewesen, und Sandy bekam sowohl in der Schule als auch zu Hause mit, wie Lianas grausamer Tod verarbeitet werden musste. Das ganze Ausagieren der Gefühle: Wut, Tränen, Frustration. Ohnmacht, die sich als Rastlosigkeit verkleidete. Eigensinnigkeit, die sich in Lärm Luft machte. So viel Lärm.

Sandy wusste, dass es egoistisch war, aber sie hatte genug von all der Teenager-Angst. Sie hatte genug eigene Ängste und keine Antworten auf ihre Fragen. Sie wusste nicht, warum so etwas geschah und ob oder wann es wieder geschehen könnte. Sie wusste gar nichts. Sie wusste nur, dass sie eine Pause brauchte, eine Auszeit von Trauer und Angst, selbst wenn sie dafür an den Atlantischen Ozean fahren musste. Außerdem hatten sie und Rita nicht vor, die ganze Nacht wegzubleiben. Sie wollten vor Mitternacht wieder in Torrance sein, wenn auch Megan und Tim spätestens zu Hause sein sollten. Es gab also keinen Grund zur Sorge oder einem schlechten Gewissen.

Aber Sandy *machte* sich Sorgen und hatte ein verdammt schlechtes Gewissen. Noch am späten Nachmittag hatte sie Rita angerufen, um ihr zu sagen, dass sie doch nicht mit nach Fort Lauderdale kommen würde. Und dann hatte Ian sich gemeldet und vorgeschlagen, dass sie sich in der nächsten Woche treffen und in Ruhe reden sollten. Worauf sie (erneut – wie blöd konnte man nur sein?) angenommen hatte, dass er endlich zur Vernunft gekommen war, erkannt hatte, was für ein Idiot er gewesen war (*sie* war der Idiot) und mit ihr über seine Rückkehr sprechen wollte. Sie legte sich im Kopf bereits ihre wohlgesetzten Worte zurecht – er hätte sie sehr verletzt, und sie könnten natürlich nicht einfach zu dem Leben zurückkehren, das sie vorher geführt hatten, weil es offensichtlich eine Reihe von wichtigen Fragen gab, mit denen sie sich auseinandersetzen mussten, weshalb eine Partnerberatung bestimmt hilfreich wäre. Doch in dem Moment fügte er hinzu, er hoffte auf eine möglichst gütliche Scheidung (gab es im gesamten Universum einen *größeren* Idioten als sie?), worauf sie wortlos aufgelegt hatte. Dann hatte sie Rita zurückgerufen und erklärt, dass sie es sich anders überlegt hatte, und hier standen sie nun, in der neuesten, angesagtesten Bar von Fort Lauderdale, wo sich der Geruch von Bier und Whiskey mit dem von Sand und Meer mischte. Sie waren nicht nur mit zehn Jahren Abstand die ältesten Frauen in dem Lokal, sondern auch hoffnungslos overdressed. Wer trug heutzutage noch ein seidenes Cocktailkleid in einer Bar, fragte Sandy sich, als sie feststellte, dass jedes andere weibliche Wesen in dem Raum eng und tief sitzende Jeans trug, die ihre nackte schlanke Bauchpartie betonten. Natürlich war jedes andere weibliche Wesen im Raum unter dreißig, hatte nie Kinder geboren, trug Größe sechsunddreißig und gefährlich hohe Sandaletten mit Pfennigabsatz sowie durchsichtige Tops, die schockierend tiefe Einblicke erlaubten. Das einzig Schockierende an ihrem eigenen Ausschnitt, dachte Sandy und knöpfte den obersten Knopf ihres rot-weiß gemusterten Kleids zu, war die Tatsache, dass sie es überhaupt in Erwägung gezogen hatte, ihn zu zeigen.

»Schau dich an – du siehst fantastisch aus!«, hatte Rita vielleicht ein wenig zu enthusiastisch gerufen, als sie Sandy abgeholt hatte.

Sandy tat das Kompliment mit einer Handbewegung ab. Vielleicht war sie einigermaßen vorzeigbar.

»Absolut umwerfend«, beteuerte Rita, sehr zu Sandys Unbehagen.

»Ich sehe nicht fantastisch aus. Eher verhuscht, faltig und flachbrüstig.«

»Wow, das sind aber eine Menge F-Wörter.«

»Willst du noch eins hören?«, fragte Sandy mit einem süßen Lächeln.

Rita tätschelte ihren frisch frisierten, braunen Bubikopf und blinzelte mehrmals, als wäre es bei all der Wimperntusche eine echte Anstrengung, die Augen offen zu halten. »Los. Unsere Prinzen warten. Auf in den Kampf.«

Jetzt hatte die Show also begonnen, und die Prinzen verpassten ihren Auftritt. Kaum überraschend. Sandy näherte sich dem Tresen von Miss Molly's Ocean Bar and Grill und straffte die Schultern, als sie sich einer Gruppe von Männern in ihrem Alter näherte. Vielleicht sah sie doch nicht so übel aus. Kaum fantastisch, aber auf jeden Fall vorzeigbar – vielleicht. Lächelnd ging sie an dem Quartett an der Bar vorbei, ohne dass einer von ihnen auch nur in ihre Richtung blickte. »Tja, wo Sie es erwähnen, ich *bin* schon verabredet«, murmelte sie und stieß die Tür zu dem kleinen burgunderfarbenen Vorraum der Toilette auf. »Mein Prinz müsste jeden Moment hier sein.« Sie trat vor einen großen Spiegel mit vergoldetem Rahmen hinter einem weißen Waschbecken und war angenehm überrascht von dem, was sie sah. Es war zugegeben unwahrscheinlich, dass irgendjemand sie für eine Frau unter dreißig halten würde, und sie sah auch bestimmt nicht fantastisch aus, wie Rita behauptete, aber in der Tat ziemlich vorzeigbar. Mehr als das. »Du siehst verdammt gut aus«, erklärte sie ihrem Spiegelbild, zupfte an ein paar widerspenstigen Locken und suchte in ihrer Handtasche ihren Lippenstift.

Beschwipstes Gekicher von der anderen Seite der Tür kündete von der Ankunft mehrerer weiterer Gäste, und bevor Sandy Platz machen konnte, sah sie sich von drei jungen Frauen umringt, alle knapp 1,80 Meter groß mit langen glatten blonden Haaren, tief ausgeschnittenen Tanktops, Jeans und Stöckelschuhen. Als sie sich vor dem Spiegel drängelten, glaubte Sandy eine Sekunde lang, die drei könnten Drillinge sein, stellte jedoch mit weiteren verstohlenen Blicken fest, dass zwei der Mädchen braune Augen hatten, während die des dritten strahlend blau waren. Außerdem hatte eines der Mädchen ihre Fingernägel vollständig abgekaut, während die der anderen lang und sorgfältig manikürt waren. Zwei der Mädchen hatten darüber hinaus offensichtlich Implantate. Und eines von ihnen lächelte ein wenig schüchterner als die anderen beiden, womöglich weil ihre Zähne nicht ganz so blendend weiß waren. Sandy entschied, dass sie sie am sympathischsten fand.

Die blauäugige Frau betrat den Raum als Letzte, während die braunäugigen Mädchen mit ihren Haaren zu spielen begannen. »Was meinst du?«, fragte die eine die andere. »Hoch oder offen.«

»Ich mag es offen. Das ist aber ein schicker Farbton.«

Es dauerte einen Moment, bis Sandy begriff, dass die Frau ihren Lippenstift meinte. »Oh danke.«

»Wie heißt er?«

Sandy sah auf der Unterseite der pink-metallic-farbenen Röhre nach. »Passion Peach.«

»Tatsächlich? Gefällt mir. Genau wie Ihr Ring«, fügte sie hinzu und wies mit dem Kopf auf den Brillant-Memoirering an Sandys linker Hand.

Ian hatte ihn ihr zum zehnten Hochzeitstag geschenkt, um den schmaleren Ehering aus Gold zu ersetzen, der alles war, was sie sich zur Hochzeit hatten leisten können. »Danke«, sagte Sandy noch einmal und dachte, dass auch ein Bund fürs Leben mittlerweile offenbar sein Verfallsdatum hatte. *Ich hoffe, wir können unsere Scheidung so gütlich wie möglich regeln*, hörte sie Ian sagen. »Möchten Sie ihn haben?« Sie streifte den Ring vom Finger.

»Was?«

»Meinen Ring. Möchten Sie ihn haben?«

Das Mädchen lachte. »Wie meinen Sie das?«

»Mein Mann will die Scheidung, offenbar eine *gütliche*, deshalb werde ich ihn wohl nicht mehr brauchen.« Sandy streckte die Hand aus. »Wirklich, Sie können ihn haben.«

Das Mädchen guckte sie nervös an. »Nein, nein, das kann ich nicht annehmen.« Sie sah zu ihren Freundinnen, die ihrem Blick beide auswichen.

»Sie haben Recht«, sagte Sandy und streifte den Ring wieder über ihren Finger. »Tut mir leid, wenn ich verrücktes Zeug rede.«

»Oh nein, das ist überhaupt nicht verrückt«, log das Mädchen.

»Und es ist *wirklich* ein wunderschöner Ring«, sagte die andere. »Den könnten Sie bestimmt bei eBay verkaufen.«

»Stimmt. Ich hab gelesen, dass eins der Mädchen aus der Sendung *The Bachelor* ihren Verlobungsring bei eBay verkauft hat, nachdem das Schwein sie abserviert hat.«

»Wirklich?« Sandy hatte keine Ahnung, wovon die Frau redete, obwohl die Wörter *Schwein* und *abserviert* in ihren Ohren widerhallten, als sie die Toilette hastig verließ. Selbst als die Tür zugefallen war, konnte sie die Mädchen drinnen kichern hören.

»Was war denn *das*?«, sagte eine der Frauen.

»Was sollte denn das?«, fragte Sandy selber laut und sah sich verlegen um. Aber niemand nahm sie oder die Tatsache zur Kenntnis, dass sie Selbstgespräche führte, oder wenn, war es ihnen egal. Der ganze Abend war eine einzige Katastrophe, sie und Rita waren offensichtlich versetzt worden, weshalb es an der Zeit war, ihre Verluste abzuschreiben und das Weite zu suchen. Sie würden ihren Green Apple Martini herunterkippen und gehen, entschied sie, als sie sich durch das volle Lokal kämpfte und Menschen an ihr vorbeidrängten, als wäre sie Luft. Sie könnte ebenso gut unsichtbar sein, dachte sie, eine Gestalt ihrer eigenen Fantasie.

Und dann sah sie sie.

Die beiden Prinzen. Von mittlerem Alter und blasser Haut. Der eine mit Geheimratsecken, während der andere offensichtlich ein Toupet trug. Der mit dem Haarteil war Ritas Verabredung. Zumindest vermutete Sandy das, weil er aussah wie eine gealterte Version des Fotos im Internet, das Rita ihr gezeigt hatte. Genau genommen sah er alt genug aus, um der Vater des Typs auf dem Bild zu sein. Er trug ein dunkelgrünes mit dekorativen schwebenden, weißen Tees gemustertes Golfhemd, hatte den Arm nonchalant über die Lehne der dunkelroten Polsterbank gelegt und streckte die Finger nach Ritas Schulter aus. Er redete angeregt, und Rita lachte, als ob sie sich tatsächlich amüsieren würde. Vielleicht tat sie das sogar. Oh Gott, dachte Sandy. Ich bin noch nicht so weit.

Rita sah sie und winkte. »Sandy«, rief sie so laut, dass mehrere in der Nähe sitzende Gäste aufblickten. »Ich hab mich schon gefragt, was mit dir passiert ist.«

Sandy näherte sich dem Tisch, und die beiden Männer machten halbherzige Versuche, sich zu erheben.

»Das ist Ed«, stellte Rita den Mann neben sich vor. Sandy erkannte, dass er nicht viel größer war Rita. »Und sein Freund Bob.«

Bob wandte ihr sein lichter werdendes Haupt zu, und Sandy sah, dass er ein ernstes freundliches Gesicht hatte. Ende vierzig, vielleicht fünfzig. Nicht direkt gutaussehend, aber auf jeden Fall attraktiv. »Nett, Sie kennen zu lernen«, sagte sie und rutschte neben ihn auf die Sitzbank.

»Das ist natürlich meine Freundin Sandy«, sagte Rita. »Hab ich nicht gesagt, dass sie umwerfend ist?«

Bob stimmte ihr lächelnd zu. Es war ein Lächeln, das angenehme Überraschung ausdrückte.

»Rita hat uns erzählt, dass Sie aus New York sind«, sagte Ed.

»Genau genommen aus Rochester.«

»Ich komme ursprünglich aus New Jersey.«

»Wirklich? Wie sind Sie dann in Florida gelandet?«

»Ich habe hier mit meiner ersten Frau Urlaub gemacht, mit meiner zweiten Frau die Flitterwochen verbracht, in Miami meine dritte kennen gelernt und dann meine Praxis hierhin verlegt –«

»Ed ist Zahnarzt«, warf Rita ein.

»Das steht in meinem Profil«, sagte Ed.

»Sie waren dreimal verheiratet?«, fragte Sandy und nippte an dem Green Apple Martini, der vor ihr auf dem Tisch stand. Sie konnte sich nicht erinnern, dass in dem Profil, das er über die Kontaktbörse ins Netz gestellt hatte, von so vielen Ehen die Rede gewesen war.

»Viermal, um genau zu sein, aber wer zählt schon mit?«

Sandy wandte sich Bob zu. »Und Sie?«

»Eine Ehe. Eine Scheidung.«

»Genau wie du«, sagte Rita, als wollte sie auf eine Gemeinsamkeit hinweisen.

»Ich bin noch nicht offiziell geschieden«, erinnerte Sandy sie.

»Ob man es glaubt oder nicht, sie war noch immer nicht beim Anwalt. Bob, bringen Sie sie zur Vernunft. Bob ist Anwalt.«

»Scheidungsanwalt?« Sandy nippte erneut an ihrem Drink.

Er schüttelte den Kopf. »Firmen- und Handelsrecht. Aber ich kann Ihnen jemanden empfehlen, wenn Sie möchten.«

»Nein danke. Nicht nötig.«

»Ich habe ihr schon den Namen eines guten Scheidungsanwalts genannt – Marshall Hitchcock in Miami. Kennen Sie ihn?«

»Ich fürchte nicht.«

»Er soll wirklich gut sein.«

»Können wir über etwas anderes reden?«, fragte Sandy, trank einen größeren Schluck von ihrem Martini und spürte, wie er im Hals brannte.

»Sie hören sich an wie meine Ehefrau Nummer zwei«, sagte Ed. »Das hat sie auch immer gesagt. ›Können wir über etwas anderes reden? Können wir über etwas anderes reden?‹«, äffte er sie nach. »Damit hat sie sich sauber aus der Ehe rausgequatscht, das kann ich Ihnen aber sagen. Mann, guckt euch mal die Fassade von der Kleinen da an.« Sandy drehte sich um und sah die drei jungen Frauen vorbeigehen, die sie auf der Toilette getroffen hatte. Eine von ihnen lachte, und Sandy fragte sich, ob sie über sie lachte. »Wer immer ihren Mund gemacht hat, hat saubere Arbeit geleistet.«

Sandy leerte den Green Apple Martini mit einem großen Schluck und spürte einen Klumpen Panik im Bauch wie einen ins Wasser geworfenen Stein. Sie konnte das nicht. Sie konnte nicht in der beengten Nische eines Restaurants sitzen, Martinis trinken und Smalltalk mit Männern machen, die sie nicht kannte und nicht kennen lernen wollte, obwohl Bob einen durchaus netten Eindruck machte. Still und zurückhaltend, vielleicht sogar ein wenig schüchtern. Er war sogar rot geworden, als Rita verkündet hatte, dass er Anwalt war, obwohl das vielleicht daran lag, dass die ganze Situation auch ihm peinlich war. Vielleicht wollte er genauso wenig hier sein wie sie, was bedeutete, dass es sich unter anderen Umständen vielleicht lohnen würde, ihn kennen zu lernen. Aber nicht jetzt. Nicht solange die Wunde noch frisch und sie noch so unsicher war, solange sie bei dem bloßen Gedanken an eine Verabredung Magengrimmen bekam, und die Vorstellung mit einem Mann zu schlafen, der nicht Ian war, fast noch beängstigender war als die Möglichkeit, dass ein Serienmörder frei herumlief. Sie musste weg von all diesen Leuten, weg von Rita mit ihrer niedlichen braunen Bubifrisur und den zu stark geschminkten, zu hoffnungsvollen Augen, weg von Ed, seinen vier Frauen, seinem schlecht sitzenden Toupet und seinem Fassaden-Gerede, weg von dem netten bescheidenen Bob mit dem ernsten Gesicht und weg von den Drillingen, weg aus Miss Molly's Ocean Bar and Grill, weg aus Fort Lauderdale, weg aus Florida.

Fort von sich selbst.

»Sandy?«, fragte eine männliche Stimme über ihrem Kopf. »Bist du es wirklich?«

Sandy drehte sich um und sah einen attraktiven Mann mit grau meliertem Haar, der sie mit einem erwartungsvollen Lächeln anblickte. Er war groß, schlank und leger gekleidet mit einer dunklen karierten Hose und einem blauen Seidenhemd. Seine Augen funkelten lausbübisch, etwas, was sie immer wahnsinnig anziehend fand. Normalerweise würde sie ein derart gutaussehendes Gesicht nicht vergessen, dachte Sandy und versuchte, es einzuordnen. Aber es fiel ihr weder ein Name noch ein Kontext ein, in den sie das Gesicht einsortieren konnte. Sie raste in Gedanken durch ihre Jahre an der New York University, und als diese kursorische Suche ergebnislos blieb, blätterte sie im Geiste durch ihre alten Highschool-Jahrbücher und versuchte, sich die leeren, nichtssagenden Gesichter von damals mit Falten und Erfahrung vorzustellen. Noch immer nichts. War es womöglich einer von Ians Geschäftsfreunden? Hatte sie ihn auf einem der Dutzenden von Mediziner-Kongressen getroffen, zu denen sie ihren Mann im Laufe der Jahre begleitet hatte? Oder war er vielleicht der Vater eines Schülers entweder von hier oder aus Rochester? Unmöglich. An ein Gesicht wie dieses würde sie sich garantiert erinnern.

»Du erinnerst dich nicht an mich, oder?«, stellte er mit leicht arrogantem Amüsement fest, was ihn sogar noch attraktiver machte.

»Natürlich erinnere ich mich an dich«, sagte Sandy und stand auf, um sich von dem Fremden mit einer Umarmung begrüßen zu lassen.

»Will Baker«, flüsterte er ihr ins Ohr.

»Will Baker«, wiederholte sie laut, löste sich nur widerwillig aus seinen Armen und starrte in haselnussbraune Augen mit kleinen goldenen Flecken. Sie hatte noch immer nicht die leiseste Ahnung, wer er war. »Wie geht es dir?«

»Noch viel besser, seit ich dich getroffen habe«, sagte er und wandte sich Rita und den beiden Männern am Tisch zu. »Will Baker«, sagte er und streckte sowohl Bob als auch Ed die Hand entgegen. »Ein Nachbar aus Rochester von vor hundert Jahren. Hätten Sie etwas dagegen, wenn ich sie für ein paar Minuten entführe?« Ohne eine Antwort abzuwarten, nahm er Sandys Hand und zog sie sanft Richtung Ausgang.

Sandy ließ es geschehen, und sobald sie in den kühlen Abend hinausgetreten waren, erfüllte der Geruch des nahen Ozeans ihre Nase. Es war ein wunderschöner Abend, wie ihr erst jetzt bewusst wurde. Die Palmen hinter dem Parkplatz wiegten sich im Rhythmus der Brandung hin und her. Wohin gingen sie? Wer *war* er? »Wer bist du?«, fragte sie und blieb abrupt neben einem knallroten Porsche stehen.

»Erinnerst du dich immer noch nicht?«

Sandy dachte an die Harrison Street in Rochester, in der sie aufgewachsen war. Auf der einen Seite wohnten die Maitlands, auf der anderen die Dickinsons. Die Dickinsons hatten einen Sohn, aber der war schon ein Teenager, als Sandy noch klein war, weshalb er nicht in Frage kam. Genauso wenig wie der Junge der Careys. Er war klein und untersetzt gewesen, und selbst wenn er zu einem großen Mann herangewachsen wäre und allen Babyspeck verloren hätte, hätte aus ihm kein Will Baker werden können. Außerdem hieß der Mann, wie gesagt, Baker und nicht Maitland oder Dickinson. Soweit sie sich erinnern konnte, hatten in der Harrison Street keine Bakers gewohnt. Genauso wenig wie in der Whitmore Avenue, in die sie später gezogen waren. »Wir sind uns nie zuvor begegnet, oder?«

Ein gerissenes Lächeln breitete sich über seine Lippen. »Nein.«

»Ich fürchte, das verstehe ich nicht.«

»Du sahst aus, als müsstest du gerettet werden.«

»Was?«

»Ich muss gestehen, dass ich gelauscht und so auch erfahren habe, dass du Sandy heißt und aus Rochester kommst. Ich habe deinen Gesichtsausdruck gesehen, als Mr. Ed geredet hat, und mir gedacht, diese Lady ist viel zu hübsch, um sich solchen Mist anhören zu müssen, und da…«

»Hast du mich gerettet.«

»Kannst du mir verzeihen?«

Er findet mich hübsch, dachte Sandy dankbar. Dieser gutaussehende Mann, der jede Frau in dem Lokal hätte haben können, einschließlich der frühreifen Drillinge, hat mich, die von Ian Zurückgewiesene, zur Rettung auserwählt. »Was hast du sonst noch mitgehört?«

»Dass du auf der Suche nach einem guten Scheidungsanwalt bist.«

»Sag mir jetzt nicht, du bist es.«

»Nein, nein, ich doch nicht«, versicherte er ihr rasch.

»Und was machst du, wenn du nicht gerade Damen aus Notlagen rettest?«

»Ich bin Börsenmakler. Und du bist Lehrerin.«

»Ich wüsste nicht, dass wir darüber gesprochen haben.«

»Ich glaube, es wurde erwähnt, bevor du an den Tisch zurückgekehrt bist.«

»Wurde sonst noch irgendwas Interessantes erwähnt, als ich weg war?«

»Glaub mir, an diesem Tisch war gar nichts interessant, bis du gekommen bist.«

Sandy lächelte. Er hatte sie nicht nur gerettet, er flirtete mit ihr. Und sie flirtete zurück. Sie, der eben noch beim bloßen Gedanken an ein Rendezvous heftig übel geworden war. Und dann bedurfte es nur eines Green Apple Martini und eines attraktiven Gesichtes. Offenbar ließ sie sich von einer ansehnlichen Oberfläche ebenso leicht umstimmen wie ihr in Kürze nicht ganz so gütlich geschiedener Mann.

Will tätschelte das Heck seines roten Porsches. »Lust auf eine Spazierfahrt?«

Wenn das ein Traum war, dachte Sandy, war es der beste seit Jahren. »Ich kann meine Freunde doch nicht einfach sitzen lassen«, hörte sie sich sagen.

»Klar kannst du das.«

Konnte sie das wirklich?, fragte Sandy sich. Konnte sie einfach so in den Wagen eines Fremden steigen? Wie oft hatte sie ihre eigenen Kinder davor gewarnt? Konnte sie allen Ernstes mit einem Mann wegfahren, den sie nicht kannte, ein Mann, den sie in einer Kneipe kennen gelernt hatte, während da draußen vielleicht ein Verrückter frei herumlief? (Hatte es je einen Serienmörder gegeben, der einen Porsche gefahren hatte? Sie glaubte nicht. Ted Bundy hatte einen VW-Käfer gehabt, und sie meinte sich zu erinnern, dass Serienmörder im Allgemeinen Transporter bevorzugten.) Das Einzige, was sie über Will Baker wusste, war sein Name und sein Beruf – und dass er der sexyste Mann war, der ihr je unter die Augen gekommen war. (Jawohl, Dr. Ian mit deinem blöden Barbiepuppen-Klon. Ich kann genauso oberflächlich sein wie du.) Konnte sie das wirklich tun? Konnte sie? *Konnte sie*? »Ich muss meinen Freunden wenigstens Bescheid sagen.«

»Warum rufst du nicht aus dem Auto an?«

Er öffnete die Wagentür. Sandy sah sich noch einmal zu dem Lokal um und stieg ein.

14

John lief neben seinem Streifenwagen auf und ab, der im Leerlauf in der Einfahrt stand, kleine graue Wölkchen wie Rauchkringel in die Luft blies und die klare Abendluft verpestete. Wo blieb Amber, Himmel noch mal? Hatte sie nicht gesagt, dass sie in einer Minute fertig sein würde? Er sah auf die Uhr. Inzwischen waren mehr als zehn Minuten vergangen. Was machte sie bloß so lange da drinnen? »Nun hetz das arme Mädchen nicht so«, hatte Pauline aus der Haustür gerufen, als er zum ersten Mal auf die Hupe gedrückt hatte. »Sie ist fast fertig.« Aber was musste sie noch alles machen, um endlich fertig zu sein? Sie ging schließlich nicht auf eine Party, sondern zu einer Totenwache. So lautete zumindest die offizielle Version. Angeblich wollten sich ein paar Jugendliche versammeln, um Lianas Tod auf ihre Weise zu betrauern – mit Liedern, Gitarren, Gedichten und Erinnerungen. Es sollte weniger förmlich und persönlicher werden als der Gedenkgottesdienst, den Lianas Eltern am Mittwoch für ihre Tochter hatten abhalten lassen.

John wollte nicht, dass Amber dort hinging. Sie und Liana hätten sich doch gar nicht so nahe gestanden, wandte er ein, auch wenn sie im letzten Jahr zusammen bei *Anatevka* mitgespielt hatten. Liana sei zwei Jahre älter gewesen als sie und hätte doch einen ganz anderen Freundeskreis gehabt. Und es sei durchaus möglich, dass ihr Mörder aus diesem Umfeld kam und heute Abend vermutlich ebenfalls dabei war. John hätte es alles in allem viel lieber gesehen, wenn Amber die verdammte Veranstaltung ganz gemieden hätte, war jedoch wie üblich zwei zu eins überstimmt worden.

»Die Kids verarbeiten ihre Trauer eben auf diese Weise«, hatte Pauline ihm erklärt.

»Es zieht ihre Trauer nur in die Länge«, hatte John erwidert.

»Das verstehst du nicht«, kam Paulines dieser Tage beinahe automatische Antwort auf fast alles. *Das verstehst du nicht.*

Und vielleicht hatte sie Recht. Vielleicht verstand er es wirklich nicht. Er war ein Problem immer so angegangen, dass er nach besten Kräften versucht hatte, es zu lösen, um es dann abzuhaken. Es war ihm zuwider, tagelang Dinge durchzukauen, die er schon wusste, Fragen zu stellen, die schon hundertmal gestellt worden waren, und das Offensichtliche zu bemerken. (Aber hatten er und seine Deputies in der vergangenen Woche nicht genau das getan?) Er zog es vor, ein Problem direkt anzugehen, eine Lösung zu finden und dann alles so schnell wie irgend möglich hinter sich zu lassen. Vor einem Feuer lief man *weg* und umarmte die Flammen nicht noch.

Außerdem hatte er den Verdacht, dass es bei der Totenwache für Liana neben Liedern, Gitarren, Gedichten und Erinnerungen auch Alkohol und Drogen geben würde. Er konnte sich schließlich noch an seine eigene Teenagerzeit erinnern. Er wollte auch immer nur Bier, Gras und Sex. Vor allem Sex. Und wenn er dafür ein paar Akkorde auf einer ramponierten Gitarre zupfen oder ein paar süßliche Gedichte zitieren musste, die er weder mochte noch verstand, hätte er das mehr als bereitwillig getan, wenn solche Bekundungen männlicher »Sensibilität« ihm geholfen hätten, die kleine Jenna oder Sue aus ihren engen Jeans zu schwatzen. Die Jungen heute waren keinen Deut besser als er damals. Sie waren eher noch schlimmer.

Und Amber hatte ihnen nichts entgegenzusetzen. Bei ihrem Gewicht würde ein Drink locker reichen, um ihren gesunden Menschenverstand außer Kraft zu setzen und sie zu

Unüberlegtheiten hinzureißen. Sechzehnjährige Mädchen ließen sich so leicht manipulieren, gerade wenn sie so unbedingt dazugehören wollten, dass sie sich dafür halb zu Tode hungerten. John konnte sich gut vorstellen, dass seine Tochter sich überreden ließ, an einem Drink zu nippen oder einem Joint zu ziehen. Er glaubte nicht, dass sie je Drogen genommen hatte, aber wie oft hatte er Eltern genau das ahnungslos beteuern hören – *nie im Leben, auf keinen Fall!* – und wie oft hatte er ihre Sprösslinge beim Kiffen im Park oder auf einem Ecstasy-Trip erwischt?

Zumindest war sie immer noch Jungfrau. Da war er sich einigermaßen sicher. Durch das offene Wagenfenster drückte er ein zweites Mal auf die Hupe. Amber hatte schließlich nicht mal einen Freund und auch noch *nie* einen gehabt, wofür er dankbar war. Pauline hingegen sah das ganz anders.

»Ein Mädchen in ihrem Alter sollte einen Freund haben«, klagte sie immer.

»Ein Mädchen in ihrem Alter sollte essen«, erwiderte er dann.

Nicht zum ersten Mal beschäftigte ihn der Gedanke, dass Lianas Mörder vielleicht an der heutigen Totenwache teilnehmen würde. Er wusste, dass Mörder häufig zu den Beerdigungen ihrer Opfer kamen, weil es ihnen ein Gefühl der Macht oder sogar einen perversen sexuellen Kick gab. Deswegen hatte er auch die Besucher von Lianas Gedenkgottesdienst gründlich gemustert, aber es waren so viele gewesen, die nach dem Ende der Andacht in einem großen Pulk aus der Kirche auf die Straße geströmt waren. Er hatte zwar ein paar unbekannte Gesichter entdeckt, aber keines, das seinen Verdacht erregt hatte. In Wahrheit war er bei der Suche nach Lianas Mörder trotz aller Anstrengungen keinen Schritt weiter als vor einer Woche.

Sean Wilson rief mindestens einmal, in letzter Zeit auch gerne zwei- oder dreimal am Tag an. So dringend wollte der »winzige, perfekte Bürgermeister« diesen Fall gelöst und

»seine« Stadt zur Normalität zurückkehren sehen, dass er anfing, sich in Johns Ermittlungen einzumischen.

»Was genau soll ich Ihrer Meinung nach tun, Sean?«, hatte der Sheriff ihn gestern Nachmittag gefragt, als der Bürgermeister ihn beim Verlassen seines Büros abgepasst hatte. John hatte mehrere Beamte und praktisch das gesamte Verwaltungspersonal verstohlene Blicke in Richtung ihrer bisweilen lebhaften Auseinandersetzung werfen sehen, und jeder von ihnen hatte sich vermutlich nur mit Mühe ein Grinsen verkneifen können. In ihrer Gegensätzlichkeit wirkten die beiden Männer wie ein Komikerpaar. Sean Wilson war ungefähr zehn Jahre jünger, zwanzig Kilo leichter und einen guten Kopf kleiner als John Weber. Er hatte eine dichte, dunkelbraune Mähne, während das Haupthaar des Sheriffs sichtlich ausdünnte. Er trug einen eleganten dunkelgrünen Anzug, während John wie üblich seine zerknitterte Dienstuniform anhatte. Und auch wenn die von Natur aus tiefe Stimme des Sheriffs das mädchenhaft aufgeregte Kieksen des Bürgermeisters noch betonte, waren die rhetorischen Spitzen, die er mit der Frequenz einer Maschinengewehrsalve abfeuerte, nichtsdestoweniger fatal.

»Ich erwarte, dass Sie diesen Fall lösen«, erklärte er John, als ob dieser sonst nicht auf den Gedanken gekommen wäre, »und dass die Stadt wieder zur Normalität zurückkehrt.«

»Genau das versuche ich zu tun.«

»Und *was* genau tun Sie?«

John grub die Finger in seine Schenkel, um dem Bürgermeister nicht einfach eine zu verpassen. Und er hatte den Mann auch noch gewählt. »Nun, lassen Sie mich sehen«, begann er, »wir haben Lianas Familie, ihre Freundinnen, ihre Exfreunde, Mitschüler, Nachbarn, Lehrer, den Schuldirektor sowie Cal Hamilton und Peter Arlington in den meisten Fällen nicht nur einmal, sondern mehrmals befragt ...«

»Und was ist mit Peter Arlington?«

»Was soll mit ihm sein?«, fragte John zurück.

»Nun, er war ihr Freund. Sie hatten sich gestritten. Scheint mir der Hauptverdächtige zu sein.«

»Nur hat Peters Vater leider bestätigt, dass er ihn am Tag vor Lianas Verschwinden von der Schule abgeholt hat, weil sie zu einem Baseballspiel nach Miami gefahren sind, was sie jedoch vor Ende verlassen mussten, weil Peter Magenschmerzen hatte. Seine Mutter sagt, dass Peter am nächsten Tag zu Hause geblieben sei und sie von der Arbeit mehrmals angerufen habe, um sich nach seinem Befinden zu erkundigen. Sie sagt, sie sei in der Mittagspause nach Hause gefahren und hätte ihren Sohn schlafend angetroffen.«

»Ich nehme an, Sie haben die Kartenabrisse und die Telefonunterlagen überprüft.«

»Selbstverständlich.« John schüttelte den Kopf. Dank Fernsehserien wie *Law & Order* und *CSI* gerierte sich heutzutage jeder wie ein Experte in polizeilicher Ermittlungsarbeit.

»Was ist mit Greg Watt und Joey Balfour?«

»Sie behaupten, sie wären zum Zeitpunkt von Lianas Verschwinden zusammen gewesen.«

»Wie praktisch. Können sie es beweisen?«

»Wir können ihnen nicht das Gegenteil nachweisen.«

»Und Cal Hamilton?«

»Sagt, er hätte seine Lieferanten abgeklappert.«

»Und stimmt das?«

»Wir überprüfen es noch.«

»Vielleicht sollten wir uns doch mit dem FBI in Verbindung setzen.« Es war nicht das erste Mal, dass der Bürgermeister diesen Vorschlag machte.

Und ehrlich gesagt hatte John im Laufe der letzten Woche auch selbst schon mehrmals daran gedacht, es jedoch jedes Mal wieder als voreilig verworfen. »Ich denke, es ist noch ein bisschen früh, um die Truppen zu rufen.«

Der Bürgermeister senkte den Kopf, als hätte er Angst, den Sheriff direkt anzusehen. »Wenn wir unser Ego vielleicht für ein paar Minuten hintanstellen könnten –«

»Das hat nichts mit Ego zu tun«, unterbrach John ihn. *Jedenfalls nicht mit meinem*, verkniff er sich nur mit Mühe.

»Mal ganz ehrlich«, fuhr der Bürgermeister fort, »Sie sind nicht mehr der Jüngste, nicht mehr so agil wie früher. Und Sie haben Probleme zu Hause.«

»Probleme zu ... wovon reden Sie?« Wusste die ganze Stadt von seinen Schlachten mit Pauline, seinen Sorgen um Amber und seiner Affäre mit Kerri Franklin? Wahrscheinlich, gestand er sich stumm ein. In einer Stadt wie Torrance wusste jeder so ziemlich alles über die Angelegenheiten der anderen. Aber glaubten die Leute wirklich, weil er unfähig war, sein Privatleben zu regeln, wäre er auch in seinem Job überfordert?

»Sie machen das schon sehr lange«, sagte der Bürgermeister. »Vielleicht zu lange.«

»Man könnte es auch wertvolle Erfahrung nennen.«

»Man könnte es auch Burn-out nennen.« Sean Wilson machte eine Pause, als erwartete er einen Einwand, und fuhr, als dieser ausblieb, fort: »Außerdem sind Sie es weiß Gott nicht gewohnt, sich mit einem Verbrechen dieser Größenordnung herumzuschlagen. Serienmörder liegen wohl doch ein bisschen außerhalb Ihres Spezialgebiets.«

»Es gibt keinerlei Beweise dafür, dass wir es mit einem Serienmörder zu tun haben«, stellte John nachdrücklich fest. Denn in Wahrheit war trotz des vermissten Mädchens aus Hendry County und dem jüngsten Fehlalarm bezüglich Brenda Vinton erst eine Frau tatsächlich tot aufgefunden worden. Er wollte Liana Martins brutale Ermordung ganz gewiss nicht herunterspielen, aber die Tatsache, dass ein Mädchen getötet worden war, rechtfertigte es seiner Meinung nach nicht, die Bundespolizei hinzuzuziehen. Trotzdem sagte ihm sein Instinkt, dass sie es *in der Tat* mit einem Serienmörder zu tun hatten und es nur eine Frage der Zeit war, bevor er erneut zuschlug.

Vielleicht sogar heute Abend, dachte John und drückte erneut auf die Hupe in der Hoffnung, dass das aggressive Geräusch den Widerhall der massiven Zweifel übertönen würde, die der winzige Bürgermeister an seinen beruflichen Fähigkeiten geäußert hatte. Hatte der Mann womöglich Recht?

Die Haustür ging auf, und Pauline erschien, die Hände in die Hüften gestemmt. »Was ist denn los mit dir? Ich hab dir doch gesagt, sie ist gleich da.«

»Hoffentlich noch vor Weihnachten.«

Pauline schüttelte den Kopf und zog sich wieder ins Haus zurück. »Amber«, hörte er sie rufen, »dein Vater wartet.«

Als ob Amber das nicht wüsste. Als ob er hier nicht schon – er sah erneut auf die Uhr – fast eine Viertelstunde herumstehen würde. Als ob er den ganzen Abend Zeit hätte.

Und genau das hatte er auch, wie ihm klar wurde. Wozu die Eile? Nach Ansicht des Bürgermeisters kamen weder er noch seine Ermittlungen auch nur einen Schritt voran.

Inzwischen war Amber neben ihrer Mutter aufgetaucht. John starrte sie verblüfft an. Sie sah exakt so aus wie vor einer Viertelstunde, als sie angefangen hatte, sich fertig zu machen. Dieselbe Jeans, derselbe blaue Pulli, dieselben schwarz-weißen Sneakers. Was hatte er erwartet? Dass sie ein Kleid anziehen würde? Dass sie sich anders frisierte oder schminkte? Dass sie wundersamerweise fünf Kilo zugenommen hatte?

Als sie den Weg vom Haus zur Einfahrt hinunterhüpfte, fiel ihm auf, dass sie tatsächlich einen Hauch Lidschatten aufgetragen hatte und sich eine Strassklammer ins Haar gesteckt hatte. Außerdem roch sie vage nach Zitronen, als sie näher kam, was vermutlich irgendein Parfüm war. Der Geruch legte sich wie ein Film auf seine Kehle. Er war nie ein großer Parfüm-Fan gewesen. Er mochte den natürlichen Duft einer Frau und konnte nie verstehen, warum die Frauen sich so viel Mühe gaben, ihn zu überdecken.

»Willst du da wirklich hin?«, fragte John, als seine Tochter in den Wagen stieg. »Es ist noch nicht zu spät, es sich anders zu überlegen.«

»Warum sollte ich es mir anders überlegen?« Amber schnallte sich an und starrte nach vorn.

John setzte rückwärts aus der Einfahrt und winkte Pauline noch einmal zu. Aber sie hatte bereits die Tür hinter sich geschlossen und sah ihn nicht mehr. »Bring auf dem Nachhauseweg eine DVD mit«, hatte sie ihn angewiesen. »Such du was aus«, hatte sie gesagt, obwohl er schon wusste, dass seine Wahl garantiert die falsche sein würde. Sie war ohnehin wütend, weil er ihren Vorschlag, ins Kino zu gehen, abgelehnt hatte. »Du willst nie mehr ausgehen.«

»Ich denke bloß, dass wir erreichbar sein sollten, falls Amber früher abgeholt werden möchte.«

»Das will sie bestimmt nicht.«

»Aber vielleicht doch.«

Nein, dachte John, als er das entschlossen gereckte und erstaunlich kräftige Kinn seiner Tochter sah. Sie war wütend, weil er darauf bestanden hatte, sie um elf Uhr abzuholen, womit sie ihrer Ansicht nach vor den anderen dastehen würde wie ein kleines Baby. Aber er hatte ihr die Teilnahme nur zu seinen Bedingungen erlaubt, und jetzt war sie sauer auf ihn, genau wie Pauline. Hatte es in seinem Leben überhaupt je eine Phase gegeben, in der *nicht* irgendeine Frau sauer auf ihn war? Die Zeit mit Kerri Franklin, dachte er, als er Delilah allein auf der anderen Straßenseite sah. Er hupte und bremste.

»Was machst du?«, wollte Amber wissen. »Dad? Was machst du? Du willst doch nicht etwa anhalten?«

»Sie geht wahrscheinlich auch zu der Totenwache. Da können wir sie auch mitnehmen.«

»Nein, mach das nicht.«

»Warum nicht?«

»Darum nicht«, sagte Amber und verdrehte verzweifelt die Augen, als er am Straßenrand hielt und das Beifahrerfenster herunterließ. Als er sich über sie hinwegbeugte, zuckte Amber sichtlich zusammen, wölbte ihren Bauch noch weiter nach innen und hielt die Luft an, wie sie es als kleines Mädchen getan hatte, wenn sie ihren Willen nicht bekam.

»Delilah«, sagte John.

»Hallo, Sheriff«, erwiderte Delilah freundlich. »Hi, Amber. Wie geht's?«

Amber ließ die Luft aus ihrer Lunge und brummte etwas, das so ähnlich wie »gut« klang, bevor sie wieder verstummte.

»Kann ich dich irgendwohin mitnehmen?«

»Ich will zum Pearson Park.«

»Wir auch. Steig ein.«

»Nein, Dad«, zischte Amber leise.

»Echt, vielen Dank. Ich kann schon bald nicht mehr.« Delilah öffnete die hintere rechte Tür des Streifenwagens und stieg ein. »Meine Mutter meinte, sie würde das Auto vielleicht brauchen, und meine Großmutter hat gesagt, ich sollte laufen. Aber es ist so weit«, fuhr sie entschuldigend fort.

»Wie *geht* es deiner Großmutter?«, fragte John, obwohl er eigentlich nach Kerri fragen wollte. Vermisste sie ihn? Sprach sie je über ihn?

»Für jemanden in ihrem Alter und mit einem kranken Herzen geht es ihr ziemlich gut.«

»Ja, sie ist wirklich zäh«, pflichtete John ihr bei.

Delilah lachte. Im Rückspiegel beobachtete John, wie sie ein paar Schweißtropfen von ihrem Doppelkinn wischte. »Oh übrigens herzlichen Glückwunsch, Amber«, sagte sie dann.

John sah seine Tochter an. »Herzlichen Glückwunsch? Wozu?«

»Sie hat die Rolle der Bianca in *Kiss Me, Kate* bekommen.«

»Wirklich? Warum hast du mir das nicht erzählt?«

»Ich habe es Mom erzählt«, sagte Amber, als ob das Erklärung genug wäre.

»Nun, das ist wundervoll«, versuchte John seine Enttäuschung zu überspielen. »Oder nicht?«

Amber zuckte die Achseln. »Ganz okay.«

»Ich finde es toll«, sagte Delilah begeistert. »Ich wusste, dass du die Rolle kriegen würdest, sobald du vorgelesen hast. Du warst mit Abstand die beste Bianca.«

»Das ist doch schön zu hören?«, sagte John, als seine Tochter es versäumte, sich zu bedanken. Was war los mit ihr? War sie schon immer so unhöflich gewesen? Hatte sie mit all den Pfunden auch ihre Manieren verloren? »Und was ist mit dir, Delilah? Spielst du auch mit?«

»Ich bin im Chor«, antwortete Delilah fröhlich. »Für eine der größeren Rollen war ich wirklich nicht richtig geeignet. Außerdem helfe ich mit, die Kulissen zu malen und so. Wie letztes Jahr. Das hat Spaß gemacht.« Sie unternahm noch mehrere weitere Anläufe, eine Unterhaltung in Gang zu bringen, auf die Amber jedoch kaum mehr als einsilbig reagierte, bis Delilah sich schließlich in den Sitz zurücklehnte und Schweigen sich breitmachte.

Sobald sie den Park erreicht hatten, löste Amber den Sicherheitsgurt, stieß die Tür auf und sprang aus dem Wagen.

»Um elf bist du wieder hier«, rief John ihr nach, als sie auf eine Gruppe von Jugendlichen zustrebte, die sich unter einem Banyambaum versammelt hatten. »Oder ruf an, wenn du früher nach Hause kommen willst.«

»Vielen Dank fürs Mitnehmen, Sheriff Weber«, sagte Delilah.

»Nichts zu danken, Delilah. Ich kann dich auf der Rückfahrt auch gern wieder mitnehmen.«

»Danke, aber wahrscheinlich bleibe ich nicht so lange.«

»Ich würde dir jedenfalls nicht empfehlen, alleine nach Hause zu laufen.«

Delilah beugte sich über die Lehne des Beifahrersitzes und lächelte beinahe dankbar. »Ich glaube, meinetwegen müssen Sie sich keine Sorgen machen, Sheriff.« Sie öffnete die Tür und eilte Amber hinterher.

Wie diese beiden Comicfiguren Mutt & Jeff, dachte John, als Delilah Amber watschelnd einholte, woraufhin diese ihre

Schritte wieder beschleunigte, weil es ihr offensichtlich peinlich war, mit Delilah gesehen zu werden. Warum war es gesellschaftlich akzeptiert, auszusehen wie ein Hungerhaken, während Wohlgenährtheit ein Makel war? Er beobachtete, wie Amber sich zu einer Gruppe Jugendlicher gesellte, während Delilah abseits stehen blieb. Er hörte jemanden kreischen »Oh nein, Big D ist da!« und fragte sich, was das zu bedeuten hatte. Er sah eine weitere Gruppe, die sich am anderen Ende des Park versammelt hatte, und beobachtete, wie die beiden Gruppen langsam zusammenströmten. Er fragte sich, wo sie sich treffen würden und ob er Präsenz zeigen sollte, entschied sich jedoch dagegen. Er hatte bereits mehrere Beamte eingeteilt, das Geschehen im Blick zu behalten, dafür zu sorgen, dass nichts außer Kontrolle geriet, und ihn zu alarmieren, wenn irgendjemand einen auch nur vage verdächtigen Eindruck machte.

Bald würde es ganz dunkel sein, dachte John und sah seine Tochter zu einer Silhouette verblassen. Er hoffte, dass sie sich an seine Anweisung hielt und um elf Uhr an der verabredeten Stelle auf ihn wartete. Warum war sie nicht so vernünftig wie Delilah und ging früher wieder?

Obwohl ihm die Idee, dass Delilah alleine im Dunkeln herumlief, auch nicht gefiel. Vielleicht war sie kein prädestiniertes Opfer, aber auch sie war verletzlich. Vielleicht würde er auf dem Weg zur Videothek kurz bei Kerri vorbeischauen und ihr sagen, dass er es nicht für eine gute Idee hielt, ihre Tochter alleine im Dunkeln herumlaufen zu lassen.

Aber das war natürlich nicht der wahre Grund für seinen Besuch, wie ihm klar wurde, als er zehn Minuten später vor Kerris Haus parkte und ausstieg, bevor er es sich anders überlegen konnte. Er wusste, dass es albern war, dass Kerri kein Interesse mehr an ihm hatte und wahrscheinlich auch gar nicht zu Hause war. Es war schließlich Samstagabend, wie Pauline bereits spitz bemerkt hatte, Kerri war unter Garantie mit Ian Crosbie unterwegs, und John würde sich mit ihrer erbärmlichen Mutter unterhalten müssen. Er sollte das nicht tun, dachte er, als er auf die Haustür zuging und klopfte.

»Er ist da«, hörte John Rose von drinnen rufen. Hatte sie ihn durchs Wohnzimmerfenster beobachtet?

»Das wird aber auch Zeit«, sagte Kerri lachend und riss die Haustür auf. Sie trug eine schwarze Caprihose und einen pinkfarbenen Pulli mit V-Ausschnitt passend zu ihrem Lippenstift. Ihre blonden Haare waren halb hochgesteckt und halb offen, und der Sheriff fragte sich, ob das Absicht war oder sie sich nicht hatte entscheiden können. »John!«

»Kerri.«

»Ist irgendwas nicht in Ordnung? Ist Delilah etwas zugestoßen?«

»Delilah geht es gut«, versicherte er ihr hastig.

»Natürlich geht es ihr gut«, ließ sich Kerris Mutter vom Wohnzimmersofa vernehmen. »Sie ist wie ein gottverdammter Sherman-Panzer. Ich hab dir doch gesagt, dass du dir ihretwegen keine Sorgen machen musst. Kommen Sie rein und nehmen Sie einen Moment Platz, Sheriff.«

»Warum auch nicht.« John trat ins Wohnzimmer und ließ sich in den Ledersessel gegenüber dem braunen Sofa sinken, auf dem Rose es sich bequem gemacht hatte. Ein Spitzendeckchen rutschte von der Lehne auf seine Schulter, und er sprang auf, als wäre es eine Spinne.

»Schwaches Nervenkostüm, Sheriff?«, fragte Rose.

John zupfte die Spitzendecke von seiner Schulter und legte sie auf dem gläsernen Couchtisch vor sich ab. »Mir geht es gut, Rose, vielen Dank. Und selbst?«

»Man schlägt sich so durch«, stöhnte sie, als ob das bloße Überleben ihr übernatürliche Kräfte abverlangen würde.

John dachte, dass ihre Angehörigen sich von ihrer Zählebigkeit wahrscheinlich auch ziemlich geschlagen fühlten, sagte aber stattdessen: »Das höre ich gern.«

»Was führt Sie vorbei?«

John sah Kerri an, die stehen geblieben war. »Nun, ich habe

eben Delilah getroffen«, begann er, obwohl seine Gedanken und seine Worte nicht recht synchron waren. Er dachte: *Kerri ist zu Hause, und es ist Samstagabend.* »Genau genommen, habe ich sie zum Park mitgenommen.« *Und weil es Samstagabend und sie nicht mit Ian Crosbie aus war, bedeutete das vielleicht, dass der gute Doktor zu seiner Frau zurückgekehrt war, was bedeuten würde, dass Kerri wieder frei war.* »Ich habe ihr angeboten, sie um elf, wenn ich Amber abhole, auch wieder mit zurückzunehmen, aber sie hat gesagt, so lange würde sie wahrscheinlich nicht bleiben.« *Und es müsste ja auch nichts Ernstes sein. Nur ein gelegentliches Rendezvous, hin und wieder ein freundliches Wort von diesen total übertriebenen Lippen.* »Und ich wollte euch bloß warnen, dass da draußen noch immer ein Mörder frei herumläuft, deshalb ist es wahrscheinlich keine gute Idee, wenn Delilah – oder auch du – abends alleine unterwegs ist, bis wir den Kerl geschnappt haben.«

»Das ist wirklich reizend von dir, dir Sorgen um uns zu machen«, sagte Kerri.

»Warum sind Sie wirklich hier?«

»Verzeihung?«

»Sie sind doch nicht hergekommen, um sie wegen Delilah zu warnen. Das Mädchen ist wie gesagt ein Sherman-Panzer«, wiederholte Rose, der dieses Bild ganz offensichtlich gefiel.

»Mutter, ich wünschte, du würdest nicht so reden.«

»Und warum haben Sie den Kerl noch nicht geschnappt?«, fragte Rose, ohne die Ermahnung ihrer Tochter zu beachten. »Sie sind auch nicht unersetzbar.« Sie zwinkerte, als wollte sie andeuten, dass sich diese Feststellung natürlich ausschließlich auf seinen Job bezog.

John versuchte, sich nicht provozieren zu lassen, obwohl er sich kurz fragte, ob Rose mit dem Bürgermeister gesprochen hatte.

»Habt ihr schon eine Spur?«, fragte Kerri und hockte sich auf die Sofalehne.

»Eigentlich nicht«, musste John zugeben.

»Was ist mit Cal Hamilton?«

Langsam wurde es John unheimlich, dass die Leute seine nächsten Schritte immer vorauszuahnen schienen. »Was ist mit ihm?«, fragte er, nachdem professionelle Neugier seine persönlichen Ängste überwunden hatte.

»Er ist bloß irgendwie echt seltsam. Letzte Woche musste ich kurz etwas bei ihm vorbeibringen, als Delilah auf seine Frau aufgepasst hat –«

»Was soll das heißen, ›auf seine Frau aufgepasst‹?«

»Er lässt sie nicht gern allein. Er behauptet, sie hätte alle möglichen Phobien, aber das kaufe ich ihm nicht ab. Ich glaube, da geht irgendwas richtig Unheimliches vor.«

»Was zum Beispiel?«

»Ich weiß nicht. Ich weiß nur, dass ich eilig ein Glas aus meinem Schrank nehmen und vorbeibringen musste, weil Delilah versehentlich eins hat fallen lassen –«

»Ein Sherman-Panzer, sag ich ja«, unterbrach Rose sie.

»– worauf Mrs. Hamilton völlig panisch reagiert hat. Delilah hat gesagt, dass die offensichtlich schreckliche Angst vor ihrem Mann habe, und dass es sie nicht überraschen würde, wenn unter dem Haus ein Haufen Leichen vergraben wäre. Ich hab ihr gesagt, ich will nicht, dass sie noch einmal dort hingeht, aber sie meint, irgendjemand müsse doch auf die arme Mrs. Hamilton aufpassen. Kannst du nicht irgendwas machen, John?«, fragte Kerri, und sein Name auf ihren Lippen klang wie Musik in seinen Ohren.

»Nur wenn Fiona Hamilton Anzeige erstattet.«

»Kannst du dir nicht einen Durchsuchungsbefehl besorgen oder so was?«

»Mit welcher Begründung?«

»Mit der Begründung, dass er wahrscheinlich Liana Martin ermordet hat.«

»Wahrscheinlich reicht das nicht.«

Es klingelte.

Kerri sprang auf und stolperte auf ihren Acht-Zentimeter-Absätzen zur Tür.

»Pizza-Service«, hörte John jemanden sagen.

»Sie kommen reichlich spät«, keifte Rose. »Ich verhungere schon.«

»Sei nett, Mutter«, sagte Kerri, als Ian Crosbie mit einer Pizzaschachtel den Raum betrat.

»Ich hoffe, Sie haben an die extra Portion Käse gedacht.«

»Würde ich je eine Extraportion Käse vergessen?«

Rose kicherte wie das sprichwörtliche Schulmädchen. »Sie kennen den Sheriff, Ian?«, fragte sie maliziös, als John sich von seinem Platz erhob.

»Natürlich.« Ian gab Kerri die Schachtel, um John die Hand zu schütteln. »Gibt es irgendein Problem?«

»Ich wollte nur mal kurz vorbeischauen.«

»Er hat Delilah zu der Totenwache gefahren«, erklärte Kerri.

»Sind Ihre Kinder auch da?«, fragte John den Doktor.

»Soweit ich weiß.«

Was für eine Antwort war das? *Soweit ich weiß.* Warum *wissen* Sie es nicht? Sie sind der Vater, Herrgott noch mal. Ein Vater sollte wissen, wo seine Kinder sind, gerade jetzt, wo ein Mörder frei herumlief.

»Danke fürs Kommen, John«, sagte Kerri und begleitete ihn zur Tür.

»Pass gut auf dich auf«, riet er ihr. Auf dem Heimweg beschloss er dreierlei. Erstens: Es würde keine weiteren spontanen Besuche bei Kerri Franklin mehr geben. Zweitens: Er konnte Dr. Ian Crosbie nicht leiden. Und drittens: Er würde höchstpersönlich unter die Lupe nehmen, was der gute Doktor seit seiner Ankunft in Torrance so alles getrieben hatte.

15

»Und was glaubst du, was Mom heute Abend vorhat?«, fragte Tim seine Schwester auf dem Weg zum Park. Sie ging sehr schnell, und ihr Pferdeschwanz schwang hin und her wie ein Pendel.

»Wie meinst du das?«, fragte Megan ungeduldig. »Du weißt, was sie vorhat. Sie ist mit Rita nach Fort Lauderdale gefahren. Kannst du nicht ein bisschen schneller gehen?«

»Nein, kann ich nicht. Mein Fuß tut weh.«

»Warum tut dein Fuß weh?«

»Weiß ich nicht. Er tut halt weh. Warum hast du es denn so eilig?«

Megan verlangsamte ihre Schritte. Was war mit ihrem Bruder los? Er hatte Ewigkeiten gebraucht, sich fertig zu machen, und war dann schließlich in einem hellblauen Hemd mit Button-Down-Kragen und modisch zerrissenen Stonewashed Jeans erschienen, nur um vor dem Spiegel im Flur weitere zehn Minuten seine Frisur zu stylen, die hinterher exakt genauso aussah wie vorher: widerspenstige, dunkle Locken, die sich nicht entkrausen ließen, egal wie heftig man daran zupfte und zerrte. Zunächst hatte sie gedacht, dass er vielleicht irgendjemanden auf der Totenwache beeindrucken wollte – sie war ehrlich gesagt überrascht gewesen, dass er so schnell eingewilligt hatte mitzukommen –, aber seit sie das Haus verlassen hatten, schlurfte er lustlos hinter ihr her. Mittlerweile waren sie fast zwanzig Minuten zu spät, obwohl das vielleicht ganz okay war. Besser zu spät als zu früh. Sie wollte auf keinen Fall ungeduldig erscheinen. *Wenn du gemein zu ihnen bist, fressen sie dir aus der Hand*. Hatte ihr das Liana nicht immer erklärt? (Und war sie vielleicht zu gemein gewesen? Ist sie deswegen ermordet worden?) Wenn sie zu spät kam, könnte Greg vielleicht wieder gehen oder, schlimmer noch, ein anderes Mädchen anmachen. Diese ganze Mann-Frau-Geschichte war ein heikler Balanceakt, den zu meistern sie erst noch lernen musste.

Ihre Mutter hatte ihn *nie* gemeistert, dachte sie und beschleunigte ihre Schritte unmerklich wieder. Von wegen Lernschwäche und so. War ein derartiges Defizit womöglich erblich? Bedeutete die Inkompetenz ihrer Mutter auf diesem Gebiet, dass auch ihre Begegnungen mit dem anderen Geschlecht von Anfang an unter keinem guten Stern standen? Dass sie bei Jungen nie Erfolg haben würde? Dass jede Beziehung mit einem Mann unweigerlich scheitern würde? War es ihr vorherbestimmt, dem Weg ihrer Mutter zu folgen und an jedem Abzweig über die eigenen Füße zu stolpern? »Sei einfach du selbst«, hatte ihre Mutter ihr all die Jahre geraten. Aber wohin hatte ihr eigener Rat sie geführt? Nein. Wenn Megan eins gelernt hatte, dann, dass man »selbst« zu sein, nie genug war. »Warum denkst du, dass Mom irgendwas vorhatte?«

»Na ja, erstens hat sie sich ganz schön aufgebrezelt.«

Megan musterte automatisch noch einmal ihr eigenes Outfit – Jeans vom Ex-Spice Girl Victoria Beckham, das Logo mit der blauen Krone kokett auf eine der beiden Gesäßtaschen gestickt, und ein enger gelber Pulli, der seine Trägerin zu einem JUICY GIRL erklärte. »Dieses grässliche rot-weiße Seidenteil? Das hat sie doch schon seit Ewigkeiten.«

»Du hast ihr gesagt, es sähe gut aus.«

»Was sollte ich denn sonst sagen? Dass es aussieht wie eine Tischdecke?«

»Ich fand sie hübsch.«

Megan zuckte die Achseln. Jedem das Seine, dachte sie. »Und warum noch?«

»Sie war nicht besonders streng wegen heute Abend.«

»Das ist nicht dein Ernst. Wir haben die strikte Anweisung, um Mitternacht zu Hause zu sein.«

»Das ist nicht so übel.«

»Das ist nicht dein Ernst«, sagte Megan noch einmal. Was war mit ihrem Bruder los? Fand er wirklich, mit seiner Schwester abzuhängen und um Mitternacht zu Hause zu sein, wäre okay *für einen Samstagabend*? Hatten die anderen womöglich Recht? War er wirklich schwul? »Und was noch?«

»Ich weiß nicht. Sie kam mir einfach ein bisschen nervös vor.«

»Und? Sie ist immer nervös.«

»Kann sein. Ich dachte bloß … Ach vergiss es.«

»Du dachtest bloß was?«

»Meinst du, dass sie vielleicht eine Verabredung hatte?«

»Mit einem Mann? Das glaubst du doch selber nicht.«

»Wieso nicht?«

»Weil sie noch nicht mal geschieden ist.«

»Dad auch nicht«, erinnerte Tim seine Schwester.

»Stimmt. Kannst du dich nicht ein bisschen beeilen?«

»Wozu die Eile? Liana wird wohl kaum irgendwo hingehen.«

Megan blieb wie angewurzelt stehen. »Was hast du gesagt?«

»Du hast mich schon verstanden.«

»Ich kann es nicht glauben. Du bist doch angeblich so sensibel. Mom sagt immer, dass ich aufpassen soll, was ich zu dir sage, weil du so verdammt sensibel bist.«

»So sensibel bin ich nun auch wieder nicht.«

»Na, offensichtlich. Wie kannst so etwas sagen?«

»Es war ein Witz.«

»Ach ja? Nun, er war nicht besonders witzig.«

Tim zog theatralisch die Schultern hoch und ließ sich dann wieder gehen. Wenn er bloß nicht immer so die Schultern hängen lassen würde, dachte Megan. Er sah immer aus, als würde er fast vornüberfallen.

»Mit wem sollte sie denn eine Verabredung haben?«, fragte sie, als der Pearson Park in Sicht kam. »Sie kennt niemanden in Fort Lauderdale.«

»Aber Rita vielleicht.«

Wieder blieb Megan abrupt stehen. War das möglich? Könnte ihre Mutter wirklich eine Verabredung haben? Und wenn dem so war, warum hatte Tim es gespürt und nicht sie? »Nein«, entschied sie laut. »Das hätte sie mir erzählt.«

»Hast du *ihr* von Greg Watt erzählt?«

»Was?«

»Nein, *Watt*. Komischer Name, ich weiß, aber –«

»Was redest du eigentlich?«

»*Watt* redest du eigentlich, wolltest du sagen«

»Mein Gott, Tim. *So* witzig ist es auch wieder nicht.«

»Findest du nicht?«

»Was ist mit Greg Watt?«

»Wer? Was? *Watt*?«, fragte Tim und lachte laut. »Tut mir leid. Ist mir so rausgerutscht.«

»Tim, ich schwöre …«

»Nein, tu das nicht. Das würde Greg vielleicht nicht gerne hören.«

»Wo kommt das jetzt her?«

»Soll das ein Witz sein? Woher nicht?«

Megan wurde ganz flau im Magen. »Steht es im Netz?«

»Ich hab beim Anziehen meinen Computer angemacht und meinen Augen kaum getraut.«

Deshalb hatte er so lange gebraucht, und es erklärte auch die Seitenblicke, als er sich die Haare gestylt hatte.

»Herzlichen Glückwunsch. Du bist berühmt«, fuhr Tim fort. »Offenbar habt ihr beide bei dem Vorsingen eine ziemliche Show geboten. Und ich meine jetzt nicht auf der Bühne.«

»Das glaube ich nicht.«

»Dann stimmt es also? Du hast also wirklich mit diesem Schwachkopf von einem Muskelprotz rumgemacht?«

»Nein, natürlich nicht. Und er ist kein Schwachkopf.«

»Er ist die Mutter aller Schwachköpfe. Wahrscheinlich hat er die Story selbst ins Netz gestellt. Hast du ihn wirklich an deinen Fingern lutschen lassen?«

»Oh Scheiße.« Megan begann sich im Kreis zu drehen, hin und her gerissen zwischen Weitergehen und Umkehren. »Untersteh dich, Mom etwas davon zu sagen.«

»Was sollte ich denn zu ihr sagen? Dass du mich angebettelt hast, zur Totenwache eines Mädchens zu gehen, das ich nicht leiden konnte, damit du mit einem Arschloch zusammen sein kannst, das *sie* nicht leiden kann?«

»Ich habe nicht gebettelt, wir haben nicht rumgemacht, und was soll das heißen, du konntest Liana nicht leiden?«, fragte Megan, um von Greg abzulenken. »Seit wann?«

Wieder zuckte Tim die Schultern. »Schon immer.«

»Warum konntest du Liana nicht leiden?«

»Weil sie kein besonders netter Mensch war.«

»Zu mir war sie nett.«

»Nun ja, da gehörst du zu einer Minderheit, glaub mir.«

»Ich glaube dir *nicht*«, widersprach Megan entschieden und wies auf die große Ansammlung von Jugendlichen. »Alle haben Liana gemocht. All diese Menschen sind hier, um ihr die letzte Ehre zu erweisen.«

»Sie sind hier, weil in der Stadt sonst nichts los ist. Wohin sollten sie gehen? Partytime nennt man so was, Megan. Wir sind hier, um zu singen, zu tanzen, zu saufen und zu kiffen.«

»Deswegen bist *du* vielleicht hier«, protestierte Megan, obwohl sie es sich nur schwer vorstellen konnte, dass Tim irgendeins dieser Dinge tat. Andererseits bekam sie langsam das Gefühl, dass sie ihren Bruder gar nicht so gut kannte. Er hatte sich verändert, seit ihr Vater ausgezogen war. »Aber deswegen bin *ich* nicht hier.«

»Nein, *du* bist hier, um Greg Watt zu treffen.«

»Ganz bestimmt nicht.«

»Wirklich? Das erklärst du ihm wohl besser selbst.«

»Was?« Megan fuhr herum. Greg kam über die Straße auf sie zu. Er trug ein zu großes schwarz-orangefarbenes Football-Trikot, und seine breiten Schultern bewegten sich im Rhythmus mit seinen wiegenden Hüften. Sein selbstzufriedenes Grinsen grenzte ans Debile. Warum nur fand sie ihn so verdammt klasse?

»Da ist ja meine Kate«, sagte er und nahm sie in die Arme. »Hallo, Wichser«, sagte er zu Tim, bevor er Megan mühelos hochhob und über seine Schulter warf. »Tschüss, Wichser.«

Megan quiekte halb entsetzt, halb entzückt und trommelte auf Gregs Rücken, während ihr Pferdeschwanz beinahe über den Boden schleifte. »Wir treffen uns hier um Viertel vor zwölf«, rief sie Tim zu, während Greg über die Straße in den Park stapfte. »Lass mich runter, Greg«, kreischte sie, aber ihre Stimme klang selbst in ihren eigenen Ohren nicht sehr überzeugend.

»Still, da oben«, sagte er, bevor er brüllte: »Macht Platz für Petruchio und seine Frau.«

Megan hörte auf, sich zu wehren. Es war zwecklos. Alles Protestieren würde Gregs frisch entfachte theatralische Leidenschaft nur weiterschüren. Und so sehr sie sich anstrengte, wütend auf ihn zu sein – *hatte* er die Story über sie ins Netz gestellt? –, fand sie seine Mätzchen doch irgendwie charmant, ja sogar aufregend. Noch nie hatte sie jemand hochgehoben und über die Schulter geworfen. Noch nie hatte jemand sie seine »Frau« genannt und war mit ihr herumstolziert, damit jeder es sehen konnte. Denn natürlich wurden sie von allen beobachtet. Und auch wenn ihr Verhalten unter den gegebenen Umständen vielleicht nicht direkt angemessen war, schien niemand Anstoß daran zu nehmen. Es war schließlich eine Totenwache und keine Beerdigung. Sie waren hier, um zu feiern, und nicht, um zu trauern. Aber war es nicht trotzdem falsch, so viel Spaß zu haben?

Ein Mädchen war tot. Ein Mädchen, das sie gemocht und

bewundert hatte. Obwohl immer deutlicher wurde, dass nicht alle so empfunden hatten. Ihr eigener Bruder jedenfalls nicht. Und wie vielen erging es genauso?, fragte sie sich. Wie viele waren heute Abend tatsächlich nur hier, um zu singen, zu tanzen, zu saufen und zu kiffen? Wie viele waren hier, weil in der Stadt »sonst nichts los« war?

Megan hob den Kopf und sah sechzig bis siebzig Jugendliche in einem losen Kreis. Einige redeten leise, andere lachten laut, manche hatten Zigaretten im Mund, andere unangezündete Kerzen in der Hand, manche wiegten sich zu den Klängen von ein paar gezupften Gitarren hin und her, andere tanzten in inniger Umarmung. Gleichsam auf dem Kopf stehend sah sie den gespenstischen Victor Drummond an einem Joint ziehen, bevor seine nicht minder gespenstische Freundin Nancy ihm den Stummel von den rot angemalten Lippen riss, mehrmals heftig daran zog und ihn an Tanya McGovern weiterreichte. Megan fragte sich, ob es klug war, so unverhohlen zu kiffen, weil sie sich ziemlich sicher war, auf dem Weg ein paar Polizisten gesehen zu haben, die am Rand des Parks patrouillierten. Aber Victor Drummond drehte bereits den nächsten Joint, offenbar vollkommen unbeeindruckt vom langen Arm des Gesetzes. Greg drehte sich um, sodass unvermittelt Brian Hensen ins Bild kam. Er war ganz alleine und starrte Delilah Franklin an, die etwa zwanzig Meter entfernt saß und versuchte, Ginger Perchak in ein Gespräch zu verwickeln. Etwas näher am Hauptweg stand Peter Arlington, trat ins Gras und starrte ins Leere, als hätte er Angst, irgendjemandem direkt in die Augen zu sehen. Wahrscheinlich hatte er Wind davon bekommen, was die Leute hinter seinem Rücken redeten, dass man eine Krankheit auch vortäuschen und Väter überreden könne, für ihre Söhne zu lügen. Megan kannte Peter nicht besonders gut, aber sie wusste, dass er verrückt nach Liana war, weshalb sie sich nicht vorstellen konnte, dass er ihr irgendetwas Böses angetan hatte.

Sie fragte sich, wie es sich anfühlte, das halbe Gesicht weggeschossen zu bekommen. Sie fragte sich, ob Lianas Mörder je gefasst werden würde.

Aus den Augenwinkeln nahm Megan eine Bewegung war. »Wer ist das?«, fragte sie und hob das Kinn, um einen besseren Blick auf die große Dattelpalme zu ihrer Rechten zu bekommen. »Ist das Mr. Peterson?« Sie fragte sich, warum ihr Physiklehrer im Schatten verborgen im Park herumlungerte. Sollte er ihnen nachspionieren und mögliche Verfehlungen dem Direktor melden? Aber ihre Frage ging im Klang der Gitarren unter.

»Hast du was gesagt?«, fragte Greg.

»Ich dachte, ich hätte Mr. Peterson gesehen.«

»Peterson? Wo?« Er fuhr herum.

»Warte. Lass mich runter. Mir wird ganz schwindelig.«

Zu den Klängen einer zitternden Männerstimme, die »Tears from Heaven« sang, ließ er sie zu Boden. »Ich seh keinen.«

Es dauerte eine Weile, bis Megan die Orientierung wiedergefunden und die Dattelpalme ausgemacht hatte. »Ich dachte, ich hätte ihn da drüben gesehen.«

»Ich sehe niemanden.«

»Wahrscheinlich war er es auch gar nicht«, sagte Megan, als sie mehrere rangelnde Jungen aus den Büschen kommen sah.

»Hey, Petruchio«, rief plötzlich Joey Balfour aus der Menschenmenge. »Ich hab dir hier einen Platz reserviert, Mann.«

»Ich komm gleich«, rief Greg zurück, nahm Megan bei der Hand und führte sie von der Ansammlung weg.

»Von hier können wir die Reden doch gar nicht hören«, protestierte Megan matt.

»Meinst du, wir verpassen was?« Er führte sie zu einer Bank am anderen Ende des Parks, zog einen Joint aus seiner Jeanstasche und machte Anstalten, ihn anzuzünden.

»Glaubst du, das ist eine gute Idee? Die Gegend wimmelt von Polizisten, und wenn das doch Mr. Peterson war –«

»Dann erzählt er es deiner Mutter?«

»Oder stellt es ins Netz«, sagte sie spitz.

Greg steckte den Joint wieder ein und lehnte sich an die grüne Holzlehne. »Damit hatte ich nichts zu tun.«

»Wer denn?«

»Das hätte jeder sein können.«

»Joey?«

»Joey? Nee. Ich würde auf Ginger tippen.«

»Ginger? Warum sollte sie so etwas tun?«

»Ich habe gesehen, wie sie uns beobachtet hat. Und du hast die Rolle der Kate gekriegt, und sie nicht.«

»Schwörst du, dass du es nicht warst?«

Greg lächelte. »Ich schwöre«, sagte er leichthin. »Ein Gentleman genießt und schweigt.«

»Du bist kein Gentleman«, erinnerte sie ihn, obwohl sie ihm seltsamerweise glaubte. »Und mit Genießen war da auch nicht viel.«

»Stimmt. Ich hatte gehofft, dass wir daran heute Abend vielleicht etwas ändern können.«

Er beugte sich vor. Megan hielt den Atem an, als sein Mund sanft den ihren berührte. Sie spürte ein Kribbeln in den Lippen, das sich rasch in ihrem ganzen Körper ausbreitete, und wich zurück. »Glaubst du wirklich, es war Ginger, die die Geschichte ins Netz gestellt hat?«, fragte sie mit kaum hörbarer Stimme und starrte auf ihre Füße.

Er fasste ihr Kinn mit einer Hand und zog ihr Gesicht wieder an sich.

Megan schloss die Augen und legte den Kopf zurück. Aber anstatt ihr seine Zunge in den Hals zu stoßen, wie sie es von ihm erwartet hatte, weil er schließlich einer von diesen Sport-Machos war – und was wussten die schon von Fingerspitzengefühl? –, küsste er sie mehrmals behutsam auf die Augenlider, was ihren Körper erneut erbeben ließ. Wenn er sie nicht auf der Stelle noch einmal küsste, dachte sie – auf den Mund sofort –, würde sie explodieren. Und dann *küsste* er sie, direkt auf den Mund, und sie hatte immer noch das Gefühl, sie müsste platzen. Sie unterdrückte den Impuls, die Arme um ihn zu schlingen und ihn zu Boden zu zerren. Wer hätte gedacht, dass er so gut küsste, dachte sie und schnappte widerwillig nach Luft.

»Wollen wir uns hinlegen?«, fragte er sie.

»Was?« *Watt*, hörte sie wie ein Echo die Stimme ihres Bruders. Megan sah sich hastig um.

»Was ist los?«

»Ich dachte, ich hätte die Stimme meines Bruders gehört.«

»Ich hab gar nichts gehört.«

Megan sprang auf. »Ich sollte nach ihm sehen.«

Greg stand ebenfalls auf und drängte sich von hinten an sie. »Dein Bruder ist ein großer Junge. Er kann bestimmt gut auf sich selbst aufpassen.«

»Aber ich habe meiner Mutter versprochen, dass wir zusammenbleiben.«

»Bist du so ein braves Mädchen, das immer tut, was ihre Mama sagt?«

Verdammt. Was hatte ihre Mutter hier zu suchen? Wollte sie ihr alles verderben? »Nicht immer.« Megan drehte sich um, ihre Lippen suchten seinen Mund. Er schlang die Arme um sie und bettete sie langsam auf den Boden. Sie sollte das nicht tun. Nicht hier. Nicht jetzt. Es ging alles viel zu schnell. Und sie würde Grasflecken auf ihre neue Jeans bekommen.

Es war der letzte Gedanke, der sie zur Vernunft und wieder auf die Füße brachte. »Warte, hör auf.«

»Was ist los?«

»Wir sollten das nicht machen.«

»Warum nicht?«

»Es ist einfach verkehrt. Nicht hier. Nicht jetzt.«

»Wo dann?«, fragte er. »Und wann?«

»Nein, du verstehst mich nicht. Das geht mir alles zu schnell.« Sie entschied sich, das mit den Grasflecken auf ihrer Victoria-Beckham-Jeans lieber wegzulassen.

»Ich fand immer, je schneller, desto besser«, sagte er und erhob sich. »Komm schon, Kate. Wo liegt das Problem?«

»Erstens heiße ich nicht Kate, sondern Megan.«

»Ich weiß.«

»Aber du weißt nichts über mich«, erklärte Megan ihm und hoffte, dass sie, wenn sie einfach weiterredete, vielleicht die Berührung seiner Lippen und den Geschmack seiner Zunge vergessen könnte. »Und ich weiß nichts über *dich.*« Sie wusste, dass sie alles dafür geben würde, dass er sie noch einmal küsste.

Stattdessen ließ Greg sich auf die Bank fallen und verschränkte die Hände hinter dem Kopf. »Was willst du denn wissen?«

»Ich weiß nicht«, musste Megan gestehen und setzte sich neben ihn. So weit voraus hatte sie nicht gedacht. »Erzähl mir was von dir.«

»Da gibt's nicht viel zu erzählen. Bei mir kriegt man, was man sieht, wie es so schön heißt.«

»Das glaube ich nicht.«

»Nicht?«

»Ich denke, du bist viel komplizierter.«

Er schüttelte den Kopf. »Hat dir schon mal jemand gesagt, dass du dir zu viele Gedanken machst?«

»Mein Vater hat das immer zu meiner Mutter gesagt.«

»Ach ja? In letzter Zeit wohl nicht mehr so oft. Tut mir leid«, entschuldigte er sich, bevor Megan reagieren konnte. »Ich schätze, das war ziemlich blöd.«

»Schon gut. Es ist ja nicht direkt ein Geheimnis, dass meine Eltern sich getrennt haben.«

»Ich mag deine Mom.«

»Wirklich?«

»Ja. Ich mach ihr das Leben schwer, aber … sie ist cool.«

»Cool?«

»Und eine gute Lehrerin.«

Megan merkte, wie stolz sie war. Sie dachte an ihre Mutter in ihrem rot-weißen Seidenkleid und fragte sich, was sie in diesem Augenblick machte. »Was ist mit deinen Eltern?«

Sie spürte, wie er sich unweigerlich verkrampfte. »Mein Vater ist ein typischer Farmer. Er ist ein mieses Schwein.« Er lächelte, als ob er gerade das höchste Lob ausgesprochen hätte.

»Und deine Mutter?«

»Sie ist vor zwei Jahren gestorben. An Krebs.«

»Das tut mir leid.«

»Na ja, so ist das Leben, wie es so schön heißt.«

»Aber du vermisst sie doch bestimmt.«

»Inzwischen nicht mehr so sehr ... Willst du wissen, was ich am meisten vermisse?«, fuhr er unaufgefordert fort. »Ich vermisse, wie sie gesungen hat, wenn sie für uns alle Abendessen gekocht hat.« Er lachte.

»Konnte sie gut singen?«

»Sie konnte alles gut, was sie gemacht hat.«

»Dann musst du dein Talent von ihr haben.«

»Kann sein.« Jetzt war er es, der unvermittelt aufstand. »Na, dann sollten wir wohl mal zu den anderen gehen.«

»Wir könnten auch noch eine Weile hier sitzen bleiben«, bot Megan an, die noch gar nicht wegwollte.

»Nein, lass uns los. Du hast Recht. Hier ist weder die Zeit noch der Ort.«

Megan stand auf und hoffte, dass er ihre Hand nahm. Aber er war schon losgegangen und sah sich nicht mehr nach ihr um oder verlangsamte seine Schritte, damit sie ihn einholen konnte.

16

Wohin war seine Schwester verschwunden, fragte Tim sich und suchte die Menge ab. Er sah auf die Uhr, drückte auf den Knopf, der das Zifferblatt erleuchtete, und stellte fest, dass es schon fast elf war. Wo war sie die ganze Zeit geblieben?

In der Dunkelheit konnte er nur schattenhafte Umrisse erkennen. Trotz der hohen und hellen Laternen, die den Park säumten wie ein Heiligenschein, sowie kunstvolleren Gaslaternen entlang der Hauptwege, war es schwer die Gesichter der noch Anwesenden zu erkennen. Eine Reihe von Jugendlichen war nach zwei Stunden gut gemeinten, aber schlecht vorgetragenen Liedern und netten, aber langweiligen Gedenkreden rastlos geworden und vor etwa einer halben Stunde aufgebrochen, und die Verbliebenen hatten sich in kleinere Gruppen zerstreut, was es noch schwieriger machte, Megan auf den Fersen zu bleiben.

Eigentlich wollte er das auch gar nicht, aber er hatte ja keine andere Wahl. Irgendjemand aus seiner Familie musste schließlich Verantwortungsbewusstsein zeigen. Und war er jetzt nicht der Mann im Haus? Oblag es nicht ihm, dafür zu sorgen, dass alles in Ordnung war und das Leben seinen normalen Lauf nahm? Aber was war schon normal? Wusste das noch irgendjemand?

Er auf jeden Fall nicht.

Junge Mädchen wurden ermordet, und ihre Mörder zogen weiter; Väter ließen ihre Familien im Stich und zogen ebenfalls weiter – ließen sich sogar mit dem feuchten Traum jedes heranwachsenden Jungen ein. Nur dass sein Vater schon lange kein Teenager mehr war, dachte Tim traurig, kickte mit der Spitze seines schwarzen Lederschuhs ein Steinchen aus dem Weg und sah zu, wie es über das dürre Gras hüpfte. Sollte ein Mann seines Alters es nicht besser wissen? Und nun war seine Mutter nach Fort Lauderdale gefahren, mit ihrer besten Freundin, die gleichzeitig zufällig auch die Krankenschwester der Schule war, obwohl sie ganz und gar nicht wie eine Krankenschwester ausgesehen hatte, als sie ihre Mutter am frühen Abend abgeholt hatte. Wie lange würde es dauern, bis er das Bild ihrer plumpen, welken Brüste, die aus dem Ausschnitt eines zu kurzen Kleides quollen, wieder aus seiner Erinnerung getilgt hatte? Mein Gott, was hatte sie sich bloß dabei gedacht? Was *sahen* Menschen, wenn sie in den Spiegel blickten? Oder guckten sie gar nicht hin?

»Pass auf deine Schwester auf«, hatte seine Mutter ihn auf dem Weg zur Tür ermahnt, und Megan hatte sie garantiert das Gleiche gesagt. »Pass auf deinen Bruder auf«, konnte er sie flüstern hören und fragte sich, was sie im Augenblick machte, ob sie sich amüsierte und sich, wenn sie tatsächlich eine Verabredung hatte, angemessen verhielt.

Im Gegensatz zu seinem Vater.

Im Gegensatz zu seiner Schwester.

Was hatte Megan sich heute Abend überhaupt gedacht? Und dann ausgerechnet mit Greg Watt. Es war schon schlimm genug, dass sie sich von diesem zu groß geratenen Spargel hochheben und über die Schulter hatte werfen lassen wie einen Sack Kartoffeln, aber dann in aller Öffentlichkeit mit ihm rumzumachen bei einer Gedenkfeier für eine ermordete Freundin! Hatte sie wirklich geglaubt, dass keiner sie sehen konnte? Nur weil sie und Greg zum anderen Ende des Parks gegangen waren, waren sie schließlich nicht unsichtbar geworden. Und selbst wenn sie auf die andere Seite des Monds gegangen wären, hätte noch irgendjemand sie gesehen. Hatte sie allen Anund Verstand verloren?

Aber dann war zum Glück irgendwas passiert. Er war zu weit entfernt gewesen, um zu sehen oder zu hören, was, aber *irgendetwas* war ganz offensichtlich passiert, jemand hatte *irgendetwas* gesagt, denn plötzlich klammerten Greg und seine Schwester sich nicht mehr aneinander wie zwei überhängende Efeuranken, sondern Greg ging in eine Richtung davon und Megan in die andere, und danach hatte Tim sie den ganzen Abend nicht mehr zusammen gesehen.

Auch jetzt war Megan nicht in seiner Nähe, bemerkte Tim und wusste nicht, ob er beunruhigt oder erleichtert sein sollte. Greg und Joey spielten mit ein paar Sportcracks eine improvisierte Runde Touch-Football, ohne die Gruppe von Jugendlichen zu beachten, die noch immer im Kreis saßen und Victor Drummonds abscheulichem Vortrag des alten Beatles-Klassikers »Strawberry Fields Forever« lauschten.

In dem schwachen Licht suchte Tim in der Runde vergeblich nach Megans Gesicht. Weder wiegte sie sich mit einigen anderen zu der Musik hin und her, noch schwenkte sie eine heruntergebrannte Kerze in der drückenden Luft. Erdbeerfelder waren offenbar nicht ihr Ding, dachte Tim erleichtert, weil er den blöden Song auch nie hatte leiden können. Er ergab überhaupt keinen Sinn.

Aber was ergab schon Sinn?

Ein süßliches Aroma wehte ihm in die Nase, als er in der Dunkelheit eine weitere Gruppe Jugendlicher erspähte, die unter einer großen Dattelpalme einen Joint kreisen ließ. Aus irgendeinem Grund hatten die Polizisten sie gewähren lassen, wahrscheinlich hatten sie beschlossen, dass die Kids bekifft weniger Ärger machen würden. Aber vielleicht waren sie auch zu dumm, um mitzukriegen, was direkt vor ihrer Nase abging.

Tim sah Ginger Perchak, Tanya McGovern und einige andere Mädchen leise weinen, während sie auf den nächsten Zug warteten, und er fragte sich, ob sie um Liana oder sich selbst weinten. Er fand es interessant, dass Mädchen eine Woche, nachdem man Lianas Leiche aus der Erde geborgen hatte, noch immer bei der kleinsten Provokation oder manchmal auch grundlos in Tränen ausbrachen. Man musste sie nur falsch angucken – konnte man es überhaupt richtig machen? –, und schon flennten sie los. Und das, obwohl niemand sie beschimpfte oder beleidigte. Oder sie für schwul hielt. Warum war es Mädchen erlaubt – oder wurde sogar von ihnen erwartet –, in jeder noch so banalen Situation Gefühle zu zeigen, während von Jungen auch in der ernstesten Lage erwartet wurde, dass sie Haltung wahrten? Worin lag da die Gerechtigkeit?

»Es ist okay zu weinen«, hatte seine Mutter ihm mit Tränen in den Augen erklärt, als sein Vater ausgezogen war. Aber es war nicht okay. Das wusste er, ohne dass es ihm einer sagen musste. Sein Vater hatte die moralische Orientierung verloren, deshalb war ihre Welt auf den Kopf gestellt worden. Jetzt musste er wachsam sein, immer auf der Hut. Wenn er nicht stark war oder sich nur einen Moment lang abwandte, wenn er es zuließ, dass sein Blick sich mit Tränen verschleierte wie der seiner Mutter, wenn sie glaubte, dass niemand hinsah, wie sollte er dann je einen Ausweg finden? Wie sollte er sie aus diesem Dunkel herausführen?

Wieder schaltete er die Beleuchtung des Zifferblatts an, obwohl er wusste, dass seit dem letzten Blick auf die Uhr erst wenige Minuten verstrichen waren. Wo zum Teufel war Megan? Sie war weder mit Greg zusammen noch mit Ginger und Tanya, und es wurde langsam spät, in einer Stunde mussten sie zu Hause sein, und alleine wäre sie doch wohl bestimmt nirgendwohin gegangen. *So* blöd konnte sie nicht sein.

Und dann war die Abendluft mit einem Mal von einem wunderschönen Klang erfüllt. Ein Mädchen sang, ihre Stimme so rein und klar wie ein kalter Gebirgsbach. *Kannst du mich am Morgen retten*, sang sie, und die Stimme wurde mit jedem traurigen Refrain kräftiger und entschlossener.

Tim hielt den Atem an. Die Sängerin war Delilah Franklin.

Überall beugten Leute sich vor und neigten ihren Kopf in Richtung der Musik. Ungläubiges Flüstern wehte durch die Reihen. »Wer ist das?«, fragte irgendjemand tuschelnd. »Ist das wirklich Delilah Franklin?«, fragte ein anderer. »Muss Playback sein«, vermutete ein Dritter.

»Heilige Scheiße!«, rief Greg, ließ den Football fallen und drängte sich in den Kreis. »Ist das Big D, die ich da singen höre?«

»Was ist hier los?«, wollte Joey Balfour wissen, der atemlos neben Greg auftauchte. »Klingt wie ein brünstiges Schwein.«

»Halt's Maul, Balfour«, sagte Greg.

»Ich hab echt gedacht, dass wieder eine Tussi abgemurkst wird.«

»Halt's Maul, hab ich gesagt.«

»Und ich sage, leck mich«, gab Joey zurück.

»Und ich sage, das reicht«, ging Victor Drummond dazwischen. »Wir sind hier, um Lianas Andenken zu ehren, und nicht, um uns aufzuführen wie ein Haufen Arschlöcher.«

»Was Arschlöcher angeht, bist du als Schwuchtel wohl der Experte, was?«, fragte Joey.

Alle hielten die Luft an. Tim beobachtete, wie Victor seine Gitarre nahm und langsam aufstand. Einen Augenblick lang fragte Tim sich, ob Victor Joey das Instrument über den Kopf ziehen würde, aber Victor wandte sich ab und ging davon. »Die Party ist zu Ende«, sagte er über die Schulter.

»Oh nein, ist sie nicht«, rief Joey ihm nach. »Kennst du den Spruch nicht, *'it ain't over till the fat lady sings*? Ups«, fügte er hinzu. »Die fette Lady *hat* ja schon gesungen.«

Die Umsitzenden lachten.

»Dann können wir wohl alle nach Hause gehen«, redete Joey weiter. »Die fette Lady hat auf jeden Fall schon gesungen.«

Tim erwartete beinahe, dass Greg ihm noch einmal über

den Mund fuhr und Delilah ermutigte weiterzusingen. Aber stattdessen lachte er mit den anderen und zuckte seine breiten Schultern, als wollte er sagen, tut mir leid, ich hab es versucht. Dann kehrte er zu seinem Football-Spiel zurück.

Delilah blieb eine Weile mit gesenktem Kopf sitzen. Tim fragte sich, was sie dachte, als sie sich langsam erhob und wegging. »Die fette Dame hat gesungen«, rief ein Junge irgendwo rechts von Tim.

»Spielverderber«, rief ein Mädchen Delilah nach. Und dann erhob sich auf der anderen Seite des sich auflösenden Kreises ein Gesang, der sich mit einer Vielzahl von Stimmen rasch im gesamten Park ausbreitete: *Jeder Spaß braucht seine Bremse, und nur deshalb bist du hier. Spaßbremse. Spaßbremse.*

Die gnadenlosen Stimmen verfolgten Delilah aus dem Park bis auf die Straße. Tim sah, wie sie über die Straße rannte und um eine Ecke verschwand, und sie tat ihm trotz allem leid. Eigentlich hatte er für die Tochter der Frau, die seine Familie zerstört hatte, nur Verachtung übrig. Er schüttelte den Kopf, um sein unangebrachtes Mitgefühl zu vertreiben. Es war egal, dass Delilah eine Stimme hatte wie ein Engel. Entscheidend war, dass sie fett und unbeholfen und damit ein leichtes Opfer war. Und wenn man sich auch nur in ihre Nähe begab, wurde man ebenfalls zum Opfer. Nein, Tim konnte sich den Luxus von Mitleid nicht leisten.

»Wow«, sagte ein Mädchen hinter ihm. »Wer hätte gedacht, dass sie so toll singen kann?«

Tim fuhr herum und starrte unvermittelt in das Gesicht von Amber Weber. »Ja«, war alles, was er herausbrachte. Mädchen gegenüber war er schon immer schüchtern gewesen, und Amber Weber war nicht irgendein Mädchen, sondern die Tochter des Sheriffs. Sie war zwar ziemlich dünn, aber mindestens fünf Zentimeter größer als er und außerdem hübsch, und er hatte noch nie gewusst, was man mit echt hübschen, echt großen Mädchen redete, deren Vater Sheriff war, also sagte er noch einmal: »Ja.«

»Irgendwie tut sie einem leid«, fuhr Amber fort, als könnte sie seine Gedanken lesen.

»Ja.«

»Echt schade, dass sie so fett ist. Sonst wäre sie eine wunderbare Kate. Tut mir leid«, entschuldigte Amber sich sofort. »Ich weiß, dass Megan bestimmt fantastisch sein wird in der Rolle. Ich freue mich total darauf, mit ihr zu spielen.«

»Ja.« Tim fragte sich, ob sie mit ihm flirtete. Sie hatte noch nie mehr als zwei Worte zu ihm gesagt, obwohl sie in dieselbe Klasse gingen. »Hast du sie gesehen?«

»Deine Schwester?«

»Ja.«

Amber blickte sich um. »Nein. Vorhin hab ich sie gesehen«, sagte sie und hielt inne, ohne den Gedanken zu beenden.

Tim vollendete ihn in seinem Kopf. Mit Greg.

»Warum warst du nicht bei dem Vorsingen für das Musical?«, fragte sie.

Tim zuckte die Achseln.

»Du hättest kommen sollen. Es macht Spaß. Du solltest mit Mr. Lipsman reden. Vielleicht ist es noch nicht zu spät. Du könntest im Chor mitsingen oder so.«

»Ich glaube nicht«, sagte Tim.

»Musicals sind einfach nicht dein Ding?«

Tim schüttelte den Kopf. Was wollte sie andeuten? Dass er Musicals lieben müsste, bloß weil sein Name auf irgendeiner bescheuerten Schwuchtel-Liste gelandet war?

»Weißt du, wie spät es ist?«, fragte Amber.

Funktionierte die Uhr an ihrem Handgelenk nicht, fragte Tim sich und sah auf seine.

»Das ist ja cool«, sagte Amber, als sie das erleuchtete Zifferblatt sah.

»Es ist fast elf.«

»Mist. Ich muss gehen. Mein Vater holt mich ab.« Sie zeigte zum anderen Ende des Parks. »Sollen wir dich mitnehmen?«

Tim wäre liebend gern mitgefahren. Sein Bein hatte ihm

schon den ganzen Tag Probleme gemacht, und den halben Abend herumzustehen, hatte bestimmt auch nicht geholfen. Ganz zu schweigen davon, dass er gelangweilt, müde und sauer auf Megan war. Wo war sie überhaupt? »Ich kann nicht.« Er meinte, für einen Moment so etwas wie Enttäuschung in Ambers Augen aufflackern gesehen zu haben. War das möglich? »Ich könnte dich aber dorthin begleiten«, bot er an, der längste zusammenhängende Satz, der an diesem Abend über seine Lippen gekommen war.

»Das wäre toll. Ich hab nämlich ein bisschen Schiss, weißt du.«

»Ja.«

Sie begannen durch den Park zu schlendern, wichen den Jugendlichen aus, die noch am Rand des aufgelösten Kreises herumlungerten, der jetzt kaum noch ein Halbkreis war, und achteten darauf, nicht von dem Football getroffen zu werden, der über ihren Kopf segelte. »Hey, Wichser«, rief Greg ihm nach. »Willst du gehen, ohne dich zu verabschieden?«

»Hast du meine Schwester gesehen?«, fragte Tim.

Greg gab keine Antwort.

Einen Moment lang überlegte Tim, ob Greg ihn vielleicht nicht gehört hatte, aber das höhnische Grinsen, das seine Lippen umspielte, machte deutlich, dass eine Wiederholung der Frage nichts bringen würde. Er wollte ihm den Stinkefinger zeigen, besann sich jedoch eines Besseren. Ihre Mutter hatte auch schon genug Sorgen, ohne dass er mit gebrochenen Knochen nach Hause kam. Er fragte sich wieder, was sie gerade machte und ob sie schon auf dem Nachhauseweg war. Fort Lauderdale lag ungefähr eine Autostunde entfernt, sie und Rita müssten also schon auf dem Highway sein.

»*Er* ist der Wichser«, flüsterte Amber und berührte seinen Ellenbogen.

Tim spürte einen Blitzschlag, der seinen Körper von seinem Arm bis direkt zu seinem Penis durchzuckte, sodass er stehen bleiben musste, weil seine Beine ihren Dienst versagten.

»Alles okay mit dir?«, fragte Amber und berührte ihn erneut.

Wenn sie nicht damit aufhörte, würde er doppelseitig gelähmt sein, bevor sie die Straße erreichten. »Ja«, grunzte er.

»Ist irgendwas mit deinem Bein?«

»Eine kleine Prellung«, brachte er krächzend hervor.

»Ja? Wie ist das denn passiert?«

»Ich bin gestolpert«, log er, weil er ihr schlecht erzählen konnte, dass er am Abend zuvor ein paar Kung-Fu-Tricks ausprobiert hatte, die er im Fernsehen gesehen hatte, sich dabei die eigenen Füße verknotet hatte und krachend auf dem Boden gelandet war. Im Fernsehen hatte es so leicht ausgesehen. Und vielleicht wäre es irgendwann ganz nützlich, wenn er seine Mutter oder seine Schwester beschützen müsste vor ... was? Und wem wollte er etwas vormachen? Er konnte ja kaum zwei Schritte machen, ohne über die eigenen Füße zu stolpern. Wie sollte er da irgendwen beschützen?

»Du musst vorsichtiger sein«, sagte Amber.

»Ja.«

Diesmal behielt sie ihre Hände bei sich, und sie legten den Rest des Weges schweigend zurück. In der Hoffnung, Megan zu entdecken, ließ Tim seinen Blick schweifen. Der Streifenwagen von Ambers Vater parkte schon am Straßenrand, als sie ankamen, ihr Vater stand wartend daneben.

»Hi, Dad«, sagte Amber und löste sich von Tims Seite. »Das ist Tim. Tim Crosbie.«

Tim beobachtete, wie die Augen des Sheriffs schmal wurden, als er die Hand ausstreckte. »Der Sohn von Ian Crosbie?«

»Ja, Sir.« Tim spürte, wie der große Mann seine Finger in dessen Pranke förmlich zermalmte, sodass seine Hand vorübergehend taub wurde.

»Tims Mom ist Englischlehrerin«, sagte Amber. »Ich kriege sie nächstes Jahr.«

Wenn wir dann noch in Florida sind, dachte Tim stumm.

»Können wir dich nach Hause bringen, Tim?«, fragte der Sheriff.

»Nein, Sir, trotzdem vielen Dank.«

»Tim wartet auf seine Schwester«, erklärte Amber. Aber der Sheriff stieg schon wieder in seinen Wagen.

»Was ist mit Delilah?«, hörte Tim ihn fragen.

»Sie ist schon gegangen.« Ohne weitere Erklärung öffnete Amber die Beifahrertür und stieg neben ihrem Vater ein. Als sie losfuhren, drehte sie sich um und winkte.

Tim stand auf dem Bürgersteig, sah dem Wagen nach, bis er mit dem Horizont verschwommen war, und rieb sich mit der von Ambers Vater zerquetschten Hand den Ellenbogen, den sie berührt hatte. Er fragte sich, was all das zu bedeuten hatte. Hatte ihr unvermutetes Interesse an ihm bedeutet, dass sie sich tatsächlich für ihn *interessierte*, oder hatte sie nur einen Begleiter gesucht, der sie heil zum anderen Ende des Parks eskortierte?

»Wer weiß?«, sagte er, als er den Rückweg durch den Park antrat. *Wer zum Teufel weiß schon, was im Kopf einer Frau vor sich geht*, hörte er seinen Vater murmeln.

Er hatte den Park beinahe ganz durchquert, als er eine Gestalt sah, die an einer großen Königspalme lehnte und in die Büsche jenseits des Wegs starrte. »Scheint ja sehr interessant zu sein«, sagte Tim, als er sich vorsichtig näherte.

»Was findest du denn interessant?«, kam die gemessene Antwort.

Tim zuckte die Achseln und bereute es, gefragt zu haben. Er hätte es besser wissen müssen. Brian Hensen war ein komischer Typ. »Soweit ich weiß, machen unsere Mütter einen Ausflug zusammen.«

Brian drehte die Schultern zu ihm, ohne die Position seiner Hüften oder Füße zu verändern, was ziemlich schmerzhaft aussah. »Glaub schon.«

»Hat deine Mutter Freunde in Fort Lauderdale?« Tim versuchte, die Frage möglichst beiläufig klingen zu lassen. Er lehnte sich an den Baum und hoffte, ein paar Informationen darüber zu bekommen, was genau seine Mutter eigentlich machte. Gleichzeitig konnte er so für einen Moment sein schmerzendes Bein entlasten.

»Nicht dass ich wüsste. Warum?«

»Ich dachte, dort wollten sie hinfahren.«

»Ach ja? Davon hat sie nichts gesagt.« Brian drehte seine Schultern in ihre ursprüngliche Position zurück und starrte in die Ferne. »Ich glaube, sie trifft sich mit einem Mann«, sagte er nach einer längeren Pause.

Tims Mund wurde trocken. »Wie kommst du darauf?«

»Ich hab ihre E-Mails gelesen. Sie hat sich bei einer Internet-Partnervermittlung angemeldet.«

Brians Kühnheit schockte ihn beinahe noch mehr als die Tatsache, dass Rita Hensen die Dienste einer Internet-Partnervermittlung in Anspruch nahm. Aber am meisten schockierte es ihn, dass seine Mutter in irgendeine Weise in die Sache verwickelt war. Er sah erneut auf seine Uhr, obwohl er diesmal darauf verzichtete, das Zifferblatt zu beleuchten. »Um Mitternacht wollten sie wieder zu Hause sein.«

»Ach ja? Ich würde nicht mit angehaltenem Atem darauf warten.«

Tim merkte, dass er genau das getan hatte, und stieß die Luft in seiner Lunge mit einem schmerzhaften Seufzer aus. »Hast du meine Schwester gesehen?«

Brian schüttelte den Kopf. »Seit ein paar Stunden nicht.«

Tim stieß sich von dem Baum ab. Er musste Megan finden. Wo steckte sie? Und was wollte seine Mutter von Männern, die sie durch eine Internet-Partnervermittlung kennen gelernt hatte? Wollte sie sich so an seinem Dad rächen, war es eine verdrehte Form der Vergeltung? Frauen benahmen sich wirklich so verwirrend. Vielleicht sollte er einfach zu seinem Vater ziehen. Das wäre bestimmt sehr viel einfacher.

Aber sein Vater wollte ihn nicht. Hatte er das durch seinen Auszug nicht unmissverständlich klargemacht?

»Meine Mom hat mir erzählt, dass dein Dad Selbstmord begangen hat«, sagte Tim und dachte, dass er das lieber nicht gesagt hätte. Denn trotz aller Bemühungen ihrer Mütter waren Brian und er nicht direkt befreundet. Dies war wahrscheinlich die längste Unterhaltung, die sie je geführt hatten.

»Da hat sie Recht.«

»Sie hat gesagt, du hättest ihn gefunden.«

»Da hat sie auch Recht.«

An seinem Tonfall konnte Tim nicht erkennen, ob Brian wütend war. Brian klang eigentlich immer gleich, egal was er sagte, seine Stimme war ausdruckslos und für einen so schmächtigen Jungen erstaunlich tief. Aber so schmächtig war Brian eigentlich gar nicht, dachte Tim, als er die Muskeln unter Brians engem, grauem T-Shirt sah. Auch wenn sein Gesicht beinahe unwirklich blass war, sodass er beinahe zerbrechlich wirkte, hatte er körperlich in den letzten Monaten kräftig zugelegt. Tim fragte sich, ob er trainierte, und überlegte, ob er ihn nach seinen Übungen fragen sollte. Stattdessen fragte er: »Wie war das? Ihn zu finden, meine ich.«

»Ziemlich eklig«, antwortete Brian nüchtern. »Ich meine, er hatte sich erhängt, seine Augen quollen hervor, seine Zunge hing ihm aus dem Mund, ungefähr so.« Diesmal wendete er seinen ganzen Körper, um Tim direkt anzusehen, drehte den Kopf zu einer Seite, streckte die Zunge heraus und riss die Augen so weit auf, dass das Weiße in der Dunkelheit leuchtete.

Tim machte unwillkürlich einen Schritt zurück.

»Ich dachte, dass ich es irgendwann mal ausprobiere«, fuhr Brian fort. »Nicht, mich umzubringen, natürlich. Nur einen kleineren Blackout. Ich habe gehört, es gibt Leute, die voll darauf abfahren.«

Tim wich langsam zurück. Die bloße Berührung von Amber Weber war für heute Abend schon aufregend genug gewesen. Nun reichte es ihm. »Ich sollte mal. Ich muss Megan finden«, sagte er, stolperte über sein schmerzendes Bein und fiel hin.

Brian streckte die Hand aus, um ihm aufzuhelfen. »Das war echt cool«, meinte er mit ausdrucksloser Miene.

Sie hörten ein Rascheln in den Büschen vor ihnen, sahen einen Mann herauskriechen und über den Weg auf sie zukommen. Das Licht der Laternen warf seltsame Schatten auf seinen kahlen Kopf.

»Mr. Peterson«, keuchte Tim. »Was machen Sie denn hier?«

»Ich behalte bloß alles im Auge«, sagte der Physiklehrer mit einem hinterlistigen Lächeln, »und achte darauf, dass nichts außer Kontrolle gerät.« Er wies mit dem Kopf auf Tims Hand, die Brian immer noch hielt.

Tim zog sie sofort weg. »Ich bin hingefallen«, stotterte er. »Brian hat mir bloß aufgeholfen.«

Mr. Petersons Lächeln breitete sich bis zu seinen Augenwinkeln aus. »Schönen Abend noch, Jungs«, sagte er und ging weiter.

Tim hörte Brian hinter sich lachen.

Tim fuhr so heftig herum, dass er fast wieder hingefallen wäre.

»Vorsichtig«, warnte Brian und lachte wieder los.

»Was ist denn so komisch?«

»Du hättest mal dein Gesicht sehen sollen.«

»Du weißt doch, was er gedacht hat, oder?«

»Wen kümmert es, was er gedacht hat?«

»Scheiße«, murmelte Tim. Stimmten die Gerüchte etwa? War Brian schwul?

»Willst du wissen, was ich denke?«, fragte Brian.

»Nicht dringend.«

»Ich denke, du solltest deine Schwester suchen«, sagte Brian trotzdem. Und dann fing er wieder an zu lachen.

17

Sandy fragte sich, wie jemand so dumm sein konnte, vor allem jemand, der angeblich so klug war. Zumindest klug genug, dass man ihr den beeinflussbaren Verstand mehrerer hundert Jugendlicher anvertraute, die sie angeblich fördern und führen sollte. Aber war sie dazu denn überhaupt in der Lage?

Was hatte sie sich dabei gedacht? Wie hatte sie in einen derartigen Schlamassel geraten können?

Sie ließ die entscheidenden Momente des Abends noch einmal Revue passieren: Um halb acht hatte Rita sie abgeholt; um halb neun waren sie auf den Parkplatz von Miss Molly's Ocean Bar and Grill in Fort Lauderdale gefahren; gegen neun waren die beiden Männer eingetroffen, mit denen sie verabredet waren; etliche Minuten quälender Unterhaltung später war wundersamerweise Will Baker aufgetaucht; und nicht einmal eine Viertelstunde später raste sie mit seinem knallroten Porsche über den Highway und warf verstohlene Seitenblicke auf den umwerfend attraktiven und charmanten Mann neben ihr. Vielleicht hätte sie geargwöhnt, dass er zu gut war, um wahr zu sein, wenn sie irgendetwas gedacht hätte. Denn wie hieß es doch gleich: Wenn einem etwas zu schön vorkam, um wahr zu sein, war es das meistens auch. Warum war ihr dieser Gedanke nicht gekommen, als sie bereitwillig in seinen Wagen gestiegen war, mit seinem Handy Rita angerufen und ihr erklärt hatte, dass sie nicht ins Lokal zurückkehren würden. Sie bat ihre Freundin, sie bei Bob und Ed zu entschuldigen, und versprach, am nächsten Tag anzurufen.

»Verzeihung. Ich glaube, die Verbindung ist ziemlich schlecht«, hatte Rita ruhig erwidert und sich vermutlich für einen Moment vom Tisch entschuldigt. »Was soll das heißen, du rufst mich morgen an?«, wollte sie kurz darauf wissen. »Wo zum Teufel bist du?«

»Ich bin mit Will unterwegs«, antwortete Sandy, und Will lächelte und tätschelte ihre Hand. Er ließ seine Hand kurz auf ihrem Oberschenkel liegen, und zum ersten Mal spürte Sandy einen leisen, aber bohrenden Zweifel an der Weisheit ihres Entschlusses, den sie jedoch rasch wieder verdrängte.

»Nun, ich bin nicht direkt begeistert, aber verdenken kann ich es dir nicht. Er ist wirklich süß.«

»Finde ich auch.«

»Fährt er dich nach Torrance zurück?«

»Davon gehe ich aus.«

»Vielleicht solltest du das lieber klären.«

»Mach dir keine Sorgen. Ich ruf dich morgen an.« Sandy beendete das Gespräch, bevor Rita noch etwas sagen konnte.

»Alles in Ordnung? Deine Freundin ist dir nicht böse, weil du sie mit diesen beiden Internet-Kavalieren alleingelassen hast?«

»Ach, so übel waren sie auch wieder nicht.« Sandy hatte Bob eigentlich ganz nett gefunden und bereute es ein wenig, ihn so rücksichtslos sitzengelassen zu haben. Er hatte etwas Besseres verdient. »Und Rita ist cool. Die kriegt das schon hin.«

Rita ist *cool*?, wiederholte Sandy stumm. Wann hatte sie angefangen zu reden wie ihre Schüler? Was war los mit ihr? Erst hatte sie ihre beste Freundin wegen eines attraktiven Fremden alleingelassen, und jetzt warf sie mit unvertrauten Wörtern wie *cool* um sich. Es war ein rutschiges Seil, auf dem sie balancierte, dachte sie und fragte sich, ob sie ein bestimmtes Ziel ansteuerten oder einfach nur so herumfuhren. Aber anstatt zu fragen, schmiegte sie sich tiefer in ihren dunkelbraunen Ledersitz und sagte: »Ein schöner Abend. Und ein schönes Auto.«

»Ein schöner Abend. Ein schönes Auto. Ein schönes Mädchen«, sagte Will mit einem lockeren Lächeln.

Sandy lächelte ebenfalls. Wie lange war es her, seit irgendjemand sie zum letzten Mal ein Mädchen genannt hatte? Wenn Ed oder Bob sich Ähnliches herausgenommen hätten, hätte sie sicher laut protestiert. Doch aus dem Mund von Will war die Bezeichnung geradezu erregend. Sie lehnte sich zurück und genoss es, so herrlich verantwortungslos zu sein. Sie war stets ein braves Mädchen gewesen, immer eifrig darauf bedacht, alle Regeln einzuhalten. Und wohin hatte sie das gebracht? Nach Torrance. Es wurde definitiv Zeit für eine Veränderung. »Und bist du in Florida geboren?«, fragte sie und wünschte sich, ihr wäre etwas Originelleres eingefallen.

»Ist das irgendjemand?«, fragte er zurück.

»Fast alle Bewohner von Torrance sind auch da geboren.«

»Torrance?«

»Da wohne ich«, erklärte Sandy. »Es liegt etwa eine Stunde westlich von hier.«

»Wurde da nicht letzte Woche ein Mädchen ermordet?«

Erneut dieser bohrende Zweifel. »Ja. Was weißt du davon?«

»Nur was in der Zeitung stand. Haben Sie den Typen gefunden?«

»Noch nicht.«

Will schwieg.

»Und woher *kommst* du nun?«, fragte Sandy.

»Aus Chicago.«

»Hattest du keine Lust mehr auf die langen Winter?«

»Ich hatte keine Lust mehr auf die ewigen Streitereien mit meiner Ex. Ich hab mir gedacht, vielleicht ist es für alle das Beste, wenn ich woanders hingehe.«

Wieder spürte Sandy diesen bohrenden Zweifel, den sie jedoch sofort als albern verwarf. Er hatte also eine Exfrau, na und? Was hatte sie erwartet? Dass er ein Mann ohne Vergangenheit war? Und außerdem, würde sie nicht bald auch eine

Ex sein? *Ex, ex, ex, ex*, wiederholte sie stumm und genoss den harten Klang. »Hast du Kinder?«, hörte sie sich fragen.

»Zwei Jungen, sieben und neun.«

Das bedeutete, dass er wahrscheinlich jünger war als sie. Wieder meldete sich der bohrende Zweifel.

»Und du?«, fragte Will.

»Ein Junge und ein Mädchen. Megan ist siebzehn, Tim sechzehn«, fügte sie zögernd hinzu und fragte sich, wie viel jünger Will sein mochte? Fünf Jahre? Zehn? Und was genau bedeutete das? Dass er eine Vorliebe für ältere Frauen hatte? Dass er Alter unwichtig fand? Dass er ohne seine Brille blind war wie eine Fledermaus?

»Wirklich? Dann musst du aber sehr jung Mutter geworden sein.«

»Offen gestanden, war ich erst zehn«, sagte Sandy.

Will lachte. »Eine kindliche Braut.«

»Fast.«

»Und was ist passiert?«

»Wir sind erwachsen geworden.«

Will nickte. »Ja, das kommt in den besten Familien vor.«

»Offensichtlich.«

»Was macht er?«

»Er ist Arzt.«

»Na, das ist doch prima für dich.«

»Ja? Wieso?«

»Da kannst du ihn gründlich melken.«

Hinter dem breiten Lächeln von Will Baker machte Sandy einen Hauch von Zorn aus und spürte wieder den Zweifel. »Ich hab kein Interesse daran, ihn zu melken.«

»Das sagen sie am Anfang alle. Und dann überlegen sie es sich anders.«

»Sie?«

»Hast du ihm das Studium finanziert?«

»Ja, aber dafür hat er mir später meine Lehrerausbildung bezahlt.«

»Trotzdem wirst du besser wegkommen.«

Sandy hörte sich seufzen, wandte sich ab und betrachtete die Umgebung. Eine Reihe von Apartmenthochhäusern verdeckte den Blick auf den Ozean. Sie dachte an Rita und fragte sich, wie sie mit Ed und Bob zurechtkam. Vielleicht würde sie ihr bei Publix eine Pflanze oder eine Schachtel Pralinen kaufen. Bei dem Gedanken an Letztere knurrte ihr Magen vernehmlich. Verlegen faltete sie die Hände über dem Bauch.

»Ich nehme an, die Scheidung war nicht deine Idee«, sagte Will.

War das so offensichtlich? »Nein, war es nicht.«

Er berührte ihre Hand. »Was nicht heißt, dass sie nicht trotzdem gut war.«

Sandy lächelte und spürte, wie ihre Anspannung sich löste. »Wohin fahren wir?«, fragte sie, als er an der nächsten Ecke links abbog.

»Ich dachte, wir essen einen Happen.«

Das war eine gute Idee, fand Sandy, deren Magen erneut knurrte. Er beschleunigte den Sportwagen, und nach einer Viertelstunde hatten sie den Ozean hinter sich gelassen. »In dieser Gegend scheint es ja nicht besonders viele Restaurants zu geben«, stellte Sandy fest, als sie ihren Blick durch die Wohnstraßen schweifen ließ.

»Wer hat denn was von einem Restaurant gesagt?« Er bog rechts ab und dann noch einmal links auf den Parkplatz eines bescheiden aussehenden, zwanzigstöckigen Hochhauses. Er parkte den Porsche auf dem Stellplatz 602 und schaltete den Motor ab. »Da wären wir.«

»Wo wären wir?«

»So bescheiden es auch sein mag.« Er sprang aus dem Wagen und eilte auf ihre Seite, um ihr die Tür zu öffnen.

Sandy zögerte. »Will …«

»Irgendwas nicht in Ordnung?«

»Ich bin mir nur nicht sicher, ob das eine gute Idee ist.«

»Was ist keine gute Idee?«

»Das.« Musste sie es ihm einzeln vorbuchstabieren?

»Das?«

Offensichtlich. »Mit in deine Wohnung zu kommen.«

»Hast du Angst vor Fahrstühlen?«

Sie lachte. »Nein, ich dachte bloß ...«

»Was dachtest du bloß?« Er lächelte wieder und amüsierte sich augenscheinlich prächtig. »Hast du gedacht, wir fahren den ganzen Abend nur rum?«

Sandy merkte, dass sie nicht so weit voraus und im Grunde genommen eigentlich gar nichts gedacht hatte. »Ich will bloß nicht, dass du eine falsche Vorstellung kriegst.«

»Und welche falsche Vorstellung sollte das sein?«

»Du weißt schon.« Das war albern. Sie benahm sich wie ein Backfisch.

»Du denkst, ich will dich aus einem ganz bestimmten Grund hoch in meine Wohnung locken?«

»Nein, das ist es nicht.« Natürlich war es das. Warum brachte ein Mann eine Frau sonst in seine Wohnung? Sie mochte sich zwanzig Jahre lang nicht mehr in der Welt der Singles bewegt haben, aber egal wie sehr sich die Welt in diesen zwanzig Jahren gewandelt hatte, manche Dinge änderten sich nie, und das war auf jeden Fall eins dieser Dinge.

»Okay. Jetzt mal ganz ehrlich«, sagte Will. »Ich habe offen gestanden einen Riesenhunger. Ich habe seit dem Frühstück nichts mehr gegessen, den ganzen Tag geschuftet und dann auf dem Nachhauseweg bei Miss Molly Halt gemacht, um einen Happen zu essen, wo ich deine Unterhaltung belauscht, deine Notlage gesehen und spontan entschieden habe, dich wegzuzaubern, aber jetzt bin ich vor Hunger schon ganz schwach auf den Beinen, und in meinem Kühlschrank ist noch ein bisschen Hühnchen, das ich gestern übrigens selbst zubereitet habe. Habe ich dir schon erzählt, dass ich ein großartiger Koch bin?«

Sandy schüttelte den Kopf.

»Also, ich bin ein großartiger Koch. Komm, Sandy. Was ist

los? Du hast mir genug vertraut, um in mein Auto zu steigen. Wovor hast du jetzt Angst?«

»Ich habe keine Angst.«

»Glaubst du, ich bin gefährlich?«

»Was? Nein.«

»Wo liegt dann das Problem?«

Wo *lag* das Problem, fragte Sandy sich. Ihr Körper strebte zu ihm, aber ihre Beine verweigerten den Dienst.

»Pass auf, ich mach dir einen Vorschlag. Wir gehen für zwei Minuten rein. Ich hör meinen Anrufbeantworter ab und check meine Mails, esse ein Stück von dem Huhn und fahre dich dann nach Torrance. Okay? Wie findest du das? Das ist doch nun wirklich fair, oder? Wenn du mir nicht vertraust, kannst du auch im Wagen warten.«

Sandy spürte, wie sie sich entspannte und ihre Lippen sich zu einem Lächeln verzogen. Sie benahm sich wirklich albern. Will Baker war ein kultivierter Mann. Und sie war eine erwachsene Frau und kein hilfloser Teenager. Also konnte sie auch aufhören, sich wie einer aufzuführen, sagte sie sich und stieg aus dem Wagen. »Vielleicht esse ich auch ein Stück von dem Hühnchen.«

»Dachte ich mir, dass du es dir noch überlegst.«

Sie betraten eine in Weiß und Gold gehaltene Lobby mit schweren Spiegeln, in der ein älterer Wachmann hinter einem hohen Empfangstresen aus Marmor saß. »Hallo, Mr. Baker«, sagte er und winkte, als sie vorbeigingen.

Sandy spürte, wie sich die Restspannung in ihrem Körper löste. Sie musste sich keine Sorgen machen. Der Wachmann kannte Will mit Namen. Und er hatte ihr Gesicht gesehen. Sie war vollkommen sicher.

»Mr. Samuels«, sagte Will, als er Sandy zu einer Reihe von Fahrstühlen am Ende der Lobby führte. »Wie läuft's?«

»Ziemlich ruhig. Haben Sie von Mrs. Allen aus 1412 gehört?«

»Nein. Was ist passiert?«

»Schlaganfall. Letzten Montag«, sagte Mr. Samuels und versuchte, mit seinen gichtigen Fingern zu schnippen. »War sofort hinüber.«

»Das ist aber eine traurige Nachricht. Und wie kommt Mr. Allen zurecht?«

»Soll das ein Witz sein? Die Quiches stapeln sich schon vor seiner Tür. Der wird bestimmt keine Probleme haben, das können Sie mir glauben.«

Will lachte, als sich hinter ihm die Fahrstuhltüren öffneten. »Bis dann, Mr. Samuels.« Will drückte auf den Knopf für den sechsten Stock.

»Für euch Männer ist es so einfach, was?«, bemerkte Sandy, als die Fahrstuhltür zuging.

»Was?«

»Frauen.«

Will lachte. »Warum sagst du das?«

»Nun, die arme Mrs. Allen aus 1412 fällt tot um, und noch bevor sie auf dem Boden aufschlägt, stürzen die Frauen an ihre Herde, um Mr. Allen ein Abendessen zu kochen.«

»Willst du damit sagen, dass er nichts essen sollte?«

Sandy lächelte. »Ich sage nur, dass nichts dergleichen passieren würde, wenn *Mr.* Allen den Schlaganfall gehabt hätte. Mrs. Allen würde sich ihr Abendessen selbst kochen.«

»Echte Männer backen keine Quiche«, witzelte Will, als die Fahrstuhltür im sechsten Stock wieder aufging, und trat zur Seite, um Sandy aussteigen zu lassen.

»Aber ich habe gehört, dass sie ein verdammt gutes Hühnchen zubereiten«, sagte Sandy und ging neben ihm den schmalen, mit einem goldenen Teppich ausgelegten Korridor hinunter.

»Ein hervorragendes Hühnchen.« Will schloss die Wohnungstür auf, und Sandy betrat den winzigen grünbraun gestreiften Flur. »Hier entlang.« Er führte sie an einer kleinen modernen Kochnische vorbei in einen karg möblierten Wohn-Essbereich mit einem grünen Ledersofa und einem passenden

Sessel, einem halb vollen Bücherregal und einem kleinen Esstisch mit Glasplatte, an dem zwei schwarze Lederstühle mit hoher Rückenlehne standen. Große beigefarbene Keramikfliesen bedeckten den Boden. Teppiche oder Läufer gab es nicht, auch keine Bilder an den gebrochen weißen Wänden, keine Fotos und keinen Nippes irgendwelcher Art. »Mach's dir bequem, ich bin sofort zurück.«

Sandy trat an die Fensterfront an der Ostseite der Wohnung und starrte auf ein weiteres Hochhaus auf der anderen Straßenseite. Willkommen in der großen Stadt, dachte sie aufgeregt. Sie hatte vergessen, wie sehr sie diese Art zu wohnen vermisst hatte. Will klapperte inzwischen in der Küche herum. »Kann ich dir irgendwie helfen?«

»Nein, gar nicht.«

»Wie lange wohnst du schon hier?«

»Ungefähr ein Jahr.«

»Es ist sehr schön«, sagte sie, während sie im Geiste umdekorierte, die Ledermöbel gegen weniger wuchtiges Mobiliar austauschte und die Wände in einem wärmeren, einladenden Ton strich. Eigentlich war die Wohnung so ähnlich wie die, in der sie und Ian gelebt hatten, bevor sie mit Megan schwanger geworden war. Sie hatte die gleiche Größe und einen vergleichbaren Schnitt, allerdings weniger Fenster, einen billigen Holzboden und keine teuren Fliesen. Aber dort waren sie unglaublich glücklich gewesen. Andererseits hatte sie auch noch geglaubt, dass sie ganz glücklich waren, als er verkündet hatte, dass er sie wegen einer anderen Frau verließ.

Kerri Franklins Spiegelbild zwinkerte ihr aus der Scheibe zu. Sandy schloss die Augen und machte sie erst wieder auf, als sie eine Bewegung hinter sich spürte. Sie drehte sich um und sah Will, der mit zwei Drinks in den Händen hereinkam.

»Green Apple Martini, richtig?«

»Oh Gott, nein. Ich kann nicht.«

»Klar kannst du. Es dauert ein paar Minuten, bis das Hühnchen warm ist.«

»Wir müssen es doch nicht aufwärmen. Kalt ist es bestimmt auch köstlich.«

»Wer ist hier der Koch?«, erinnerte er sie.

Sandy wollte *ihn* gerade daran erinnern, dass er eben von ein paar Minuten gesprochen hatte, überlegte es sich jedoch anders. Sie wollte nicht undankbar klingen, da er sich die ganze Mühe offenbar nur machte, um sie zu beeindrucken. Hatte Ian sich nicht beschwert, dass sie nicht wüsste, wie man sich amüsiert, dass sie eine Party immer als Erste verließ und jedermanns Laune einen Dämpfer aufsetzte?

»Komm schon«, sagte Will. »Trink einen Schluck und versuch, dich zu entspannen. Ich check nur kurz meine E-Mails, und dann können wir essen.«

Sandy nickte und nippte zögerlich an ihrem Drink, um zu beweisen, dass sie kein Spielverderber war. Als er das Zimmer verlassen hatte, trank sie noch einen Schluck und dachte, dass ihr ein echter Festschmaus bevorstand, wenn das Hühnchen auch nur halb so gut war wie der Martini. Sie setzte sich auf das Sofa und spürte sofort, wie die Seide ihres Kleides an dem Leder klebte, schlug auf der Suche nach einer bequemen Position die Beine übereinander und streckte sie wieder aus. Sie nippte noch einmal an ihrem Martini, der viel mehr nach Apfel als nach Wodka schmeckte, sodass vermutlich kaum Gefahr bestand, dass er sie betrunken machen würde. Sie suchte einen Platz, um das Glas abzustellen, fand keinen und trank noch einen Schluck und dann noch einen und noch einen, jedes Mal größer als der vorherige, bis das Glas unversehens halb leer war. Egal, dachte sie und kippte den Rest auch herunter. Niemand sollte ihr vorwerfen können, dass sie nicht wusste, wie man sich amüsierte.

»Hey, Sandy«, rief Will aus dem Nebenzimmer. »Komm mal. Das musst du dir angucken.«

Sandy stellte das leere Glas auf den Boden, stand auf und merkte, dass das Zimmer sich drehte. »Hopsa«, sagte sie und packte die Sofalehne, bis das Zimmer zum Stillstand kam.

»Sandy«, rief er noch einmal.

»Wo bist du?«

»Im Schlafzimmer. Rechts den Flur hinunter.«

Im Schlafzimmer, wiederholte Sandy, bog links ab und landete in der Küche. Da konnte sie gleich mal nach dem Hühnchen sehen, dachte sie, beugte sich schnuppernd vor und öffnete die Tür des Backofens.

Der Ofen war leer.

Sandy wich erschrocken zurück. Vielleicht hatte sie ihn falsch verstanden, dachte sie, verzweifelt um einen klaren Gedanken bemüht. Hatte er nicht gesagt, dass er das Hühnchen aufwärmen wollte?

»Sandy«, rief er noch einmal. »Was ist los?«

»Ich komme.« Sie ging den Flur hinunter zum Schlafzimmer, auch wenn eine leise, aber eindringliche Stimme in ihrem Kopf sie drängte, so schnell wie möglich durch die Wohnungstür zu verschwinden. »Ich dachte, du hättest gesagt, du wärmst das Hühnchen auf«, sagte sie in der Tür.

»Ich habe gesagt, dass es ein paar Minuten dauern würde«, verbesserte er sie. »Im Moment heize ich erst mal den Ofen vor.«

»Oh.« Hatte der Ofen sich warm angefühlt?

»Hat dir schon mal irgendjemand gesagt, dass du ein ziemlich argwöhnischer Mensch bist?«

»Tut mir leid.« Sie verlagerte ihr Gewicht von einem Fuß auf den anderen und verspürte ein beinahe überwältigendes Bedürfnis, zu Boden zu sinken.

»Alles in Ordnung?«

»Ich glaube, der Drink ist mir direkt zu Kopf gestiegen.«

»Du hast das ganze Glas getrunken?«

»Das war wahrscheinlich ein Fehler.«

»Willst du dich hinsetzen?« Er blickte zu dem großen Doppelbett, das beinahe das ganze Zimmer einnahm.

Sandy bemerkte die Seidenbettwäsche und schüttelte den Kopf. Ganz schlechte Idee, dachte sie, als das Zimmer sich zu drehen begann. »Du hast gesagt, du wolltest mir etwas zeigen?«

Will wies auf den Computer auf dem schmalen Schreibtisch gegenüber dem Bett. »Guck dir das mal an.«

Sandy trat vor den großen Flachbildschirm und riss die Augen auf, als sie das Bild auf dem Monitor sah.

»Unglaublich, was die Leute einem so zuschicken, findest du nicht?«

Sandy starrte mit offenem Mund auf einen Mann und eine Frau, beide nackt, sie vorgebeugt, während er von hinten mit beiden Händen ihre Brüste packte und sein erigiertes Glied an strategischer Position an ihrem Hintern angesetzt hatte.

»Toller Arsch, was?«, meinte Will.

Sandy war sich nicht sicher, ob es Wills Hände waren, die sie unvermittelt auf ihren eigenen Brüsten spürte, oder sein nonchalanter Gebrauch des Wortes Arsch, jedenfalls stieß sie ihn heftig von sich und fuhr zur Schlafzimmertür herum.

»Was machst du? Wohin gehst du?«, fragte er, packte ihre Hand, zog sie zurück und drückte ihre Hand auf seine Hose.

Sandy riss die Hand weg, als hätte sie eine heiße Herdplatte berührt. »Ich bin schon weg.«

»Sei doch nicht albern. Wofür bist du denn hergekommen?«

»Ich dachte, wir wollten Hühnchen essen«, stotterte Sandy und wusste selbst, wie lächerlich das klang.

»Ach, komm schon«, sagte er und stellte sich vor sie, um ihr den Ausgang zu versperren. »So naiv ist doch keiner.«

»Offensichtlich doch. Hör mal, es tut mir leid, wenn du einen falschen Eindruck bekommen hast.«

»Den falschen Eindruck? Du hast mich den ganzen Abend angemacht.«

»Was? Wie kannst du so etwas sagen.«

»Du bist in mein Auto gestiegen. Oder?«

»Ja,« räumte Sandy ein, während sich neben dem Zimmer vor ihren Augen nun auch noch ihr Magen zu drehen begann.

»Das war nicht besonders schlau, das gebe ich zu. Aber jetzt würde ich gern nach Hause fahren.«

»Nach Torrance?«

»Ja. Nach Torrance.«

»Wo das Mädchen ermordet wurde.« Diesmal war es keine Frage, sondern eine Feststellung.

Sandy hielt unwillkürlich den Atem an.

»Glaubst du, sie war auch so dumm, in den Wagen eines Fremden zu steigen?«

»Oh Gott.« Sandys Magen schlug jetzt Salti gegen ihr pochendes Herz.

»Glaubst du, sie hat auch geglaubt, sie kriegt bloß ein leckeres Hühnchen?«

Was wollte er ihr sagen? Dass er Liana Martin ermordet hatte und nun auch sie töten würde? Würde die Polizei ihre verwesende Leiche in einem entlegenen Sumpf finden, den halben Kopf weggeschossen? Die Vorstellung versetzte sie in Bewegung. Sie stieß ihn aus dem Weg und rannte zur Wohnungstür.

Er war direkt hinter ihr. »Du willst raus?«, wollte er wissen und versperrte ihr wieder den Weg. »Gut. Du willst raus? Dann verschwinde!« Er griff hinter sich, öffnete die Wohnungstür. Sandy stürzte, seine Stimme im Ohr, zu den Fahrstühlen. »Du bist erbärmlich, weißt du das? Willst du wissen, warum ich dich heute Abend ausgesucht habe? Ich habe dich gewählt, weil ich dachte, du wärst eine absolut sichere Nummer. Eine alte Schachtel wie du – ich dachte, du wärst dankbar.«

Als Sandy den Aufzug betrat, fragte sie sich, wie sie so dumm hatte sein können. Wie hatte sie in diesen Schlamassel geraten können? Sie war mindestens eine Autostunde von Torrance entfernt und hatte nicht einmal ein Handy, um sich ein Taxi zu rufen, ganz zu schweigen davon, dass die Fahrt sie einen Wochenlohn kosten würde. Sie konnte auch schlecht Rita anrufen und ihre Freundin bitten, sie abzuholen, nachdem sie sie am früheren Abend einfach sitzen gelassen hatte. Sie war betrunken, ihr war speiübel, und ihre Kinder würden entsetzt sein, wenn sie sie so sahen. Sie hoffte inständig, dass sie schon schliefen, wenn sie nach Hause kam.

Sie sah auf die Uhr, aber das Zifferblatt drehte sich vor ihren Augen, und die Zahlen wollten nicht stehen bleiben. »Er hat Recht«, sagte sie, als die Fahrstuhltür sich in der Lobby öffnete. »Du bist wirklich erbärmlich.«

»Haben Sie etwas gesagt?«, fragte der alte Mr. Samuels hinter seinem Empfangstresen.

»Könnten Sie mir vielleicht ein Taxi rufen?«, fragte Sandy noch, bevor sie sich auf den gold getupften Marmorboden erbrach.

18

TOTENBUCH

Heute Morgen habe ich mich nicht so besonders gefühlt, deshalb bin ich zu Hause geblieben und habe mich ausgeruht. Ich weiß nicht genau, was es war. Erschöpfung vielleicht. Oder irgendein Virus, den ich mir eingefangen habe. Irgendwas ist ja immer im Umlauf. Es ist ziemlich unheimlich, wenn man darüber nachdenkt, was da draußen alles lauert. Mikroben und Bakterien, exotische Viren, seltsame und tödliche Varianten der Grippe, und alle warteten sie nur auf den richtigen Augenblick, um loszuschlagen.

So ähnlich wie ich.

Ich werde nicht oft krank, aber sobald ich am Morgen einen Fuß aus dem Bett gesetzt hatte, wusste ich, dass irgendwas nicht stimmte. Meine Beine waren wackelig und schwach. Mir war übel und schwindelig, und ich hatte keinen Appetit. Meine Muskeln waren wie schlaffe Gummibänder, die mein Gewicht nicht tragen konnten. »Ich fühl mich nicht ganz wie ich selbst«, wie meine Tante immer zu sagen pflegte, wenn sie krank wurde, und ich begriff zum ersten Mal, was sie damit meinte. Da heute ohnehin Sonntag ist und es keinen dringenden Grund gab, mich aus den Federn zu zwingen, habe ich beschlossen, mir den Vormittag freizugeben. Ich hatte schließlich eine Pause verdient. Ich musste meine Batterien neu aufladen und wieder zu Kräften kommen.

Vielleicht lag es auch am gestrigen Abend. Die Feier im Park. Eine Feier des Todes sozusagen. Ich habe die Ereignisse aufmerksam verfolgt und muss zugeben, dass es mir einen regelrechten Kick gegeben hat. Vielleicht war mir heute Morgen deshalb so schwummrig. Vielleicht habe ich unter einem »Todeseuphorie-Kater« gelitten. Wenn dem so war, möge es der erste von vielen gewesen sein.

Und was habe ich den ganzen Vormittag im Bett gemacht? Habe ich überlegt, geplant, selektiert, antizipiert und Erinnerungen und wilden Fantasien nachgehangen? Nun ja, all das. Ich bin sehr kreativ, auch wenn das selten bemerkt und ganz bestimmt nie gefördert wird. Die Leute neigen dazu, einen in eine Schublade zu stecken. Sie denken, sie kennen einen. Und sie werden selbstgefällig in ihrer Wahrnehmung von dem, wer man ihrer Meinung nach ist. Sie wollen dieses Bild nicht in Frage stellen oder verändern. Sie wollen nicht mehr über einen wissen.

Und in Wahrheit wissen sie gar nichts.

Meine Tante zum Beispiel.

Sie glaubte mich zu kennen.

Sie irrte.

Habe ich schon erwähnt, dass ich sie getötet habe?

Schande über mich, obwohl ich ehrlich gesagt keine Scham empfinde. Nicht mehr. Das habe ich jahrelang getan. Viel zu viele Jahre, wie ich heute weiß. Nicht Scham darüber, dass ich sie getötet habe. Keineswegs. Sie hatte ihr Schicksal verdient. Nein, die Scham, die ich meine, war die Scham, die ich mit mir herumgetragen habe, als meine Tante noch lebte. Mein Gott, was hat sie mich terrorisiert! Wie hat sie es geliebt, mir ein schlechtes Gewissen zu machen und mir das Gefühl zu geben, ich sei wertlos! Sie war einer der Menschen, die den Tod wirklich verdient hatten. Und sie war mein Debüt, mein erstes Mal. Mein Jungfrauenmord sozusagen.

Einige Erlebnisse mit meiner Tante habe ich bereits gestreift: die Geburtstagsfeier bei den Nachbarn, bei der sie mich beinahe hätte ertrinken lassen, und die Heimtücke, mit der sie mir hinterher die Schuld in die Schuhe geschoben hat; die Ferien, die sie mir vergällt hat, der Schwimmunterricht, auf dem sie bestand, das Wasserski-Desaster, ihr Spott und ihr hyänenartiges Lachen. *Du bist ein großes Baby. Wo steckst du, Angsthase? Komm schon, Hasenfuß.*

Man hätte meinen sollen, dass es besser geworden wäre, als ich älter wurde, aber damit würde man den Eifer meiner Tante unterschätzen, sich in das Leben anderer einzumischen, genau wie ihr Talent, die Köpfe ihrer Mitmenschen zu infiltrieren und zu infizieren. Sogar den meiner Mutter.

Nichts, was ich machte, war je gut genug. Meine Misserfolge wurden aufgebauscht, meine Erfolge gar nicht beachtet. Jede Enttäuschung, die ich erleiden musste, war gut für einen Lacher. Aber wer lacht jetzt?

In Gedanken habe ich mir die Bilder dieses Nachmittags schon so häufig vorgespielt, dass ich manchmal Angst habe, ich könnte ihrer überdrüssig werden, die Erinnerung könnte verblassen oder Stellen überspringen wie eine defekte CD, und ich würde unwillentlich etwas Wichtiges auslassen, vielleicht nur ein Detail, aber eins, das genossen werden sollte. Ich will nichts auslassen. Ich will nicht die winzigste Kleinigkeit jenes Tages vergessen. Deshalb habe ich mich auch entschlossen, etwas Bleibendes zu hinterlassen. Ich meißele diese Erinnerungen gewissermaßen in Stein.

In Grabsteine.

Auch wenn meine Tante mein erster Mord war, bleibt er doch der am meisten befriedigende. Was sagt man noch über Sex und Liebe? Dass Sex immer erfüllender ist, wenn Liebe im Spiel ist? Gilt das auch für Mord? Und ist Hass so mächtig wie Liebe? Ich glaube schon. Ich glaube sogar, dass Hass ein noch mächtigeres Gefühl ist.

Ganz gewiss war es unendlich viel lohnender, Liana Martin umzubringen, als Candy Cabbot zu töten.

Ebenso wie mein nächster Mord noch befriedigender sein wird als die Beseitigung von Liana Martin.

Und es gibt einen Mord, auf den ich mich ganz besonders freue.

Ihre Zeit naht. Ihr Ende rückt mit jedem Tag näher.

Aber ich eile mir selbst voraus, und wenn ich diese Erinnerungen, so gut es geht, auskosten will, muss ich präzise im Detail und darauf bedacht sein, voll und ganz in dem Augenblick aufzugehen. Ich darf mich von gar nichts ablenken lassen. Ich muss zu jenem feuchtheißen Julitag vor fast drei Jahren zurückkehren. Vor fast drei Jahren? Man mag es kaum glauben. Wie heißt es doch gleich? Die Zeit verfliegt, wenn man Spaß hat?

Also gut. Wohlan. Ich war allein zu Hause, las und genoss die klimatisierte Luft und die Ruhe. Und da pochte sie mit einem Mal an die Haustür und verlangte Einlass. Ich beachtete sie gar nicht und konzentrierte mich auf mein Buch, und nach einer Minute wurde es tatsächlich still. Ich dachte schon, sie wäre wieder gegangen. Ich weiß noch, dass ich mir ein verschlagenes Lächeln gönnte, das jedoch schlagartig erstarb, als ich einen Schlüssel im Schloss und nahende Schritte hörte.

»Oh. Du bist zu Hause«, sagte sie, sichtlich überrascht. Ihre kurzen dunklen Haare kräuselten sich in der schwülen Luft, und in den Achselhöhlen ihres blauen Sommerkleids hatten sich halbmondförmige Schweißflecken gebildet.

»Ja«, bestätigte ich mit einem Nicken.

»Warum hast du nicht aufgemacht, als ich geklopft habe?«

»Ich hab dich nicht gehört.«

»Wie kannst du mich nicht gehört haben?«

»Wie bist du reingekommen?«

Sie schwenkte triumphierend den Schlüssel vor meiner Nase. »Deine Mutter war der Meinung, ich sollte einen Hausschlüssel haben. Für Notfälle.«

»Gibt es einen?«

»Was?«

»Einen Notfall?«

»Sei nicht so oberschlau«, sagte sie, eine Redewendung von ihr, die ich immer ziemlich albern fand. Warum ermahnte man jemanden, nicht schlau zu sein? Es sei denn natürlich, dessen Intelligenz würde einen selbst dumm aussehen lassen.

»Was machst du hier?«, fragte ich.

»Deine Mutter hat sich meine guten schwarzen Pumps ausgeliehen, und ich brauche sie heute Abend.«

»Hast du ein Rendezvous?«

»Wenn du es genau wissen willst, ja.«

Ich lachte. »Der arme Kerl.«

»Du musst gerade reden«, sagte sie, obwohl ich mir nicht sicher war, was genau sie damit meinte – und das bin ich mir ehrlich gesagt bis heute nicht –, aber ich wusste, dass es beleidigend gemeint war. »Was liest du denn da?« Sie riss mir das Buch aus der Hand und blätterte hastig ein paar Seiten durch. »Bist du inzwischen nicht ein bisschen zu alt für Comics?«

»Es ist ein Comic-Roman.«

»Das ist auch nur ein hochtrabender Name. Also ehrlich! In deinem Alter. Weißt du mit deiner Zeit nichts Besseres anzufangen?«

»Musst du dich nicht für dein Rendezvous fertig machen?«

Sie sah auf ihre Uhr, eine dieser nachgemachten Rolex-Uhren, die niemanden täuschen. Ich meine, man muss sie nur anfassen, um zu merken, dass sie nicht echt sind. Ich finde, sie sehen sogar falsch aus. So ähnlich wie falsche Brüste. Die hatte sie auch. »Ich habe jede Menge Zeit.«

»Gut. Denn ich glaube, meine Mutter hatte die Schuhe, die du meinst, vielleicht an, als sie gegangen ist.«

»Was?«

»Ich bin mir ziemlich sicher, dass sie die Schuhe anhatte.« Das war ich keineswegs, weil ich nur selten auf die Kleidung meiner Mutter achtete. Ich hatte es nur gesagt, um meine Tante aufzuregen, und stellte dankbar fest, dass mir das gelungen war.

»Wohin ist sie gegangen? Wann kommt sie zurück?«

»Ich habe keine Ahnung. Das hat sie nicht gesagt.«

»Das sind teure Schuhe«, schimpfte sie. »Ich hoffe, sie ist damit nicht in den Supermarkt gegangen.«

Ich wandte mich achselzuckend wieder meinem Buch zu. Im nächsten Moment stürmte meine Tante die Treppe hinauf ins Zimmer meiner Mutter. Ich hörte, wie über meinem Kopf Schranktüren aufgerissen und Gegenstände achtlos zu Boden geworfen wurden.

»Ich hab sie gefunden«, verkündete meine Tante wütend, als sie kurz darauf wieder neben mir stand und die Schuhe gefährlich nahe vor meinem Kopf schwenkte.

»Dann freu dich doch«, sagte ich.

»Warum hast du gesagt, dass deine Mutter die Schuhe anhat?«

»Ich habe gesagt, dass sie sie *vielleicht* anhat.«

»Jetzt bin ich ganz ins Schwitzen gekommen.« Sie sagte es, als ob das meine Schuld wäre.

»Soll ich dir was zu trinken holen? Eine Cola oder einen Saft?«

Sie ließ sich auf das Sofa fallen. »Eine Cola light.«

Das war's. Kein Bitte oder Danke. Kein: »Das wäre nett von dir.« Ich stand auf und ging in die Küche. »Du weißt ja, dass Cola light ungesund ist«, rief ich. »Angeblich verändert es die Hirnströme.«

»Dann musst du dir ja keine Sorgen machen«, sagte sie und lachte ihr schreckliches Hyänen-Lachen.

Genau in diesem Moment – 14.22 Uhr laut der Digitalanzeige am Herd – beschloss ich, sie umzubringen. Ich hatte ehrlich gesagt schon seit Monaten darüber nachgedacht, vielleicht sogar schon seit Jahren, hatte geplant, was ich tun würde, wenn sich die Gelegenheit je ergeben würde, und überlegt, wie ich sie so unaufwändig und schmerzhaft wie möglich ins Jenseits befördern konnte. Schmerzhaft für sie. Ich wollte, dass sie im Tod litt, so wie sie mich im Leben hatte leiden lassen.

»Wir haben keine Cola light«, log ich und schob mehrere

Dosen nach hinten in den Kühlschrank. »Wie wär's mit einem Gin-Tonic?«

Habe ich schon erwähnt, dass sie eine Trinkerin war?

»Das ist eine wirklich gute Idee«, meinte sie, wahrscheinlich das Netteste, was sie seit Jahren zu mir gesagt hatte.

»Auf mich kannst du dich doch verlassen«, sagte ich, nahm die Tonic-Flasche aus dem Kühlschrank, fand den Gin in dem Schrank unter der Spüle und mischte beides fachkundig.

In unserem Haus gab es immer eine Menge Tabletten. Ich durchwühlte mehrere Küchenschubladen und fand ein altes Fläschchen mit sechs Schmerztabletten, die ich zerstampfte und zu dem Gin-Tonic gab. Von wegen Hirnströme verändern. Ich kehrte ins Wohnzimmer zurück und gab ihr das Glas.

»Das hat aber gedauert«, sagte sie. Kein »Danke« oder »Sehr nett von dir«.

»Gern geschehen«, sagte ich und beobachtete, wie sie das halbe Glas mit einem großen Schluck herunterkippte.

»Nicht schlecht«, erklärte sie und nahm noch einen Schluck, bevor sie sich scheinbar in Gedanken versunken zurücklehnte. Dann trank sie noch einen Schluck, verzog das Gesicht und stellte das Glas auf den Boden.

»Irgendwas nicht in Ordnung?«

»Es schmeckt bitter.«

»Soll es das nicht auch?«

»Wahrscheinlich hast du zu viel Tonic genommen.«

»Ich könnte noch ein bisschen Gin nachgießen«, bot ich an.

Sie betrachtete das fast leere Glas und sprang unvermittelt auf. »Nein, schon gut. Ich sollte besser los.«

»Warum bleibst du nicht noch einen Moment?«, säuselte ich, so versöhnlich ich konnte. »Wir sehen uns so selten. Kommen gar nicht mehr zum Reden.«

»Du willst mit mir reden?« Sie wirkte überrascht, vielleicht sogar geschmeichelt.

»Wie kommst du zurecht?«, fragte ich.

»Wie ich zurechtkomme? Wie meinst du das?«

»Wie läuft dein Job bei der Bank?«

Sie schnalzte verächtlich und verzog ihren Mund. »Schrecklich. Wenn Al in finanziellen Dingen nicht so ein Idiot gewesen wäre, wäre ich heute gar nicht in dieser Lage. Wie dem auch sei, ich sollte jetzt besser nach Hause fahren und mich schönmachen.«

»Aber du bist doch schon schön«, erklärte ich ihr, obwohl ich mich dabei beinahe verschluckt hätte.

Sie tätschelte lächelnd ihr krauses Haar. »Vielen Dank. Das ist sehr nett.« Sie beugte sich vor, um mich auf die Stirn zu küssen und geriet dabei leicht ins Stolpern. »Oh«, sagte sie und fasste sich, die Schuhe immer noch in der Hand, an die Schläfe.

»Irgendwas nicht in Ordnung?«

»Mir ist nur auf einmal ein bisschen schwindelig.«

»Vielleicht solltest du dich setzen.«

»Nein, alles okay.« Sie machte ein paar Schritte Richtung Tür und blieb dann schwankend stehen.

»Vielleicht sollte ich dich fahren«, bot ich an.

»Sei nicht albern. Mir geht es bestens. Ich bin bloß zu schnell aufgestanden, das ist alles.« Sie griff nach der Türklinke und verfehlte sie um etliche Zentimeter.

Ich war direkt hinter ihr. »Ich muss sowieso los. Bin in einer halben Stunde mit jemandem verabredet.« Eine weitere Lüge. Ich war nicht verabredet. »Du kannst mich mitnehmen. Jedenfalls bis zu dir nach Hause. Dann sehe ich weiter.«

Sie stimmte weder zu, noch widersprach sie, als ich die Haustür öffnete und sie zu ihrem dunkelgrünen Buick führte. Erwartungsgemäß wischte sie meine Hand von ihrem Ellenbogen und wies meinen Versuch zurück, ihr die Autotür zu öffnen. »Was soll das?«

»Ich wollte dir bloß helfen.«

»Halt einfach die Klappe .«

Also fuhren wir schweigend zu ihr nach Hause. Man hörte nur ihren zunehmend abgerissenen Atem. Ich behielt sowohl meine Tante als auch die Straße fest im Auge. Ich hatte sie nicht zuletzt deshalb begleitet, um sicherzugehen, dass auf der Fahrt keine Unschuldigen niedergemäht wurden. Es war das Ableben meiner Tante, das ich anstrebte. Und niemandes sonst.

Als wir in die Einfahrt vor ihrem kleinen, zweistöckigen Holzhaus mit der roten Tür und der abblätternden weißen Farbe bogen, war sie schon äußerst schwach auf den Beinen und sehr dankbar, als ich anbot, sie ins Haus zu begleiten. Sie ließ mich sogar ihre Schuhe tragen. »Ich weiß gar nicht, was mit mir los ist«, sagte sie immer wieder, bevor sie vorwurfsvoll hinzufügte: »Irgendwas war mit dem Gin.«

Durch die Haustür trat man direkt ins Wohnzimmer, das mit diesem ultramodernen Mist möbliert war, überall Winkel und Kanten und seltsame Formen. Überwiegend rot. Sie liebte Rot. »Ich glaube, du solltest dich einen Moment hinlegen«, sagte ich, als wir durch den winzigen Essbereich zu der steilen Treppe neben der Küche auf der Rückseite des Hauses gingen. Im ersten Stock gab es zwei kleine Schlafzimmer und ein Bad. Ich ging davon aus, dass ich in einem dieser Räume finden würde, was ich brauchte. Wenn nicht, gab es immer noch die Küche.

»Einen Moment«, sagte ich, als wir die oberste Treppenstufe erreicht hatten.

»Was?« Ihr Ton war so vorwurfsvoll wie ihr Blick.

»Das«, antwortete ich schlicht und stieß sie mit aller Kraft hinunter.

Das Ganze passierte so schnell, dass die Bilder beinahe verschwimmen. Ich musste lernen, den Sturz zu bremsen, als würde ich auf einen Zeitlupenknopf in meinem Kopf drücken, um den Anblick bis ins Letzte auszukosten, wie sie rückwärtstaumelte, den Stand verlor und mit den Armen ruderte, als wären es Flügel, rücklings auf den roten Teppich in der Mitte der harten Holzstufen krachte und auf dem Weg ins

Erdgeschoss auf die Stufen und gegen die Wand prallte, bis sie schließlich unten aufschlug, beide Hände schützend über dem Kopf, die Beine in einer unschicklichen Art gespreizt, die den weißen Slip unter ihrem blauen Sommerkleid entblößte.

Als ich zu ihr trat, stöhnte sie halb bewusstlos, die Augen in den Höhlen verdreht. Ich wusste nicht, ob sie das Bewusstsein ganz verlieren oder wieder zu sich kommen würde, deshalb musste ich schnell handeln. Ich zog ihr hastig die braunen Sandalen aus und streifte ihr einen von den schwarzen Stöckelschuhen über. »Du solltest nicht so hohe Absätze tragen«, tadelte ich. »Weißt du nicht, dass sie einen umbringen können?«

Ich schleuderte den anderen Schuh gegen die Wand und beobachtete, wie er einen Abdruck auf der weißen Farbe hinterließ, bevor er die Treppe hinunterkullerte und schließlich auf der fünften Stufe liegen blieb. Ich rannte die Treppe hoch und stellte ihre Sandalen in den Kleiderschrank. Dort fand ich auch, wonach ich suchte.

Eine große Plastiktüte.

Sie war um eine schwarze Seidenhose geschlagen, die meine Tante kürzlich aus der Reinigung geholt und vermutlich an diesem Abend bei ihrem Rendezvous hatte tragen wollen. Ich riss die Plastiktüte von dem Bügel, sorgfältig darauf bedacht, keine Plastikfetzen zurückzulassen, und nahm sie mit zum Fuß der Treppe, wo meine Tante lag. Sie hatte die Augen geschlossen, als ich ihren Kopf in meine Arme nahm und begann, die Tüte vorsichtig darüberzuziehen.

Plötzlich riss sie die Augen weit auf. »Was machst –«, brachte sie heraus, bevor ich die Tüte ganz über ihre Nase und ihren Mund zerren konnte. In ihrem bereits geschwächten Zustand hatte sie mir nichts entgegenzusetzen. Ich glaube, dass sie ohnehin gestorben wäre, aber ich konnte nicht riskieren, dass sie durchhielt, bis ihr Verehrer eintraf und sie noch rechtzeitig ins Krankenhaus brachte, um ihr Leben zu retten. Und meins zu ruinieren.

Also ließ ich nicht locker. Ich spürte, wie sie sich wand, und beobachtete, wie sie ihr Leben langsam aushauchte und die Augen mit jedem quälenden Atemzug weiter aufriss. Ich hoffe zumindest, dass es quälend war. Ich glaube, dass ich tatsächlich gespürt habe, wie ihr Herz aufhörte zu schlagen, aber ich wartete noch weitere fünf Minuten, bevor ich die Tüte langsam von ihrem Kopf zog und ihr die Augen schloss. Ich wusste, dass man annehmen würde, sie wäre in den Stöckelschuhen mit den lächerlich hohen Absätzen gestolpert, schwer gestürzt und an den Folgen gestorben. Jeder wusste, dass sie nachmittags gern einen Drink nahm. Niemand würde tiefer bohren.

Man soll den Ärger nicht suchen. Heißt es nicht so?

Und ich hatte Recht. Niemand bohrte nach. Ihr Tod wurde ohne große Umstände als Unfall zu den Akten gelegt, und der Sheriff verzichtete meiner Familie zuliebe auf eine Autopsie. Warum sollte man sie aufschneiden, wenn der Ablauf der Ereignisse so offensichtlich war? Warum jedermanns Trauer unnötig in die Länge ziehen? Das sind die Freuden des Lebens in einer kleinen Stadt. Und die Freuden des Sterbens natürlich auch.

Wir haben sie neben meinem Onkel begraben. Alle haben getrauert. Ich natürlich auch. Ich glaube, ich habe mir sogar ein paar Tränen abgedrückt.

Das wär's. Eine erledigt.

Schnellvorlauf, drei Jahre später. Zwei weitere Mädchen sind tot. Macht insgesamt drei.

Und weitere werden folgen.

Ich fühl mich schon viel besser.

19

Megan war speiübel. Und das nicht, weil sie etwas Unverträgliches gegessen hatte, was nicht der Fall war, da sie absolut keinen Appetit hatte und am liebsten nie wieder etwas essen wollte. Es war auch nicht, weil sie zu viel getrunken hatte, was nicht der Fall war, da sie Alkohol nicht einmal riechen mochte und deshalb nie in Versuchung geriet, sich zu betrinken. Und auch nicht, weil sie zu viel gekifft hatte, denn sie hatte nur ein paar Züge genommen, und außerdem wusste jeder, dass Marihuana keine Magenverstimmungen verursachte. Nein, ihr Unbehagen rührte daher, dass sie sich bei der gestrigen Totenwache vor den Augen der halben Schule mit Greg Watt zum Narren gemacht hatte, nur um gleich darauf ebenfalls vor aller Augen von ihm sitzen gelassen zu werden, wobei sie nach wie vor nicht wusste, was sie Falsches gesagt oder getan hatte. Sie hatten sich über seine Mutter unterhalten, dann war er plötzlich aufgestanden und weggegangen, und das war's. Den restlichen Abend hatte er sie bewusst gemieden. Oder zumindest die nächste Stunde, denn mehr Nichtbeachtung hatte sie nicht ertragen. Ohne jemandem Bescheid zu sagen, hatte sie sich verdrückt und auf den Heimweg gemacht, obwohl sie versprochen hatte, nicht von Tims Seite zu weichen. Zu Fuß abends allein durch die Dunkelheit war sie gegangen, während ein Mörder frei herumlief, wie ihre Mutter weiß Gott wie oft wiederholt hatte, nachdem sie in einem Taxi praktisch gleichzeitig mit Tim zu Hause eingetroffen war. Und jetzt hatte Megan Hausarrest. Einen Monat lang durfte sie nur zur Schule und den Proben gehen, auf deren Besuch ihre Mutter bestanden hatte, vorgeblich, weil sie es ungerecht fand, den armen Mr. Lipsman seiner Hauptdarstellerin zu berauben, aber eigentlich wohl eher, weil Megan sich allzu bereit gezeigt hatte, darauf zu verzichten. Gleichzeitig waren auch ihr Handy und ihr Computer konfisziert worden, was jedoch im Grunde vermutlich ein Segen war, wenn Megan an den Klatsch dachte, der in diesem Moment wahrscheinlich in Chatrooms im ganzen Land zirkulierte. Es war *dieser* Gedanke, bei dem Megan speiübel wurde. Und die Vorstellung, was ihre Mutter sagen würde, wenn sie das mit Greg Watts erfuhr.

Nicht dass die den Mund allzu weit aufmachen konnte, fand Megan. Sie hatte auch nicht gerade toll ausgesehen, als sie kurz vor Mitternacht nach Hause gekommen war. Megan hatte beobachtet, wie sie schwerfällig aus dem Taxi gestiegen und zur Haustür gewankt war, als ob sie Scherben auf dem Weg ausweichen wollte. Megan blieb kaum Zeit, sich zu fragen, was mit Rita war, denn zu ihrem Entsetzen war in diesem Moment Tim um die Ecke gekommen. »Mom«, hatte er gerufen. »Ist Megan zu Hause?«

»Was? Was soll das heißen. Ist sie nicht bei dir?« Dann wurde die Haustür geöffnet und wieder geschlossen, und es wurde hysterisch und laut. »Was soll das heißen, du weißt nicht, wo sie ist? Was soll das heißen, du konntest sie nicht finden? Hast du auch geguckt? Hast du überall geguckt?«

Und dann ihre eigene Blödheit. Sie hatte geglaubt, wenn sie sich einfach zeigen würde, wäre ihre Mutter so froh und erleichtert, sie heil und sicher zu Hause und nicht in den Klauen eines sabbernden Irren zu sehen, dass alles vergeben sein würde.

Aber es war keineswegs alles vergeben.

Nach der anfänglichen Euphorie, Küssen auf die Wange, besitzergreifenden Umarmungen mit zittrigen Fingern, hatte sich die Miene ihrer Mutter verfinstert. »Wie meinst du das, du bist gegangen, ohne deinem Bruder Bescheid zu sagen? Ihr solltet doch zusammenbleiben. Warum wart ihr nicht zusammen? Wo warst du? Mit wem warst du zusammen? Was soll das heißen, du bist ganz allein nach Hause gegangen? Weißt du nicht, dass da draußen ein Mörder herumläuft? Ich kann nicht glauben, dass du so dumm warst. Was verschweigst du mir?« Und dann fügte sie, ohne eine Erklärung abzuwarten, hinzu: »Du hast Hausarrest.«

Natürlich hatte Megan versucht, ihre Mutter umzustimmen, aber jede Unschuldsbeteuerung hatte ihre Schuld nur betoniert. Obwohl Sandy augenscheinlich nicht ganz sie selbst war – auch eine Überdosis Pfefferminzbonbons hatte ihre Alkoholfahne nicht überdecken können –, entging es ihr nicht, dass ihre Tochter ihr etwas verheimlichte, und sie ließ sich nicht beschwichtigen, besänftigen oder von ihrem Kurs abbringen. Schließlich war Megan unter Tränen in ihr Zimmer geflüchtet.

Als ihre Mutter eine Viertelstunde später an ihre Tür klopfte, hatte Megan angenommen, dass sie es sich anders überlegt hatte und gekommen war, um sich zu entschuldigen. Stattdessen hatte ihre Mutter Computer und Festnetztelefon ausgestöpselt und das Handy aus ihrer Tasche genommen. Und statt sich zu entschuldigen, hatte sie erklärt: »Ich bin sehr enttäuscht von dir, Megan.« Das bedeutete, sie erwartete, dass Megan sich bei *ihr* entschuldigte.

Sie sollte sich entschuldigen und erklären.

Aber wie konnte sie das erklären, fragte Megan sich, während sie sich in Gregs überraschend sanfte Arme träumte. Seine Finger spielten mit ihrem Haar, seine Zungenspitze erkundete ihren Mund. Sie konnte noch das Bier und die Zigaretten in seinem Atem schmecken, die Verletzung in seiner Stimme hören, als er von seiner Mutter gesprochen hatte. Sie hatte sich ihm so nahe gefühlt. War es das? War sie ihm zu nahe gekommen? »Ich bin so ein Idiot«, stöhnte sie laut, ließ sich aufs Bett zurückfallen und starrte den langsam rotierenden Ventilator an der Decke an.

»Okay, mein Schatz. Viel Spaß. Und sei vorsichtig«, hörte sie ihre Mutter zu Tim sagen, bevor die Haustür geöffnet und wieder geschlossen wurde.

Sie sollte sich wirklich entschuldigen, entschied Megan. Dann hatte sie es hinter sich. Wenn sie sich angemessen reumütig gab, würde ihre Mutter sich vielleicht erweichen lassen oder ihr wenigstens ihr Handy wiedergeben. Sie würde sie ein paar Sachen fragen, die sie nichts angingen, und Megan würde sie mit ein paar wohlgesetzten Lügen einwickeln. »Du hattest Recht, Mom. Ich hätte nie zu Lianas Totenwache gehen sollen. Ich wusste ja nicht, wie aufwühlend es sein würde. Natürlich hätte ich Tim Bescheid sagen müssen, aber der hat mit den Jungen aus seiner Klasse geredet, und ich weiß, dass du dir Sorgen gemacht hast, dass er keine Freunde hat, deshalb wollte ich sie nicht unterbrechen – du weißt ja, wie schnell er verlegen wird, außerdem wusste ich, dass er darauf bestanden hätte, mich nach Hause zu begleiten – und ja, jetzt ist mir klar, dass das sehr dumm war, und es tut mir auch wirklich leid. Ich verspreche, dass ich nie wieder etwas so Dummes machen werde. Kannst du mir verzeihen?«

Ach, und was hast du eigentlich gestern Abend gemacht, dass du mit einem Taxi nach Hause gekommen bist? Warum hattest du eine Fahne, und wo war Rita? Beantworte mir das, bevor du mir noch irgendwas wegnimmst.

Okay, vielleicht sollte sie noch ein wenig an der Formulierung feilen, dachte Megan, als sie hörte, dass das Telefon klingelte. Nach dem dritten Klingeln ging ihre Mutter endlich dran. Megan blieb stehen und lauschte.

»Hallo Rita«, meldete ihre Mutter sich und klang nicht besonders erfreut. »Ich wollte dich schon den ganzen Tag anrufen … Ja, mir geht es gut. Tut mir leid, dass du dir Sorgen gemacht hast.«

Das Verhalten ihrer Mutter hatte Rita also Anlass zur Sorge gegeben? Was hatte sie getan?

»Ich wollte dich noch gestern Abend anrufen, als ich wieder zu Hause war, aber es war schon spät und … Nein, es ist nicht direkt so gelaufen, wie ich gehofft hatte.« Ihre Mutter hielt inne. Wahrscheinlich sah sie sich um, um sicherzugehen, dass niemand lauschte. »Ehrlich gesagt, kannte ich ihn *nicht*, wie sich herausstellte«, fuhr ihre Mutter fort und senkte ihre Stimme auf eine Weise, die Megans Neugier noch weiter anfachte, sodass sie sich ein paar Schritte in den Flur hinauswagte. »Ja, ich weiß, was ich gesagt habe und was *er* gesagt hat, aber er war gar kein ehemaliger Nachbar. In Wahrheit hatte ich ihn noch nie in meinem Leben gesehen.«

Wen? Wovon redete ihre Mutter jetzt?

»Ja, ich weiß, dass das leichtfertig war. Glaub mir, ich weiß. Ich könnte mir selbst in den Hintern beißen.«

Was hatte ihre Mutter gemacht?

»Ich weiß. Ich weiß.«

Was wusste ihre Mutter?

»Das willst du lieber nicht wissen«, erklärte ihre Mutter ihrer Freundin.

Wollen wir doch, antwortete Megan stumm. Wir wollen es unbedingt wissen.

»Na ja, erst sind wir eine Weile rumgefahren«, tat ihre Mutter ihr den Gefallen. »Hab ich dir erzählt, dass er einen Porsche hatte?«

Ihre Mutter war mit einem Mann in einem Porsche rumgefahren?

»Ja, ich weiß, dass das eigentlich unbedeutend ist, aber was soll ich sagen? Ich bin eben oberflächlich und war beeindruckt.«

Ich auch, dachte Megan und schlich noch ein Stückchen näher, während sie versuchte, sich ihre Mutter in ihrem rotweißen Seidenkleid auf dem Beifahrersitz eines Porsches vorzustellen.

»Und dann hat er gesagt, er wäre hungrig, und ich habe angenommen, wir würden zu einem Restaurant fahren, aber er sagte, er hätte in seiner Wohnung noch Hühnchen vom

Vortag … Ich weiß, dass das der älteste Spruch aller Zeiten ist, das brauchst du mir nicht zu sagen, aber ich bin halt auch schon ziemlich lange aus der Übung. Und er war so nett, er hat einen, ich weiß nicht, ganz unschuldigen Eindruck gemacht und mir das Gefühl gegeben, wenn ich nicht mit in seine Wohnung komme, hätte *ich* ein Problem.«

Megan atmete tief aus. Zum ersten Mal seit langer Zeit verstand sie haargenau, wovon ihre Mutter redete.

»Ja, ich bin mitgegangen«, fuhr diese fort. »Und nein, natürlich gab es kein Hühnchen. Ich habe zumindest keins gesehen. Aber es ist nichts passiert. Ich meine, er hat es versucht, und als ich mich weigerte, wurde er ein wenig ausfallend, ziemlich ausfallend sogar. Ich glaube ›erbärmlich‹ war noch eins der netteren Wörter, die er benutzt hat.«

Megan hielt die Luft an und schlug sich die Hand vor den Mund. Wie schrecklich, dachte sie. Ihre Mutter war wohl kaum *erbärmlich*.

»Und dann hat er mich aus der Wohnung geschmissen, und ich habe in die Lobby gekotzt … Ja, man könnte es ausgleichende Gerechtigkeit nennen, aber so hat es sich nicht angefühlt … Nein, natürlich wollte ich dich nicht anrufen. Nachdem ich dich so hatte sitzen lassen? Nie im Leben. Ich bin vielleicht oberflächlich und dumm, aber nicht völlig unsensibel. Außerdem hatte ich keine Ahnung, wo ich war. Und wie ist es bei dir gelaufen?«

Also, mal schön der Reihe nach, dachte Megan. Ihre Mutter hatte ihre Freundin sitzen gelassen, um mit einem Fremden in einem Porsche abzuhauen, dann hatte sie für ein Stückchen Huhn ihr Leben riskiert und sich in der Lobby eines Wohnhauses übergeben, bevor sie in das Taxi eines weiteren Fremden gestiegen war? *Ihre* Mutter? Dieselbe Frau, die ihr Vorträge hielt, weil sie vom Park zu Fuß nach Hause gegangen war, während draußen ein Mörder herumlief? Dieselbe Frau, die ihr Telefon und ihren Computer beschlagnahmt und einen Monat Hausarrest verhängt hatte?

»Schön, dass du dich amüsiert hast. War Bob sehr sauer, dass ich nicht wiedergekommen bin?«

Bob? Wer war Bob? Es gab einen Bob?

»Ich sollte ihn vermutlich anrufen und mich entschuldigen. Hast du seine Nummer? ... Gut ... Nein, ich habe definitiv kein Interesse an weiteren Doppelverabredungen. Ich bin offensichtlich noch nicht so weit. Man sollte mir eigentlich verbieten, das Haus zu verlassen, Herrgott noch mal.«

Und trotzdem war *sie* diejenige, die Hausarrest hatte, dachte Megan.

»Ja, okay. Ich ruf dich an. Und nochmals Entschuldigung wegen gestern Abend.« Ihre Mutter legte auf. »Megan«, rief sie. »Ich denke, hier drin hast du es ein bisschen bequemer.«

Megan verdrehte die Augen, halb besiegt, halb bewundernd. »Wie lange weißt du schon, dass ich da bin?«

»Noch nicht lange. Wie viel hast du mitgehört?«

»So ziemlich alles.«

Ihre Mutter nickte. Sie trug Jeans und ein rosa T-Shirt mit den Umrissen eines großen Herzens in der Mitte. Ihre Haare waren frisch gewaschen, und feuchte Locken rahmten ihr Gesicht. »Damit ist meine Demütigung wohl komplett.«

»Hat er wirklich gesagt, du wärst erbärmlich?«

»Unter anderem.«

»Er klingt wie ein Arschloch.«

»Das war er auch.«

»Sah er gut aus?«

»Sehr gut.«

»So gut wie Dad?«

Ihre Mutter ließ sich in den Sessel zurücksinken. »Anders«, sagte sie nach einer Pause. »Jünger.«

»Wow«, sagte Megan und wusste nicht, ob sie wütend oder beeindruckt sein sollte. »Na, dann ist es vermutlich in Ordnung.«

»Meinst du das ironisch?«

»Was denkst du?«

»Ich denke, dass mir nicht nach ironischen Bemerkungen zumute ist.«

»Also, ich finde es ungerecht, dass ich bestraft werde, obwohl du dich viel schlimmer verhalten hast.«

»Es kommt einem ungerecht *vor*, was?«

»Ja, wirklich.«

Ihre Mutter stand auf. »Tja, so ist das. Ich hab Durst. Soll ich dir was mitbringen?«, fragte sie und ging in die Küche.

Megan folgte ihr auf dem Fuß. »Was?!«

Ihre Mutter betrachtete bereits den Inhalt des offenen Kühlschranks. »Mal sehen. Wir haben Cola, Ginger Ale und Orangensaft.«

»›Tja, so ist das.‹ Was soll das heißen?«

»Also, ich finde, das erklärt sich doch irgendwie von selbst, oder?«

»Du meinst, ich habe immer noch Hausarrest?«

»Yup.«

»*Yup*? Seit wann sagst du *yup*?«

»Tut mir leid, Schätzchen«, entschuldigte ihre Mutter sich und goss sich ein Glas Saft ein. »Aber ich dachte, ich hätte mich unmissverständlich ausgedrückt. Du hattest die strikte Anweisung, bei deinem Bruder zu bleiben. Und es war sehr dumm von dir, unter diesen Umständen alleine nach Hause zu laufen.«

»Nicht so dumm, wie sich ins Auto eines Fremden zu setzen und mit in seine Wohnung zu gehen«, protestierte Megan.

»Das stimmt allerdings.«

»Und wie kommt es dann, dass ich die Einzige bin, die leiden muss?«

»Glaub mir, du bist nicht Einzige, die leidet.«

»Ich bin aber die Einzige, die Hausarrest hat.«

»Tja nun ...«

»*So ist das*?«, wiederholte Megan. »Du bist so verlogen.«

»Nein«, erwiderte ihre Mutter freundlich, ohne auf den

Köder anzubeißen. »Ich bin deine Mutter. Und ich liebe dich mehr als alles andere auf der Welt. Die Regeln allerdings bestimme immer noch ich – egal, ob du nun glaubst, es wäre gerecht oder nicht.«

An ihrem Saft nippend, ging sie ins Wohnzimmer zurück.

»Und wenn ich dir sage, dass ich bei Dad leben will?«, fragte Megan, die ihr gefolgt war. Wollte sie das wirklich?

»Willst du das?«

»Vielleicht.«

Ein Ausdruck von Schmerz legte sich um die müden Augen ihrer Mutter. »Dann hoffe ich, dass du es dir sehr sorgfältig überlegst.«

»Er würde mir keinen Hausarrest geben.«

»Vielleicht nicht.«

»Er ist nicht so verlogen wie du.«

Ihre Mutter sagte nichts, aber der Schmerz in ihrem Blick zerrte nun auch an ihren Mundwinkeln. Sie setzte sich auf den nächsten Stuhl.

»Ich frage mich, was Dad sagen würde, wenn ich ihm erzähle, was du gestern Abend gemacht hast.«

»Er könnte vermutlich seine Schadenfreude kaum verbergen.«

»Er würde dich für erbärmlich halten«, sagte Megan spitz. »Kerri würde das auch tun.« Sie straffte die Schultern und hob das Kinn. »Und ich auch.«

Das Glas in der Hand ihrer Mutter begann zu zittern, und sie stellte es auf den Boden.

»Kein Wunder, dass er dich verlassen hat«, fügte Megan wütend hinzu, weil es ihr nicht gelang, ihre Mutter zu provozieren.

»Okay, Megan, ich glaube, du hast jetzt genug gesagt.«

»Das glaube ich nicht.«

Ihre Mutter nickte und sah Megan direkt an. »Nun, dann raus damit!«

Sofort schossen Tränen in Megans Augen. »Verdammt. Ist

es immer so?«, hörte sie sich aufheulen. »Wird es nicht irgendwann besser? Oder leichter? Sind Typen immer solche Arschlöcher?« Sie vergrub ihr Gesicht in den Händen und brach in eine Flut wütender Tränen aus. Sofort war ihre Mutter bei ihr und nahm sie in die Arme. Megan schmiegte sich dicht an sie und roch den frischen Lavendelduft in ihren noch feuchten Haaren.

»Manches wird besser«, sagte ihre Mutter und küsste sie auf die Stirn. »Manches wird schlimmer. Und nichts ist je leicht. Aber nicht alle Typen sind Arschlöcher.«

»Dad ist ein Arschloch.«

»Nein.«

»Doch das ist er. Warum nimmst du ihn in Schutz?«

»Du hast Recht. Er ist ein Arschloch.«

Megan lachte unter Tränen.

»Aber er war nicht immer ein Arschloch«, schränkte ihre Mutter ein, führte Megan zum Sofa, setzte sich neben sie und begann, ihren Kopf zu streicheln.

»War Dad der erste Mann, mit dem du Sex hattest?«, fragte Megan vorsichtig.

Ihre Mutter erstarrte. »Oh Gott, ich glaube, ich bin noch nicht bereit für dieses Gespräch.«

»War er?«

Sandy ließ sich ins Sofa zurücksinken. »Küssen zählt vermutlich nicht.«

»Mom«, sagte Megan und schaffte es, ein dreisilbiges Wort daraus zu machen.

»Ja, er war der erste Mann, mit dem ich geschlafen habe.«

»Das heißt, er ist der Einzige?«

»Oh Gott, ich bin *wirklich* erbärmlich.«

»Nein, bist du nicht. Jessica Simpson war auch noch Jungfrau, als sie geheiratet hat.«

»Wer?«

»Jessica Simpson, die Sängerin. *Daisy Duke. Newlyweds.*«

»Was?«

»Sie war mit Nick Lachey verheiratet und in ihrer Hochzeitsnacht noch Jungfrau.«

»Oh.«

»Ich meine, sie und Nick haben sich inzwischen getrennt, aber trotzdem –«

»Hast du mit ihm geschlafen, Megan?«

»Was?«

»Bist du gestern früher weggegangen, um mit einem Jungen zusammen zu sein?«

»Nein. Quatsch. Bestimmt nicht.«

Ihre Mutter ließ erleichtert die Schulter sinken. »Gut. Ich meine, natürlich rechne ich damit, dass es bei dir irgendwann mal so weit ist. Sex ist etwas sehr Schönes, vor allem wenn zwei Menschen sich lieben. Aber du bist noch so jung und hast noch so viel Zeit.«

Megan verdrehte die Augen. »Oh Gott, ich glaube, ich bin noch nicht bereit für dieses Gespräch.«

Ihre Mutter lachte. Sie war so hübsch, wenn sie lachte.

»Es tut mir wirklich leid«, sagte Megan. »All die gemeinen Sachen, die ich gesagt habe. Das habe ich nur gesagt, weil ich wütend war.«

»Ich weiß.«

»Ich hab dich lieb.«

»Ich hab dich auch lieb.«

»Könnte ich mein Telefon wiederhaben?«

»Keine Chance.«

»Dachte ich mir.«

»Es war einen Versuch wert«, sagte ihre Mutter. Es klingelte. »Erwartest du jemanden?«

Megan stand kopfschüttelnd auf. »Ich geh schon.« Sie spähte durch den Spion in der Haustür. »Das wirst du nicht glauben«, sagte sie und stieß die Tür auf. Sie fand es immer noch seltsam, dass die Türen in Florida nach außen statt nach innen aufgingen. Wenn man nicht aufpasste, konnte man einen nichtsahnenden Besucher k.o. schlagen. Ihr Vater hatte ihr erklärt, dass es etwas mit den Hurrikanen zu tun hatte, und es hatte sich auch ganz vernünftig angehört, aber sie hatte den Grund schon wieder vergessen.

»Wer ist da?«, fragte ihre Mutter.

»Hi, Megan«, sagte Delilah Franklin, als sie den kleinen Flur betrat. »Hi, Mrs. Crosbie. Tut mir leid, dass ich Sie zu Hause störe.«

Ihre Mutter stand auf. »Delilah«, sagte sie und runzelte besorgt die Stirn. »Ist alles in Ordnung?«

Megan ahnte, dass ihre Mutter Angst hatte, ihr Vater könnte einen Herzinfarkt erlitten haben oder von einem Auto überfahren worden sein. »Geht es meinem Vater gut?«, fragte sie deshalb für sie.

»Soweit ich weiß. Warum? Ist irgendwas passiert?«

Sandy ließ die Schultern wieder sinken. »Was können wir für dich tun?«

»Ich wollte nur fragen, ob Sie Mr. und Mrs. Hamilton heute vielleicht schon gesehen haben.«

Megan und ihre Mutter blickten zum Nachbarhaus. »Nein«, antworteten sie im Chor. »Warum?«

»Ich sollte heute Nachmittag eigentlich babysit... vorbeikommen und Mrs. Hamilton ein paar Stunden Gesellschaft leisten. Ich habe zehn Minuten lang geklingelt, aber niemand macht auf.«

Sandy zuckte die Achseln. »Dann sind sie vermutlich nicht zu Hause.«

»Vermutlich.« Delilah trat von einem Fuß auf den anderen, als hoffte sie hereingebeten zu werden, um dort auf die Rückkehr der Hamiltons zu warten.

Bitte nicht, betete Megan stumm.

»Dann komm ich wohl später noch mal wieder.«

»Am besten rufst du vorher an«, schlug Sandy vor.

»Ja. Es ist trotzdem seltsam.« Delilah wandte sich zum Gehen, drehte sich jedoch, als Megan schon im Begriff war, die Tür zu schließen, noch einmal um. »Ich wollte eigentlich gar nicht mehr hingehen. Es ist nämlich irgendwie unheimlich da. Aber dann hat mir Mrs. Hamilton leidgetan. Haben Sie je mit ihr gesprochen?«

»Eigentlich nicht.«

Delilah zögerte. »Na, wir sehen uns dann in der Schule.«

»Wir sehen uns in der Schule«, wiederholte Sandy, als Megan die Tür schloss.

20

»Kann ich ihm sagen, worum es geht?«, fragte die junge Frau.

John Weber lehnte seinen massigen Körper gegen den hohen Empfangstresen und ließ den Blick über die geschlossenen Türen schweifen, die von dem hell erleuchteten Empfangsbereich abgingen. »Sag ihm einfach, dass der Sheriff ihn ein paar Minuten zu sprechen wünscht. Oh, und Becky«, sagte er zu dem Mädchen, das er seit ihrem zweiten Lebensjahr kannte und dessen pausbäckiges, sommersprossiges Gesicht sich in den seither vergangenen zwanzig Jahren kaum verändert hatte, »sag ihm, dass ich nicht den ganzen Tag Zeit habe.« Er sah sich in dem vollen Wartebereich um. Es war halb neun an einem Montagmorgen, und es wartete bereits ein halbes Dutzend Patienten.

»Dr. Crosbie«, hörte er Becky in die Gegensprechanlage flüstern, »Sheriff Weber ist hier und möchte Sie sprechen. Ähm, ich weiß nicht. Das hat er nicht gesagt.« Sie hob den Kopf und lächelte schüchtern. »Dr. Crosbie bittet Sie, noch einen Moment Platz zu nehmen. Sie können zu ihm, sobald er mit der Patientin fertig ist.«

»Danke.« John sah sich in dem grau gestrichenen Empfangsbereich um und stellte fest, dass nur noch ein Platz frei war, zwischen einer älteren Dame, die kummervoll den Oberkörper hin und her wiegte, und einem Mann, der sich seit Johns Ankunft unaufhörlich die Nase geputzt hatte. Und auch wenn er sich mit genug Zeit und Mühe vielleicht an ihre

Namen erinnern könnte, kannte er keinen von beiden über ein freundliches Hallo hinaus. Gleiches galt für die drei Frauen mittleren Alters und einen weiteren Mann, die ihre angespannten Gesichter hinter Zeitschriften verbargen. Es war noch gar nicht so lange her, dass John praktisch jeden in der Stadt gekannt hatte. Jetzt sahen die Leute alle vage ähnlich aus, und ein Gesicht verschwamm mit dem nächsten. John fragte sich, ob diese Entfremdung ein weiteres Indiz dafür war, dass er zu alt und zu selbstzufrieden wurde, um seinen Job anständig zu erledigen. Er trat an das Fenster mit Blick auf die Straße und versuchte, das Bild des Bürgermeisters zu verdrängen, dessen verkniffenes Gesicht ihm aus der getönten Scheibe entgegenzublicken schien.

Ian Crosbies Praxis lag im ersten Stock eines relativ neuen dreistöckigen Gebäudes in der Church Street, die ihren Namen einer gehäuften Ansammlung von Kirchen in der Gegend verdankte. John versuchte, sich zu erinnern, wann er außer zu einer Hochzeit oder Beerdigung zum letzten Mal in einer Kirche gewesen war. Der Gedenkgottesdienst für Liana Martin hatte gleich um die Ecke stattgefunden, obwohl er da streng genommen auch nicht in der Kirche gewesen war. Es waren so viele Leute gekommen, dass sie sich bis auf die Straße gedrängt hatten. Er hatte einen Platz auf der Treppe rechts neben dem Eingangsportal gewählt, um die Trauernden bestmöglich im Blick zu haben. Und die klammheimlich Schadenfrohen.

Ihm war nichts Ungewöhnliches aufgefallen. Wenn Lianas Mörder unter den Trauergästen gewesen war, hatte er keinen Verdacht erregt. Es waren vielmehr die Menschen, die Liana an jenem Nachmittag *nicht* ihren Respekt erwiesen hatten, denen nun Johns besonderes Interesse galt. Wie zum Beispiel Dr. Ian Crosbie.

»Sheriff Weber?«, fragte eine zierliche straßenköterblonde Frau, die auf einem der Stühle saß. Sie löste sich von der weiß umrandeten, perlgrauen Wand und blinzelte ihn aus einem rosa geschwollenen Auge an.

»Mrs. Marshall«, begrüßte er sie und klopfte sich im Geiste auf die Schulter, weil er sich an ihren Namen erinnert hatte.

»Geht es Ihnen gut, Sheriff?«

»Alles bestens, danke.«

»Das ist schön. Wir wollen doch nicht, dass unser Sheriff krank wird.«

»Vielen Dank, Ma'am.«

»Vor allem jetzt nicht.«

»Ich verstehe.«

»Wir zählen auf Sie, Sheriff.«

Sie musste nicht hinzufügen, wofür. John begriff auch so, dass sie die Ergreifung von Liana Martins Mörder meinte, damit wieder Ruhe und Frieden in der Stadt einkehren konnten. »Ich tue mein Bestes.«

»Davon bin ich überzeugt.«

»Gibt es schon eine Spur?« Die Frau neben Mrs. Marshall beugte sich auf ihrem königsblauen Stuhl vor und strich eine Strähne ihres mausbraunen Haars hinters Ohr.

So sehr John sich auch anstrengte, der Name der Frau wollte ihm nicht einfallen. »Die Ermittlung ist in vollem Gange«, erklärte er ihr, was eine hochtrabende Umschreibung für *Nein, keine Spur* war, was sie beide wussten.

Der Mann, der sich ununterbrochen die Nase geputzt hatte, nieste plötzlich, und alle wünschten ihm unverzüglich Gesundheit. »Eigentlich sollte man nicht ›Gesundheit‹ sagen«, erklärte er und schnäuzte sich erneut.

»Wirklich?«, fragte Mrs. Marshall.

»Sagt jedenfalls meine Mutter.«

»Davon habe ich noch nicht gehört«, sagte Mrs. Marshall und wandte sich wieder ihrem *InStyle*-Magazin zu.

Es war die aktuelle Ausgabe, wie John wusste, weil seine Frau zu Hause die gleiche hatte, und Pauline war immer die Erste im Laden, wenn die neuen Zeitschriften erschienen. Sie empfand es als ihre Pflicht, in Fragen der aktuellen Mode sowie in Sachen Brad und Angelina, Paris und berühmter Hungerhaken wie Nicole und Lindsay auf dem neuesten Stand zu bleiben. Und warum kannte er überhaupt ihre Namen? Ging ein rätselhaftes Virus um, das auch ihn angesteckt hatte? Prominitis, dachte er und räusperte sich, um ein Lachen zu unterdrücken, das ihm beinahe herausgerutscht wäre. Er fragte sich, ob der gute Doktor etwas dagegen machen konnte.

»Danke, Dr. Crosbie. Auf Wiedersehen, Becky«, zwitscherte eine vertraute Stimme, und Tanya McGovern kam aus einem der Behandlungsräume. »Sheriff Weber«, begrüßte sie ihn lächelnd. »Was machen Sie denn hier? Alles in Ordnung?«

»Alles bestens, Tanya, danke. Und selbst?«

»Ich schlafe in letzter Zeit nicht besonders gut.«

»Das ist verständlich.«

»Meine Mutter meinte, ich sollte mir Schlaftabletten besorgen, also hat Dr. Crosbie mir etwas verschrieben.«

»Wir werden alle besser schlafen, wenn dieser Verrückte gefasst ist«, bemerkte Mrs. Marshall.

»Gibt es schon eine Spur?«, fragte Tanya.

»Die Ermittlung ist im Gange«, antwortete die Frau neben Mrs. Marshall, bevor John etwas sagen konnte.

»Nun, ich geh dann wohl mal besser zur Schule«, sagte Tanya schon halb aus der Tür.

»Pass auf dich auf.« John kehrte ans Fenster zurück und beobachtete, wie Tanya das Gebäude verließ und in einen wartenden Transporter stieg. War das Greg Watt hinter dem Steuer? John presste seine Stirn an das kühle Glas, aber der Wagen war schon um die nächste Ecke gebogen, bevor er den Fahrer ausmachen konnte.

»John?«, hörte er eine Stimme in seinem Rücken. Nicht etwa Sheriff Weber, wie es dem Wesen ihrer Beziehung oder Nicht-Beziehung angemessen gewesen wäre, sondern ein reichlich demonstratives *John*.

»Ian«, erwiderte der Sheriff und drehte sich gerade noch rechtzeitig um, um das unwillkürliche Zucken zu bemerken, dass über das attraktive Gesicht des guten Doktors huschte. Ian Crosbie trug unter seinem offenen weißen Kittel ein blau-schwarz kariertes Hemd und eine ordentlich gebügelte schwarze Hose, die seine schlanken Hüften betonte.

»Gibt es ein Problem?«, fragte der Arzt. »Sind Sie krank?«

»Nein, nein. Nichts dergleichen. Ich fürchte, ich muss Ihnen einige Fragen stellen.«

Der Doktor wirkte angemessen bekümmert. »Hat das nicht vielleicht Zeit bis später? Wie Sie sehen, habe ich heute Morgen sehr viel zu tun.«

»Ich fürchte, es hat keine Zeit. Ich habe schon mehrmals versucht, Sie zu erreichen.«

»Ja, das tut mir leid, aber –«

»– Sie waren sehr beschäftigt. Das verstehe ich. Es dauert bestimmt nicht lange.«

Ian Crosbie seufzte und warf resigniert die Hände in die Luft. »Wenn Sie mich einen Moment entschuldigen«, bat er seine Patienten um Geduld und führte John in das innere Heiligtum.

»Gut siehst du aus, Becky«, erklärte John der Sprechstundenhilfe, als er dem Doktor einen schmalen Flur hinunter folgte. Sie kamen an zwei Behandlungsräumen vorbei, in denen bereits Patienten warteten und traten dann in das dritte Zimmer am Ende des Ganges. Ian Crosbie nahm sofort auf dem braunen Ledersessel hinter seinem überaus ordentlichen Schreibtisch Platz und forderte John mit einer Geste auf, sich auf den kleineren Stuhl davor zu setzen. John zog es vor, stehen zu bleiben, weil er schon früh in seiner Laufbahn erkannt hatte, dass es ein großer psychologischer Vorteil war, auf seinen Gegner herabzublicken. Er fragte sich, wann er angefangen hatte, Ian Crosbie als seinen Gegner zu betrachten.

»Was kann ich für Sie tun, Sheriff?« Ian zupfte einen roten Kugelschreiber aus einem Becher mit Stiften und begann, damit gegen seinen Schreibtisch zu tippen.

Jetzt hieß es also plötzlich doch *Sheriff*. »Ich muss Sie fragen, was Sie am Nachmittag des Verschwindens von Liana Martin gemacht haben.«

Der Stift fiel aus Ians Hand auf den Tisch, rollte zwischen zwei gerahmten Fotos seiner Kinder hindurch über die Platte und fiel auf den grauen Teppich, wo er außer Sichtweite kullerte. »Verzeihung?«

»Montag, den –«

»Ich weiß, welcher Tag es war.«

»Dann können Sie mir ja vielleicht sagen, was Sie an diesem Nachmittag gemacht haben.«

»Ist das ein Witz? Ich bin deswegen schon befragt worden.«

»Nein, Dr. Crosbie, ich versichere Ihnen, dass das kein Witz ist.« John beobachtete, wie die gebräunten Wangen des Arztes aschfahl wurden, und unterdrückte ein Lächeln. Es wäre unprofessionell, sein Vergnügen an dem allzu offensichtlichen Unbehagen des guten Doktors zu verraten.

»Nun ... ich war hier. Das habe ich bereits einem Ihrer Deputies erklärt.«

»Ja, ich glaube, es war Deputy Trent, der in der vergangenen Woche mit Ihnen gesprochen hat«, sagte John, zückte einen kleinen Block aus der Brusttasche seines Hemdes und zitierte aus seinen Notizen. »Er sagt, Sie hätten behauptet, Ihre Praxis wäre an jenem Nachmittag geschlossen gewesen.«

Ian wurde noch hektischer. »Sie *war* geschlossen. Ich hatte eine Menge Papierkram nachzuholen. Was wollen Sie andeuten?«

»So viel, dass sie Ihren Patienten abgesagt haben?«

»Ich hatte an diesem Nachmittag keine Termine.«

»Ach ja?« John blätterte ein paar Seiten weiter. »Ihre Sprechstundenhilfe hat vor ein paar Tagen gegenüber einem anderen meiner Deputies ausgesagt, dass Sie ihr aufgetragen hätten, alle Termine an diesem Nachmittag wegen einer Familienkrise abzusagen.« John hatte einen Beamten beauftragt, Becky zu befragen, nachdem er Ian bei Kerri begegnet war.

»Nun, es war nicht direkt eine Krise. Meine Frau war sehr besorgt und aufgebracht wegen meines Sohnes –«

»Ihre Frau? Sie meinen Sandy Crosbie?«

»Nun ja, wir leben natürlich getrennt, aber –«

»Sie kann sich nicht erinnern, wegen irgendwas besorgt oder aufgebracht gewesen zu sein.« In Wahrheit hatte er noch gar nicht mit Sandy gesprochen, war sich jedoch ziemlich sicher, dass er damit richtiglag.

»Das liegt daran, dass sie *immer* wegen irgendwas aufgebracht ist. Hören Sie, Sheriff, ich begreife nicht, worauf Sie hinauswollen. Ich habe langsam das Gefühl, dass Sie mich verdächtigen.«

»Na na, immer schön langsam, *Ian*. Wer hat denn was von *verdächtigen* gesagt?«

»Und warum nehmen Sie mich dann so in die Mangel?«

»Ich mache nur meinen Job. Versuchen Sie, die Sache mal aus meiner Sicht zu betrachten.« John ließ seinen Blick über die Bücherregale schweifen. »Sie haben offensichtlich eine sehr gut laufende Praxis. Aber an diesem speziellen Nachmittag beschließen Sie, Ihren Patienten abzusagen und Ihre Sprechstundenhilfe nach Hause zu schicken. Warum?«

»Ich habe Ihnen doch schon gesagt, dass ich noch Papierkram zu erledigen hatte.«

John lächelte. »Vielleicht wollen Sie das noch mal überdenken«, sagte er langsam.

Nach einer längeren Pause schüttelte der Arzt den Kopf und nickte dann geschlagen. »Also gut, hören Sie. Wir sind beide Männer. Ich bin sicher, Sie verstehen das.«

»Was verstehe ich?«

Eine weitere Pause. Er schürzte die Lippen. »Ich war mit jemandem zusammen.«

Das kam nicht völlig unerwartet, dachte John. »Kerri Franklin?«

Wieder zögerte er und verdrehte die Augen. »Nein.«

Damit hatte er allerdings nicht gerechnet. John schüttelte den Kopf, halb empört, halb bewundernd. Er war hergekommen, um ein bisschen im Nebel zu stochern. Er hatte nicht erwartet, tatsächlich auf etwas zu stoßen. »Liana Martin?«, fragte er, beinahe ängstlich, die Antwort des Arztes zu hören.

»Liana Martin? Nein! Gott bewahre! Sie war doch noch ein Kind, um Himmels willen.«

»Sie war achtzehn«, erinnerte John ihn.

»Ich kannte Liana Martin nicht mal.«

»Wer war es dann?« John nahm sich einen Stift aus dem Becher auf dem Schreibtisch des Doktors. »Ich brauche einen Namen.«

»Hören Sie. Es ist ein wenig peinlich.«

»Wenn Sie mir keinen Namen nennen, wird es mehr als nur ein wenig peinlich. Ich habe bereits einen Zeugen, der Sie am Nachmittag von Lianas Verschwinden in der Straße gesehen hat, in der sie wohnte.«

»Was? Das ist absurd!«

»Wirklich?«

»Ich weiß nicht mal, wo sie gewohnt hat, Herrgott noch mal. Und ich war auf gar keinen Fall dort.«

»Woher wissen Sie, dass Sie nicht dort waren, wenn Sie gar nicht wissen, wo sie wohnte?«

»Weil ich *hier* war.« Dr. Crosbie merkte, dass er brüllte, und senkte seine Stimme. »Ich war hier.«

»Mit wem waren Sie zusammen? Ist sie eine Patientin?«

»Eine Patientin? Nein, natürlich nicht. Halten Sie mich für bescheuert? Glauben Sie, ich will wegen eines knackigen Arsches meine Zulassung verlieren?«

Nun war es an John, das Gesicht zu verziehen. Er hatte unnötige Vulgarität immer gehasst, obwohl er sich dessen vermutlich genauso schuldig gemacht hatte wie jeder andere. »Wer dann?«

»Niemand, den Sie kennen.«

»Ich brauche den Namen einer Person, die Ihre Geschichte bestätigen kann.«

Wieder entstand eine Pause. Ian Crosbie presste die Finger seiner rechten Hand an die Schläfe, als hätte er die schlimmsten Kopfschmerzen aller Zeiten.

Und vielleicht war dem ja auch so, dachte John und beschloss, sich nun doch zu setzen. Er lehnte sich auf dem Stuhl zurück und streckte seine langen Beine aus. »Ein Name?«

»Marcy. Marcy Grenn. Hören Sie, müssen Sie …?«

John notierte den unbekannten Namen. »Adresse?«

»Sie wohnt in Boca. Sie ist verheiratet«, gab Ian einfältig zu. »Ich habe nur ihre E-Mail-Adresse.«

Das wurde ja immer besser. »Wollen Sie damit sagen, dass Sie sie online kennen gelernt haben?«

»Ihr Ton gefällt mir nicht, Sheriff.«

»Tut mir leid. Ich war mir keines bestimmten Tons bewusst.«

»Mein Privatleben geht sie nichts an.«

»Ich ermittle in einem Mordfall, Dr. Crosbie.«

»Mit dem ich absolut nichts zu tun habe, egal wer behauptet, er hätte mich am Tag von Liana Martins Verschwinden in der Straße gesehen, in der sie wohnt.«

John gab vor, sich etwas zu notieren. In Wahrheit hatte niemand sich gemeldet und behauptet, den guten Doktor an jenem Nachmittag in der Straße gesehen zu haben, in der Liana Martin wohnte. Er hatte die Beschuldigung nur benutzt, um Ian weiter zu provozieren und zu sehen, wohin das vielleicht führte. Es hatte ihn nach Boca und zu einer verheirateten Frau namens Marcy Grenn geführt. Manchmal machte dieser Job richtig Spaß, dachte er voller neuer Energie. »Ich brauche diese E-Mail-Adresse.«

Ian Crosbie schrieb die Adresse eilig auf einen Rezeptblock und reichte das Blatt über den Tisch. »Ich verlasse mich darauf, dass Sie diese Information vertraulich behandeln.«

»Ich glaube nicht, dass das unter die ärztliche Schweigepflicht fällt«, erklärte John ihm, steckte den Zettel und seinen Notizblock ein und den Stift wieder an seinen Platz.

»Hören Sie, ich bitte Sie lediglich, diskret zu sein«, sagte der Arzt. »Es gibt doch keinen Grund, warum irgendjemand davon erfahren müsste, oder?«

»Es war nett, sich mit Ihnen zu unterhalten, Ian«, sagte John und stand auf. »Sie hören von mir.« Er verließ die Praxis und verabschiedete sich höflich von Becky und den Patienten im Wartezimmer, wohl wissend, dass bald die ganze Stadt über seinen unangekündigten Besuch bei Ian Crosbie tuscheln würde. Er würde Kontakt mit Marcy Grenn in Boca aufnehmen, dachte er, als er in seinen Streifenwagen stieg, obwohl er sich ziemlich sicher war, dass Ian die Wahrheit sagte. Die Sache gegenüber Kerri zu erwähnen, erschien ihm zwecklos, entschied er und machte sich auf den Weg zum Highway. Sie würde ihm nur vorwerfen, nicht aus Sorge, sondern aus Eifersucht und Gehässigkeit zu handeln, weil die Trauben für ihn zu hoch hingen. Am Ende würde sie glauben, was sie glauben wollte. Das machten die Leute immer.

»Mr. Peterson«, sagte John zu dem Physiklehrer mit der Halbglatze, als er ihm gegenüber Platz nahm. »Darf ich mich zu Ihnen setzen?«

»Sheriff«, erwiderte der Mann und blickte an John vorbei zur Toilette im hinteren Teil des Lokals. Auch an einem Montagabend war das Chester's brechend voll. Avery Peterson nippte an seinem Gin-Tonic. In der Mitte des Tisches stand eine unangerührte Cola mit einer Zitronenscheibe, die gefährlich auf dem Glasrand balancierte. »Ich bin offen gestanden nicht allein hier. Sie pudert sich bloß die Nase.«

»Kein Problem. Es dauert nicht lang. Ich muss Ihnen lediglich ein paar Fragen stellen, wenn Sie nichts dagegen haben.«

Avery Peterson zuckte die Achseln. »Ich dachte, ich hätte letzte Woche alle Ihre Fragen beantwortet.«

»Es sind neue aufgetaucht, Mr. Peterson –«

»Avery«, unterbrach der Physiklehrer ihn.

John nickte. Er verspürte kein Bedürfnis, sich in irgendeiner Weise enger mit dem alternden Romeo anzufreunden. Er hatte gesehen, mit wem er hier war, eine junge Frau namens Ellie Frysinger, die erst vor zwei Jahren ihren Abschluss an der Torrance High gemacht hatte und jetzt in einem Laden im Shopping-Center Discountkleidung verkaufte. Was die junge Frau an dem unscheinbaren Schürzenjäger mit dem schütteren Haar fand, überstieg Johns Vorstellungsvermögen. Trotzdem war Avery Peterson nach seiner erbitterten Scheidung vor fünf Jahren Gerüchten zufolge mit einer überraschend großen Zahl bereitwilliger junger Frauen zusammen gewesen.

»Ich habe gehört, er ist bestückt wie ein Hengst«, hatte ihm Pauline neulich bei einem Abendessen im Kentucky Fried Chicken anvertraut.

»Ich glaube, das fällt unter die Kategorie ›überflüssige Informationen‹«, hatte John gereizt erwidert und seine Hühnchenkeule unangerührt wieder auf den Teller geworfen. Fanden Frauen so etwas wirklich wichtig, hatte er sich damals wie heute gefragt. Er hatte immer der Idee angehangen, dass Frauen weniger oberflächlich waren als Männer, aber da war er sich zunehmend nicht mehr so sicher. Das schönere Geschlecht war nicht notwendigerweise auch das bessere. Verletzlichkeit war nicht unbedingt das Gleiche wie Sensibilität.

Nun fiel es John schwer, den Physiklehrer – den Physiklehrer seiner *Tochter*, Herrgott noch mal – anzusehen, ohne an Pferde zu denken, und das war das Letzte, woran er nach einem anstrengenden Tag mit einer Fahrt nach Boca und zurück denken wollte. Marcy Grenn war immerhin sehr freundlich und hilfsbereit gewesen. Sie hatte Ian Crosbies Geschichte bestätigt und ihm sogar ein paar der E-Mails gezeigt, die sie sich geschrieben hatten, nachdem sie sich ein paar Wochen zuvor in einem Chatroom kennen gelernt hatten. Ihr Mann sei ständig geschäftlich unterwegs, gestand sie ihm, und sie gönnte sich hin und wieder eine kleine Ablenkung. Sie lächelte, als sie ihm erklärte, er solle ihre E-Mail-Adresse nicht verlieren. John war durchaus versucht, dachte jedoch auf dem Weg zurück nach Torrance, dass er und Dr. Crosbie schon eine Frau gemeinsam hatten, und er bestimmt nicht vorhatte, ihr eine weitere hinzuzufügen.

Wegen eines Unfalls auf dem Highway hatte er über eine Stunde im Stau gestanden. Anschließend hatte er sich mit Pauline über eine Nichtigkeit gestritten, bevor er ins Chester's gefahren war, um Cal Hamilton noch einmal zu befragen. Sein spontaner Besuch bei Ian Crosbie hatte schließlich einen wahren Schatz von Informationen zutage gefördert, die allerdings in Bezug auf den Fall Liana Martin vollkommen nutzlos waren. Deshalb hoffte er, vielleicht auch Cal Hamiltons Zunge lösen zu können.

Aber als er gekommen war, war Cal Hamilton schon weg. Laut Aussage des Barkeepers war er vor einer Stunde ohne ein Wort hinausgestürmt und noch nicht zurückgekommen. John hatte an einem Tisch auf der anderen Seite der Bar Platz genommen, ein Bier getrunken und auf Cals Rückkehr gewartet. Es war schon fast neun. Pauline hatte bereits zweimal angerufen und gefragt, wann er nach Hause käme, und er wollte auch gerade gehen, als er Avery Peterson mit Ellie Frysinger hereinkommen sah.

»Uns liegen Berichte vor, nach denen Sie am Abend der Totenwache für Liana Martin im Pearson Park gesehen wurden«, begann der Sheriff.

Avery Peterson verzog keine Miene. »Das ist richtig.«

»Was dagegen, mir zu erzählen, was Sie da wollten?«

Der Physiklehrer zuckte die Achseln. »Ich war bloß neugierig.«

»Neugierig?«

»Wer kommen würde, was sie geplant hatten und so.«

»Sie wussten, dass die Jugendlichen eigentlich unter sich bleiben wollten?«

»Ich habe bloß ein Auge auf meine Schüler gehabt. Für den Fall, dass irgendjemand sich zu irgendwas hinreißen lässt.«

»Hat Sie irgendjemand aufgefordert, das zu tun?«

»Lenny und ich haben vorher darüber gesprochen.«

»Sie meinen Leonard Fromm?«

»Unseren geschätzten Direktor, ja, den meine ich.«

»Und wenn ich ihn jetzt anrufen und bitten würde, diese Geschichte zu bestätigen?«

Avery Peterson zog sein Handy aus der Jackentasche und schob es über den Tisch. »Nur zu.«

»Verschiedene Leute haben berichtet, dass Sie hinter den Büschen gelauert haben«, sagte John, ohne das Telefon zu beachten.

Avery Peterson steckte es lächelnd wieder ein. »Ich wollte diskret sein.«

»Welche Beziehung hatten Sie zu Liana Martin?«, fragte John scharf.

»Verzeihung?«

»Bitte beantworten Sie die Frage, Avery.«

»Sie war meine Schülerin.«

»Mehr nicht?«

»Was sonst?«

»Nun, es ist kein Geheimnis, dass Sie eine Vorliebe für eher jüngere Frauen haben.«

»Ist das ein Verbrechen?«

»Nein, aber Mord.«

Avery Peterson lachte. »Das kann doch nicht Ihr Ernst sein, oder?«

Man hörte den gedämpften Klang einer Polizeisirene. John zuckte die Schultern. »Das ist wohl *mein* Handy«, erklärte er und griff in die Gesäßtasche seiner Hose. »Das mit der Sirene war die Idee meiner Tochter.« Er drückte auf den richtigen Knopf und hielt das Telefon ans Ohr.

»John«, rief eine Frau, noch bevor er Hallo sagen konnte. »Du musst sofort kommen.«

Im Hintergrund hörte John Gepolter und Geschrei. »Kerri?«

Aber bevor sie antworten konnte, war die Leitung tot.

21

»Was zum Teufel soll das?«, fragte der Mann wütend und schlug Kerri das Telefon aus der Hand.

Kerris Finger brannten, während das Telefon durch die Luft segelte und auf dem Boden landete, sodass die Plastikverkleidung auf der Rückseite sich löste. Die Akkus fielen heraus, rollten über den rosafarbenen Teppich und blieben unter den bis zum Boden reichenden Falten der gerüschten weißen Tagesdecke ihres französischen Betts liegen. »Ich habe Sheriff Weber angerufen«, erklärte sie ihm und hielt schützend die Hände vors Gesicht, falls es ihm nicht reichen sollte, leblose Gegenstände durch die Gegend zu schleudern, und er dazu überging, seinen Frust an ihr auszulassen. Sie hatte viel zu viel Zeit und Geld in ihr Gesicht investiert, um es sich einfach so von einem Vollidioten zerstören zu lassen, der wütend war, weil er seine Frau nicht finden konnte. »Er ist unterwegs.«

Cal Hamilton grinste höhnisch. »Ich habe den Sheriff schon in Aktion erlebt. So schnell bewegt der sich nicht.«

Vielleicht nicht für Sie, dachte Kerri, sagte jedoch: »Ich glaube, Sie sollten jetzt wirklich gehen.«

»Erst wenn ich gekriegt habe, was ich will.« Er pflanzte sich breitbeinig vor ihr auf und verschränkte seine muskulösen Arme.

Meister Proper mit Haaren, dachte Kerri, obwohl Cals weißes T-Shirt verdreckt und seine Fahne auch aus zwei Metern Entfernung noch zu riechen war. »Ich habe es Ihnen doch schon gesagt. Sie ist nicht hier.«

»Und wo ist sie dann?«

»Kein Ahnung«, sagte Kerri ungeduldig. »Ich habe in meinem Leben keine zwei Worte mit der Frau gewechselt.«

»Aber Ihre Tochter.«

»Und die hat Ihnen ebenfalls schon gesagt, dass sie keine Ahnung hat, wo Ihre Frau ist.«

»Das kleine Schwein lügt, genau wie Sie.« Cal schob einen kleinen Stuhl aus dem Weg und kam einen Schritt näher.

Kerri wich unwillkürlich zurück, wütend auf sich selbst, dass sie sich von diesem Mann in ihrem eigenen Haus einschüchtern ließ. Daran waren schon drei Ehemänner vor ihm gescheitert. Wenn Delilah bloß die Tür nicht aufgemacht hätte. »Es ist Mr. Hamilton«, hörte sie die Kleinmädchenstimme ihrer Tochter noch ängstlich verkünden.

Und dann brach das Chaos aus.

Cal Hamilton, den Kerri immer auf eine rowdyhafte Art süß gefunden hatte, hatte Delilah, die in ihren abgeschnittenen Jeans besonders unvorteilhaft und schwerfällig aussah, heftig angefahren und ihr Anschuldigungen an den Kopf geworden, die jene vehement bestritten hatte. Irgendwann hatte ihr Streit den schlafenden Riesen Rose geweckt, die nun ihrerseits begonnen hatte, von der Tür ihres Schlafzimmers aus lautstark zu fordern, dass alle verdammt noch mal die Klappe halten sollten. Wenn es darum ging, seine Mitmenschen einzuschüchtern, dachte Kerri mit einem Hauch von Bewunderung, konnte kein Mann ihrer Mutter das Wasser reichen.

Delilah und Kerri waren nach oben gerannt, als Cal im Erdgeschoss begann, schwere Möbel aus dem Weg zu räumen, als wären sie aus Papier, bevor er durch die Küche und den Flur getobt und schließlich die Treppe hinauf in Kerris Schlafzimmer gestürmt war. Sie hatte nur ein paar ängstliche Worte in ihr Handy stammeln können, bevor Cal es ihr wütend aus der Hand geschlagen hatte. Hoffentlich war John unterwegs. Wenn sie Glück hatte, traf er ein, bevor Cal ernsthaften Schaden angerichtet hatte.

Ihre Mutter und ihre Tochter hatten sich in Roses Zimmer eingeschlossen, aber mit seinen schwarzen Lederstiefeln könnte Cal die Tür mühelos eintreten. Es sei denn, Delilah hatte es geschafft, die schwere Kommode als Barrikade vor die Tür zu schieben. Was durchaus möglich war. Ihre Tochter war alles andere als ein zartes Blümchen, und das ganze zusätzliche Gewicht musste doch für irgendwas gut sein, dachte Kerri und hatte sofort ein schlechtes Gewissen. Es war nicht richtig, so schlecht über sein eigen Fleisch und Blut zu reden. Andererseits verwunderte sie das auch kaum. Sie war schließlich die Tochter ihrer Mutter.

»Ich frage Sie zum letzten beschissenen Mal«, warnte Cal sie jetzt. »Wo ist sie?«

»Und ich sage zum letzten Mal, ich habe keine beschissene Ahnung, Sie Volltrottel.«

Daraufhin schlug er sie, hart mit der offenen Hand ins Gesicht, sodass sie rücklings auf ihre weiße Daunendecke fiel. Kerri rührte sich nicht. Sie dachte, dass sie es hätte kommen sehen müssen, weil sie solche Situationen kannte, aufgeladene Konfrontationen mit betrunkenen Männern, die es nicht für unter ihrer Würde hielten, zur Klärung eines Streits auch die Fäuste einzusetzen. Als sie mit Delilah schwanger war, hatte ihr erster Mann sie so heftig verprügelt, dass sie mit zwei gebrochenen Rippen und einem gebrochenen Handgelenk ins Krankenhaus musste. Und ein halbes Jahr nach Delilahs Geburt hatte er ihr mit einem Faustschlag die Nase gebrochen.

Sozusagen der erste plastische Eingriff, dachte sie und tastete vorsichtig ihr Gesicht ab, um sich zu vergewissern, dass Cal nichts kaputtgemacht hatte. Warum brauchte John so lange? Und warum eilte Delilah nicht zu ihrer Rettung? Sie musste doch hören, was los war. Sie musste doch wissen, dass ihre Mutter in Gefahr war. Wenn sie es tatsächlich geschafft hatte, die Kommode vor die Tür zu rücken, dann konnte sie sie bestimmt auch wieder wegschieben.

Und dann hörte Kerri die stockende Kleinmädchenstimme

ihrer Tochter, die Cal befahl, einen Schritt zurückzugehen, was dieser wundersamerweise auch tat. »Hey, Mädchen«, hörte sie ihn sagen. »Mach keine Dummheiten.« Und als sie den Kopf wandte, sah sie Delilah in der Tür stehen, die Arme ausgestreckt und mit zitternden Fingern eine Pistole umklammernd.

»Hände hoch«, befahl Delilah, und wieder gehorchte Cal. »Alles in Ordnung?«, fragte Delilah ihre Mutter.

Kerri nickte. »Sheriff Weber ist unterwegs.« Wo um alles in der Welt hatte Delilah die Waffe her?

»Sie weiß es«, beharrte Cal störrisch und betrachtete die Waffe in Delilahs Hand. »Sie war heute da. Meine Nachbarin hat sie gesehen.«

»Wovon reden Sie?« Kerri sah sich zu ihrer Tochter um.

»Ich *war* da«, bestätigte Delilah. »Gestern war ich auch da. Wie abgesprochen. Ich habe geklopft und geklingelt, aber es hat niemand aufgemacht.«

»Du verlogenes Miststück.«

»Was haben Sie mit ihr gemacht?«, fragte Delilah so leise, dass man die Worte kaum verstehen konnte.

»Was habe ich mit ihr gemacht?«, wiederholte Cal ungläubig. »Ich habe gar nichts mit ihr gemacht, du dumme Kuh. Jedenfalls noch nicht.«

»Keine Bewegung«, warnte Delilah ihn. »Wenn Sie noch einen Schritt machen, erschieße ich Sie.« Mehrere Tränen kullerten über ihre Wange.

Kerri fragte sich, ob Delilah dazu fähig wäre. Könnte ihre Tochter wirklich einen anderen Menschen erschießen?

Cals unvermitteltes Lachen beantwortete die Frage für sie. »Wem willst du denn was vormachen, Fettarsch? Du erschießt niemanden.« Er drängte sich an Delilah vorbei und war die Treppe hinuntergerannt, bevor das zitternde Mädchen begriffen hatte, wie man die Waffe entsicherte. Die Haustür fiel krachend ins Schloss.

»Oh Gott«, jammerte Kerri, als sie hörte, wie er mit quietschenden Reifen wegfuhr. »Gib mir das Ding, bevor du noch jemanden umbringst.« Sie nahm ihrer Tochter die Pistole aus den zitternden Händen. »Wo hast du die überhaupt her?«

»Das ist meine«, verkündete Rose, die, beide Hände in den grünen Chenille-Bademantel verkrallt, plötzlich in der Tür stand.

Ihre Mutter hatte eine Pistole? Was zum Teufel war hier los? »Seit wann hast du eine Waffe?«

»Sie gehörte deinem Vater.«

»Hast du einen Waffenschein dafür?«

»Woher soll ich das wissen?«, fragte Rose ungeduldig.

Kerri ließ die Pistole in die ausgestreckte Hand ihrer Mutter fallen. Der Abend geriet immer mehr zu einer Katastrophe. Erst hatte Ian ohne Begründung ihre Verabredung abgesagt, dann hatte Cal Hamilton vor der Tür gestanden und das Haus in Trümmer gelegt, daraufhin hatte sich ihre Tochter in John Dillinger verwandelt, und jetzt gab ihre Mutter die Ma Barker. »Du solltest sie lieber verstecken, bevor der Sheriff kommt.«

»Weshalb denn?«, fragte Rose abschätzig. »Sie ist sowieso nicht geladen.«

»Sie ist nicht geladen?«, fragte Delilah.

»Natürlich nicht. Frag nicht so blöd.«

»Pack das verdammte Ding einfach weg, ja?«

Rose schlurfte zurück in ihr Zimmer. Es war erstaunlich, dachte Kerri, aber nach all den Jahren schaffte ihre Mutter es immer noch, sie zu überraschen.

»Alles in Ordnung?«, fragte Delilah. »Hat er dir wehgetan?«

»Nein. Er ist nicht mal ein halb so harter Bursche, wie dein Daddy es war.« Kerri breitete die Arme aus, und Delilah stürzte sich so ungestüm hinein, dass sie ihre Mutter fast umgeworfen hätte. »Danke, Schätzchen. Du warst sehr mutig.« Sie küsste ihre Tochter auf die Stirn und schmeckte den Angstschweiß auf ihrer Haut. Delilah drückte sie mit jedem

Atemzug enger an sich. Kerri entwand sich ihrer Umarmung und begann, sich ihre bei dem Aufruhr ramponierte Frisur glatt zu streichen.

»Er hat sie umgebracht«, flüsterte Delilah. »Ich weiß es.«

»Aber das ergibt doch gar keinen Sinn«, widersprach Kerri. »Ich meine, warum sollte er dann herkommen und auf der Suche nach ihr das halbe Haus verwüsten?«

»Um den Verdacht von sich abzulenken.«

»Mein Gott. Du hast vielleicht eine Fantasie. Glaubst du, er hat auch Liana getötet?«, scherzte Kerri mit einem halben Lachen, das ganz erstarb, als sie den Gesichtsausdruck ihrer Tochter sah. »Ich glaube, du guckst zu viel Fernsehen«, sagte Kerri. »Glaubst du ernsthaft, Cal Hamilton wäre ein Serienmörder?«

»Vielleicht. Oder er hat Liana umgebracht, damit es aussieht wie die Tat eines Serienmörders.«

Es klingelte.

»Dein Ritter in glänzender Rüstung ist da«, rief ihre Mutter quer durch den Flur.

»Hast du die Pistole weggepackt?«, fragte Kerri, als sie an ihrer offenen Zimmertür vorbeikam.

»Welche Pistole?«, fragte Rose aus ihrem Bett.

»Ich könnte einen Drink vertragen«, sagte Kerri.

»Verschweigst du mir irgendwas?«, fragte John Kerri, als sie ihn gut vierzig Minuten später zu seinem Wagen begleitete. Sie waren die Ereignisse mehrmals durchgegangen, und er hatte zudem sowohl ihre Mutter als auch ihre Tochter über die Geschehnisse befragt. Niemand hatte die Pistole erwähnt. Meinte er das?

»Ich bin ziemlich sicher, dass wir dir alles erzählt haben.«

Er nickte, obwohl seine Miene verriet, dass er nicht wusste, ob er ihr glauben sollte. »Und dir geht es auch wirklich gut?«

»Alles bestens.« Selbst im Dunkeln konnte Kerri die Blicke

des Sheriffs auf ihrem Körper spüren und betonte ihren Hüftschwung noch ein wenig mehr. Sie wusste, was John Weber für sie empfand, dass er seit der sechsten Klasse hinter ihr her war, als sie noch gar keine Hüften gehabt hatte, Herrgott noch mal. Auf jeden Fall noch keinen Busen, dachte sie, straffte die Schultern und drückte ihre zweifach vergrößerte Brust heraus.

Sie wusste gar nicht mehr, wie ihre eigenen Brüste ausgesehen hatten. Erinnern konnte sie sich nur noch an die ätzenden Sticheleien, mit denen ihre Mutter ihre Unzulänglichkeit gewürdigt hatte. »Flach wie ein Pfannkuchen«, hatte sie immer wieder erklärt. »Du suchst dir besser einen Mann, der Pfannkuchen mag.« Ständig machte sie sie herunter und verglich sie mit ihren Schwestern, was die spätere Entfremdung der Kinder untereinander praktisch besiegelt hatte. »Ruthie hat wundervolle Brüste«, hatte ihre Mutter häufig gesagt. »Die hat sie von mir. Leider schlagen Lorraine und du nach der Seite eures Vaters, obwohl Lorraine wenigstens hübsche Beine hat.«

Kerri strich über ihre vormals schweren Hüften. Mit einer Menge Fitnesstraining und ein bisschen Fettabsaugen hatte sie die Partie sauber ausgeglichen, auch wenn die wichtigsten Mitspieler den Platz längst verlassen hatten. Kerris Schwestern hatten es beide geschafft, ihrer Mutter zu entkommen. Ruthie war vor zehn Jahren nach Kalifornien gezogen und rief nur an, wenn sie wieder Geld für den Aufenthalt in einer Sucht-Klinik brauchte. Und Lorraine hatte es sich leicht gemacht und war einfach gestorben.

Kerri drehte sich zum Haus um und sah, dass ihre Mutter sie vom Fenster ihres Zimmers aus beobachtete. Sie wartet bloß darauf, dass *wir* alle sterben, damit sie glücklich abtreten kann, dachte Kerri.

»Ich postiere jemanden vor dem Haus«, bot John an, als sie seinen Streifenwagen erreichten. »Bis wir Cal festgenommen haben.«

»Das ist sehr nett.« Kerri hörte zu, wie John per Telefon

einen Deputy anforderte. Er war immer um ihr Wohl besorgt gewesen, dachte sie, während er sein Handy wieder in die Hosentasche steckte. Er hatte sie in all ihren Inkarnationen gemocht, flach oder üppig, mit schmalen Hüften oder vollen Lippen, mollig oder zurechtgemeißelt. Schade eigentlich, dass sie mit ihrem Timing immer ein bisschen danebengelegen hatten, dass sie drei Nieten geheiratet hatte, von denen zwei Danny hießen, und er diese Hexe Pauline. Und während Kerri alle drei Ehemänner irgendwann an den Ohren gepackt und vor die Tür gesetzt hatte, wusste sie auch, dass John Weber bei aller aufgesetzten Großspurigkeit nie den Mut aufbringen würde, seine Frau zu verlassen.

Warum kam ihr das jetzt überhaupt in den Sinn? Ihre Affäre mit John lag schließlich schon Jahre zurück. Sie hatte kein einziges Mal mehr an ihn gedacht seit dem Abend, an dem sie ihren Computer eingeschaltet und sich von einem erfolgreichen, aber unzufriedenen Arzt aus dem Norden des Staates New York in einen witzig zweideutigen Chat hatte verwickeln lassen. Schon bald hatten sie Fotos und Telefonnummern getauscht und sich in Miami sogar zu einem von mehreren heimlichen Rendezvous getroffen. Bei dem zweiten dieser Treffen hatte er gestanden, was ihre Mutter bereits vermutet hatte. Er war verheiratet. Aber anstatt ihr die Ohren über die Nutzlosigkeit einer weiteren Beziehung mit einem verheirateten Mann vollzunörgeln, die nur in einer Sackgasse enden konnte, gab ihre Mutter ihr plötzlich Tipps, wie sie ihre falschen Nägel noch tiefer in das biegsame Fleisch des guten Doktors schlagen konnte. »Blas ihm einen, dass ihm Hören und Sehen vergeht«, riet sie höchst unmütterlich. Nach ihrer nächsten leidenschaftlichen Begegnung verkündete der gute Doktor seine Absicht, nach Torrance zu ziehen. Als er fünf Monate später tatsächlich seine neue Praxis in der Stadt eröffnete, riet Rose ihrer Tochter, die Beziehung zu beenden. »Noch einen blasen und ihn dann verlassen«, reimte sie mit einem kalten Lächeln, als wäre sie O.J. Simpsons Anwalt beim Schlussplädoyer. Kerris aufgespritzte Lippen hatten ein letztes Wunder gewirkt, bevor sie dem Traummann ihrer Mutter Adieu gesagt hatte. Dann hatte sie gewartet. Sechs Wochen später hatte Ian Crosbie seine Familie verlassen. Rose versicherte ihr, dass es nur eine Frage der Zeit war, bis er ihr einen Antrag machte.

»Triffst du dich heute Abend nicht mit Dr. Crosbie?«, fragte John, als hätte er den letzten Teil ihrer Gedanken gelesen.

»Heute Abend nicht«, sagte Kerri und meinte, in Johns müdem Ausdruck eine Andeutung von irgendwas gesehen zu haben, als wüsste er etwas, was sie nicht wusste. »Wir sind schließlich nicht an der Hüfte zusammengewachsen.« Trotzdem fragte sie sich, wo Ian war. Bis auf die Tatsache, dass er einen anstrengenden Tag hinter sich hatte und früh schlafen gehen wollte, hatte er keinen Grund für seine Absage genannt. Kerri hatte überlegt, ihm einen Überraschungsbesuch abzustatten, obwohl sie Überraschungen selbst immer gehasst hatte, weil sie die hässliche Neigung hatten, nach hinten loszugehen. »Und was geschieht als Nächstes?«, fragte sie und schob ihr wachsendes Unbehagen auf den Zwischenfall mit Cal.

»Ich denke, ich werde Cal Hamilton einen kleinen Besuch abstatten.«

»Glaubst du, er ist nach Hause gefahren?«

John zuckte die Achseln. »Ich werde ihn schon finden, wo immer er steckt.«

»Was glaubst du, was mit seiner Frau geschehen ist?«

»Es ist noch zu früh, um irgendwas zu sagen.«

»Glaubst du, sie ist abgehauen?«

»Kann sein.«

Kerri schüttelte zunehmend entnervt den Kopf. War John Weber schon immer so verdammt ausweichend gewesen? Eines der Dinge, die sie von jeher an ihm mochte, war seine Unkompliziertheit. »Glaubst du, Delilah hat Recht?«, erkundigte sie sich und merkte, dass sie ihn nur widerwillig fahren ließ.

»Du meinst, ob ich glaube, dass Cal ein Serienmörder ist?«

»*Glaubst* du das?«

»Das werde ich wohl herausfinden müssen.« Er stieg in seinen Streifenwagen und ließ den Motor an.

»John …«

Mit einem Knopfdruck ließ er das Seitenfenster herunter. »Einer meiner Beamten müsste jeden Augenblick hier sein. Bist du sicher, dass ich dich nicht doch ins Krankenhaus fahren soll?«

»Nein, alles okay. Ich kenne einen guten Arzt.«

John legte einen Gang ein. »Geh ins Haus und schließ die Tür ab«, wies er sie an. »Und mach niemandem auf, bis du von mir hörst.«

»Und wenn du ihn nicht findest?«

»Geh jetzt rein«, wiederholte John und wies auf ein Fenster im ersten Stock. »Du willst doch nicht, dass deine Mutter Herzklopfen kriegt.«

Kerri seufzte beredt, und John lächelte, sodass Kerri ihn am liebsten geküsst hätte, was sie jedoch nicht tat. Rose beobachtete offensichtlich jede ihrer Bewegungen, und Kerri hatte ganz bestimmt nicht vor, ihre giftige Zunge zu reaktivieren. Seit sie mit Ian zusammen war, war ihre Mutter ungleich weniger kritisch. Zugegeben, einen Teil ihrer Galle bekam jetzt Delilah ab, aber die schaffte es irgendwie, die unfreundlichen Bemerkungen an sich abperlen zu lassen, wie es Kerri nie gelungen war. Außerdem waren die harschen Spitzen ihrer Mutter vielleicht auch genau das, was Delilah als Ansporn brauchte, um sich Gedanken über ihr Gewicht, ihre Frisur, über alles zu machen, dachte Kerri und wandte sich wieder dem Haus zu. Wollte das Mädchen denn nicht irgendwann mit Jungen ausgehen? Wollte sie keinen Freund? Wollte sie keinen Sex? Kerri schüttelte sich bei dem Gedanken. Die Vorstellung, wie ihre Tochter Sex hatte, war wirklich das Letzte, was sie jetzt brauchte.

»Was hat der Sheriff gesagt?«, fragte Delilah, sobald Kerri das Haus betrat.

»Er wird einen Mann vor unserem Haus postieren, bis er Cal gefunden hat.« Kerri machte die Tür zu und schloss ab. »Holst du bitte einen Stuhl aus der Küche«, wies sie ihre Tochter an, die prompt gehorchte. Kerri klemmte die Lehne unter die Klinke. »Für alle Fälle«, sagte sie, obwohl sie selbst bezweifelte, dass derart dürftige Vorkehrungen einen wütenden Cal Hamilton aufhalten würden.

»Ich mag Sheriff Weber«, sagte Delilah. »Du nicht?«

»Selbstverständlich mag ich ihn.«

»Aber seine Tochter ist eine echt dumme Kuh.«

»Sie kommt nach ihrer Mutter.« Kerri ging ins Wohnzimmer und begann, einige der Spitzendeckchen aufzuheben, die Cal auf den Boden geworfen hatte.

»Ich räum auf. Setz du dich ruhig hin.« Eilig sammelte Delilah die verbliebenen Deckchen ein und legte sie wieder auf ihre Plätze. »Willst du Dr. Crosbie anrufen?«

Kerri ließ sich auf das Sofa sinken und sah auf die Uhr. »Es ist schon ziemlich spät. Ich will ihn nicht wecken.«

»So spät ist es nun auch wieder nicht, und bestimmt will er erfahren, was passiert ist.«

»Ich weiß nicht. Er hat gesagt, er will früh schlafen gehen.«

»Herrgott, Mom. Er liebt dich doch, oder?«

Tut er das?, fragte Kerri sich.

»Also, ich finde, du solltest ihn anrufen und ihm erzählen, was passiert ist.« Delilah gab ihrer Mutter ihr Handy.

Kerri zögerte. Wovor hatte sie solche Angst. »Du willst doch nicht etwa hier stehen bleiben und zuhören, oder?«

»Oh. Oh nein. Natürlich nicht.« Delilah trat eilig den Rückzug in die Küche an.

Kerri atmete tief durch und tippte Ians Nummer ein. Natürlich würde er wissen wollen, was heute Abend hier passiert war. Und wenn er es erfuhr, würde er bestimmt so besorgt sein, dass er ins Auto springen und unverzüglich vorbeikommen würde, sagte sie sich, während sein Telefon ein-, zwei-, dreimal klingelte, bevor abgenommen wurde.

»*Hier ist Ian Crosbie*«, hörte sie die vertraute Ansage, »*ich kann im Moment nicht ans Telefon gehen, aber wenn Sie Namen, Telefonnummer und eine kurze Nachricht hinterlassen, werde ich sobald wie möglich zurückrufen.*«

Kerri beendete die Verbindung vor dem Piepton, legte das Handy auf das Kissen neben sich und redete sich selbst ein, dass die Tatsache, dass Ian nicht abgenommen hatte, nicht notwendigerweise bedeuten musste, dass er nicht zu Hause war. Es hieß lediglich, dass er, genau wie angekündigt, früh schlafen gegangen war. Weshalb also ihre Sorge? Warum war sie so verzagt?

»Kerri«, rief ihre Mutter aus dem ersten Stock. »Kerri, was ist los?«

Kerri strich ihre platinblonde Haarverlängerung aus dem Gesicht, rieb sich die gestraffte Stirn und schloss ihre gelifteten Augen, während ein tiefer Seufzer aus ihrer vergrößerten Brust drang. »Ich habe keine Ahnung.«

22

John raste los, ohne sich allzu viel Sorgen über mögliche Fußgänger zu machen. Seit dem Fund von Lianas Leiche machte nach Einbruch der Dunkelheit niemand mehr einen Abendspaziergang. Außerdem musste er möglichst viel Abstand zwischen sich und Kerri bringen, bevor er irgendeine Dummheit machte. Allein ihr Duft war so verdammt berauschend gewesen, und wie sie sich in den Wagen gebeugt und ihre Brüste präsentiert hatte wie zwei bunte Blumentöpfe auf einem Fensterbrett oder zwei Canapés auf einem Silbertablett. Einen Moment lang hatte er geglaubt, dass sie vielleicht versuchte, ihn zu verführen, aber dann hatte sie dieses Arschloch von Dr. Crosbie erwähnt, und der Name war durch seine Adern geschossen wie Eiswasser. Ich kenne einen guten Arzt, hatte sie gesagt.

Er war in Versuchung gewesen, ihr gleich an Ort und Stelle alles zu erzählen, was er von ihrem »guten Arzt« wusste, aber stattdessen hatte er auf das Gaspedal gedrückt und war in die Nacht davongerauscht. Kerri Franklins Liebesleben ging ihn nichts an. Seine Aufgabe war es, Gesetzesbrecher zu fassen, und so wie Cal Hamilton sich an diesem Abend aufgeführt hatte, hatte er die Grenze zwischen lediglich anstößig und offen kriminell deutlich überschritten. Man verwüstete nicht das Haus einer Frau und terrorisierte ihre Familie, man verteilte keine Ohrfeigen und stellte Fragen, auf die diese Frau offensichtlich keine Antwort wusste, nur weil die eigene Gattin endlich aus ihrer Lethargie erwacht, zur Vernunft gekommen und Hals über Kopf geflohen war.

Denn genau das war seiner Einschätzung nach passiert.

Und nun war er nur noch ein paar Minuten vom Haus der Hamiltons entfernt und betete, dass Cal dort sein würde, damit er und seine Deputies nicht die halbe Nacht nach ihm suchen mussten. Außerdem hoffte er, dass Cal sich wieder so weit beruhigt hatte, dass er zu einer nüchternen Einschätzung seiner Situation in der Lage und vielleicht sogar schon in diesem Moment im Begriff war, sich ohne weitere Unannehmlichkeiten zu stellen. Eine Nacht in der Arrestzelle würde ihn zweifelsohne ernüchtern. Und so wütend Kerri auch sein mochte, bestand vielleicht trotzdem eine Chance, dass sie den Zwischenfall nicht anzeigen würde, wenn Cal sich entschuldigte und versprach, so etwas nie wieder zu tun.

Falls sich Delilahs Verdacht nicht doch bewahrheitete und Cal Hamilton nicht nur seine Frau, sondern auch Liana Martin gemetzelt hatte – möglicherweise sogar Candy Abbot? –, dachte John, und ein dumpf pochender Schmerz umkreiste seine Augen wie eine sterbende Fliege. In diesem Fall wäre der Mann entweder ein wahnsinniger Serienmörder oder ein kalter, berechnender Killer.

Aber irgendwie passte keine der beiden Beschreibungen.

Cal mochte ein arrogantes Arschloch sein, aber er war nicht verrückt. Ebenso wenig wie besonders intelligent. Während John es für absolut plausibel hielt, dass Cal dazu *fähig* war, seine Frau zu töten, vor allem wenn er wütend oder betrunken oder noch wahrscheinlicher beides war, traute er ihm nicht den Verstand zu, die Tat zu verschleiern, indem er einige Zeit später bei Kerri auftauchte und filmreif zu wissen verlangte, wo seine Frau geblieben war. Und auch wenn er vielleicht herzlos genug war, eine Reihe junger Frauen zu ermorden, um den Verdacht beim Tod seiner Frau von sich abzulenken, hielt John ihn nicht für annähernd clever genug, einen solchen Plan überhaupt auszuhecken. Für derlei Vorüberlegungen bedurfte es wacher Intelligenz und reger Einbildungskraft, Eigenschaften, an denen es Cal Hamilton bitter mangelte.

John hatte es schon seit langem mit Kriminellen zu tun, und auch wenn er persönlich noch nie die Ermittlungen im Fall eines Serienmörders geleitet hatte, wusste er zwei Dinge sicher. Erstens: Die meisten Verbrecher waren nicht besonders schlau. Und zweitens: Alle glaubten sie, nicht gefasst zu werden.

Außerdem wusste er, dass Serientäter dafür berüchtigt waren, ihre krankhaften Gelüste vor ihrer Umgebung geheim zu halten. Wie oft hatte er Fälle verfolgt, Berichte gelesen und Nachrichtensendungen gesehen, in denen offenkundig erschütterte Freunde und Nachbarn sich aufreihten, um ihren Schock und ihren Unglauben zu Protokoll zu geben, wenn ein Psychopath in ihrer Mitte entlarvt worden war? Und die Aussagen gegenüber Polizei und Presse hatten alle ähnlich geklungen. *Er war so still und unauffällig. Wir hatten nicht die geringste Ahnung, dass er zu so etwas fähig war.*

Cal Hamilton war alles andere als still und unauffällig. Außerdem machte er den Eindruck, als hätte er etwas zu verbergen, weshalb man ihn immer aller möglichen Untaten verdächtigte. Und auch wenn es stimmte, dass in Mordfällen der am offensichtlichsten Verdächtige häufig auch der Täter war, konnte John sich nicht vorstellen, dass dies auch für die brutale Ermordung von Liana Martin galt. Obwohl das mal eine nette Abwechslung wäre, dachte er, als er in die Old Country Road bog und vor Cal Hamiltons Bungalow hielt.

Das üblicherweise dunkle Haus war erleuchtet wie der sprichwörtliche Weihnachtsbaum. Alle Lichter im Haus schienen zu brennen, auch wenn die Jalousien wie immer heruntergelassen waren. In der Einfahrt standen zwei Wagen, weitere parkten auf der Straße. John erkannte den weißen Transporter, der Tanya McGovern beim Arzt abgeholt hatte sowie Joey Balfours alten blauen Pontiac und den roten Chevy, den Ray Sutter vor kurzem unweit der Stelle, an der man später Lianas Leiche gefunden hatte, in den Graben gefahren hatte. Was machten all diese Leute hier?

»Sheriff«, hörte er eine Frau leise rufen, als er den Bürgersteig hinunterging.

Sein erster Gedanke war, dass es Fiona Hamilton war, die heimgekehrt war, das Haus hell erleuchtet und voller Fremder vorgefunden hatte und seither in den Büschen versteckt darauf wartete, dass alle gingen. Aber als er sich umdrehte, sah er, dass die Frau, die barfuß heranschlich, nicht Cals vermisste Frau, sondern seine Nachbarin Sandy Crosbie war.

»Was ist los?«, fragte sie und strich sich eine Strähne ihres kinnlangen Haars hinters Ohr. Sie trug einen gelben Schlafanzug unter einem langen pinkfarbenen Bademantel. »Haben Sie Fiona gefunden?«

John schüttelte den Kopf. »Darf ich fragen, woher Sie wissen, dass sie vermisst wird?«

»Soll das ein Witz sein? Cal ist vor einer Stunde bei uns hereingestürmt und hat gefragt, ob wir sie gesehen hätten? Ich habe ihm erzählt, dass gestern Delilah Franklin da war und das Gleiche gefragt hat, woraufhin er einfach abgehauen ist. Sobald er weg war, haben meine Kinder natürlich im Internet nachgesehen. Im Moment versuchen einige Leute, einen Suchtrupp zu organisieren. Alle Welt spricht von einem Serienmörder.«

Jesus Maria, dachte John. Ein Suchtrupp. Mitten in der Nacht. »Hören Sie, die Tatsache, dass Fiona vermisst wird, musst nicht heißen, dass sie tot ist. Es besteht durchaus die Möglichkeit, dass sie aus freien Stücken weggegangen ist.«

»Glauben Sie das wirklich? Sie ist ein so unterwürfiges kleines Ding.« Von weitem hörte man ein Telefon klingeln, und Sandy fuhr herum. »Oje. Das ist wieder mein Telefon. Es klingelt schon den ganzen Abend. Alle wollen wissen, was los ist.«

»Sagen Sie den Leuten bitte, dass zu diesem Zeitpunkt alle Spekulationen verfrüht und kontraproduktiv sind. Wenn Sie mich jetzt entschuldigen …«

Sie hatten das Haus der Hamiltons erreicht, und John ging

auf die Haustür zu, schellte mehrmals und klopfte laut. »Was zum Teufel ist hier los?«, bellte er, als Greg Watt die Tür öffnete.

Der ganz in Schwarz gekleidete Greg Watt machte einen Schritt zurück, um John eintreten zu lassen. »Der Sheriff ist hier«, verkündete er, ohne die Frage zu beantworten.

»Das wurde auch Zeit«, knurrte Cal aus dem Wohnzimmer. »Bewegen Sie Ihren Arsch hier rein, Sheriff, und sagen Sie mir, was wir machen, um meine Frau zu finden.«

»*Wir* machen gar nichts«, sagte John ruhig, obwohl er beim Anblick von Greg Watt, Joey Balfour, Peter Arlington und Ray Sutter vor Zorn am liebsten laut geschrien hätte. Was machten die Typen hier? Er wusste, dass sie alle Stammgäste im Chester's waren und dass Cal, Joey und Greg zu dem Suchtrupp gehört hatten, der Lianas Leiche gefunden hatte; also war es vielleicht logisch, dass Cal sie angerufen und gebeten hatte, ihm bei der Suche nach seiner Frau zu helfen. Aber war das tatsächlich Gordon Lipsman, der da allein in der Ecke saß? »Was zum Teufel machen Sie hier?«, fragte er den Theaterlehrer seiner Tochter.

»Wir hatten gerade eine Privatprobe mit Greg und Peter für die Schulaufführung, als Joey anrief und sagte, dass Fiona Hamilton vermisst würde«, erklärte der Lehrer und richtete sich indigniert auf. »Greg hat gesagt, dass sie sich hier treffen würden, und ich habe beschlossen, mich anzuschließen. Für den Fall, dass ich irgendwie behilflich sein könnte.«

»Und Sie?«, fragte John Ray Sutter. »Erzählen Sie mir nicht, dass Sie schon wieder alkoholisiert gefahren sind.«

Ray Sutter war etwa vierzig Jahre alt, hatte ein langes, verlebtes Gesicht, das dringend eine Rasur vertragen konnte, und sah mit seinem strubbeligen braunen Haar immer so aus, als wäre er entweder gerade aufgestanden oder im Begriff, ins Bett zu gehen. Er blickte den Sheriff mit Dackelaugen an. »Ich habe das von Fiona gehört«, sagte er mit einem leichten Lallen, das sein tapferes Bemühen, seiner Empörung über die

Andeutung des Sheriffs Ausdruck zu verleihen, sofort zunichtemachte. »Da dachte ich, ich schau mal vorbei und biete meine Hilfe an.«

Johns Blick wanderte zu Peter Arlington.

»Wenn Mrs. Hamiltons Verschwinden irgendwas mit Lianas Ermordung zu tun hat, will ich natürlich dabei sein«, erklärte der Junge unaufgefordert.

Ein Blinder wies den Blinden den Weg, dachte John und zeigte auf Cal Hamilton. »Okay, das reicht. Sie kommen mit mir auf die Wache.«

»Wozu? Wir können auch hier reden.«

»Sie sind vorläufig festgenommen, Cal.«

»Was?«

»Wovon reden Sie?« Joey Balfour strich sich eine dunkle Locke seines fettigen Haars aus der Stirn, und John bemerkte die Schnittwunde über seinem linken Auge und eine Schwellung an der Seite des Mundes. »Sie verhaften einen Mann, weil seine Frau vermisst wird? Mit welcher Begründung?«

Noch vor ein paar Tagen hätte John sich über solche Frechheiten aus dem Mund eines jugendlichen Schlägers möglicherweise aufgeregt. Aber an diesem Abend fand er diese pubertäre Angeberei nur belustigend, ja richtiggehend komisch. »Körperverletzung«, bellte er und beobachtete, wie Joey einen Schritt zurück machte. »Apropos, was ist mit deinem Gesicht passiert?«

Joey fasste sich ans Kinn. »Ich bin gegen eine Tür gelaufen«, sagte er aus dem Mundwinkel.

»Hat die Schlampe Ihnen erzählt, ich hätte sie angegriffen?«, wollte Cal wissen.

»Welche Schlampe?«, fragte Gordon Lipsman und wurde ganz blass.

»Haben Sie sie gefunden?«

John ignorierte beide. »Bestreiten Sie, in Kerri Franklins Haus gestürmt zu sein und sie geschlagen zu haben?«, fragte er Cal.

»Ich habe sie kaum berührt, Herrgott noch mal. Hat sie Ihnen erzählt, dass ihre durchgeknallte Tochter gedroht hat, mich zu erschießen?«

Greg lachte.

John schüttelte den Kopf. Der Abend entwickelte sich vom Komischen ins Absurde. »Darüber können wir auf der Wache reden, in Ordnung?«

»In Ordnung? *In Ordnung*?«, äffte Cal ihn nach. »Nichts ist in Ordnung. Sind Sie verrückt, Sheriff? Meine Frau wird vermisst, und ein Mörder läuft frei herum.«

»Wir reden auf der Wache weiter«, wiederholte John.

»Ich gehe nirgendwohin, bis Sie mir erklärt haben, was Sie tun wollen, um meine Frau zu finden.«

»Wie lange genau wird Ihre Frau schon vermisst?«, fragte John in dem Bemühen, die Wogen zu glätten, bevor er Cal in Gewahrsam nahm.

»Ich habe sie von der Arbeit angerufen. Sie ist nicht ans Telefon gegangen. Ich bin nach Hause gefahren. Sie war nicht da.«

»Das heißt, als Sie zur Arbeit gefahren sind, war sie noch da«, wiederholte John.

»Ja.«

»Das heißt, sie ist erst seit ein paar Stunden weg. Sie könnte im Kino sein.«

»Sie ist nicht im Kino.«

»Sie scheinen sich verdammt sicher zu sein.«

»Ich *bin* sicher.« Cal Hamilton begann, wütend in dem engen Raum auf und ab zu laufen. »Sie hasst das Kino. Außerdem hat sie kein Geld. Und größere Menschenmengen mag sie auch nicht.«

»Vielleicht sind *Sie* derjenige, den sie nicht mag.«

»Was wollen Sie damit andeuten?«

»Dass wir unsere Unterhaltung auf der Wache fortsetzen sollten.«

»Ich gehe nirgendwohin.«

»Ich lasse Ihnen keine Wahl.« John legte demonstrativ eine Hand auf sein Pistolenhalfter.

»Scheiße«, sagte Cal. »Noch 'ne Knarre.«

»Kommen Sie, Sheriff«, ging Ray Sutter dazwischen. »Der Mann ist aufgebracht. Das können Sie doch gewiss verstehen.«

John erinnerte sich, wie aufgebracht Ray Sutter an dem Abend gewesen war, als er seinen Wagen nicht weit von der Stelle, wo man Lianas Leiche gefunden hatte, in einen Graben gefahren hatte. Und jetzt war er wieder hier. »Oh, *das* verstehe ich. *Nicht* verstehen kann ich, was ihr hier immer noch wollt. Am liebsten würde ich euch alle miteinander verhaften.«

»Wir wollen doch nur helfen«, sagte Gordon Lipsman.

»Das lassen Sie mal meine Sorge sein!«, gab John spitz zurück.

Gordon Lipsman wurde wieder blass und starrte auf seine braunen Slipper mit Troddeln.

»Heute Nacht kann ohnehin niemand viel ausrichten«, fuhr John fort. Er wollte keinen Ärger. Nicht mit dem Säufer der Stadt, ein paar jugendlichen Schlägern und einem jämmerlichen Theater-Lehrer. Wo blieb überhaupt seine Verstärkung? Er hatte auf der Fahrt hierher einen weiteren Wagen angefordert. Warum brauchten die so lange? »Geht nach Hause, Leute. Schlaft euch aus. Wenn ihr meint, etwas tun zu müssen, könnt ihr auf dem Nachhauseweg in dem Multiplex nachschauen.«

»Meine Frau ist nicht im Scheißkino. Ich sage Ihnen –«

»Und ich sage *Ihnen*: Sie sind vorläufig festgenommen. Und jetzt drehen Sie sich um und legen die Hände auf den Rücken«, befahl John ihm und hakte die Handschellen von seinem Gürtel, um zu zeigen, dass er es ernst meinte. Er hatte gehofft, dass es nicht so weit kommen würde, aber irgendeine Machtdemonstration war offensichtlich notwendig. »Kommen Sie, Cal. Machen Sie es nicht unnötig schwer.«

»Sie können mich mal«, sagte Cal, drehte sich um und legte die Arme hinter den Rücken.

Gott sei Dank, dachte John, als er Cal die Handschellen anlegte. Dabei fielen ihm die Kratzspuren auf Cals Händen auf, und er fragte sich, ob er sich die beim Verwüsten von Kerris Haus oder einem finstereren Vergehen zugezogen hatte.

»Ist das wirklich notwendig, Sheriff?«, fragte Gordon Lipsman, den Blick immer noch auf seine Schuhe gerichtet.

»Gehen Sie nach Hause«, wiederholte John und wartete, bis alle das Haus verlassen hatten, bevor er Cal nach draußen führte. Als das letzte Auto weggefahren war, kam ein Streifenwagen um die Ecke. Das wurde aber auch verdammt noch mal Zeit, dachte John, als er Cal zur Bordsteinkante brachte. Aber er sagte nur: »Lesen Sie Mr. Hamilton seine Rechte vor und bringen Sie ihn auf die Wache. Der Tatvorwurf lautet Hausfriedensbruch und Körperverletzung.«

»Kommen Sie nicht mit?«, fragte Cal John, als der zweite Beamte ihn auf die Rückbank des Streifenwagens drückte.

»Ich denke, wir können alle eine kleine Verschnaufpause vertragen«, sagte John. »Wir sehen uns morgen Früh. Vielleicht ist Mrs. Hamilton bis dahin wieder zu Hause und stellt die Kaution für Sie.«

»Und wenn nicht?«

»Dann nehmen wir eine Vermisstenanzeige auf und fangen an zu suchen.«

»Ich wette, Sie wären nicht so gelassen, wenn *Ihre* Frau vermisst würde«, sagte Cal von der Rückbank des Streifenwagens, und John hätte vielleicht gelächelt, wenn Cal nicht bedrohlich hinzugefügt hätte: »Oder Ihre Tochter.«

»Was soll das heißen?«

»Ich denke nur laut.« Cal Hamilton ließ sich in den Sitz zurücksinken und starrte aus dem Fenster, ohne den Sheriff weiter zu beachten.

»In die Zelle mit ihm«, wies John den anderen Beamten an und klopfte mit der flachen Hand laut auf das Wagendach.

»Sie haben das Recht zu schweigen«, hörte er den Deputy sagen, während er den ersten Gang einlegte.

»Ja, ja, ja«, sagte Cal abschätzig, als sie losfuhren.

Ein paar Minuten lang stand John unschlüssig auf dem Bürgersteig und starrte in die Dunkelheit, während er überlegte, ob er zur Wache fahren und Cal weiter vernehmen sollte. Aber er bezweifelte, dass er heute Nacht noch irgendetwas Brauchbares erfahren würde, deshalb wäre es wahrscheinlich besser, nach Hause zu fahren und sich einmal richtig auszuschlafen. Wenn Fiona Hamilton tatsächlich vermisst blieb, hatte er einen anstrengenden Tag vor sich. Es würde nicht lange dauern, bis die Presse von ihrem Verschwinden Wind bekam, und dann würde es bald von Reportern aus den Nachbar-Counties wimmeln, und der Bürgermeister säße ihm wieder im Nacken und würde seinen Instinkt, seine Entschlossenheit und seine Fähigkeiten verspotten. John war nun seit fast zwanzig Jahren bei der Polizei und musste den Wert seiner Arbeit noch immer von Idioten wie Sean Wilson anzweifeln lassen. Vielleicht weil er ihn regelmäßig selbst in Zweifel zog, ging es ihm durch den Kopf, und er begriff, dass er, wenn in ihrer Mitte tatsächlich ein Serienmörder sein Unwesen trieb und er ihn ergreifen würde, nicht mehr als übergewichtiger Sheriff eines kleinen Südstaatenkaffs betrachtet würde, der seine besten Jahre hinter sich hatte. Sahen die anderen ihn wirklich so?, fragte er sich. Und hatte er noch die Kraft, etwas an dieser Wahrnehmung zu ändern?

Eine Frauenstimme durchschnitt die Dunkelheit. »Sheriff?«

Er drehte sich um. »Mrs. Crosbie.«

»Bitte, nennen Sie mich Sandy.«

Er versuchte zu lächeln. »Was kann ich für Sie tun, Sandy?«

»Ist alles in Ordnung?«

»Fürs Erste. Vielleicht muss ich Ihnen morgen noch ein paar Fragen stellen.«

»Selbstverständlich. Wenn ich Ihnen irgendwie helfen kann. Sheriff«, setzte sie noch einmal an, bevor er sich abwenden konnte.

»Ja?«

»Der Anruf eben ...«

»Ja?«

»Es war Rita Hensen.«

Die Schulkrankenschwester, dachte John und sah die winzige Frau vor sich. John war es gewesen, der vor drei Jahren den Knoten um den Hals ihres Mannes gelöst hatte, und er bezweifelte, dass es ihm je gelingen würde, den Anblick seines leblos in der Duschkabine hängenden Körpers ganz aus seiner Erinnerung zu tilgen. »Gibt es ein Problem?«

»Na ja, ich weiß nicht, ob ich Ihnen das erzählen sollte ...«

»Was?«

»Ich will nicht, dass Brian Probleme kriegt. Er ist ein sehr netter Junge, sehr sensibel, und ich bin sicher, dass er nichts Unrechtes getan hat, aber nach allem, was geschehen ist ...«

»Mrs. Crosbie ... Sandy«, korrigierte John sich. »Was haben Sie mir zu sagen?«

»Rita hat eben angerufen. Sie war sehr aufgewühlt.«

»Hat Brian irgendwas angestellt?« Das war wie Zähne ziehen, dachte John. Nur schmerzhafter.

»Das ist es ja eben. Sie weiß es nicht genau. Er redet nicht mit ihr.«

»Und wie kommt sie darauf, dass irgendetwas nicht in Ordnung ist?«

Wieder zögerte Sandy. Dann sprudelten die Worte in einem Schwall aus ihrem Mund wie aus einem umgestoßenen Glas. »Nun ja, seit Lianas Totenwache ist er sehr verschlossen. Offensichtlich bekümmert ihn irgendwas, aber er weigert sich, darüber zu reden. Anfangs dachte Rita, das Ganze hätte vielleicht Erinnerungen an den Tod seines Vaters geweckt. Er schläft schlecht. Er ist die ganze Nacht wach. Manchmal verlässt er mitten in der Nacht das Haus.«

»Was ist heute Abend passiert?«, fragte John, weil er ahnte, dass es einen konkreten Grund für Ritas Anruf gab.

»Brian ist weggegangen, ohne ihr zu sagen, wohin. Er war mehr als eine Stunde weg, und als er zurückkam, ist er direkt ins Bad gegangen. Rita hat gehört, wie stundenlang das Wasser lief, und als er schließlich herauskam, sah sie, dass er sein Hemd ausgewaschen hatte, und …«

»Und?«

»Das fand sie sehr eigenartig, weil er so etwas sonst nie macht, und dann hat sie die roten Tropfen auf dem Boden gesehen und erkannt, dass es Blut war.«

»Ist sie sicher, dass es Blut war?«

»Das habe ich sie auch gefragt. Sie meinte, sie sei Krankenschwester und wisse, wie Blut aussieht. Außerdem hat sie gesagt, dass Brian Schürfwunden an der Hand und Kratzer im Gesicht hatte.«

»Er könnte gestolpert sein. Er könnte in eine Schlägerei geraten sein. Er könnte gegen eine Tür gelaufen sein«, entgegnete John und dachte an Joey Balfour. Der Abend wurde immer verrückter. »Es gibt hunderte von plausiblen Erklärungen. Wir sollten keine voreiligen Schlüsse ziehen.« Aber noch während er das sagte, fragte John sich, ob es möglich war, dass Brian Hensen etwas mit dem Verschwinden von Fiona Hamilton zu tun hatte. War es möglich, dass er sie unter irgendeinem Vorwand aus dem Haus gelockt und womöglich sogar getötet hatte, und dass dieser schüchterne, sensible, siebzehnjährige Junge, dessen Vater sich vor drei Jahren umgebracht hatte, auch Liana Martin und Candy Abbot ermordet hatte?

»Das habe ich auch versucht, ihr zu erklären«, sagte Sandy.

»Was?«

»Das, was Sie gerade gesagt haben – dass es jede Menge mögliche Erklärungen gibt und sie keine voreiligen Schlüsse ziehen soll.«

»Was war Brians Erklärung?«

»Gar keine. Als Rita ihn befragt hat, hat er ihr einen Haufen Schimpfwörter an den Kopf geworfen und ist aus dem Haus gestürmt.«

»Hat sie eine Ahnung, wohin er gegangen sein könnte?«

Sandy schüttelte den Kopf. »Er hat den Wagen genommen. Sie ist außer sich, weil sie glaubt, er könnte etwas getrunken haben.«

»Scheiße«, fluchte John. Wie oft hatte er das heute Abend schon gesagt?

»Ich wusste nicht, ob ich Ihnen das erzählen sollte.«

»Das haben Sie ganz richtig gemacht.«

»Ich möchte nicht, dass Brian irgendwelchen Ärger bekommt.«

»Klingt so, als hätte er schon Ärger.«

»Was wollen Sie jetzt machen?«

»Ihn finden«, antwortete John schlicht.

»Und was dann?«

John schüttelte den Kopf. Er hasste Gespräche, die mit der Frage endeten: *Und was dann?*

23

Die nächste Stunde fuhr John Weber die kreuz und quer verlaufenden Straßen von Torrance ab. Der Mensch, der diese Stadt entworfen hatte, sollte erschossen werden, dachte er, obwohl er wusste, dass der Entstehung der Stadt keinerlei Planung vorausgegangen war und sich Torrance gewissermaßen selbst entworfen hatte. Es war aus einer Ansammlung verstreuter Gehöfte zu seiner heutigen Gestalt gewachsen, ohne einem bestimmten Lauf zu folgen, wie Speckrollen, die aus einem zu engen Hüfthalter quollen und ausfüllten, was ihnen an Raum zur Verfügung stand.

John legte eine weitere perfekte Wende am Ende einer weiteren Sackgasse hin und schüttelte befremdet über seine Unfähigkeit den Kopf. Es war schließlich nicht so, als ob er sich nicht auskennen würde. Aber es war schon spät, er wurde müde, es gab keine Straßenbeleuchtung, und der sternlose Himmel war so dunkel, dass er sich auch mit der Zeit nicht daran gewöhnte. Wie sollte er da irgendjemanden finden?

Es war schon ironisch, dass er den Abend auf der Suche nach einem Mann begonnen hatte, um ihn jetzt auf der Suche nach einem anderen zu beenden. An einem Ende der Suche stand Cal Hamilton, ein brutaler Schläger, bloß Eier und kein Verstand, am anderen der intelligente, schüchterne, sensible Brian Hensen. Konnten zwei Menschen verschiedener sein? Und gab es eine Verbindung zwischen ihnen? War es möglich, dass Brian Hensen irgendetwas mit Fiona Hamiltons Verschwinden und, weiter gedacht, auch mit Liana Martins

Tod zu tun hatte? Er hoffte inständig, dass dem nicht so war. Die Familie hatte gewiss schon genug gelitten.

Wieder kehrten seine Gedanken zu dem Nachmittag vor drei Jahren zurück, als er das Telefon abgenommen und die ausdruckslose Stimme eines vierzehnjährigen Jungen gehört hatte, der ihn zu dem bescheidenen Haus im Cherry Drive rief. »Sheriff Weber«, hatte die Stimme tonlos gesagt, »hier ist Brian Hensen. Könnten Sie bitte kommen. Mein Vater ist tot. Ich kann ihn nicht abschneiden.«

Die Gesichtszüge von Brian Hensen senior waren dem seines Sohnes bemerkenswert ähnlich, obwohl Brian insgesamt zarter als sein Vater war. Außerdem hatte Brian blonderes Haar, hellere Haut und noch blassere blaue Augen. Man würde keinen von beiden als attraktiv bezeichnen – ihre Nase war zu breit und ihr Kinn zu fliehend –, aber es waren nichtsdestoweniger absolut ansehnliche Gesichter. Es schien einfach irgendetwas zu fehlen, ein Fokus vielleicht, und der leicht weltfremde Ausdruck, der seinen Platz einnahm, hatte sich vom Vater auf den Sohn vererbt.

Brian Hensen senior hatte sein Leben lang unter Depressionen gelitten und sich vor drei Jahren ihren Verwüstungen ergeben wie einer tödlichen Krankheit. Manche Leute hatten die Nase gerümpft, ihn einen Feigling genannt und gesagt, er hätte es sich leicht gemacht. Aber seine psychische Krankheit hatte Brian Hensen aller Alternativen beraubt. Würden die Leute ebenso abfällig urteilen, wenn jemand an Lungenentzündung starb oder vor dem permanenten, schwächenden Schmerz einer Krebserkrankung kapitulierte? Schmerz war Schmerz, dachte er, während er den verlassenen Straßenrand nach Brians schwarzem Honda Civic absuchte.

Er hatte sich Sorgen um Brian gemacht, seit er ihn damals an den leblosen Körper seines Vaters geschmiegt vorgefunden hatte, die dünnen Arme um die muskulösen Oberschenkel des Mannes geschlungen, um ihn anzuheben und das Gewicht an dem gebrochenen Hals zu lindern. »Ich konnte ihn nicht abschneiden«, sagte der Junge immer wieder, und auf den weißen Fliesen lag eine nutzlose Schere.

Auch für John und seinen Deputy war es in der Tat schwierig gewesen, das zum Seil gewundene Laken zu durchschneiden, dass Hensen senior als Schlinge benutzt hatte. Und noch schwieriger war es, die Schlinge von den geschwollenen Falten seines Fleisches zu lösen. Seine Haut war bläulich angelaufen, und seine Lippen hatten einen violetten Rand.

Und wenn *er*, der an den Anblick und den Geruch des Todes gewöhnt war, das Bild von Brians Vater bis heute vor sich sah, wie musste es da erst dem sensiblen Jungen ergehen? Er war nun in einem Alter, wo er ergründen musste, wer er war und was er vom Leben wollte. Wollte er denn überhaupt leben? Oder hatte er zusammen mit all den anderen auch das Suizidgen seines Vaters geerbt? John wusste, dass Depression oft in der Familie lag und dass Selbstmord so ansteckend war wie Windpocken. Er hatte sich Sorgen gemacht, dass Brian sich das Leben nehmen könnte. Die Möglichkeit, dass er einen anderen töten könnte, hatte er nie in Betracht gezogen.

John bog rechts ab, und die Scheinwerfer seines Streifenwagens erfassten eine verdächtige Gestalt unter einem Banyambaum am Straßenrand. Er hielt sofort an, nahm eine Taschenlampe aus dem Handschuhfach und sprang aus dem Wagen. Die Nacht wurde langsam kühler, obwohl es immer noch schwül war. Sofort stiegen ihm die süßlichen Marihuanaschwaden in die Nase. Er atmete tief ein und genoss den Kick aus zweiter Hand. Es war fast zwanzig Jahre her, seit er zum letzten Mal an einem Joint gezogen hatte. Die Erinnerung daran gab ihm ein warmes Gefühl im Magen, als er näher kam, und er ließ entspannt die Hände sinken. Hier würde er keine Waffe brauchen, dachte er, als er sich dem jungen Mann näherte, der in dem hohen Gras unter dem Baum saß. Seiner Erfahrung nach waren Kiffer sehr viel sanftmütiger als ihre betrunkenen Entsprechungen. »Victor«, sagte er und starrte auf den jungen Mann herab, dessen gespenstisch weißes Gesicht keine weitere Beleuchtung brauchte.

»Sheriff«, begrüßte Victor ihn, ohne sich die Mühe zu machen, den Joint zu verbergen. Er nahm einen weiteren Zug an seiner selbst gedrehten Zigarette und starrte in die Dunkelheit.

»Was machst du hier, Victor? Außer dem Offensichtlichen.«

Victor schüttelte langsam den Kopf. »Außer dem Offensichtlichen mache ich gar nichts«, erwiderte er nach einer Pause.

»Du weißt, dass das verboten ist«, sagte John und kam sich vor wie ein absoluter Heuchler. Eigentlich wollte er sich ein gemütliches Fleckchen suchen und selbst einen Zug nehmen.

»Ich tue keinem weh.«

»Außer dir selbst.«

Victor lachte. »Ach, kommen Sie, Sheriff. Glauben Sie das wirklich?«

»Es ist verboten.«

»Wollen Sie mich verhaften?«

John leuchtete mit der Taschenlampe die Umgebung ab, bevor er sie wieder auf die Straße richtete. »Wo ist dein Wagen?«

»Den hab ich nicht mit.«

»Bist du von zu Hause gelaufen?«

»So weit ist es auch nicht.«

»Ein paar Meilen.«

»Ist gut fürs Herz«, sagte Victor mit einem listigen Lächeln.

»Nicht, wenn man unterwegs von einem Alligator gefressen wird.« Noch einmal leuchtete John die Umgebung mit seiner Taschenlampe ab.

»Keine Sorge, Sheriff. Ich passe auf Sie auf.«

»Wirklich nett von dir.«

Victor zog ein weiteres Mal an seinem Joint. John überlegte, ob er ihn auffordern sollte, ihn auszumachen, aber die Zigarette war schon fast bis auf Victors Finger heruntergebrannt, sodass nur noch ein Zug übrig blieb, den Victor so lange wie möglich auskostete, indem er den Rauch in die Lunge presste, bis er die Luft nicht mehr anhalten konnte. »Gutes Zeug«, krächzte er.

»Was machst du hier draußen alleine?«, fragte John, seine Ausgangsfrage erweiternd.

»Nichts«, kam die erwartete Antwort. »Ich denke bloß nach.«

»Worüber?«

»Über alles Mögliche.«

»Wissen deine Eltern, wo du bist?«

Victor lachte.

John nickte verständnisvoll. Nach allem, was er über Victor Drummonds Eltern wusste, bezweifelte er, dass sie viele Gedanken darauf verschwendeten, wo ihr Sohn steckte. Hauptsache, er ließ sie in Ruhe.

»Hast du Brian Hensen heute Abend gesehen?«

Victor schüttelte den Kopf, und eine Strähne seines pechschwarzen Haars fiel in seine weiße Stirn. »Brian? Nein. Warum?«

»Was ist mit Fiona Hamilton?«

»Wer?«

John seufzte. So kam er nicht weiter. »Okay, pass auf, ich fahr dich jetzt nach Hause.«

»Cool.« Victor wischte sich das Gras von seiner engen schwarzen Jeans, stand auf, folgte John zum Wagen und stieg ein. »Ich bin noch nie in einem Streifenwagen gefahren.«

»Na ja, es ist nicht direkt das größte Abenteuer im Leben.«

»Sie sollten sich nicht unter Wert verkaufen, Sheriff.« Victor lehnte sich zurück und schloss die Augen. »Schöne Scheiße, Sheriff, was?«, meinte er und kicherte mädchenhaft. »Ist das eine Alliteration?«

»Woher soll ich das wissen, verdammt noch mal?«

»Dann muss ich wohl morgen Mrs. Crosbie fragen.«

John fuhr los, wendete auf der Straße und fuhr zu dem großen Haus der Drummonds unweit des Einkaufszentrums. Dem Vernehmen nach hatte Wayne Drummond an der Börse ein Vermögen gemacht, als alle anderen ihr letztes Hemd verloren. Es gab Gerüchte über Insiderhandel, aber es war nie zu einer Anzeige oder gar Anklage gekommen. Da diese Fragen außerhalb seiner Zuständigkeit und seines Verständnisses lagen, hatte John sich nie besonders dafür interessiert. Aber er hatte Wayne und seine hochnäsige Frau Wendy auch nie besonders leiden können. Wayne und Wendy, wiederholte er stumm. War das eine Alliteration?

»Ich habe gehört, dass du und Liana Martin euch ziemlich nahe gestanden habt«, tastete John sich unterwegs vor.

Victor öffnete die Augen und wandte sie dem Sheriff zu, ohne den Kopf zu bewegen. »Wir waren befreundet, das habe ich Ihnen doch schon erzählt.«

»Du hast mir nicht erzählt, dass ihr *eng* befreundet wart.«

»Waren wir auch nicht.«

»Da habe ich aber etwas anderes gehört.«

»Dann haben Sie was Falsches gehört.«

»Du warst nicht ein bisschen in sie verknallt?«, drängte John weiter.

»Verknallt sein ist was für Teenybopper.«

»Ach ja? Ich habe gehört, dass sie ein bisschen in dich verknallt war.«

Victor richtete sich auf und sah John direkt an. »Tatsächlich?«

»Ihre Mutter schien der Ansicht zu sein.«

Der Hauch eines Lächelns huschte über Victors Lippen und verschwand ebenso schnell wieder. »Da irrt ihre Mutter sich. Liana hatte einen Freund.«

»Was hältst du von ihm?«

»Von Peter? Nicht viel. Steht er unter Verdacht?«

»Alle stehen unter Verdacht.«

»Wirklich? Ich habe gehört, er hätte ein wasserdichtes Alibi.«

»Was ist mit Brian Hensen?«, mühte sich John, das Gespräch wieder an sich zu reißen.

»Er ist in Ordnung. Warum fragen Sie ständig nach Brian?«

Als sie an dem Einkaufszentrum vorbeikamen, sah John den schwarzen Honda Civic allein in der hinteren Ecke des Parkplatzes stehen. Victor wohnte nur eine Straße weiter. »Meinst du, von hier schaffst du es allein?«, fragte er den Jungen.

»Aber sicher doch, Sheriff.« Victor stieg aus, beugte sich aber noch einmal durchs Fenster. In der Dunkelheit leuchtete sein Gesicht wie der Vollmond. »Vielen Dank fürs Mitnehmen.«

»Geh schlafen«, sagte John und sah Victor nach, bis er um die Ecke gebogen war, bevor er wieder wendete und zu der schmalen Einfahrt des Einkaufszentrums fuhr.

Das Gelände war von einer Reihe hoher heller Laternen erleuchtet, die in regelmäßigen Abständen über den ganzen Parkplatz verteilt waren. Der war normalerweise bis auf den letzten Platz gefüllt, weil das Einkaufszentrum so ziemlich der einzige Ort in der Stadt war, wo man sich abends treffen konnte. Aber vor einer Stunde hatte es geschlossen, weshalb nun nur neben dem Kino noch ein paar vereinzelte Fahrzeuge parkten. Bis auf den Wagen, den John allein abseits des Laternenlichts ausgemacht hatte. Er hätte ihn fast übersehen und hatte ihn lediglich im Vorbeifahren aus den Augenwinkeln bemerkt. Und jetzt konnte er ihn gar nicht mehr entdecken. Hatte er sich das Ganze nur eingebildet? Er kurvte langsam über das Gelände und wollte schon aufgeben, als er den Wagen wieder sah. Er schien leer zu sein, also stellte John den Streifenwagen in gemessenem Abstand ab, stieg aus und ging, die Hand am Halfter, vorsichtig näher. Diesmal wurde er nicht von Marihuanaschwaden begrüßt.

Er sah, dass niemand hinterm Steuer saß und auch auf der Rückbank keine amourös ineinanderverschlungenen Leiber auszumachen waren. Auch ein flüchtiger Blick durch das Fenster enthüllte nichts. Erst als John seine Nase direkt an die Scheibe drückte, sah er den auf den Vordersitzen liegenden Jungen. »Gütiger Gott«, murmelte er, packte den Griff und versuchte, die Tür aufzureißen.

Der Junge in dem Wagen richtete sich auf und kreischte.

John schrie auch, zog die Waffe aus dem Halfter und richtete sie auf das Wagenfenster.

»Nein!«, schrie der Junge. »Nicht! Nicht schießen!«

Es dauerte einen Moment, bis John sich wieder unter Kontrolle hatte. »Mach die verdammte Tür auf«, befahl er, als er seine Stimme wiedergefunden hatte.

»Nicht schießen«, sagte der Junge noch einmal, rutschte auf dem Sitz vor und entriegelte die Tür.

John riss sie auf, zerrte den Jungen aus dem Wagen und wirbelte ihn herum. »Was zum Teufel hast du gemacht?«, wollte John wütend wissen, während er die Waffe wieder im Halfter verstaute.

»Geschlafen?«, fragte der Junge, als wäre er sich selbst nicht ganz sicher. Tränen liefen über seine Wangen und tropften von seinem Kinn. Ein durchdringender Uringestank ließ darauf schließen, dass er sich eingenässt hatte.

»Irgendwas verkehrt mit deinem Bett zu Hause?«

Brian Hensen wischte sich die Tränen aus dem Gesicht und strich seine feinen mausblonden Haare zurück. »Hat meine Mutter Sie geschickt?«, fragte er matt.

»Sie hat sich Sorgen gemacht«, erwiderte John ausweichend.

»Mir geht es gut.« Er betrachtete die Vorderseite seiner Hose. »Es *ging* mir gut«, verbesserte er sich, »bis Sie mich halb zu Tode erschreckt haben.«

»Du hast mich auch erschreckt. Ich dachte, du wärst tot.«

Als Brian sein Gesicht ins Licht drehte, sah John die Platzwunde an Brians Stirn und die Prellung auf einer Seite des Mundes, die Sandy Crosbie erwähnt hatte.

»Was ist passiert?«

»Nichts.«

»Erzähl mir nicht ›nichts‹. Du warst offensichtlich in eine Schlägerei verwickelt.«

»Es war gar nichts.«

»Mit wem?«

»Mit niemandem.«

»Komm mir nicht mit diesem Mist, Brian. Ich bin nicht deine Mutter. Ich bin der verdammte Sheriff. Und glaub mir, es ist keine gute Idee, den Sheriff anzulügen. Und jetzt erzählst du mir, was passiert ist, oder ich muss deinen knochigen Arsch ins Kittchen verfrachten.«

»Mit welcher Begründung?«

»Mit der Begründung, dass ich es kann«, erwiderte John lächelnd.

»Warum lächeln Sie?«

»Weil ich daran denke, was ich mit dir machen werde, wenn du nicht anfängst zu reden.« Er machte eine Pause, um die Worte sacken zu lassen. »Deine Mutter hat gesagt, dass sie dich dabei erwischt hat, wie du ein blutiges Hemd ausgewaschen hast.«

»Meine Mutter soll sich um ihren Kram kümmern.«

»Sie macht sich Sorgen um dich.«

»Ich bin kein Kind mehr.«

»Dann hör auf, dich wie eins zu benehmen.«

»Ich habe mich geschnitten. Ich habe geblutet. Meine Mutter hat mir mal erzählt, dass man Blut sofort herauswaschen muss, wenn man den Fleck wegbekommen will.«

»Wessen Blut war es, Brian?«

»Was?« Er wirkte ehrlich überrascht. »Wovon reden Sie? Meins natürlich.«

»Wie hast du dich denn verletzt?«

»Ich bin gegen einen Ast gelaufen.«

»Ja, und Joey Balfour gegen eine Wand«, sagte John, der plötzlich eins und eins zusammenzählte. »Du hast dich heute Abend mit Joey geprügelt, stimmt's?«

Brian sagte nichts. Eine weitere Träne rollte über seine Wange, und er rieb sich mit dem Handrücken über die Nase. John sah, dass seine Fingerknöchel aufgeschürft und geschwollen waren.

»Worüber hast du dich mit Joey gestritten?«

»Er ist ein Arschloch.«

»Das kann man wohl sagen. Sag mir wo«, sagte John.

»Wie bitte?«

»Wo habt ihr euch geschlagen?«

»In der Nähe vom Pearson Park.«

»Was hast du da gemacht?«

»Rumgehangen.«

»Alleine?«

»Ich hab mit ein paar anderen geredet.«

»Namen?«

»Welchen Unterschied macht das? Halt Leute von der Schule.«

»Tu mir den Gefallen«, sagte John.

Brian zögerte. »Perry Falco. Wir haben die meisten Kurse zusammen.«

»Und?«

»Und?«, wiederholte Brian.

»Du hast doch gesagt, ein paar von den anderen.«

»Ich kenne ihre Namen nicht.«

»Ich denke, sie sind auf deiner Schule.«

»Es ist eine ziemlich große Schule. Da kann man nicht jeden kennen.«

John wusste, dass Brian log, aber er wusste nicht, warum. Er entschied, es anders zu versuchen und vielleicht später noch einmal darauf zurückzukommen. »Okay, du lungerst also mit Perry Falco und ein paar von den anderen rum, als Joey Balfour vorbeikommt.«

Brian nickte.

»War er allein?«

»Ja.«

»Greg Watt war nicht bei ihm?«

»Nein.«

»Aus welcher Richtung kam er?«

Brian zuckte die Achseln. »Ist das nicht egal?«

»Ja, mag sein. Und was ist dann passiert.«

»Er hat angefangen, mich anzumachen.«

»Wie meinst du das? Hat er dich geschlagen?«

»Er hat ein Wort zu mir gesagt.«

»Was denn für ein Wort?« John hatte bereits eine Ahnung. Er hatte die Botschaften auf dem Computer seiner Tochter gesehen. Er hatte das Getuschel gehört.

»Er hat mich eine Schwuchtel genannt«, bestätigte Brian.

John bezweifelte, dass das alles war. »Und was noch?«

»Sonst nichts. Er hat mich eine Schwuchtel genannt, und ich habe ihm eine verpasst. Daraufhin ist er auf mich losgegangen und hat mich windelweich geprügelt. Also alles nicht weiter überraschend.«

»Und was haben Perry Falco und die anderen gemacht, als das passiert ist?«

»Nichts.«

»Sie haben einfach dabeigestanden und zugesehen, wie er dich zusammengeschlagen hat?«

»Sie sind abgehauen. Es war meine Schuld«, fügte Brian eilig hinzu. »Ich hab angefangen. Es gab keinen Grund, warum sich irgendjemand hätte einmischen sollen.«

»Vier gegen einen. Für mich klingt das so, als ob Joey Balfour der Einzige gewesen wäre, der was abgekriegt hätte.«

»Kann ich jetzt nach Hause fahren?«

»Warum lügst du mich an, Brian?«

»Ich lüge nicht.«

»Du warst mit Perry allein, stimmt's?«, fragte John leise.

»Ihr wart zusammen im Park, und Joey hat euch überrascht.«

Brian atmete tief ein und starrte auf den Asphalt. »Wir haben nur geredet«, sagte er ruhig. »Aber Joey hat behauptet, er hätte gesehen, wie wir uns geküsst hätten. Ich hab versucht, mit ihm zu reden, aber das war absolute Zeitverschwendung. Dann hat er gesagt, es wäre kein Wunder, dass mein Dad sich umgebracht hätte und dass er auch lieber tot wäre, als eine Schwuchtel zum Sohn zu haben.« Brian atmete noch einmal tief ein und saugte die Abendluft wie Wasser durch einen Strohhalm. Und dann noch mal. »Da habe ich ihm eine verpasst.«

»Und Perry ist abgehauen?«

»Ich mache ihm keinen Vorwurf. Als Nächstes wäre Joey auf ihn losgegangen.«

John atmete tief aus. »Hast du heute Abend sonst noch jemanden gesehen?«

»Zum Beispiel?«

»Fiona Hamilton?«

»Wen?«

»Vergiss es.«

»Kann ich jetzt los?«

»Wenn du mir versprichst, direkt nach Hause zu fahren.«

»Versprochen.«

»Und dort zu bleiben.«

Brian nickte, rührte sich jedoch nicht von der Stelle. »Sie erzählen es doch keinem, oder? Das mit Perry und mir im Park? Ich meine, wir haben uns wirklich nur unterhalten …«

»Mach dir deswegen keine Sorgen.«

»Ich meine, wenn es von Joey kommt, ist es eine Sache«, fuhr Brian fort. »So richtig glaubt ihm sowieso niemand irgendwas.«

»Ich sage nichts«, versicherte John ihm. »Und jetzt fahr nach Hause. Und leg dich schlafen. Und geh in nächster Zeit nicht in den Park.«

John sah zu, wie Brian wieder in seinen Wagen stieg und davonfuhr, bevor er sich selbst ans Steuer seines Streifenwagens setzte und sich auf den Heimweg machte.

24

»In Ordnung Leute, Ruhe bitte«, sagte Gordon Lipsman zu dem versammelten Ensemble von *Kiss Me, Kate*, warf seine flatternden Hände in die Luft und wies mit dem Zeigefinger zur Decke.

Megan fragte sich, ob er auf etwas Bestimmtes zeigte, war allerdings auch nicht interessiert genug, um hinzusehen. Wahrscheinlich war es bloß eine weitere Geste aus Mr. Lipsmans Arsenal bedeutungsloser Ticks und Marotten. Er schmollte, er brüllte, er wies zur Decke. Manchmal wirbelte er in einer Folge immer enger werdender Kreise um die eigene Achse, dann wieder fegte er wie eine riesige weiße Fledermaus vor der Bühne auf und ab, bevor er sich auf einen der Zuschauerplätze sinken ließ und tief seufzte. Gestern hatte sich Megan noch gefragt, was all das Kreisen und Seufzen zu bedeuten hatte. Heute war es ihr schon egal. Sie wollte die Probe einfach nur hinter sich bringen, damit sie nach Hause gehen konnte.

»Hat irgendjemand Greg gesehen?«, fragte Mr. Lipsman und fuhr auf seinen Hacken herum, als ob Greg soeben den Raum betreten hätte und sich nun von hinten anschleichen würde.

»Er ist nicht da«, stellte Delilah fest.

»Was soll das heißen, er ist nicht da?« Gordon Lipsman sah auf seine Uhr. Es war fast vier. »War er heute nicht in der Schule?«

»Ich glaube nicht«, sagte irgendjemand.

»Ich habe ihn nicht gesehen«, ergänzte ein anderer.

»Er hat mich heute Morgen angerufen«, teilte Tanya McGovern unaufgefordert mit. »Er hat gesagt, sein Vater würde ihn heute brauchen.« Sie lächelte selbstzufrieden in Megans Richtung, als wollte sie sagen: Ich weiß was, was du nicht weißt.

Megan gähnte, um allen zu zeigen, dass es ihr vollkommen gleichgültig war, wo Greg sich aufhielt und warum. Aber in Wahrheit war es ihr überhaupt nicht egal, und sie vermutete, dass das auch jeder wusste. Der Montag war schlimm genug gewesen, ihr erster Tag in der Schule nach Lianas Totenwache. Alle hatten über sie geredet. Sie hatte das Getuschel in den Fluren gehört und die Blicke bemerkt, das wenig dezente, missbilligende Kopfschütteln. Sie wusste, dass die anderen sich dabei an Tanya McGoverns Version der Geschichte hielten, der zufolge sie sich zum Idioten gemacht und die Totenwache für eine Freundin ausgenutzt hatte, um mit dem Freund einer anderen Freundin herumzumachen. Dabei hatte Tanya ihr gegenüber bisher mit keinem Wort erwähnt, dass sie sich für Greg interessierte, und Greg hatte Tanya als viel zu leicht zu kriegen abgetan. An diesem Abend hatte Megan also alles verloren: einen möglichen Freund, ihre so genannten Freundinnen, ihren Ruf und ihre Selbstachtung. Und sie begriff nach wie vor nicht, warum. Sie verstand nicht, was geschehen war.

In einem Moment hatten sie und Greg sich leidenschaftlich geküsst, im nächsten war er einfach weggegangen. Küsste sie so schlecht? Hatten ihre Ungeschicklichkeit und ihr offenkundiger Mangel an Erfahrung ihn abgestoßen? Hatte er eine größere Herausforderung erwartet? Hatte er nur mit ihr gespielt? Hatte er entschieden, dass sie die Mühe schlicht nicht wert war? Sie wusste, dass er sich für sie interessiert hatte. Was hatte seinen Sinneswandel – noch dazu einen derart abrupten – herbeigeführt?

Den ganzen Montag über hatte er sie ignoriert und sich beim ersten gemeinsamen Lesen des Stückes gestern Nachmittag sogar auf die andere Seite des Mittelganges gesetzt. Bei der heutigen Probe hätte ihre erste große gemeinsame Szene auf dem Programm gestanden, und sie hatte gehofft, die Sache anzusprechen. Sie suchte gar keine Konfrontation, sie wollte nur eine Erklärung. Wenn eine Entschuldigung notwendig war, würde sie sich entschuldigen, obwohl sie nicht wusste, wofür. Was hatte sie Schreckliches getan? Gut, eine Totenwache war vielleicht nicht der ideale Anlass für den Beginn einer neuen Liebe, aber sie waren schließlich nicht die Einzigen, die an diesem Abend rumgeknutscht hatten, und die *anderen* wurden nicht gemieden.

Megan hatte am vergangenen Abend aus dem Fenster ihres Zimmers gestarrt, als Gregs weißer Transporter in ihre Straße gebogen war, und einen herzzerreißenden Augenblick lang hatte sie geglaubt, Greg würde vielleicht zu ihr kommen. Aber stattdessen waren er und Mr. Lipsman vorne, Peter Arlington hinten ausgestiegen, und alle drei waren Sekunden später in Cal Hamiltons Haus verschwunden. Joey Balfours Wagen parkte bereits hinter Cals Sportwagen in der Einfahrt, kurz darauf war ein ramponierter roter Chevy eingetroffen, und schließlich der Sheriff. Es dauerte nicht lange, bis alle wieder aus dem Haus kamen. Greg stieg in seinen Transporter, ohne sich auch nur umzusehen.

Zwischen Mitternacht und zwei Uhr morgens hatte Megan mit aller Macht versucht, ihn aus ihren Gedanken zu verbannen, und als das nicht geklappt hatte, war sie zwischen zwei und vier daran gegangen, sich schlaue Bemerkungen und Rückeroberungsstrategien auszudenken. Sie hatte sich verschiedene Reaktionen seinerseits ausgemalt, von nett und freundlich über gleichgültig bis zu feindselig. Sie hatte sich auf alles eingestellt, nur nicht auf die Möglichkeit, dass einfach gar nichts passieren würde. Auf die Idee, dass er nicht auftauchen würde, war sie überhaupt nicht gekommen. Sie hatte sich vielmehr die Haare gewaschen und ihren neuen schwarzen Pulli mit dem runden Ausschnitt angezogen. »Ist der Ausschnitt für die Schule nicht ein bisschen tief?«, hatte ihre Mutter gefragt.

Und was hatte Gregs Abwesenheit nun zu bedeuten? Brauchte sein Vater zu Hause wirklich seine Hilfe? Oder stieg Greg ganz aus der Produktion aus, nachdem er offenbar keine Lust mehr hatte, den großspurigen Petruchio für sie als eigensinnige Kate zu geben? Verdammt. Er war der einzige Grund, warum sie überhaupt für das bescheuerte Musical vorgesungen hatte. Und nun saß sie hier mit einem Haufen Jugendlicher in der Aula fest, die sie behandelten, als hätte sie eine ansteckende Krankheit. Der einzige Mensch, der nett zu ihr war, war Delilah Franklin, was alles nur noch schlimmer machte. Vielleicht hatte ihre Mutter Recht. Vielleicht war es an der Zeit, nach Rochester zurückzugehen. Nach Torrance gehörte sie jedenfalls ganz offensichtlich nicht. Gehörte sie überhaupt irgendwohin?

Mr. Lipsman fasste sich an die Nase und schob mit dem Zeigefinger eine unsichtbare Lesebrille hoch. »Also gut. Dann werden wir wohl ohne ihn fortfahren müssen.« Er winkte Amber und einige andere zu sich auf die Bühne. »Tanya, warum versuchst du derweil nicht, ihn zu erreichen? Vielleicht kann er seinen Vater überreden, ein paar Stunden auf ihn zu verzichten.«

»Ich versuch es auf seinem Handy«, bot Tanya an und zog sich in Begleitung von Ginger Perchak in die letzte Reihe der Aula zurück. Noch vor kurzem hätte sie sich ihnen ohne Zögern angeschlossen, dachte Megan wehmütig.

»Glaubst du, sein Vater macht ihm Stress, weil er in dem Stück mitspielen will?«, fragte Delilah und rutschte auf den Platz neben Megan.

»Woher soll ich das wissen?«, fauchte Megan und starrte geradeaus.

»Sorry, ich dachte, ihr zwei wärt …«

»Was?«

»Du weißt schon.«

»Ich weiß *nichts*. Und das sind wir nicht.«

»Sorry«, entschuldigte Delilah sich erneut und rutschte so

tief in ihren Sitz, dass sie beinahe lag. Megan konnte die Polster förmlich ächzen hören. »Ich dachte bloß –«

»Denk nicht.«

»Sorry«, sagte Delilah ein drittes Mal. »Hast du das von Brian Hensen und Perry Falco gehört?«

»Was ist mit ihnen?«

»Joey hat sie gestern Abend im Park beim Knutschen erwischt.«

Megan hatte die Gerüchte gehört und die aufgeregten E-Mails gelesen. »Joey ist ein Arschloch.«

»Das brauchst du mir nicht zu sagen.«

»Und warum verbreitest dann ausgerechnet du solchen bösartigen Klatsch?« Aber schon als sie die Frage stellte, wusste Megan, dass sie ungerecht war. Delilah war schließlich auch nur ein Mensch. Sie mochte Klatsch ebenso wie jeder andere, vor allem wenn sie ausnahmsweise einmal nicht das Opfer war. Es war so viel leichter, sich mit dem Sieger zu identifizieren als mit dem Verlierer.

»Sorry.«

»Hör auf, dich ständig zu entschuldigen.«

»Sorry«, murmelte Delilah. Dann, als Megan gerade beschlossen hatte, dass sie für heute genug *Sorrys* gehört hatte und sofort nach Hause gehen wollte, fragte Delilah: »Was glaubst du, was mit Fiona Hamilton passiert ist?« Ihr Verschwinden war *das* Stadtgespräch.

»Ich habe keine Ahnung.«

»Kanntest du sie gut?«

Megan schüttelte den Kopf. »Ich kannte sie überhaupt nicht.«

»Aber sie ist doch deine Nachbarin.«

»Na und? Ich habe sie praktisch nie gesehen.«

»Glaubst du, dass Lianas Mörder ihr was angetan hat?«

Megan schüttelte den Kopf. Am Abend zuvor hatte sie mit ihrer Mutter ein ähnliches Gespräch geführt, nur dass sie da diejenige gewesen war, die Delilahs Fragen gestellt hatte. Nun gab sie die Antwort ihrer Mutter. »Ich glaube, sie ist wahrscheinlich bloß abgehauen.«

»Hoffentlich hast du Recht«, sagte Delilah.

Es war Dienstagnachmittag vier Uhr, und Fiona Hamilton war immer noch nicht wiederaufgetaucht. Es hieß, das FBI sollte hinzugezogen werden. Und für den nächsten Tag war eine groß angelegte Suche in der gesamten Gegend geplant.

»Ich kann ihn nicht erreichen«, sagte Tanya plötzlich von hinten und trampelte den Gang hinunter. Ginger folgte ihr wie ein eifriges Hündchen auf dem Fuße. »Er geht nicht an sein Handy.« Die beiden setzten sich auf zwei Plätze auf der anderen Seite des Ganges. »Ich habe ihm eine Nachricht hinterlassen.«

Mr. Lipsman seufzte und schnalzte dann mit der Zunge. »Der Chor bitte auf die Bühne.«

Delilah war sofort auf den Beinen.

»Gott, guck dir diese Kuh an«, flüsterte Tanya so laut, dass alle es hören konnten, als Delilah die Stufen zur Bühne erklomm.

»Wohl eher ein Elefant«, pflichtete Ginger ihr bei.

Sie sahen Megan an, als wollten sie sie zum Mitlästern herausfordern, damit jene ihre Solidarität mit ihnen demonstrieren konnte. Megan begriff, dass sie mit ein paar gemeinen Worten ihre Gunst wiedergewinnen könnte, dass Tanya ihr die Gelegenheit bot, wieder dazuzugehören. Das war ihre Chance, alles wiedergutzumachen. Dass sie Tanya und Ginger beim Kampf um die Rolle der Kate ausgestochen und mit Greg geknutscht hatte. Es wäre so leicht. Sie musste lediglich ein angemessen unattraktives Tier erwähnen. Und sie schuldete Delilah ganz bestimmt nichts. Bloß weil das Mädchen nett zu ihr gewesen war. Oder weil die beiden Außenseiterinnen eines Tages Stiefschwestern werden könnten. Sie machte den Mund auf und wollte gerade ein *Oink, Oink* ausstoßen, als sie die Ermahnung ihrer Mutter hörte. *Wenn man über jemanden nichts Nettes sagen kann, sagt man am besten gar nichts.* Gefolgt von einer weiteren ihrer Lieblingsplatitüden: *Was du nicht willst, dass man dir tu, das füg auch keinem anderen zu.* Megan machte den Mund wieder zu, sowohl Tanya als auch Ginger wandten sich enttäuscht ab, und die Chance auf neuerliche soziale Akzeptanz verflüchtigte sich ebenso schnell wieder, wie sie sich aufgetan hatte. Megan stand auf und rannte durch den Mittelgang nach hinten.

»Die ist doch das Letzte«, hörte sie Tanya sagen.

»Lauf nicht so weit weg«, ermahnte Mr. Lipsman sie, als sie durch die Tür in den Flur in Richtung des nächsten Ausgangs stürmte.

»Ist die Probe schon vorbei?«, fragte eine Stimme irgendwo neben ihr.

Megan musste sich nicht umdrehen, um zu wissen, wer es war. Sie blieb wie angewurzelt stehen und zählte langsam bis zehn, bevor sie antwortete: »Nein, sie hat gerade erst angefangen.«

»Und wo gehst du dann hin?«, fragte Greg.

Megan weigerte sich nach wie vor, sich umzudrehen. Sie hatte Angst, dass sie womöglich in Tränen ausbrechen würde, so erleichtert war sie, dass er gekommen war und mit ihr redete. »Mr. Lipsman arbeitet noch mit dem Chor, da dachte ich mir, ich geh noch mal kurz raus und schnapp ein bisschen frische Luft.«

»Frische Luft klingt gut«, sagte Greg und schloss sich ihr schlendernd an.

Megan konzentrierte sich einzig und allein darauf ein- und auszuatmen. Sie versuchte, sich an all die schlauen Bemerkungen und Erwiderungen zu erinnern, die sie sich in der vergangenen Nacht zurechtgelegt hatte, aber in ihrem Kopf herrschte eine geradezu erdrückende Leere. Deshalb beschloss sie, lieber gar nichts zu sagen und Greg den Vortritt zu lassen. Erst als sie draußen waren, wagte sie es, ihn anzusehen, und auch das nur, weil er sich ihr direkt in den Weg stellte. Obwohl die Sonne sie blendete, erkannte sie die Kratzer in seinem Gesicht und das zugeschwollene, blaue Auge. Als er lächelte, verrutschte seine geplatzte Unterlippe bedrohlich zur Seite. »Mein Gott, was ist denn mit dir passiert?« Es kam ihr so vor, als wäre die Hälfte der Schule in irgendeiner Form verletzt oder angeschlagen. Was war bloß mit den Leuten los?

»Mein Vater und ich hatten eine kleine Meinungsverschiedenheit.«

»Worüber?«

»Er war nicht direkt begeistert, dass ich die Theater-AG gewählt habe.«

»Er hat dich geschlagen, weil er nicht will, dass du in dem Stück mitspielst?«

»Musicals stehen auf seiner Prioritätenliste nicht besonders weit oben.«

»Deshalb hat er dich verprügelt?«

»Er hat es versucht.«

»Sieht so aus, als hätte er es geschafft. Warst du beim Arzt?«

Greg tat die mögliche Ernsthaftigkeit seiner Verletzungen mit einem Achselzucken ab. »Ach, das ist nichts.«

Megan musste sich anstrengen, ihre Hände bei sich zu halten. Eigentlich wollte sie seine Wunden streicheln und eine Reihe zärtlicher Küsse auf seine Wange drücken. »Ich glaub einfach nicht, dass er das gemacht hat.«

»Es war nicht das erste Mal.«

»Hast du je irgendwem davon erzählt?«

»Ich erzähle es dir.«

Megan fühlte sich eigenartig geschmeichelt, obwohl sie sich auch fragte, was passiert wäre, wenn sie nicht die Erste gewesen wäre, die er zufällig getroffen hatte. Hätte er sich sonst womöglich Tanya anvertraut? »Ich meinte, jemandem wie dem Sheriff.«

»Der Sheriff hat im Moment alle Hände voll zu tun, meinst du nicht auch?«

»Ich könnte meinen Vater anrufen. Bestimmt nimmt er dich auch ohne Termin.«

»Warum setzt du dich nicht einfach eine Weile neben mich und redest mit mir? Mehr Medizin brauche ich nicht.« Greg fasste ihren Ellenbogen und führte sie zu einer Königspalme in der Mitte eines kleinen dreieckigen Fleckchens Grases, etwa dreißig Meter vom Schulgebäude entfernt. Er hatte seine Hand immer noch an ihrem Arm, als sie sich auf den feuchten Boden setzten.

»Worüber willst du denn reden?«, fragte Megan nervös. Eigentlich wollte sie fragen: Was zum Teufel ist los mit dir? Was gibt es denn plötzlich Dringendes zu besprechen? Warum hast du mich im Park sitzen lassen?

»Ich weiß nicht«, gab er lächelnd zu.

»Ich habe dich gestern Abend gesehen.«

»Wirklich?«

»Bei den Hamiltons.«

Er nickte. »Ziemlich unheimlich, dass seine Frau vermisst wird.«

Megan wollte eigentlich nicht über Fiona Hamilton reden. »Was hast du mit Peter bei Mr. Lipsman gemacht?«

»Wir haben bei ihm einen Song aus dem Stück geübt.«

»Wirklich? Und wie war's?«

»Ein bisschen seltsam. Er lebt in dem alten Haus, in dem er früher mit seiner Mutter zusammen gewohnt hat, und ihre Sachen sind noch überall, ganz zu schweigen von den tausenden von Katzen.«

»Tausende?«

»Na ja, mindestens zehn.« Greg lächelte und verzog dann das Gesicht.

»Tut es weh?«

»Mein Alter langt ganz schön hin.«

»Ich fände es wirklich besser, wenn du zu meinem Vater gehst.«

»Ich hab eine bessere Idee.«

»Und die wäre«

»Du könntest die Wunden küssen. Davon wird es bestimmt besser.«

Megan blieb fast die Luft weg.

»Das hat meine Mutter immer gemacht, als ich klein war«, fügte er kleinlaut hinzu.

Megan sagte nichts. Was für ein Spiel spielte er? Hatten er und Tanya diesen Plan gemeinsam ausgeheckt? Küss sie, servier sie ab, rede drei Tage nicht mit ihr und guck dann, ob sie dumm genug ist, sich noch mal küssen zu lassen? Und hatten sie bei ihrem letzten Zusammensein nicht auch über seine Mutter gesprochen, direkt bevor er sie allein im Park hatte stehen lassen? »Was soll das?«, hörte sich Megan fragen.

»Was meinst du?«

»Du weißt, was ich meine«, platzte Megan heraus und konnte auch den folgenden Wortschwall nicht mehr bremsen. »Seit der Totenwache hast du keine zwei Worte mit mir geredet, und nun machst du auf einmal einen auf Turteltäubchen.« Turteltäubchen, wiederholte sie stumm. *Turteltäubchen*? Woher kam dieser antiquierte Ausdruck nun wieder?

»Turteltäubchen?«, fragte auch Greg verwundert.

»Ich bin mir saudämlich vorgekommen, nachdem du mich im Park einfach hast sitzen lassen.«

»Ich weiß«, gab er nach einer kurzen Pause zu.

»Warum hast du das gemacht?«

»Ich weiß es nicht.«

»Was soll das heißen, du weißt es nicht? Erst ist alles ganz toll, und dann redest du plötzlich nicht mehr mit mir? Warum?«

»Weil ich ein Idiot bin. Vermutlich hat mein Dad Recht.«

Megan schüttelte den Kopf. »Nein, so leicht kommst du mir nicht davon.« Daraufhin entstand eine lange Pause, in der Megan schon fürchtete, sie hätte alles kaputtgemacht und Greg würde jeden Moment aufstehen und wieder weggehen. Was würde sie dann tun? Ihm nachlaufen? Oder sich zu ihrem Glück gratulieren und ihm ungerührt nachblicken?

»Du hast mir Angst gemacht«, sagte er unerwartet.
»Das verstehe ich nicht.«
»Ich auch nicht.«
»Wie habe ich dir denn Angst gemacht? Was habe ich getan?«
»Es ist eher das, was du nicht getan hast.«
»Und was habe ich nicht getan?«
»Du hast mich nicht wie einen blöden Muskelprotz behandelt, der so beschränkt ist, dass er seinen eigenen Arsch nicht erkennt.«
»Weil du das nicht bist.«
»Genau das meine ich ja.«
»Also jetzt komme ich endgültig nicht mehr mit.«
»Genau davor hatte ich Angst.«
»Wovor?«
»Dass du nicht mitkommst.«
In Megans Kopf wirbelte alles wie wild durcheinander. »Was redest du? Du warst doch derjenige, der abgehauen ist.«
»Präventivschlag. Nennt man das nicht so?«
»Du hattest Angst, dass ich dich abservieren könnte, also hast du mich vorher abserviert. Versuchst du mir das zu sagen?«
»Das war wohl ziemlich blöd.«
»Ziemlich feige. Du hast mir nicht mal eine Chance gelassen.«
»Dein Glück.«
»Warum?«
»Weil ich dich verführen wollte.«
»Was?« Nie zuvor hatte jemand davon gesprochen, sie zu verführen, und es gab Megan das Gefühl, erwachsen zu sein.
»Du hast mich schon verstanden. Ich hatte es seit dem Nachmittag in der Aula vorgehabt. Ich dachte, du wärst reif.«
Megan versuchte, empört zu sein, aber in Wahrheit fühlte sie sich geschmeichelt. Und erregt. »Und was hat dich davon abgehalten?«

»Du. Die Art, wie du dich mir entgegengestellt hast, mir gesagt hast, dass ich mich bremsen soll und dass ich dich erst kennen lernen müsste, und dass du *mich* erst kennen lernen wolltest. Und ehe ich weiß, was los ist, reden wir über meine Mutter und Sachen, über die ich nie rede. Das hat mich nachdenklich gemacht.« Er grinste. »Und ich denke nicht gerne nach. Ist nicht so meine Sache.«

Megan lächelte auch, bevor sie eilig wieder die Stirn runzelte. »Und stattdessen hast du dich also an Tanya rangemacht.«

»Tanya? Auf keinen Fall. Das hatten wir schon. Wir sind bloß gute Freunde.«

Gott sei Dank, dachte Megan. »Weiß sie das auch?«

»Ja. Sie macht dir bloß Stress, weil du die Rolle der Kate gekriegt hast.«

Und was jetzt, fragte Megan sich und rutschte ein Stückchen näher zu ihm. »Du wolltest mich also wirklich verführen?«

»Und ob. Du warst fällig.«

»Und wie genau wolltest du das anstellen?«

Ein listiges Lächeln breitete sich über sein Gesicht und drohte seine Lippe erneut aufzureißen. »Zunächst einmal wollte ich dich hier berühren.« Er strich mit einem Finger über ihren Hals.

Megan spürte ein Kribbeln die gesamte Wirbelsäule hinab.

»Und dann wollte ich dich seitlich auf den Mund küssen, ungefähr so.« Er senkte den Kopf und streifte mit den Lippen sanft die ihren. Das Kribbeln breitete sich bis zu Megans Brüsten aus. »Und dann hier«, fuhr er fort und küsste erst das eine und dann das andere Augenlid. »Und dann wieder hier«, sagte er, und seine Lippen kehrten zu ihrem Mund zurück. Er küsste sie heftiger als vorher.

»Vorsichtig«, ermahnte sie ihn, als sie die Schwellung seiner geplatzten Lippen spürte. »Du bist verletzt.«

»Es geht mir schon viel besser.«

Megan hörte, dass ihr Atem flach und abgerissen klang, als sie fragte: »Und was wolltest du dann machen?«

Greg lehnte sich ein wenig zurück und zeichnete mit dem Finger eine Linie von ihrem Kinn bis zu ihrem tiefen Ausschnitt nach. »Dann wollte ich in diese großen, vertrauensvollen Augen blicken und vorschlagen, dass wir so schnell wie möglich verschwinden.«

»Und du meinst, ich wäre mitgekommen?«

»Sag du es mir.«

»Megan!«, rief eine Stimme. »Was machst du da?«

Megan zuckte zusammen. Widerwillig drehte sie sich um und sah ihre Mutter aus ihrem Klassenzimmer-Container kommen. Sie stand hastig auf. »Hi, Mom. Ich wusste gar nicht, dass du noch da bist.«

»Hallo, Mrs. C.«, sagte Greg, erhob sich ebenfalls und wischte ein paar Grashalme von seiner Jeans. »Überstunden?«

»Ich hab nur ein paar Sachen für morgen vorbereitet. Und ihr?«

»Wir haben nur ein bisschen Text geprobt«, sagte Megan.

»Für das Musical«, ergänzte Greg.

»Was ist denn mit deinem Gesicht passiert?«, fragte ihre Mutter Greg.

»Ach, das ist gar nichts«, wiegelte er ab.

»Wir sollten besser wieder reingehen«, sagte Megan.

Ihre Mutter blickte nervös zwischen beiden hin und her. »Wahrscheinlich eine gute Idee«, meinte sie.

25

Die müssen mich für einen kompletten Idioten halten, dachte Sandy, als sie Megan und Greg durch die schwere Seitentür der Schule verschwinden sah.

Wir haben nur ein bisschen Text geprobt.

Für das Musical.

Geprobt vielleicht, dachte Sandy, aber keinen Text und nicht für das Musical. Greg Watt! Gütiger Gott, was dachte ihre Tochter sich dabei? Vorausgesetzt, dass sie überhaupt irgendetwas dachte, was vermutlich nicht der Fall war.

Nicht dass Sandy irgendein Recht hatte, den gesunden Menschenverstand oder Männergeschmack ihrer Tochter anzuzweifeln, nicht nach ihrem eigenen fragwürdigen Benehmen neulich. Sie dachte an das Fiasko mit Will Baker und verzog in Erinnerung an den grauenvollen Abend das Gesicht. Sie war zu einem wildfremden Mann ins Auto gestiegen! Sie war mit in seine Wohnung gegangen! Megan hatte zumindest eine Entschuldigung für ihre Leichtfertigkeit: Sie war siebzehn. Von Teenagern erwartete man, dass sie Dummheiten machten. Wann sonst in ihrem zunehmend komplizierteren Leben konnten sie sich diesen Luxus leisten? Ganz zu schweigen von der brutalen Ermordung einer Mitschülerin, die Megans unbewussten Glauben an ihre eigene Unsterblichkeit erschüttert hatte. Es war nur natürlich, dass sie ihre Gefühle ein wenig ausagierte.

Aber Sandy war beinahe vierzig und galt damit wohl als eine Frau mittleren Alters – oh Gott, sie war eine Frau mittleren Alters! –, weshalb sie die Unerfahrenheit und Unbefangenheit der Jugend nicht mehr auf ihrer Seite hatte. In ihrem Fall war Naivität längst nicht mehr schmeichelhaft. Und bei ihrer eigenen Geschichte mit Männern sollte sie sich mit Ratschlägen sowieso besser zurückhalten. Deshalb war es vermutlich auch nicht der ideale Zeitpunkt für ein Mutter-Tochter-Gespräch. Megan hatte ihr bereits versichert, dass sie keinen Sex hatte. Und was Greg Watt anging, würde Sandy sich einfach auf die Zunge beißen müssen. Schließlich gab es nichts, was den Appetit eines rebellischen Teenagers mehr anregte, als eine missbilligende Mutter.

Es war auch gar nicht so, dass sie Greg überhaupt nicht mochte. Er war, zugegeben, kein Intellektueller, aber er war auch nicht dumm. Hinter seinem großspurigen Machogehabe verbarg sich eine rege Fantasie und echtes künstlerisches Talent. Außerdem bedeutete Intelligenz nicht unbedingt, dass ein Mensch auch anständig war, weshalb man beides auch nicht miteinander verwechseln sollte. Ian Crosbie war unbestreitbar ein intelligenter Mann. Und was hatte ihr das gebracht?

Sandy wartete eine weitere Minute, bis sie das Hauptgebäude betrat. Als sie an der geschlossenen Tür der Aula vorbeiging, fragte sie sich, wie lange der Flirt ihrer Tochter mit Greg Watt schon dauerte und ob er möglicherweise etwas mit ihrem verfrühten Aufbruch von Lianas Totenwache im Park zu tun hatte.

Die Erinnerung an Liana rief auch Gedanken an ihren Tod wach und führte dann zurück zu Greg Watt. Greg und Liana waren in derselben Clique gewesen. Niemand hätte sich irgendetwas dabei gedacht, wenn er die beiden zusammen gesehen hätte. Außerdem hatte Greg zu dem kleinen Suchtrupp gehört, der ihre Leiche entdeckt hatte. Und gestern Abend war er nach Fionas angeblichem Verschwinden bei Cal Hamilton gewesen. Er war bestimmt kräftig genug, zwei ahnungslose Frauen zu überwältigen, selbst wenn sie sich gewehrt hätten. Und woher stammten die Platzwunden in seinem Gesicht? Sandy blieb wie angewurzelt stehen. Was dachte sie da? Glaubte sie wirklich, dass Greg dazu fähig war, einen Mord zu begehen? »Das ist doch Irrsinn«, murmelte sie. »Absolut lächerlich.«

»Meine Mutter hat immer gesagt, wenn sie mit einem intelligenten Menschen reden wollte, würde sie Selbstgespräche führen«, sagte eine Stimme hinter ihr.

Sandy drehte sich langsam um. »Mr. Fromm«, begrüßte sie den schlaksigen Direktor der Schule. Er war etwa fünfzig Jahre alt, gut über 1,80 Meter groß und trug beim Gehen sein ganzes Gewicht auf dem Fußballen und den Zehen, sodass er immer so aussah, als würde er jeden Moment vornüberfallen. Sandy vermutete, dass das die Folge einer Jugend war, die er auf der Suche nach der perfekten Welle auf einem Surfbrett auf den Ozeanen der Welt verbracht hatte. Das wirr über seine Glatze drapierte, sonnengebleichte Haar verstärkte den Gesamteindruck eines dauerbekifften Surfers, genauso wie seine Vorliebe für zu große Hawaiihemden. Heute trug er ein Shirt mit rot-orangefarbenem Blumenmuster. Sandy konnte sich kaum erinnern, den Mann je mit Jackett und Krawatte gesehen zu haben. »Wie geht es Ihnen?«

»Wunderbar. Und Ihnen?«

»So weit gut, vielen Dank.«

»So weit gut?«, fragte er und gab den drei Wörtern einen völlig anderen Dreh. »Ich habe gehört, dass Sie eine schwierige Zeit durchgemacht haben.«

»Nun, es war für uns alle nicht leicht.«

»Das ist wahr. Schreckliche Geschichte«, fügte er hinzu und blickte von einer Seite zur anderen, als fürchtete er, von einer unerwarteten Welle überspült zu werden. »Nun, wenn Sie irgendwas brauchen …«

»Vielen Dank.« Sandy bemerkte das kurze Aufflackern in den schläfrigen grauen Augen des Direktors, als wäre ihm plötzlich bewusst geworden, dass sie auf sein Angebot zurückkommen könnte.

»Gut, also dann ...«, sagte er schon halb im Gehen.

Sandy ging den Flur hinunter zu Ritas Zimmer. Sie wollte ihre Freundin auf Brian ansprechen, der am Vormittag den Englischunterricht geschwänzt hatte. Aber die Tür war abgeschlossen. Rita war offensichtlich schon gegangen. Sandy fand es merkwürdig, dass sie den ganzen Tag nicht miteinander geredet hatten, vor allem nach Ritas verzweifeltem Anruf am Abend zuvor, und sie fragte sich, ob Rita vielleicht verlegen war. Oder sie hatte herausbekommen, dass Sandy den Sheriff in die Sache eingeweiht hatte, und war jetzt wütend auf sie. Vielleicht nahm sie es ihr auch immer noch ein bisschen übel, dass sie sie am Samstagabend hatte sitzen lassen. Sandy beschloss, sie später anzurufen oder auf dem Nachhauseweg vielleicht sogar kurz bei ihr vorbeizuschauen.

Sie machte kehrt und warf im Vorbeigehen erneut einen Blick auf die geschlossene Aula. Kurz vor dem Eingang hörte sie, wie hinter ihr eine Tür geöffnet wurde und Schritte sich in ihre Richtung bewegten. Als sie sich umdrehte, sah sie Delilah Franklin, die mit überraschender Geschwindigkeit und Anmut den Gang hinunterrannte.

»Hallo, Mrs. Crosbie.«

»Delilah«, erwiderte Sandy, als das Mädchen vor ihr stand. »Irgendwas nicht in Ordnung?«

»Nein. Mr. Lipsman hat nur gerade gemerkt, dass er irgendwelche Noten zu Hause vergessen hat, die er so schnell wie möglich braucht. Ich habe mich freiwillig gemeldet, sie zu holen.« Sie präsentierte seinen Hausschlüssel.

»Wohnt er in der Nähe.«

»Drüben bei der Admiral Road.«

»Admiral Road?« Sandy versuchte vergeblich, die Straße irgendwie einzuordnen. »Ist das nicht ziemlich weit weg?«

»Ja, schon irgendwie.«

»Bist du mit dem Wagen hier?«

Delilah schüttelte den Kopf. »Der gehört meiner Mutter, und sie braucht ihn heute.«

Sandy bemühte sich, sich bei der Erwähnung von Delilahs Mutter keinerlei Unbehagen anmerken zu lassen. Langsam werde ich richtig gut, dachte sie, als sie das leichte Zucken im Mundwinkel spürte.

»Außerdem sagt meine Großmutter immer, die Bewegung würde mir guttun.«

»Ich kann dich doch fahren«, bot Sandy an und fragte sich, was mit ihr los war. Höflichkeit war eine Sache, Dummheit eine andere. Gut, sie war Delilahs Lehrerin und damit in gewissem Maße auch für ihr Wohlbefinden verantwortlich. Aber musste sie unbedingt extra nett zu der Tochter der Frau sein, die ihr ihren Mann abspenstig gemacht hatte? Hoffte sie, dass ihre Großzügigkeit Ian zu Ohren kommen würde, dass er sie in einem neuen schmeichelhafteren Licht sehen, es sich anders überlegen und zu ihr zurückkommen würde? Oder zögerte sie bloß, in ein leeres Haus zurückzukehren?

Theoretisch war das Haus auch gar nicht leer. Tim war bestimmt da, hatte sich aber wahrscheinlich mit seinem Computer und seinen Videospielen in seinem Zimmer verschanzt und war deshalb in puncto Gesellschaft kein großer Gewinn. Und wenn Megan von der Probe heimkam, würde sie ihrer Mutter vermutlich aus dem Weg gehen und bestimmt nicht über irgendwas reden wollen, damit das Gespräch auf gar keinen Fall auf Greg Watt kommen konnte. Sandy ahnte, dass nicht einmal Rita begeistert sein würde, sie zu sehen, wenn sie unangekündigt hereinschneite. Wenn sie also noch eine Weile Chauffeursdienste für Delilah leistete, würde ihr das nur helfen, ihre Einsamkeit ein wenig zu vergessen.

»Das wäre toll«, sagte Delilah begeistert. »Macht es Ihnen auch ganz bestimmt nichts aus?«

Sandy zuckte die Achseln und führte Delilah zu ihrem weißen Camry auf dem Lehrerparkplatz.

»Schicker Wagen«, sagte Delilah, als sie den Sicherheitsgurt über ihre Brust zerrte.

»Langsam wird er alt und klapprig«, erwiderte Sandy. Bei

seinem Auszug hatte Ian den silbernen Jaguar mitgenommen. Sie hatte nicht protestiert. Das verdammte Ding war sowieso öfter in der Werkstatt als auf der Straße. »Aber er läuft immer noch super. Sehr verlässlich«, sagte sie und dachte, dass sie so auch sich selbst beschreiben könnte.

»Sehr bequem.«

»So bin ich«, sagte Sandy und bog auf die Straße.

»Was?«

»Wo bin ich?«, verbesserte sich Sandy hastig. »Ich weiß nicht genau, ob ich den Weg kenne.«

»Biegen Sie an der Ecke rechts ab«, wies Delilah sie an. »Und dann immer geradeaus bis zum Citrus Grove und wieder rechts.«

Sandy folgte der Wegbeschreibung und holte auf der New School Road ihre riesige Sonnenbrille aus ihrer Handtasche. Obwohl theoretisch Berufsverkehr herrschen sollte, waren nur wenige Fahrzeuge auf den Straßen unterwegs. »Heute war es ziemlich heiß«, sagte sie, weil man bei einer Unterhaltung über das Wetter nichts falsch machen konnte.

»Es wird langsam wärmer«, stimmte Delilah ihr zu. »Aber ich hab es eigentlich ganz gern, wenn's kalt ist.«

»Ja? Ich auch.« Selbst ohne den Kopf zu wenden, konnte Sandy das Lächeln sehen, das sich auf Delilahs rundem Gesicht ausbreitete, als hätte sie ihr gerade das größtmögliche Kompliment gemacht. »Du siehst nett aus heute«, fügte sie hinzu und beobachtete, wie das Strahlen sich bis zu Delilahs Ohren ausdehnte. Nicht ganz wahr, aber auch nicht direkt gelogen. In Wahrheit sah Delilah *annehmbar* aus. Nicht mehr und nicht weniger. Sie hatte ein weißes T-Shirt und eine locker sitzende Jeans an, ihr Haar war ordentlich gekämmt und an den Seiten mit Klammern hochgesteckt. Sie trug kein Make-up, ihre Haut war rein, und ihre Augen leuchteten.

»Kann ich Ihnen was erzählen?«, fragte Delilah und fuhr fort, bevor Sandy Gelegenheit hatte zu antworten. »Ich mache eine Diät.« Sie verdrehte die Augen, als ob ihr das Geständnis peinlich wäre. »Meine Mom hat mir einen wirklich hübschen Pulli gekauft, aber er ist ein bisschen zu eng, und ich habe mir vorgenommen abzunehmen, damit ich ihn tragen kann.«

»Das ist sehr lobenswert. Aber mach schön langsam. Man sollte höchstens ein Kilo pro Woche abnehmen.«

»Wirklich? Das ist aber nicht sehr viel.«

»Nein. Aber es summiert sich. Wenn man ein Kilo pro Woche abnimmt, sind das in einem Jahr schon über fünfzig. Nicht, dass du fünfzig Kilo abnehmen müsstest«, fügte sie eilig hinzu.

»Ich hatte an zehn, zwölf gedacht. Weiter geradeaus«, sagte sie, als Sandy vor einer Ampel abbremste.

»Das ist mehr als genug.«

»Bei einem Kilo pro Woche müsste ich das in drei Monaten schaffen.«

»Genau. Und die Chance, dass du dein Gewicht hältst, ist viel größer, wenn du langsam abnimmst.«

»Sie hatten wohl nie ein Problem mit Ihrem Gewicht, oder?«

»Nein«, gab Sandy zu. »Aber ich war mit meinem Aussehen auch nie zufrieden. Früher war ich viel zu dünn, und ich habe mir immer große Brüste gewünscht.«

»Oh, die kann man sich kaufen«, sagte Delilah so beiläufig, dass Sandy laut auflachte. »Ich glaube, die nächste Querstraße ist Citrus Grove.«

»Und wie geht es von hier aus weiter?« Sandy vergewisserte sich mit einem Blick auf das Tachometer, dass sie nicht zu schnell fuhr.

»Etwa eine halbe Meile geradeaus und dann links.«

»Zu Fuß wäre das aber verdammt weit gewesen.«

»Meine Großmutter sagt, Bewegung tut mir gut.«

»Du kennst dich ja ziemlich gut aus in der Gegend.«

»Ich wohne schon mein ganzes Leben hier«, erinnerte Delilah sie.

»Gefällt es dir hier?«

»Es ist okay. Irgendwann würde ich gern mal nach Kalifornien ziehen.«

»Ja? Was gibt's denn in Kalifornien?«

»Filmstars«, sagte Delilah und kicherte mädchenhaft.

»Gehst du gern ins Kino?«

»Ja. Meine Mutter und ich sind dauernd ins Kino gegangen. Aber jetzt nicht mehr so oft. Hier links.«

Als sie von der Hauptstraße abbog, packte Sandy das Lenkrad fester. Dieser Tage hatte Kerri vermutlich nicht mehr so viel Zeit, mit ihrer Tochter ins Kino zu gehen, dachte sie, als sie zwischen den Orangenbäumen dahinfuhr, die die Straße säumten. Erstaunlich, wie schnell die Stadt sich in einer Reihe von kleinen Nebenstraßen verlor.

»Jetzt links und dann wieder rechts. Ich glaube, Mr. Lipsman wohnt da drüben.« Delilah zeigte auf ein adrettes kleines Haus auf einem gepflegten Rasengrundstück mindestens zweihundert Meter vom nächsten Nachbarn entfernt.

»Bis hierhin hättest du nie laufen können«, sagte Sandy, als sie in die schmale Einfahrt fuhr.

»Es ist weiter, als ich dachte«, räumte Delilah ein. »Zurück hätte ich wahrscheinlich trampen müssen.«

»Und das wäre keine gute Idee gewesen. Man kann nicht einfach zu wildfremden Menschen ins Auto steigen.« Sandy biss sich auf die Zunge. Sie war die Letzte, die Vorträge zu dem Thema halten sollte.

»Oh, ich kenne so ziemlich jeden in der Stadt. Außerdem –«, Delilah blickte an sich herab, »glaube ich nicht, dass ich mir große Sorgen machen muss. Na ja, ich spring kurz rein und hol die Sachen.«

»Weißt du, wo sie sind?«

»Mr. Lipsman hat gesagt, er wäre sich ziemlich sicher, dass er sie im Flur hat liegen lassen.« Delilah zögerte.

»Soll ich mit reinkommen?«

»Hätten Sie was dagegen?«, fragte Delilah, ohne eine Sekunde zu zögern.

Sandy stieg aus. Gemeinsam gingen sie zu dem zweistöckigen, mit Holz verkleideten, weißen Haus mit den verblichenen schwarzen Fensterläden. In einem Fenster im Erdgeschoss saß eine große graue Katze vor geschlossenen Spitzenvorhängen.

»Sieht nett aus«, sagte Delilah ohne rechte Überzeugung.

»Sieht aus wie die Art Haus, in dem Mr. Lipsman mit seiner Mutter leben würde.«

»Ich hab gehört, sie liegt hinter dem Haus begraben.«

»Was? Wer? Seine Mutter?«

Delilah nickte. »Offenbar wollte sie unter ihrem Lieblingszitronenbaum im Garten begraben werden.«

»Ich glaube nicht, dass man Menschen in seinem Garten begraben darf.« Nicht mal in Florida, fügte Sandy stumm hinzu.

»Das erzählen jedenfalls die Leute.«

Als sie sich der Haustür näherten, blickte Sandy an dem Haus vorbei in den Garten und fragte sich, ob das wirklich sein konnte. »Das glaube ich einfach nicht«, sagte sie dann, während Delilah die Haustür aufschloss. Sofort kamen mehrere Katzen angelaufen, eine fette schwarz-weiße streifte um Sandys nackte Waden.

»Oh, vorsichtig. Lassen Sie sie nicht rauslaufen«, quiekte Delilah.

Mit einem Fuß hielt Sandy mehrere widerspenstige Katzen mit in Schach und wünschte sich, eine lange Hose zu tragen. Sie schob die Tiere zurück in den Flur, während Delilah die Tür schloss. Der Geruch von Katzenstreu war überwältigend.

»Mr. Lipsman mag keine Klimaanlagen«, sagte Delilah. »Er sagt, Rauchen und Klimaanlagen sind das Schlimmste, was man seinen Lungen antun kann.«

»Ganz anders als die ganze Nacht Katzenhaare einzuatmen.«

»Mr. Lipsman ist ein bisschen seltsam. Aber sehr nett«, fügte sie eilig hinzu.

»Er ist seltsam«, stimmte Sandy ihr zu.

»Ich sehe nirgendwo Noten. Sie?«

Sandy blickte sich im Flur um. Durch ein portalförmiges Seitenfenster fielen Sonnenstrahlen in den stickigen Raum, in deren Licht Staubflocken herumwirbelten wie Konfetti. Sandy sah nur eine orangefarbene Katze, die sich auf einem Queen-Anne-Stuhl räkelte, und eine weitere, die an den Beinen eines antiken Tischchens kratzte. Auf dem Tisch stand das Foto einer streng aussehenden Frau in einem schwarzen Kleid mit steifem Kragen. Ihr graues Haar war zu einem straffen Dutt aufgesteckt.

»Das muss seine Mutter sein«, flüsterte Delilah.

»Sieht aus wie eine echte Stimmungskanone.«

Delilah kicherte. »Was glauben Sie, wo Mr. Lipsman seine Noten hingelegt hat?«

»Warum guckst du nicht in der Küche, und ich sehe im Wohnzimmer nach«, schlug Sandy vor, und Delilah machte sich auf den Weg.

Die Katzen folgten Sandy ins Wohnzimmer, wo sich weitere Katzen tummelten. Neben der einen im Fenster zählte Sandy zwei weitere auf einem dunkelgrünen Samtsofa und eine auf dem schweren Goldbrokatsessel daneben. Ein Stutzflügel nahm den übrigen Raum ein. Auf dem geschlossenen Deckel standen zahlreiche Fotos, die meisten zeigten Gordon mit seiner Mutter und reichten bis in seine Kindheit zurück. Im schwächer werdenden Licht der Nachmittagssonne, die durch die verstaubten Spitzengardinen fiel, erkannte Sandy, wie wenig sich das Gesicht des Mannes im Laufe der Jahre verändert hatte. Schon als kleiner Junge hatte er ausgesehen wie ein Mann mittleren Alters.

Bei seiner Mutter war das vollkommen anderes. Die ursprünglich hübsche, ja wunderschöne Frau war mit den Jahren immer grober und stumpfer geworden, die Augen hatten ihr Funkeln verloren, ihr Lächeln seine Lebendigkeit. Auf einem der frühen Bilder posierte sie glücklich in einem schicken blauen Kleid, den Arm um ein ebenso hübsches Mädchen gelegt, ihre Schwester vermutlich, und ihr jugendliches Lächeln konnte ihre offenkundige Ausgelassenheit kaum verbergen. Daneben stand ein weiteres Foto der beiden jungen Frauen, die auf einer Party zusammen tanzten.

Sandys Blick schweifte von einem Bild zum nächsten. Fotos von Gordon und seiner Mutter, als er noch ein Baby war, Fotos von Gordon als Kleinkind zwischen seiner Mutter und seiner Tante, Fotos von Gordons Mutter mit ihren Katzen. Irgendwann wurde ihr Lächeln melancholisch, bis es ganz verschwand.

Es gab auch andere Bilder, heimlich aufgenommene Fotos von Schülern der Torrance High: Ginger Perchak und Tanya McGovern, die ein Geheimnis teilten; Victor Drummond, der müßig ins Leere starrte; Greg Watt, der über irgendetwas lachte, das Joey Balfour erzählt; Liana Martin, die voller Freude über die Bühne hüpfte. Sie waren offensichtlich bei den Proben für *Anatevka* aufgenommen worden. Trotzdem fand Sandy sie irgendwie unheimlich. »Delilah?«, rief sie, weil sie plötzlich dringend hier wegwollte. »Delilah?«

Keine Antwort.

Sandy ging eilig aus dem Wohnzimmer den Flur hinunter zur Küche auf der Rückseite des Hauses. Delilah stand am Küchenfenster und blickte in Gordon Lipsmans leeren Garten. »Delilah?«, fragte Sandy. »Stimmt irgendwas nicht?«

Als Delilah schließlich antwortete, schien ihre Stimme aus einem anderen Raum zu kommen. »Was glauben Sie, welcher es ist?«

Sandy stieg über ein Katzenklo und trat zu Delilah ans Fenster. »Wovon redest du?«

»Ich zähle vier Zitronenbäume. Ich glaube, es ist der dicht belaubte ganz hinten. Was glauben Sie?«

Es dauerte einen Moment, bis Sandy kapierte, wovon Delilah sprach. »Ich versichere dir, Delilah, dass Mrs. Lipsman nicht im Garten beerdigt ist«, sagte sie, obwohl sie sich dessen keineswegs sicher war. »Und jetzt lass uns die Noten suchen und zusehen, dass wir hier wegkommen.«

»Oh, die hab ich gefunden.« Delilah drehte sich um und hielt die Blätter hoch. »Sie lagen auf dem Tresen.«

»Gut. Dann nichts wie weg von hier.«

Sie waren seit etwa zehn Minuten unterwegs, als Sandy merkte, dass sie in die falsche Richtung fuhren. Nach einem Abzweig, den sie vor eine Weile genommen hatte, schien ihr die tief stehende Sonne direkt in die Augen, was bedeutete, dass sie nach Westen fuhren, während die Stadt im Osten lag.

»Ich glaube, wir hätten eben links abbiegen müssen«, hörte sie Delilah sagen. »Nicht rechts.«

»Ich dachte, du hättest gesagt, wir müssen rechts abbiegen.«

»Nein, ich habe gesagt, erst links und dann rechts.«

Sandy wendete hastig und fuhr zur letzten Kreuzung zurück. Ian hatte ihr immer vorgehalten, dass sie keinerlei Orientierungssinn hätte und auf sich allein gestellt nicht einmal aus einer Papiertüte herausfinden würde. Außerdem war der Besuch in Gordon Lipsmans Haus irgendwie unheimlich gewesen. Das Bild von Liana Martin, die so lebendig gewirkt hatte. »Okay, ich gebe auf«, sagte sie, nachdem sie minutenlang durch endlose Orangenhaine gefahren war. Sie hielt am Straßenrand. Weit und breit war kein anderes Fahrzeug in Sicht. »Wo zum Teufel sind wir?«

»Ich glaube, wir müssen an der nächsten Kreuzung links abbiegen«, sagte Delilah.

»Bist du dir sicher?«

»Nein.«

»Na toll.«

»Vielleicht sollten wir warten, bis jemand vorbeikommt.«

»Hast du in den letzten fünf Minuten irgendeinen anderen Wagen gesehen?«, fragte Sandy gereizt. »Ich dachte, du kennst den Weg.«

»Tut mir leid, Mrs. Crosbie. Ich hab es verbockt.«

»Nein, mir tut es leid«, entschuldigte Sandy sich rasch, als sie Delilahs zitternde Unterlippe sah. »Das ist nicht deine Schuld. Ich bin schließlich die Fahrerin.« Sie atmete tief durch. »Und du meinst, ich sollte links abbiegen.«

»Ich weiß nicht so genau.«

»Nun, probieren wir es halt.« Sandy fuhr wieder los, bog an der nächsten Kreuzung links ab und folgte der Straße entlang einer endlosen Folge von Orangenplantagen. Als sie gerade dachte, dass es vermutlich an der Zeit war, wieder abzubiegen, fasste Delilah unvermittelt ihren Arm und drückte fest zu.

»Halten Sie an«, flüsterte sie.

»Warum? Weißt du, wo wir sind?« Sandy stoppte den Wagen und wandte sich Delilah zu. »Was ist los?«, fragte sie, als sie den Gesichtsausdruck des Mädchens sah. Delilah starrte mit aschfahlem Gesicht und aufgerissenen Augen durch die Windschutzscheibe. »Was ist los, Delilah?«

»Ich glaube, ich hab was gesehen.«

Sandy sah sich in alle Richtungen um. »Was hast du gesehen?«

»Es sah aus wie eine Hand.«

»Was?«

»Es sah aus wie eine menschliche Hand«, schrie Delilah beinahe. »Oh mein Gott. Es sah aus wie eine Hand.« Mit tränenfeuchten Augen sah sie Sandy an.

»Okay, beruhige dich. Beruhige dich«, ermahnte Sandy sie, obwohl ihr Herz raste, als ob es vielleicht demnächst abheben wollte. »Wo, glaubst du, hast du sie gesehen?«

»Da vorne. Etwa fünfzig Meter zurück.«

Sandy legte den Rückwärtsgang ein und fuhr langsam ein Stück zurück.

»Noch ein bisschen«, sagte Delilah mit zusammengebissenen Zähnen. »Da!« Ihre Hand schnellte hoch und schlug gegen die Scheibe. Sie schrie, schloss die Augen und vergrub ihr Gesicht in ihrem Schoß. »Ist es eine Leiche?«, fragte sie, als Sandy anhielt und die Tür öffnete. »Nein! Gehen Sie nicht da raus!«

Sandy ging schweigend um das Heck des Wagens und ließ den Blick ängstlich über das hohe Gras schweifen. Zunächst fiel ihr nichts Außergewöhnliches auf. Wiese, Erde, ein paar weggeworfene, halb gegessene Orangen und Fliegen. Jede Menge Fliegen. Und dann blitzte etwas Glänzendes in der Sonne auf. Ein Ring, wie sie erkannte, und dann sah sie den Finger, an dem er steckte, und die dazugehörige menschliche Hand.

Sandy schlug die Hand vor den Mund, um nicht laut aufzuschreien, während sie zum Wagen zurückstolperte. »Hast du ein Handy? Bitte sag mir, dass du ein Handy hast.«

Sofort gab Delilah Sandy ihr Mobiltelefon. »Was ist denn? Was haben Sie entdeckt?«

Sandy tippte die Nummer des Notrufes ein. »Am Straßenrand liegt eine Frauenleiche«, berichtete sie der Telefonistin der Notrufzentrale und sah, wie sämtliche Farbe aus Delilahs Gesicht wich. »Nein. Ich habe keine Ahnung, wo ich bin. Irgendwo jenseits des Citrus Grove.« Sie versprach, die Verbindung nicht zu unterbrechen, bis die Polizei eingetroffen war. Dann legte sie das Telefon in ihren Schoß und nahm die in Tränen aufgelöste Delilah in den Arm.

»Ist es Mrs. Hamilton?«

»Ich weiß es nicht.« Während sie auf das Eintreffen des Sheriffs warteten, hielt Sandy das schluchzende Mädchen und überlegte, was schlimmer wäre – wenn die von ihnen entdeckte Leiche Fiona Hamilton wäre oder wenn nicht.

26

»Wollen Sie mir vielleicht erzählen, was Sie hier draußen gemacht haben?«, fragte John Weber, während seine Beamten begannen, den Bereich abzusperren. Er versuchte, die Tatsache zu verdauen, dass die Frau, mit der er redete, den Arm um die Tochter der Frau gelegt hatte, derentwegen ihr Mann sie verlassen hatte. Das fand er beinahe so schockierend wie die Leiche, die die beiden im hohen Gras entdeckt hatten. Eine Leiche, von der er annahm, dass es sich um Fiona Hamilton handelte, obwohl das erst hundert Prozent sicher war, wenn ihr Mann sie identifiziert hatte. Wie bei Liana Martin war vom Gesicht der Frau nicht mehr viel übrig. Aber die Haarfarbe stimmte, und der Körper schien einigermaßen intakt. Eine Identifizierung sollte also nicht allzu schwierig werden.

»Verzeihung?«, sagte Sandy Crosbie. »Was?«

John beugte sich nach unten und legte seinen Arm auf die offene Wagentür. »Ich habe gefragt, was Sie beide hier draußen gemacht haben.«

Sandy saß mit tränenüberströmtem Gesicht hinter dem Steuer ihres Wagens und starrte mit leerem Blick durch die Windschutzscheibe, während Delilah das Gesicht an ihrer Schulter vergraben hatte. »Wir waren im Haus von Gordon Lipsman.«

»Was haben Sie dort gemacht?«

»Mr. Lipsman hat seine Noten zu Hause vergessen«, sagte Delilah und richtete sich auf, obwohl sie sich mit einer Hand weiter an Sandys blauen Rock klammerte. »Ich habe mich freiwillig gemeldet, sie zu holen. Mrs. Crosbie meinte, es wäre zu Fuß zu weit ...« Ihre Stimme versagte, als sie aus dem Seitenfenster blickte und die Polizisten um die Leiche herumhantieren sah. »Was machen die da?«

»Sie sammeln Beweise«, erklärte John ihr, obwohl er sich in Wahrheit nicht sicher war, dass es viel zu sammeln gab.

»Ist es Mrs. Hamilton?«

»Das wissen wir nicht.«

»Oh Gott«, rief Delilah, als würde sie die Implikationen der Antwort begreifen.

»Mr. Lipsman hat dich also gebeten, seine Noten zu holen, und Mrs. Crosbie hat angeboten, dich zu fahren. Ist das richtig?«

»Sie hat gesagt, zu Fuß wäre es zu weit«, wiederholte Delilah.

»Ihr seid aber ziemlich weit weg vom Haus der Lipsmans«, bemerkte John.

»Wir sind falsch abgebogen«, sagte Delilah.

»Wir haben uns verfahren«, sagte Sandy gleichzeitig.

Die beiden Frauen standen offensichtlich unter Schock, deshalb beschloss John, alle weiteren Fragen auf später zu verschieben. »Okay, ich werde Officer Trent sagen, dass er Sie nach Hause fahren soll.« Er winkte einen seiner Deputies zu sich. »Ihren Wagen bringe ich Ihnen später zurück.«

»Und was ist mit Mr. Lipsmans Noten?«, fragte Delilah mit sich vor Panik überschlagender Stimme. John sah, dass sie die fraglichen Blätter in der rechten Hand zerknüllt hatte.

»Das ist schon okay.« Er nahm ihr die Blätter ab. »Ich werde dafür sorgen, dass er sie bekommt.«

»Wussten Sie, dass Gordon Lipsman ein Bild von Liana Martin in seinem Haus hat?«, fragte Sandy, als man sie von ihrem Wagen wegführte.

»Nein, wusste ich nicht«, antwortete John. Was für ein Bild?, fragte er sich und beschloss, später selbst nachzusehen. »Glauben Sie, dass Sie alleine zurechtkommen, Mrs. Crosbie?«

Sandy nickte, obwohl sie keineswegs den Eindruck machte.

»Gut. Hören Sie, ich schaue später bei Ihnen vorbei. Sprechen Sie bis dahin mit niemandem darüber. Zumindest so lange nicht, bis wir wissen, wo Cal Hamilton sich aufhält.« Cal war am Morgen aus dem Polizeigewahrsam entlassen worden, nachdem sein Boss, der alte Chester Calhoun, die Kaution gestellt hatte. Cal war angewiesen worden, die Stadt nicht zu verlassen und sich von Kerri Franklin und ihrer Familie fernzuhalten.

»Glauben Sie, dass er es war?«

»Ich denke, bevor wir weitere Fragen stellen, müssen wir zunächst die Leiche identifizieren«, sagte John. Kurz darauf beobachtete er, wie Deputy Trent die beiden Frauen auf dem Rücksitz seines Streifenwagens platzierte und davonfuhr. »Und was haben wir?«, fragte er und trat zu dem Beamten, der sich, mit einer Hand Mund und Nase bedeckend, über die Leiche beugte.

Der junge Deputy sprang auf. »Sieht aus wie ein Schuss in den Kopf. Genau wie bei Liana Martin.«

»Irgendwelche unveränderlichen Kennzeichen am Körper?«

»Eine kleine Tätowierung am linken Knöchel. Sieht aus wie *Eigentum von …* Den Rest konnte ich nicht lesen.«

John fragte sich, ob Fiona Hamilton eine Tätowierung hatte. Sie schien ihm eigentlich nicht der Typ, aber diese *Eigentum von*-Sache klang ominös. Er fragte sich, ob Candy Abbot auch eine Tätowierung gehabt hatte. Aber Candy Abbot wurde schon seit Monaten vermisst, und wenn es ihre Leiche war, musste das Mädchen entweder bis vor ein paar Tagen am Leben gehalten oder tot in einem Tiefkühlfach aufbewahrt worden sein. Beides war durchaus möglich, aber es klang trotzdem nicht überzeugend. »Sonst noch was?«

»Nein, Sir. Keine Patronenhülsen oder Patronen.«

Wahrscheinlich war sie nicht hier getötet, sondern lediglich abgelegt worden, damit irgendjemand sie fand, schlussfolgerte John. Diesmal hatte der Mörder gar nicht erst versucht, sie zu vergraben, was bedeutete, dass er entweder gestört worden war, dreist wurde oder wollte, dass die Leiche schnell gefunden wurde. Und wenn er das wollte, warf das eine weitere Frage auf.

Warum?

Eine Stunde später brachte John Sandy ihren Wagen zurück, gefolgt von einem weiteren Beamten, der seinen Streifenwagen in der Einfahrt der Hamiltons direkt hinter Cals protziger roter Corvette parkte. Sandy begrüßte John an der Haustür. »Ich glaube, er ist zu Hause«, sagte sie zur Begrüßung und blickte zum Nachbarhaus. »Die Musik läuft seit zwanzig Minuten in voller Lautstärke.«

John machte seinem Kollegen ein Zeichen, sich dem Haus vorsichtig zu nähern. »Bleiben Sie drinnen und von den Fenstern weg«, wies er Sandy an.

»Glauben Sie, dass er Ärger machen wird?«

»Hoffentlich nicht.«

»Mom?« Sandys Sohn kam in den Flur und blieb hinter seiner Mutter stehen. »Was ist denn los?«

»Ich bringe bloß den Wagen deiner Mutter zurück«, erklärte John ihm.

»Bist du abgeschleppt worden?«, fragte Tim ungläubig.

»Nicht direkt«, sagte Sandy.

»Das wird deine Mutter dir später erklären. Wenn Sie mich jetzt entschuldigen ...«

John hörte, wie Sandy die Haustür schloss, als er durch ihren Vorgarten zu Cals Haus ging. Je näher er kam, desto lauter und aufdringlicher wurde die Musik. *I'm sorry, Mama*, jaulte Eminem, wobei *Jaulen* die angemessene Beschreibung war, dachte John, als er laut an Cals Tür klopfte. Gesang konnte man es jedenfalls nicht nennen, obwohl er das offensichtliche Talent des jungen Mannes widerwillig bewunderte. Der Punk hatte gelernt, seine Wut nicht nur produktiv, sondern auch enorm profitabel einzusetzen. Wäre es nicht nett, wenn alle das machen könnten? Schade, dass Wut leichter zu mobilisieren war als Kreativität, dachte er und spürte, wie seine eigene Zornesader anschwoll, als er erneut und diesmal lauter klopfte. »Cal? Cal Hamilton, hier ist der Sheriff. Machen Sie auf.«

»Sollen wir die Tür aufbrechen?«, fragte der Deputy.

»Nur wenn Sie von hier bis zum Jüngsten Gericht verklagt werden wollen«, erklärte John dem übereifrigen jungen Mann mit dem kurzen dunklen Haar und dem weichen breiten Mund. »Das ist ein Höflichkeitsbesuch, schon vergessen? Wir bitten diesen Mann um Hilfe bei der Identifizierung einer Leiche, bei der es sich höchstwahrscheinlich um seine Frau handelt. Wir sind nicht hier, um ihn zu verhaften.« *Noch* nicht, fügte er stumm hinzu, bevor er ein drittes Mal klopfte.

Die Musik wurde zu einem dumpfen Wummern heruntergedreht. »Immer langsam mit den jungen Pferden«, ertönte eine Stimme aus dem Haus. »Jesses, was ist denn los?«

Noch bevor Cal nur in einer engen schwarzen Jeans und mit einem schrägen Grinsen die Tür öffnete, wusste John, dass er irgendwas genommen hatte.

»Hallo, Sheriff Weber, wie schön, Sie so bald wiederzusehen. Was verschafft mir die Ehre?«

»Ziehen Sie Ihre Schuhe an«, erklärte John ihm. »Und ein Hemd. Sie müssen mitkommen.«

»Verhaften Sie mich wieder? Denn was immer es sein mag, ich war es nicht. Ich habe den ganzen Tag hier rumgesessen, Musik gehört und mich um meinen Kram gekümmert.«

»Sie sind nicht verhaftet.«

»Gut.« Cal knallte dem Sheriff die Tür vor der Nase zu.

Als Eminem drinnen wieder in voller Lautstärke loslegte, hämmerte John erneut gegen die Tür. Er überlegte schon, ob er gehen und später zurückkommen sollte, als das Gejaule plötzlich abbrach und die Tür wieder geöffnet wurde.

»Ich hab auch eine Klingel«, sagte Cal mit glasharten, ausdruckslosen Augen. »Gleich dort.« Er zeigte darauf. »Sie müssen nur draufdrücken.« Er demonstrierte es, und melodiöser Glockenklang erfüllte die Luft. *You are my sunshine.* »Süß, was?«

»Sie müssen mitkommen«, sagte John noch einmal.

»Und warum?«

»Wir haben eine Leiche gefunden«, sagte John gezielt grob. »Es könnte Fiona sein.«

Cals Reaktion war ebenso heftig wie unerwartet. Er taumelte wie von einem Schlag getroffen rückwärts ins Haus. »Was?«

»Hat Ihre Frau eine Tätowierung?«, fragte John und folgte ihm. Sofort erkannte er den schweren Duft von Haschisch. Überall standen leere Bierflaschen herum.

»Sie hat eine kleine Tätowierung am Knöchel«, antwortete Cal nach einer langen Pause. »Warum?«

»Können Sie sie beschreiben?«

»Natürlich kann ich das. Ich kenne jeden Zentimeter vom Körper dieser Frau. Die Tätowierung lautet *Eigentum von Cal Hamilton.*«

John senkte den Kopf und atmete tief durch. »Sie müssen mitkommen und die Leiche identifizieren.«

»Soll das heißen, sie ist es?«

»Die Leiche, die wir gefunden haben, hat eine Tätowierung am Knöchel, die der von Ihnen beschriebenen ähnelt.«

»Was meinen Sie mit ›ähnelt‹?«

»Sie müssen die Leiche identifizieren«, wiederholte John.

»Das verstehe ich nicht. Sie kennen meine Frau doch. Sie müssen doch wissen, ob sie es ist. Was wollen Sie mir sagen?« Cal wich noch weiter zurück, bis er gegen einen Sessel stieß, in den er sich sinken ließ. »Wollen Sie sagen, dass ihr Gesicht weg ist? Weggepustet von demselben Irren wie bei Liana Martin?«

»Wenn Sie uns lieber eine Haarprobe Ihrer Frau geben wollen, vielleicht von ihrer Bürste …«

»Nein.« Cal sprang auf und schüttelte den Kopf, wie um ihn wieder klar zu bekommen. »Ich will sie sehen. Ich will sie sehen.«

John wartete, bis Cal ein schwarzes T-Shirt übergestreift hatte und in ein Paar schwarze Turnschuhe neben der Tür geschlüpft war. »Ich fahre Sie zu ihr«, sagte John.

»Ich habe Ihnen doch schon gesagt, als ich gestern Morgen zur Arbeit gegangen bin, war sie noch gesund und munter.« Cal saß in einem kleinen fensterlosen Raum, der für die Vernehmung von Verdächtigen benutzt wurde. Die karge Möblierung bestand lediglich aus einem rechteckigen Eichentisch mit einem kleinen Stuhl auf jeder Seite. Zwei weitere Stühle standen an der völlig schmucklosen Wand. Die Klimaanlage war auf knapp über dem Gefrierpunkt eingestellt, weil John glaubte, dass ein Verdächtiger umso eher zu reden beginnen würde, je unbehaglicher er sich fühlte. Und Cal hatte zu schwitzen begonnen, kaum dass man ihn hineingeführt hatte.

Ein Einwegspiegel nahm die obere Hälfte der Wand über der geschlossenen Tür ein. John wusste, dass auf der anderen Seite der Scheibe Richard Stahl, der Sheriff von Broward County, stand und ihn beobachtete. Der Bürgermeister hatte ihn alarmiert, sobald er von Fiona Hamiltons Tod erfahren hatte, und ihn gebeten, nach Torrance zu kommen, um Johns Ermittlung zu beaufsichtigen.

Noch vor einer Woche hätte John die Präventivmaßnahmen des Bürgermeisters und noch mehr das unangekündigte Erscheinen seines Aufsehers als Bedrohung empfunden, aber heute sah er einer Beurteilung seltsam zuversichtlich entgegen. Denn auch wenn er nur wenig Geduld mit dem Bürgermeister hatte, den er für ein wichtigtuerisches Arschloch mit einem Napoleonkomplex hielt, mochte und respektierte er seinen Kollegen aus Broward County. Außerdem hatte John nie viel davon gehalten, sich ins eigene Fleisch zu schneiden, und wenn Richard Stahl neue Ideen hatte, die zur Lösung des

Falles beitragen konnten, würde John sie sich bereitwillig anhören.

Normalerweise wäre es ihm lieber gewesen, mit dem Verhör von Cal Hamilton wenigstens ein paar Stunden zu warten. Der Mann hatte schließlich gerade die Leiche seiner Frau identifiziert. Aber Cal Hamilton war nicht irgendein Mann. Er war ein Heißsporn, der bereits wegen des tätlichen Angriffs auf eine Frau festgenommen worden war und höchstwahrscheinlich auch seine eigene Frau geschlagen hatte. Und auch wenn ihn der Anblick von Fionas leblosem Körper sichtlich erschüttert hatte, hatte er die Fassung bemerkenswert schnell wiedergefunden.

»Hat sie sonst noch jemand gesehen?«, fragte John.

»Nicht, dass ich wüsste.«

»Hatten Sie sich gestritten?«

»Jeder streitet.«

»Aber nicht jeder setzt dabei seine Fäuste ein.«

»Wollen Sie mir irgendwas vorwerfen?«

»Ihr ganzer Körper war mit Blutergüssen übersät, Cal. Mit alten Blutergüssen. Ich bin sicher, der Gerichtsmediziner wird jede Menge alte Verletzungen, möglicherweise sogar ein paar gebrochene Knochen, feststellen.«

»Okay, also habe ich sie ein paar Mal geschlagen. Glauben Sie mir, sie hat genauso ausgeteilt, wie sie eingesteckt hat.«

»Wollen Sie behaupten, *Sie* wären von Ihrer *Frau* geschlagen worden?«

»Ich sage bloß, dass sie auch keine Heilige war. Manchmal musste ich mich wehren.«

»Sie sind gut dreißig Kilo schwerer als sie«, bemerkte John.

Cal stieß ein abschätziges Geräusch aus, irgendwo zwischen einem Schnauben und einem Lachen. »Wenn sie wütend war, konnte sie ganz schön wild werden.«

»Worüber war sie denn wütend, Cal?«

»Das Übliche. Sie dachte, ich mach mit anderen rum. Untreue, Sie verstehen?«

»Und stimmt das?«

»Es hatte nichts zu bedeuten.« Cal blickte zu der Neonlampe an der Decke. »Was soll dieser Blick, Sheriff? Wollen Sie mir erzählen, dass Sie Ihre Frau noch nie betrogen haben?«

John bemühte sich, nicht mit der Wimper zu zucken. »Ich will Ihnen erzählen, dass man eine ganz besondere Sorte von Feigling sein muss, um eine Frau zu schlagen.«

Wieder machte Cal dieses abschätzige Geräusch. »Hey, Sie können mich beleidigen, soviel Sie wollen. Feigling, Frauenschläger, Ehebrecher. Das heißt aber nicht, dass ich meine Frau umgebracht habe. Ich habe diese Frau geliebt.«

»Sie hatten eine seltsame Art, das zu zeigen.«

»Jedem das Seine.«

»Was ist genau passiert, Cal?«, versuchte John es mit einem anderen Ansatz. »Hatte sie genug von Ihren Misshandlungen? Hat sie gesagt, dass sie raus will? Hat sie damit gedroht, Sie zu verlassen?«

»Sie wollte nirgendwohin.«

»Wenn es nach Ihnen gegangen wäre, nicht.«

»Das musste ich ihr nicht groß erklären.«

»Nein, Sie mussten sie nur aufhalten.«

»Ich hab sie ganz bestimmt nicht erschossen«, sagte Cal.

»Sie besitzen doch eine Waffe, oder?«

»Ja. Na und? Das ist mein verfassungsmäßiges Recht.«

»Ist sie registriert?«

»Natürlich ist sie registriert. Ich bin ein gesetzestreuer Bürger.«

»Was für eine Waffe ist es?«

»Eine vierundvierziger Magnum.«

»Ziemlich großes Kaliber.«

»Groß genug, um jemandem den Kopf wegzupusten«, sagte Cal wie Clint Eastwood in *Dirty Harry* und sah John in die Augen. »Glauben Sie mir, Sheriff, wenn man Fiona mit einer 44.er erschossen hätte, wäre von ihrem Gesicht gar nichts mehr übrig.«

»Das klingt ziemlich kalt für einen Mann, der gerade seine Frau verloren hat.«

»Erwarten Sie Tränen?«

»Wo bewahren Sie Ihre Waffe auf, Cal?«

»In dem Nachttisch neben dem Bett.«

»Was dagegen, wenn wir uns das mal ansehen?«

»Bestimmt warten Sie doch schon auf den Durchsuchungsbefehl«, sagte Cal achselzuckend. »Sie wissen, dass wir hier nur unsere Zeit verschwenden. Sie wissen, dass Sie es mit einem Serienmörder zu tun haben.«

»Was macht Sie so sicher, dass es ein Serienmörder war?«

»Dafür braucht man nun weiß Gott kein Genie zu sein. Er hat schon zwei Frauen getötet. Vielleicht sogar noch mehr.«

John beugte sich vor, stemmte die Ellenbogen auf den Tisch und verschränkte die Finger. »Wie kommen Sie darauf, dass es noch mehr sind?«

»Ich sagte, *vielleicht* sogar noch mehr. Sie haben es mit einem Irren zu tun, Sheriff. Glauben Sie wirklich, dass er nach zwei Morden aufhören wird?«

»Wie kommen Sie darauf, dass es derselbe Mann war, der Liana Martin und Ihre Frau getötet hat?«

»Ach, ich weiß nicht. Zwei Frauen verschwinden und tauchen ein paar Tage später tot wieder auf, das halbe Gesicht weggepustet. Sie können mich für verrückt halten, aber für mich sieht das nicht nach einem Zufall aus.«

»Für mich auch nicht. Könnte sein, dass wir es mit einem Trittbrettfahrer zu tun haben.«

»Könnte sein.«

»Ich fand Trittbrettfahrer immer irgendwie jämmerlich«, versuchte John sein Gegenüber erneut zu provozieren. »Ich meine, es spricht doch für eine gewisse Fantasielosigkeit, finden Sie nicht?«

»Sparen Sie sich den Mist, Sheriff. Wir wissen beide, dass Sie glauben, ich hätte meine Frau umgebracht. Die eigentliche Frage ist also: Habe ich es so aussehen lassen, als wäre es die

Tat desselben Typen, der auch das Martin-Mädchen abgemurkst hat, oder habe ich Liana Martin ebenfalls getötet?«

»Und?«

»Weder noch, Sie Idiot.«

John spürte die Spannung, ballte die Fäuste und ahnte, dass Richard Stahl hinter der Scheibe das Gleiche tat.

»Scheiße, Mann, ich hab seit Fionas Verschwinden einen Höllenaufstand gemacht, um herauszufinden, was mit ihr geschehen ist«, fuhr Cal fort. »Ich bin sogar verhaftet worden, Herrgott noch mal. Ich müsste schon ziemlich blöd sein –«

»Oder ziemlich clever«, unterbrach John ihn.

»Sie trauen mir aber eine Menge zu, Sheriff. Wollen Sie sagen, ich hätte das Ganze nur inszeniert?«

»Möglich wäre es.«

»Also entweder ich habe zu wenig oder zu viel Fantasie«, sagte Cal lachend. »Sie sollten sich mal entscheiden.«

»Es wäre sehr viel leichter, wenn Sie mir einfach erzählen, was passiert ist.«

»Sie wollen, dass ich Ihren Job mache?«

»Ich will, dass Sie endlich die Wahrheit sagen.«

»Ja? Also, die Wahrheit ist, dass meine Frau tot ist. Die Wahrheit ist auch: Wenn Sie nicht so verdammt sicher gewesen wären, dass sie weggelaufen ist, und, wie ich es wollte, schon gestern mit einer Suche begonnen hätten, anstatt mich zu belästigen und ins Gefängnis zu werfen, hätten wir vielleicht eine Chance gehabt, sie zu finden, bevor sie, das Gesicht halb weggepustet, in diesem Feld gelandet ist. *Das* ist die Wahrheit, Sheriff. Und jetzt können Sie mich entweder verhaften oder nach Hause gehen lassen.«

John stand auf, drehte sich zu dem Einwegspiegel um und starrte in die Gesichter, die ihn, wie er wusste, auf der anderen Seite, beobachteten. Fragten sie sich dasselbe wie er? »Nehmen Sie ihn fest«, sagte er zu dem wachhabenden Beamten.

Sie fanden die Waffe in dem Nachttisch neben dem Bett, genau wie Cal gesagt hatte.

»Scheint in letzter Zeit nicht abgefeuert worden zu sein«, stellte Deputy Trent fest, nachdem er den Lauf an seine lange schiefe Nase gehalten hatte.

»Fiona Hamilton ist nicht mit einer 44.er erschossen worden«, sagte John und sah sich im Zimmer um. Und Liana Martin auch nicht, fügte er stumm hinzu und musterte die blassblauen Wände und das überraschend kleine Messingbett. Man hätte gedacht, dass ein Mann wie Cal Hamilton mehr Platz zum Ausstrecken brauchen würde. Die dunkelblaue Tätowierung an Fionas Knöchel – *Eigentum von Cal Hamilton* – trat ihm vor Augen.

Das Bett war ungemacht, die schmutzig weißen Laken am Fußende zusammengeknüllt, die blaue Überdecke lag achtlos auf dem Boden. In einem Punkt hatte Cal Recht: Eine 44.er hätte deutlich größeren Schaden angerichtet. »Sucht weiter. Wer sagt, dass wir nicht noch eine Waffe finden?«

Gegenüber dem Bett stand eine hohe Korbkommode, deren obere Schubladen mit buchstäblich Dutzenden von Push-up-BHs, Tangas, Slip ouverts, Seiden-Teddys und Samtkorsetts sowie einer Auswahl von Sexspielzeugen vollgestopft waren. John nahm einen Kugelschreiber zur Hand und erkannte zu spät, dass es sich um einen Mini-Vibrator handelte. Er ließ ihn zurück in die Schublade fallen, als hätte er sich verbrannt. Multi-Tasking, dachte er und zog die nächste Schublade auf, die nur schlichte weiße Slips und BHs enthielt. John überprüfte die Größe und stellte fest, dass sie der der Reizwäsche entsprach. Einen Satz für den Tag, einen für die Nacht, vermutete John und versuchte, sich nicht vorzustellen, wie Fiona Hamilton in der einen oder anderen Aufmachung ausgesehen hatte.

»Hey, gucken Sie sich das mal an«, sagte Deputy Trent und hielt ein Paar Handschellen hoch, bevor er sie in eine Plastiktüte steckte.

John öffnete die Kleiderschranktür, ging die Sachen auf den weißen Plastikbügeln durch und fand nichts von Interesse. Sie waren seit einer Stunde in dem Haus, und bis jetzt hatte ihre Suche noch nichts Substanzielles zutage gefördert. Ja, sie hatten eine Waffe gefunden, genau da, wo Cal gesagt hatte, aber es war beinahe sicher nicht die Mordwaffe. Und ja, sie hatten Handschellen und diverse Sexspielzeuge entdeckt, aber die konnte man alle bei Wal-Mart kaufen, wie er neulich bei einem Erkundungsausflug festgestellt hatte. Und auch wenn Fiona nicht wie der Typ gewirkt hatte, der auf vibrierende Kulis und Slip ouverts abfuhr, was wusste er schon?

»Hey John«, rief ein anderer Deputy aus dem Flur. »Ich glaube, wir haben vielleicht was.« Als der junge Mann in der Tür auftauchte, glühten seine Wangen vor Erregung, und seine dunkelbraunen Augen schimmerten erwartungsvoll.

»Was haben Sie denn?«

»Die haben wir ganz hinten in einer Küchenschublade gefunden. Sieht so aus, als hätte da jemand Trophäen gesammelt.« In seiner linken Hand baumelte ein Sammelarmband. »Es ist ein billiges Teil. Die Anhänger sehen aus wie Bonbons. Weiß nicht, ob das was zu bedeuten hat.«

John spürte ein Kribbeln am ganzen Körper. Candy Abbot, dachte er, während er seine nächste Frage herauswürgte. »Was habt ihr noch?«

Der Deputy hob die rechte Hand und präsentierte eine goldene Halskette in seiner behandschuhten Hand. »Aber ich weiß, dass *das* hier etwas zu bedeuten hat.«

John starrte auf die Kette, in deren Mitte ein Name aus goldenen Buchstaben zusammengefügt war: LIANA.

27

TOTENBUCH

Ich habe versucht, mir witzige Namen für Läden auszudenken.

Etwas, was die Leute anlocken, ihre Portemonnaies öffnen und damit die Wirtschaft ankurbeln würde. Zumindest würde es den Menschen ein Schmunzeln entlocken, ein Lachen, um ihren ansonsten trüben Tag aufzuhellen. Wie wenn man auf dem Weg zur Arbeit etwas sieht, das einen lächeln lässt, ein niedliches Hündchen oder einen Typ, der über eine Unebenheit im Bürgersteig stolpert, und man weiß, dass man, wenn man sich später daran erinnert, noch einmal lächeln muss, so etwas hatte ich im Sinn. Ein Lächeln auf das Gesicht der Menschen zaubern. Neulich war ich im Einkaufszentrum und habe mich umgesehen, und es gab nicht nur nichts, was mir ins Auge gefallen wäre, sondern mir wurde auch bewusst, dass sogar die Namen der Läden langweilig und fade klangen. Da habe ich mir gedacht, warum können wir nicht fantasievoller sein? Und intelligenter. Ich meine, wenn man zum Beispiel William Shakespeare nimmt. Er war ein großer Fan von Wortspielen. Ihm wäre bestimmt etwas Schlaues und Witziges eingefallen.

Man könnte zum Beispiel ein Nagelstudio *Hände gut, alles gut* nennen. Oder ein Dessousgeschäft *Die lustigen Leibchen von Windsor*; einen Discounter für Unterhaltungselektronik *Viel Lärm für nichts*, einen Biergarten *Maß für Maß*. Man könnte Big Macs in Big Macbeths umtaufen oder einen Laden für Anglerbedarf *Der Wurm* nennen. Das ist vielleicht ein bisschen weit hergeholt, aber die Idee dahinter ist klar.

Es muss nicht mal Shakespeare sein, solange es geistreich ist und der große Barde einverstanden wäre. In diesem Sinn schlage ich deshalb vor *Know Hau*, eine Schule für fernöstliche Kampfsportarten; *Special-T-Shops* für T-Shirts und als neuen Slogan für das Sozialamt: *Was ihr wollt*. Letzteres ist natürlich wieder Shakespeare. Schon witzig, wie am Ende alles auf den süßen William zurückkommt. Ich frage mich, was er mit *Der Widerspenstigen Zähmung* machen würde.

Oh, ich weiß, wie wär's mit *Kiss Me, Kate*?

Okay, Cal die ganze Sache in die Schuhe zu schieben, hat schon Spaß gemacht.

Was in gewisser Weise eine Entschädigung für das war, was vorher geschehen ist, denn das war nicht halb so spaßig wie erwartet, das könnt ihr mir glauben. Ist es nicht interessant, dass nie etwas genau nach Plan verläuft? Ich meine, man hat ein Bild im Kopf. Man glaubt, alles organisiert zu haben. Man glaubt, jedes kleinste Detail geplant zu haben. Man kann förmlich schmecken, wie alles ablaufen wird – es ist schließlich nicht so, als hätte ich das noch nie zuvor gemacht, man sollte meinen, dass ich mich langsam daran gewöhnt hätte. Aber das Leben schlägt immer einen Haken.

Vielleicht sollte ich besser sagen, der Tod schlägt immer einen Haken.

Wie dem auch sei, am besten fange ich vorne an, wie man so sagt. Man schon wieder sagt. Man sagt immer irgendetwas. Kann die Klappe nicht halten, was in gewisser Weise auch Fiona Hamiltons Problem war. Gott, wer hätte gedacht, dass so ein kleines Mädchen so viel zu sagen hatte? Sie wirkte immer so still und furchtsam. Aber nachdem sie erst mal den Mund aufgemacht hatte, wow! Als ob sie Jahre darauf gewartet hätte, ihre Geschichte zu erzählen und die Worte jetzt nicht schnell genug herausbringen konnte. Sie war überhaupt nicht zu bremsen. Nun ja, das stimmt nicht ganz.

Ich habe sie gebremst.

Aber eins nach dem anderen: Fiona Hamilton gehörte ursprünglich nicht zu meinem Plan. Ich hatte sie nicht mal auf dem Radar. Nicht das geringste Interesse an der Frau. Ich hatte meine Liste, und ganz ehrlich, sie stand garantiert nicht drauf.

Warum sagen die Leute »ganz ehrlich«? Sind nicht die Menschen, die »ganz ehrlich« sagen, diejenigen, denen man am besten gar nicht vertrauen sollte? Und warum sollte man überhaupt jemandem trauen? Heißt es nicht, dass man sich Vertrauen erst verdienen muss? Natürlich, aber man sagt auch Sachen wie »Vertrau deinem Instinkt« und »Gottvertrauen«. Ich weiß etwas Besseres: »Vertraue keinem.« Ganz ehrlich, das sollten Sie sich merken.

Hey, mir ist gerade aufgefallen, dass sowohl Liana als auch Fiona Namen mit fünf Buchstaben sind und beide auf -na enden. Und nicht nur das, beide Namen haben drei Silben – Fi-o-na, Li-a-na – und der zweite Buchstabe ist jeweils ein i. Wie gefällt Ihnen das? Ich will nicht behaupten, dass ich Fiona deshalb ausgewählt habe, muss jedoch gestehen, dass mir die Symmetrie gefällt, nachdem ich sie nun bemerkt habe. Nein, Fiona war das, was man, glaube ich, eine falsche Fährte nennt. Sie sollte alle auf die falsche Spur locken. Ja, die arme kleine Fiona Hamilton war eigentlich nur ein Mittel zum Zweck, eine Möglichkeit, Zeit zu gewinnen und sich dabei ein wenig zu amüsieren. Ich meine, wer war nicht der Meinung, dass Cal Hamilton längst eine kleine Strafe verdient hatte? Und ich dachte, es wäre nett, wenn sich alle in Torrance ein wenig entspannen können. Ich meine, wenn die Leute erst glauben, dass ein Mörder sicher hinter Gittern sitzt, werden sie in der Regel wieder lockerer und sorgloser. Sie sind so erleichtert, dass sie achtlos, ja regelrecht dumm werden. Und dumme Leute sind gute Opfer.

Hatte ich schon erwähnt, dass ich mein nächstes Opfer bereits ausgeguckt habe?

Aber zurück zu Fiona.

Fiona war wie erwartet keine große Stimmungskanone.

Und auch keine große Herausforderung. Ich war offen gestanden enttäuscht. Es war beinahe zu leicht. Sie war nicht das, was man eine Kämpferin nennt, nicht einmal, als es darum ging, um ihr Leben zu kämpfen. Vermutlich hatten die jahrelangen Misshandlungen sie zermürbt.

»Cal hat mich geschickt, um Sie abzuholen«, erklärte ich ihr. Sie wirkte nicht besonders überrascht, mich zu sehen. Sie stand einfach da mit ihrem leeren Gesichtsausdruck, als wüsste sie nicht genau, wer ich bin. Vielleicht hatte sie auch schon vor langer Zeit gelernt, nicht zu viele Fragen zu stellen. Ich weiß es nicht. Ich weiß nur, dass sie wenige Minuten nach meinem Eintreffen bewusstlos auf dem Küchenfußboden lag. Niemand hat mich gesehen. Das ist das Gute an Carports.

(Ich frage mich, wie lange es dauert, bis man im naturwissenschaftlichen Trakt der Torrance High bemerkt, dass der Chloroformvorrat dezimiert ist, wie man so sagt? Wahrscheinlich erst nächstes Jahr, wenn der Quatsch mit dem Frösche fangen und sezieren wieder losgeht, und bis dahin brauche ich keins mehr.)

Ich hatte jedenfalls alles für sie vorbereitet, als wir in dem Haus ankamen. Sie schlief natürlich noch, sodass das ganze Ausmaß meiner Anstrengungen an sie ein wenig verschwendet war, weswegen ich ihr allerdings keinen Vorwurf machen kann. Und ich muss sagen, dass sie bewusstlos ziemlich hübsch aussah. Ganz friedlich. Ihr Gesicht war glatt und faltenlos. Ihre Haare waren frisch gewaschen und dufteten wie ein Potpourri aus Pfirsichen und Aprikosen. Sie trug ein hauchdünnes blaues Nachthemd – ein Nachthemd am helllichten Tag, Herrgott noch mal –, und wenn man genau hinsah, konnte man ihre Brustwarzen erkennen. Ihre Brüste waren echt und größer, als ich gedacht hatte.

Ich legte sie auf die Pritsche und breitete sogar eine Decke über ihre Schulter, weil ich mich erinnere, gelesen zu haben, dass es immer klug ist, sich zuzudecken, wenn man ein Nickerchen macht, sonst fängt man sich eine üble Erkältung ein.

Und das ging nun gar nicht. Ich wollte doch nicht, dass die arme, süß duftende Fiona sich den Tod holt.

Also deckte ich sie zu und sorgte dafür, dass der Plastikeimer neben ihrer Pritsche sauber war. Ich habe sogar eine Rolle Toilettenpapier daneben liegen lassen, damit sein Verwendungszweck völlig klar war. Außerdem habe ich mehrere Flaschen Wasser – ebenfalls aus Plastik – ans Fußende der Pritsche gestellt, falls sie nach dem Aufwachen Durst haben sollte. Dann habe ich mich in meinen Raum im Erdgeschoss zurückgezogen und darauf gewartet, dass sie die Augen aufschlug. Junge, das war vielleicht eine Enttäuschung! Ich meine, sie zeigte überhaupt keine Reaktion. Null. Nichts. Nada. Es war absolut erstaunlich. Sie öffnete einfach die Augen und richtete sich auf, als ob sie ihr Leben lang in diesem Raum aufgewacht wäre. Sie hat sich nicht einmal umgesehen, sondern leicht vorgebeugt einfach auf dem Rand der Pritsche gesessen, ohne dass ihre Füße den Boden berührten, als ob sie am Ende eines Piers hocken und die Beine über den Rand baumeln lassen würde. Und dann nach zwanzig Minuten – zwanzig Minuten! – hob sie endlich den Blick und begann, ihre Umgebung zu betrachten. Ganz langsam, als ob sie alle Zeit der Welt hätte, wandte sie den Kopf in diese oder jene Richtung, blickte nach rechts und links, zur Decke und schließlich wieder auf ihre Füße. Sie registrierte den Eimer und die Wasserflaschen, ohne zu reagieren. Sie saß einfach da und machte sich mit ihrer Lage vertraut. Und was tat sie dann, anstatt aufzuspringen, zu schreien und im Kreis zu rennen wie die gefangene kleine Maus, die sie war? Sie legte sich hin und machte die Augen zu! Sie schlief tatsächlich wieder ein! Kann man das glauben?

Zunächst hielt ich es für eine Art Trick. Ich dachte, dass sie gerissener und schlauer war, als ich geahnt hatte. Ich meine, wer wacht an einem fremden Ort auf und gerät nicht in Panik oder steht zumindest auf, läuft herum, versucht, die Tür zu öffnen und ruft um Hilfe? Wer schließt einfach die Augen und nimmt sein Schicksal ergeben an? Ich sage Ihnen, wer – Fiona Hamilton.

Da hockte ich also auf meinem versteckten Beobachtungsposten, und ich kann Ihnen sagen, als ich merkte, dass sie tatsächlich wieder eingeschlafen war, hätte *ich* beinahe laut geschrien. Ich meine, wie lange sollte das dauern? Aber was konnte ich machen? Also saß ich einfach da und wartete darauf, dass sie wieder aufwachte. Nach einer Weile fing ich an, mir Sorgen zu machen. Hatte ich mich verschätzt und ihr zu viel Chloroform verpasst? War sie tot? Tot zur Unzeit?

Und dann nach weiteren dreißig Minuten – sage und schreibe, eine halbe Stunde! – öffnete sie ihre flatternden Lider und richtete sich wieder auf. Diesmal schaffte sie es sogar aufzustehen. Sie ging zur Tür – ich wurde offen gestanden ganz aufgeregt! –, und was dann? Sie stand bloß da. Sie versuchte nicht, sie zu öffnen. Sie starrte sie bloß eine Weile an und setzte sich dann wieder auf die Pritsche. Es war wirklich merkwürdig. Ich traute meinen Augen kaum. Es fällt mir bis heute schwer, es zu glauben.

Schließlich öffnete sie eine der Wasserflaschen, trank einen großen Schluck und benutzte den Eimer. Und das Toilettenpapier. Dann sah sie sich nach einem Behältnis um, in dem sie das Papier entsorgen konnte – Notiz an mich selbst: einen kleinen Plastikmülleimer kaufen –, bevor sie das Papier in die Ecke warf. Dann nahm sie wieder auf der Pritsche Platz und wartete. Wusste sie, worauf?

Wie sich herausstellte, meinte sie, auf ihren lieben Gatten zu warten. Sie dachte, das Ganze wäre sein Werk, unglaublich, aber wahr. Als ob Cal Hamilton die Fantasie für so etwas hätte. Das hat sie mir jedenfalls erzählt. Sie sagte, dass sie vermutete, etwas gemacht zu haben, was ihm missfallen hätte, und dies wäre seine neue Art der Bestrafung.

Aber ich eile meiner Geschichte voraus.

Als quälend offensichtlich wurde, dass sie nichts unternehmen würde, um das Spiel voranzubringen, nun, da wäre ich, wie ich gestehen muss, beinahe in Panik geraten. Ich habe einen ziemlich engen Zeitplan, und ich muss vorsichtig sein und darf keinen Verdacht erregen. In letzter Zeit habe ich das Schicksal schon mehrfach herausgefordert, bin Risiken eingegangen, die nicht unbedingt nötig gewesen wären, und ich wollte nicht überheblich werden. Ich wusste, selbst wenn Fiona alle Geduld der Welt hatte, ihr durchgeknallter Scheißkerl von einem Ehemann hatte sie nicht. Ich wusste, dass er in der Stadt herumsuchen würde, sobald er begriffen hatte, dass sie verschwunden war. Natürlich hatte ich nicht geahnt, dass er tatsächlich irgendwo reinmarschieren und auf jemanden losgehen würde. Das war eine Art Zugabe.

Ich beschloss also, dass ich ebenso gut nach Hause gehen und Fiona ein paar Stunden Zeit lassen konnte, hungrig und hoffentlich auch verzweifelt zu werden. *Ich* für meinen Teil hatte jedenfalls einen Bärenhunger. Und außerdem auch noch andere Sachen zu erledigen. Also fuhr ich weg und kam später zurück. Und Überraschung! Fiona schlief. Das war wirklich nicht zu überbieten. Diese Frau fing an, mir echt unheimlich zu werden. Ich meine, was war mit ihr los?

Ich musste also ganz offensichtlich von meinem ursprünglichen Plan abweichen. Es war zwecklos, einem Szenario zu folgen, das zum Scheitern verurteilt war. Also ließ ich den nächsten Teil aus – den Teil, in dem ich sonst wirklich glänze – und ging direkt zur letzten Phase über. Ich begab mich nach unten und schloss die Tür auf.

Und dann ging ich hinein.

Wenn sie mich hereinkommen hörte, ließ sie sich das nicht anmerken. Selbst als ich mich direkt neben ihre Füße auf die Pritsche gesetzt hatte, rührte sie sich nicht. Nein, sie lag bloß da und schlief. Ich sah ihr beim Atmen zu und fragte mich, ob sie träumte, und wenn ja, wovon.

Ich träume andauernd, obwohl manche Leute einem erzählen, dass sie nie träumen. Sie irren sich. Tatsache ist, dass jeder träumt, aber viele Menschen können sich nicht an ihre Träume erinnern. Das bedeutet aber nicht, dass sie keine haben. Studien haben eindeutig bewiesen, dass es Phasen des Tiefschlafs gibt, in denen wir praktisch bewusstlos sind, und Phasen, in denen unser Unterbewusstsein das Kommando übernimmt und in einer Reihe von Symbolen zu uns spricht, die wir häufig nicht verstehen und an die wir uns noch öfter nicht erinnern. Diese »Traumzeiten« heißen REM-Schlaf. Und nur weil wir uns nicht an diese Träume erinnern, heißt das nicht, dass sie nicht wichtig wären. Abgesehen davon, dass sie den tagsüber aufgebauten Stress lösen, versuchen unsere Träume auch, uns etwas zu sagen. Sie wollen uns helfen, Probleme zu klären. Deswegen haben manche Menschen immer wieder den gleichen Traum. Man nennt das wiederkehrende Träume, die Menschen haben, bis sie sich mit ihnen auseinandersetzen und ergründen, was sie bedeuten.

Wo wir gerade von Träumen sprechen, ich hatte neulich einen wirklich seltsamen Traum, der mich ziemlich aufgewühlt hat. Ich stand auf einer großen Bühne und sprach zu einem gefüllten Auditorium. Ich weiß nicht, worüber, aber was immer es war, es lief wirklich gut. Immer wieder wurde ich von spontanem, tosendem Beifall unterbrochen, und im Licht eines Scheinwerfers, der die Zuschauerreihen abschwenkte, konnte ich die lächelnden Gesichter im Publikum sehen. Doch dann schlug der Applaus unvermittelt in Gelächter um. Die Menschen zeigten mit den Fingern auf mich. Ich blickte an mir herab und sah, dass ich nackt war. Splitterfasernackt. Und die Leute bewarfen mich mit Bonbonpapieren und hart gekauten Kaugummis. Jugendliche hielten Handys hoch und machten Fotos von mir. Und sie hörten nicht auf, egal, was ich sagte. Es war eine totale Demütigung.

Dann bin ich aufgewacht. Bevor ich die Gelegenheit hatte, es wieder wettzumachen oder mich zu rächen. Mir gefällt der Gedanke, dass dafür das wirkliche Leben da ist. Für Erlösung und Rache. Und wenn man zwischen den beiden wählen muss, nehme ich Letztere. Rache macht viel mehr Spaß.

Jedenfalls versuchte ich, ein paar Leuten von meinem Traum zu erzählen, aber niemand interessierte sich dafür.

Nachdem ich also zehn Minuten neben Fiona gesessen hatte, wachte sie endlich auf, sah mich bloß an und sagte: »Hi.«

»Hi«, erwiderte ich und legte einen Arm um ihre Schulter.

Sie lehnte ihren Kopf an meinen, und so saßen wir etliche Minuten einfach da, bis ich zu befürchten begann, dass sie schon wieder eingeschlafen war. Ich fragte mich sogar, ob sie vielleicht an Narkolepsie litt, was bedeutet, dass Menschen mitten in dem, was sie gerade tun, plötzlich einschlafen, nicht weil sie müde sind, sondern weil irgendwas in ihrem Gehirn nicht richtig verkabelt ist. Ich meine, ganz ehrlich, irgendwas war da doch schwer gestört. Ich fragte sie, ob sie Hunger hätte, und sie schüttelte den Kopf. Ich fragte sie, ob sie Angst hätte, und sie sagte nein. Ich fragte sie, warum nicht, und sie fragte mich, wann Cal kommen würde. Ich sagte, er würde nicht kommen und hätte auch keine Ahnung, wo sie war. Daraufhin starrte sie mich dreißig Sekunden lang an. Man konnte förmlich sehen, wie der Groschen endlich fiel und sie begriff, was los war. Dann fragte sie mich, ob ich auch Liana Martin umgebracht hätte, was ich bejahte. Und was tat sie als Nächstes? Es war wirklich unglaublich. Sie lächelte und legte ihren Kopf wieder auf meine Schulter.

Nun, das war garantiert das Letzte, was ich erwartet hatte, und es hat mir einen ziemlichen Schrecken eingejagt. Ich meine, das ist doch, als würde man sich in einem vollen Supermarkt in der Schlange an der Kasse vordrängen und rufen: »Ich zuerst! Ich zuerst!«, nur dass die Kassiererin in diesem Fall der Todesengel ist.

»Hast du keine Angst?«, fragte ich sie.

Sie schüttelte den Kopf, sodass Strähnen ihres Haares meinen Mundwinkel streiften. Ich roch Aprikosen.

»Warum nicht?«

Sie schüttelte noch einmal den Kopf, als wollte sie sagen, sie wisse es nicht.

»Erzähl mir etwas von dir«, drängte ich sie, weil ich sie plötzlich besser kennen lernen wollte.

»Da gibt's nichts zu erzählen.«

»Bestimmt. Was ist mit deiner Familie? Deinen Eltern?«

»Die sind beide tot.«

»Wie das?«

»Krebs. Erst meine Mutter, ein paar Jahre später dann mein Vater.«

»Brüder und Schwestern?«

»Ein Bruder. Ich habe ihn seit fünf Jahren nicht gesehen.«

»Warum nicht?«

»Er wohnt in Fresno«, sagte sie, als ob das alles erklären würde.

Ich fand immer, dass Fresno ein alberner Name für eine Stadt ist, und sagte das auch. Sie kicherte und meinte, das fände sie auch.

»Kommst du ursprünglich aus Fresno?«, fragte ich.

Sie bestätigte es.

»Hast du dort auch Cal kennen gelernt?«

Wieder lautete die Antwort Ja.

Ich dachte, dass ich ihr jedes Detail aus der Nase ziehen müsste, aber sie verblüffte mich erneut, indem sie sich vor meinen Augen von einer praktisch Stummen in eine veritable Plaudertasche verwandelte.

»Kennen gelernt habe ich Cal vor sechs Jahren, als mein Vater krank war. Er hat als Pfleger in dem Krankenhaus gearbeitet. Ich fand, dass er echt gut aussah. Das hört sich jetzt bestimmt so an, als wäre ich schrecklich oberflächlich«, entschuldigte sie sich, als wäre sie die Einzige, die sich je wegen seines guten Aussehens in einen anderen Menschen verknallt hätte. »Ich habe ihn immer angestarrt, wenn er meinem Vater das Essen gebracht hat. Eines Tages hat er mich dabei erwischt und sich mit mir nach Feierabend verabredet. Wir haben angefangen, zusammen rumzuhängen. Nach dem Tod meines Vaters ist er bei mir und meinem Bruder eingezogen. Aber die beiden haben sich gestritten, und Randy hat verlangt, dass Cal auszieht. Also bin ich mit ihm gegangen. Wir sind in eine Souterrain-Wohnung gezogen, aber dann hat Cal sich mit dem Vermieter angelegt, und wir mussten da auch wieder ausziehen.«

»Hört sich so an, als würde sich Cal öfter mit Leuten anlegen«, vermutete ich.

»Er ist jähzornig. Er hat es gern, wenn alles auf eine bestimmte Weise gemacht wird. Und er mag keine Ausreden.«

»Wann seid ihr nach Florida gezogen?«

»Vor ein paar Jahren. Cal meinte, es wäre das Land der Möglichkeiten.«

»Und was hast *du* gesagt?«

Sie zuckte die Achseln. »Mir war es egal, wo wir wohnen.«

»Du hattest nichts dagegen, all deine Freunde zurückzulassen?«

»Ich hatte eigentlich gar keine Freunde«, sagte Fiona wehmütig. »Ich hatte ein paar Freundinnen bei der Arbeit – ich war Empfangsdame in einem Frisörsalon –, aber nachdem ich meinen Job aufgegeben habe, habe ich sie eigentlich nie mehr getroffen.«

»Warum hast du deinen Job aufgegeben?«

»Cal hat es nicht gern gesehen, dass ich arbeite. Mein Vater war genauso. Er hat meine Mutter auch nicht arbeiten lassen. Er meinte, ihr Job wäre es, sich um ihn zu kümmern.«

»Stimmt es, dass Cal dich geschlagen hat?«

»Nur wenn ich es verdient hatte«, sagte Fiona rasch.

»Und wann war das?«

»Wenn ich nicht zugehört habe, wenn ich etwas Falsches gemacht habe, wenn ich ihm das Leben schwer gemacht habe.«

»Und wie hast du ihm das Leben schwer gemacht?«

Sie wurde rot. »Na ja, also …«

»Beim Sex, meinst du?«

»Manchmal habe ich irgendwas nicht richtig gemacht. Manchmal hat er mir wehgetan, und ich habe geschrien. Das mochte er nicht. Er meinte, das würde die Stimmung verderben.«

»Was musstest du denn alles für ihn machen?«

»Manchmal hat er mich von hinten genommen«, antwortete sie mit monotoner Stimme, als ob sie eine Einkaufsliste vorlesen würde. »Oder er hat mich gefesselt und mich mit verschiedenen Sachen gepiekst. Manchmal hat er mich mit seinem Gürtel geschlagen. Manchmal hat er gebissen.«

Ich konnte meinen Ekel kaum verhehlen. »Er ist ein Tier.«

»Ich habe es verdient. Ich hätte mich mehr anstrengen müssen.«

»Was hättest du noch tun können?«

»Ich habe die Inspektion nicht immer bestanden.«

»Was?«

»Wir hatten jeden Tag eine Inspektion.«

»Das verstehe ich nicht.«

»Cal hat gesagt, dass er nur so sicher sein könnte.«

»Sicher?«

»Dass ich ihm nicht untreu war.«

»Wovon redest du? Was für eine Inspektion?«

»Ich musste mich nackt ausziehen und aufs Bett legen.« Tränen der Scham rollten über Fionas Wangen. »Dann hat er hinter meinen Ohren nachgesehen, in meinem Mund.« Sie atmete tief ein. »Zwischen meinen Beinen.«

Nun, ich muss zugeben, dass ich mich beinahe an Ort und Stelle übergeben hätte. Diese kranken Typen. Man fragt sich doch, was den Leuten noch alles einfällt. Oh, ich weiß, er wurde als Kind wahrscheinlich selbst missbraucht. So läuft das doch normalerweise, oder? Er tut nur das, was seine Natur ihm befiehlt. Trotzdem muss man Leute wie ihn aufhalten. Er ist eine Bedrohung, eine echte Gefahr für die Gesellschaft und der ganze Mist. Er hat es verdient, im Gefängnis zu verfaulen.

Ich möchte gern glauben, dass ich diesbezüglich meinen Beitrag geleistet habe.

Aber mein Ekel galt offen gestanden nicht nur Cal. Ebenso abgestoßen war ich von seiner Frau. Ich meine, sich so aufzugeben, derart perversen Forderungen nachzugeben, einfach still dazuliegen und sich inspizieren zu lassen wie ein Stück Fleisch! Sie hat mich angewidert. Und ich glaube, dieser Widerwillen muss in meinen Augen aufgeflackert sein, weil sie mich plötzlich traurig anlächelte und fragte: »Werde ich jetzt erschossen?« Dann fügte sie noch hinzu. »Schon gut. Keine Sorge.« Als ob sie mir die Erlaubnis geben würde, Herrgott noch mal. Als würde sie es verstehen. Als wäre sie einverstanden.

Was das Ganze irgendwie ad absurdum führt.

Wie dem auch sei. Apropos die Stimmung verderben. Ich hätte es mir beinahe anders überlegt. Aber was sollte ich machen? Ich konnte sie ja schlecht laufen lassen. Also habe ich sie erschossen, aber das einzige Vergnügen, das ich daran hatte, war die Vorfreude darauf, was Cal bevorstand. Ich hatte bereits ein paar Trophäen, die ich Candy und Liana abgenommen hatte, in seinem Haus deponiert, und wusste, dass es nur eine Frage der Zeit war, bis der Sheriff einen Durchsuchungsbefehl beantragen und sie finden würde. Anschließend entsorgte ich die Leiche.

Und nun sitzt Cal Hamilton in Bezirksgefängnis, angeklagt der Ermordung zweier Frauen und Hauptverdächtiger beim Verschwinden einer dritten. Natürlich beteuert er lautstark seine Unschuld und behauptet, nie etwas von einer Person namens Candy Abbot gehört zu haben. Irgendjemand wolle ihm den Mord an Liana Martin in die Schuhe schieben, und seine Frau habe er geliebt. Klar, dass alle Zeitungen die Geschichte bringen – ich habe sogar einen kurzen Bericht auf CNN gesehen –, obwohl niemand ihm glaubt. Man muss fast Mitleid haben mit dem Mann. Aber das hat natürlich niemand. Ich ganz bestimmt nicht.

Nein, ich bin ganz zufrieden damit, Cal Hamilton noch mindestens einen Monat im Knast schmoren zu lassen. Das gibt der Stadt Gelegenheit, zu Atem zu kommen und die Ketten der Angst abzustreifen, die sie in den vergangenen Wochen gefesselt haben. Außerdem hat es allem unsinnigen Gerede ein Ende bereitet, das FBI hinzuzuziehen. Nein, Sir, das ist jetzt nicht mehr notwendig. Ein kaltblütiger Mörder sitzt hinter Schloss und Riegel, und unser Sheriff ist ein Held.

Jedenfalls habe ich jetzt alle Zeit, die ich brauche, um meine nächsten Schritte sorgfältig zu planen. Das Schuljahr geht zu Ende. In etwa sechs Wochen ist offiziell Sommeranfang. In der Zwischenzeit gibt es vieles, worauf man sich freuen kann: wärmeres Wetter, die Ferien, die Freiheit. Das besondere Interesse gilt jedoch dem anstehen Musical-Spektakel der Torrance High. Das Ensemble ist voller eifriger, hoffnungsvoller Talente, und ich habe vor, meine nächste Hauptdarstellerin aus ihren jugendlichen Reihen zu rekrutieren. Genau genommen, hat sie die Rolle schon.

Kiss me, Kate!

28

Einen Monat später wartete Sandy zwischen einer nervösen Rita Hensen und einem schnarchenden Lenny Fromm in der dunklen Aula unruhig auf den Beginn der Aufführung. Direkt hinter ihr saß Avery Peterson, der alleine gekommen war, zwei Reihen hinter ihm Sandys Mann Ian, der dezidiert nicht alleine gekommen war. Praktisch an seiner Seite klebend und den Arm besitzergreifend untergehakt präsentierte sich Kerri Franklin in einem pinkfarbenen Overall und einer klobigen Kette mit bunten Perlen, die in dem Tal ihres tiefen Ausschnitts verschwanden. »Titten und Talmi«, hatte Rita erklärt, als Kerri mit ihrer von Kopf bis Fuß in Beerdigungsschwarz gekleideten Mutter triumphierend den Mittelgang hinunterstolziert war. Rose, die offensichtlich weniger begeistert war, hier sein zu müssen, hatte nicht aufgehört zu grummeln, bis sie ihren Platz eingenommen hatte. »Sie singt bloß im Chor«, hatte die Frau laut gemurrt. »Ich verstehe nicht, warum wir dafür extra diesen Aufwand betreiben mussten.«

»Wir sind nicht nur wegen Delilah hier«, erinnerte Kerri sie in einer Lautstärke, die mehrere Reihen weiter noch problemlos zu verstehen war. »Ians Tochter spielt die Hauptrolle, und wir dachten, es wäre eine nette Gelegenheit für dich, sie kennen zu lernen.«

Sandy fand, dass Kerri den Satz ein klein wenig zu genüsslich und mit einer unangemessenen Betonung auf dem *wir* vorgetragen hatte. Die Information war offenbar ebenso für sie wie für Rose bestimmt.

»Miststück«, flüsterte Rita, die den Auftritt offenbar ähnlich beurteilte wie Sandy. »Bitte sag mir, dass du endlich den Anwalt angerufen hast, den ich dir genannt habe.«

Sandy schüttelte den Kopf. »Ich bin irgendwie noch nicht dazugekommen«

»Was soll das heißen, du bist irgendwie noch nicht dazugekommen?«

»Ich wollte ihn anrufen.«

»Und warum hast du es dann nicht getan? Der Mann ist ein gedankenloses Arschloch.«

»Er ist kein ...« Sandy hielt inne, unfähig das Wort laut auszusprechen. Aber warum musste er heute Abend hier sein?

Ursprünglich hatte Ian Karten für die Premiere bestellt, weshalb Sandy es für klüger – und zweifelsohne auch sicherer – gehalten hatte, eine der beiden anderen Vorstellungen zu besuchen. Deshalb wurde beschlossen: Ian sollte am Donnerstag, Tim am Freitag und Sandy am Samstag gehen, sodass bei jeder Vorstellung ein Mitglied der Familie Megan die Daumen drücken würde, und alle wären glücklich.

Klar.

Es war eine dieser Ideen, die in der Theorie wunderbar klangen. Leider war es wie bei so vielen guten Ideen nicht wie geplant gelaufen. Eine Stunde, bevor sich am Donnerstagabend der Vorhang hob, hatte Rose Cruikshank über Brustschmerzen geklagt, sodass Ian und Kerri sie in ein Krankenhaus in Fort Lauderdale bringen mussten, wo sie untersucht und wieder entlassen worden war. Heute fühlte sie sich offensichtlich besser, obwohl sie wild entschlossen schien, allen anderen den Abend zu vermiesen.

»Wir hören zu Hause weiß Gott schon genug von dem grässlichen Gejaule«, nörgelte sie.

»Hör auf, Mutter«, tadelte Kerri sie lahm. »Delilah hat eine wunderschöne Stimme, und das weißt du auch.«

»Und warum singst sie dann immer nur im Chor? Warum spielt sie nicht eine der Hauptrollen?«

Diese von einem lauten Schnauben begleitete Frage blieb unbeantwortet, obwohl jedermann in Hörweite die richtige Erwiderung stumm parat hatte. Delilah war ganz einfach nicht der Stoff, aus dem man Hauptdarstellerinnen machte. Und das lag nicht nur an ihrem Umfang, dachte Sandy. Es war etwas anderes. Das Mädchen war viel zu zugänglich und harmlos. Wie ein zu groß geratener junger Hund wollte sie einfach zu sehr gefallen. Sie hätte die großartigste Singstimme der Welt haben können und wäre trotzdem nie der Star der Show. Im günstigsten Fall wäre sie sein übergewichtiger klugscheißender Sidekick. Es waren die Megans dieser Welt, die leicht reservierten, langbeinigen Schönheiten, deren hübsches Gesicht eine Tiefe andeutete, die vielleicht gar nicht vorhanden war, und deren Stimme nicht mehr als gefällig klang, die immer als Hauptdarstellerinnen brillieren würden. Auf der Bühne und im Leben.

Es war nicht gerecht, aber was war schon gerecht?

War es gerecht, dass ihr Mann sie für eine hohle Tittentussi verlassen und die aufgedonnerte falsche Blondine auch noch zur Theateraufführung der Schule mitgebracht hatte – der Schule, in der sie unterrichtete, sodass es überwiegend Kollegen und Schüler waren, die Zeugen ihrer Demütigung wurden? Warum hatte Ian für sein atemberaubendes Debüt mit Kerri Franklin ausgerechnet den Abend der letzten Aufführung ihrer Tochter wählen müssen? Alle wussten, dass sie ein Paar waren. Musste er es ihr unbedingt unter die Nase reiben?

»Sieh dich um und sag mir ehrlich«, forderte Rita sie auf, »willst du ihn wirklich wiederhaben?«

Sandy drehte sich um und ließ ihren Blick über die Reihen schweifen, als hielte sie nach jemandem Ausschau. Sie sah die McGoverns, die Perchaks, die Arlingtons und die Falcos. Sie entdeckte John Weber und seine Frau Pauline. Und sie sah Ian, der es sich drei Reihen hinter ihr bequem gemacht hatte, der Welt dämlichstes Grinsen in seinem attraktiven Gesicht, während Kerri sich zu ihm beugte und ihm etwas ins Ohr flüsterte. Sie sah ihn lachen und mit der Hand nach Kerris Knie greifen. Dann blickte er auf, fühlte sich von Sandy ertappt, winkte ihr mit der freien Hand zu und nickte.

Gütiger Gott, er hatte tatsächlich gewinkt. Als ob sie nicht mehr als eine flüchtige Bekannte oder Patientin wäre, der er außerhalb der Praxis begegnete. Er besaß nicht mal den Anstand, seine Hand von Kerris Knie zu nehmen. Er war wirklich ein … spezieller Fall, korrigierte Sandy sich stumm.

»Und?«, fragte Rita, als hätte sie ihre Gedanken gelesen.

Sandy schloss die Augen und sagte nichts, weil sie begriff, dass ihre Demütigung komplett war. Denn die Antwort auf Ritas Frage lautete Ja. Sie wollte ihn noch immer zurück.

»Fängt die Vorstellung auch irgendwann an?«, knurrte Rose plötzlich. »Was ist denn los?«

Sandy sah auf die Uhr. Es war fast zehn nach acht. Sie fragte sich, ob es ein Problem gegeben hatte, und erinnerte sich dann daran, dass Megan ihr erzählt hatte, dass Mr. Lipsman die Vorstellung gern ein paar Minuten zu spät beginnen ließ, weil das auf dem Broadway so üblich war. Megan hatte ihr auch erzählt, dass man ihren geschätzten Regisseur für die Dauer der gesamten Vorstellung auf dem Flur vor der Aula auf und ab laufen sehen konnte, wenn er nicht gerade auf der Toilette gegenüber war, um sich zu übergeben. Sandy war versucht, ihm Gesellschaft zu leisten.

Plötzlich erhob sich in den hinteren Reihen ein lautes Pfeifen. Sandy musste sich nicht umdrehen, um zu wissen, dass es Joey Balfour war.

»Ruhe, Balfour, sonst buchte ich dich ein«, bellte der Sheriff, und das Publikum brach in spontanen Beifall aus, der andauerte, bis John aufstand und die Ovation huldvoll entgegennahm, während seine Frau sich in seinem Ruhm sonnte. Schließlich war es *ihr* Mann, der die Ängste einer ganzen Gemeinde beruhigt hatte, indem er einen kaltblütigen Mörder hinter Gitter gebracht hatte.

Im Gegensatz zu *meinem* Mann, dachte Sandy, der dieselbe Gemeinde nur durch seine Affäre mit Silicon Sally erregt hatte.

»Super, Johnny-Boy«, sagte Lenny Fromm, der in diesem Moment aus seinem Nickerchen erwachte und aufsprang. Alle im Publikum folgten seinem Beispiel. Nur Rose Cruikshank und Ian Crosbie blieben auf ihren Plätzen sitzen.

Als am Ende der Vorstellung das Licht wieder anging, löste sich endlich der Knoten in Sandys Magen, und sie stand erleichtert auf. »Wow. Das war wirklich beeindruckend.«

»Es war wundervoll«, pflichtete Rita ihr bei. »Megan war einfach fantastisch.«

»Brian auch«, sagte Sandy und beobachtete aus den Augenwinkeln, wie Ian Rose Cruikshank auf die Füße half.

»Ja, er war ziemlich toll, was?«

»Sie können beide sehr stolz sein«, versicherte Lenny Fromm ihnen, bevor er in der Menge verschwand, um Glückwünsche entgegenzunehmen, nachdem er beinahe den kompletten zweiten Akt verschlafen hatte.

»Ich hatte solche Angst, dass er im letzten Moment aussteigt«, gestand Rita. »Oder dass er Lampenfieber kriegt und anfängt, sich zwanghafte Gedanken darüber zu machen, ob in der Aula genug Sauerstoff ist.«

»Es ist okay«, sagte Sandy. »Jetzt ist es vorbei.«

»Ja, es ist wirklich vorbei. Oh Gott, ich hatte solche Angst.«

»Angst?« Sandy war für Megan auch ein wenig nervös gewesen, aber *Angst*?

»Ich rede nicht von dem Musical.«

»Das verstehe ich nicht.«

Rita schüttelte den Kopf, als wollte sie sagen: Nicht hier. »Meinst du, wir könnten für einen Moment in mein Büro gehen, bevor wir die Kinder treffen?«

»Selbstverständlich. Irgendwas nicht in Ordnung?« Die beiden Frauen gingen den Mittelgang hinunter und drängten sich durch die Menge am Ausgang der Aula. Ian und Kerri führten Rose bereits in Richtung Garderobe. Bis Sandy zurückkam, würden sie Megan hoffentlich gratuliert haben und verschwunden sein. »Was ist los?«, fragte Sandy noch einmal, als Rita die Tür aufschloss und vor Sandy ihr kleines Büro betrat. Sie schaltete die Deckenbeleuchtung ein, schloss die Tür hinter sich ab und brach in Tränen aus.

»Was ist los, Rita?«

»Ich bin so dumm.«

»Du bist nicht dumm.«

Rita nahm ein Taschentuch aus einer Packung in der Nähe, schnäuzte sich die Nase und tupfte die verlaufene Mascara um ihre Augen ab. »Du hast bestimmt gemerkt, dass ich in letzter Zeit ein bisschen abweisend war.«

Sandy deutete mimisch vehementen Widerspruch an, aber Rita bedeutete ihr ebenso wortlos: So war es, und du weißt es.

»Na ja, vielleicht ein bisschen«, räumte Sandy ein. »Ich dachte, du wärst sauer wegen –«

»Ich war nicht sauer auf dich. Ich war wütend auf mich selbst.« Sie zögerte, legte die Hand vor den Mund und ließ sie wieder sinken, bevor sie leise sagte: »Ich dachte, er war's.« Die Worte schlugen ein wie Ziegelsteine.

»Du hast gedacht, dass wer was war?«

»Brian«, antwortete Rita so leise, dass ihre Stimme kaum mehr ein Flüstern war. »Ich dachte, er hätte etwas mit Fiona Hamiltons Verschwinden zu tun. Oh Gott. Ich habe solche Schuldgefühle. Ich habe tatsächlich geglaubt, mein Sohn könnte Liana Martin getötet haben.«

»Was?«, fragte Sandy entgeistert, obwohl es in Wahrheit Momente gegeben hatte, in denen sie das Gleiche gedacht hatte.

»Ich bin ein schrecklicher Mensch.«

»Nein, das bist du nicht.«

»Welche Mutter traut ihrem eigenen Sohn einen Mord zu?«

»Du hattest Grund zur Besorgnis«, beruhigte Sandy sie und erinnerte sich an Ritas panischen Anruf. »Er hat sich sehr seltsam benommen. Und du hast ihn dabei erwischt, wie er Blut aus seinem Hemd gewaschen hat.«

»Ja, ich weiß, dass ich allen Grund zur Besorgnis hatte. Aber selbst nachdem mir der Sheriff von Brians Schlägerei mit Joey Balfour erzählt hat, war ich immer noch nicht hundertprozentig überzeugt. Selbst nachdem sie die Sachen in Cals Haus gefunden und ihn wegen Mordes verhaftet haben, war da immer noch ein leiser Zweifel, der …«

»Es war eine schwierige Zeit für uns alle.«

»Seit Brians Vater gestorben ist«, setzte Rita an und unterbrach sich gleich wieder. »Seit sein Vater sich *umgebracht hat*«, stellte sie bitter fest, »und Brian ihn im Bad gefunden hat –«

»Rita …«

Die Tränen flossen jetzt in Strömen. »Der egoistische Arsch. Warum hat er sich keinen Baum in den Everglades gesucht, wenn er sich unbedingt aufhängen wollte? Musste es ausgerechnet unser Badezimmer sein? Musste er es dort tun, wo sein Sohn reinkommen und ihn finden würde?«

»Er hat nicht rational gehandelt und darüber nachgedacht.«

»Er hat überhaupt nicht nachgedacht, verdammt.«

»Er muss sehr verzweifelt gewesen sein.«

»Scheiß drauf!«, sagte Rita mit überraschender Heftigkeit. »Scheiß auf seine Verzweiflung! Was ist mit seinem Sohn? Seinem Sohn, der ins Bad kam und ihn dort mit heraushängender Zunge und einem ziemlich unschmeichelhaften bläulichen Teint hängen sah. Kein Wunder, dass der arme Junge sich Sorgen macht, ob es genug Sauerstoff gibt!« Sie sank in Sandys ausgebreitete Arme. »Er hätte heute Abend hier sein sollen. Er hätte für seinen Sohn da sein sollen.«

So standen sie in Ritas winzigem Büro, und die kleine Frau weinte bitterlich in den Armen ihrer Freundin, bis die Schluchzer nach einer Weile verebbten, Rita die Schultern straffte und Sandy lächelnd ansah. »Aber jetzt ist es okay. Der Albtraum ist endlich vorbei. Cal Hamilton sitzt im Gefängnis. Die Morde haben aufgehört. Und mein Sohn – mein wunderbarer verrückter Junge – war super heute Abend auf dieser Bühne.«

»Das war er auf jeden Fall.«

»Und wenn er völlig verdreht ist, zumindest ist er kein Mörder. Stimmt's?«

Sandy umarmte ihre Freundin erneut. »Von Teenagern erwartet man, dass sie völlig verdreht sind. Das ist einfach so.«

»Werden wir je wirklich erwachsen?«, fragte Rita, als sie zurück durch den Flur zur Aula gingen.

Sandy schüttelte den Kopf. »Keinen Schimmer.«

»Du warst fantastisch«, sprudelte Rita los, nachdem sie sich durch die lärmende Menge der Gratulanten in dem langen schmalen Korridor gedrängt hatte, um ihren Sohn in die Arme zu schließen. Brian ließ sich auch bereitwillig umarmen und küssen.

»Danke.«

»Ach, wie süß«, sagte Joey Balfour irgendwo in der Nähe.

»Du warst großartig, Brian«, bekräftigte Sandy und warf Joey einen warnenden Blick zu. »Herzlichen Glückwunsch.«

»Danke.« Brian wischte sich den Kuss seiner Mutter von der Wange und blickte zu Perry Falco, der in der gegenüberliegenden Ecke stand und ihn beobachtete. Brian zögerte, machte ihm dann aber ein Zeichen herüberzukommen: »Mom, ich möchte dir jemanden vorstellen.«

Sandy entschuldigte sich, um ihre Tochter zu suchen. Es wimmelte von stolzen Eltern und diversen anderen Gratulanten. Mitglieder des Ensembles, die meisten noch kostümiert und geschminkt, liefen zwischen den vier kleinen Garderoben auf dem Flur hin und her, nahmen das Lob entgegen und sonnten sich in ihrem Ruhm. Sandy sah sich nach Gordon Lipsman um, weil sie ihm zu seiner gelungenen Regiearbeit gratulieren wollte. Sie hatte ihn falsch beurteilt und unterschätzt. Er war vielleicht pedantisch und prätentiös, aber auch talentiert. Er hatte einen Klaps auf die Schulter verdient, vielleicht sogar eine Umarmung. Es war ihr egal, wie viele Bilder von ihnen im Internet landeten. »Hat irgendjemand Mr. Lipsman gesehen?«, fragte sie.

»Ich glaube, er ist nach Hause gegangen«, sagte Victor Drummond, der aus einer der Garderoben kam. »Er hat gesagt, er würde sich nicht so besonders fühlen.«

Ohne den weißen Puder im Gesicht erkannte Sandy Victor beinahe nicht wieder. Er sah so anders aus. Wie wir alle ohne unsere Masken, dachte sie. »Du warst toll«, erklärte sie ihm aufrichtig und war mit einem Mal ungeheuer stolz auf alle ihre Schüler.

Er nickte schüchtern. »Megan ist in der Garderobe am Ende des Flurs, zweite Tür links.«

»Danke.«

Der Flur war so voller Menschen, dass Sandy eine Minute brauchte, um zu der besagten Tür vorzudringen. Auf dem Weg wechselte sie Lobesworte mit John und Pauline Weber sowie den Eltern von Tanya McGovern und Ginger Perchak. Alle waren sich einig, dass ihr Nachwuchs fantastisch gewesen war. Alle bis auf Gregs Vater, der durch seine Abwesenheit auffiel. »Greg«, sagte Sandy, als sie in die mittlere Garderobe spähte, wo Greg alleine saß und sich abschminkte. Er sah sie im Spiegel an, als sie in der Tür stehen blieb. »Ich wollte dir bloß sagen, dass du heute Abend wirklich großartig warst. Du kannst sehr stolz auf dich sein.«

Er lächelte. »Tut mir leid, dass ich Ihre Tochter küssen musste«, sagte er mit einem spitzbübischen Lächeln. »Mr. Lipsman hat mich gezwungen.«

»Ja, ich hab genau gesehen, wie schwer es dir gefallen ist.«

Plötzlich stand Joey Balfour neben Sandy. »Du bist voll die Schwuchtel«, brüllte er seinen Freund an.

Sandy wollte widersprechen, ließ es dann aber sein. »Herzlichen Glückwunsch, Greg«, sagte sie stattdessen, drängte sich an Joey vorbei und ging weiter den Flur hinunter.

»Und wo steigt die Party?«, hörte sie Joey fragen, bekam Gregs Antwort jedoch nicht mehr mit.

Sandy ging weiter bis zur letzten Garderobe und fand sie ebenso voller Leute wie den Flur. Sie atmete tief ein und betete, dass Ian schon gegangen war. »Mom?«

Sandy drehte sich um. »Tim. Was machst du denn hier?«

Er wies mit dem Kopf auf Amber, die ihr Kostüm schon ausgezogen hatte und wieder Jeans und Pulli trug, sich jedoch noch nicht abgeschminkt hatte. Das Make-up sah aus, als würde es eine Tonne wiegen, dachte Sandy, während Tim verlegen von einem Fuß auf den anderen trat. »Amber hat mich zur Ensemble-Party eingeladen«, sagte er, den Kopf gesenkt, sodass die Worte etwa in Brusthöhe durch den Raum schwebten.

»Nun, das ist doch sehr nett von ihr«, sagte Sandy, bemüht, nicht allzu überrascht zu klingen. »Wo ist denn die Party?«

Tim zuckte die Achseln. »Bei irgendwem.«

»Gut«, erwiderte Sandy, wobei ihr leicht sarkastischer Unterton im allgemeinen Getöse unterging.

»Ich warte draußen auf dich«, erklärte Tim Amber, die lächelte und kokett mit den Fingern wedelte.

Gütiger Gott, dachte Sandy.

»Bis später, Mom.«

»Komm nicht zu spät, ja?« Sie rang mit sich, ob sie ihn bitten sollte, auf seine Schwester aufzupassen.

»Hi, Mom!«, rief Megan in diesem Moment und drängte sich durch die Menge zu Sandy vor.

Sandy schlang die Arme um ihre Tochter und drückte sie fest. »Megan! Du warst absolut fantastisch.«

»Vorsichtig. Sonst schmiere ich dich noch mit Make-up voll.«

»Na und. Ich bin so stolz auf dich.«

»Es war toll, nicht?«

»Das war es wirklich«, stimmte Sandy ihr zu. »Ich war völlig verblüfft. Ich meine, ich wusste, dass es gut werden würde, aber mir war nicht klar, dass es *so* gut werden würde.«

»War Greg nicht fantastisch?«

»Fantastisch«, bestätigte Sandy.

»Wirklich schade, dass sein Vater nicht kommen wollte, um sich das Stück anzusehen. Er ist so ein … ein Arschloch.«

»Ich habe gehört, es gibt noch eine Party für die Mitwirkenden.«

»Na ja, heute war die letzte Vorstellung und alles.«

»Wo findet sie denn statt?«

Megan zuckte die Schultern. »Bei irgendwem.«

»Super.«

»Du kannst aufhören, dir Sorgen zu machen, Mom. Cal Hamilton sitzt hinter Gittern.«

»Wegen Cal Hamilton mache ich mir auch keine Sorgen«, erwiderte Sandy spitz.

Megan wandte sich schmollend ab.

»Es ist bloß so leicht, sich in solchen Momenten zu verlieren«, fuhr Sandy leise fort.

»Ich geh schon nicht verloren«, sagte Megan.

»Versprochen?«

»Hey, Megan! Starker Auftritt heute Abend«, rief irgendjemand von der Tür.

»Danke.« Das Lächeln war in Megans Gesicht zurückgekehrt, als sie sich wieder zu ihrer Mutter umdrehte. »Ich bin ein großes Mädchen. Ich kann auf mich selbst aufpassen.«

Sandy nickte und streichelte die wunderschönen langen Haare ihrer Tochter. »Das weiß ich.«

»Mom?«, rief Megan, als Sandy sich schon abgewandt hatte. »Du siehst heute Abend wirklich hübsch aus.«

Sandy strich sich verlegen durchs Haar. Eine halbe Stunde lange hatte sie versucht, es mit Megans Haarglätter zu bändigen, aber sobald sie an die feuchte Luft getreten war, hatte sie gespürt, wie ihr Haar sich wieder kräuselte und ringelte. Und bei der letzten Umarmung von Greg und Megan auf der Bühne hatte sie den letzten Rest ihres neuen, pfirsichfarbenen Lippenstifts abgeknabbert. »Danke, Schätzchen.«

»Mom …«

Sandy wartete.

»Es wird bestimmt nicht spät.«

Lächelnd verließ Sandy Megans Garderobe und ging den Flur hinunter. Sie hatte zwei so wundervolle Kinder, dachte sie, eine kluge und talentierte Tochter und einen herzensguten und sensiblen Sohn, beide auf der Schwelle zum Erwachsensein und mit einer strahlenden Zukunft vor sich. Sie hatte allen Grund, stolz zu sein.

Eine vertraute Stimme riss sie aus ihren Träumereien. »Aber das ist nicht fair.« Delilah stürmte aus der Garderobe am Ende des Flurs. »Sagen Sie ihnen, dass das nicht fair ist, Mrs. Crosbie«, wiederholte sie, als sie Sandy eingeholt hatte.

Widerwillig blieb Sandy stehen und drehte sich um. »Was ist nicht fair?«, fragte sie Delilah, als Kerri Franklin in ihrem Blickfeld auftauchte und auf sie zukam.

»Meiner Großmutter geht es nicht so gut, deshalb soll ich sie nach Hause fahren und dafür sorgen, dass sie gut ins Bett kommt.«

»Delilah, das geht niemanden etwas an«, schimpfte Kerri, und im selben Moment tauchte auch Ian in der Tür der Garderobe auf.

»Ich gehe zu der Party«, beharrte Delilah trotzig.

»Du fährst deine Großmutter nach Hause.«

»Warum kannst *du* das nicht machen?«

»Weil Ian und ich etwas anderes vorhaben.« Den letzten Satz richtete Kerri direkt an Sandy. »Und jetzt Ende der Diskussion. Wenn du deine Großmutter nach Hause gebracht hast, kannst du auch zu der Party gehen.«

»Na toll.« Delilah rührte sich nicht vom Fleck.

»Je schneller du dich umziehst und deine Großmutter nach Hause bringst«, sagte Sandy vorsichtig, »desto schneller kommst du auf die Party.« Sie blickte auf und sah, dass Ian sie anlächelte.

»Du siehst toll aus«, formte er stumm mit den Lippen.

Bevor Sandy eine Chance hatte, das Kompliment zu verdauen, waren er und Kerri auch schon verschwunden.

29

»Ein paar von uns gehen noch ins Chester's, um auf den Abend anzustoßen«, sagte Rita, als sie zum Lehrerparkplatz gingen. »Hast du Lust?«

Sandy schüttelte den Kopf. »Ich glaube nicht.«

»Ach, komm schon.«

»Ich bin ein bisschen müde.«

»Nein, das bist du nicht. Du bist bloß aufgewühlt, weil Ian –«

»Nein, bin ich nicht«, unterbrach Sandy sie ungeduldig, während ihr Ians Kompliment von vorhin im Kopf herumging wie ein Ohrwurm. Was hatte das zu bedeuten gehabt? Hatte es *überhaupt* etwas zu bedeuten? »Hör mal, es tut mir leid, aber ich bin einfach nicht in der Stimmung, okay?«

Rita hob kapitulierend die Hände. »Okay. Gut. Du weißt ja, wo wir sind, wenn du es dir noch anders überlegst.«

»Viel Spaß«, sagte Sandy, als Rita in ihren Wagen stieg.

»Gute Nacht«, sagte irgendjemand, und Sandy wandte sich zu der Stimme um. Aber wer auch immer gesprochen hatte, war verschwunden. Als Rita auf die Straße bog, hupte sie noch einmal, und Sandy winkte.

»Du weißt, wo du uns findest«, rief Rita durch das offene Wagenfenster.

»Ich weiß, wo ich euch finde«, wiederholte Sandy leise, und ihre Worte hallten in der mit einem Mal stillen Abendluft wider. »Endlich allein«, sagte sie und ging zu ihrem Wagen. Wann ihr auffiel, dass ihr Wagen nicht der einzige auf dem

Parkplatz war, wusste sie nicht mehr so genau, aber sie erkannte sofort, wem der alte schwarze Mercury gehörte. Hatte Victor Drummond nicht gesagt, dass Mr. Lipsman schon weg war, weil er sich nicht wohl fühlte? Was machte sein Auto noch hier? »Gordon?«, rief sie und ging sich nach allen Seiten umblickend langsam auf den Wagen zu.

Keine Antwort. In der Ferne hörte sie quietschende Reifen und Gelächter. Sie hoffte, dass alle vorsichtig fahren und sich vernünftig benehmen würden, und schickte ein stummes Dankgebet zum mit Sternen gesprenkelten Himmel, dass Cal Hamilton hinter Gittern saß und der jüngste Albtraum von Torrance vorüber war. Eine Sorge weniger.

Wahrscheinlich hatte irgendjemand sich angeboten, Gordon nach Hause zu fahren, entschied sie, als sie seinen Wagen erreichte und durch die Scheibe spähte. Das wäre nur logisch, da er, wenn er sich nicht wohl gefühlt hatte, wohl kaum selbst hatte fahren können. Wirklich schade, dachte sie. Er hatte so hart gearbeitet, und nun konnte er sich nicht einmal für kurze Zeit in dem Applaus und der Bewunderung suhlen. Eigentlich hatte das jeder hin und wieder verdient, dachte sie.

»Sandy?«, flüsterte jemand so leise, dass Sandy sich nicht sicher war, ob die Stimme echt oder nur eingebildet war, bis sie sie erneut vernahm. »Sandy?«

Sandys Kopf schnellte herum. Das Geräusch schien aus einer Reihe knallroter Hibiskusbüsche am anderen Ende des Parkplatzes zu kommen. »Wer ist da?«, fragte Sandy und ging zögerlich in die Richtung.

»Hilfe«, flehte die Stimme, die ihr auf Wellen weicher Luft entgegenschwebte.

Sandy blickte sich auf dem mittlerweile verlassenen Parkplatz um. »Verdammt«, murmelte sie und überlegte ängstlich, ob sie umkehren und abhauen sollte. Dies war einer dieser Momente, wie man sie in Filmen sah, wenn die dumme Heldin irgendwo herumschnüffelt, wo sie nicht herumschnüffeln sollte, und das gesamte Publikum kreischt, dass sie es lassen soll, aber sie geht trotzdem und streckt ihren Hals gerade so weit vor, dass irgendein geistesgestörter Irrer mit Eishockeyhelm ihren Kopf mit einer Machete abschlagen kann. *Tu's nicht. Tu's nicht*, konnte sie das unsichtbare Publikum schreien hören, als sie zu den Büschen ging und die blutroten Blüten beiseiteschob.

»Sandy«, hörte sie die Stimme wieder rufen.

»Mr. Lipsman«, rief sie, als sie den Theaterlehrer sah, der rücklings auf dem Boden lag.

»Bitte helfen Sie mir.« Er versuchte, die Hände in ihre Richtung auszustrecken, wedelte jedoch lediglich hilflos mit den Armen und hätte sie um ein Haar ins Gesicht geschlagen.

»Um Gottes willen, Gordon, was machen Sie denn hier?« Sandy versuchte, ihn hochzuziehen, aber seine feuchten Hände entglitten ihr mehrfach, und er landete immer wieder auf dem Rücken. Schließlich fanden seine Füße Halt, und er taumelte schwankend nach vorn, die Hände zu beiden Seiten ausgestreckt, als balanciere er auf einem Seil, bis er sich gegen Sandy fallen ließ. Sie stemmte ihre Füße auf das Pflaster und schaffte es nur durch schiere Willenskraft, nicht umzufallen.

»Verzeihung«, sagte Gordon und versuchte, seine rot-gold gestreifte Krawatte zurechtzurücken.

»Alles in Ordnung mit Ihnen?«

»Ich fühle mich nicht besonders.« In dem Bemühen, das Gleichgewicht zu wahren, packte er eine Hand voll Hibiskus. »Da habe ich beschlossen, mich hinzulegen. Und dann konnte ich nicht wieder aufstehen.« Er rülpste.

Sofort erfüllte Whiskeygestank die Luft. »Sie sind betrunken!« Sandy wollte dem unangenehmen Geruch ausweichen, doch er hatte sie schon umhüllt.

»Sie klingen wie meine Mutter.«

»Gütiger Gott.« Sandy sah sich noch einmal auf dem leeren Parkplatz um und betete, dass noch irgendjemand zurückgeblieben war, obwohl sie wusste, dass alle längst weg waren.

»Vorsicht«, sagte sie, als Gordon unsicher in ihre Richtung stolperte und seine Hände wie Löwenklauen auf ihre Schultern legte.

»Haben Sie *Kate* gesehen?«, fragte er.

Erst mit einiger Verzögerung begriff Sandy, dass er das Musical und keine konkrete Person meinte. »Ja. Es war wundervoll.«

»Ich fand es umwerfend. Schlicht umwerfend«, erklärte er mit seinem pseudo-englischen Akzent.

Der Einzige, den es umgeworfen hat, bist du selber, dachte Sandy, sagte jedoch nichts. »Meinen Sie, Sie schaffen es, sich aufrecht zu halten?«, fragte sie stattdessen, weil sie seine Hand von ihrer Schulter loswerden wollte, bevor sein Gewicht sie in die Knie zwang.

»Oh ja. Selbstredend.« Er nahm seine Hand weg, und sein Körper schwankte hin und her wie das Pendel eines Metronoms. »Ihre Tochter war eine Offenbarung.«

»Ja, sie war wundervoll.«

»Nicht wundervoll«, verbesserte Gordon sie. »Eine Offenbarung.«

»Eine Offenbarung, ja.« Sandy drehte sich hilflos zu der verlassenen Straße um. »Was sollen wir bloß mit Ihnen machen, Gordon?« Warum geriet sie immer in solchen Schlamassel? Warum war sie nicht einfach mit Rita und den anderen ins Chester's gefahren? Warum musste sie für den betrunkenen Theaterlehrer auf dem Parkplatz verantwortlich sein?

»Es war nicht leicht«, erklärte Gordon. »Die Kinder sind talentiert, aber faul. Sie wollen nicht die Ärmel hochkrempeln. Sie wollen bloß Stars sein. Jeder will ein Star sein.«

»Wie kriegen wir Sie nur nach Hause?«

Gordon wirkte leicht perplex. Zumindest glaubte Sandy das, denn er schielte so heftig, dass man nicht ganz sicher sein konnte. »Mein Wagen steht dort«, sagte er, zeigte in die grobe Richtung und wäre beinahe wieder umgefallen.

»Ja, klar. Als ob Sie in Ihrem Zustand noch fahren könnten.

Kommen Sie.« Sie fasste seinen Ellenbogen und führte ihn wie einen Blinden. »Ich nehme an, ich werde Sie wohl nach Hause bringen müssen.«

»Wirklich? Das ist schrecklich freundlich von Ihnen.«

Habe ich eine Wahl?, fragte Sandy sich, als sie ihn vorsichtig zu ihrem Wagen geleitete und auf den Beifahrersitz platzierte.

»Um ganz ehrlich zu sein, fühle ich mich nicht besonders«, sagte er, als würde er ihr ein tiefes, dunkles Geheimnis anvertrauen.

»Wenn Sie sich übergeben müssen, sagen Sie Bescheid.«

»Das will ich doch nicht hoffen. Meine Mutter wäre außer sich.« Er lachte ein spitzes, mädchenhaftes Lachen, mit dem er unsichtbare Whiskeytropfen in die Luft spuckte. »Aber meine Mutter ist natürlich tot.« Er lachte wieder.

Oh Gott, dachte Sandy, setzte sich hinters Steuer und ließ den Wagen an. »Wenn Sie glauben, dass Sie sich übergeben müssen, versuchen Sie einfach, mir vorher Bescheid zu sagen, damit ich anhalten kann.«

»Meine Mutter hat immer gesagt, ich soll tief durchatmen.«

»Das ist eine sehr gute Idee.«

»Sie hat mir auch gesagt, dass man immer die Füße abputzen und auf seine Manieren achten soll.«

»Man sollte sich immer die Füße abputzen und auf seine Manieren achten«, stimmte Sandy ihm zu, fuhr mit ihrem weißen Camry von dem Parkplatz und versuchte, sich an den Weg zu Gordon Lipsmans Haus zu erinnern.

Biegen Sie an der Ecke rechts ab. Und dann immer geradeaus bis zum Citrus Grove, hörte sie Delilahs Anweisungen.

»Und, wie geht's?«, fragte sie nach eine Minute, als sie sah, wie Gordons Kopf zur Seite sackte.

»Ich atme tief durch«, sagte er, obwohl das nicht stimmte.

Sandy betete, dass er sich nicht in ihrem Wagen übergeben würde, und bog an der Ecke rechts ab. Sie erreichten den

Citrus Grove ohne weiteren Zwischenfall, und sie hielt sich weiterhin rechts. Wenn sie nicht alles täuschte, mussten sie nach etwa einer halben Meile links abbiegen.

»Wohin fahren wir?«, fragte Gordon plötzlich, richtete sich auf und blickte sich um, obwohl man in der Dunkelheit nicht viel erkennen konnte.

»Ich bringe Sie nach Hause«, erinnerte Sandy ihn.

»Sie könnten mich zu *sich* nach Hause bringen«, schlug er ihr mit einem Lächeln vor, das er wohl für gewinnend hielt, sie hingegen vor allem für unangenehm.

»Nein, das könnte ich nicht.«

»Warum nicht? Mögen Sie mich nicht, Sandy?«

Sandy entschied, dass sie dieses Gespräch am besten gar nicht erst anfing. »Bin ich hier richtig, Gordon?« Was Sie als Letztes wollte – neben anzüglichem Geplauder mit einem Mann, den sie grenzwertig abstoßend fand –, war eine weitere Irrfahrt durch die Umgebung von Torrance. Sie dachte daran, wie sie mit Delilah hier entlanggefahren war, und schauderte bei der Erinnerung an die grausame Entdeckung am Straßenrand.

»Ist Ihnen kalt?«, fragte Gordon.

»Was? Nein, alles bestens. Bin ich hier richtig?«

»Ich weiß nicht. Es kommt mir irgendwie nicht bekannt vor.«

»Konzentrieren Sie sich, Gordon.«

»Ich konzentriere mich ja.« Er richtete seine heftig schielenden Augen auf ihr rechtes Profil. »Sie sind eine sehr schöne Frau, wissen Sie das?«

»Hier links, richtig?«

»Links. Rechts. Was?«

»Mein Gott, Gordon, Sie müssen schon aufpassen. Soll ich hier jetzt links abbiegen. Ist das der richtige Weg?«

»Ja.«

»Okay. Gut.«

»Obwohl es kürzer ist, wenn Sie rechts abbiegen.«

»Was?«

»Eine Abkürzung.«

»Wirklich? Sind Sie sicher?«

»Natürlich bin ich sicher.«

Sandy staunte darüber, wie beleidigt er klingen konnte. »Okay. Dann können Sie mir ruhig die entsprechenden Anweisungen geben.«

»Ja, meine Liebe«, erwiderte er mit einem dümmlichen Grinsen. »Das ist mein Beruf. Ich gebe Anweisungen. Regieanweisungen.« Zum dritten Mal an diesem Abend stimmte er sein schrilles Kichern an. »Ich habe übrigens überlegt, ob ich im nächsten Jahr *Rent* inszenieren soll. Was meinen Sie?«

»Klingt sehr ambitioniert«, sagte sie abgelenkt, weil sie sich ganz auf die unbekannte Straße vor sich konzentrierte.

»Ein paar Ambitionen können nicht schaden«, erklärte ihr Gordon mit eiskalter Stimme.

»Nein, natürlich nicht.« Wohin fuhren sie? Sie hätte sich an den Weg halten sollen, an den sie sich erinnerte. Was, wenn er sie in die falsche Richtung geführt hatte und sie die halbe Nacht im Kreis herumfuhren? Warum hatte sie überhaupt angeboten, ihn nach Hause zu bringen? Warum hatte sie ihm nicht vorgeschlagen, seinen Rausch in seinem Wagen auszuschlafen? Warum gab es in Torrance keine Taxis, und warum gab es hier draußen keine Straßenbeleuchtung mehr? Was, wenn sie eine Panne oder einen platten Reifen hatte? Warum besaß sie kein Handy, mit dem sie im Notfall Hilfe rufen konnte? Was war mit ihr los?

»Haben Sie es gesehen?«

»Was?« Hatte sie den Abzweig zur Admiral Road verpasst?

»*Rent.*«

»Oh. Ja, ja, habe ich.«

»Am Broadway?«

»Ja.«

»In der Original-Besetzung?«

»Ich glaube schon. Ja.«

»Ich habe das Album mit der Original-Besetzung.«

»Das ist gut.«

»Natürlich nicht das Gleiche wie das Musical tatsächlich live zu sehen.«

»Vermutlich nicht.«

»Ich wollte es sehen«, sagte Gordon wehmütig. »Aber meine Mutter hat sich geweigert, die weite Reise zu machen, um eine bastardisierte Fassung von *La Bohème* zu sehen. So hat sie es genannt. Eine bastardisierte Fassung.« Er schüttelte den Kopf. »Oh, das hätte ich wohl lieber nicht gemacht.«

»Tief durchatmen«, erinnerte Sandy ihn.

»Ja, Mutter.«

»Und ich fahre immer weiter geradeaus?«

»Immer weiter auf dem schmalen Pfad der Tugend.«

»Gordon …«

»Außerdem konnten wir die Katzen nicht alleinelassen.«

»Was?«

»Es war schwierig, wegzufahren und die ganzen Katzen alleinezulassen.«

»Sie hätten ohne sie fahren können«, schlug Sandy vor und wünschte sich sofort, sie hätte es nicht getan. Wollte sie diese Unterhaltung wirklich führen?

»Oh nein. Das hätte ich nie tun können.«

»Sie waren ein guter Sohn.«

»Nun, was blieb mir anderes übrig? Sie hatte sonst niemanden, der sich um sie hätte kümmern können.«

»Keine anderen Verwandten?« Sandy erinnerte sich an die Fotos in Gordons Haus mit den beiden hübschen Mädchen, die so fröhlich miteinander wirkten.

»Sie hatte eine Schwester, aber die ist schon vor langer Zeit gestorben. Ein Autounfall. Wie schnell fahren Sie übrigens?«

Sandy merkte, dass sie schneller als erlaubt fuhr, und bremste ab. »Und Sie?«, fragte sie Gordon. »Keine Geschwister?«

»Nein. Ich bin ein Einzelkind. Einzigartig«, sagte er mit einem weiteren unheimlichen Lächeln.

»In der Tat.«

»Und Sie?«

»Ich habe einen Bruder in Kalifornien.«

»Ist er beim Film?«

Sandy lachte unwillkürlich. »Nein, er arbeitet für eine große Dot.Com-Firma.«

»Wirklich? Und trotzdem hat seine Schwester kein Handy. Wie überaus eigenartig.«

Sandy verspürte ein leises Unbehagen. »Woher wissen Sie, dass ich kein Handy habe?«

»Oh, ich weiß eine Menge über Sie, Mrs. Crosbie.«

»Zum Beispiel?«

»Ich weiß, dass Sie sehr schön sind.«

Sandy stöhnte vernehmlich. »Woher wissen Sie, dass ich kein Handy habe?«

»Ich weiß, dass Ihr Mann Sie wegen Delilahs Mutter verlassen hat.«

»Woher wissen Sie, dass ich kein Handy habe?«

»Ich weiß, dass Sie immer noch nicht die Scheidung eingereicht haben. An der nächsten Ecke rechts«, wies er sie an, bevor er im selben Atemzug hinzufügte: »Ich weiß, dass Sie einsam sind.«

»Woher wissen Sie, dass ich kein Handy habe?«

Er lachte. »Pardon, könnten Sie die Frage bitte wiederholen?«

»Gordon...«

»Ja, ja, ja. Woher weiß ich, dass Sie kein Handy haben?« Er machte eine theatralische Pause. »Ich glaube, Delilah hat es en passant erwähnt, als sie ausführlich von Ihrem gemeinsamen Fund von Mrs. Hamiltons Leiche erzählt hat, an dem Nachmittag, als ich sie losgeschickt habe, meine Noten zu holen. Die das ungeschickte Mädchen übrigens total ruiniert hat. Hier rechts.«

»Sicher?«

»Ziemlich«, erklärte er ihr und klang auf einmal sehr nüchtern und kontrolliert.

En passant, wiederholte Sandy stumm und bog rechts ab. Konnte man noch prätentiöser sein? Und konnte es sein, dass die Straße, auf der sie fuhren, noch öder war, als die, von der sie eben abgebogen waren? Nicht einmal Orangenbäume standen noch hier, dachte sie, als am Ende eines Felds ein altes verlassenes Bauernhaus in Sicht kam. Sie konnte sich nicht erinnern, es je vorher gesehen zu haben, und hätte es auch diesmal nicht bemerkt, wenn über dem verfallenen Dach nicht ein heller Sternenkranz gestrahlt hätte. »Was ist das für ein Haus?«, fragte sie und blickte an Gordon vorbei.

Es geschah so schnell, dass sie es nicht kommen sah. In der einen Sekunde guckte sie noch aus dem Seitenfenster, in der nächsten starrte sie in sein lüsternes Gesicht mit den schielenden Augen und der Knollennase, während Gordon seine weichen Lippen auf ihre presste. Ihr Hinterkopf schlug gegen das Seitenfenster, sie verlor die Kontrolle über das Fahrzeug, das nach links ausscherte. Sandy trat instinktiv auf die Bremse, und der Wagen kam nach einem Halbkreis schließlich schlingernd am Straßenrand zu stehen. »Was zum Teufel erlauben Sie sich?«, schrie sie, schlug gegen Gordons Arme und versuchte, sich seinen riesigen Lippen zu entziehen.

»Autsch!«, jaulte er und stieß ihre Hände weg, während er mit den Lippen weiter an ihr klebte.

»Gordon, Herrgott noch mal, lassen Sie mich.«

»Es ist okay.«

»Es ist nicht okay. Sind Sie verrückt?« Es gelang ihr schließlich, ihn auf Armeslänge von sich zu schieben, und er ließ sich schwer atmend gegen das Beifahrerfenster fallen. Er atmete mehrmals tief durch, und einen Moment lang fürchtete Sandy, dass er sich auf ihr Kleid übergeben könnte.

Stattdessen rief er: »Kiss Me, Kate«, und stürzte sich wieder auf sie.

Es hätte beinahe komisch sein können, wenn es nicht so ekelerregend gewesen wäre. »Oh, um Himmels willen«, stotterte Sandy, während sie sich ganz darauf konzentrierte, seinen egelhaften Lippen auszuweichen. »Hören Sie auf. Hören Sie sofort auf.« Als er immer noch weitermachte, schlug sie ihm mit der flachen Hand ins Gesicht. Das bremste ihn.

»Was soll das?«, fragte er und versuchte, seinen Blick auf irgendetwas zu konzentrieren.

»Das müssen Sie mir sagen.«

»Woher soll ich das wissen?«, fragte er wütend. »Erst erzählen Sie mir, wie einsam Sie sind –«

»Ich habe nie gesagt, dass ich einsam bin. *Sie* haben gesagt, ich wäre einsam.«

»Sie sprechen mit mir über Ihre Scheidung, Ihre Familie –«

»Ich habe nichts dergleichen getan.«

»Haben Sie mir nicht erzählt, dass Ihr Bruder in Kalifornien lebt?«

»Das war Smalltalk, Herrgott noch mal.«

»Sie haben angeboten, mich nach Hause zu fahren.«

»Weil ich nett sein wollte.«

»Weil Sie Interesse haben.«

»Ich habe kein Interesse an Ihnen, Sie Idiot!«

»Ich habe gesehen, wie Sie mich angucken.«

»*Was*?« Verlor sie langsam den Verstand? »Wovon reden Sie?«

»Sie senden widersprüchliche Botschaften aus.«

»Ich sende widersprüchliche Botschaften aus?«

»Sie drücken sich nicht klar aus.«

Sandy versuchte, irgendeinen Sinn hinter seinem Gebrabbel zu erkennen. War es möglich, dass sie ihm in irgendeiner Weise falsche Hoffnungen gemacht hatte. War ihr Verhalten derart fehl zu deuten gewesen? Versuchte sie wirklich, mit einem Mann vernünftig zu reden, der wenige Minuten zuvor noch in einem Hibiskus gelegen hatte? »Okay, hören Sie zu. Wenn das, was Sie sagen, stimmt –«

»Es stimmt bestimmt.«

»Wenn ich bei Ihnen irgendwelche falschen Hoffnungen geweckt habe, tut es mir leid.« Entschuldigte sie sich tatsächlich bei dem Mann, so wie sie sich vor einem Monat bei Will Baker entschuldigt hatte? Und auch wenn sie sich im Fall von Will Bakers Unverschämtheiten zumindest eine Mitschuld hatte einreden lassen, galt das auch für Gordon Lipsman? Hatte sie sich wirklich nicht klar ausgedrückt?

»Können wir jetzt weiter?«, fragte Gordon.

Sandy ließ wortlos den Motor an und steuerte den Wagen zurück auf die Straße.

»An der nächsten Kreuzung links«, wies Gordon sie eisig an.

Sandy blinkte, obwohl kein anderes Fahrzeug in Sicht war. Im Rückspiegel sah sie das alte Bauernhaus mit dem eingefallenen Dach in der Nacht verschwinden.

30

»Hey, Leute, Joey ist hier«, brüllte Joey Balfour über die laute Musik hinweg, die aus dem neuen Surround-Speaker-System dröhnte. Einen Kasten Bier über seinen Kopf schwenkend stand er in der Haustür. »Jetzt kann die Party offiziell anfangen.«

Megan lauschte dem andauernden Beifall, der Joeys Ankunft neben Johlen und Pfiffen sowie vereinzeltem Stöhnen und schüchternen Buhrufen begleitete. Irgendjemand rief: »Die Gegend kommt auch immer mehr runter!« Ein anderer murmelte: »Arschloch.«

Die Party fand in Lonny Reynolds' Haus statt, der in *Kiss Me, Kate* zwar nur eine Nebenrolle hatte, aber dafür besaßen seine Eltern ein großes Haus und waren, was noch besser war, übers Wochenende nicht daheim. Für die Feier waren sämtliche Mobel aus dem Wohnzimmer geräumt worden, und man hatte Lonny versichert, dass das gesamte Ensemble von *Kiss Me, Kate* ihm am Sonntag helfen würde, alles wieder an seinen Platz zu rücken, sodass seine Eltern nichts merken würden.

»Aus dem Weg, ihr Schwuchteln«, befahl Joey lachend, als er sich ruppig mit dem Kasten einen Weg durch eine Gruppe von Feiernden bahnte, die in der Mitte des Raumes tanzten. Er drängte sich an ein paar Jungs vorbei, die angeregt über ein Basketballspiel diskutierten, das sie am Abend im Fernsehen verpasst hatten, und zwinkerte Greg auf dem Weg in die Küche wissend zu.

Das Zwinkern gab Megan ein unbehagliches Gefühl, weil es von Geheimnissen und verborgenen Plänen sprach. Sie blickte zu Greg hoch, der eine Hand lässig um ihre Schulter gelegt hatte. In der anderen hielt er eine fast leere Flasche Bier. Es war schon sein viertes Bier, obwohl sie noch nicht einmal eine Stunde hier waren. Sie wusste, dass er bereits mehr als ein bisschen angeduselt war, weil sein Arm auf ihrer Schulter immer schwerer wurde. »Was hatte denn das zu bedeuten?«

»Was meinst du?«

»Das Zwinkern.«

Greg lachte. »Welches Zwinkern?«

»Joey hat dich doch gerade angezwinkert.«

Greg schüttelte den Kopf und trank einen Schluck Bier. »Ich hab kein Zwinkern bemerkt.«

Megan hätte ihn beinahe gefragt, wie er es übersehen konnte, dass jemand ihn offen anzwinkerte, ließ es jedoch, weil es klang wie etwas, das ihre Mutter zu ihrem Vater hätte sagen können. Stattdessen sagte sie: »Ich wünschte, er würde so was nicht sagen.«

»Du wünschtest, dass wer was nicht sagen würde?«

»Joey. Er nennt jeden Schwuchtel.«

Greg tat Megans Bedenken ab und winkte nur mit der Hand, in der er die Flasche hielt. Eine schmale Bierfontäne spritzte aus dem Hals und hinterließ mehrere münzengroße Flecken in gefährlicher Nähe von Megans neuen braunen Wildlederstiefeln. »Er flachst bloß rum. Das hat nichts zu bedeuten.«

»Warum sagt er es dann?«

Statt zu antworten, beugte Greg sich vor und küsste sie. Sobald er ihre Lippen berührte, verflog Megans Ärger. Sie schmeckte das Bier auf seiner Zunge und fragte sich, ob man auf diese Weise auch betrunken werden konnte. Beim Passivrauchen war es ja so ähnlich. Es konnte einen sogar umbringen, wie sie sich erinnerte, als er sie wieder küsste, diesmal länger und intensiver als beim ersten Mal.

»Die Schlafzimmer sind oben«, sagte Victor Drummond, der im Vorbeigehen eine Marihuana-Schwade hinter sich herzog.

Megan löste sich eilig aus der Umarmung, senkte den Kopf und starrte auf den Marmorfußboden

Greg lachte. »Was ist jetzt wieder los?«

Das *Jetzt* hing in der Luft wie ein leiser Tadel. »Nichts.«

»Hat dir schon mal irgendjemand gesagt, dass du dir viel zu viele Gedanken darüber machst, was die anderen sagen?«

Die Frage bohrte sich in ihre Seele wie ein heftiger Stoß in die Rippen. »Ich mach mir keine Gedanken darüber, was die anderen sagen«, protestierte sie und sah sich verstohlen um, um sich zu vergewissern, dass niemand ihr Gespräch belauschte.

»Nicht?«

»Nein.«

»Wirklich nicht? Dann komm mit mir nach oben.« Er trat einen Schritt zurück, stellte die leere Bierflasche auf einen Tisch in der Nähe und streckte einen Arm aus. Sofort drückte Joey Balfour ihm eine volle Flasche in die Hand.

»Glaub mir. Kalt ist es sogar besser als Sex«, sagte er.

»Nur wenn du es dir selber machst, du Schwuchtel.« Greg lachte. »Ach, komm schon«, sagte er, als sich Megans Miene verfinsterte. Er trank einen großen Schluck von seinem neuen Bier und hielt ihr die Flasche hin. »Komm, nimm einen Schluck. Vielleicht wirst du dann ein bisschen lockerer.«

»Nein danke. Ich mag kein Bier.«

»Gibt es irgendetwas, *das* sie mag?«, fragte Joey spitz.

Megan spürte, wie ihre Wangen heiß und die Luft drückend wurde, bevor dröhnende Rockmusik die unbehaglich Stille füllte. Sich windende Körper wendeten sich erwartungsvoll in ihre Richtung. Neugierige Blicke verfolgten, was sie tun würde.

Zumindest kam es Megan so vor, obwohl die Musik in Wahrheit nie unterbrochen war, die Tänzer weitergetanzt hatten und nur ein paar Leute zusahen. Sie hatte den Eindruck, dass alle außer ihr ganz locker waren und sich gehen ließen, dass sie die Einzige war, die sich störrisch weigerte, loszulassen und sich zu amüsieren. Es war eine Party, verdammt noch mal. Die Party für die Schauspieler. Und sie war der Star, von jedem Mädchen beneidet. Weil sie nicht nur die Rolle der Kate ergattert – und zumindest nach allgemeinem Bekunden auch spektakulär interpretiert – hatte, sondern auch weil alle scharf auf ihren sexy Co-Star waren. Jedes Mädchen wollte diesen Jungen.

Und er wollte sie.

Nur dass er langsam unruhig wurde. Sie konnte es spüren. Das Spiel war vorbei. Das Spiel, das sie seit mehr als einem Monat spielten, wurde langsam langweilig. Kate und Petruchio waren gegangen. Zurückgeblieben waren nur Greg und Megan. Und wie lange konnte Megan Greg warten lassen? *Warum* ließ sie ihn warten, fragte die Musik mit einem gnadenlos pochenden Beat. Weil ihre *Mutter* noch nicht so weit war?

Es ist bloß so leicht, sich in solchen Momenten zu verlieren, hatte Sandy sie gewarnt.

Ich geh schon nicht verloren.

Versprochen?

Plötzlich riss Megan Greg die Bierflasche aus der Hand und trank sie mit einem langen Schluck halb leer. Sie hatte ihrer Mutter nichts versprochen.

»Wow. Guck dir das an!«, rief Joey. »Das Mädchen ist ein Profi.«

Hör auf, dir Sorgen zu machen. Ich bin ein großes Mädchen. Ich kann auf mich selbst aufpassen.

Megan unterdrückte den Würgereflex, als um sie herum spontaner Beifall ausbrach. Bald entfernten sich die tanzenden Körper wieder, die neugierigen Blicke verloren sich im drängenden Wummern der Bassgitarre. Sie drehte sich um und sah, dass ihr Bruder sie beobachtete und besorgt den Kopf zur Seite gelegt hatte, woraufhin sie demonstrativ einen weiteren Schluck trank. Das Bier kleckerte aus der Flasche und tropfte von ihrem Kinn. Greg war sofort zur Stelle, um es von ihrem Hals zu lecken.

»Hey, Meg«, sagte Tim, der, gefolgt von Amber, die ihre Hände in die Gesäßtaschen seiner Jeans gesteckt hatte, herübergekommen war, »immer schön vorsichtig mit dem Zeug, okay?«

»Und was, wenn sie es nicht vorsichtig mag, Schwuchtel?«, fragte Joey.

»Verpiss dich«, sagte Tim.

Megan riss alarmiert die Augen auf. Hatte ihr Bruder Joey Balfour gerade tatsächlich erklärt, er solle sich verpissen?

Joey taumelte rückwärts und griff sich wie von einem Schuss getroffen ans Herz. »Wie bitte? Was hast du zu mir gesagt, Schwuchtel?«

»Er hat gesagt, wir gehen tanzen!«, fuhr Amber dazwischen und zerrte Tim in die Mitte des Raumes, wo sie schnell von anderen Tanzenden umringt waren.

»Das ist die Tochter des Sheriffs, Alter«, erinnerte Greg Joey, der aussah, als wollte er den ganzen Raum auseinandernehmen. »Wir wollen doch nicht, dass sie ihren Daddy anruft, oder?«

Man konnte förmlich in Joeys stumpfem Blick sehen, wie Gregs Warnung sackte. »Dein kleiner Bruder hat eine ziemlich große Klappe«, erklärte er Megan.

»Er flachst bloß rum«, zitierte Megan Gregs Worte von vorhin. »Das hat nichts zu bedeuten.«

Greg lächelte.

»Was gibt es denn da zu grinsen, verdammt noch mal?«, wollte Joey wissen, offensichtlich zu einem Streit aufgelegt.

»Ganz locker, Mann«, sagte Greg. »Du bist ja völlig paranoid.«

»Ach ja? Also, du fängst langsam an, mir auf die Nerven zu gehen. Du und die kleine Prinzessin hier.«

Die Haustür ging auf, und Delilah Franklin kam herein.

»Gütiger Gott. Was stinkt denn hier so?«, fragte Joey und schlenderte auf sie zu. »Hey, Deli. Vergessen, Klopapier zu benutzen?«

Delilah beachtete Joey genauso wenig wie die anderen Jugendlichen sie. »Hi«, sagte sie, aber nur Brian Hensen und Perry Falco lächelten zurück und auch das bestenfalls zaghaft. »Hey, Megan«, sagte Delilah, als sie sie entdeckte.

Megan spürte, wie ihr das Herz in die Hose rutschte, als Delilah auf sie zukam. Was war mit dem Mädchen los, Herrgott, noch mal? Versuchte Delilah mit Absicht, ihr das Leben zu vermiesen? Warum war sie hierhergekommen? Spürte sie nicht, dass sie nicht willkommen war? Schlimm genug, dass sie sie täglich bei den Proben hatte ertragen müssen, aber konnte sie ihr nicht wenigstens hier aus dem Weg gehen? *Sei nett*, hörte Megan ihre Mutter sagen, und weil sie sowieso schon ein schlechtes Gewissen hatte, sagte sie: »Ich dachte, du müsstest deine Großmutter nach Hause bringen.«

»Das habe ich auch gemacht. Sie hat mich sogar gezwungen dazubleiben, bis sie eingeschlafen war. Erst dann durfte ich los. Jedes Mal, wenn ich mich rausschleichen wollte, hat sie ein Auge wieder aufgemacht und gesagt, ich soll bleiben, wo ich bin.«

»Großmutter, Großmutter, was hast du für große Ohren!«, trällerte Joey und kam wieder in ihre Richtung.

»Joey …«, warnte Megan ihn.

»Das ist schon okay. Sie hat wirklich große Ohren«, sagte Delilah mit einem zittrigen Lachen.

»Was ist überhaupt mit ihr?«, fragte Greg.

»Sie hat eine kongestive Herzerkrankung«, sagte Delilah.

»Was ist denn das?«

»Ihr Herz ist krank – kongestiv«, sagte Delilah lächelnd, und Megan und Greg lachten.

»Hey«, sagte Joey, »Deli hat ‘nen Witz gemacht.«

»Danke der Nachfrage«, sagte Delilah zu Greg, der sich verlegen abwandte.

»Riecht so, als wär das nicht alles gewesen, was sie gemacht hat«, fuhr Joey fort und wedelte mit der Hand vor seiner Nase, als wollte er einen unangenehmen Geruch vertreiben. »Großmutter, Großmutter, was hast du für einen großen Arsch!« Joey gab Delilah einen Klaps auf den Hintern.

»Autsch«, jaulte Delilah und versuchte, einem zweiten Schlag auszuweichen, als Joeys Hand schon auf ihre stramme Jeans klatschte.

Megan zuckte zusammen, als spürte sie das Brennen seines Schlags, ohne dass Joeys Finger sie berührt hatten.

»Wasch dir lieber die Hände«, warnte Ginger lachend, die mit Tanya vorbeischlenderte.

»Ich glaube, ich habe mir das Handgelenk gebrochen«, alberte Joey, krümmte sich und hielt sich die Hand.

In Delilahs Augen schimmerten Tränen, und sie blickte zur Decke, als wollte sie sie zurückhalten.

»Okay, das reicht«, sagte Greg.

»Was für ein Problem hast du heute Abend bloß?«, blaffte Joey zurück. »Schwingt die Prinzessin schon den Pantoffel?«

»Du benimmst dich wie ein Arschloch.«

»Ach ja? Besser als wie eine Memme.«

»Ey, Jungs, entspannt euch«, sagte irgendjemand. »Das ist hier schließlich 'ne Party.«

»Man sollte trotzdem nicht vergessen, wer seine Freunde sind«, gab Joey prompt zurück.

»Ich bin hier weg«, sagte Greg, fasste Megans Hand und zog sie aus dem Zimmer.

»Bis später, Schwuchtel«, rief Joey ihnen nach.

»Wohin gehen wir denn?«, fragte Megan.

»Das wirst du schon sehen.«

Megan sagte nichts, als sie die Haustür erreichten, aber sie überlegte fieberhaft, was sie machen sollte. Einerseits war dies ihre große Chance, mit Greg alleine zu sein. Andererseits war dies Gregs große Chance, mit ihr alleine zu sein. Und so sehr sie Ersteres genoss, so unsicher war sie, ob sie für Letzteres schon bereit war. Greg konnte wirklich süß sein. Aber er konnte auch ein … ein echtes Arschloch sein, was er allein in den letzten zehn Minuten eindrucksvoll unter Beweis gestellt hatte.

Sie spürte, wie er an ihrem Arm zupfte, und drehte sich auf der Suche nach ihrem Bruder zu der Tanzfläche im Wohnzimmer um. Sie sollte ihm zumindest sagen, dass sie ging, dachte sie, den großen Familienstreit nach Lianas Totenwache noch gut im Gedächtnis. Aber sie wusste auch, dass er sie mit den Augen ihrer Mutter ansehen und drängen würde, nicht zu gehen, was nicht nur ihr, sondern auch ihm den Abend verderben könnte, der doch für beide so vielversprechend begonnen hatte. Sie entschied, dass sie mit Greg gehen und Tim später von ihrem Handy aus anrufen würde, um ihm zu versichern, dass alles in Ordnung war.

Aber anstatt mit ihr durch die Haustür zu verschwinden, steuerte Greg die Treppe nach oben an. Mit angehaltenem Atem ließ Megan sich die Stufen hinaufführen, vorbei an einem holzgetäfelten Arbeitszimmer, einem Bad aus blauem Marmor und einem weiteren Zimmer auf der rechten Seite, unter dessen Türspalt der Geruch von Marihuana in den Flur drang. »Vielleicht sollten wir lieber wieder runtergehen«, flüsterte Megan, und jedes Wort kratzte schmerzhaft in ihrem Hals.

»Psst.«

Sie gingen weiter den Flur hinunter bis zu einem großen Zimmer, in dem ein riesiges Doppelbett mit einem Baldachin auf vier Pfosten stand. »Greg, ich denke nicht –«

»Genau. Nicht denken.« Er zog sie in das Zimmer und schloss die Tür hinter ihnen.

»Was machst du?«

»Das.« Er nahm sie die Arme und küsste sie. Megan bekam sofort weiche Knie. Dann hörte sie ein Klicken und begriff, dass er die Tür abgeschlossen hatte. »Greg, nicht …«

»Was nicht?« Er zog sie zu dem Bett.

»Ich glaube, wir sollten hier nicht sein.«

»Warum nicht?«

»Weil das nicht unser Haus ist.« Megan sah sich in dem Zimmer um und registrierte zufällige Details: die cremefarbenen, von Familienfotos bedeckten Wände, die Golf- und Angel-Pokale auf der kunstvoll geschnitzten und handbemalten Kommode, das Dutzend gold-braun gestreifter Kissen, die auf dem cremefarbenen Überbett lagen, die luxuriösen Samtvorhänge an den vier Pfosten des Betthimmels, die zwei hellbraunen Stühle an einem kleinen runden Tisch vor dem großen Schlafzimmerfenster mit Blick in den Garten.

»Hast du noch nie die Redensart gehört, dass man sich einfach wie zu Hause fühlen soll?«

»Ich glaube nicht, dass das damit gemeint war«, sagte Megan, als Greg sie neben sich auf das Bett zog. Sie hörte die Matratze unter der weichen Überdecke quietschen wie das Zirpen einer Grille.

»Ist doch egal, was irgendwer meint«, sagte Greg und küsste sie auf den Hals.

Sie streifte ein Seidenkissen mit dem Arm und fragte sich in einem Anflug von Panik, ob die Kissen in einer bestimmten Ordnung arrangiert waren und jemand bemerken würde, dass sie durcheinandergebracht worden waren. »Vielleicht sollten wir uns dahin setzen«, sagte sie und wies mit dem Kopf auf die beiden Stühle am Fenster.

Greg nutzte die Gelegenheit, um eine Reihe zärtlicher Küsse auf ihr gerecktes Kinn zu platzieren. »Vielleicht solltest du aufhören zu reden«, schlug er sanft vor.

Und dann küsste er sie seitlich auf den Mund, dann direkt auf die Lippen, wie er es ihr an jenem Nachmittag in der Schule unter dem Baum angekündigt hatte, als er ihr erzählt hatte, wie er sie verführen wollte. Und genau das tat er gerade, er verführte sie, und wenn sie nicht aufpasste, wenn sie nicht *höllisch* aufpasste, würde ihm das auch gelingen. Und so sehr sie sich das einerseits wünschte, so sehr sie ihm förmlich die Daumen drückte, so sehr sagte ihr eine winzige, aber nichtsdestoweniger wichtige Stimme, dass sie es nicht tun sollte, dass dies nicht der richtige Zeitpunkt war und dass es bessere Orte geben musste, um zum ersten Mal mit einem Jungen zu schlafen, als das Schlafzimmer von Lonny Reynolds Eltern mit seinem cremefarbenen Überbett, das garantiert ein großer Fleckenmagnet war, und den Fremden, die ihr von gerahmten Fotos an den Wänden entgegenlächelten. Ganz zu schweigen von den Blicken, die sie begrüßen würden, wenn Greg und sie schließlich nach unten zurückkehrten. Genug Leute hatten sie die Treppe hinaufgehen sehen. Und jeder wusste, was sie dort machten. Versammelten sie sich vielleicht schon in diesem Moment vor der Tür und lauschten am Schlüsselloch.

Es ist bloß so leicht, sich in solchen Momenten zu verlieren.

Ich geh schon nicht verloren.

Versprochen?

Sie versuchte die Stimme ihrer Mutter und ihre eigene Stimme zu verdrängen, aber es war zwecklos. Sie konnte nicht.

Greg schob seine Hand unter ihre Bluse.

Oh Gott, hatte sich je irgendetwas so gut angefühlt? Sie musste ihn bremsen. Sie musste ihn ablenken. Sie musste sich selbst ablenken. Sie musste an etwas Unangenehmes denken, ein Gegenmittel gegen das wunderbare Gefühl seiner Fingerspitzen, die über ihren Spitzen-BH tanzten. »Glaubst du, hier gibt es Termiten?«, fragte sie, weil es das Erste war, was ihr einfiel.

Seine Hand erstarrte auf ihrer rechten Brust. »Was?«

»Ich hab mich bloß gefragt, ob es hier Termiten gibt.«

»Wovon redest du?«

»Ich dachte bloß, weil mein Onkel und meine Tante ein Haus hatten, das so ähnlich aussah wie dieses – das war, als sie noch in Rochester gewohnt haben –, und sie hatten Termiten.

Es war wirklich schrecklich. Sie mussten das ganze Haus ausräuchern lassen. Alle mussten ausziehen. Das weiß ich noch, weil sie ungefähr eine Woche bei uns gewohnt haben, und ich musste mein Zimmer mit meiner Cousine Sarah teilen, die ein echtes Ferkel ist, und das hat mir gar nicht gefallen.«

»Megan …«

»Sie sind vor ungefähr zehn Jahren nach Kalifornien gezogen, als der ganze Dot.Com-Boom losging. Mein Onkel war immer ein Computergenie. Er ist der Bruder meiner Mutter.«

»Megan …« Greg hatte den Verschluss des BHs an der Vorderseite gefunden, und im nächsten Moment hatte er die zarte Spitze beiseitegeschoben und strich mit seinen Fingern über ihre nackte Haut.

»Jedenfalls haben sie das Haus mit einem großen blauen Zelt abgedeckt, na ja, nicht direkt ein Zelt. Es sah eher aus wie eine riesiges Stück blauer Zellophanfolie – nein, nicht Zellophan, sondern wie eine dicke Plastikfolie wie die Planen, die man über Swimmingpools legt, zumindest im Norden. Hier unten muss man den Pool ja nicht abdecken, weil es nie richtig kalt wird. Oh Gott«, sagte sie, als er mit einem Finger ihre rechte Brustwarze zu umkreisen begann. Es fühlte sich unglaublich an. »Jedenfalls«, versuchte sie fortzufahren, bevor seine Küsse drängender wurden, »sind sie die Termiten losgeworden, aber danach hat meine Tante sich in dem Haus nie wieder richtig wohl gefühlt. Sie sagte, dass sie sich, obwohl sie wusste, dass die Termiten weg waren, immer noch vorstellte, wie sie nachts vor sich hin knabberten, und das war ihr so unheimlich, dass sie umgezogen sind. Nicht nach Kalifornien. Jedenfalls noch nicht gleich.«

»Psst«, sagte Greg, als seine linke Hand ihre Brust verließ.

Nein, dachte sie. Nicht gehen. Zurückkommen. Zurückkommen.

Aber die Hand kam nicht zurück, sondern wanderte zu ihrem Oberschenkel hinab und dann zwischen ihren Schenkeln wieder nach oben. Der Stromstoß, den sie dabei verspürte, hätte sie beinahe umgeworfen, doch sie schaffte es mit Mühe, sich aufrecht zu halten. »Greg, ich glaube wirklich nicht –«

»Psst.« Er begann an dem Reißverschluss ihrer Jeans zu ziehen.

»Nein. Hör auf. Ich will nicht –«

»Psst.«

Das letzte »Psst« gab schließlich den Ausschlag. Es war eine Sache, wenn *sie* die Stimme in ihrem Kopf ignorierte; aber es war eine ganz andere, wenn *er* sie ignorierte, vor allem, nachdem sie ihm laut und deutlich erklärt hatte, dass er aufhören sollte. Sie stieß seine Hand weg, sprang auf und zog den Reißverschluss ihrer Jeans hoch. »Hör auf mit deinem blöden Psst! Ich will nicht still sein!«

»Was zum Teufel *willst* du überhaupt?« Er nahm ein Kissen und warf es wütend in ihre Richtung.

Megan sah das Kissen an ihrem Kopf vorbeifliegen und auf dem elfenbeinfarbenen Teppich landen. »Ich will wieder runtergehen. Ich will tanzen. Ich will Spaß haben.«

»Ich dachte, wir *hätten* Spaß. Ich dachte, du magst mich.«

»Ich mag dich auch, Greg. Ich mag dich sehr. Ich bin nur noch nicht bereit –«

»– mehr zu sein als ein Schwanzfopper.«

Das Wort traf sie wie eine schallende Ohrfeige, und sie spürte wie ihre Wange rot wurde. »Ich bin kein … Das bin ich nicht.«

»Dann bist du eine noch bessere Schauspielerin, als ich dachte.«

Megan atmete tief ein, strich ihre Haare glatt, schob den Saum ihres Pullis wieder in den Hosenbund und überprüfte ihren Reißverschluss. Er meinte das nicht so, redete sie sich ein. Er war bloß wütend und aufgewühlt und mehr als ein bisschen betrunken. Er würde sich später entschuldigen. Sie würde seine Entschuldigung annehmen. Im Laufe des Sommers würden sie sich besser kennen lernen. Sie würden es schön langsam angehen lassen. »Ich gehe nach unten.«

»Dann geh doch. Worauf wartest du noch?«

»Kommst du nicht mit?«

Greg blieb auf dem Bett sitzen und mied ihren Blick. »Schick einfach die Nächste rein, die in der Schlange wartet.«

Megan wurde speiübel, und ihr Herz machte einen Salto in ihrer Brust. Alles tat ihr weh. So musste sich Delilah jeden Tag fühlen, dachte sie, schluckte jeden aufkeimenden Widerspruch herunter und ging zur Tür. Als sie aufschloss, kam ihr das laute Klicken vor, als würde jemand eine auf ihren Kopf gerichtete Pistole spannen. Hastig rannte sie aus dem Zimmer.

Ohne sich umzusehen, lief sie die Treppe hinunter und aus der Haustür. Ihr war, als hätte jemand gerufen: »Megan? Ist irgendwas? Warte!« Aber sie wartete nicht, sondern rannte weiter hinaus auf die leere Straße, wo der Lärm der Party ihr noch bis zur übernächsten Straßenecke folgte, bevor es endlich still war.

Erst als sie stehen blieb, um zu Atem zu kommen und sich die Tränen aus den Augen zu wischen, merkte sie, dass jemand hinter ihr war. »Megan«, sagte eine Stimme, und dann hörte sie gar nichts mehr.

31

»Sandy! Hier drüben!«

Sandy spähte durch das mickrig beleuchtete Chester's und versuchte festzustellen, aus welcher Richtung Ritas Stimme gekommen war. Schließlich entdeckte sie ihre Freundin an einem großen runden Tisch am anderen Ende der Bar zwischen einem deprimiert aussehenden John Weber und seiner offensichtlich angetrunkenen Frau Pauline.

»Ich dachte, du würdest nicht mehr kommen«, sagte Rita mit einem gezwungenen Lächeln, das andeutete, wie dankbar sie war, ihre Freundin zu sehen.

Sandy ließ sich auf einen der drei leeren Stühle um den Tisch sinken und gab sich alle Mühe, die spürbare Spannung zwischen dem Sheriff und seiner Frau zu ignorieren. Sie zählte mindestens ein Dutzend leere Gläser auf dem Tisch, die meisten standen vor Pauline.

»Das sind nicht alles meine«, verteidigte Pauline sich, als sie Sandys Blick bemerkte. Mit einer Hand deutete sie eine nervös flatterige Geste an, mit der anderen klammerte sie sich an ihren Gin-Tonic.

»Avery und Lenny waren noch hier. Avery ist vor einer halben Stunde gegangen«, erklärte Rita. »Und Lenny hast du um höchstens fünf Minuten verpasst.«

»Gut.« Sandy dachte, dass sie vom Lehrkörper der Torrance High für heute Abend genug hatte. Sie winkte der Kellnerin und bestellte einen Green-Apple-Martini.

»Ganz sicher?«, fragte Rita. »Denk dran, was beim letzten Mal passiert ist, als du Green-Apple-Martini getrunken hast.«

»Glaub mir, das war nichts im Vergleich zu dem, was mir heute Abend passiert ist.«

»Was war denn los?« Rita beugte sich vor und stützte sich auf die Ellbogen. Pauline begann mit dem Zeigefinger über den Rand ihres Glases zu streichen.

»Will ich das hören?«, fragte John. Sein Gesichtsausdruck sagte, dass drei unterschiedlich gestresste Frauen einfach mehr waren als ein Mann, der nicht mehr ganz nüchtern, aber noch längst nicht betrunken genug war, ertragen konnte. Vor allem außer Dienst.

»Wahrscheinlich nicht«, antwortete Sandy.

John stand auf und verschwand eilig im Billardzimmer, wo er ein lockeres Gespräch mit den Typen anknüpfte, die um den ersten Tisch standen.

Sandy hörte die Männer über das enttäuschende Ergebnis des Basketballspiels am Abend murmeln. Männergespräche, dachte sie, unkompliziert und unpersönlich. Sie wandte sich wieder den beiden Frauen an ihrem Tisch zu. Ihre Blicke ließen darauf schließen, dass sie das genaue Gegenteil erhofften. Frauengespräche – so kompliziert und persönlich, wie es nur geht. Also tat Sandy ihnen mit einer detaillierten Schilderung der Ereignisse des Abends den Gefallen.

»Das ist nicht dein Ernst«, rief Rita, nachdem Sandy ihre Geschichte beendet hatte. »Gordon?«

»Mr. Lipsman?«, ließ sich Pauline wie ihr Echo vernehmen. »Ambers Theaterlehrer?«

»Er ist wirklich über dich hergefallen?«

»Na ja, er hat es versucht. Seine Hände waren überall gleichzeitig.« Sie strich unsichtbare Katzenhaare von ihrem beigefarbenen Pulli.

»So nennen sie das in der Boulevardpresse auch immer«, sagte Pauline lachend. »Seine Hände waren überall gleichzeitig. Ihre Hände waren überall gleichzeitig.«

Sandy starrte die Frau des Sheriffs an. »Wovon reden Sie?«

»Das und das Wort *turteln*«, fuhr Pauline fort. »Prominente turteln immer. Ist Ihnen das schon aufgefallen? Sie sind doch Lehrerin? Was genau bedeutet es eigentlich?«

»Wo ist das passiert?«, fragte Rita, ohne Pauline zu beachten, und signalisierte Sandy, es genauso zu halten.

»Ich weiß nicht genau. Irgendwo zwischen der Citrus Grove und der Admiral Road. In der Nähe eines verlassenen alten Farmhauses am Ende eines großen Feldes. Es war wirklich unheimlich.«

Pauline kniff die Augen zusammen. »Sie müssen das alte Kimble-Haus meinen. Gottchen, was haben Sie denn da draußen gemacht?«

»Ich hab den Guten Samariter gespielt.«

»Gut und dumm«, verbesserte Rita sie. »Wann wirst du es endlich lernen?«

»Sende ich widersprüchliche Botschaften aus?«, fragte Sandy unvermittelt.

»Was meinst du damit?«

»Drücke ich mich nicht klar aus?«

»Wovon redet sie?«, fragte Pauline.

Sandy musste unwillkürlich lachen. »Ich nehme an, das beantwortet meine Frage.« Was für ein Abend, dachte sie, als die Kellnerin ihren Green-Apple-Martini auf den Tisch stellte und Pauline einen weiteren Gin-Tonic bestellte.

»Für sie nichts mehr«, rief John, der aus dem hinteren Zimmer offenbar ein Auge auf das Geschehen hatte.

»Hören Sie nicht auf ihn«, erklärte Pauline der Kellnerin, ohne den Mund zu bewegen, sodass die Worte gewissermaßen von ihrer Unterlippe rutschten. »Zu seiner Zeit war das Kimble-Haus ein ziemlich imposantes Bauwerk«, fuhr sie fort, als wären die beiden Sätze logisch miteinander verbunden. »Topmodern. Mit Keller und allem. Jetzt ist es nur noch unheimlich. Ein bisschen so wie Bates Motel. Aus *Psycho*, wissen Sie? Also, das war ein toller Film. Ich kann nicht glauben, dass Mr. Lipsman so etwas getan hat«, fuhr sie im selben Atemzug fort. »Was hat er sich nur dabei gedacht?«

Sandy hatte Mühe, bei den diversen Umwegen mitzukommen, die Paulines Ausführungen nahmen. »Er war ziemlich betrunken«, erwiderte sie schließlich spitz. »Wenn wir zu viel trinken, denken wir oft nicht klar.«

»Ich fasse es nicht, dass du diesen Idioten tatsächlich noch nach Hause gefahren hast«, wunderte Rita sich.

»Nun, ich konnte ihn ja schlecht vor Bates Motel stehen lassen, oder?«

»Warum nicht, verdammt noch mal?«

»Ich weiß nicht. Ich konnte es einfach nicht.«

»Oh Gott«, sagte Rita und riss die Augen auf.

»Glaubst du, dass ich ihm damit eine widersprüchliche Botschaft übermittelt habe?«, fragte Sandy, irritiert von Ritas missbilligender Miene. »Was ist los?«, fragte sie, und folgte mit den Augen ihrem Blick.

»Guck nicht hin«, warnte Rita sie noch.

Sandy fuhr auf ihrem Stuhl herum und blickte zum Eingang. Ihr Mann war gerade zur Tür hereingekommen. Und neben ihm stand Kerri Franklin.

»Oh Gott. Bitte sag mir, dass ich Halluzinationen habe.«

»Ich hab doch gesagt, guck nicht hin.«

Pauline drehte sich jetzt ebenfalls um. »Na, da schau her. Wen haben wir denn da?«

»Haben sie uns gesehen?«, fragte Sandy, rutschte so tief wie möglich in ihren Sitz, zog die Schultern hoch und den Kopf ein wie eine Schildkröte, die sich unter ihrem Panzer verkriecht.

»Noch nicht.«

»Was machen sie?«

»Sie setzen sich an einen der Tische im vorderen Teil.«

»›Von allen Kaschemmen der ganzen Welt‹«, sagte Pauline in ihrer besten Humphrey-Bogart-Imitation, »›kommen sie ausgerechnet in diese.‹«

»Ich fasse es nicht«, sagte Sandy. »Was machen sie jetzt?«

»Sie sitzen einfach da.«

Sandy reckte den Kopf unter ihrem Schutzpanzer hervor und riskierte einen flüchtigen Blick in die Richtung. Ian und Kerri saßen sich gegenüber und hielten Händchen. Eilig wandte sie sich ab. »Du hast mir nicht erzählt, dass sie Händchen halten.«

»Ich dachte, das Detail ist überflüssig.«

»Ist euch schon mal aufgefallen, dass niemand mehr sein Kind Humphrey nennt?«, fragte Pauline, als wäre sie in einer völlig anderen Unterhaltung. »Genau wie Gertrude, Ethel und Homer. Heutzutage heißen die Kinder Tiffany, Ashley und Tyler. Obwohl Richard Gere sein Kind Homer genannt hat. Aber das ist typisch für Promis. Wenn sie nicht gerade turteln, nennen sie ihre Kinder Homer.«

Wieder ertappte Sandy sich dabei, die Frau des Sheriffs anzustarren. Wie kam sie auf solche Sachen?

»Hat John sie schon gesehen?«, fragte Pauline.

»Wen?«

»Suzy Schlampe«, antwortete Pauline, und die Worte dröhnten aus ihrem Mund wie Kanonenschüsse, kurze Explosionen, laut genug, die Trommelfelle der Umstehenden zu durchlöchern. »Sie hat nämlich mit *meinem* Mann geschlafen, müssen Sie wissen«, fuhr sie fort, und ihre Stimme gewann mit jeder Silbe an Kraft, »bevor sie angefangen hat, mit Ihrem zu schlafen.«

Was?!, dachte Sandy.

»Apropos Ehemänner«, setzte Rita an und blickte nervös hin und her, »ich fürchte, ein paar davon hören inzwischen bestimmt zu.«

»Das geht schon seit Jahren so. Es läuft was, dann nicht mehr, dann wieder und wieder nicht«, redete Pauline weiter, als John auf sie zukam. »Der Idiot glaubt natürlich, dass ich nichts davon weiß. Habe ich nicht Recht, Schatz?«

»Okay, Pauline«, erklärte John ihr mit fester Stimme. »Genug Unfug geredet. Zeit nach Hause zu gehen.«

»Du willst nach Hause? Jetzt? Wo es endlich interessant wird?«

John guckte in den vorderen Teil des Restaurants und zuckte sichtlich zusammen, als sein Blick auf Kerri Franklin traf. »Es ist okay, Leute«, sagte er und wandte den Blick wieder ab. »Kümmert euch um euren Kram. Die Lady hatte bloß ein paar Gin-Tonics zu viel.« Er wollte den Ellenbogen seiner Frau fassen.

»Die Lady hat sich bloß ein bisschen zu viel Mist angehört«, entgegnete Pauline und zog ihren Arm außer Reichweite. »Zu viele Jahre mit zu viel Scheiß.«

»Pauline ...«

»John«, konterte sie und zog das Wort wie ein Gummiband in die Länge.

»Dein Benehmen ist peinlich.«

»Du meinst, es ist *dir* peinlich.«

»Lass uns gehen, bevor du etwas sagst, das du bereust.«

»*Au contraire*«, sagte Pauline, straffte die Schultern und strich unsicher ihre elfenbeinfarbene Seidenbluse glatt. »Das Einzige, was ich jedes Mal bereue, sind die Sachen, die ich *nicht* gesagt habe.« Sie rappelte sich auf und musste sich am Tisch abstützen, um nicht umzufallen. »Zum Beispiel.« Sie hielt inne und sah sich um, als würde sie nach einem Exempel suchen. »Ich bereue es sehr, dass ich nichts dazu gesagt habe, dass du jahrelang diese aufgeblähte blöde Blondine gebumst hast.«

Sandy hätte beinahe gelächelt. Aufgebläht, blöd, Blondine, bumsen, wiederholte sie stumm. Ein perfektes Beispiel für eine Alliteration. Sie nahm einen Schluck von ihrem Martini und fragte sich, was zuerst gekommen war, Paulines Trinken oder die Untreue ihres Mannes.

»Möchtest du mir etwas sagen, Pauline?«, fragte Kerri, die plötzlich neben ihrem Tisch stand. Sandy trank schnell einen weiteren Schluck von ihrem Drink.

»Titten und Talmi«, flüsterte Rita.

Titten, Talmi und aufgeblähte, blöde, bumsende Blondinen, rezitierte Sandy im Kopf und fing beinahe an, sich zu amüsieren, bis Ian in ihr Blickfeld trat.

»Was ist hier los?«, fragte er den Sheriff.

»Nichts, worüber man sich echauffieren müsste«, sagte John, dem es endlich gelungen war, Pauline von dem Tisch wegzuzerren.

»So einen Körper kriegt man nicht vom Trainieren«, höhnte Pauline in Kerris Richtung, weil sie ihren Mann offenbar falsch verstanden hatte. »So was kriegt man nur mit der MasterCard.«

»Unbezahlbar«, flüsterte Rita, und Sandy lächelte unwillkürlich.

»Was ist denn so komisch?«, fragte Ian.

Sandy schlug den Blick nieder. Was sie jetzt brauchen könnte, wäre ein Erdbeben, dachte sie, oder sonst irgendetwas, wovon sich der Holzboden auftat und alle Anwesenden verschluckte.

»Ich nehme an, Sie wissen von der Affäre Ihrer Freundin mit meinem Mann«, sagte Pauline zu Ian.

»Ich kümmere mich nicht darum, was vor meiner Zeit passiert ist.«

»Und von welcher Zeit reden wir jetzt?«

»Verrückte Hexe«, murmelte Kerri.

»Ich bin vielleicht eine Hexe«, sagte Pauline. »Aber ich bin ganz bestimmt nicht verrückt.«

»Okay, Pauline«, sagte John. »Jetzt *bist* du peinlich.«

»Oh mein armes Baby.«

»Wir fahren nach Hause.«

»Fahr zur Hölle.«

»Erst bringe ich dich nach Hause.«

Wieder entwischte Pauline seinem Griff. »Schaut ihn euch nur an«. Sagte sie höhnisch. »Der Held der Stadt. Ich weiß, was ihr denkt. Ihr denkt, der arme Mann bringt Mörder wie Cal Hamilton hinter Gitter, aber seine eigene Frau hat er nicht im Griff. Wussten Sie von seiner Affäre mit Kerri Franklin?«, fragte sie einen der Männer, die an dem Billardtisch lehnten. »Oder haben Sie auch mit ihr geschlafen?«

»Pauline, ich könnte Sie auch nach Hause fahren«, ging Sandy dazwischen und sprang auf.

»Warum sind Sie so verdammt nett?«, wollte Pauline wissen und drehte sich unvermittelt zu ihr um. »*Mein* Mann hat wenigstens *versucht*, einigermaßen diskret zu sein.«

»Sheriff«, flehte Ian.

»Warum haben Sie die Scheidung noch nicht eingereicht?«, fuhr Pauline fort. »Worauf warten Sie noch?«

»Wo die Frau Recht hat, hat sie Recht«, sagte Rita aus dem Mundwinkel.

»Okay, das reicht.« John Weber packte Paulines Arm und führte sie grob zum Ausgang. Als sie die Tür erreicht hatten, drehte Pauline sich noch einmal energisch um. »Ohne ihn sind Sie viel besser dran«, rief sie, bevor John sie hinausschieben konnte.

Eine Weile lang rührte sich niemand. Dann hob Rita ihre Handtasche vom Boden auf. »Also, ich glaube, für heute reicht's.«

Kerri nickte. »Ich sollte wahrscheinlich nach meiner Mutter sehen«, sagte sie zu niemand Bestimmtem.

Ian griff in die Tasche seiner schwarzen Hose und gab Kerri den Schlüssel für den Jaguar. »Wenn du nichts dagegen hast, trinke ich mein Bier noch in Ruhe aus«, sagte er und sah Sandy dabei direkt an. »Warum schaust du nicht nach deiner Mutter und holst mich in...« Er blickte auf die Uhr. »...in einer halben Stunde ab.«

Kerri zögerte.

»In einer halben Stunde«, wiederholte er.

Kerri nickte und stellte sich auf die Zehenspitzen, sodass die hohen, schmalen Absätze ihrer Slingpumps die Bodenhaftung verloren, um Ian einen besitzergreifenden Kuss auf die Lippen zu drücken. »Nett, Sie wiederzusehen, Sandy«, sagte sie.

»Zwei Mal an einem Abend«, bemerkte Sandy. »Wie viel Glück kann man eigentlich haben?«

»Kommst du?«, fragte Rita Sandy, nachdem Kerri am Tresen vorbei zur Tür stolziert war und dabei alle Blicke auf ihrem Hintern versammelt hatte.

Ian streifte Sandy mit der Schulter. »Bleib noch«, sagte er.

Sandy sah ihn rasch an. Lieber Himmel, was ist denn jetzt los? »Was ist denn?«, fragte sie.

»Kommst du?«, fragte Rita noch einmal.

»Ich könnte auch noch in Ruhe meinen Martini austrinken.«

Rita blickte zwischen Sandy und Ian hin und her. »Bist du sicher?«

»Sie ist sicher«, antwortete Ian für sie.

»Ich ruf dich morgen an«, sagte Sandy und küsste ihre Freundin auf die Wange.

»Keine widersprüchlichen Botschaften«, flüsterte Rita ihr ins Ohr.

Dann war sie verschwunden, und Ian winkte eine Kellnerin heran. »Könnten Sie mir bitte mein Bier von dem Tisch da vorne bringen?«, fragte er. Sandy nahm ihren Martini und folgte ihm zu einem kleinen Tisch in einer relativ ruhigen Ecke des Restaurants. »Möchtest du etwas essen?«, fragte er und setzte sich, ohne die neugierigen Blicke der Paare in der Nähe zu beachten. Morgen würde man in der ganzen Stadt über Paulines kleinen Ausbruch reden wie auch über die Tatsache, dass Sandy einen Drink mit ihrem von ihr getrennt lebenden Ehemann genoss.

Und *genoss* sie ihn wirklich?, fragte Sandy sich, ihrer eigenen Gefühle nicht sicher. »Nein danke, ich habe keinen Hunger.«

»Ich dachte, du isst gern noch was Kleines um diese Zeit.«

Sandy spürte ein unerwünschtes Kribbeln bei der Erwähnung ihrer gemeinsamen Vergangenheit und bemühte sich, sich nichts anmerken zu lassen. »Eigentlich nicht mehr so oft.

Es heißt doch, dass es ungesund ist, wenn man nach zehn noch etwas zu sich nimmt.« Stimmte das?, fragte sie sich.

»Gar nichts?«, fragte er provokant.

Sandy strengte sich an, jede mögliche Zweideutigkeit zu überhören – flirtete er wirklich mit ihr? –, und blickte angestrengt auf den Tisch.

»Erzähl mir nicht, dass du dir Sorgen wegen deines Gewichts machst.«

Warum redeten sie über ihr Gewicht? Was sollte das anzügliche Geplauder? Wollte er eine mögliche Versöhnung andeuten? Wollte er erst einmal vorfühlen, bevor er Kerri die Neuigkeit mitteilte?

»Du siehst toll aus«, erklärte er ihr schon zum zweiten Mal an diesem Abend.

»Danke.« Sie lehnte sich zurück und sah ihn direkt an. Er starrte sie an, als erwartete er, dass sie das Kompliment erwiderte. »Du auch«, sagte sie fügsam und biss sich auf die Zunge, um nicht noch etwas hinzuzufügen. In Wahrheit sah er besser aus als toll. In Wahrheit hatte er nie besser ausgesehen.

»Ich habe deinen Wagen auf dem Parkplatz gesehen«, erzählte er ihr. »Ich wusste, dass du hier sein würdest.« Die Kellnerin brachte sein Bier, und Ian erhob das große Glas und stieß mit ihr an. »Worauf trinken wir?«, fragte er, als ob es ihre Idee gewesen wäre, auf etwas anzustoßen.

Sandy wusste nicht, was sie von der letzten Information halten sollte. »Auf Megan«, sagte sie und dachte, dass ihr Mann schon deutlich werden würde, wenn er so weit war. Das wurde er immer.

»Sie war heute Abend einfach unglaublich, was?«

»Auf jeden Fall.«

»Ich hatte keine Ahnung, dass sie singen und tanzen kann.«

»Sie steckt in letzter Zeit voller Überraschungen.«

»Zum Beispiel?«

Sandy zuckte die Achseln. Sie wusste nicht, wie ehrlich Megan zu ihrem Vater war, und wollte das Vertrauen ihrer

Tochter nicht enttäuschen, indem sie ihre Geheimnisse ausplauderte. Wenn Megan wollte, dass ihr Vater irgendetwas von Greg Watt erfuhr, würde sie es ihm schon selber erzählen müssen. Trotzdem war es ein seltsames Gefühl, nicht offen mit ihrem Mann über ihre Kinder reden zu können, noch merkwürdiger, als überhaupt mit ihm zu reden.

»Sie verwandelt sich langsam in eine sehr schöne junge Frau«, sagte Ian.

»Ja.«

»Sie sieht ihrer Mutter jeden Tag ähnlicher.«

Okay, also, was ist los, fragte Sandy sich erneut. Das waren jetzt zwei Komplimente in ebenso vielen Minuten. Zwei mehr, als er ihr in den letzten zwei Monaten gemacht hatte, möglicherweise sogar in den letzten zwei Jahren. Sie sollte ihn fragen, entschied sie und machte den Mund auf. Aber dann kniff sie im letzten Moment doch, stieß stattdessen noch einmal mit ihm an und sagte: »Und auf unseren Sohn.«

»Auf Tim«, stimmte Ian ihr zu. »Sieht so aus, als hätte sich die Tochter des Sheriffs in ihn verguckt.«

»Sie hat eben einen guten Geschmack.«

Ian stieß ein weiteres Mal mit ihr an. »Auf neue Anfänge.«

»Auf neue Anfänge«, stimmte sie ihm zu. Was für neue Anfänge?

Plötzlich beugte er sich über den Tisch und küsste sie.

Sie wich zurück. »Was machst du?«

»Das wollte ich schon den ganzen Abend machen. Seit ich dich in der Aula gesehen habe.« Er beugte sich vor und küsste sie noch einmal.

Diesmal öffnete sie unwillkürlich die Lippen und gab der sanften Penetration seiner Zunge nach. Küsste sie ihn wirklich zurück? Zögernd und widerwillig löste sie sich von ihm. Er sah sie an und lächelte.

»Wir sollten über unsere Scheidung sprechen«, sagte er.

Sandy hätte beinahe gelacht. Stattdessen wartete sie darauf, dass er den Gedanken beendete. *Ich will sie nicht*, würde er ihrer Erwartung nach sagen. *Ich habe es mir anders überlegt. Ich will nach Hause kommen.* Aber er sagte gar nichts, sondern saß bloß lächelnd da. »Was?«, brachte sie schließlich hervor.

»Wir sollten über unsere Scheidung sprechen«, wiederholte er, als hätte sie ihn beim ersten Mal nicht verstanden.

»Was ist damit?«

»Ich weiß, dass du noch keinen Anwalt hast, deshalb dachte ich, dein Einverständnis vorausgesetzt, du könntest meinen nehmen. Er hat schon eine Vereinbarung aufgesetzt, die meiner Meinung nach mehr als fair ist. Du musst nur unterschreiben.«

Sandy ließ sich auf ihren Stuhl zurücksinken. »Wie überaus aufmerksam von dir.«

»Ich dachte, so wäre es für alle leichter«, fuhr er fort, ohne ihren Sarkasmus zu bemerken. »Von billiger ganz zu schweigen.«

»Soll das ein Witz sein?« Zeichnete irgendjemand ihr Gespräch auf? Lief irgendwo eine versteckte Kamera?

»Du wirkst überrascht«, sagte er und schaffte es, seinerseits erstaunt auszusehen.

»Du hast mich gerade geküsst.«

»Und es war wunderbar. Ich hoffe, es wieder zu tun.«

»Vor oder nach unserer Scheidung?«

»Vorher *und* nachher.«

»Was?«

»Es gibt keinen Grund, warum wir uns nicht einvernehmlich scheiden lassen und weiterhin gute Freunde bleiben können. Freunde mit einem Bonus«, fügte er listig hinzu und strich über ihre Hand. »Sagt man das nicht heutzutage?«

Darauf wüsste Pauline wahrscheinlich eine Antwort, dachte Sandy, ließ ihre Hand in den Schoß sinken und beschloss, in ihrem Leben nie wieder einen Green-Apple-Martini zu trinken, weil das Getränk offensichtlich ihre Hirnströme verzerrte. »Nur dass wir uns klar verstehen«, sagte sie, »du willst die Scheidung, würdest dir aber gern die Option offenhalten, hin und wieder mit mir zu schlafen. Willst du mir das sagen?«

»Warum nicht? Geschiedene Paare machen es ständig.«

»Oh, das wusste ich nicht.«

»Wir fühlen uns offensichtlich immer noch sehr zueinander hingezogen. Und wir waren immer so gut zusammen«, erinnerte er sie.

»Und Kerri?«, erinnerte Sandy *ihn*. »Wie gut seid ihr zusammen?«

Ian senkte den Kopf und warf einen verstohlenen Blick zur Tür. »Ganz ehrlich« – er lächelte – »mit Kerri zusammen zu sein, ist, als wäre man auf einem Trampolin.«

Sandy starrte ihren Mann mit offenem Mund an. »Wie machst du das?«, fragte sie, als sie ihre Stimme schließlich wiedergefunden hatte.

»Wie mache ich was?«

»Wie schaffst du es, ohne jede Spur von Scham oder Verlegenheit etwas derart umwerfend Dämliches von dir zu geben?«

Diesmal wirkte Ian überrascht.

»Empörst du dich jetzt für Kerri? Oder was geht hier ab?«

War es das?, fragte Sandy sich. Oder erkannte sie endlich, was für eine Marke ihr Mann wirklich war? »Du bist so ein Arschloch«, sagte sie, selbst erstaunt, dass ihr das Wort über die Lippen gerutscht war, bevor sie es bewusst gedacht hatte.

»Es ist wirklich nicht nötig, dass wir anfangen, uns zu beschimpfen.«

»*Au contraire*«, borgte Sandy sich Paulines Ausdruck von vorhin. »Ich will mir auf keinen Fall vorwerfen lassen, dir widersprüchliche Botschaften zu vermitteln.« Sie nahm ihr Martini-Glas. »Auf neue Anfänge«, prostete sie Ian noch einmal zu und kippte ihm den Rest ihres Gins ins Gesicht.

Ian stieß beim Aufspringen seinen Stuhl um. Einen Moment lang sah er aus, als wollte er sich revanchieren, ihr sein Bier über den Kopf gießen, sie bei den Haaren packen und sie zu Boden reißen. Doch er ruderte nur ein paar Sekunden lang folgenlos mit den Armen, während die Flüssigkeit von seiner Nasenspitze auf sein schwarzes Hemd tropfte. »Du bist verrückt«, sagte er, bevor er aus dem Restaurant stürmte.

Sandy zuckte die Achseln. »Ich wollte mich nur klar ausdrücken.«

32

Megan träumte.

Es war ein Traum, der in abgerissenen Fetzen kam, eine Reihe ineinanderverschwimmender, fließender Bilder, die sich weigerten, ein zusammenhängendes Ganzes zu ergeben. Erst rannte sie eine Straße entlang, dann fiel sie kopfüber in einen großen Krater, Folge eines Sturms, der kurz zuvor alle alten Banyambäume der Umgebung entwurzelt hatte. Ein Baum lag auf der Seite, sodass seine dünnen Wurzeln entblößt waren und unter dem Stamm hervorragten wie abgetrennte Arterien. Als sie in das große Loch stürzte, versuchte Megan, eine von ihnen zu fassen, aber sie fiel zu rasch und die Wurzeln waren zu brüchig, um sie zu halten, und so wurde sie bald von weicher feuchter Erde umfangen, in der sie spurlos versank. Über sich hörte sie Schritte und Lachen. »Wo ist Kate?«, fragte irgendjemand, und Megan erkannte sofort die Stimme ihrer Mutter.

»Sie ist bei Mr. Lipsman«, antwortete jemand.

Eine hellrot-weiß getigerte Katze sprang plötzlich in Megans Schoß. »Nein, bin ich nicht«, wollte sie rufen, aber ihr Mund war voller Erde, die an ihren Zähnen klebte wie Reste von Füllungen. »Ich bin hier. Direkt unter deinen Füßen.«

Und dann ging sie plötzlich an den Parfümständen von Bloomingdale's entlang, und Verkäuferinnen in identischen weißen Kitteln über schicken schwarzen Kostümen sprühten wahllos verschiedene Düfte in ihre Richtung. Sie spürte, wie die aromatischen Nebel ihren Nacken befeuchteten und ihre

Augen tränen ließen. Dann hielt jemand ihr eine besonders übel riechende Probe unter die Nase, und sie wich vor den giftigen Dämpfen zurück. »Nein danke«, erklärte sie der lächelnden Frau, deren Namensschild sie als Fiona Hamilton auswies. »Dieser Duft gefällt mir gar nicht.«

Und dann stand Greg neben ihr und leckte das Parfüm von ihrem Hals, als wäre es Milch und er eine von Mr. Lipsmans Katzen. Ginger und Tanya tanzten um sie herum, und Liana saß an einer Süßigkeit knabbernd in der Ecke und beobachtete sie.

»Was machst du hier?«, fragte Megan. »Ich dachte, du bist tot.«

»Ich bin nicht tot«, antwortete Liana. »Ich habe nur ein Facelift machen lassen.

»Du siehst super aus«, erklärte Megan ihr, als Delilah Franklin und ihre Mutter Arm in Arm vorbeischlenderten.

»Was machst du denn hier?«, fragte Delilah vorwurfsvoll. »Du solltest doch zu Hause im Bett sein.«

Dann endete der Traum, so plötzlich wie ein Film, der im Projektor gerissen war.

Langsam schlug Megan die Augen auf, stützte sich auf einen Ellenbogen und beobachtete, wie die Details des Raumes nach und nach an ihre endgültige Position rückten. Es dauerte ein paar Sekunden, ehe sie begriff, dass sie nicht zu Hause in ihrem Bett lag, sondern vielmehr auf einer schmalen Pritsche in einer nur schwach beleuchteten und unvertrauten Umgebung. Ohne irgendwelche anderen Möbel, Bilder an den kahlen Wänden oder einem Teppich auf dem nackten Estrich. Eine dünne blaue Decke lag über ihren Schultern, und auf einem hohen Sims weit jenseits ihrer Reichweite brannte ein einzelnes Licht, möglicherweise eine Laterne. Es roch feucht wie der unfertige Keller im Haus ihrer Großeltern in Rochester, bevor sie ihr Haus verkauft hatten und in den achtzehnten Stock eines neuen Apartmentblocks mit Blick auf den Ontariosee gezogen waren.

Wo war sie?

Megan blickte an sich herab. Sie trug einen schwarzen Pulli und Jeans, denselben Pulli, dieselbe Jeans und die braunen Wildlederstiefel, die sie zu der Theater-Party getragen hatte. Wann war das gewesen? Heute Abend? Gestern Abend? Vorgestern Abend? Wie lange war sie schon hier, wo immer sie auch sein mochte?

Wo war sie?

Sie spürte einen Anflug von Panik. Entspann dich, ermahnte eine Stimme sie. Du träumst offensichtlich immer noch. Alles, was du siehst – der Raum, die Pritsche, die Decke, die Laterne, sogar der modrige Geruch in deiner Nase –, hat nichts zu bedeuten. Beim Aufwachen wirst du dich wahrscheinlich nicht einmal mehr daran erinnern.

Bitte lass das lieber früher als später geschehen, betete Megan und verschloss die Augen vor ihrem ungastlichen Quartier, obwohl der modrige Geruch trotzdem nicht verflog. »Ich mag diesen Traum nicht«, sagte sie laut, um endlich aufzuwachen. Sie hoffte, ihre Stimme würde kräftig genug sein, um in ihr Bewusstsein vorzudringen. Als sich diese Maßnahme als unzureichend erwies, legte sie sich wieder hin, zog die Decke über die Schultern und die Knie an die Brust.

So lag sie eine Ewigkeit da, zumindest fühlte es sich so an, obwohl es wahrscheinlich nur ein paar Minuten waren. Ihre Uhr war weg, stellte Megan fest, als sie über die leere Stelle an ihrem linken Handgelenk tastete. Sie war ein Geschenk ihrer Eltern zu ihrem sechzehnten Geburtstag gewesen, eine schmale goldene Uhr mit einem feinen herzförmigen Zifferblatt. »Genau wie dein Gesicht«, hatte ihre Mutter gesagt.

»Es ist okay«, versuchte Megan sich mit der Stimme ihrer Mutter zu beruhigen. »Es ist okay, Schätzchen. Alles wird gut. Morgen früh fühlst du dich bestimmt besser, versprochen.« Wirklich? Oder war es vielleicht schon Morgen?

Wo war sie? Wie spät war es?

Megan konnte sich nicht erinnern, ihre Uhr abgelegt zu haben, andererseits war dies nur ein Traum, weshalb man sich auf sein Gedächtnis nicht verlassen konnte. In Träumen gab es keine Erinnerungen. Und auch keine Konjunktionen. Das hatte sie mal irgendwo gelesen. Träume trugen einen ohne jedes *Und, Ob* oder *Aber* von einem merkwürdigen Ort zum nächsten, spielten die Ereignisse des Tages auf diverse scheinbar unlogische Arten noch einmal durch, verbanden Stimmen und Gesichter, die normalerweise nicht zusammengehörten, und vermischten das Banale mit dem Bizarren, das Alltägliche mit dem nie Geschehenen, das Lebende mit dem Toten, ohne jede Entschuldigung oder Erklärung. Manchmal waren Träume tröstend und angenehm. In Megans Fall waren sie häufiger das Gegenteil. Sie hatte schon immer viele Albträume gehabt, aber seit dem Auszug ihres Vaters waren es noch mehr geworden. Und dies war bloß ein weiterer dieser schlechten Träume, sagte sie sich.

Obwohl er sich anders anfühlte als jeder Traum, den sie je zuvor gehabt hatte.

Megan machte die Augen wieder auf und setzte sich hin, sodass die dünne Decke von ihren Schultern auf ihre Arme glitt.

Der Raum war noch genauso wie vor einigen Minuten. Dieselben kahlen Wände, derselbe nackte Estrich, derselbe modrige Geruch. Jetzt bemerkte Megan auch zum ersten Mal einen braunen Plastikeimer am Fuß der Pritsche mit einer Riesenrolle Klopapier daneben. Eklig, dachte sie, lachte laut und hoffte, dass das schrille Geräusch sie endlich von dieser ermüdenden Tortur erlösen würde. Aber es prallte von den nackten Wänden ab und kullerte ihr entgegen wie ein vergessener Gummiball.

In der Ecke standen zwei Flaschen Wasser. Waren die schon immer dort gewesen oder war das etwas Neues?

Megan überlegte, aufzustehen und sich eine zu nehmen – sie hatte Durst –, aber das hätte bedeutet, eine aktive Rolle in diesem Albtraum zu übernehmen, den zu verlängern sie keinerlei Bedürfnis hatte. Deshalb blieb sie, wo sie war, den Rücken an die harte Wand gepresst, und versuchte, die wachsende Gewissheit zu ignorieren, die durch ihre Adern zirkulierte, das flaue Gefühl, das sich in ihrem Magen ausbreitete, die grausame, undenkbare Einsicht, dass dies kein Traum war und sie deshalb auch nicht aufwachen würde. Denn sie war schon wach, wie ihr mit einem stechenden Atemzug bewusst wurde, als hätte ihr jemand ein Messer ins Herz gestoßen.

Sie schlief nicht. Dies war kein Traum. Sie war hellwach und hatte keine Ahnung, wo sie sich befand, außer dass sie nie zuvor hier gewesen war, so viel war sicher. »Hallo?«, rief sie. »Hallo? Ist da jemand?«

Und dann sah sie die Tür.

»Herrgott noch mal«, murmelte sie und stieß sich von der Pritsche ab. Wie blöd konnte man sein! Sie war ein kompletter Idiot, sich wegen gar nichts so aufzuregen. Die Tür war direkt vor ihrer Nase. Wie hatte sie sie vorhin übersehen können? Sie stand direkt davor und musste sie nur noch öffnen.

Aber sie ließ sich nicht öffnen, nicht mal einen Zentimeter bewegen, egal wie kräftig sie drückte und drehte. Schließlich schlug sie darauf ein und trat mit ihren neuen Stiefeln dagegen, bis das empfindliche Wildleder ganz abgekratzt und angestoßen war. »Was zum Teufel geht hier vor?«, rief sie laut mit Schweißperlen auf der Stirn. Zum ersten Mal wurde ihr bewusst, wie warm und stickig es in dem fensterlosen Raum war. »Macht die Tür auf«, kreischte sie. »Irgendjemand macht sofort die Tür auf.«

Wo war sie?

»Wo bin ich?«, fragte sie laut und begann, in dem Raum auf und ab zu laufen. Denk nach, dachte sie. »Denk nach«, brüllte sie und schlug sich mehrfach mit den Fäusten gegen ihre Hüfte. »Was ist das Letzte, woran du dich erinnern kannst?«

Sie erinnerte sich daran, auf der Bühne gestanden, gesungen, getanzt und den Applaus genossen zu haben. Sie erinnerte sich daran, wie Greg stolz ihre Hand gedrückt hatte, als sie sich gemeinsam verbeugt hatten.

Greg, dachte sie.

Natürlich.

»Greg?«, rief sie. »Greg, bist du da? Greg, lass mich hier raus. Das ist nicht lustig.«

Keine Antwort.

»Greg! Hörst du mich? Der Witz hat jetzt lange genug gedauert. Du bist nicht Petruchio, und ich bin nicht deine dumme Kate. Und ich finde es überhaupt nicht toll, eingesperrt zu werden. Lass mich raus. *Sofort.*«

Das musste Joeys Idee gewesen sein, dachte Megan, während sie ihrem Durst endlich nachgab und eine der Wasserflaschen öffnete. Joeys Vorstellung von einem lustigen Streich. Ein verdammt übler Streich. Wirklich *Der Widerspenstigen Zähmung*. Sie setzte die Flasche an den Mund, legte den Kopf in den Nacken und musterte beim Trinken die Decke. Sie spürte, wie das Wasser durch ihre Kehle rann und in ihrem Bauch zu einem Eisblock gefror. Wurde sie beobachtet?

»Ist da jemand?«, flüsterte sie und wiederholte dann noch einmal lauter: »Ist da jemand?« Sie suchte die Wände nach Löchern oder versteckten Kameras ab, aber das Licht war zu schwach und die Wände zu hoch, um jede Nische zu überprüfen. Sie könnte die Pritsche als Leiter benutzen, um die Laterne zu erreichen, aber was würde ihr das nutzen? Sie würde bloß Energie verschwenden, die sie vielleicht später brauchte.

Wofür?

»Greg! Joey! Macht die Tür auf. Verdammt noch mal. Das ist nicht witzig.«

Megan fuhr herum. Was war das für ein Geräusch? Hatte sie tatsächlich ein Lachen gehört oder spielte die Fantasie ihr nur einen Streich? Sie stand absolut still und spitzte die Ohren, um das Geräusch noch einmal zu hören, vernahm jedoch nur ihren eigenen abgerissenen Atem. Okay, sagte sie sich.

Du musst dich beruhigen. Du bietest ihnen genau das, was sie wollen. Es sind nur ein paar blöde Jugendliche, die ihr einen blöden Streich spielten und ihr irgendeine Lektion erteilen wollten. Wahrscheinlich waren Tanya und Ginger auch beteiligt, die so Rache dafür nahmen, dass sie ihnen die Hauptrolle unter ihrer gerümpften Nase weggeschnappt hatte. Und Joey hatte garantiert irgendwas damit zu tun. Aber Greg – konnte er bei so etwas wirklich mitmachen?

Dies ist unsere Nacht, hatte er ihr erklärt, als der Vorhang fiel.

Pssst, hatte er später gesagt.

Wann war das? Und wann hatte er ihr gesagt, still zu sein?

Auf der Party, erinnerte Megan sich, und die Szene nahm Gestalt an: Lonny Reynolds Wohnzimmer, die Musik, Tanzen und Trinken. Der wütende Wortwechsel mit Joey, nach dem sie und Greg nach oben gegangen waren. Das Elternschlafzimmer mit dem Doppelbett und den Seidenkissen. Die Berührung von Gregs Lippen, der Biergeschmack auf seiner Zunge, seine Hände auf ihren nackten Brüsten. Ihr geistloses Geplapper und sein *Psst*. Sie hatte die Tür hinter sich ins Schloss fallen und ihn alleine zurückgelassen.

Genauso saß sie jetzt auch da.

War das seine Art von Revanche?

Ja, er war wütend gewesen, kein Zweifel. Er hatte für den Abend offenbar große Pläne, *unsere* Nacht, hatte er gesagt – war es immer noch dieselbe? –, und sie hatte diesen Plänen einen Dämpfer verpasst. Mehr als das, sie hatte alles kaputtgemacht. Sie hatte von den Termiten ihrer Tante geredet, Herrgott noch mal. Kein Wunder, dass er ihr gesagt hatte, sie solle still sein. Sie hatte versucht, ihm zu erklären, dass sie noch nicht so weit war. Und er hatte sie als Schwanzfopper beschimpft und aufgefordert, das nächste Mädchen in der Reihe reinzuschicken.

Sie war aus dem Zimmer gerannt, aus dem Haus, die Straße hinunter.

Und was dann?

Was war als Nächstes passiert?

Die Straßen waren unmerklich ineinanderübergegangen. Beim Rennen hatte sie die ganze Zeit auf Gregs Schritte hinter sich gelauscht, hatte darauf gewartet, dass er sie an der Schulter fasste oder anflehte, stehen zu bleiben und zu warten. *Es tut mir leid*, konnte sie ihn sagen hören. *Ich habe das alles nicht so gemeint.*

Und dann *war* tatsächlich jemand hinter ihr, flüsterte ihren Namen, und sie drehte sich um, unendlich erleichtert, dass er da war und sie nicht mehr weglaufen musste, und dann …

Und was dann?

Was?

Und dann – nichts.

Eine blasse Erinnerung daran – oder war es nur ihre Einbildung –, dass jemand ihr etwas ins Gesicht gedrückt hatte und übel riechende Dämpfe in ihre Nase gestiegen waren, bevor alles schwarz geworden war. War das wirklich passiert?

Wie war sie hierhergekommen?

Wo war sie?

Megan ließ sich wieder auf die Pritsche sinken, nahm einen weiteren Schluck Wasser und stellte die Flasche auf den Boden. Wenn sie zu viel trank, müsste sie zur Toilette – ihre Blase zwickte schon jetzt spürbar –, doch egal wie stark der Drang ihrer Blase oder wie schmerzhaft ihre Bauchkrämpfe werden würden, sie würde diesen blöden Eimer auf keinen Fall benutzen. Diese Befriedigung würde sie ihnen nicht gönnen – wer immer sie waren, Joey, Tanya, Ginger und Greg; nein, bitte nicht Greg. Deshalb war es besser, nicht zu schreien, denn je mehr sie ihre Stimme in diesem feuchten, stickigen, heißen, kleinen Raum anstrengte, desto durstiger würde sie werden und desto mehr würde sie trinken … Nein, genug. Sie würde sich nicht verrückt machen. Und wozu auch? Zur Belustigung von ein paar perversen Schwachköpfen?

Gott sei Dank war Lianas Mörder gefunden worden. Gott

sei Dank war Cal Hamilton verhaftet und wartete in Untersuchungshaft auf seinen Prozess. Sonst würde sie wirklich wahnsinnig werden. Sie käme auf die unmöglichsten und verrücktesten Gedanken. Gedanken an sadistische Serienmörder, die ihre Opfer vergewaltigten, folterten und quälten. Ihnen mit einem Schuss das halbe Gesicht wegpusteten. Die ihre Leichen tagelang in schlangenverseuchten Sümpfen liegen ließen, auf dass Insekten und Alligatoren sich an den Überresten ihrer Körper weideten.

Und dann kamen Megan unwillkürlich die Tränen, als sie sich das besorgte Gesicht ihrer Mutter vorstellte. Sie wischte sie eilig ab. Die werden mich nicht weinen sehen, dachte sie entschlossen. Ihr könnt mich mal, Joey, Ginger und Tanya. Und du kannst mich auch mal, Greg. Ihr könnt mich alle mal.

Es ist bloß so leicht, sich in solchen Momenten zu verlieren.

Ich geh schon nicht verloren.

Versprochen?

Aber nun war genau das geschehen. Sie war verloren gegangen. Und wenn man nicht wusste, wie spät es war, waren alle Momente irgendwie gleich. Und wenn sie nicht Nein gesagt, sondern sich stattdessen in dem Moment verloren hätte, wäre sie jetzt nicht hier. Auf eine verdrehte Art war das also alles die Schuld ihrer Mutter.

Du kannst mich auch mal, Mommy. Verdammt.

Wo bist du?

Megan fragte sich, was ihre Mutter in diesem Augenblick machte. Schlief sie? Wusste sie überhaupt, dass ihre Tochter verschwunden war? Wartete sie ängstlich zu Hause auf sie und überlegte sich schon die angemessenen Konsequenzen, weil sie die verabredete Zeit lange überschritten hatte? Hatte sie das überhaupt? Suchte ihre Mutter sie schon? Durchkämmte sie in diesem Augenblick vielleicht bereits die Straßen, weckte Nachbarn und scheuchte den Sheriff aus seinem Bett? Und würden sie sie finden, bevor es zu spät war?

Zu spät wofür?

Cal Hamilton saß im Gefängnis. Sie hatte nichts zu befürchten.

Es sei denn.

Konnte es sein, dass er entkommen war?

Der erschreckende Gedanke jagte Megan von ihrer Pritsche in die Mitte des Raumes. War es möglich, dass Cal Hamilton geflohen war oder dass irgendjemand Kaution für ihn gestellt hatte? Er genoss schließlich den Ruf, bei den Frauen einen Stein im Brett zu haben. Hatte eine dieser Frauen ihm seine alberne Geschichte, dass man ihm die Morde nur in die Schuhe schieben wollte, womöglich geglaubt und das Geld für seine Freilassung aufgebracht?

Oder vielleicht war es auch ein Trittbrettfahrer. Irgendein anderer Perverser, der gehört hatte, was Cal seiner Frau, Liana und diesem anderen armen Mädchen – Candy Soundso – angetan hatte, der beobachtet hatte, wie Megan von der Party geflohen war, und die Chance genutzt hatte. Irgendwie war es ihm gelungen, sie verschwinden zu lassen, ohne dass jemand ihn gesehen hatte.

Hatte jemand ihn gesehen?

»Keiner hat ihn gesehen«, sagte Megan laut, »weil er gar nicht existiert.« Sie hoffte, dass ihr strenger Tonfall alle derart albernen Spekulationen zerstreuen würde. Die Vorstellung eines weiteren Mörders, der sich innerhalb so kurzer Zeit ausgerechnet Torrance als Ziel seiner Taten ausgesucht hatte, war einfach zu albern und zu weit hergeholt.

Die Realität war viel gewöhnlicher. Die Realität war, dass Joey Balfour sich diese dumme Idee ausgedacht und es irgendwie geschafft hatte, Greg davon zu überzeugen mitzumachen, und nun saß wahrscheinlich das ganze Ensemble von *Kiss Me, Kate* hier irgendwo herum, hörte sich ihr wirres Gerede an und amüsierte sich köstlich auf ihre Kosten. Wahrscheinlich hockte sie sogar im Keller von Lonny Reynolds Haus, verdammt. Natürlich. Das war es. Obwohl sie sich nicht erinnern konnte, dass das Haus einen Keller hatte. Die meisten Häuser in Florida hatten jedenfalls keinen.

War sie überhaupt noch in Florida?

»Okay, das ist albern. Du bist jetzt wirklich albern.« Natürlich war sie noch in Florida. Wo sollte sie sonst sein? Glaubte sie, dass man sie in einen anderen Staat gebracht hatte und in einer Zelle festhielt, um sie in die weiße Sklaverei zu verkaufen? Sie hatte im Fernsehen einmal einen Bericht über Mädchen gesehen, die entführt und in die Prostitution verkauft worden waren und dann jahrelang arbeiten mussten, bis sie freigelassen oder doch eher von ihrem Zuhälter umgebracht wurden. Aber bei diesen Frauen handelte es sich meistens um arme Mädchen aus notleidenden Ländern und nicht um verwöhnte amerikanische Teenager. Und beschränkte sich der Sexhandel in Amerika nicht weitgehend auf Kinder? Für die Kinderpornoindustrie war sie doch bestimmt schon zu alt. Obwohl es widerliche Webseiten gab, auf die sie gestoßen war, bevor ihre Eltern eine Sperre in ihrem Computer aktiviert hatten, Seiten mit Fotos von jungen Frauen wie sie selbst, die gefesselt und geknebelt, ausgepeitscht oder sogar mit Viehhaken malträtiert wurden. Man hatte den Eindruck, dass es für jede denkbare Perversion eine Website gab, inklusive Filme, in denen Menschen tatsächlich getötet wurden. Hatte sie soeben eine weitere Hauptrolle ergattert?

»Oh Gott. Oh Gott.«

Nein, sei nicht albern. Beruhige dich. Siehst du nicht, was du machst? Du machst dich selber verrückt. Es geht hier nicht um Pornographie oder Sklaverei. Es geht um einen Haufen blöder Kids, die sich noch bescheuerter benehmen als sonst. Es geht um Eifersucht, Neid, Kleinmut und Zorn, weil du nicht mitmachen wolltest. Es geht um einen Test, ein Initiationsritual, eine Schikane, die du über dich ergehen lassen musst, um dazuzugehören.

Nicht, dass sie noch irgendwas mit ihnen zu tun haben wollte. Sobald sie hier raus und wieder zu Hause war, würde sie ihrer Mutter sagen, dass sie wieder nach Rochester ziehen wollte. Wenn es in der Tat ein Traum war – und sie hatte immer noch Hoffnung, dass das der Fall sein könnte –, dann war dies offensichtlich genau die Botschaft, die er vermitteln wollte: Es war an der Zeit, Torrance zu verlassen, sie hatten das Wohlwollen der Einheimischen überstrapaziert, sie sollten ihre Verluste abschreiben und abhauen.

»Bitte mach, dass ich aufwache«, flüsterte sie.

Sie kehrte zu der Pritsche zurück und schloss noch einmal die Augen, obwohl sie sich nicht hinlegte. Du musst an etwas Schönes denken, sagte sie sich. Denk an den Bikini, den du in dem kleinen Laden in South Beach gesehen hast, den schwarzen mit den kleinen blauen Schleifen, den deine Mutter zu teuer fand, aber dann hat sie der Verkäuferin heimlich gesagt, sie solle ihn zurücklegen. Wahrscheinlich sollte es also eine Überraschung zu ihrem Geburtstag am 1. Juli werden. Der in Kanada ein großer Feiertag war so wie der 4. Juli in Amerika.

Sie mochte Kanada, dachte Megan, dem wahllosen Fluss ihrer Gedanken folgend. Sie hatte zwar noch nicht viel von dem Land gesehen, eigentlich nur Toronto, aber sie liebte die Stadt, weil sie so schön war und man dort so viel anschauen konnte – den CN-Tower, das Science Centre und den Theater District –, und von Rochester musste man nur die Fähre über den See nehmen. Im letzten Jahr waren sie eines Samstagmorgens mit der Fähre nach Toronto gefahren, hatten sich am Nachmittag die Dinosaurier-Ausstellung im Royal Ontario Museum angesehen und in einem Prominenten-Lokal namens Sotto Sotto wunderbar zu Abend gegessen. Dort waren sie tatsächlich Kiefer Sutherland und Ethan Hawke über den Weg gelaufen– Kiefer war viel süßer als Ethan, der viel zu dünn war und aussah, als könnte ihm ein Bad nicht schaden. Anschließend hatte sie noch eine Vorstellung der letzten *Les Misérables*-Tournee besucht und waren am nächsten Tag mit der Fähre zurück nach Rochester gefahren. Sie hatten so viel

Spaß gehabt. Das war natürlich, bevor ihr Vater in einem Internet-Chatroom Kerri Franklin kennen gelernt und ihre Mutter überredet hatte, mit der ganzen Familie nach Florida zu ziehen. Wenn sie nur jetzt auf eine Fähre springen könnte, dachte Megan. Wenn sie nur hier rauskommen würde.

Wo war sie?

Ihr Magen knurrte, und sie fragte sich, wann sie zum letzten Mal etwas gegessen hatte. »Ich kriege langsam Hunger, Leute«, rief sie. »Ich finde, der Spaß hat jetzt lange genug gedauert, meint ihr nicht?«

Aber niemand antwortete.

Trotz ihrer besten Vorsätze und aller sturen Entschlossenheit ließ Megan den Kopf auf die Pritsche sinken und weinte.

33

»Hör auf zu heulen, Herrgott noch mal«, knurrte John wütend und versuchte sich zu beherrschen. Schließlich war *er* und nicht seine Frau der Leidtragende bei der ganzen Sache. *Er* hatte sich nicht so betrunken, dass er völlig hysterisch geworden war. Er hatte sie nicht beide vor allen Leuten blamiert und ihr schmutziges kleines Geheimnis – also gut, *sein* schmutziges kleines Geheimnis, und war es überhaupt ein Geheimnis, wenn es schon jeder wusste? – mitten in der beliebtesten Kneipe der Stadt ausposaunt. Er hatte sich auf der Heimfahrt nicht im Wagen übergeben und dann noch einmal, sobald sie das Haus betreten hatten. Hatte er nicht alles sauber gemacht, Herrgott noch mal? Hatte er sich nicht auf die Zunge gebissen, als sie ihn als Mistkerl, Betrüger und fettes Schwein beschimpft hatte? Hatte er seinen Impuls, den Fernseher einzutreten, nicht unterdrückt, als sie ins Schlafzimmer gestolpert war und ihn auf volle Lautstärke gedreht hatte? Er war der *Inbegriff* der Zurückhaltung, dachte er vor dem Bett auf und ab laufend. »Weswegen heulst du, verdammt noch mal?«, brüllte er über den dröhnenden Fernseher hinweg.

»Ich heule darüber, wie du mich behandelst«, schrie sie zurück. Sie saß auf dem Bett, den Rücken an das Kopfbrett gelehnt, ein Bein über das Überbett gestreckt, den anderen Fuß Halt suchend auf dem Boden, die Knöpfe ihrer zerknitterten Bluse offen, das sonst volle kastanienbraune Haar schlaff und strähnig und mit einer Mascara-Spur im Gesicht, die den Fluss ihrer Tränen markierte.

»Wie ich *dich* behandele?«

»Jeder weiß über deine Affäre mit Kerri Franklin Bescheid.«

»Nun, wer es bisher nicht wusste, weiß es jetzt ganz bestimmt.« John knöpfte seinen marineblauen Blazer auf, den er nur zu besonderen Anlässen trug. Und der Abend hatte auch ganz besonders begonnen. Der spontane Beifall, mit dem er in der Schulaula empfangen worden war, der fantastische Auftritt seiner Tochter in dem Musical, die anschließende spontane Feier im Chester's. Alles war prima gelaufen, bis Pauline einen Drink zu viel bestellt hatte und die kleinen Spitzen, die sie schon den ganzen Abend in seine Richtung abgefeuert hatte, immer beißender und die verschleierten Andeutungen immer unverhohlener geworden waren. Sowohl Avery Peterson als auch Lenny Fromm hatten das drohende Desaster gewittert und das Etablissement so rasch und höflich wie möglich verlassen. Rita hatte versucht, die eskalierenden Feindseligkeiten mit einem Sperrfeuer schwachsinnigen Smalltalks abzufangen. Irgendwann war Pauline mürrisch verstummt. Und dann war Sandy Crosbie gekommen und hatte ihm den ersehnten Vorwand geliefert, von dem Tisch wegzukommen. Er hatte sogar eine Partie Poolbillard gespielt und sich gerade zu seiner Selbstbeherrschung gratuliert, als das *Pièce de résistance*, wie Pauline wahrscheinlich sagen würde, in Gestalt von Kerri und dem guten Doktor die Szene betreten und die nachfolgende Eruption ausgelöst hatte. Würde er das je wiedergutmachen können? »Hör mal, ich weiß nicht, warum wir jetzt darüber reden. Das sind alte Geschichten. Die Affäre mit Kerri ist schon lange her.«

»Sie hätte gar nicht erst passieren dürfen«, fauchte Pauline.

John nickte. Was sollte er sonst machen?

»Und beleidige meine Intelligenz nicht mit der Behauptung, dass es nicht wieder vorkommen wird. Sobald der Doktor sie abserviert, wird sie sich an deiner Schulter ausheulen –«

»Er wird sie nicht abservieren, und sie wird sich nicht ausheulen.«

»– und du wirst auf Kommando angerannt kommen.«

»Falls es dir noch nicht aufgefallen sein sollte, ich bin nicht mehr der Schnellste.« John war erschöpft. Er wollte nur noch ins Bett steigen und in bewusstlosen Tiefschlaf fallen.

»Was? War das ein Witz? Soll das vielleicht komisch sein? Du bist ein Schwein, weißt du das?«

»Ich glaube, das hattest du schon erwähnt.«

»Ach ja? Und weißt du was? Ich erwähne es noch mal.« Pauline begann, das Laken unter der Überdecke an sich zu zerren.

»Was zum Teufel machst du da?«

»Mir ist kalt.«

»Geh endlich duschen.«

»Geh zum Teufel.«

John warf angewidert die Hände in die Luft. »Willst du, dass deine Tochter dich so sieht?«

Pauline tat seine Sorge mit einem schlaffen Winken ab. »Amber ist nicht zu Hause. Sie ist auf der Party. Falls du es vergessen hast.«

John sah auf die Uhr. Er hatte es nicht vergessen. Es war schon nach Mitternacht. »Sie kommt in einer knappen Stunde nach Hause.«

»Ich glaube, sie mag diesen Jungen«, bemerkte Pauline, als ob sie sich nicht eben noch angeschrien hätten.

»Welchen Jungen?«

»Sandys Sohn. Wie heißt er noch? Tom? Tim? Tumber?«

»Das bildest du dir ein. Wie üblich.«

»Und du kriegst nichts mit. Wie üblich.« Sie lachte. »Es ist eigentlich ziemlich ironisch, wenn man es sich überlegt. Ich glaube jedenfalls, *ironisch* ist das richtige Wort. Ich muss Sandy fragen, wenn ich sie das nächste Mal treffe.«

»Was plapperst du da?«

»Unsere Tochter und Sandys Sohn. Das hat doch etwas,

findest du nicht? Als ob es vorherbestimmt wäre. Ich meine, auf der einen Seite haben wir Sandy, die Frau von Ian, Liebhaber von Kerri, und Kerri, Exgeliebte von John, dem betrügerischen, nichtsnutzen Ehemann von Pauline. Was hast du gesagt? Hast du gesagt, dass ich plappere?«

»Ich sagte, ich denke, du solltest dich waschen und zusammenreißen, bevor Amber nach Hause kommt.«

»Hier kommt sie nicht rein. Das macht sie nie.«

»Du bist betrunken.«

»Ach wirklich? Sag bloß! Warum hat mir das niemand gesagt?«

»Beweg dich unter die Dusche.«

»Verpiss dich.«

»Pass auf«, sagte John, »du wirst jetzt duschen, ob es dir gefällt oder nicht.«

»Tatsächlich? Und wer soll mich dazu zwingen? Du?«

»Wenn ich muss.«

»Und wie genau willst du das anstellen?«, neckte Pauline ihn. »Wirst du mich à la *Kiss Me, Kate* hochheben und über die Schulter werfen?«

»Ich glaube, ich würde dich lieber an den Haaren schleifen.« John machte einen Schritt auf sie zu. Er hatte nicht die Absicht, Gewalt anzuwenden, obwohl ihn das *à la* fast so weit gebracht hätte. Aber er hatte schon genug harmlose Familienstreitigkeiten böse enden sehen und nicht die Absicht, sich der Reihe der Ehemänner anzuschließen, die ihre Frauen misshandelten. War Betrug nicht Misshandlung genug? »Komm schon, Pauline. Mach es mir nicht so schwer.« Er packte ihre Hand, sie schlug nach seinem Arm, doch er bekam ihren Ellenbogen zu fassen und zog sie vom Bett.

»Ich gucke diese Sendung«, schrie sie, als er sie durch den Flur ins Bad schleifte.

»Du kannst sie zu Ende gucken, wenn du geduscht hast.«

»Dann verpass ich den besten Teil.«

»Du verpasst überhaupt nichts.« John hielt inne. Diskutierten sie wirklich über irgendeine blöde Spätabendserie, die sie wahrscheinlich in- und auswendig kannte? »Geh einfach unter die verdammte Dusche.« Während er sie mit einem Arm weiter festhielt, gelang es ihm mit dem anderen, die Tür der Duschkabine aufzuschieben und das Wasser anzudrehen. »Zieh dich aus.«

»Zieh Leine.«

»Schön. Dann ziehst du dich eben nicht aus.« Er packte seine Frau an der Hüfte und hob sie in die Mitte der Kabine, sodass der Wasserstrom sich über ihre Haare ergoss und über die Stirn in ihren offenen Mund lief. Schnell waren ihre Seidenbluse und ihre Leinenhose durchtränkt.

»Meine Schuhe!«, kreischte sie und riss sich die hellbraunen Lederpumps von den Füßen und schleuderte sie in die Richtung von Johns Kopf.

Den Schuhen konnte er noch ausweichen, nicht jedoch ihren Fingern, die sich irgendwie an die silberne Gürtelschnalle seiner grauen Hose klammerten. Sie zog einmal kräftig, und er taumelte in die Duschkabine. Seine Knie schlugen auf die beigefarbenen Fliesen, als er mit Pauline unter dem stetigen Wasserstrahl rangelte. Er wollte sich an der Wand abstützen, fand stattdessen Paulines Brust und zog seine Hand weg, als hätte er sich verbrannt. Vorwürfe, er hätte versucht, sie zu belästigen, waren das Letzte, was er gebrauchen konnte.

»Was ist los?«, höhnte sie Wasser spuckend. »Hab ich dich erschreckt? Hast du vergessen, wie sich eine echte Brust anfühlt? Es ist jedenfalls weiß Gott lange her, seit du dich für meine interessiert hast.« Sie begann, ihre Bluse auszuziehen, und schaffte es irgendwann, den feuchten Stoff von ihren Armen zu schälen, obwohl die Knöpfe am Ärmel ein bisschen länger dauerten. Wenig später hatte sie sich auch ihrer übrigen Kleider entledigt – BH, Hose, Slip – und stand vollkommen nackt vor ihm. »Schau mich an!«, rief sie. »So sieht der Körper einer echten Frau aus.«

Widerwillig ließ John den Blick über den entblößten Leib

seiner Gattin wandern. Er sah große herabhängende Brüste, ein kleines Bäuchlein, fleckige Oberschenkel, den dunklen Busch ihrer Scham und die immer noch wohlgeformten Beine. Und er stellte einigermaßen alarmiert fest, dass er erregt war. Jesses Maria, was war bloß mit ihm los?

Pauline sah es auch, zerrte unverzüglich seine Hose bis zu den Knöcheln herunter und nahm ihn in den Mund, während das Wasser aus der Dusche weiter auf sie herabströmte. Dann hob er sie hoch und stützte sich mit der rechten Hand ab, während er mit der linken seinen Penis in sie einführte. Kurz darauf stießen sie gegen die Hähne und klatschten gegen Glas und Fliesen, und das Wasser strömte in seine Augen und seinen Mund, sodass er nichts hören und nichts sehen, ja kaum atmen konnte. Der ganze Abend fiel von ihm ab – die Vorwürfe, die Peinlichkeiten und die Erschöpfung. Er spürte nur noch seinen Körper, der gegen ihren drängte, und es fühlte sich gut an. Gott, er hatte vergessen, wie gut es sich anfühlte. Es fühlte sich verdammt noch mal großartig an. Bis er an der Wand abrutschte, sich in der um seine Knöchel geknubbelten Hose verhedderte und das Gleichgewicht verlor, sodass sie beide zu Boden krachten. Und selbst da machten sie noch weiter, und er musste an die Geschichte von den beiden kopulierenden Hunden denken, deren Besitzer schließlich einen Eimer Wasser über sie ausgießen mussten, um sie zu trennen, und er lachte, weil nicht einmal eine vollaufgedrehte Dusche ihn und Pauline aufhalten konnte.

»Kommen Sie jetzt öfter?«, fragte sie ihn, nachdem das Wasser schließlich abgedreht war und beide keuchend auf dem Boden saßen.

Er nahm sie in die Arme und küsste sie. Sie wirkte überrascht, aber froh.

John wollte sagen, dass es ihm leidtat, war sich jedoch nicht sicher, wofür er sich eigentlich entschuldigte. Dafür, dass er ein mieser Ehemann war? Für seine Affäre mit Kerri Franklin? Dafür, dass er seine Frau nicht so geliebt hatte, wie sie es brauchte? Und würde eine Entschuldigung irgendwas von all dem ändern?

»Es tut mir leid«, hörte er Pauline im gleichen Augenblick sagen. »Ich war dir keine besonders gute Ehefrau, oder?«

»Ich hab dir's auch nicht leicht gemacht.«

Eine kurze Pause, ein Kopfschütteln, ein Seufzer.

»Und was jetzt?«, fragte Pauline.

»Wir trocknen uns ab, gehen ins Bett und schlafen.«

»Wir müssen immer noch über einige Sachen reden.«

»Einverstanden. Aber nicht mehr heute Nacht.«

»Vielleicht könnten wir bei *Dr. Phil* auftreten«, sagte sie.

»Wer zum Teufel ist *Dr. Phil*?«

Irgendwo im Haus wurde eine Tür zugeschlagen. »Mom? Dad? Seid ihr noch wach?«

John sah auf seine Uhr, das Einzige, was er noch am Leibe trug. Sie war Gott sei Dank wasserdicht, dachte er, als er sich hastig aufrappelte, aus der Duschkabine stieg und gerade noch ein Handtuch um die Hüften schlingen konnte, bevor Amber ins Bad platzte.

»Dad, bist du –« Ambers Blick schoss von ihrem Vater zu ihrer Mutter und wieder zurück. »Uups.«

»Hallo, Schätzchen«, sagte Pauline, als würde sie nicht zwischen zwei Sätzen klatschnasser Kleidung nackt auf dem Boden der Duschkabine sitzen. »Hattest du einen schönen Abend?«

Amber machte den Mund auf, brachte jedoch keinen Mucks heraus.

»Ist irgendwas nicht in Ordnung?«, fragte John. Konnte der Abend noch absurder werden?

Ambers Blick wanderte von der Decke zum Boden, um ängstlich irgendwo zu verharren. »Wir können Megan nicht finden.«

»Megan Crosbie?« Pauline stieg aus der Dusche und zog einen weißen Frotteebademantel an.

»Ja. Tims Schwester.«

»Was soll das heißen, ihr könnt sie nicht finden?«, fragte John.

»Sie ist vor ein paar Stunden von der Party verschwunden, und seitdem hat sie niemand mehr gesehen.«

»Sie ist wahrscheinlich nach Hause gegangen. Habt ihr ihre Mutter gefragt?«

»Tim hat vor einer halben Stunde angerufen. Er wollte seine Mutter nicht beunruhigen, deshalb hat er nur gefragt, ob er und Megan noch ein bisschen länger bleiben können, und sie hat okay gesagt. Megan ist also offensichtlich nicht zu Hause.«

»Könnte sie mit einem Jungen zusammen sein?«, fragte Pauline vorsichtig.

»Das haben auch erst alle gedacht«, stimmte Amber ihr zu. »Sie und Greg waren in letzter Zeit ziemlich dicke miteinander.«

»Greg Watt?«, fragte John, und Amber nickte.

»So, so«, sagte Pauline.

»Aber sie haben sich offenbar gestritten, und danach ist sie abgehauen.«

»Hat irgendjemand sie weggehen sehen?«

»Delilah hat gesagt, Megan wäre an ihr vorbeigerannt, und sie hätte ihr noch nachgerufen, aber Megan hätte sie gar nicht beachtet. Und ein paar Minuten später ist Greg auch abgehauen.«

»Nun, dann ist doch alles klar. Er hat sie wahrscheinlich eingeholt, und die beiden feiern wahrscheinlich, noch während wir hier reden, schon irgendwo Versöhnung.« Fall geklärt, dachte John, den es mit jeder schmerzenden Faser seines Körpers ins Bett drängte. Und genau da waren Greg und Megan garantiert auch gerade – und wenn nicht in einem Bett, dann an einem Ort, der einem Bett möglichst nahe kam, wahrscheinlich die Rückbank von Gregs Transporter.

Amber schüttelte energisch den Kopf. »Nein. Wir kommen gerade von Greg. Er war da, aber Megan war ganz bestimmt nicht bei ihm. Er war völlig aufgebracht, als wir ihm erzählt haben, dass keiner weiß, wo sie ist. Er hat gesagt, er würde sich sofort auf die Suche machen.«

Das hat mir gerade noch gefehlt, dachte John. »Okay, okay. Nur weil sie nicht bei Greg war, heißt das noch nicht, dass ihr irgendwas passiert ist.« Aber in seinem Hinterkopf läuteten die Alarmglocken, auch wenn er so tat, als würde er sie nicht hören. »Ist sonst noch jemand früher von der Party weggegangen?«

»Mir fällt nur Victor Drummond ein. Es war so voll, und den ganzen Abend sind Leute gekommen und gegangen. Ich habe gesehen, wie er sich kurz vor der Schlägerei rausgeschlichen hat.«

»Welche Schlägerei?«, fragte John.

»Eine Schlägerei?«, fragte Pauline wie sein Echo. »Ist alles in Ordnung mit dir? Du bist doch nicht verletzt, oder?«

»Mir geht es gut. Allen geht es gut. Außer Joey.«

»Joey Balfour?«

»Ja, Brian hat ihm ganz ordentlich eine verpasst.«

»Brian?«, fragte Pauline. »Du meinst doch nicht etwa Brian Hensen, oder?«

»Ihr hättet ihn mal sehen müssen. Er ist völlig ausgerastet. Es war wirklich unglaublich.« Amber riss vor Bewunderung die Augen auf.

»Okay. Ich fürchte, ich kann dir nicht ganz folgen«, unterbrach John sie. »Noch mal von vorne. Ihr wart auf der Theater-Party ...«

»Bei Lonny Reynolds«, führte Amber weiter aus.

»Sind seine Eltern nicht übers Wochenende weg?«

John bedeutete seiner Frau mit einem Blick, dass sie ihn die Sache regeln lassen sollte, und sie verstummte. »Okay, ihr seid also auf der Party, und es kommt zu einer Schlägerei ...«

»Nicht direkt«, präzisierte Amber. »Erst war alles super. Alle haben getanzt und waren gut drauf. Es war echt klasse.«

»Waren auch Leute da, die du nicht kanntest?«

»Vielleicht ein paar. Es war sehr voll. Das ganze Haus war voller Leute – Wohnzimmer, Küche, Schlaf-« Amber unterbrach sich. »Man konnte gar nicht mithalten, wer alles da war. Deshalb hat auch zuerst niemand gemerkt, dass Megan verschwunden war.«

»Okay, ihr habt also getanzt und euch amüsiert…«

»Ja. Und dann fing Joey mit seiner üblichen Arschlochtour an, alle ›Schwuchteln‹ zu nennen, und plötzlich ist Brian auf ihn losgegangen. Dann hat Perry Falco auch einmal zugeschlagen, und ehe man sich versah, waren alle kräftig dabei. Sieht so aus, als wäre Joey nicht halb so beliebt, wie er dachte.«

»Ist er verletzt?«, fragte Pauline.

»Ja, ich glaube sein verletzter Stolz tut ihm mehr weh als alles andere.«

»Wo ist er jetzt?«

»Keine Ahnung. Er ist abgehauen. Und wir anderen sind noch geblieben und haben geholfen, ein bisschen aufzuräumen, weil Lonny wegen dem Chaos Panik hatte, dass seine Eltern was merken, und dann hat Tim zu allem Übel festgestellt, dass seine Schwester nicht da war.«

»Und Delilah war die Einzige, die sie hat weggehen sehen?«

»Sie war ganz aufgewühlt und hat immer wieder gesagt, sie hätte ihr nachgehen sollen. Sie hat Tim und mich zu Greg gefahren.«

»Wo ist sie jetzt?«

»Sie wollte Tim nach Hause fahren und dann noch einmal nach ihrer Großmutter sehen, bevor sie sich auf die Suche macht.«

John schüttelte den Kopf. Gott schütze mich vor Amateurdetektiven, dachte er. Obwohl er dankbar war, dass Delilah seine Tochter nach Hause gefahren hatte.

»Sie ist eigentlich ein ganz nettes Mädchen«, sagte Amber, als hätte sie die Gedanken ihres Vaters gelesen.

John marschierte aus dem Bad zu seinem Kleiderschrank und begann in der Schublade nach frischen Boxershorts zu suchen.

Pauline war direkt hinter ihm. »Was machst du?«

»Ich kann nicht einen Haufen Jugendlicher da draußen rumrennen und meinen Job machen lassen.« Er zog eine Jeans und ein weißes Sweatshirt an.

»Kann ich mitkommen?«, fragte Amber, die ihm zur Haustür gefolgt war.

»Kommt überhaupt nicht in Frage.«

Das Telefon klingelte. John wartete, bis seine Frau abgenommen hatte.

»Es ist Sandy Crosbie«, sagte Pauline und gab ihm das tragbare Telefon.

»Hat Amber schon mit Ihnen gesprochen?« Sandy weinte schon, bevor John den Hörer am Ohr hatte. »Hat sie Ihnen erzählt, dass Megan verschwunden ist?«

»Das ist noch gar nicht gesagt«, versuchte John, sie zu beruhigen. Wie oft hatte er dieses Gespräch in den vergangenen Monaten geführt? Zuerst mit Candy Abbots Mutter, dann mit den Martins und zuletzt mit Cal Hamilton. Der Gedanke ließ ihn schaudern. Drei verschiedene Gespräche. Zwei Leichen. Cal Hamilton war verhaftet und wartete sicher eingesperrt auf seinen Prozess. Deshalb gab es auch keinen Grund zur Besorgnis. Megan hatte sich mit ihrem Freund gestritten und sich wahrscheinlich mit einem anderen Jungen zusammengetan, um sich zu rächen. Am nächsten Morgen würde sie verlegen und schuldbewusst wiederauftauchen wie diese Vinton, das Mädchen aus Collier County. »Könnte sie vielleicht bei ihrem Vater sein?«

»Ich habe ihn gerade angerufen. Er hat aufgelegt, bevor ich ein Wort sagen konnte.«

»Also gut. Wie lautet seine Telefonnummer? Ich rede mit ihm.« John wiederholte die Nummer, die Sandy ihm diktierte, während Pauline losrannte, um Papier und Bleistift zu holen.

»Ich werde sie suchen«, kündigte Sandy an.

»Bitte tun Sie das nicht«, bedrängte John sie, obwohl er wusste, dass sein Flehen auf taube Ohren stoßen würde. »Lassen Sie mich wenigstens erst mit Dr. Crosbie sprechen.«

»Rufen Sie mich danach sofort zurück?«

»Sobald ich mit ihm gesprochen habe.« John beendete das Gespräch. »Scheiße«, brüllte er. »Frauen! Warum könnt ihr nicht einfach zu Hause bleiben und –« Er sah seine Tochter an. »Essen!«, bellte er.

Amber starrte trotzig zurück. »Rufst du jetzt Dr. Crosbie an?«

John atmete tief durch, um sich zu beruhigen, während Pauline Dr. Crosbies Handynummer wählte.

»Was gibt's Sheriff?«, fragte Ian zur Begrüßung, weil die Nummer offensichtlich in seinem Display angezeigt wurde. »Ich bin hier nämlich ziemlich beschäftigt.«

John musste nicht fragen, wo Ian sich aufhielt. Im Hintergrund hörte er Kerri.

»Ist das der Krankenwagen?«, fragte sie.

»Gibt es ein Problem?«, fragte John.

»Kerris Mutter hatte einen Herzinfarkt«, sagte Ian und fügte flüsternd hinzu: »Sie ist tot.«

John versuchte, diese neueste Information zu verarbeiten. Was konnte heute Nacht noch alles passieren? »Bitte richten Sie Kerri mein Beileid aus«, sagte er und spürte, wie Pauline neben ihm sich am ganzen Körper verspannte. »Ist Megan zufällig bei Ihnen?«

»Megan? Nein. Die ist auf der Party. Hören Sie, Sie müssen mich entschuldigen.«

Das Gespräch wurde unterbrochen. John rief sofort Sandy zurück. »Sie ist nicht bei ihm«, erklärte er ihr. »Ich hole Sie in fünf Minuten ab. Wir suchen gemeinsam. Und Sandy«, fügte er mit ruhiger Überzeugung hinzu, »wir werden sie finden. Versprochen.«

34

Als Megan erwachte, hörte sie ein leises Stöhnen.

Das unheimliche Geräusch kam mit einem Traum herangeweht. *Kannst du mich am Morgen retten?* Liana Martin sang neben einem glühenden Lagerfeuer, umringt von ihren Freundinnen, die mit ihr die Lippen zum Text des Liedes bewegten.

Denn ich hab eine Leere zu füllen.
Ein Begehren zu verhüllen.

Und dann kam Joey Balfour mit einem Kasten Bier, und alle tranken und redeten laut durcheinander, sodass die wunderschönen Worte des Liedes –

Wenn ich ein anderer wär',
Hätt' ich's nur halb so schwer

– übertönt wurden.

Hab noch Strafen zu vollstrecken
Hab meine Wunden noch zu lecken.

Und dann wurde das zarte Tremolo von Lianas Stimme immer zittriger und sackte aus der Sopranlage in den Alt –

Kannst du mich am Morgen retten?

– bis ihr Gesang plötzlich völlig verzerrt klang, die Worte miteinander verschmolzen und die Harmonien in die Dissonanz purzelten. Das Lied wurde zum Klagegesang und der Klagegesang zu einem langen, traurigen Schrei.

Sei mutig, Süße, und sag Nein
Niemand zwingt dich, dabei zu sein
Wenn du spürst das Gefühl in dir
Du wärst irgendwo anders als hier…

Megan öffnete die Augen und richtete sich auf. Diesmal gab es keinen unangenehmen Schock, sondern nur die traurige Feststellung, dass die mittlerweile vertraute Umgebung nach wie vor dieselbe war. Sie war nirgendwo *anders als hier*. Nichts hatte sich verändert, seit sie zum letzten Mal eingedöst war. Sie war noch immer in demselben, schrecklichen kleinen Raum mit dem leeren Plastikeimer neben derselben unbequemen schmalen Pritsche unter demselben schwachen flackernden Licht. Sie hatte keine Ahnung, ob sie Minuten oder Stunden geschlafen hatte, länger oder kürzer als beim letzten Mal, und ob es Tag oder Nacht war.

Kannst du mich am Morgen retten?

»Kannst du mich retten?«, wiederholte Megan und lauschte der Musik in ihrem Kopf.

Aber es war keine Musik, und es war auch nicht in ihrem Kopf.

Was war es dann?

Megan rappelte sich auf die Füße, ihre Beine waren schwach und zittrig. Irgendjemand stöhnte, erkannte sie, und der Adrenalinstoß trieb sie weiter. Irgendjemand direkt hinter der Tür. Ihr Herz begann wie wild zu pochen, so schnell, dass Megan kaum atmen konnte, und das Blut rauschte in ihren Ohren, dass sie nur mit Mühe einen klaren Gedanken fassen konnte.

Doch klar denken war genau das, was jetzt gefragt war, wusste sie, weil dies nicht der Moment war, unüberlegt loszuschlagen und impulsiv und gedankenlos zu handeln, um sich womöglich in eine noch größere Gefahr zu begeben als die, in der sie schon schwebte. Denn in den Minuten, Stunden oder Tagen, die sie in diesem grausamen kleinen Gefängnis verbracht hatte, hatte sie erkannt, dass dies kein dummer Jungenstreich war und dass derjenige, der sie hierherverschleppt hatte, sehr viel mehr im Schilde führte als eine miese kleine Revanche.

Irgendjemand wollte ihr ernsthaft Schaden zufügen. Möglicherweise dieselbe Person, die Liana, Candy und Fiona ermordet hatte. Und es war egal, ob diese Person Cal Hamilton, ein Trittbrettfahrer oder jemand ganz anderes war. Entscheidend war, dass Megan bei wachem Verstand blieb, wenn sie dem Schicksal der anderen entgehen wollte.

Das Stöhnen wurde lauter. Da draußen war auf jeden Fall irgendjemand.

Mit zitternder Hand griff Megan nach der Klinke, obwohl sich die Tür bisher bei jedem frustrierenden Versuch als verschlossen erwiesen hatte.

Diesmal war es anders.

Die Tür ging auf.

»Oh Gott«, murmelte Megan, hielt den Atem an und verschloss die Augen vor dem möglichen Anblick.

»Megan?«, fragte eine verängstigte Stimme.

Megan machte die Augen wieder auf.

Das Mädchen lag auf dem Boden, die Beine angezogen, eine Hand in ihrem zerzausten Haar, die andere neben ihrem offenen Mund. In ihrem Gesicht spiegelten sich zu gleichen Teilen Verwirrung und Furcht.

»Delilah!«

Delilah rappelte sich hoch und sah sich hektisch in den beengten Räumlichkeiten um. »Was ist los? Wo sind wir?«

Megan stürzte sich in Delilahs Arme. »Oh Gott. Was bin ich froh! Du hast ja keine Ahnung.«

»Wo sind wir?«, wiederholte Delilah.

Beide Mädchen sahen sich einen Moment in dem Raum um, der, wie Megan feststellte, im Wesentlichen genauso aussah wie der, in dem sie gefangen gehalten wurde, nur dass hier selbst die primitivste Ausstattung fehlte. Es gab keine Pritsche, keinen Eimer und keine Wasserflaschen. Megan ging zu der Tür hinter Delilah und rüttelte verzweifelt daran.

»Ist sie abgeschlossen?«

Megan nickte.

»Aber warum? Wo zum Teufel sind wir?«, fragte Delilah zum dritten Mal.

»Ich weiß nicht. Ich weiß nicht, wo oder wie lange ich schon hier bin und wie ich hierhergekommen bin. Ich weiß gar nichts.« Die Tränen, die Megan versucht hatte zu unterdrücken, strömten nun über ihr Gesicht. Delilah legte einen Arm um Megans zitternde Schultern. »Schon gut. Es ist okay. Wir kriegen es irgendwie raus.«

»Erinnerst du dich an irgendwas?«, fragte Megan.

Delilah schüttelte den Kopf. Sie sah aus, als wollte sie etwas sagen, zögerte jedoch, als würde sie nach dem richtigen Bild suchen. »Ich weiß nicht genau. Alles ist irgendwie verschwommen.«

»Ich weiß.«

»Wir waren auf der Party …«

»Ja, daran kann ich mich auch erinnern.«

»Du bist rausgerannt!«, rief Delilah. »Ich habe dir hinterhergerufen, aber du bist nicht stehen geblieben.«

»Ich war wütend. Ich hatte mich mit Greg gestritten.«

»Auf der Party gab es auch Streit«, sagte Delilah, das Stichwort aufnehmend. »Joey ist ziemlich übel verprügelt worden.«

»Joey?«

»Und dann hat dein Bruder angefangen zu fragen: ›Wo ist Megan?‹«

»Oh Gott. Sie machen sich bestimmt schreckliche Sorgen.«

»Wir dachten, du bist bei Greg. Er ist auch früh gegangen. Deshalb sind wir zu ihm gefahren.«

»Er ist früher gegangen?«

»Aber er hat gesagt, dass du nicht bei ihm wärst, also habe ich Amber und Tim nach Hause gefahren. Und dann wollte ich nach meiner Großmutter sehen, aber als ich nach Hause kam, stand der Wagen von deinem Vater in der Einfahrt, und ich wollte nicht bei irgendwas stören, also habe ich beschlossen, noch ein bisschen rumzufahren und dich zu suchen.« Sie hielt inne, als versuche sie, das nächste Puzzleteil zu finden.

»Ich weiß noch, dass ich zum Citrus Grove gefahren bin, vorbei an Mr. Lipsmans Haus und der Stelle, wo wir Fiona Hamiltons Leiche gefunden haben, und dann muss ich falsch abgebogen sein, denn irgendwie bin ich in der Nähe des alten Kimble-Hauses gelandet. Kennst du das?«

Megan schüttelte den Kopf.

»Nein, woher auch? Es ist sehr abgelegen am Ende eines großen, brachliegenden Feldes. Jedenfalls habe ich in einem der Fenster ein Licht flackern sehen, was mir ziemlich seltsam vorkam, weil hier schon seit Jahren kein Mensch mehr wohnt. Also bin ich aus dem Wagen gestiegen und zu Fuß über das Feld gegangen, und ich weiß noch, dass ich gedacht habe, dass das eine ziemlich dumme Idee war. Und als ich gerade umkehren wollte, habe ich gehört, wie jemand meinen Namen rief.« Delilah zögerte. »Zumindest glaube ich das.« Sie machte eine weitere Pause und kniff die Augen zusammen, um sich ganz auf diesen Moment zu konzentrieren. »Das ist alles. An mehr kann ich mich nicht erinnern.«

Megan versuchte, aus Delilahs Bericht schlau zu werden. »Du meinst also, dass wir vielleicht in diesem Kimble-Haus sind?«

»Kann sein«, sagte Delilah. »Es hat angeblich einen Keller. Warum? Worauf willst du hinaus?«

»Ich weiß nicht«, antwortete Megan wahrheitsgemäß. »Ich weiß nicht, worauf ich hinauswill.« Sie spürte, wie die Panik zurückkehrte. »Ich weiß nur, dass ich müde bin und Hunger habe und Angst.«

»Meinst du, dass das so eine Art Streich ist?«, fragte sich Delilah. »Glaubst du, dass Joey oder Greg dahinterstecken könnten?«

»Hoffentlich«, sagte Megan, obwohl sie eigentlich nicht glauben wollte, dass Greg an etwas so Grausamem beteiligt war.

»Wer, den du kennst, könnte so etwas sonst tun?«, fragte Delilah spitz.

»Vielleicht ist es jemand, den wir nicht kennen.«

»Wie meinst du das?«

»Vielleicht ist es dieselbe Person, die Liana getötet hat.«

»Was? Wovon redest du?« Delilah begann, in dem kleinen Raum im Kreis zu laufen wie ein Tiger in einem Käfig. »Cal Hamilton hat Liana umgebracht, genauso seine Frau und wahrscheinlich auch dieses andere Mädchen.«

»Und wenn er sie nicht getötet hat?«

»Natürlich hat er sie getötet. Man hat Lianas Kette in seinem Haus gefunden«, erinnerte Delilah sie. »Und das Armband von diesem anderen Mädchen.«

»Die könnte doch auch jemand dort deponiert haben.«

Delilah wurde kalkweiß vor Entsetzen. »Aber das ergibt doch keinen Sinn.«

»Warum nicht?«

»Darum eben.«

»Wenn Cal sie nicht umgebracht hat, heißt das, dass der wahre Täter noch da draußen rumläuft«, beharrte Megan. »Und vielleicht hat er bloß abgewartet, bis alle wieder sorglos geworden waren, um dann erneut zuzuschlagen, und als er mich allein auf der Straße gesehen hat, hat er seine Chance ergriffen. Und dann hat er mich irgendwie betäubt und hierhergebracht. Und dann hast du angefangen rumzuschnüffeln, sodass er keine andere Wahl hatte, als dich auch hierherzuschaffen.«

Delilah wirkte nicht überzeugt. »Mich wirft man nicht einfach so über die Schulter. Wer immer es war, müsste ziemlich kräftig sein. Und ziemlich entschlossen.«

»Es muss jemand aus unserem Bekanntenkreis sein«, sagte Megan. »Denn er kannte unsere Namen.«

»Es muss Joey sein«, beharrte Delilah, obwohl sie alles andere als überzeugt klang. »Und wahrscheinlich auch Greg. Zu zweit wären sie stark genug, mich zu tragen.«

»Ich kann einfach nicht glauben, dass Greg so etwas tun würde.«

»Würdest du lieber glauben, dass wir uns in der Gewalt eines kaltblütigen Serienmörders befinden?«

»Oh Gott. Oh Gott.«

»Okay, entspann dich«, sagte Delilah. »Nicht vergessen, wir sind jetzt immerhin zu zweit. Und wenn es ein verrückter Psychopath ist, sind wir zwei gegen einen.«

»Aber warum sollte er uns diese Chance geben?«, fragte Megan leise, als hätten die Wörter selbst Angst, in ihr Bewusstsein zu dringen.

»Wie meinst du das?«

»Das ergibt doch keinen Sinn. Warum hat er die Tür zwischen unseren beiden Räumen nicht abgeschlossen? Warum hat er uns zusammengelassen?«

Delilah wandte den Kopf hektisch hin und her, als sie ihre Blicke über die Wand wandern ließ. »Er beobachtet uns, oder?« Sie rannte zu einer Wand und strich mit den Fingern darüber. »Er belauscht uns. Er zieht irgendeinen perversen Kick daraus, uns zusammen zu sehen. Warum? Was will er? Glaubst du, er will uns, du weißt schon, *zusammen* sehen?«

Der Gedanke ließ Megan erschaudern, und dann erinnerte sie sich an die grausamen Beschreibungen von Lianas zerstörtem Gesicht, die sie gelesen hatte, und brach in Tränen aus.

Sofort nahm Delilah sie in eine erdrückende Umarmung. »Pass auf«, flüsterte sie Megan ins Ohr. »Wein einfach weiter und zeig keine Reaktion.« Nach einer kurzen Pause fügte sie hinzu: »Ich habe eine Pistole.«

Megan versuchte instinktiv, sich aus der Umarmung zu lösen, aber Delilah hielt sie fest.

»Sie steckt unter meiner Bluse im Hosenbund meiner Jeans. Wer immer mich hierhergebracht hat, hat sie offensichtlich nicht bemerkt.« Sie küsste Megan auf die Wange. »Siehst du. Alles wird gut«, sagte sie laut, um einen möglichen Lauscher zu beruhigen.

»Aber –«

»Sie gehört meiner Großmutter«, sagte Delilah in einem

Atemzug, der Megans Wange wärmte. »Lass uns jetzt nicht darüber reden.« Sie schob Megan auf Armeslänge von sich. »Alles okay?«

Megan nickte, zu benommen, um irgendetwas zu sagen. Delilah hatte eine Pistole. Sie hatte doch eine Chance, hier lebend rauszukommen.

»Wir können uns genauso gut hinsetzen. *Es uns bequem machen*«, rief Delilah sarkastisch gegen eine Wand. Sie legte einen Arm um Megan, und sie setzten sich mit Blick auf die geschlossene Tür gemeinsam auf den Boden.

Megans Magen knurrte laut. »Ich kann nicht glauben, dass ich Hunger habe.«

»Ich kann nicht glauben, dass ich keinen Hunger habe«, gab Delilah zurück.

Megan hörte sich lachen. »Ich kann nicht glauben, dass du mich zum Lachen gebracht hast.«

»Ich bin eigentlich ziemlich komisch, wenn man mich näher kennen lernt.«

Megan senkte beschämt den Kopf. »Tut mir leid, dass ich das nicht versucht habe.«

»Soll das ein Witz sein? Du bist meine beste Freundin.«

»Sag das nicht.«

»Es stimmt aber.«

»Ich war nicht besonders nett zu dir.«

»Klar warst du das. Jedenfalls netter als die meisten anderen«, korrigierte Delilah sich.

»Ich fühle mich schrecklich, wenn du das sagst.«

»Das wollte ich nicht. Also, wie sagt man immer? Schnee von gestern? Die Vergangenheit ruhen lassen? Ich finde, das sollten wir tun. Von vorne anfangen.«

»Klingt gut«, stimmte Megan ihr zu, und ihr Magen knurrte erneut. Sie schlug mit der Faust dagegen. »Mein dummer Bauch will einfach nicht still sein.«

»Was würdest du jetzt essen, wenn du es dir aussuchen könntest?«, fragte Delilah. »Sag, was ist dein Lieblingsessen.«

Darüber musste Megan nicht lange nachdenken. »Warme Truthahn-Sandwiches.«

»Das ist nicht dein Ernst. Diese aufgeklappten Dinger mit warmer Bratensoße?«

»Vergiss die Pommes nicht.«

»Wie kannst du so was essen und dabei so dünn bleiben? Ich muss die Dinger nur angucken und nehme schon fünf Kilo zu.«

»Ich gehöre einfach zu diesen Leuten, die alles essen können. Ich bin sicher, eines Tages holt es mich ein, und ich wache so fett auf wie –«

»Ich?«, fragte Delilah, obwohl es weniger eine Frage als vielmehr eine Feststellung war.

»Nein, natürlich nicht. Du bist nicht –«

»Doch, bin ich. Ich meine, es ist nicht okay. Ich weiß, dass ich abnehmen muss.«

»Na ja, vier, fünf Kilo vielleicht«, räumte Megan ein, weil es schlicht unhöflich gewesen wäre, Delilah für dumm zu verkaufen.

»Vielleicht eher zwanzig bis dreißig.«

»Es muss ja nicht jeder aussehen wie Jennifer Aniston.«

»Und ob das jeder muss.«

»Was isst *du* denn gerne?«, fragte Megan.

»Ich?« Delilah klang über Megans Frage beinahe überrascht. »Ich mag so ziemlich alles, aber vor allem Rippchen, rosa gebraten, eine Folienkartoffel mit jeder Menge Sour Cream und dazu einen Caesar-Salat. Oh, und zum Nachtisch einen Eisbecher mit Karamellsauce.«

»Auf Eisbecher mit Karamellsauce stehe ich auch.«

»Wirklich? Dann habe ich eine Idee«, sagte Delilah beinahe ausgelassen. »Sobald wir hier rauskommen, gehen wir zu Chester's und teilen uns einen.«

»Sobald wir hier rauskommen«, stimmte Megan ihr zu. »Weiter reden«, drängte sie, um ihre Panik in Schach zu halten. »Wer ist dein Lieblingsfilmstar?«

»Brad Pitt«, sagte Delilah achselzuckend. »Wie bei allen anderen auch.«

»Ich finde Matt Damon irgendwie gut.«

»Ja. Er ist auch süß. Er sieht ein bisschen aus wie Greg.«

»Findest du?«

»Du nicht?«

Megan stellte sich Gregs kräftiges Kinn, seine braunen Augen und seine kurz geschorenen Haare vor. »Schon irgendwie.«

»Du magst ihn wirklich, oder?«

»Ich mochte ihn.«

»Warum habt ihr euch denn gestritten? Ich meine, falls ich das fragen darf.«

Megan zupfte nervös an ihren Haaren. »Das Übliche.«

»Sex, meinst du?«

Megan blickte sich verstohlen um und fragte sich, ob tatsächlich jemand ihr Gespräch belauschte und ob dieser Jemand Greg sein könnte. »Ja«, gab sie zu.

»Hat er versucht, dich zu zwingen?«

»Nein. Nein. Er wollte bloß … ich war noch …«

»Du warst noch nicht so weit«, beendete Delilah den Satz für sie.

»Genau.«

»Hast du schon einmal mit einem Jungen geschlafen? Ich weiß, das geht mich nichts an …«

»Ich bin noch Jungfrau«, gestand Megan. Was soll's, dachte sie. Warum sollte sie jetzt noch etwas für sich behalten?

»Ich auch. Nicht, dass irgendjemand es bisher auch nur versucht hätte …«

»Das kommt noch.«

»Vielleicht, wenn ich abgenommen habe.«

»Jungen sind so blöd«, sagte Megan.

»Dein Bruder ist nett.«

»Ja. Er ist süß.«

»Was hältst du von ihm und Amber?«

»Ich finde die beiden irgendwie niedlich zusammen.«

»Ja, ich auch.« Nach einer kurzen Pause fuhr Delilah fort: »Darf ich dich etwas anderes fragen?«

»Warum nicht?«

»Ich möchte nicht, dass du sauer wirst.«

Megan hätte beinahe gelacht. »Glaubst du, ich bin jetzt noch durch irgendwas zu schocken?«

»Es geht um meine Mom und deinen Dad.«

»Was ist mit ihnen?«

»Wie findest du es, dass sie zusammen sind?«

»Nicht toll. Das ist nicht persönlich gemeint«, fügte sie hastig zu.

»Das verstehe ich. Ich mag deine Mom wirklich gern.«

»Ich auch.« Megan kreuzte ihre Finger im Schoß. Bitte, lieber Gott, dachte sie, bitte mach, dass ich meine Mutter wiedersehe. Ich verspreche, dass ich die beste Tochter sein werde, die sich eine Mutter nur wünschen kann.

»Sie ist, na ja, wie eine richtige Mom. Kerri strengt sich an, aber –«

»Wie kommt es, dass du deine Mutter bei ihrem Vornamen nennst?«

»Sie hat es lieber so. Vermutlich gibt es ihr das Gefühl –« Delilah hielt abrupt inne und blickte zur Decke. »Was war das?«

»Was war was?«

Delilah rappelte sich auf die Füße, und Megan stand sofort neben ihr. »Ich dachte, ich hätte etwas gehört.«

Beide Mädchen warteten. Zuerst war es still, doch dann hörte man es wieder laut und deutlich. Es waren unverkennbar Schritte. Jemand ging über ihren Köpfen hin und her.

»Oh Gott«, jammerte Megan, während Delilah ihre Pistole zog. »Hilfe!«, begann Megan zu schreien. »Hilfe!« Sekunden später hörten sie, wie die Schritte eine Treppe zu ihrem Raum herunterliefen.

Delilah richtete die Waffe auf die Tür.

Die Schritte kamen noch näher und blieben vor der Tür stehen. Megan stöhnte, als die Klinke heruntergedrückt wurde. Dann hämmerte jemand gegen die Tür, und zuletzt hörte man, wie er kraftvoll gegen das Holz trat. Die Tür wurde aus den Angeln gedrückt und fiel in den kleinen Raum.

Der Mann, der auf der anderen Seite stand war groß und muskulös mit kurzen blonden Haaren und braunen Augen, die sie verwirrt und ungläubig anstarrten.

»Greg!«, rief Megan.

Im selben Moment ertönten zwei Schüsse.

Und dann lag Greg auf dem Boden.

»Greg!«, rief Megan noch einmal, stürzte an seine Seite, nahm ihn in ihre Arme und bettete seinen Kopf in ihren Schoß. Aus seinem Bauch quoll Blut. Sein Gesicht nahm langsam die Farbe von Beton an, und seine Augen verdrehten sich nach innen.

»Ich habe dich gefunden«, sagte er, bevor er das Bewusstsein verlor.

»Oh Gott, oh Gott, was hast du getan?« Megan blickte von ihrem Schoß zu dem Mädchen auf der anderen Seite des Raumes. »Er ist gekommen, um uns zu retten.«

»Ich weiß«, sagte Delilah ruhig und zielte mit dem Lauf der Waffe auf Megans Kopf. »Und das konnten wir doch nicht zulassen, oder? Nicht, nachdem ich so lange so hart dafür gearbeitet habe.«

Die Worte ließen die Luft in Megans Lunge gefrieren, sodass sie kaum atmen konnte. »Was? Was sagst du da?«

»Er muss meinen Wagen gesehen haben. Ich habe ihn vermutlich nicht gut genug versteckt, weil ich so dringend zu dir zurückwollte.«

»Das verstehe ich nicht.«

»Ja, du warst schon immer ein bisschen langsam. Was genau bereitet dir denn Verständnisprobleme, Megan?«

»*Du* hast das getan?«

»Ja, *Little Me*. Die liebe kleine Delilah.« Sie lächelte. »Na ja, vielleicht nicht ganz so klein. Das ist doch genau die Art Bemerkung, die du hinter meinem Rücken machen würdest, oder nicht, Megan? Wusstest du übrigens, dass *Little Me* der Name eines alten Neil-Simon-Musicals ist? Ich weiß solche Sachen. Meine Großmutter hat eine riesige Sammlung alter LPs. Das ist die Abkürzung für ›Langspielplatte‹, falls du das, wie ich annehme, nicht wusstest. Also ich weiß viel über Musik, was du vielleicht hättest herausfinden können, hättest du je irgendein Interesse an meiner Person gezeigt. Aber das ist Schnee von gestern. Hatten wir uns nicht darauf geeinigt? Ich finde jedenfalls, Mr. Lipsman sollte es im nächsten Jahr aufführen. Du wärst perfekt für die Rolle der Belle. Es ist natürlich die Hauptrolle. Aber zum Vorsingen wirst du wohl kaum noch hier sein.«

»Aber warum?«

»Warum was? Warum habe ich dich entführt? Oder warum habe ich die anderen entführt?«

»Oh Gott.« Megan wurde mit einem Mal so schwindelig und schwummrig, als ob sie jeden Moment in Ohnmacht fallen würde.

»Nun, ich denke eigentlich nicht, dass ich dir eine Erklärung schuldig bin, aber was soll's? Wir sind ja praktisch verwandt, also erzähle ich es dir. Candy war mein Testfall. Und Fiona war nur eine falsche Spur, die ich gelegt habe. Aber Liana, nun ja, die war pures Vergnügen. Genau wie du. Und Greg war, er war, wie nennt man das? Ein Kollateralschaden? Oh, und meine Großmutter natürlich.«

»Deine Großmutter?« War Delilah völlig wahnsinnig?

»Ich muss gestehen – sie hat am meisten Spaß gemacht. Auch weil ich ihren Tod schon so lange geplant habe, obwohl der Mord dann ganz spontan geschehen ist. Wenn meine Mutter nicht darauf bestanden hätte, dass ich sie nach Hause fahre, hätte sie vielleicht noch ein paar Tage zu leben gehabt. Aber weißt du, was das Beste ist? Das Beste ist, dass jeder davon ausgehen wird, dass sie an einer Herzinsuffizienz gestorben ist. So wie sie gedacht haben, dass meine Tante die Treppe hinuntergefallen ist. Man wird sich nicht die Mühe machen, sie zu obduzieren. Man wird nicht mal ihre Tabletten überprüfen, und selbst wenn, habe ich die richtigen schon wieder in die Packung getan. Gott, du hättest ihr Gesicht sehen müssen, als ich die Plastiktüte über ihren Kopf gezogen habe. Sie sah so überrascht aus. Mir hat es unendlich gutgetan, das kann ich dir sagen. Guck nicht so schockiert. Sie war eine Hexe, und das weißt du auch. Glaub mir, kein Mensch wird ihr eine Träne nachweinen. Aber für dich werden wahrscheinlich schon ein paar vergossen werden. Ich frage mich, ob wieder eine Totenwache gehalten wird.«

»Bitte…«

»Bitte was?«

»Tu das nicht.«

»Tut mir leid. Aber ich bin gewissermaßen gezwungen, nachdem ich dir jetzt alle meine schmutzigen kleinen Geheimnisse anvertraut habe. Hast du geglaubt, wir wären wirklich Freundinnen.«

»Wir *sind* Freundinnen.«

»Ha! Klar. Bis du hier rauskommst und zu Ginger und Taya rennst. Die übrigens die beiden Nächsten auf meiner Liste sind. Obwohl ich damit vielleicht ein wenig warten muss. Ich will die Leute ja nicht zu sehr erschrecken.«

»Du weißt, dass du damit nie durchkommen wirst.«

»Warum sagen das immer alle? Mit Mord kommt man ständig ungeschoren davon. Lies nur die Statistiken. Und sieh mich an. Ich bin der lebende Beweis, wie man so sagt.«

»Bitte«, flehte Megan. »Ich will nicht sterben.«

»Nicht? Nein, wohl nicht. Ich meine, wie oft verpassen die Leute dir gemeine Spitznamen und stellen obszöne Lieder über dich ins Internet? Wie oft ziehen sie über dein Gewicht her und machen sich in der Schule über dich lustig? Wie oft bist du schon bei den guten Rollen für die Schulaufführung übergangen worden, weil es Mädchen gab, die hübscher und schlanker waren als du, auch wenn sie ums Verrecken nicht singen konnten? *Lebender Beweis, ums Verrecken*, passende Metaphorik, was?«, fuhr Delilah fort, als würde sich ein Satz natürlich aus dem anderen ergeben. »Interessant. Deine Mutter wäre so stolz auf mich. Ich frage mich, woher diese Ausdrücke kommen. Machst du dir je Gedanken über diese Dinge?«

»Manchmal.«

»Wirklich? Meinst du das ernst oder sagst du das nur, um mich bei Laune zu halten? Willst du dich bei mir einschmeicheln, damit es mir schwerer fällt abzudrücken? Das wird übrigens nicht passieren. In gewisser Weise genieße ich es abzudrücken, obwohl nicht annähernd so sehr, wie ich unseren kleinen Plausch genossen habe.«

Megan schüttelte den Kopf. Welchen Sinn hatte es, noch irgendetwas zu sagen?

»Und jetzt lass Greg da liegen, und setz' dich hierhin wie ein braves kleines Mädchen.« Delilah wies mit der Waffe zur Wand.

Und dann hörten sie, wie über ihnen eine Tür aufgebrochen wurde, laut durcheinanderbrüllende Stimmen und polternde Schritte auf der Treppe. »Greg? Bist du hier?«, rief der Sheriff. »Greg? Megan?«

»Megan?«, schrie ihre Mutter.

»Mommy!«, kreischte Megan. »Sheriff! Hier drinnen!«

Und dann stand der Sheriff plötzlich in der Tür, sein massiger Körper füllte den ganzen Rahmen. Megan dachte, dass sie in ihrem Leben noch nie einen schöneren Mann gesehen hatte, als er die Waffe in seiner rechten Hand hob und direkt auf Delilah richtete. »Lass die Pistole fallen, Delilah«, befahl er und entsicherte seine Waffe.

»Oh mein Gott«, hörte Megan ihre Mutter hinter sich wimmern.

»Du sollst die Waffe fallen lassen«, wiederholte der Sheriff und kam vorsichtig näher.

Megan beobachtete, wie Delilahs Blick zwischen ihr und dem Sheriff hin und her zuckte. Sie sah, wie die Verwirrung und Unsicherheit in diesem Blick rasch neuer Entschlossenheit wich. Und sie sah, wie Delilah die Pistole blitzschnell gegen sich selbst richtete und abdrückte.

35

TOTENBUCH

Okay, ich bin also offensichtlich nicht gestorben.

Wie sich herausstellte, war ich doch kein so guter Schütze. Nun, wie sollte ich auch bei allem, was da los war? Megans Mutter kreischte, und der Sheriff kam auf mich zu. Oder vielleicht habe ich mich am Ende auch nicht getraut. Schwer zu sagen. Jedenfalls streifte die Kugel meine Schläfe, und auch wenn ich ungefähr einen Eimer voll Blut verloren habe – blutende Kopfwunden sind die schlimmsten –, habe ich doch zu keinem Zeitpunkt das Bewusstsein verloren, sosehr ich es mir auch gewünscht hätte. Und sei es nur, damit mir die nachfolgende, geschmacklos gefühlsduselige Wiedervereinigung von Mutter und Tochter erspart geblieben wäre – »Mein kleines Baby! Mein süßer Engel!« Bitte. Megan war wohl kaum ein Engel, das können Sie mir glauben. Aber warum sollten Sie? Ich habe mich schließlich nicht unbedingt als besonders vertrauenswürdig erwiesen.

Wie ich aus eigener Erfahrung berichten kann, ist es kein Spaß angeschossen zu werden, selbst wenn man überlebt. Tatsache ist, es tut höllisch weh. Jene Nacht in dem Keller des Kimble-Hauses liegt nun schon zehn Monate zurück, und ich leide immer noch unter Kopfschmerzen und Sehstörungen. Ich habe zwei Operationen hinter mir. Für die erste musste man mir den Kopf kahl rasieren, und mein Haar wächst gerade erst wieder nach, und zwar lockiger als vorher, was nervt. Auch wenn es in Modezeitschriften immer heißt, Locken wären »in«, sind es in Wahrheit doch immer die Mädchen mit den langen glatten Haaren – manchmal mit Mittel-, manchmal mit Seitenscheitel –, die auf den Titelseiten genau derselben Modezeitschriften landen. Glattes Haar ist kultiviert. Es strahlt eine Aura von Ruhe und Ordnung aus. Locken lassen auf einen eher wirren Menschen schließen, so als stünden diese Leute dauerhaft unter Starkstrom. Außerdem sind sie schwerer zu bändigen, egal welches »Pflegemittel« man anwendet.

Neben den Kopfschmerzen und den Sehstörungen leide ich auch unter gelegentlichen – manche würden vielleicht auch sagen praktischen – Gedächtnislücken, weshalb ich es besonders prima finde, dass man mir mein Totenbuch zurückgegeben hat. Es hilft mir, mich an Dinge zu erinnern, es liefert mir einen Kontext und ermöglicht es mir so, meine Gedanken zu ordnen und meine Frustration herauszulassen. Dr. Mandy Biehn, 40, groß und schlank mit schulterlangen, links gescheitelten glatten schwarzen Haaren, ist hier in der Psychiatrischen Klinik von Maple Downs meine behandelnde Psychologin – ich habe dem Staat großzügig Kosten sowie meinen Opfern und ihren Familien die Qual eines langwierigen Prozesses erspart, indem ich mich in allen Anklagepunkten schuldig bekannt und der Verbüßung meiner Strafe in dieser Einrichtung zugestimmt habe – und sie findet, dass die Totenbücher eine großartige Idee sind. Ich habe ihr erzählt, dass sie ursprünglich von Sandy Crosbie stammte und ich mich anfangs dagegen gewehrt hätte, aber sie hätte darauf bestanden, dass jeder Schüler ihres Englischunterrichts ein Tagebuch führt. Sie hat mich allerdings nie aufgerufen, meins vor der Klasse vorzulesen. Ich frage mich, was geschehen wäre, wenn sie es getan hätte.

Kerri wollte natürlich nicht, dass ich mich schuldig bekenne. Sie sagte, man könnte schlagkräftige Argumente für eine chemische Unausgewogenheit vorbringen oder für Fehler in meinem genetischen Code, die natürlich auf meinen Vater zurückgehen. Sie behauptet, eine schwierige Kindheit und die feindselige Umgebung an der Torrance High hätten die

Situation noch verschärft, und gibt meinen Mitschülern die Schuld dafür, mich letztendlich in den Wahnsinn getrieben zu haben. Meiner Meinung nach sind solche Spekulationen sinnlos und kontraproduktiv, so als wollte man das uralte Rätsel von der Henne und dem Ei lösen. Spielt es eine Rolle, was zuerst da war?

Nein. Letztendlich kommt es nur darauf an, wer am Ende zurückbleibt.

Kerri wollte, dass ich auf Unzurechnungsfähigkeit plädiere. Aber darauf hätte ich mich nie eingelassen. Wie sollte ich? Ich wusste, was ich tat, und ich wusste, dass es verkehrt war – und damit erfüllte ich die juristische Definition von Zurechnungsfähigkeit, wie mir mein Anwalt Mitchell Young, Sr. – KUNDENFREUNDLICH, KLAGEWILLIG, KOMPROMISSBEREIT – erklärt hat. Aber das hat Kerri nicht weiter beeindruckt, die offenbar besser mit der Vorstellung klarkommt, dass ihre einzige Tochter verrückt ist, als damit, eine kaltblütige Mörderin GEBOREN zu haben.

Nun denn. Man kann es nicht allen recht machen.

Außerdem sehe ich mich nicht so. Mein Blut ist genauso warm wie das aller anderen Mädchen.

Die gute Nachricht ist, dass ich abgenommen habe.

Fast zehn Kilo, obwohl das Essen, das man hier bekommt, vor allem aus Kohlehydraten besteht. Aber ich habe nicht mehr so viel Appetit wie früher. Vielleicht hat die Kugel diesen Teil meines Gehirns mitgenommen. Oder es liegt an den ganzen Medikamenten, die sie einem hier geben. Warum auch immer, ich habe jedenfalls nicht mehr so viel Hunger wie früher, mit der Konsequenz – Konsequenz ist hier ein ganz wichtiges Konzept –, dass ich weniger und seltener esse. In der Psychiatrischen Klinik Maple Downs werden keine Snacks serviert, es sei denn, man rechnet Rosinen und Obst dazu, was ich dezidiert nicht tue. Ich meine, als Snack sollten sie Chips und Lakritzstangen servieren. Zucker und Salz. So was. Das ist zumindest meine Meinung.

Einen Fitnessraum gibt es hier auch nicht, was schade ist. Vor allem für jemanden wie mich, der so viel Bewegung gewöhnt ist. Bei all den Gewaltmärschen, zu denen meine Großmutter mich gezwungen hat. Vom Herumschleppen der diversen Leichen ganz zu schweigen. Das baut die Muskeln auf. Die Mädchen haben jeweils wahrscheinlich nicht mehr als fünfzig Kilo gewogen, aber das ist immer noch eine Menge, wenn man bedenkt, dass das alles Totlast war… buchstäblich.

Also habe ich mir mein eigenes Fitnessprogramm zusammengestellt. Es besteht hauptsächlich aus Dehnübungen, ein paar Liegestützen, vielleicht ein Dutzend Kniebeugen und ein paar Sit-ups. Täglich peinlich genau eine halbe Stunde lang ziehe ich diese Übungen durch. Das tue ich in meinem Zimmer, obwohl dort nicht viel Platz ist. Es ist winzig, etwa halb so groß wie die Kellerräume in dem alten Kimble-Haus. Groß genug für ein Bett und eine weiße Plastikkommode. Ohne scharfe Kanten, versteht sich. Nichts, womit ich mir etwas antun könnte.

Dabei habe ich gar nicht die Absicht, mir etwas anzutun. Nicht jetzt, wo mir das, was ich im Spiegel sehe, tatsächlich anfängt zu gefallen. Bis auf die bereits erwähnten Locken, die sich hoffentlich wieder glätten, je länger mein Haar wird. Ich sehe dieser Tage verdammt gut aus, wenn ich das selber sagen darf. Wer weiß, vielleicht wird man die Schlagzeile, mit der das *People*-Magazin von meiner Verhaftung berichtete, eines Tages auch auf mich beziehen: zum Sterben schön.

Genau genommen haben die Reporter das aus meinen Tagebüchern geklaut. Jemand aus dem Büro des Sheriffs hat ein paar der saftigeren Passagen durchsickern lassen, und sie wurden abgedruckt. Ich hatte nichts dagegen, obwohl die Artikel meiner Meinung nach ein wenig einseitig waren. Ich fand, dass sie zu viel Platz mit Bildern von Liana Martin und Megan Crosbie verschwendet haben. Letztere wurde sogar als »talentierte angehende Schauspielerin und Sängerin« bezeichnet.

Kaum zu glauben. Ich konnte es jedenfalls nicht fassen. In Wirklichkeit singt sie grottenfalsch und hat einen Stimmumfang von … – na ja, wie hat einmal irgendjemand über Katherine Hepburn gesagt? *Sie führte die ganze Bandbreite ihrer Ausdrucksfähigkeit vor, von A bis B*?

Und noch etwas ist wahr: Eigentlich gefällt es mir hier ganz gut. Es ist sauber und angenehm. Aus meinem Zimmer habe ich eine schöne Aussicht, und es ist ruhig. Einige der weniger stabilen Gäste haben eine bedauerliche Neigung zum Kreischen und Ausagieren negativer Gefühle. Aber im Allgemeinen sind die *Gäste* – dieser Ausdruck gefällt mir weit besser als die Bezeichnung *Insassen* – wirklich recht nett, was man von der Bevölkerung von Torrance im Allgemeinen nicht behaupten kann. Und die Ärzte sind freundlich und aufmunternd. Niemand sitzt mir mit Forderungen im Nacken. Alle wollen mir bloß helfen, wieder gesund zu werden. Sie wollen wirklich hören, was ich zu sagen habe. Und das Beste ist, dass sie auch tatsächlich zuhören.

Sie nehmen mich wirklich sehr ernst hier in der Psychiatrischen Klinik Maple Downs.

Ich mag das.

Deshalb versuche ich, meinerseits zuvorkommend zu sein und erfülle praktisch jede ihrer Bitten. Ich habe ihnen erzählt, wo sie Candy Abbots Leiche finden können, und ich rede mit jedem Gesprächspartner, den man mir vorschlägt. Ich erkläre, so gut ich kann, was mich zu diesen abscheulichen Taten getrieben hat. Ich erzähle von meiner dysfunktionalen Ursprungsfamilie: meinem brutalen Vater, der mich verlassen hat, als ich noch ein Kleinkind war, den nachfolgenden unglücklichen Ehen meiner Mutter mit ähnlich gewalttätigen Männern, ihre kosmetischen Operationen, durch die sie sich praktisch in eine Fremde verwandelte, ihre diversen Affären mit verheirateten Männern, einschließlich John Weber und Ian Crosbie, die permanenten Verbalinjurien, die ich durch meine liebe verstorbene Tante und meine Großmutter erleiden musste – die sprichwörtlich giftig gackernden Gänse. (Pardon, ich konnte der Alliteration nicht widerstehen. Mrs. Crosbie wäre stolz auf mich.) Ich erzähle ihnen von den alltäglichen Demütigungen, die ich in der Schule über mich ergehen lassen musste, von dem Spott und den Anzüglichkeiten von Schülern und Lehrern gleichermaßen. Schließlich wusste jeder, was los war, und niemand hat etwas getan, es zu unterbinden.

In gewisser Weise war Mrs. Crosbie die Schlimmste, weil sie so eine Heuchlerin war. Oh, sie hat sich nie etwas zuschulden kommen lassen – sie hat mich sogar bis zu Mr. Lipsmans Haus gefahren an dem Nachmittag, als wir Fionas Leiche am Straßenrand entdeckt haben. (Das war übrigens keineswegs ein Zufall. Ich habe sie direkt zu der Stelle geführt, an der ich die arme tote Fiona deponiert hatte. Ich wusste, dass das riskant und beinahe tollkühn war. Ursprünglich wollte ich die Leiche einfach irgendwo liegen lassen und warten, bis jemand – irgendjemand – darüber stolpert. Aber die Gelegenheit war einfach zu günstig, um sie ungenutzt zu lassen.) Wie dem auch sei, Mrs. Crosbie hat versucht, ihre wahren Gefühle zu verbergen, aber wenn sie mich im Unterricht aufrufen musste, war der Widerwillen in ihrem Gesicht jedes Mal unübersehbar, und sie ist immer buchstäblich zurückgeschreckt, wenn ich ihr nahe gekommen bin.

Das war nicht ausschließlich ihre Schuld. Genauso wenig wie meine. Ich glaube nicht, dass Mrs. Crosbie so reagiert hat, weil sie mich per se körperlich abstoßend fand, obwohl das durchaus möglich ist. Wir haben alle schon einmal erlebt, wie die Attraktiven beiläufig und beinahe instinktiv vor jenen zurückweichen, die sie für weniger privilegiert halten. Nein, ich glaube, ihre negative Haltung mir gegenüber hatte mehr damit zu tun, dass ich Kerri Franklins Tochter und meine Mutter verantwortlich für das Ende ihrer Ehe war, und jedes Mal, wenn sie mich ansah, wurde sie daran und an ihr Scheitern als Ehefrau erinnert. Und auch wenn es keine Absicht war, ist sie für die schlimmste Demütigung verantwortlich, die ich in den letzten Jahren erleiden musste. »Dee«, nannte sie mich eines Tages in ihrer Stunde und raubte mir damit auch noch meinen Namen. Und aus *Dee* wurde natürlich *Deli* und noch schlimmer *Big D.*, zusammen mit dem obszönen Song, der dazu überall ins Internet gestellt wurde.

Aber warum habe ich dann ihre Tochter als Opfer ausgewählt, werde ich immer wieder gefragt. Hatte sie sich nicht mehr als einmal für mich stark gemacht und versucht, mir zu helfen, auch wenn sie sich damit keine Freunde machte? Die Frage hat mich beschäftigt. Habe ich Megan ausgewählt, weil sie von Natur aus zum Sterben schön war – mit ihrem frischen, hübschen Gesicht, den spitzen Brüsten und der winzigen Taille, der ungezwungenen Anmut und ihrer selbstverständlichen Präsenz im Rampenlicht? Oder habe ich sie erkoren, weil sie die Tochter (Enkelin und Nichte) war, die meine Mutter (meine Großmutter und meine Tante) sich immer heimlich gewünscht hatten? Es wäre ihnen jedenfalls bestimmt nicht peinlich gewesen, sie ihren Freundinnen vorzustellen oder ein Foto von ihr herumzeigen. Sie war schließlich perfekt. All das, was ich nicht war. Und wenn Ian Crosbie meine Mutter geheiratet hätte – was zu der Zeit sehr wahrscheinlich schien –, hätte meine Mutter nicht nur einen neuen Ehemann bekommen, sondern ich auch eine neue Stiefschwester. Wir wären miteinander verwandt gewesen. Die Vergleiche hätten kein Ende genommen, jede meiner Unzulänglichkeiten wäre nur noch stärker betont und kommentiert worden. Kerri wäre zunehmend distanzierter geworden, während sie sich im Glanz ihrer neuen gesellschaftlich akzeptableren Tochter gesonnt hätte. Ging es nicht in ihrem ganzen Leben immer darum, Altes durch Neues zu ersetzen? Ich hätte verloren, was noch übrig war von der Mutter, die ich mein Leben lang geliebt – und enttäuscht – hatte. Und der Gedanke, für den Rest meiner Tage hinter dieser talentlosen Göre die zweite Geige zu spielen, war einfach mehr, als ich ertragen konnte.

Ich muss allerdings zugeben, dass ich Kerris Reaktion auf den Tod ihrer Mutter unterschätzt habe. Ich hatte mir oft vorgestellt, die Nachricht von Roses Ableben in einer Art kombinierter Geburts- und Todesanzeige ins Internet zu stellen. *Kerri und Delilah Franklin sind entzückt, den Tod ihrer Mutter und Großmutter bekannt zu geben.* Aber das sollte nicht sein. Selbst als Kerri noch glaubte, ihre Mutter wäre an einem gewöhnlichen Herzinfarkt gestorben, war sie erstaunlich bekümmert. Vielleicht hatte es etwas damit zu tun, dass sie nun mit der unausgesprochenen Wahrheit zurechtkommen musste, dass nicht einmal tausend kosmetische Operationen den so genannten grausamen Schnitter aufhalten konnten. Vielleicht hat sie die griesgrämige alte Schachtel auch tatsächlich geliebt. Was auch immer, Roses Tod traf sie schwer. Und als sie von meinem Beitrag zu den Geschehnissen und auch die Wahrheit über den »Unfall« meiner Tante erfuhr, – weil Megan es natürlich überall sofort herumposaunen musste – nun, da war sie beinahe apoplektisch.

Apoplektisch – ist das nicht ein fantastisches Wort? Man hört seine Bedeutung schon im Klang. Ich glaube, dafür gibt es einen literaturwissenschaftlichen Fachausdruck, aber ich kenne ihn nicht. Ich könnte natürlich Mrs. Crosbie einen Brief schreiben und sie fragen, aber ich glaube irgendwie nicht, dass sie besonders begeistert wäre, von mir zu hören, und ich bezweifle, dass sie antworten würde. Aber wer weiß? Vielleicht überrascht sie mich. Das hat sie in der Vergangenheit weiß Gott oft genug getan. *Apoplektisch* bedeutet jedenfalls, zu einem Schlaganfall neigend, einer Hirnmassenblutung nach Ruptur einer interzerebralen Arterie. Ich habe es nachgeschlagen.

Ich war übrigens selbst beinahe apoplektisch, als ich in jener Nacht vor fast zehn Monaten Gregs Schritte im Erdgeschoss des alten Hauses hörte. Ganz zu schweigen von der Ankunft des Dynamischen Duos von Torrance, in Gestalt des Sheriffs und Mrs. Crosbies. Das nenne ich eine gelungene

Überraschung! Es war einfach zu viel auf einmal! Ich bin in Panik geraten. Deswegen habe ich die Waffe auch gegen mich selbst gerichtet und abgedrückt. Ich wusste nicht, was ich sonst machen sollte.

Ich bin ehrlich gesagt froh, dass Greg überlebt hat, obwohl sein Leben zunächst an einem seidenen Faden hing. Sein Zustand galt länger als eine Woche als kritisch. Und danach war er noch einen Monat lang im Krankenhaus und anschließend in der Reha, bis er kräftig genug war, seinem Vater gegenüberzutreten und zu erklären, dass er ein Stipendium für eine renommierte Kunsthochschule in Chicago bekommen hatte. Mrs. Crosbie hat ihm bei der Bewerbung geholfen und offenbar großen Anteil daran, dass er angenommen wurde. Was habe ich gesagt? Die Frau steckt voller Überraschungen.

Greg ist im Januar nach Chicago gegangen. Fürwahr ein frohes neues Jahr.

Nicht, dass ich ihm seinen Erfolg missgönne. Ich hatte offen gestanden immer eine kleine Schwäche für Greg, vielleicht war ich sogar ein bisschen in ihn verknallt, weshalb es mir leidtat, dass er derjenige war, der in jener Nacht durch die Tür platzte. Ich hatte gehofft, es wäre Joey. Aber er war es nicht, und ich hatte leider keine andere Wahl, als auf ihn zu schießen. (Nicht, dass es mir keinen *Spaß* gemacht hätte – ich habe mich sogar gefragt, warum ich nicht gegen mehr meiner männlichen Quälgeister vorgegangen bin.)

Meine Mutter hat mir die Einzelheiten berichtet: Offenbar war er im Laufe des Abends schon einmal auf Mrs. Crosbie und den Sheriff getroffen, und die drei hatten Megan fast eine Stunde lang hektisch gesucht. Ich hatte übrigens Recht. Er *hatte* meinen Wagen am Straßenrand gesehen und beschlossen, genauer nachzusehen. Das Dynamische Duo hat dann sein Auto gesehen, und ehe man sichs versah, war das Haus voll.

Man hätte meinen sollen, dass zumindest einer von ihnen einem Krokodil zum Opfer gefallen wäre. Ich meine, die Gegend heißt schließlich nicht umsonst Alligator Alley.

Die arme Kerri. Als sie erfuhr, was ich getan hatte, war sie außer sich. Ein weiterer guter Ausdruck, finde ich, weil er perfekt das Gefühl beschreibt, das man manchmal hat, wenn man wütend ist. Ich liebe das Bild, das jemand buchstäblich neben seinem eigenen Körper steht. Ich finde das klasse. Als ob man in einen Spiegel schauen würde, nur dass diesmal das Spiegelbild real ist und man selber nicht.

Zunächst wollte meine Mutter mich weder sehen noch mit mir reden noch irgendetwas mit mir zu tun haben. Aber nach ein paar Wochen hat sie es sich anders überlegt. Vielleicht weil sie durch Roses Tod eine reiche Frau geworden oder weil ich schließlich trotz allem doch ihr Fleisch und Blut war. Aber vielleicht auch, weil Ian sie wenige Tage nach meiner Verhaftung abserviert hat und sie sonst niemanden hatte, an den sie sich wenden konnte. Kerri kam nie besonders gut mit dem Alleinsein zurecht.

Dass Ian sie verlassen hat, tut mir leid. Ich habe nicht gewollt, dass das geschieht, obwohl es mich nicht überrascht hat. Einem Mann, der eine Frau wegen einer anderen verlässt, kann man nicht trauen, und er hätte meine Mutter womöglich früher oder später sowieso sitzen lassen. Vermutlich war Kerri auch gar nicht gänzlich unglücklich darüber, ungeachtet ihrer Klagen, dass er ihr das Herz gebrochen hätte. Ich denke, es setzt ihr ungleich mehr zu, dass ihre Schwester Ruthie, die seit zehn Jahren in Kalifornien lebt, plötzlich wiederaufgetaucht ist, um die Hälfte von Roses Erbe zu beanspruchen. Ich glaube, insgeheim wünscht sie sich vielleicht sogar, ich wäre zu Hause, damit ich mich der Sache annehmen könnte, so wie ich es im Fall ihrer anderen Schwester Lorraine getan habe.

Jedenfalls besucht Kerri mich zweimal die Woche, was eine ziemliche Strapaze für sie ist, weil Maple Downs in Fort Lauderdale liegt. Sie verbindet ihre Besuche mit Einkäufen – inzwischen passt mir übrigens der blaue Pulli, den sie mir letztes Jahr gekauft hat, hurra! – und Terminen bei ihrem

Schönheitschirurgen. Sie hat in letzter Zeit häufig über ihre Nase geklagt und ist immer noch unzufrieden mit ihren Lippen. Ich habe es aufgegeben, sie umzustimmen. Die Menschen müssen tun, was sie tun müssen.

Ich habe sie gefragt, ob die guten Bürger von Torrance ihr das Leben schwer machen, aber sie meinte, die meisten wären sogar erstaunlich freundlich, wahrscheinlich weil sie sie ebenfalls als Opfer betrachten. Schließlich habe ich ihre halbe Familie umgebracht. Und dann hat ihr Freund sie verlassen und ist wenige Wochen, nachdem Sandy die Scheidung eingereicht hatte, nach Palm Beach gezogen. Gerüchten zufolge hat er dort zusammen mit einem ehemaligen Studienkollegen eine Praxis eröffnet und bereits eine neue Freundin. Sandy ist mit Megan und Tim zurück nach Rochester gezogen, sobald sie wussten, dass Greg über den Berg war.

Ich frage mich manchmal, ob Greg und Megan Kontakt halten und ob es für sie ein Happyend gibt wie für Petruchio und Kate. Schon ironisch, dass sie beinahe geendet wären wie Romeo und Julia.

Was alle anderen betrifft, gibt meine Mutter sich alle Mühe, mich auf dem neusten Stand zu halten. Offenbar ist Brian Hensen zu Thanksgiving mit einem neuen Freund nach Hause gekommen, einem Kommilitonen, der an der University of Miami ebenfalls Psychologie studiert, um der ganzen Welt zu verkünden, dass er schwul ist. Was ihn betrifft, hatte Joey also doch Recht. Aber wenn man jeden eine Schwuchtel nennt, muss man ja auch gelegentlich einen Treffer landen.

Erstaunlich für eine konservative Stadt wie Torrance ist, dass keiner an Brians Schwulsein Anstoß genommen hat, einschließlich seiner Mutter und *ihres* neuen Freundes, eines Anwalts namens Bob, den sie im vergangen Jahr bei einer Online-Partnervermittlung kennen gelernt hat. Eine weitere Ironie – er war zuerst gar nicht mit ihr, sondern mit Mrs. Crosbie verabredet!

Kerri sagt, dass sie sich möglicherweise bei derselben Vermittlung anmelden will, wenn sie sich wieder »mehr wie sie selbst« fühlt, wie sie sich ausdrückt. Ich bezweifle, dass sie noch weiß, wer sie »selbst« ist, obwohl ich ihr wahres Ich manchmal für einen Moment in ihren verängstigten Pupillen erkennen kann. Es ist fast so, als wäre sie und nicht ich die Gefangene. Ihr Körper ist ihr Gefängnis geworden. Vielleicht findet sie eines Tages einen Weg hinaus, aber das glaube ich nicht. Die Erwartungen der Gesellschaft werden ihr nie Bewährung gönnen.

Und Joey hat, nachdem er wieder von der Schule geflogen ist, ein Mädchen in Fort Myers geschwängert, und die beiden heiraten diesen Sommer. Ich glaube nicht, dass ich eingeladen werde. Joey ist schon in Fort Myers, wo er für den Vater seiner Zukünftigen arbeitet. Offenbar gehört der Familie eine Reihe von Ferienhotels. Ich kann mir schon vorstellen, wie Joey die Zimmermädchen anbaggert und die Kellner verprügelt.

Victor Drummond ist an der Yale School of Drama angenommen worden, wo er vermutlich gut hinpasst. Als Nächstes werden wir ihn wahrscheinlich als Star in einem Stück am Broadway oder in seiner eigenen Hollywood-Sitcom sehen. Das Make-up stellt er natürlich selbst. Und ich kann sagen, dass ich ihn früher kannte.

Was die anderen angeht, gibt es nicht viel Neues. Ginger und Tanya sind so beliebt und unausstehlich wie eh und je. Sie arbeiten beide im Einkaufszentrum. Peter Arlington hat eine neue Freundin. Sie heißt Rebecca und sieht Liana Martin sehr ähnlich. Lianas kleine Schwester Meredith hat irgendeinen großen Schönheitswettbewerb in Atlanta gewonnen. Sie tritt also in die Fußstapfen ihrer Mutter.

Wer ganz bestimmt *nicht* in die Fußstapfen ihrer Mutter tritt, ist Amber Weber, die etwa einen Monat in der Schule gefehlt hat, weil sie in einer Klinik in Tampa wegen Magersucht behandelt wurde. Offenbar hat sie während ihres Aufenthalts fünf Kilo zugelegt, die sie in den Monaten seit ihrer Heimkehr jedoch schon wieder abgenommen hat.

Was den Lehrkörper der Torrance High betrifft, ist so ziemlich alles beim Alten. Avery Peterson unterrichtet weiter Physik und bevorzugt Frauen, die eine Generation jünger sind als er; Gordon Lipsman vermisst weiterhin seine Mutter und versorgt ihre Katzen. Kerri sagt, er weiß noch nicht, welches Musical er dieses Jahr aufführen will, vor allem nachdem all seine Starschauspieler weg sind. Und unser geschätzter Direktor steht weiterhin am Ruder und steuert die guten Surfer der Torrance High durch die tückischen Gewässer der Pubertät.

Dann gibt es noch Cal Hamilton, der immer noch in Torrance wohnt und weiter das Chester's betreibt, nach wie vor ein Magnet für die Frauenwelt, wie man so sagt. Wahrscheinlich führt er immer noch seine »Inspektionen« durch. Es herrscht kein Mangel an Frauen, die bestehen und *Eigentum von…* sein wollen. Es gibt viele dumme Menschen auf dieser Welt. Einschließlich Cal Hamilton selbst, der, wie sich herausstellte, selbst der größte Trottel war.

Ihm die Morde in die Schuhe zu schieben, war beinahe zu einfach. Und es war auch gar nicht Teil meines ursprünglichen Plans, genauso wenig wie die Ermordung von Fiona. Aber sie war einfach so erbärmlich, und er war so ein Arschloch, dass die Versuchung zu groß war, als dass ich mir die Chance hätte entgehen lassen können. Die Trophäen in seinem Haus zu deponieren, war kein Problem – obwohl ich mich dafür von Lianas Halskette trennen musste. Sie war aus echtem Gold, im Gegensatz zu Candys billigem Glücksarmband. Und bei Mrs. Crosbie zu klingeln, um zu fragen, ob sie Fiona gesehen hatte, nachdem ich sie bereits in das Kimble-Haus gebracht hatte, war schon ziemlich genial, wenn ich das selber sagen darf.

Genau wie der Trick, mit dem ich das Vertrauen jedes der Mädchen gewonnen habe, indem ich vorgab, ebenfalls Opfer und genauso verängstigt und verwirrt zu sein wie sie. So habe ich sie auch dazu gebracht, mir die intimsten Details aus ihrem Leben anzuvertrauen, Dinge, die sie mir unter anderen Umständen nie erzählt hätten. Und dann der Moment, als ihnen klar wurde, dass das Ganze nur Show war, dass ich sie getäuscht hatte und keineswegs ein bedauernswertes Opfer, sondern Anstifter, ja sogar Täter war, verantwortlich für ihr schreckliches Los, und dass ihr Leben in meinen Händen lag, Händen, in denen ich eine Waffe hielt, die auf ihren Kopf gerichtet war. Mir fehlen die Worte, um das pure Entzücken zu beschreiben, dass ich in jenen Momenten empfunden habe.

Außerdem muss ich Cal für einen der befriedigendsten Augenblicke des vergangenen Jahres danken. Ich meine, wer wird je vergessen, wie er in unser Haus eingedrungen ist und die Einrichtung verwüstet hat? Und wie meine Mutter uns in den ersten Stock befohlen hat? Und wie ich meine Großmutter und mich in ihrem Zimmer eingeschlossen und so getan habe, als wäre ich zufällig auf die Waffe gestoßen, die ich schon, kurz nachdem sie bei uns eingezogen war, beim Herumschnüffeln in ihren Sachen entdeckt hatte?

Die Munition habe ich selber bei Wal-Mart gekauft.

Der beste Moment war natürlich, als ich zitternd dastand und drohte, Cal zu erschießen, um dann unter Tränen zusammenzubrechen, weil ich den Abzug nicht drücken konnte. Wow! Was für eine Vorstellung. Dafür sollte ich einen Oscar bekommen.

Wie haben Sie sich auf die Rolle vorbereitet?, höre ich die Paparazzi fragen.

Oh, erkläre ich ihnen und tue ihre Bewunderung mit einem Schwung meiner langen glatten Haare ab. *Ich habe eigentlich mein ganzes Leben lang dafür geprobt.*

Wie sich zeigt, bin ich eine bessere Schauspielerin als allgemein angenommen. Ich habe sie alle getäuscht: meine Mutter, meine Großmutter, meine Tante, meine Lehrer, meine Nachbarn, meine Freunde. Ups. Das habe ich vergessen. Ich hatte ja gar keine Freunde.

Ich habe sogar den Sheriff getäuscht, obwohl er sich als

weit fähiger in seinem Job erwiesen hat, als ich anfänglich vermutet hatte. Jawohl, Sir, ich bin die Erste, die zugibt, dass ich den Mann ernsthaft unterschätzt habe. Nicht, dass ich die Einzige gewesen wäre. Ich glaube, die ganze Stadt hatte das Gefühl, dass er seinen Zenit längst überschritten hatte. Vielleicht hatte Sheriff Weber sogar selbst das Gefühl. Jedenfalls war es interessant zuzusehen, wie er im Laufe der Ermittlungen an Statur gewann, ganz natürlich die Kontrolle übernahm und am Ende triumphierte. Meine Mutter sagte, seine Wiederwahl ist ein Selbstgänger, im Gegensatz zu der des kleinen perfekten Bürgermeisters, den die Stadt ihrem Bericht zufolge jetzt für ein kleines perfektes Arschloch hält. Nein, wenn es in dieser Geschichte Platz für einen Helden gibt, ist es meines Erachtens John Weber mit all seinen Fehlern. Und ich möchte gern glauben, dass zumindest ein Teil des Verdienstes dafür mir gebührt.

Womit wir wieder bei mir wären.

Es ist nicht alles so gekommen, wie ich es geplant habe. Ich hatte jedenfalls ganz bestimmt nicht vorausgesehen, dass ich erwischt werde. Und ich hatte auch nicht vor, für den Rest meines Lebens eingesperrt zu werden. Aber das wird wohl auch kaum passieren. Denn wie sich herausstellt, läuft das in unserem Justizsystem nicht so.

Als man mich in die Psychiatrische Klinik von Maple Downs verlegte, habe ich – wie die meisten guten Bürger von Torrance garantiert auch – angenommen, dass ich dort den Rest meiner Tage verbringen werde. Ich war schließlich zu lebenslänglich verurteilt worden. Aber mein Glück will es, dass lebenslänglich nicht notwendigerweise bedeutet, dass man für den Rest seines Lebens weggesperrt wird. Meine Situation wird alle paar Jahre neu begutachtet. Wenn ich weiterhin an einer Therapie teilnehme, meine Medikamente nehme, mit den behandelnden Ärzten zusammenarbeite und mich gut benehme, könnte ich schon sehr viel früher wieder draußen sein, als irgendjemand ahnt.

Ich werde schließlich erst achtzehn.

Und wie geht noch das alte Lied? *Mit siebzehn hat man noch Träume?*

Bleiben Sie dran.

DANKSAGUNG

Wie immer gilt mein Dank Larry Mirkin und Beverley Slopen für ihren Rat, ihre Unterstützung und ihre Freundschaft. Vielen Dank auch an meine Familie und alle bei der William Morris Agency sowie bei Atria Books in den USA und Doubleday in Kanada dafür, dass sie so viel für den Erfolg meiner Bücher tun. Danke auch an Corinne Assayag, die meine Website hervorragend betreut, und an alle meine ausländischen Verleger und Übersetzer für die großartige Arbeit, die sie bei der Veröffentlichung und Übertragung meiner Romane leisten.

Ich möchte diese Gelegenheit jedoch vor allem nutzen, um Owen Laster zu danken, der seit mehr als zwanzig Jahren mein Agent (sowie mein Freund und beherzter Unterstützer) ist. Er ist ein vollendeter Künstler seines Metiers, eine sanfte Seele und ein wahrer Gentleman, der nach 45 Jahren in der Branche in den Ruhestand geht. Auch wenn ich weiß, dass er mich in kundigen Händen zurücklässt, werde ich ihn schrecklich vermissen. Er ist einzigartig, und ich hoffe, dass er weiterhin stolz auf mich sein wird. Vielen Dank, Owen. Ich liebe dich und wünsche dir alles Gute.